784 lex

Une cible trop facile

*

Improbable rencontre

*

Un justicier improvisé

W0212418

AMELIA AUTIN

Une cible trop facile

Traduction française de
VÉRONIQUE MINDER

BLACK ROSE

HARLEQUIN

Collection : BLACK ROSE

Titre original :
HER COLTON P.I.

© 2016, Harlequin Enterprises ULC.
© 2023, HarperCollins France pour la traduction française.

Ce livre est publié avec l'autorisation de HARLEQUIN BOOKS S.A.

Tous droits réservés, y compris le droit de reproduction de tout ou partie de l'ouvrage, sous quelque forme que ce soit.
Toute représentation ou reproduction, par quelque procédé que ce soit, constituerait une contrefaçon sanctionnée par les articles 425 et suivants du Code pénal.

Si vous achetez ce livre privé de tout ou partie de sa couverture, nous vous signalons qu'il est en vente irrégulière. Il est considéré comme « invendu » et l'éditeur comme l'auteur n'ont reçu aucun paiement pour ce livre « détérioré ».

Cette œuvre est une œuvre de fiction. Les noms propres, les personnages, les lieux, les intrigues sont soit le fruit de l'imagination de l'auteur, soit utilisés dans le cadre d'une œuvre de fiction. Toute ressemblance avec des personnes réelles, vivantes ou décédées, des entreprises, des événements ou des lieux serait une pure coïncidence.

Le visuel de couverture est reproduit avec l'autorisation de :

HARLEQUIN BOOKS S.A.

Tous droits réservés.

HARPERCOLLINS FRANCE
83-85, boulevard Vincent-Auriol, 75646 PARIS CEDEX 13
Service Lectrices — Tél. : 01 45 82 47 47 - www.harlequin.fr
ISBN 978-2-2804-9228-7 — ISSN 1950-2753

Composé et édité par HarperCollins France.
Imprimé en septembre 2023 par CPI Black Print (Barcelone)
en utilisant 100% d'électricité renouvelable.
Dépôt légal : octobre 2023.

FSC www.fsc.org MIXTE Papier issu de sources responsables FSC® C159065

Pour limiter l'empreinte environnementale de ses livres, HarperCollins France s'engage à n'utiliser que du papier fabriqué à partir de bois provenant de forêts gérées durablement et de manière responsable.

1

De quel droit Holly McCay privait-elle ses beaux-parents de leurs petits-fils depuis le décès accidentel de leur fils unique ?

Chris Colton fulminait intérieurement et cependant il offrait une attitude et un visage composés au récit touchant et pour le moins troublant que lui adressaient tour à tour Angus et Evalinda McCay.

Il se renversa dans son fauteuil de bureau pour observer les deux photos qu'ils venaient de lui transmettre. La première représentait leur belle-fille, une blonde ravissante aux yeux noisette, avec son mari Grant, un homme au physique agréable et au regard franc. La seconde montrait Ian et Jamie, les jumeaux de dix-huit mois.

— Les enfants ont dû tellement changer..., déclara Evalinda McCay avec tristesse. Ils n'avaient pas un an, lorsque cette photo a été prise. C'était il y a plus de six mois. Nous ne les avons pas revus depuis la mort de Grant. Et maintenant, Holly a disparu avec eux.

Evalinda McCay, émue, se tut pour se tamponner les yeux avec un mouchoir.

— Ne vous inquiétez pas, madame McCay ! déclara Chris avec la plus grande fermeté. Je vais m'occuper personnellement de votre affaire. Je retrouverai vos petits-fils et votre belle-fille. Je m'y engage.

Angus McCay toussota pour s'éclaircir la voix.

— Je n'aime pas dire du mal de mon fils, monsieur Colton, car il ne peut plus plaider sa cause, mais il a été naïf... Cette jeune femme l'a aveuglé. Je dirais même qu'elle l'a piégé pour hériter ! Grant était un homme très riche !

— Ian et Jamie sont nés sept mois seulement après leur mariage ! renchérit Evalinda McCay, visiblement choquée.

— Grant a créé une fiducie testamentaire, ses fils en sont les bénéficiaires, mais c'est notre belle-fille qui est chargée d'administrer le patrimoine, poursuivit Angus McCay, comme s'il n'avait pas été interrompu par son épouse.

Cette dernière de nouveau le coupa.

— Holly est cupide !

Pleine de sollicitude, elle posa sa main sur celle de son mari.

— Tu répugnes à le dire aussi crûment, Angus, mais tu sais comme moi que c'est la stricte vérité.

Elle reporta son attention sur Chris.

— Elle s'est enfuie avec nos petits-enfants, trois semaines avant Noël. Nous en avons été privés pour les fêtes, vous imaginez un peu notre douleur ?

Sa voix s'étrangla, mais elle se ressaisit.

— Comme mon mari vient de vous en informer, Holly peut disposer de l'ensemble du patrimoine de notre fils, dépenser cet argent comme bon lui semble et ainsi flouer Ian et Jamie !

— Voilà pourquoi Holly a disparu et refuse de nous laisser voir nos petits-enfants..., ajouta Angus McCay.

Il soupira avant de conclure sombrement.

— Nous ne savons pas s'ils sont en bonne santé et heureux... Les fils de notre Grant, monsieur Colton !

— Les grands-parents ont un droit de visite et d'hébergement de leurs petits-enfants, mais dans le cas où il existe un conflit, suite à un décès au sein de la famille ou à un contentieux, par exemple, ce droit peut aussi leur être refusé, enchaîna Evalinda McCay, les traits décomposés par l'inquiétude. C'est pourquoi nous avons entrepris une action en justice, pour solliciter un droit de visite.

— Mais le juge s'est prononcé en fonction de l'intérêt des enfants, et non du nôtre, intervint Angus McCay. Notre avocat nous a expliqué qu'il était très difficile pour le juge de distinguer l'intérêt des enfants puisque nous assignons leur mère en justice.

— Pourtant, notre besoin de renouer des liens est parfaitement légitime ! s'exclama Evalinda McCay. Nous ne renoncerons pas, même si notre avocat est pessimiste.

Hors d'haleine, elle reprit son souffle.

— Et comme aux yeux de la loi Holly n'a commis aucun délit, la police ne peut intervenir et les lui retirer pour qu'ils nous soient confiés, souligna Angus McCay.

— Elle nous brise le cœur, elle nous prive de Jamie et Ian, et ça n'est pas un délit ! précisa à son tour Evalinda McCay outrée.

— Je vous le répète, je vais engager des recherches pour retrouver votre belle-fille et vos petits-fils. Ian et Jamie vous manquent, vous désirez les revoir en dépit de l'opposition de votre bru, et c'est légitime. Mais vous savez, en matière de conflits familiaux, le recours au juge n'est pas toujours la solution la plus pertinente. Avec beaucoup de patience et d'efforts, vous réussirez à renouer ces liens, par le biais de la médiation familiale de préférence.

En dépit de ces paroles lénifiantes, Chris enrageait.

Il était révulsé par l'égoïsme de Holly, mais il était aussi conscient que son propre passé expliquait son émotivité.

Il avait en effet été placé dans une famille d'accueil à l'âge de onze ans. S'il n'avait subi aucuns sévices graves de la part de ses « parents » d'accueil, il avait vite compris, si jeune soit-il, que ceux-ci s'intéressaient surtout aux allocations que le programme d'assistance du gouvernement fédéral leur versait pour couvrir les dépenses courantes et personnelles de l'enfant dont ils avaient la charge.

— Nous avons retrouvé la trace de Holly à Dallas-Fort Worth, mais ensuite nous avons perdu sa piste. C'est pourquoi nous avons décidé de faire appel à vos services, monsieur Colton, déclara Angus McCay. Vous connaissez bien cette partie du Texas, contrairement à nous.

À cet instant, son épouse toussota en lui adressant un regard éloquent.

— Ah oui, il y a autre chose... Les journaux de Dallas-Fort Worth ne parlent que de la tueuse de l'alphabet de Granite Gulch.

Chris se raidit. Angus et Evalinda McCay étaient-ils au courant du lien qui existait entre sa famille et le tueur en série, une femme qui défrayait actuellement la chronique ?

Angus McCay enchaîna.

— Granite Gulch est à environ soixante kilomètres de Dallas-Fort Worth, et nous savons que toutes ses victimes, jusqu'à présent, étaient des femmes dotées d'une longue chevelure noire. Holly est blonde, mais qui sait ? Cela pourrait changer. Et malgré tout, c'est notre belle-fille. S'il lui arrivait malheur…

Il s'interrompit, et son épouse prit le relais.

— Aux nouvelles, on a entendu que la dernière victime s'appelait Gwendolyn Johnson, donc la tueuse en est à la lettre H : H comme Holly. Malgré le chagrin qu'elle nous cause, c'est la mère de Ian et Jamie, insista Evalinda. Les deux petits n'ont déjà plus leur père, je frémis à l'idée qu'ils perdent leur mère. Quels que soient les griefs que nous avons contre notre belle-fille, cela ne doit pas arriver.

Sa voix se brisa, et elle fit signe à son mari de continuer.

— Nous ne savons pas ce que cela coûtera, dit alors Angus McCay, mais nous avons des économies. Quels que soient vos honoraires, nous les doublerons si vous faites de cette enquête votre priorité absolue. Nous vous verserons même un bonus si vous retrouvez Holly dans le mois. Il le faut, monsieur Colton ! insista-t-il, implorant.

— Sacrifier vos économies ne sera pas nécessaire, déclara Chris touché.

Mû par une impulsion, il poursuivit.

— Je ne vous facturerai pas d'honoraires. Vous ne couvrirez que les dépenses incompressibles. Je retrouverai votre belle-fille et vos petits-fils, je vous en donne ma parole.

Evalinda McCay lui fit un sourire timide mais approbateur.

— Vous êtes bon et généreux, monsieur Colton. Je savais que nous avions fait le bon choix, en vous contactant.

Mais son sourire disparut.

— Quand vous aurez retrouvé Holly, je vous prie instamment de ne pas l'avertir de notre démarche : elle pourrait à nouveau disparaître. Je pense que le mieux c'est de nous en informer puis nous prendrons le relais.

Elle joignit les mains avec ferveur.

— Si nous pouvions lui parler, lui montrer combien nous aimons nos petits-fils... Elle n'aurait plus le cœur de nous tenir à l'écart.

— Je vous comprends parfaitement, madame McCay.

En réalité, Chris n'était pas convaincu que Holly McCay ferait preuve de mansuétude. Si elle s'était enfuie avec ses jumeaux dans le but de dilapider le patrimoine de leur père, elle persisterait à refuser un droit de visite à Evalinda et Angus McCay.

Il n'y a que l'argent qui compte à ses yeux, songea-t-il. *Elle est comme ma famille d'accueil. Cynique. Guidée par son seul intérêt. Cupide !*

Holly McCay s'arrêta devant le pavillon de son amie Peg Merrill et coupa le moteur. Avant de descendre de son véhicule, elle orienta le rétroviseur de son petit SUV Ford d'une main et, de l'autre, rajusta sa perruque brune dont le port lui était devenu inconfortable. Malheureusement, elle n'avait pas le choix...

Le printemps s'annonçait à peine, mais elle mourait déjà de chaud et elle n'osait penser aux chaleurs estivales et humides de l'été texan. De plus, Ian et Jamie détestaient cette perruque qui les perturbait autant que les pérégrinations de ces derniers mois. Ses jumeaux âgés de dix-huit mois étaient encore trop petits pour bien exprimer leurs émotions, mais depuis peu Ian disait « non » à tout.

Quant à Jamie, il s'accrochait à elle et pleurait dès qu'elle partait faire des courses à Granite Gulch, après l'avoir confié, avec Ian, à l'adorable Peg Merrill. Pourtant il appréciait Peg et aimait jouer avec ses enfants.

Cette angoisse de la séparation, qui s'exprimait différemment chez Ian et Jamie, affectait Holly. Ses fils autrefois gais et rieurs étaient devenus anxieux.

Elle soupira. *Si seulement...* Si seulement Grant n'était pas mort. Si seulement au lieu de ce testament, il avait plutôt pris des dispositions en faveur de ses parents. Si seulement les parents de Grant n'étaient pas aussi... cupides, au point de devenir dangereux. À la pensée d'Angus et d'Evalinda, elle frissonna en dépit de l'agréable chaleur de cette journée printanière.

Elle plaqua un sourire de convenance sur son visage, se regarda de nouveau dans le rétroviseur pour s'assurer de l'expression de ses traits. Elle ne voulait pas que Jamie et Ian la voient soucieuse, angoissée à la pensée que les McCay la retrouvent... *Ça suffit ! N'y pense plus. Ne t'appesantis pas sur tes peurs, cette sensation d'être sans cesse épiée...*

Elle savait qu'elle devrait tôt ou tard prendre de nouvelles mesures, c'est-à-dire faire des choix difficiles : déménager de nouveau avec Ian et Jamie en emportant le peu qu'elle possédait et qui tenait dans son petit SUV. Puis quitter la pension de famille à Rosewood, reprendre la route, seule, vers l'inconnu. S'éloigner de Peg qui acceptait de garder ses fils pendant qu'elle faisait ses courses, se rendait à Fort Worth ou à Dallas afin de retirer de l'argent dans l'une des succursales de sa banque.

L'amitié de Peg lui manquerait. Peg, c'était en quelque sorte la grande sœur qu'elle avait toujours rêvé d'avoir. Comment lui expliquer son prochain départ ? Holly savait qu'elle ne pourrait pas disparaître du jour au lendemain sans l'avertir. Sinon, Peg s'inquiéterait, d'autant que la tueuse de l'alphabet terrifiait la population de Granite Gulch et des villes des environs.

Holly poussa un gros soupir, ajusta une dernière fois sa perruque, prit son sac à main et sortit de son SUV pour se diriger vers le pavillon de Peg.

Chris avait garé dans son pick-up Ford blanc à l'ombre d'un catalpa en fleur, plus bas dans la rue. Il suivit des yeux Holly McCay tandis qu'elle remontait l'allée jusqu'à la maison de Peg. Il ne put s'empêcher de remarquer sa silhouette svelte et harmonieuse, mise en valeur par un jean qui épousait ses courbes, ainsi que sa démarche gracieuse.

Il hocha la tête pour conjurer cette contemplation intempestive. *Le moins qu'on puisse dire,* songea-t-il, *c'est que ce n'est pas une criminelle professionnelle...*

Holly McCay s'efforçait bien sûr de passer inaperçue. En témoignait sa perruque – une bonne idée. Ensuite, elle payait ses achats en liquide – jamais avec une carte à débit différé ou par chèque. Elle avait cependant commis une première erreur : elle avait transféré une importante somme d'argent de sa banque de Clear Lake City, au sud de Houston, à la Cattleman's Bank de Fort Worth, où elle avait ouvert un compte, lorsqu'elle avait séjourné dans la région de Dallas-Fort Worth. Obligée de fournir des justificatifs d'identité – permis de conduire et numéro de sécurité sociale –, elle avait laissé une trace. C'est pourquoi les McCay avaient réussi à la retrouver.

Elle effectuait également ses retraits dans les distributeurs bancaires de Dallas-Fort Worth, jamais les mêmes ; or elle avait fait une exception et commis une seconde erreur en retirant de l'argent à Granite Gulch.

C'était un indice, Chris s'y était donc rendu. Il avait parcouru la ville et ses environs, à la recherche d'une jeune femme avec des jumeaux en bas âge qui se serait installée récemment dans cette région.

Quelle que soit la couleur de ses cheveux et quels que soient ses efforts pour passer inaperçue, Holly McCay avait oublié que les gens se souvenaient de jumeaux aussi mignons que les siens.

Après avoir localisé une jeune femme avec des jumeaux à Rosewood, petite ville voisine de Granite Gulch, il avait surveillé quelques motels, dont une modeste pension de famille. Là, il avait vu sa Ford Escape, enregistrée à son nom et qui comportait toujours la même plaque d'immatriculation. Holly McCay avait même donné sa véritable identité au gérant de cette pension de famille.

Chris aurait pu contacter le couple McCay pour l'informer du succès de sa mission, mais il n'en avait rien fait.

D'abord, à cause d'une intuition qu'il avait eue, le jour où il avait reçu le couple. Chris avait en effet un instinct très sûr, qui ne l'avait jamais trompé et qui assurait sa réussite spectaculaire dans cette profession qu'il avait choisie, neuf ans plus tôt, après avoir obtenu un diplôme en criminologie et justice pénale à l'université du Texas à Arlington.

Ensuite, Evalinda et Angus McCay l'avaient renseigné avec précision sur les transactions bancaires de leur belle-fille – des informations auxquelles, normalement, ils n'auraient jamais dû avoir accès. De plus, Chris avait été alerté par l'expression de triomphe et de satisfaction qu'il avait surprise sur le visage d'Evalinda McCay alors qu'elle ne se croyait pas observée. À ce moment-là, Chris parcourait les documents bancaires de Holly qu'Angus venait de lui remettre. Il avait levé les yeux inopinément et la jubilation d'Evalinda McCay, pour le moins inexplicable et déconcertante, avait aussitôt cédé la place à l'inquiétude qu'elle affichait depuis le début de l'entretien.

Après avoir éprouvé de l'empathie envers les McCay, il avait recouvré son impartialité pour considérer l'affaire avec objectivité.

Ainsi, méfiant, il avait vérifié la solvabilité du couple – c'était de toute façon la procédure standard. Le rapport de solvabilité des McCay avait révélé des détails troublants. Angus et Evalinda étaient endettés, ils vivaient *très* au-dessus de leurs moyens depuis plusieurs années bien qu'Angus McCay ait une belle situation à Houston. Chris avait proposé au couple de régler seulement ses dépenses courantes, il s'y était engagé et il était un homme de parole, néanmoins cette découverte l'avait fait réfléchir.

Il n'avait pas contacté Evalinda et Angus McCay pour toutes ces raisons et surtout parce qu'il connaissait Peg Merrill depuis plusieurs années. Si Peg s'était liée d'amitié avec Holly McCay, cette dernière ne pouvait être la créature cupide au cœur dur, la mère indigne que ses beaux-parents lui avaient complaisamment décrite. Et Peg étant une femme de tête qui avait comme lui un instinct très sûr, Holly McCay ne pouvait donc pas l'avoir trompée.

Peg Merrill était sa belle-sœur, la sœur aînée de Laura, son épouse décédée. Chris écarta cette pensée douloureuse pour revenir à son affaire et tirer ses premières conclusions : si Holly était l'amie de Peg à qui il faisait une confiance totale, il ne pouvait adopter le parti des McCay dont il s'était méfié dès leur première entrevue.

Chris attendit que Holly McCay installe ses jumeaux dans leurs sièges auto et reprenne la route avant de sortir de son pick-up. Il mit son stetson noir et se dirigea vers le pavillon de Peg avec l'intention d'en découvrir davantage sur cette jeune maman.

— Chris ! s'exclama Peg en lui ouvrant. Quel bon vent ! Entre vite.

Susan, la fille de Peg qui était âgée de deux ans, se jeta dans ses bras et il la souleva avec élan. Il s'ensuivit une cacophonie d'aboiements – Peg avait en effet trois chiens, dont Wally, le golden retriever de Laura. La confusion fut un instant telle que toute conversation fut impossible. Les deux chiens de Peg bientôt se calmèrent et s'allongèrent devant la cheminée du salon-salle à manger. Chris s'installa dans l'un des grands fauteuils, Susan sur ses genoux et Wally à portée de main.

Laura adorait ce golden retriever que Chris lui avait offert parce qu'ils étaient sur le point de quitter leur appartement pour emménager dans une maison avec un beau jardin. Mais cette maison de rêve, précisément le rêve de Laura, était restée inoccupée. Après sa mort, Chris n'avait pu supporter d'y vivre. Un appartement n'étant pas un endroit pour un chien, d'autant que Chris était souvent en déplacement, Peg et Joe, son mari, lui avaient proposé d'accueillir Wally. Chris avait accepté, conscient que cette solution lui permettrait de ne pas définitivement se séparer de Wally.

Dans un premier temps, il échangea les dernières nouvelles avec Peg. Il évoqua son agence, florissante, à laquelle il consacrait son temps depuis le décès de Laura, et à la quatrième filiale qu'il avait décidé d'ouvrir, à Arlington. Peg parla de ses deux enfants – le plus jeune, Bobby, faisait sa sieste –, et de la jardinerie que son mari, Joe, tenait à Granite Gulch. Comme Susan s'assoupissait, Peg se leva pour la lui reprendre et alla la coucher, Chris la précéda et ce fut lui qui la mit au lit.

Cela fait, il revint dans le salon. Entre-temps, Peg avait sorti un pichet de citronnade Elle remplit un verre posé la table basse.

— Et si tu me disais ce qui ne va pas, Chris ?

Elle n'attendit pas sa réponse pour poursuivre.

— Je préférais ne rien dire devant Susan car elle comprend déjà tout.

Chris allait protester, mais elle enchaîna.

— Je vois bien que tu tentes de donner le change, mais je sais qu'il se passe quelque chose, sinon tu ne serais pas venu en pleine semaine, au beau milieu de l'après-midi.

Chris sourit, et hésita. Il avait tout de même des scrupules à lui soutirer des informations sur Holly McCay.

— Eh bien… je voulais te parler de la jeune femme qui était ici, un peu avant mon arrivée…

— Holly ?

La surprise se peignit sur les traits de Peg.

— Oui. Holly McCay. J'ai été engagé par sa belle-famille pour la retrouver.

2

Deux jours plus tard, Holly monta dans sa Ford Escape et démarra, les larmes aux yeux. Elle venait de confier ses fils à Peg afin qu'ils jouent une dernière fois avec Susan et Bobby. Pendant ce temps, elle ferait de nouveau leurs bagages et chargerait son SUV. Elle n'avait pas encore informé Peg de son prochain départ, elle n'en avait pas eu le courage. Tout à l'heure, quand elle aurait récupéré Ian et Jamie, elle donnerait à Peg la petite lettre qu'elle rédigeait déjà en pensée afin que son amie ne s'inquiète pas de sa disparition.

Et elle reprendrait la route…

Chris suivit Holly McCay de loin pour ne pas se faire repérer et la vit s'engager sur la nationale qui délimitait Granite Gulch de Rosewood. Il se laissa distancer, toujours par discrétion, la circulation étant en effet très fluide. Lorsque Holly tourna sur le parking de la pension de famille, il continua sur une centaine de mètres, fit demi-tour dès que cela lui fut possible et revint à la hauteur du parking de l'établissement au moment où elle y rentrait.

Il se gara à équidistance de l'entrée et du SUV de Holly, et il attendit.

Longtemps.

La pension de famille à Rosewood n'était pas l'endroit le plus sûr pour une jeune maman seule avec deux enfants en bas âge. Non seulement il y avait beaucoup de passage, mais Regina Willard – que les forces de l'ordre avaient récemment identifiée comme étant la tueuse de l'alphabet –, y avait séjourné. À cette dernière pensée, Chris eut un sursaut de satisfaction : c'était Regina Willard, la tueuse de l'alphabet, et non sa petite sœur Josie, comme les forces de l'ordre l'avaient cru un moment. Regina Willard courait toujours, certes, mais Josie avait été innocentée.

Songer à Josie attrista Chris. La benjamine de la fratrie Colton avait en effet disparu six ans plus tôt et toutes les recherches pour la retrouver avaient échoué. Sa disparition inexpliquée ainsi que le lieu secret où sa mère avait été ensevelie étaient les deux principaux tourments de Chris. Il sentit son cœur se serrer, comme toujours lorsqu'il évoquait ce chapitre de l'histoire familiale. La douleur et le chagrin, dus à ce qu'il appelait, en son for intérieur, « ses échecs fatals », rejoignaient le chagrin et la culpabilité qu'il éprouvait depuis la mort de Laura.

Cela dit, pour leur mère, il restait peut-être un espoir. Vingt ans plus tôt, son père l'avait tuée et avait ensuite caché son corps dans un endroit inconnu de tous. Condamné par la maladie, Matthew Colton – qui purgeait actuellement plusieurs peines de prison à vie pour ses meurtres –, avait offert un marché à ses sept enfants : leur visite à la prison contre un indice pour retrouver ce lieu. Jusqu'à présent, il en avait fourni quatre, aucun n'avait de sens. Annabel avait été la dernière à se rendre à la prison. L'indice qu'elle avait obtenu, à savoir le mot « pêches » était aussi énigmatique que les trois précédents : « Texas », « colline » et « B ». Selon sa sœur et ses frères, ces indices indiquaient la maison de leurs grands-parents maternels qui se trouvait à Bearson, Texas. Certes, mais encore ? Cette propriété s'étendait sur plusieurs hectares. Si leur mère y avait été enterrée, ils n'étaient pas au bout de leur peine pour retrouver où précisément.

Chris soupira. Ce mois-ci, c'était à son tour d'aller à la prison. Il ignorait pourquoi Matthew tourmentait de la sorte ses propres enfants – mis à part le fait qu'il en avait le pouvoir. En effet, il savait que tous les six désespéraient de retrouver le corps de leur mère afin de lui donner une vraie sépulture, mais il semblait y prendre une espèce de plaisir sadique.

— C'est en quelque sorte la dernière vengeance du tueur en série..., soliloqua Chris. Le baroud d'honneur avant sa mort prochaine. Il nous torture avec ces indices incompréhensibles, il mourra en emportant son secret dans la tombe, conclut-il entre ses dents, en contenant sa colère et sa frustration.

Regina Willard gémit en s'extirpant de son sac de couchage pour le moins inconfortable. Elle détestait cette cachette, elle était furieuse d'avoir été contrainte, par la police de Granite Gulch et le FBI, de quitter précipitamment la pension de famille à Rosewood. La chambre qu'elle y occupait était modeste, mais elle y avait eu un bon lit, une salle de bains et des toilettes à sa disposition.

Elle songea fugitivement à son demi-frère, Jesse Willard, et à sa ferme si prospère. La dernière fois qu'elle lui avait parlé, des années auparavant, il l'avait encouragée à aller de l'avant et à cesser de pleurer son fiancé disparu. Mais Jesse ne comprenait rien à rien ! Cette garce avait volé le seul homme qu'elle ait jamais aimé, c'était normal de le lui faire payer ! Sa rivale se travestissait, changeait de nom ? Qu'importe, Regina la débusquait immanquablement et aussitôt se vengeait !

Regina hocha la tête. Elle avait beau éliminer cette voleuse d'homme, celle-ci revenait toujours à la vie... C'est pourquoi Regina devait sans cesse la tuer. À la longue, cette créature infâme finirait par disparaître à jamais et elle-même trouverait peut-être le repos...

Regina se frotta les yeux en essayant de se concentrer. Combien de fois avait-elle tué cette garce ?

Elle compta sur ses doigts.

— Sept, conclut-elle.

Elle gloussa. Elle avait été obligée de se cacher dans cet abri au milieu de nulle part, mais au moins elle échappait au célèbre FBI. Elle était en mission, personne ne lui ferait obstacle tant que cette voleuse d'homme ne serait pas morte pour toujours !

Holly fit ses bagages rapidement en essayant de former des plans. Où aller ? Au Nouveau-Mexique ? En Arizona ? Continuer sa cavale jusqu'à ce que plusieurs milliers de kilomètres la séparent d'Evalinda et Angus McCay ? Elle aimait le Texas, et la peur, tenace, de l'inconnu faisait battre son cœur plus vite, sitôt qu'elle envisageait de partir loin. Dans un autre État, voire un autre pays. Certes, elle avait séjourné en Amérique du Sud avec ses parents, mais cela remontait à plusieurs années. Le Texas, c'était chez elle.

Sa décision de reprendre la route était difficile, elle n'en avait pas envie, d'autant que ses fils avaient besoin de stabilité. Mais avait-elle le choix ?

Elle évita de penser à la tueuse de l'alphabet, qui sélectionnait ses victimes par ordre alphabétique. Toutes avaient de longs cheveux bruns. La criminelle en était à la lettre H, et Holly portait une perruque brune, mais de coupe courte, ce qui limitait les risques. Ainsi se rassurait-elle. Elle n'était pas inconsciente au point d'ignorer la menace, mais elle redoutait avant tout les McCay qui avaient déjà attenté à sa vie.

Elle l'avait compris après avoir échappé à la mort à trois reprises et s'était méfiée de ses beaux-parents. Elle ne se connaissait pas d'ennemis, en revanche, elle était l'exécutrice testamentaire de Grant dont les enfants deviendraient les héritiers à leur majorité. Vingt millions de dollars en tout. Les parents de Grant, sa mère surtout, étaient froids et calculateurs. Grant le savait, même s'il ne le lui avait jamais confié. Était-ce pour cette raison qu'il ne leur avait rien laissé en héritage ? Parce qu'ils étaient plus intéressés par la fortune qu'il avait amassée que par leur propre fils ou par leurs petits-fils ?

Holly ne pouvait prouver que les McCay avaient attenté à sa vie. Elle n'avait que des soupçons. Elle avait commencé à se méfier, lorsque Evalinda et Angus avaient engagé un avocat pour obtenir la garde des jumeaux et menti sur son compte. Après, il y avait eu ces « accidents ».

Dans l'incapacité de confondre ses beaux-parents, elle était impuissante à agir. La police pouvait rétorquer que les accidents dont elle avait failli être la victime n'étaient que de fâcheuses coïncidences. De plus, Evalinda et Angus McCay étaient respectés dans leur communauté, c'était des « gens bien » au-dessus de tout soupçon.

Holly ne pouvait compter que sur elle. C'est pourquoi, trois semaines avant Noël, elle avait fait ses bagages, mis ses objets les plus précieux dans un garde-meuble, fermé sa maison, installé ses fils dans leurs sièges auto et pris la direction de Dallas. Elle n'avait pas de projet précis, elle voulait en priorité se mettre hors de portée de sa belle-famille, se perdre dans la vaste zone urbaine formée par Dallas et Fort Worth.

Elle était en cavale, certes, mais elle n'était pas une criminelle et n'avait donc aucune idée de la manière dont on se procurait de faux papiers. Sans compter qu'elle ne pouvait pas non plus transporter des liasses de billets pour éviter d'utiliser ses cartes de crédit. Obligée de devoir périodiquement retirer du liquide, elle avait ouvert un nouveau compte à la Cattleman's Bank de Fort Worth pour effectuer un transfert d'argent en justifiant de son identité avec son numéro de sécurité sociale et son permis de conduire.

Une semaine plus tard, elle avait encore changé de lieu, sans pour autant quitter l'agglomération de Dallas. Elle repartait chaque fois qu'elle avait le sentiment que les McCay se rapprochaient, mais elle n'avait pas changé de banque – elle avait en effet spécifiquement choisi la Cattleman's Bank de Fort Worth, car celle-ci avait des centaines d'agences et filiales disséminées partout et des distributeurs dans les supermarchés.

Elle avait fini par s'éloigner de Dallas pour gagner Rosewood, une petite ville à proximité de Granite Gulch où habitait Peg. Là aussi, son séjour tirait à sa fin. Elle doutait que les McCay l'y retrouvent, d'autant qu'elle ne payait qu'en liquide et ne retirait jamais d'argent au même endroit. Cela, afin d'égarer les McCay, s'ils s'obstinaient à poursuivre leurs recherches. Tant qu'elle n'aurait pas la preuve du contraire, elle serait prudente et fuirait toujours plus loin. Une seule fois, elle avait dérogé à la règle en retirant de l'argent à Granite Gulch. Elle espérait que cette exception due à l'urgence ne lui serait pas préjudiciable.

Holly appréciait Rosewood, surtout depuis qu'elle s'était liée d'amitié avec Peg à la laverie automatique. Dans cette petite ville, elle avait réussi à trouver un semblant de stabilité et de sécurité. Mais, depuis ces trois derniers jours, elle se sentait épiée. Par la tueuse de l'alphabet ? Non, elle en doutait. Elle n'en pressentait pas moins une catastrophe ou un malheur imminent, et elle n'avait pas l'intention de séjourner ici plus longtemps pour en avoir la certitude.

Elle mit deux valises à l'arrière de son SUV, rentra dans la pension de famille pour chercher le reste. Revenue dans sa chambre, elle soulevait un carton de jouets et de livres et allait sortir quand un grand blond coiffé d'un stetson noir surgit sur le pas de la porte. Elle lâcha son carton tandis que l'inconnu posait sa main sur sa bouche.

Elle se débattit, l'homme la plaqua contre le mur et referma la porte derrière lui de sa main libre.

— Calmez-vous, Holly ! lui murmura-t-il à l'oreille. Je ne vous veux aucun mal. J'essaye de vous sauver la vie. Peg Merrill est ma belle-sœur.

Holly se figea. Son cœur battait violemment, la mention du nom de Peg l'apaisa. Puis elle se rendit compte que l'inconnu, en effet, ne la brutalisait pas.

— Si je retire ma main, vous allez crier ? lui demanda-t-il, de cette même voix chaude et profonde.

Holly fit « non » de la tête.

— Qui êtes-vous ? interrogea-t-elle, sous le choc.

— Chris Colton. Peg Merrill est vraiment ma belle-sœur.

— Que faites-vous ici ? Pourquoi ?

— Si je vous lâche, me laisserez-vous une chance de m'expliquer ? Ou allez-vous vous enfuir ?

— À quoi bon ? Vous me rattraperiez en un rien de temps. Vous êtes armé, j'ai senti votre holster. Cela dit, vous n'avez pas fait usage de votre arme. J'en conclus que vous êtes enclin au dialogue, malgré cette entrée en matière plutôt agressive pour m'y forcer. Je n'ai pas d'autre choix que de vous écouter. Allez-y.

— Votre bon sens vous honore.

Sur ces mots, il la lâcha et recula.

— Pourquoi Peg ne m'a-t-elle rien dit ? reprit Holly.

— Parce que je le lui ai demandé. De toute façon, ce n'est pas Peg qui m'a dit où vous étiez. Je sais que vous lui rendez souvent visite parce que je vous ai suivie. En vérité, je vous file depuis plusieurs jours.

Son instinct ne l'avait donc pas trompée, se dit Holly.

L'inconnu enleva son stetson, se passa les doigts dans les cheveux.

— Evalinda et Angus McCay m'ont engagé pour vous retrouver.

Holly, consternée, pressa les paupières et soupira.

— Pourquoi ne suis-je pas étonnée ? ironisa-t-elle.

— Je suis détective privé et vos beaux-parents sont venus à mon agence il y a environ une semaine. Ils m'ont raconté à votre sujet un tissu de mensonges que j'ai failli croire.

— Laissez-moi deviner : je suis une mère indigne, ils veulent sauver Ian et Jamie de mes griffes ?

— En partie.

— Quelle autre histoire vous ont-ils servie ? lâcha-t-elle avec un rire amer.

— Vous les avez empêchés de passer Noël avec vos enfants, vous les privez de leur affection. Vous êtes l'exécutrice testamentaire de l'héritage dont vos fils seront les bénéficiaires à leur majorité, dit-il en l'observant avec attention. Selon eux, vous n'avez d'autre intention que de dilapider cet héritage, et c'est pourquoi vous avez disparu. Pour agir en toute impunité.

Holly ferma les yeux et hocha la tête.

— Soit, mon mari m'a désignée pour gérer le patrimoine après son décès, et prendre toutes les décisions qui le concernent, mais il m'a aussi laissé une somme d'argent très conséquente. De toute façon, l'argent ne m'intéresse pas, je suis ingénieur et je gagne bien ma vie. Si j'ai fui avec Ian et Jamie, c'est parce que j'avais de très bonnes raisons.

— Ils essayent de vous éliminer.

— Comment le savez-vous ? s'exclama Holly stupéfaite.

Chris Colton lui sourit.

— Parce que je suis un excellent détective privé, Holly. J'avais des doutes, j'ai acquis des certitudes et puis j'ai découvert que vous étiez une amie de Peg. J'ai réalisé que vos beaux-parents avaient menti sur votre compte, j'ai voulu comprendre pourquoi. Je ne supporte pas les mensonges et les menteurs. Pire, je déteste qu'on me prenne pour un imbécile. J'ai fouillé leur vie. Et j'ai exhumé leurs petits secrets.

— Donc vous me croyez ? Je n'en reviens pas !

— Il ne s'agit pas de vous croire ou non, Holly, il s'agit avant tout de recherches et de déductions logiques.

Émue, Holly enfouit son visage entre ses mains. Cela faisait des mois qu'elle était seule et gardait pour elle ses inquiétudes et ses soupçons. Elle n'avait pas osé les partager avec Peg, à qui elle faisait pourtant confiance. Et maintenant, cet inconnu abondait dans son sens.

Holly releva la tête et prit une grande inspiration. Non, elle ne pleurerait pas ! Elle avait versé assez de larmes à cause des McCay, presque autant qu'à la mort de Grant.

— J'ai donc été bien inspirée de quitter Clear Lake City et Houston avec mes fils ?

— Je leur ai caché que je vous avais localisée. Et je ne les en informerai pas.

— Vous ne comprenez pas ! Sans résultats de votre part, ils engageront un autre détective privé qui, cette fois, croira leur version des faits.

Chris Colton la regarda pensivement, puis il hocha la tête.

— En effet.

Il hésita, puis reprit.

— Écoutez, Holly, je ne peux pas vous laisser continuer à fuir, sachant ce que je sais. Je ne me le pardonnerai pas si...

Il marqua une pause.

— Je pense que le mieux, ce serait que vos fils et vous quittiez cette pension de famille pour vous installer dans un endroit où je pourrai assurer votre sécurité, jusqu'à ce qu'on tende un piège pour confondre Evalinda et Angus McCay.

Holly hocha la tête avec véhémence.

— Je refuse de vous mettre en danger, vous et votre femme !

— Ma femme est morte, lâcha-t-il.

Holly porta la main à la bouche.

— Oh ! je suis désolée... Vous avez dit que Peg était votre belle-sœur et comme vous n'avez pas le même nom de famille, j'ai supposé...

— Peg ne vous a jamais parlé de Laura, sa sœur cadette ?

— Non.

— Je n'en suis pas surpris. Peg et Laura étaient proches, Peg a eu de la peine à surmonter sa mort.

Et lui aussi, songea Holly. Et, si elle en croyait l'expression fermée de Chris Colton, ce n'était pas une conversation dans laquelle il voulait s'engager.

Est-ce pour cette raison que Peg *s'est liée à moi si vite ? Elle a vu en moi la petite sœur qu'elle avait perdue ?*

La voix de Chris l'arracha à ses pensées.

— J'ajoute que la plupart des membres de ma famille travaillent dans les forces de l'ordre : ils m'aideront à piéger le couple McCay. Bien sûr, la police et le FBI concentrent leurs efforts sur la capture de la tueuse de l'alphabet, donc Evalinda et Angus McCay ne sont pas la priorité absolue, d'autant que nous n'avons rien de concret pour les mettre en accusation. Mais en attendant de monter une opération, je veux assurer votre sécurité et celle de vos fils.

— Mais Ian et Jamie ne sont pas en danger, eux, s'empressa-t-elle de préciser.

— En êtes-vous sûre, Holly ?

Holly le regarda bien en face et se dit qu'elle n'avait jamais vu d'yeux plus bleus que ceux de Chris Colton.

— Si les McCay sont prêts à vous éliminer pour obtenir la garde de vos fils, qui vous dit qu'ils ne finiront pas par s'en prendre à eux, pour mettre la main sur leur héritage, une fois que vous serez hors circuit ?

— Leurs propres petits-enfants ? Je ne peux pas le croire !

— Croyez-le. Un premier crime en entraîne un second, et ainsi de suite.

Un rire sans humour échappa à Chris.

— Je parle d'expérience. Mon père est Matthew Colton.

Holly fronça les sourcils sans comprendre.

— Pardon ?

— Matthew Colton. Le tueur en série. Tristement célèbre. La

tueuse de l'alphabet l'imite, elle marque comme lui ses victimes au front.

Chris se tut.

— Mon père a tué dix personnes il y a vingt ans, conclut-il d'une voix dure. Dont ma propre mère. Sa dernière victime.

3

— Oh ! mon Dieu !

Holly McCay était sous le choc. La pitié, ce sentiment que Chris détestait le plus au monde, se reflétait sur ses traits. Il était l'objet de la compassion générale depuis l'âge de onze ans, depuis qu'il était devenu un quasi-orphelin et depuis le décès de Laura, survenu deux ans plus tôt.

— Mon père a tué neuf hommes « simplement » parce que ceux-ci lui rappelaient son frère, Big J Colton, qu'il haïssait, expliqua-t-il brusquement. Il a tué ma mère qui l'aimait et lui a donné sept enfants. Alors, ne me dites pas que vos beaux-parents seraient incapables de s'en prendre à leurs petits-enfants.

— Je... je vois...

La crainte qui cette fois jaillit dans les yeux de Holly déconcerta Chris. Puis il comprit qu'elle n'avait pas peur pour sa vie, mais pour Ian et Jamie. L'expression de son visage de nouveau changea, la compassion qu'il y avait lue un instant plus tôt se mua en une détermination farouche. Protéger ses fils à tout prix, quoi qu'il arrive. Holly McCay était une mère courage.

Une vraie lionne.

— Ils ne s'approcheront pas de Ian et Jamie ! déclara Holly avec fermeté. Que me proposez-vous concrètement ?

Chris réfléchit, puis il hocha la tête.

— J'ai une maison à la périphérie de Granite Gulch. Personne n'y habite, mais Peg l'entretient, donc elle est habitable. Et dotée d'un système de sécurité sophistiqué.

À ces mots, Chris eut le cœur serré. Cette maison, Laura en

avait rêvé, il l'avait fait construire pour elle, mais elle n'avait jamais eu le bonheur d'y vivre. Et il n'avait pas pu supporter de l'occuper après sa mort.

— Je ne vois pas d'endroit plus sûr pour vous cacher, vous et vos fils. Et jusqu'à ce qu'on piège les McCay, je ne veux plus vous perdre de vue. Je serai donc tout le temps avec vous.

— Mais... votre travail ? Vous ne pouvez... ?

— J'ai ma propre agence, Holly. Je n'ai pas pris un jour de congé depuis la mort de Laura et je suis parfaitement capable de gérer une absence temporaire d'autant que je travaille beaucoup par téléphone ou par mail.

La gorge serrée, il se tut. Holly le scruta longtemps, et avec une expression qu'il trouva énigmatique.

— J'apprécie votre proposition, dit-elle tout à coup. Je l'accepte pour mes enfants, et en leur nom.

Une demi-heure plus tard, les affaires de Holly étaient dans son SUV, à l'exception des chaises hautes et des deux petits lits pliants qu'elle avait achetés lorsqu'elle avait pris une chambre à Rosewood. Chris chargea le tout à l'arrière de son pick-up. Holly se rendit compte que, sans cela, elle aurait été obligée de les laisser dans la pension de famille, faute de place dans son propre véhicule.

— Je vais vous suivre jusque chez Peg, déclara Chris en refermant le coffre. Mais avant toute chose, nous devrions faire quelques courses en ville.

Elle acquiesça.

— J'en profiterai pour passer chez moi faire ma valise et prendre mon ordinateur portable. Mon appartement est au-dessus du Double G Cakes and Pies.

— J'adore cet endroit ! s'exclama Holly. Mia, la gérante, donne toujours ses délicieux cookies faits maison à Ian et Jamie.

— Je reconnais là bien Mia. C'est la meilleure amie de ma sœur Annabel. Elles ont été dans la même famille d'accueil.

Son sourire s'effaça, son visage se ferma. Holly comprit que c'était un nouveau sujet de conversation à éviter.

Sur la route de Granite Gulch, Holly s'interrogea sur Chris Colton. Quelles étaient ses réelles motivations à vouloir les protéger, ses fils et elle ? De quoi était morte son épouse ? D'un accident ? De maladie ? Pour autant qu'elle s'en souvienne, Peg ne lui avait jamais parlé de Laura. Holly était d'autant plus curieuse qu'à l'évidence, Chris avait été très amoureux de sa femme et souffrait de l'avoir perdue.

Holly vit dans le rétroviseur le Ford de Chris juste derrière elle. Elle soupira. Si seulement Grant l'avait aimée autant que Chris avait aimé Laura… Holly n'avait rien à reprocher à Grant, son meilleur ami avant de devenir son mari. Et, bien qu'il l'ait certainement aimée, il n'avait jamais été fou amoureux. Contrairement à elle.

Les premiers mois après sa mort, elle avait été dévastée, mais elle n'avait pas eu l'opportunité de faire son deuil décemment, car les projets funestes des McCay l'avaient rappelée à la dure réalité.

Était-ce pour cette raison qu'elle s'était si vite remise de la mort de Grant ? Parce que les parents de ce dernier avaient tenté de lui arracher Ian et Jamie, et que son combat l'avait obligée à se projeter dans l'avenir, épuisant son énergie, sa concentration ? Parce que ses beaux-parents ayant échoué à obtenir la garde de ses fils, avaient essayé de l'éliminer, la forçant à prendre la fuite avec ses bébés ?

La première fois qu'une Chevrolet Malibu rouge s'était déportée de manière inattendue sur l'autoroute, alors qu'elle était à la hauteur d'un viaduc, Holly avait pesté contre ce mauvais conducteur. Deux semaines plus tard, une autre tentative, étrangement similaire et de la part du même véhicule, voire du même conducteur, avait éveillé ses soupçons. À la troisième tentative, elle n'avait plus eu aucun doute : la Chevrolet Malibu rouge avait délibérément cherché à la percuter et à la renverser sur le parking du supermarché. Elle ne devait la vie qu'à sa présence d'esprit, elle s'était en effet jetée entre deux voitures tandis que le véhicule en question s'éloignait à toute vitesse.

Elle consulta de nouveau le rétroviseur et s'interrogea : se pouvait-il que Grant ne l'ait jamais aimée et que cette déception soit plus forte que sa tristesse ?

Tout ce qu'elle savait, c'est que six mois après la mort de son mari, elle était prête à aller de l'avant, du moins si ses beaux-parents ne l'en empêchaient pas.

Holly boucla la ceinture de sécurité du siège auto de Ian pendant que Chris installait Jamie dans le second. Elle avait été surprise de voir l'aisance de Chris avec les tout-petits et aussi de constater que les deux enfants de Peg l'adoraient.

Peg s'approcha avec un sac de nourriture et un sac de friandises pour chiens. Elle tenait Wally en laisse.

— Les fils de Holly aiment beaucoup Wally qui s'est attaché à eux, expliqua Peg. Sa présence leur permettra de mieux s'habituer à leur nouvel environnement, ils se sentiront moins seuls.

Elle sourit à Chris.

— N'était-ce pas pour que Laura se sente moins seule que tu lui avais offert Wally ?

Chris lui rendit son sourire. Holly eut le cœur serré. Elle aurait adoré qu'on lui sourie de la sorte.

— Merci, dit Chris.

Il débarrassa Peg des sacs.

— Wally, monte ! dit-il au chien.

Le golden retriever obéit, et Chris déposa les sacs de nourriture et de friandises dans son pick-up.

— Merci d'avoir gardé mes fils, Peg, intervint Holly remplie de reconnaissance.

Son amie l'étreignit avec effusion.

— Tu ne pourras pas fuir éternellement, Holly. Je sais, ce n'est pas simple, mais parfois il est nécessaire de faire face. Chris a raison, il faut piéger les McCay.

Peg lui murmura à l'oreille.

— Chris a besoin d'agir dans ce sens, Holly, lui souffla-t-elle. Je ne peux pas t'expliquer pourquoi, mais il le doit. Accepte qu'il te prenne en charge et assure ta sécurité et celle de tes fils.

Chris conduisait lentement en vérifiant sans cesse que Holly roulait derrière lui. Holly McCay l'intriguait, même s'il en savait plus sur elle que la plupart des gens n'en savent sur leurs propres amis au bout d'un an de fréquentation régulière. Il savait où elle avait grandi, qu'elle avait perdu ses parents – des missionnaires – lors d'un séjour en Amérique du Sud, dans quelle université elle avait étudié et où elle avait travaillé. Holly McCay était en congé parental lorsque son mari avait été renversé à Houston, sur la I-45 dans un carambolage qui avait fait trois autres victimes. Le responsable de ce terrible accident, un homme sous l'empire de l'alcool, avait été condamné à plusieurs années de prison ferme. Chris connaissait le montant de l'assurance que Holly avait touchée et la valeur du patrimoine de Grant. Il n'y avait qu'à ce sujet que les McCay n'avaient pas menti, d'ailleurs.

En revanche, il ne savait pas ce qui intéressait et passionnait Holly McCay. Elle aimait ses fils, avait-elle aimé leur père ? Son enquête ne lui avait pas permis de découvrir si elle avait eu d'autres hommes que son défunt mari dans sa vie, à la différence de la plupart des femmes sur lesquelles il effectuait des recherches. L'essentiel de ses missions consistait en effet à faire des enquêtes de moralité pour le compte de grandes entreprises ou sur la criminalité en « col blanc ». Chris intervenait aussi dans les affaires de divorce, pour produire des preuves et des renseignements factuels, financiers et patrimoniaux.

Mais les cas qui lui tenaient le plus à cœur concernaient le droit de la famille – divorce ou séparation dans les procédures liées à l'enfant –, dans le cadre des conditions de la garde, de la fixation ou de la révision de la pension alimentaire. Il en avait une demi-douzaine à son actif. Chris ne tolérait pas que des frères et sœurs soient séparés les uns des autres, surtout quand ce n'était pas l'intérêt de l'enfant qui prévalait, mais l'égoïsme ou la cupidité des adultes.

Sa famille d'accueil l'avait séparé du reste de la fratrie. S'il avait pu revoir Annabel, sa sœur jumelle, c'est parce qu'il n'y avait qu'un lycée à Granite Gulch et qu'ils avaient certains cours en commun. Mais ses parents d'accueil le privaient de sorties sous les prétextes les plus fallacieux ou l'accablaient de corvées, après les cours. Pour autant, rien n'avait réussi à rompre le lien, très fort, avec Annabel. Sous ses apparences décontractées parfois désinvoltes,

Chris se considérait comme une sorte de preux chevalier, et à cet égard, sa sœur jumelle avait toujours eu la priorité.

À l'âge adulte, il avait renoué avec sa fratrie – à l'exception de Josie, la benjamine, dont la disparition restait un mystère. Mais il avait perdu de nombreuses années de complicité avec ses quatre autres frères, une relation qui aurait pu les aider à surmonter une histoire familiale véritablement tragique.

C'est à cause de son passé que Chris avait accepté d'intervenir dans des procédures de garde d'enfants, même au début de sa carrière, alors qu'il avait du mal à joindre les deux bouts. Il n'aurait pas eu le cœur de refuser de telles affaires. Et c'est précisément pour cette raison qu'il avait failli se laisser convaincre par l'histoire des McCay. Et c'est surtout pour cela qu'il venait de décider de protéger Holly, Ian et Jamie McCay.

— Il y a cinq chambres dans la maison, expliqua Chris.

Il changea Ian de bras pour déverrouiller la porte d'entrée, avant de taper le code pour désactiver le système d'alarme.

— À vous de choisir celle que vous voulez pour les jumeaux, Holly. J'y installerai leurs lits. Je précise que l'une des chambres est...

— Je désire que mes enfants restent avec moi.

Elle câlina Jamie, qui commençait à pleurer.

— Je sais, les spécialistes disent que c'est une mauvaise idée, reprit-elle à la hâte, mais depuis que nous avons quitté Clear Lake City, Ian, Jamie et moi avons toujours partagé la même chambre. D'abord dans les motels de la région de Dallas-Fort Worth, et puis dans la pension de famille à Rosewood. J'ai peur de les effrayer si tout à coup je change leurs habitudes, d'autant plus qu'ils sont, de nouveau, dans un endroit inconnu.

— Dans ce cas, je vous conseille d'occuper la plus grande chambre. La mienne. Il y aura plus de place.

— Mais c'est la vôtre, justement, protesta-t-elle. Il n'est pas question que...

— Ne vous inquiétez pas, Holly. Je n'ai jamais vécu dans cette maison.

Holly s'en voulut de sa maladresse en voyant le visage de Chris se fermer. Elle déposa à terre Jamie qui s'accrocha à sa jambe.

— Je suis désolée, Chris. Vous nous aidez, et je ne cesse de faire des gaffes...

Chris déposa à son tour Ian.

— Ce n'est rien, dit-il d'un ton bourru. Pourquoi ne feriez-vous pas déjeuner vos fils pendant que je décharge tout ? J'apporterai les provisions et les chaises hautes en premier.

Chris monta les lits des enfants dans la chambre pendant que Holly les faisait manger. Comme il le lui avait précisé, il n'avait jamais dormi là, mais Laura n'en avait pas moins choisi la déco et le mobilier. C'est Laura qui avait décoré et meublé la « maison de ses rêves », comme elle l'appelait. Chris n'avait pas le temps de l'accompagner à Dallas afin de faire les achats nécessaires, Laura s'y rendait le plus souvent avec Peg, et avec la carte de crédit Platinum qu'il lui avait donnée.

Mais ce jour-là, Laura avait été en contact avec un ou plusieurs porteurs du virus de la méningite virale. Peu après, le Centre de contrôle et de prévention des maladies du complexe métropolitain de Dallas-Fort Worth avait signalé qu'une épidémie de méningite virale y sévissait, mais c'était trop tard. Laura n'avait pas mentionné à Chris ses symptômes – violents maux de tête, fièvre et raideur de la nuque –, et il n'avait rien remarqué, car il était alors trop occupé à...

La sonnerie de son smartphone l'arracha à de tristes souvenirs. C'était Teri, l'une des assistantes administratives de son bureau de Fort Worth.

— Colton, j'écoute.

— Chris ? Ici Teri. Angus McCay vient de téléphoner. Il veut savoir où en est son affaire. Je lui ai promis que tu le rappellerais. Tu as son numéro ?

— Oui. Je m'en occupe. Merci, Teri. Pendant que j'y suis, j'aimerais que tu informes les collaborateurs des filiales de l'agence que je serai absent au cours des prochains jours. Je reste joignable, par téléphone ou par mail, en cas d'urgence. Et s'il y a des appels de clients, demande à Zach ou Jimmy de les gérer. Je vais de toute façon prévenir tout le monde.

Teri ne posa aucune question sur les raisons de son absence. Chris avait toujours compartimenté vie personnelle et vie professionnelle.

Il raccrocha, fit défiler sa liste de contacts jusqu'au numéro d'Angus McCay qu'il appela.

Ce dernier décrocha immédiatement.

— Angus McCay.

— Chris Colton. Ma collaboratrice vient de me transmettre votre message.

Angus McCay toussota.

— Vous nous avez dit que vous nous contacteriez dès que vous auriez retrouvé Holly, monsieur Colton, mais... cela fait déjà une semaine... Ma femme voulait que je vous téléphone pour savoir où vous en étiez.

— Ne vous inquiétez pas, monsieur McCay, le rassura Chris. J'ai suivi Holly jusqu'à Grand Prairie, où elle m'a échappé.

Il avait mentionné cette petite ville à dessein parce que Holly y avait effectivement séjourné, mais pas récemment. De plus, elle se trouvait entre Fort Worth et Dallas, donc loin de Granite Gulch.

— Si j'en crois mes dernières informations, elle aurait déménagé à Irving, ajouta-t-il.

Irving n'était qu'à une dizaine de kilomètres de Grand Prairie, Holly n'y avait été que de passage.

— Je vous contacterai dès que j'aurai des éléments concrets, dit-il.

— Il n'y a pas que pour nos petits-enfants qu'on se fait du souci. Cette femme, la tueuse de l'alphabet, court toujours, et le prénom de Holly commence par un H.

— Ne vous inquiétez pas, monsieur McCay. Grand Prairie et Irving sont plus proches de Dallas que de Fort Worth, et la tueuse de l'alphabet n'opère que dans un périmètre bien délimité.

— Très bien. Rappelez-vous, si vous retrouvez Holly, ne l'effrayez pas, surtout. Informez-nous, nous viendrons immédiatement sur place. Si nous pouvions avoir l'assurance que nos petits-fils vont bien, parler à cœur ouvert à Holly...

— Ne vous en faites pas, conclut Chris. Je vous avertirai dès que j'aurai localisé Holly.

Il raccrocha et se détourna. Du pas de la porte, Holly, ses jumeaux dans les bras, le fixait. Elle était livide.

4

— Vous m'aviez dit que vous me croyiez ? commença Holly. Son cœur battait si fort qu'elle pouvait à peine respirer.

Chris rempocha son téléphone

— Je vous crois.

— Alors pourquoi avez-vous révélé à mon beau-père que... ? J'ai eu l'impression que...

— Ne vous faites pas de souci, Holly. Je l'ai mis sur une fausse piste. Je devais lui dire quelque chose, et mieux vaut une demi-vérité qu'un mensonge. Vous êtes bien allée à Irving, après Grand Prairie, mais vous n'y avez séjourné que deux semaines.

— Mais... comment le savez-vous ? s'exclama-t-elle, stupéfaite.

— Je suis un excellent détective privé. Après Irving, vous vous êtes rendue à Mansfield, puis à Arlington et à Lake Worth où vous êtes restée un mois avant de quitter Dallas et de venir à Rosewood.

Tandis qu'il parlait, il s'approchait, mais elle reculait, tremblante, serrant Ian et Jamie contre elle. *J'ai été si prudente. Comment a-t-*il pu savoir ?

Elle comprit qu'elle s'était exprimée à voix haute quand Chris poursuivit.

— Parce que vous êtes une mauvaise criminelle, Holly. C'est un compliment, pas une insulte.

Toujours reculant, Holly finit par être acculée contre le mur du couloir. Pour détendre la situation, car les jumeaux, qui sentaient la détresse de leur mère, ouvraient de grands yeux, Chris lui prit Ian des bras et le souleva jusqu'à ce qu'il rie aux éclats. Puis il tourna les yeux vers elle. Holly y lut de la douceur et de l'honnêteté.

— Vous pouvez me faire confiance, Holly. Jamais je ne vous ferai de mal, à vous et à vos fils.

Holly était épuisée après ce début de journée riche en émotions et en surprises. Après avoir lu une histoire aux jumeaux et les avoir soigneusement bordés dans leur petit lit, elle s'allongea afin de prendre un peu de repos. Ensuite, elle s'occuperait des valises, ferait la vaisselle du déjeuner, rangerait les provisions que Chris et elle avaient achetées et déciderait du menu pour le dîner. En réalité, elle s'assoupit. Au préalable, elle orienta ses rêves vers les moments les plus heureux de sa vie – la naissance des jumeaux et la joie de Grant. Il avait été si fier et, en même temps, nerveux, comme tous les jeunes pères ! Ces images idylliques lui échappèrent à mesure qu'elle basculait dans un profond sommeil et se muèrent en cauchemars, avec la nouvelle dévastatrice de la mort de Grant, la saisine du juge de ses beaux-parents, leurs calomnies et la fiducie testamentaire. Holly avait dû se battre, pour rester la gestionnaire, selon la volonté de Grant, mais aussi pour sa réputation.

Cette période de sa vie avait été cauchemardesque... Elle avait gagné les batailles préliminaires devant les tribunaux, et elle pensait y voir plus clair, jusqu'à ce que surviennent les trois accidents auxquels elle avait échappé. Au troisième, elle s'était présentée chez Evalinda et Angus McCay, secouée et tremblante, pour récupérer les jumeaux qu'elle leur avait confiés ce jour-là. Elle avait vu leur stupéfaction et compris qu'ils étaient les auteurs, indirectement, de ces accidents qui avaient failli lui coûter la vie.

Son rêve ensuite la conduisit à la pension de famille à Rosewood. Elle y était avec Chris Colton. Il la serrait dans ses bras, l'étreignait à la fois avec force et tendresse en lui promettant qu'elle serait en sécurité avec lui et qu'il ne laisserait pas sa belle-famille s'en prendre à elle, à Ian et à Jamie.

Le sentiment de soulagement qu'elle ressentit alors fut puissant, quoique disproportionné par rapport à la réalité des faits, c'est-à-dire sa relation avec Chris Colton.

Holly s'était toujours considérée comme une femme indépendante, capable de se débrouiller en toute occasion et sans la protection d'un homme. Elle était ingénieur en informatique, avait subvenu à ses besoins au moyen de la modeste assurance vie que ses parents lui avaient laissée. Elle avait néanmoins dû travailler dur pour payer complètement ses études universitaires. Après avoir brillamment obtenu son diplôme, elle avait été embauchée à la NASA au Centre spatial Lyndon B. Johnson, à Clear Lake City, Texas, et y avait travaillé jusqu'à son congé parental. Elle était indépendante à bien des égards et fière de l'être.

Mais c'était avant que ses beaux-parents ne fomentent contre elle leurs sinistres projets. La situation dans laquelle elle se trouvait maintenant était inédite, digne de ces romans policiers que Grant adorait lire et elle avait besoin d'aide pour la première fois de sa vie. Mère célibataire ? Pas de problème. Assurer l'avenir financier de ses deux fils ? Pas de problème non plus. Confondre ses beaux-parents criminels ? Impossible...

D'où le soulagement qu'elle éprouvait, dans son rêve, à être dans l'étreinte de Chris et à l'entendre réitérer sa promesse de l'aider. Elle l'avait cru, parce qu'elle avait besoin de le croire.

Et brusquement, Chris l'embrassa dans son rêve.

Ce fut un ébranlement de tous ses sens. Personne ne l'avait jamais embrassée de la sorte, avec cette intensité qui lui faisait découvrir une nouvelle forme de sensualité. Le baiser de Chris provoqua une explosion dans tout son corps. Ses mamelons se dressèrent, elle se liquéfia lorsque Chris l'embrassa dans le creux si sensible de sa gorge.

Elle gémit dans son sommeil, se tourna sur le flanc en serrant les jambes pour à la fois conjurer et accentuer la délicieuse douleur qu'elle ressentait là. Puis son rêve éclata comme une bulle de savon.

Holly se réveilla d'un seul coup. Elle sentit le fumet appétissant du poulet grillé et entendit le babillement de Ian et Jamie qui tapaient sur les barreaux de leurs lits pour attirer son attention. Holly revint vite à la réalité. Que dans son rêve Chris l'ait embrassée l'étonnait, mais c'était surtout sa propre réaction à ce baiser qui la stupéfiait et la faisait même rougir.

À cet instant, comme si par la pensée, elle l'avait attiré, Chris frappa. Il entrouvrit la porte quand elle l'eut invité à entrer. Le visage en feu, elle posa les mains sur ses joues et fit mine de s'arracher aux dernières brumes du sommeil.

— Le dîner est prêt ! annonça Chris.

Holly se leva à la hâte.

— Je m'occupe de Ian, lui dit-il.

Il souleva l'un des jumeaux.

— Comment savez-vous que c'est Ian ? demanda-t-elle en prenant Jamie. Ils sont identiques. La plupart ne peuvent pas faire la différence. Peg y a réussi, mais il lui a fallu longtemps.

Le sourire que Chris lui adressa la fit délicieusement palpiter.

— Ian lève les yeux quand il me voit. Jamie détourne les siens.

— C'est tout ? C'est de cette seule façon que vous les distinguez ?

— Eh bien... les oreilles de Ian sont un peu plus décollées que celles de Jamie. Et les cheveux de Jamie sont un soupçon plus clairs que ceux de Ian.

Holly dévisagea ses fils.

— Vous avez raison. Je ne m'en étais jamais rendu compte, pour les oreilles.

— Et vous, comment les distinguez-vous ?

Holly ajusta mieux Jamie sur sa hanche et embrassa sa joue rebondie.

— Je ne peux pas vous l'expliquer... Je le sais, c'est tout.

Chris hocha la tête comme s'il n'avait pas attendu d'autre réponse.

— L'instinct maternel, conclut-il.

Et ce n'était pas une question.

— Vous venez, Holly ? Le dîner va refroidir.

— J'allais le préparer...

Elle suivit Chris dans la cuisine avec un sentiment de culpabilité.

— Vous dormiez profondément chaque fois que je venais jeter un coup d'œil. Je n'ai pas eu le cœur de vous réveiller.

Chris installa Ian dans l'une des deux chaises hautes et l'attacha. Holly fit de même avec Jamie. Les deux petits garçons tapèrent sur la tablette devant eux en poussant des cris de joie.

Holly sourit.

— Désolée pour le vacarme... D'habitude, je les fais dîner plus tôt. Je devais être plus fatiguée que je ne le pensais.

— Cette journée a été chargée en émotion, dit Chris.

Il sortit deux assiettes en plastique du four à micro-ondes. Il y ajouta les couverts pour bébé qu'elle avait utilisés pour le déjeuner et qu'il prit dans l'égouttoir – ainsi, il avait fait la vaisselle du déjeuner, conclut Holly qui culpabilisa derechef. Il y avait au menu du poulet grillé, que Chris avait déjà coupé en morceaux pour ses fils, de la purée de pommes de terre maison et des petits pois avec une noisette de beurre.

— Vous êtes une vraie nounou ! plaisanta Holly.

Elle observa les jumeaux qui, ravis, se mettaient à manger.

— Comment est-ce que vous savez...

— Plus un mot ! lui dit Chris d'une voix faussement sévère, mais le regard pétillant. Je suis le cadet d'une fratrie de sept. Il fallait prêter main-forte à ma mère, à la maison. Annabel, ma sœur jumelle, et moi avions l'habitude de l'aider avec les plus jeunes, surtout avec la benjamine, qui était encore bébé à l'époque.

Il se détourna pour sortir le reste du poulet du four, mais Holly avait eu le temps de remarquer son trouble. *Nouveau terrain miné... Il ne veut pas trop parler de son enfance.* Cela se concevait, si elle en croyait ses confidences de ce matin.

Elle chercha un sujet de conversation sûr tandis qu'elle se servait. Pendant ce temps, Chris versait l'eau fraîche dans le bol de Wally.

— Vous ne m'aviez pas dit que vous aviez une sœur jumelle ?

Chris allait répondre, Holly se pencha vers Jamie, qui faisait rouler ses petits pois sur la tablette de sa chaise haute et les écrasait. Elle le réprimanda sans pour autant élever la voix. Puis elle patienta jusqu'à ce que Jamie obéisse avant de lever les yeux vers Chris.

— Désolé, Chris. Je vous ai interrompu.

— J'étais sur le point de dire que, en effet, j'ai une jumelle. Notre lien est très fort.

— J'ai déjà remarqué la puissance du lien qui unit Ian et Jamie. Que fait votre sœur au juste ? Elle est détective privée comme vous ?

— Non, elle est dans la police.

Puis il hésita.

— Mes frères et moi avons cherché à la dissuader de faire carrière dans la police. Je sais, c'est machiste, mais on voulait surtout sa sécurité. On a eu une dispute à ce sujet avec elle. Et, du coup...

Il soupira.

— Aucun d'entre nous, sauf Sam, n'a assisté à sa remise de diplôme. Elle est sortie major de sa promotion.

Il eut l'élégance d'avoir l'air contrit et honteux.

Ils mangèrent en silence pendant quelques instants, puis Chris reprit.

— Nous avions déjà perdu une sœur, Josie, la benjamine, nous n'avons pas envie de perdre la seule qui nous reste.

— Qu'est-il arrivé à Josie ? demanda Holly avec prudence.

— Personne ne le sait. Nous n'avons plus aucune nouvelle d'elle depuis maintenant six ans.

Il fronça les sourcils, l'air troublé.

— Quelques années avant sa disparition, elle a rompu le contact avec nous et a refusé de nous voir.

Il marqua une pause.

— Elle devait avoir une douzaine d'années quand elle a annoncé à l'assistante sociale qu'elle ne souhaitait plus voir ses frères et sa sœur.

— Quel âge aviez-vous ?

— Vingt ans. C'était l'été qui a précédé ma troisième année à l'université.

Il soupira.

— Quand Trevor a eu dix-huit ans – Trevor, c'est l'aîné, nous avons trois ans de différence –, il a essayé d'obtenir la garde de Josie, donc de la retirer de la famille d'accueil. Josie alors âgée de sept ans a refusé. Elle y était heureuse et y avait une amie, Lizzie, qui y était aussi placée. Récemment, Lizzie nous a certifié qu'à l'époque, Josie et elle étaient inséparables. Un peu après ma majorité, j'ai à mon tour tenté d'obtenir la garde de Josie. J'aurais renoncé à aller à l'université pour cela, et tant pis pour la bourse d'études que j'avais obtenue. Malheureusement, je n'ai pas eu plus de chance que Trevor...

Sur ces mots, Chris fixa son assiette, piqua un morceau de poulet à la pointe de sa fourchette, le fit tourner dans la purée de pommes de terre avant de se décider à le manger.

Holly retira des petits pois éparpillés sur le plateau de Jamie et les remit dans son assiette. Elle jeta un coup d'œil à Ian pour s'assurer qu'il mangeait, puis son regard revint vers Chris.

— Que s'est-il passé, ensuite ?

— Grâce à ma bourse, j'ai étudié, mais aussi travaillé. Une fois diplômé, je suis revenu à Granite Gulch. Laura m'y attendait, on était fiancés depuis ma première année d'université. J'ai fait une nouvelle tentative pour que Josie vienne habiter avec moi, mais cette fois, elle... m'a opposé un refus net, cassant.

Maintenant encore, Chris restait blessé.

— Elle ne vous a jamais expliqué les raisons de son refus ?

— Non. elle voulait seulement qu'on lui fiche la paix. À cette époque, elle ne voulait déjà plus nous voir. En clair, elle nous battait froid.

Il soupira.

— Je ne lui en tiens pas rancune... Ma petite sœur n'avait que trois ans quand notre père a assassiné notre mère. Je doute qu'elle se souvienne d'elle ou de la famille qu'on formait. Nous n'étions plus une famille, *sa* famille. Se remettait-elle en question à l'adolescence ? Et puis, il y a six ans...

Chris se tut. Holly leva les sourcils en signe d'interrogation, il continua.

— Josie a disparu. Fugué. Du moins, c'est notre explication la moins terrible. Je ne cesse de la rechercher, depuis. Elle avait dix-sept ans à ce moment-là.

Holly se souvint des propos de Peg.

« Chris a besoin d'agir dans ce sens, Holly. Je ne peux pas t'expliquer pourquoi, mais il le doit. Accepte qu'il te prenne en charge et assure ta sécurité et celle de tes fils. »

— Vous avez dit que vous étiez sept, et que Trevor était l'aîné. Qu'est-ce qu'il fait ?

— Profileur au FBI.

— Impressionnant.

Chris hocha la tête, et Holly comprit à son expression qu'il existait un contentieux entre lui et Trevor.

Elle s'empressa de changer de sujet.

— Après Trevor, il y a Annabel et vous. Josie est la dernière. Qui d'autre ?

— Ridge. Il a deux ans de moins que moi. Il fait partie du SAR, Search and Rescue. C'est le bad boy de la famille, en quelque sorte.

— Et après Ridge ?

— Ethan. Il a vingt-sept ans. Il est intense, très secret. Énigmatique. Il est éleveur. Son ranch est... à environ quinze kilomètres d'ici. L'isolement et la solitude lui conviennent, mais sa femme, Lizzie, va accoucher d'un jour à l'autre.

— Et vous allez devenir oncle.

Elle fit le compte dans sa tête.

— Vous avez encore un frère ?

— Oui. Sam. Il est inspecteur de police, dans les forces de police de Granite Gulch, comme Annabel. Il a vingt-cinq ans, et il s'est fiancé en janvier à la plus douce des femmes, Zoe.

— Vous voulez parler de Zoe Robison ? La bibliothécaire ?

Ian lança un « Zo-ee, Zo-ee ! » joyeux, Jamie l'imita. Holly regarda vers ses fils et se rendit compte qu'ils avaient presque terminé leur assiette, mais en semant des petits pois un peu partout. Ian avait de la purée de pommes de terre jusque dans les cheveux.

— Vous connaissez Zoe ? demanda Chris surpris.

Holly se leva pour prendre le gant de toilette près de l'évier.

— Oh oui, elle dirige le programme de lecture « Maman, lis-moi une histoire ! » à la bibliothèque, expliqua-t-elle en essuyant les mains et le visage des petits. Mes fils l'adorent.

Chris retira la sangle de Jamie et le souleva de la chaise haute pour le poser à terre. Il fit de même pour Ian.

— Je vais débarrasser, nettoyer et mettre la vaisselle dans le lave-vaisselle, annonça-t-il.

— Je m'en occupe, protesta Holly. Après tout, ce sont Ian et Jamie qui ont fait ce gâchis.

Des petits pois et de la purée de pommes de terre étaient éparpillés sur le carrelage et sur les tablettes.

— Vous ne devriez pas plutôt leur donner leur bain ?

— Vous voulez dire, avant qu'ils ne mettent le désordre dans le reste de la maison ? répliqua Holly amusée.

— Si vous le dites.

— Ça ne vous ennuie pas de tout ranger... ? Je culpabilise de vous laisser un tel champ de bataille.

— Ne vous en faites pas.

Le smartphone de Chris sonna au même instant. Il le sortit et consulta l'écran.

— C'est Annabel, annonça-t-il à Holly. Excusez-moi.

Il prit aussitôt la communication.

— Salut, Bella, quoi de neuf ?

Il se raidit, et Holly le vit s'assombrir.

— Je suis désolé, c'est terrible. Qu'en dit Trevor ?

Il fronça les sourcils.

— Ah, je vois. Merci de m'avoir informé. Sois prudente, surtout, d'accord ?

Il raccrocha, puis appuya sur la touche d'appel rapide de son smartphone.

— Peg ? Chris. Tu as écouté les nouvelles ? Consulté Internet ?

Apparemment, elle n'en avait rien fait, car il ajouta ces mots :

— Allume la télé. Annabel vient de me l'apprendre. La police a retrouvé la dernière victime de la tueuse de l'alphabet : elle a sur le front une cible, c'est-à-dire des cercles concentriques dessinés au marqueur rouge. Elle s'appelait Helena Tucker.

5

Chris raccrocha, jeta un regard à Holly qui serrait les jumeaux dans ses bras.

— Holly ? Ça ne va pas ?

— Ce qui est arrivé à cette pauvre femme... Mais je peux cesser de m'inquiéter, maintenant.

— Vous redoutiez d'être en danger ?

— Disons que j'évitais d'y penser. Comme vous le savez, j'ai des préoccupations plus immédiates.

— Certes, votre prénom commence par H, mais vous êtes blonde, n'est-ce pas ?

— Je porte une perruque brune comme vous le constatez. De plus, si j'en crois les médias, la tueuse de l'alphabet, j'ai oublié son nom... ?

— Regina Willard.

— Oui. Cette personne a séjourné dans la pension de famille à Rosewood. Comme moi.

À cet instant, Ian et Jamie cherchèrent à échapper des bras de Holly.

— Vos fils s'impatientent. Allez leur donner leur bain, Holly. Je vais tout ranger et nettoyer. Ensuite, j'ai du travail. Je serai dans le bureau si vous avez besoin de moi.

Une demi-heure plus tard, Holly avait repêché sa perruque dans la baignoire, où Ian l'avait jetée après la lui avoir arrachée.

Elle roula la perruque dans une serviette de toilette pour la sécher, puis l'accrocha à un crochet au-dessus de la douche.

— Ça t'amuse, petit monstre ? lança-t-elle à Ian en souriant.

Elle le sortit de la baignoire et l'enveloppa dans un drap de bain.

— Attends un peu que tu sois plus grand ! Je prendrai plaisir à t'embarrasser en racontant à tes amis ce que tu m'as fait.

Elle s'interrompit.

— Ah non, Jamie, ne mange pas le savon !

Elle le lui prit des mains, le sortit à son tour de la baignoire et le sécha vigoureusement.

— Vous êtes deux petits polissons, mais je vous aime plus que tout au monde !

Après leur bain, Ian et Jamie ressemblaient à des angelots, avec leurs boucles blondes disciplinées. Holly se recoiffa, sans un regard pour sa perruque. Elle n'était pas vaniteuse, mais elle était coquette et aimait avoir une apparence soignée. À cet égard, elle repensa à Chris, à son rêve et à sa réaction sensuelle, très érotique.

Elle s'arracha à ses pensées pour le moins lascives et prit ses fils par la main.

— Allons dire bonne nuit à M. Colton ! Gardez votre air angélique afin qu'il accepte de nous héberger encore quelques jours.

Chris s'adossa à son fauteuil de bureau et caressa distraitement Wally qui était couché à ses pieds.

Un article de presse publié sur Internet venait d'éveiller sa curiosité : il y était relaté l'arrestation d'un fugitif dont le nom figurait sur la liste des dix criminels les plus recherchés par le FBI. L'individu en question avait été l'associé de Desmond Carlton, un baron de la drogue qui avait été tué six ans plus tôt. Un souvenir lui remonta à la mémoire, et mû par une impulsion, il prit son smartphone, appuya sur la touche d'appel rapide pour contacter sa sœur.

— Salut, Chris. Quoi de neuf depuis ce matin ?

— Dis-moi, « Carlton », c'était le nom de la famille qui a accueilli Josie ? lança-t-il sans préambule.

— Je crois, oui. Pourquoi ?

— Je viens de lire un article sur un individu lié à Desmond Carlton.

— Tu veux parler de l'homme qui était sur la liste des dix criminels les plus recherchés par le FBI et qui vient d'être arrêté ?

— Précisément.

— En quoi est-ce important ? Mis à part le fait qu'un autre criminel multirécidiviste prendra sa place sur cette liste dès demain, maintenant que celui-ci est hors d'état de nuire.

— Important, ça l'est, mais je ne sais pas pourquoi, déclara Chris pensif. Le nom de famille a attiré mon attention. De plus, Desmond Carlton est mort il y a six ans, Bella. *Six ans*.

— Tu penses à Josie bien sûr. C'est une coïncidence, Chris.

— Je n'aime pas les coïncidences. Du moins, je m'en méfie.

Il réfléchit, puis il prit une décision.

— Tu peux me rendre service, Bella ? Trouver dans quelle prison est enfermé ce caïd ? J'aimerais avoir une petite discussion avec lui.

— Demande plutôt à Trevor, répliqua Annabel. Il est au FBI, toutes les portes lui sont ouvertes.

Chris garda le silence, et elle poursuivit.

— Tu en veux toujours à Trevor ? Tu étais pourtant d'accord pour convenir que tu étais injuste avec lui.

— Trevor a assez à faire en ce moment avec la tueuse de l'alphabet, biaisa Chris. D'autant que Regina Willard vient d'ajouter une nouvelle victime à son palmarès : le FBI est évidemment sous pression.

— Et pas seulement le FBI. La police de Granite Gulch aussi. Nous sommes impliqués, au cas où tu l'ignorerais, souligna Annabel avec humour.

C'est en effet l'enquête d'Annabel qui avait permis d'identifier Regina Willard comme étant la tueuse de l'alphabet.

Si Chris refusait de demander son aide à Trevor, ce n'était pas à cause de sa charge de travail, mais, comme Annabel l'avait précisé, parce qu'il lui tenait toujours rancune, ce qu'il refusait d'admettre.

Il n'avait jamais réussi à surmonter cette vieille blessure qui remontait au moment du drame familial, en dépit de retrouvailles heureuses avec son frère aîné et l'ensemble de la fratrie – sauf Josie – à l'âge adulte.

En un sens, et Chris en avait conscience, il restait ce garçon de onze ans qui avait idolâtré son grand frère, et s'était senti trahi par lui lorsque la fratrie avait été séparée pour être placée en famille d'accueil. Trevor, en effet, n'avait pas maintenu le lien fraternel. Certes, tous se voyaient trois fois par an chez la famille d'accueil de Josie – ces visites avaient été autorisées par le tribunal –, mais ce n'était pas la même chose. Chris avait longtemps prétendu que cette séparation exigée par la justice ne lui avait rien fait, c'était faux, elle avait posé sur son âme des cicatrices à ce jour encore très douloureuses.

À cela s'était ajouté le problème relatif à la demande de garde de Josie. À dix-huit ans, Trevor avait voulu l'obtenir, du moins, telle était sa version des faits. Avait-il vraiment essayé d'œuvrer pour le bien de la benjamine alors âgée de sept ans ? L'incertitude rongeait Chris. Trois ans plus tard, Josie avait refusé que Chris, à son tour majeur, la prenne en charge. Chris rejetait la responsabilité de ce dernier refus sur Trevor, sans s'expliquer pourquoi, ou peut-être parce qu'il le tenait toujours pour responsable de la séparation de la fratrie ?

La voix d'Annabel s'immisça dans ses pensées.

— Tu as raison. Trevor a assez de soucis. Je m'en occupe.

— Merci, Bella.

— À ton service.

Un silence tomba.

— Je n'arrête pas de penser au jour où je l'ai vue, reprit brusquement Annabel.

— Josie ?

— Oui. Je ne peux pas jurer que c'était elle, mais…

— Mais tu as retrouvé son pendentif en or.

— Oui. N'oublie pas que Ridge et Lizzie ont aussi cru la voir.

— Au moins, elle est vivante. Pendant longtemps, je…

Chris n'acheva pas. Il avait imaginé le pire, cette seule pensée lui était insupportable.

Annabel avait compris, elle changea de sujet.

— À propos d'apparition : Mia t'a aperçu ce matin quittant

ton appartement avec une valise et ton ordinateur portable. Tu pars en voyage ? Pour une enquête ?

Chris hésita, puis décida de lui dire la vérité.

— Pas exactement. Tu te souviens de cette affaire de disparition dont j'ai parlé dernièrement ?

— La jeune maman qui s'est enfuie avec ses jumeaux ? Que sa belle-famille veut à tout prix retrouver ?

— Il s'agit de cette personne. Figure-toi que la réalité est tout autre. Elle avait une bonne raison de s'enfuir : ses beaux-parents essayent de l'éliminer.

— Sérieusement, Chris ?

— Oui. Elle a séjourné dans la pension de famille à Rosewood avec ses fils pendant presque trois mois. Elle était sur le point de s'enfuir à nouveau quand je l'ai retrouvée.

Il prit une profonde inspiration et poursuivit.

— Je l'ai convaincue qu'il serait plus sûr, pour elle et ses enfants, d'emménager... dans ma maison, avec moi.

— *Ta* maison ? Et celle de Laura ?

— Oui. Je ne peux révéler à ses beaux-parents que je l'ai trouvée ni la laisser continuer sa fuite. Ses beaux-parents seraient capables d'engager un autre détective privé, disons moins intègre...

— Donc tu habites avec elle, coupa Bella avec intérêt.

— Et avec ses fils, s'empressa-t-il de préciser. Jusqu'à ce que nous puissions tendre un piège à sa belle-famille.

— *Nous* ?

— Sam, toi et moi. Qu'en penses-tu ?

Il connaissait déjà sa réponse. Un guet-apens pour piéger des criminels ? Sa sœur était intrépide et ne refusait jamais la possibilité de se faire bien voir de ses supérieurs.

— Tu peux compter sur moi ! dit-elle avec élan.

Chris sourit, amusé.

— Je n'ai pas encore demandé à Sam. Ne lui dis rien pour l'instant, je m'en occupe, d'accord ?

— Pas de problème. Fais-moi juste savoir où, quand et comment.

Annabel se tut et reprit, avec un sourire dans la voix.

— Et comment s'appelle ta protégée ?

— Holly. Holly McCay. Et ses fils, Ian et Jamie.

— C'est mignon. Et elle ? Elle est comment ?

Chris sourit. Il était certain qu'Annabel poserait la question.

— Tu l'apprécierais. Elle est courageuse. Et c'est une excellente mère. Elle s'est liée d'amitié avec Peg ! ajouta-t-il, conscient du message qu'il transmettait par cette simple information. À part Peg et moi, tu es la seule à savoir où est Holly en ce moment. Et jusqu'à ce qu'on soit en mesure de prouver les intentions criminelles de ses beaux-parents, ça doit rester ainsi.

— D'accord. Quand pourrai-je la rencontrer ?

Des voix d'enfants s'élevèrent à cet instant dans le couloir. Holly et ses fils approchaient, Chris mit un terme à sa conversation.

— Bientôt. Je te recontacte.

Il raccrocha, pivota sur son fauteuil de bureau et se leva. Wally, plus rapide, courut dans le couloir, la langue pendante et en remuant la queue.

— Holly, je...

Chris s'interrompit face à la jeune femme blonde qui entrait avec Ian et Jamie. Holly avait retiré sa perruque, il découvrait sa longue chevelure soyeuse qui mettait en valeur ses yeux noisette.

Il fut surpris par l'élan, plutôt le désir, qui le porta vers elle.

— Et... votre perruque ?

Ce fut tout ce qu'il réussit à dire. Holly éclata de rire.

— Ian me l'a arrachée pour la plonger dans la baignoire.

— Les photos que vos beaux-parents m'ont montrées ne vous rendent pas justice ! lâcha-t-il sans réfléchir.

Elle se remit à rire et rougit.

— Merci...

Elle le dévisagea, muette, le souffle plus lourd, plus rapide. Chris ne le remarqua que parce que ses seins se soulevaient sous son T-shirt humide. Mais, lorsque les jumeaux gigotèrent pour qu'elle les repose à terre, le charme se rompit immédiatement.

— Nous sommes venus vous souhaiter bonne nuit, expliqua-t-elle en rougissant de plus belle.

— Oh oui, bien sûr, dit Chris qui se ressaisissait à grand-peine.

Il détacha ses yeux de Holly pour sourire à Ian et à Jamie qui caressaient Wally.

Une image du passé lui remonta à la mémoire : Ridge et Ethan, alors âgés respectivement de quatre et deux ans, jouant avec Bouncer, un golden retriever, comme Wally. C'était l'un des rares souvenirs d'enfance qui le faisait sourire.

Il ravala son émotion et jeta un coup d'œil à l'horloge sur son ordinateur.

— N'est-ce pas un peu tôt pour aller au lit ?

— Disons que je m'y prends très à l'avance pour les coucher, expliqua Holly. Je leur lis des histoires puis je leur chante des berceuses. Il peut se passer une heure, voire plus, avant qu'ils ne se calment et s'endorment.

— Et si c'était moi qui leur lisais des histoires ce soir ? lança-t-il avec élan.

Face à l'air dubitatif de Holly, il insista.

— Je suis un conteur de talent ! La fille de Peg, Susan, vous le confirmerait avec enthousiasme.

Holly éclata de rire.

— D'accord. J'ai emprunté à la bibliothèque des albums que j'allais rendre en quittant la ville aujourd'hui, s'empressa-t-elle de préciser. J'en ai aussi acheté. Je laisse Ian et Jamie choisir.

Elle revint avec une pile de livres dont Chris la déchargea.

— Ceux qu'ils préfèrent sont en haut, ajouta Holly. En général, je les étale, ils choisissent en fonction de la couverture.

— Voler, s'exclama Jamie. Mouche !

— *Une mouche est passée par là* ? lui demanda Chris.

Il prit le livre de Mike McClintock au sommet de la pile et le tendit à Jamie, qui le serra dans ses bras.

— Vous connaissez ? interrogea Holly, surprise.

— Oui. C'était l'un des préférés de Josie. Je le lui ai lu si souvent que je le connais presque par cœur !

— Moi aussi !

Ils se sourirent. Leur complicité l'émut et lui rappela qu'il avait tant et si bien consacré sa vie à son agence et à ses filiales, sa raison de vivre depuis la mort de Laura, qu'il n'avait d'autre lien social que Peg, Joe et leurs enfants, ainsi que sa sœur et ses frères.

Mais le sourire de Holly lui rappelait qu'il était un homme, et qu'il n'avait pas fait l'amour depuis près de deux ans.

6

Holly revint dans sa chambre, les joues brûlantes du regard que Chris venait de lui lancer. *Tu ne lui es pas indifférente ! Il te désire !* Elle se déshabilla, entra dans la douche. *Autant que toi, tu le désires...*

Elle tressaillit au contact de l'eau tiède, s'expliqua la cause de sa soudaine sensibilité épidermique par un trop-plein d'émotivité. Elle n'avait jamais réagi de la sorte face à Grant. Bien sûr, elle était attirée par lui, plus qu'il ne l'était par elle, d'ailleurs : Grant l'aimait bien, elle l'aimait passionnément. Mais l'attrait que Chris Colton exerçait sur elle était différent, surtout inexplicable. Comment pouvait-elle avoir de telles pulsions envers un quasi-inconnu ?

— Parce que je suis une femme normale avec des besoins normaux, soliloqua-t-elle une fois qu'elle fut sous le jet. Parce qu'il est séduisant. Parce que ça fait plus d'un an que je...

Qu'elle n'avait pas fait l'amour ? Eh bien oui ! Précisément. De plus, jamais Grant, d'aussi loin qu'elle se souvienne, ne l'avait regardée avec cette intensité brûlante au fond des yeux. Chris lui avait montré, à son insu sans doute, combien il la trouvait désirable, et elle s'était sentie désirable peut-être pour la première fois de sa vie.

Le seul souvenir du regard ardent de Chris déclencha une réaction physique ; ses mamelons durcirent, le jet de la douche les rendit même douloureux.

Chris Colton ne tenterait pas de la séduire, c'était précisément le problème, car elle fantasmait sur un homme pour la première fois de sa vie : elle se figurait en effet Chris lui faisant des *choses* qu'elle n'avait jamais imaginé qu'un homme puisse faire à son amante, dans les secrets de l'alcôve. Et c'était réciproque : elle s'enhardissait en pensée jusqu'à se croire capable d'initiatives et de gestes... C'était pour le moins émoustillant, et surtout surprenant.

Holly avait toujours eu la conviction d'être plus mère que femme et amante. À l'évidence, elle s'était trompée, l'équilibre se tenait entre les deux.

Chris faisait la lecture aux jumeaux adossés au canapé, l'un à sa gauche, l'autre à sa droite et Wally à ses pieds. *Le Chat chapeauté* terminé, il lisait *Les Œufs verts au jambon* et en achevait la lecture quand Holly entra dans son bureau.

Il leva les yeux vers elle. Ses longs cheveux blonds étaient encore humides, elle les avait soigneusement coiffés et avait dégagé son visage aux traits purs. Chris eut du mal à en détacher le regard.

Il avait pensé que son attirance pour Holly n'était qu'une aberration, du moins, la réaction normale d'un homme seul qui avait oublié de regarder les femmes et d'être touché par leur beauté ou leur charme. Mais l'attrait, magnétique, persistait. Chris se ressaisit, c'était indécent de dévisager Holly de la sorte alors que ses fils de dix-huit mois étaient blottis contre lui. Il lui sourit avec naturel – du moins l'espérait-il.

— Vous arrivez à point. On a fini.

Jamie se leva, trébucha sur Wally qu'il caressa maladroitement.

— Pardon, Wally. Pardon.

Il leva les yeux vers sa mère.

— Maman chante !

Elle le souleva dans ses bras.

— Plus tard. As-tu remercié M. Colton de t'avoir fait la lecture ?

— Onc'Kiss !

Sur ces mots, Jamie lui tapota le bras.

— Onc'Kiss, répéta-t-il.

— C'est moi qui le leur ai proposé, intervint Chris à la hâte. C'est comme ça que Susan m'appelle, et j'ai pensé que ce serait plus facile et moins cérémonieux que « monsieur Colton ».

Pendant que j'y suis, appelons-nous plutôt par nos prénoms et tutoyons-nous, ce sera plus simple.

— Volontiers, Chris ! répondit Holly avec élan.

Puis elle reprit à l'intention de ses fils.

— Avez-vous remercié onc'Kiss pour les belles histoires qu'il vous a lues ?

Les deux enfants lancèrent spontanément un « merci » enthousiaste.

— Ils n'ont ni oncle ni tante, expliqua Holly. Grant était enfant unique. Comme moi.

Elle soupira et ajouta, avec de la nostalgie dans la voix :

— Je l'ai toujours regretté... Grant aussi. Je pense que c'est l'une des raisons pour lesquelles nous sommes devenus si bons amis, dès l'enfance.

— Je te cède volontiers un de mes frères ! plaisanta Chris.Il précisa :

— Je garde ma sœur Annabel, ma jumelle.

Puis il inclina la tête, réfléchit.

— Et Sam. Ethan. Ils sont trop jeunes, tu ne veux sûrement pas un petit frère, mais plutôt un grand frère. Alors Ridge ? Il a vingt-neuf ans, comme toi.

— Ridge, le bad boy ?

— Oui !

Holly déplaça Jamie sur son autre hanche.

— Un bad boy qui fera fuir les hommes qui oseront m'approcher ? le taquina-t-elle, entrant dans son jeu. Comme tu as sans doute fait fuir tous les prétendants d'Annabel ?

Chris éclata de rire.

— Je plaide coupable. Mais c'était pour son bien, je le jure solennellement !

— Je me demande quelle serait la version d'Annabel, si je l'interrogeais.

— Ma sœur s'est fiancée le mois dernier, par conséquent, je n'ai pas fait fuir « tous » ses prétendants. Mes frères et moi voulions pour elle l'homme idéal.

— Trouver l'homme idéal, l'âme sœur, c'est le but de toutes les femmes, toutes ne l'atteignent pas.

Le sérieux avec lequel elle avait prononcé ces mots rendit Chris perplexe.

— Je devrais coucher mes deux angelots, reprit Holly à la hâte. Jamie, Ian, dites bonne nuit à onc'Kiss !

Elle allait déposer Jamie à terre quand Chris souleva Ian et le jucha sur son épaule. Ian poussa des cris de joie.

— Accroche-toi bien, bonhomme !

— Moi aussi, moi aussi ! s'exclama Jamie.

Il tendit ses bras vers Chris, au plus vif étonnement de Holly. Jamie n'avait jamais été si spontané et confiant.

Chris le souleva à son tour.

— Chris, tu n'es pas obligé ! protesta Holly.

— Pourquoi pas ?

Chris le jucha sur son autre épaule.

— On ne bouge plus ! dit-il aux deux garçons. Et attention à vos têtes quand nous passerons la porte !

Holly suivit Chris jusqu'à la chambre, impressionnée. Elle avait de plus en plus de difficulté à porter ses fils ensemble et éprouvait aussi une petite pointe de jalousie maternelle, parce que ses jumeaux lui avaient préféré Chris. *Si Chris était leur père, ce serait différent, je ne serais pas jalouse. Ou si peut-*être ?

Son hésitation la troubla. Holly aspirait à être une bonne mère, à bien élever ses fils afin qu'ils deviennent des hommes dignes de ce nom. Elle ne voulait pas être une mère poule et faire de ses fils des « enfants rois ».

En même temps, elle se réjouissait que Jamie et Ian reçoivent l'affection d'un homme aussi généreux et intègre que Chris Colton. Un père-né, se dit-elle, étonnée par ces conclusions rapides, car elle ne le connaissait que depuis hier. Et pourtant, c'était comme si elle le connaissait depuis toujours. Cette nouvelle constatation la stupéfia.

Holly s'arracha à ses pensées pour rejoindre Chris et ses fils dans la chambre. Chris déjà les couchait. Jamie occupait le lit dont les draps représentaient des bébés pandas, et Ian, celui dont les draps représentaient des dauphins. Chris ne s'était pas trompé.

Et son application était à la fois charmante et irrésistible.

Chris enfilait le couloir pour retourner à son bureau quand il entendit une voix de contralto douce et chaude s'élever de la chambre. Holly chantait une berceuse qu'il reconnut immédiatement. Et, bien qu'il se soit promis de ne pas s'immiscer dans l'intimité de Holly et de ses fils, il ne put s'empêcher de faire volte-face et de s'approcher, discrètement.

La pièce était plongée dans la pénombre, la lumière allumée dans la salle de bains principale, dont la porte était restée entrouverte, faisait office de veilleuse. Chris distinguait Wally, que les jumeaux avaient supplié d'avoir avec eux. Chris n'avait pu le leur refuser, Holly non plus. Il avait donc disposé sur le sol une couverture à équidistance des petits lits.

Mais à l'instant ce n'était pas le golden retriever ni les jumeaux qui attiraient son attention, mais seulement Holly qui lui tournait le dos et chantait une vieille ballade, *Utah Carl*.

Chris, ému, ferma les yeux.

De nouveau, il avait quatre ans et écoutait sa mère, Saralee, chanter *Utah Carl* à Ridge alors âgé de deux ans pour le bercer. Sa mère était à l'époque enceinte d'Ethan et arrivait au terme de sa grossesse. Malgré ses soucis financiers et ses grossesses successives, Saralee avait aimé ses enfants sans condition. Son amour les avait protégés des épreuves qu'elle affrontait quotidiennement, dont la moindre était de vivre aux côtés de Matthew Colton.

Il n'y avait guère d'argent, dans la famille Colton, mais les enfants l'ignoraient, car il y avait toujours de quoi acheter de vêtements, des livres, des cadeaux pour les anniversaires et Noël.

Après *Utah Carl*, Holly commença une autre chanson que Saralee aussi chantait. Le chagrin au souvenir de cette époque lointaine et à la pensée de sa mère disparue qu'il pleurait encore aujourd'hui saisit Chris. L'émotion monta, il s'essuya les yeux.

Il s'éclipsa sans bruit et revint dans son bureau. Il en ferma la porte derrière lui, et c'était comme s'il refermait la porte à ses souvenirs.

Il était presque minuit. La maison était plongée dans l'obscurité. Holly n'arrivait pas à trouver le sommeil, elle enviait Ian et Jamie de si bien dormir. Elle regrettait d'avoir fait une sieste, cet après-midi. Pour autant, elle connaissait la cause de cette insomnie, fréquente et favorisée par le silence nocturne.

Elle se reprochait, et ce n'était pas la première fois – c'était un tourment récurrent depuis la mort de Grant –, d'être la responsable de sa mort. Si elle n'était pas tombée enceinte, si elle n'avait pas épousé Grant, ses beaux-parents auraient hérité de la fortune de leur fils et n'auraient eu aucune raison de vouloir l'éliminer. Mais avec des « si »... Grant ne serait pas non plus mort dans un accident.

C'était stupide de refaire l'histoire.

Ainsi parlait sa raison, ce qui n'empêchait pas sa conscience de continuellement la tourmenter. L'amitié entre un homme et une femme parfois évoluait vers l'amour, surtout dans les romans, mais la réalité était infiniment plus complexe.

Grant et elle étaient inséparables et complices depuis l'enfance. Tous les deux avaient étudié à l'université du Texas à Austin et obtenu en même temps leur diplôme d'ingénieur logiciel. Holly avait décroché un emploi à la NASA, Grant avait créé sa propre société.

Ils se voyaient au moins une fois par semaine. Grant lui parlait de ses conquêtes, Holly se disait pour se consoler qu'il papillonnait, comme autrefois au lycée, donc elle n'avait aucune raison de s'inquiéter d'une rivale sérieuse.

Et puis, un soir, Grant avait bu plus que de coutume, ils s'étaient embrassés et avaient fait l'amour, ensuite Holly avait découvert, pour sa plus grande joie et avec stupéfaction, qu'elle était enceinte. Grant l'avait demandée en mariage dès qu'elle le lui avait annoncé, et sans marquer de réticence. Quelle meilleure base, pour un mariage solide et réussi, qu'une amitié remontant à l'enfance ? Leur bonheur n'avait plus connu de bornes quand ils avaient constaté que Holly attendait non pas un bébé, mais deux.

Holly avait toujours été amoureuse de Grant, Grant « l'aimait bien ». Elle avait espéré que leurs fils les rapprocheraient et que, un jour, il l'aimerait d'amour. Or ses espoirs avaient été déçus. Leur mariage avait mis en péril leur longue amitié sans convier l'amour. Sans leurs fils, peut-être se seraient-ils séparés.

Le logiciel de Grant avait remporté le plus vif succès et l'avait rendu multimillionnaire. Sa brillante réussite avait coïncidé avec la naissance de Jamie et Ian, donc de son congé parental. Holly avait eu l'intention de reprendre son travail à la NASA et de confier ses fils à une nounou, elle n'avait pu s'y résoudre. Et, comme Grant et elle étaient à l'aise sur le plan financier, ils avaient décidé qu'elle reprendrait son activité professionnelle quand Jamie et Ian seraient plus âgés.

Peu après, Grant avait été victime d'un accident de la circulation. Il avait laissé une somme considérable à Holly en héritage et avait désigné ses fils comme bénéficiaires de la majeure partie de sa fortune. En revanche, il n'avait pris aucune disposition en faveur de ses parents. Ces derniers s'étaient d'abord opposés à son testament, ils s'étaient battus afin d'obtenir la garde de Ian et de Jamie. Face à l'échec de leurs actions, ils avaient décidé d'éliminer Holly purement et simplement.

Ressasser le passé était inutile, rien ne le changerait. Holly se le répétait, elle savait qu'elle devait accepter ses erreurs, cesser de ruminer et culpabiliser. Elle voulait avancer, et cependant, penser à l'avenir était périlleux, surtout quand il s'incarnait tout à coup dans la personne de Chris Colton, doté lui aussi d'un lourd bagage émotionnel.

Holly s'énuméra les raisons pour lesquelles elle ne devait et ne pouvait tomber amoureuse de Chris Colton, mais vite elle renonça, parce qu'elle avait autant de bonnes que de mauvaises raisons. L'attitude de Chris envers ses enfants certes plaidait en sa faveur. L'attirance qui s'était exprimée dans ses yeux, lorsqu'il l'avait vue sans perruque. Son charme. Son corps d'athlète...

Énervée par le cours trépidant de ses pensées, Holly rejeta la couette, se leva, enfila son peignoir, puis en noua la ceinture, et se dirigea vers la cuisine. Elle avait acheté de la tisane, ce matin. Ça la calmerait et l'aiderait à s'endormir.

Tandis qu'elle remplissait la bouilloire d'eau et la posait sur la cuisinière, elle ne put s'empêcher de s'interroger sur cette belle maison meublée, mais inhabitée, et cependant bien tenue grâce à Peg.

Holly eut le cœur serré à la pensée de Laura Colton qui avait consacré son temps et ses efforts à décorer, meubler une maison pour l'homme de sa vie, un mari adoré qui ne pouvait y vivre mais ne pouvait pas non plus la vendre.

Holly sentit les larmes lui monter aux yeux. Laura avait eu de la chance d'être si bien aimée... Et elle comprit qu'elle aurait tout sacrifié, sauf Ian et Jamie, à un tel amour.

La bouilloire siffla, Holly refoula sa tristesse, éteignit le gaz, attrapa un manchon et versa de l'eau chaude sur le sachet de thé.

— Holly ?

Surprise, elle se retourna et faillit lâcher la bouilloire.

7

En dépit de l'heure tardive, Chris n'était pas encore couché. Après avoir entendu Holly chanter des ballades pour bercer ses fils, il avait essayé de se plonger dans le travail, mais cette scène avait ravivé en lui des souvenirs poignants qui l'empêchaient de se concentrer. Son esprit n'avait cessé de vagabonder. Il s'était remémoré des épisodes de son enfance, il avait pensé à sa mère, à son père.

Saralee Colton était une mère parfaite à tous les égards, pour autant, Matthew n'était pas un mauvais père. Sévère, certes. Dur. Souvent absent, comme tout bon père de famille soucieux de gagner sa vie pour donner le gîte et le couvert à sa femme et ses enfants. Parfois, Matthew l'emmenait pêcher, il lui avait aussi appris à faire du vélo.

Pour ses six ans, Matthew lui avait fait le plus beau cadeau de sa vie : un golden retriever qu'il avait appelé Bouncer. À l'époque, Matthew avait reçu le chiot en guise de paiement de la part d'un éleveur désargenté. Cette année-là, en effet, l'argent manquait si cruellement, dans la famille, que Saralee avait désespéré de leur faire, à lui et à Annabel, des cadeaux d'anniversaire. Chris avait aimé Bouncer presque autant que Saralee et Annabel. Et Trevor.

Bouncer avait été son premier vrai ami et l'était resté pendant plus de cinq ans. On le lui avait retiré au moment de son placement en famille d'accueil, laquelle avait refusé de se charger d'un chien sans une compensation financière.

Aujourd'hui encore, il avait la certitude que s'il avait pu garder son golden retriever, il aurait mieux surmonté le meurtre de sa mère et la séparation d'avec le reste de la fratrie.

Maintenant seul avec Holly dans la cuisine, il la contemplait, étonné, fasciné. Ne venait-elle pas en quelques heures, d'ouvrir la porte à tant de souvenirs douloureux ? Il lui en tenait presque rigueur tout en se sachant injuste. Matthew était l'unique responsable de ce gâchis.

— Désolé, Holly. Je ne voulais pas te faire peur.

— C'est ma faute, je suis sans cesse sur le qui-vive. De plus, j'étais distraite parce que je pensais à...

Elle se tut.

— À tes beaux-parents ?

— Non. À cette maison. À...

Elle hésita.

— À Laura, poursuivit-elle. À combien tu devais l'aimer. Je donnerais tout pour être aimée ainsi.

Chris s'approcha sans la quitter des yeux, de nouveau sous le charme.

— Oui, j'aimais Laura. Mais pas assez.

Holly le dévisagea, l'air surpris.

— Tu n'as pas besoin de tout savoir, Holly, mais ne te fais aucune illusion sur moi. Laura n'était certes pas parfaite, mais je ne la méritais pas...

Il se tut, saisi par le chagrin et une immense douleur qui lui serra la poitrine comme un étau. La nécessité d'une proximité physique, d'enlacer Holly pour les conjurer fut alors si intense qu'il faillit y céder. D'autant que, s'il en croyait la flamme dans son beau regard noisette - attestant une tendre, mais ardente sympathie -, il savait qu'elle ne lui résisterait pas. Mais il savait aussi qu'une étreinte ne suffirait pas, qu'elle révélerait plutôt l'attirance qui existait entre eux et allumerait l'étincelle de la sensualité, de la passion. Dès lors, il ferait souffrir Holly, comme il avait fait souffrir Laura.

Le regard rivé au sien, il se figea et, sans la quitter des yeux, il recula. Alors elle acquiesça, comme si elle avait compris le sens de son mouvement, de la lutte qui faisait rage en lui. Ils se regardaient toujours, muets, mais comme poursuivant un dialogue éloquent.

Holly fut la première à détourner les yeux. Elle retira le sachet de tisane de sa tasse, le jeta à la poubelle.

— Bonne nuit, Chris, dit-elle simplement en sortant.

Chris resta immobile. Il pensait à sa mère assassinée, à son père et à ses crimes inexpiables. Il était triste parce que, marqué par cette tragédie et le traumatisme qui en découlait, il n'avait pas su aimer Laura comme elle le méritait.

Sa personnalité avait été forgée par les drames, les joies et les peines du passé, par les valeurs que sa mère lui avait inculquées, il avait érigé l'intégrité et la droiture en principes, mais le nom de « Colton » le stigmatisait et parfois entachait la perception et l'estime qu'il avait de sa propre personne. À Granite Gulch, ce nom-là était tristement célèbre, mais lorsqu'il avait quitté la ville pour partir étudier à l'université du Texas à Arlington, personne n'y avait prêté attention. Il en avait conçu un tel soulagement qu'il avait été tenté d'y rester.

C'est Laura qui l'avait persuadé de revenir à Granite Gulch, où ses parents et sa sœur habitaient. Elle avait refusé de déménager à Fort Worth, où Chris avait monté son agence par le biais de contacts qu'il avait noués à l'université. Par amour pour Laura, il avait accepté, mais offert un compromis : ils habiteraient à Granite Gulch, mais il ferait chaque jour la navette entre Fort Worth et Granite Gulch, soit un trajet d'environ soixante kilomètres. Au début, Laura y avait consenti mais, au fil du temps, elle avait moins supporté son éloignement. Elle n'avait jamais exprimé son ressentiment, Chris l'avait deviné. Et il n'avait pas été capable de...

Il interrompit le cours de ses pensées. Ce soir, il avait exhumé trop de souvenirs douloureux. De plus, il était minuit passé. Il était tard, mais le sommeil tarderait à venir.

Holly fut réveillée par l'odeur appétissante du pain grillé. Elle jeta un coup d'œil à son smartphone et se rendit compte qu'il était 6 heures. C'est pourquoi Ian et Jamie ne s'étaient pas encore manifestés. Si elle dormait plus tard que 7 heures, les jumeaux la réveillaient en l'appelant.

Elle se leva, se prépara à la hâte et décida de renoncer à la perruque. À quoi bon ? Elle n'avait pas l'intention de sortir aujourd'hui. De plus, Chris l'avait aimée avec sa chevelure naturelle.

Ses fils dormaient toujours lorsqu'elle se rendit à la cuisine, où Chris œuvrait.

— Bonjour.

La table était déjà mise, constata-t-elle avec surprise.

Chris se retourna.

— Bonjour. Que mangent Ian et Jamie pour leur petit déjeuner ? Des flocons d'avoine ?

— Ils aiment tout, mais surtout les floçons d'avoine avec un peu de lait.

— Sans sucre.

— J'évite le sucre autant que possible. Donc pas de sucre ajouté ni de céréales transformées.

— Tu aimes le pain grillé, le bacon et des œufs ?

— J'adore.

Il sortit les œufs du réfrigérateur.

— Le bacon est déjà cuit, et au chaud dans le four. Comment aimes-tu tes œufs ?

— Sur le plat.

— C'est parti !

Chris lui adressa un sourire chaleureux qui lui fit battre le cœur plus fort.

Et puis, rien n'était plus séduisant qu'un beau Texan aux fourneaux s'occupant de jeunes enfants comme une mère poule. *Séduisant* seulement ? Il y avait un puissant et inexplicable magnétisme entre eux, une tension érotique qui déclenchait dans son corps des réactions stupéfiantes et dans son esprit, des pensées inavouables.

Un « maman » plaintif s'éleva soudain de la chambre, et Holly sursauta.

— J'y vais, c'est Jamie.

— Je termine de préparer le petit déjeuner.

Evalinda McCay plissa les lèvres.

— Je n'aime pas ça, Angus.

— Je ne fais que te répéter les propos de M. Colton.

— Certes, mais je n'aime pas ça du tout, insista Evalinda. Quand nous nous sommes entretenus avec lui, la semaine dernière, il affirmait que cela serait rapide. Et maintenant, j'ai l'impression qu'il ne fait aucun effort pour retrouver Holly.

— N'oublie pas que nous ne payons pas ses services, Eva, s'empressa de dire Angus McCay.

Il finit de boire son café.

— Il ne nous facture que des dépenses courantes, alors de quoi te plains-tu ? C'est toi qui l'as choisi. Tu affirmais qu'il serait parfait, vu que son père est un tueur en série. À vrai dire, il ne m'a pas semblé très dégourdi. Il a avalé notre version des faits sans broncher.

— Peut-être. Mais maintenant que j'y pense, nous n'aurions pas dû mentionner la tueuse de l'alphabet. C'était un peu exagéré.

— Mais non. M. Colton a dû se dire que nous étions avant tout des beaux-parents aimants, soucieux de la sécurité de leur belle-fille et de leurs petits-fils, et non pas prêts à l'éliminer en rejetant la responsabilité sur la tueuse de l'alphabet.

Il toussota.

— De toute façon, elle a fait une huitième victime : une certaine Helena.

— Quoi qu'il en soit, restons prudents. Veille à ne pas évoquer cette tueuse en série, la prochaine fois que tu t'entretiendras avec M. Colton.

Angus McCay se garda bien de lui révéler qu'il la lui avait mentionnée, la veille, lorsqu'il avait parlé de la progression de l'enquête.

Il se leva pour couper court et masquer son embarras.

— Je ferais mieux d'aller au bureau. Je t'appelle si j'ai des nouvelles de M. Colton.

Chris avait géré deux urgences par téléphone et décidé, contre l'avis de son comptable, de réduire la facture d'un client aux revenus modestes dont la fille avait fugué.

Ses affaires étaient en plein essor, surtout depuis que de nombreuses entreprises sollicitaient ses services pour vérifier les antécédents de candidats avant leur embauche au lieu de s'en remettre à leur DRH. Il pouvait donc se permettre de réduire certaines factures. Il revoyait par exemple les larmes de joie du père de la jeune fugueuse et il s'en était ému, car les fins heureuses étaient rares dans son métier. Le soulagement de cet homme n'avait pas de prix à ses yeux.

Chris se leva et s'étira, puis regarda dans le jardin où Holly, ses fils et Wally jouaient.

Attendri, il sourit. Il avait joué de la sorte avec Bouncer, Sam, Ridge et Ethan, respectivement âgés de deux, quatre et six ans. « Les deux-quatre-six-huit ». Tel était le surnom que leur père avait donné à ses quatre plus jeunes fils se remémora-t-il soudain. Comment avait-il pu l'oublier ? Trevor était plus grand, Annabel n'avait jamais compté aux yeux de son père, pas plus d'ailleurs que Josie qui, de toute façon, n'était pas encore née.

Chris se souvint, de nouveau, que c'était à son tour de se rendre à la prison afin d'obtenir, de la part de son père, le cinquième indice sur le lieu où sa mère avait été ensevelie. Il répugnait à cette visite.

Depuis l'arrestation de Matthew, vingt ans plus tôt, depuis qu'Ethan, à l'époque âgé sept ans, tremblant et en larmes, avait révélé à Chris, onze ans, comment il avait trouvé leur mère gisant dans son sang, Chris n'avait plus voulu revoir son père. Seul Trevor se rendait régulièrement à la prison, mais dans le cadre de son travail de profileur.

Aujourd'hui, sa fratrie comptait sur lui pour obtenir un nouvel indice. Il ne pouvait se défiler.

8

Chris reprit sa place devant son ordinateur portable après avoir observé Holly, les jumeaux et Wally. Il avait été partagé entre la nécessité de se remettre au travail et l'envie de jouer avec eux. La raison l'avait emporté. Plus il passerait des moments avec Holly, plus il serait attiré par elle et serait tenté de caresser l'or de ses cheveux et de s'abîmer dans ses grands yeux noisette, si doux... puis de la porter dans son lit, vide et solitaire. Penser seulement à Holly provoquait chez lui une érection, il souffrait de la désirer comme jamais il n'avait désiré une femme. Mais il ne ressentait pas que cette espèce de souffrance, mais autre chose, quelque chose d'indéfinissable. Quoi ? Pourquoi ? Pourquoi Holly le touchait, l'émouvait et fissurait la carapace dont il avait entouré son cœur ?

Holly était une bonne mère, comme l'avait été la sienne, elle était charmante et vive, mais si important cela soit, ça n'était pas tout. Et soudain, il comprit. Holly lui faisait entièrement confiance.

Rares étaient les femmes qui, apprenant que son père était un tueur en série, la lui accordaient. Il y avait eu Laura. Il y avait Peg. Et maintenant, Holly. Intelligente et fine, elle avait d'emblée fait le distinguo entre lui et son père. Elle ne le connaissait que depuis quelques jours, mais déjà elle s'en remettait à lui. Si, sur le plan professionnel, Chris se savait résolu et infaillible, en revanche, sur le plan personnel, sentimental, il n'était que doutes et hésitations.

Une fois devant son ordinateur, il effectua des recherches sur Google, précisément sur l'article qu'il avait lu la veille au soir et qu'il avait mentionné à Annabel. Comme il le lui avait dit, il ne croyait pas aux coïncidences.

Josie avait disparu six ans plus tôt. Au début, la fratrie pensait qu'elle avait fugué suite à sa rupture avec son amoureux de l'époque. S'était ensuivie cette période terrible où Chris avait redouté qu'elle ait été assassinée. Mais Bella, Ridge et Lizzie l'avaient vue, plutôt entrevue chacun à leur tour, donc il en était revenu à la thèse de la fugue, qui restait inexplicable. Et si Josie n'avait pas fugué ? Si sa disparition avait un rapport, de près ou de loin, avec la mort de Desmond Carlton, le baron de la drogue qui portait le même nom de famille que ses parents adoptifs ?

Plus Chris y réfléchissait, plus il s'interrogeait. Et sa perplexité grandit quand il constata qu'il n'y avait sur Internet aucune information sur la mort de Desmond Carlton, survenue six ans plus tôt. Son nom n'apparaissait que dans l'article qu'il avait lu la veille au soir. Il n'y avait qu'une explication ; un individu isolé ou une organisation avaient effacé l'existence de Desmond Carlton. Qui ? Pourquoi ?

Mû par une inspiration, Chris prit son smartphone et appuya sur la touche de numérotation rapide.

— Brad ? Salut, c'est Chris. J'ai besoin que tu fasses des recherches. Je te préviens, ça ne va pas être facile. Il me faudrait tous les renseignements possibles relatifs à un certain Desmond Carlton.

Il épela ses nom et prénom.

— Ou à Roy et Rhonda Carlton, ajouta-t-il. Oui, même nom de famille. Lien de parenté éventuel ? Desmond Carlton était un baron de la drogue, il a été tué il y a six ans. Quant à Roy et Rhonda Carlton, ils étaient parents d'accueil donc tu devrais retrouver leur trace facilement, par le biais des vérifications d'antécédents, des inspections régulières, etc. Je précise que Roy et Rhonda sont morts dans un accident de la circulation il y a environ cinq ans.

— Tu as déjà un dossier sur Desmond Carlton ?

— Non, rien. Brad, j'insiste : cette affaire ne sera pas simple. Il n'y a pas la moindre information sur Desmond Carlton sur Internet, j'ai déjà cherché. Tu vas devoir te rendre dans les bibliothèques de Dallas et faire des recherches dans leurs archives. Voire dans celles du *Star-Telegram* ou du *Morning News*.

— Merci pour la patate chaude !

Chris éclata de rire.

— Les jeunes ne connaissent que Google, ils ne sauraient jamais où chercher, sans Internet. Toi, si.

Il reprit son sérieux.

— Appelle-moi dès que tu auras quelque chose. Ah, et au fait, Brad ? Sois prudent. À mon avis, quelqu'un a fait le ménage sur les moteurs de recherche et jusqu'à ce que je comprenne pourquoi... enfin, tu vois ce que je veux dire ? Merci pour le service.

Chris raccrocha, relut l'article de la veille et constata que celui-ci avait paru dans le *Dallas Morning News*. Il nota le nom du journaliste qui en était l'auteur.

— Il a dû faire des recherches approfondies pour obtenir autant d'infos, soliloqua-t-il. J'ai été bien inspiré de demander à Brad de vérifier les archives des grands quotidiens. Je parie que c'est là que ce journaliste a trouvé ses informations.

Il scrolla ses contacts jusqu'à ce qu'il tombe sur le numéro désiré, qu'il appela.

— Taylor ? Ici Chris Colton... Oui, ça fait un bail.

Il bavarda avec son ancien condisciple avant d'en venir au fait.

— J'aimerais m'entretenir avec l'un de tes journalistes, lui poser quelques questions sur un article qu'il a récemment écrit sur l'homme qui vient d'être arrêté et était l'un des dix plus recherchés par le FBI. Tu peux me donner sa ligne directe ?

Chris nota ensuite le nom du journaliste et son numéro de téléphone.

— Merci, Taylor, à charge de revanche !

Chris raccrocha et contacta le journaliste, mais il tomba sur sa messagerie où il ne laissa pas de message.

Après un instant de réflexion, il rappela Taylor.

— C'est encore Chris. J'ai besoin d'un nouveau service. Tu pourrais m'organiser un rendez-vous avec ton journaliste ? Le plus vite possible.

Face à l'étonnement de Taylor, Chris comprit qu'il devait lui révéler quelques détails pour le convaincre du bien-fondé de sa démarche, mais sans lui dévoiler les vraies raisons de son intérêt.

— J'ai des informations sur un criminel lié au papier que Roger a écrit, dit-il donc. Cela pourrait l'intéresser. C'est assez urgent.

Ce n'était pas un mensonge. Car si les deux affaires étaient en effet liées...

— Je m'en occupe tout de suite.

— Merci, Taylor.

Chris vérifia ses mails en attendant que Taylor le rappelle. Il constata que trois affaires avaient été résolues avec succès par ses collaborateurs qu'il félicita par le biais d'un message groupé. Cela ne lui prenait qu'une minute et cela satisfaisait tout le monde. Chris payait bien son personnel, surtout ses enquêteurs, tous excellents, car l'excellence était la règle chez Colton Investigations. Chris venait d'envoyer son dernier message quand son smartphone sonna.

— Chris ? Ça y est, je t'ai organisé un rendez-vous avec Roger.

— Où ? Quand ?

Taylor le lui dit.

Chris le remercia et raccrocha pour appeler sa sœur.

— Bella ? Tu es de repos aujourd'hui ? J'ai un service à te demander.

— Mais je n'ai pas besoin d'une baby-sitter ! s'exclama Holly contrariée.

Chris venait de lui annoncer qu'il devait s'absenter, mais qu'Annabel lui tiendrait compagnie pendant ce temps.

— Une garde du corps, pas une baby-sitter, expliqua Chris patiemment.

— C'est pareil !

— Non.

Chris était implacable, et Holly comprit qu'elle n'aurait pas le dernier mot, à moins de partir avec ses fils en claquant la porte. Cela serait stupide, ce serait comme de scier la branche sur laquelle elle était assise.

— Écoute, Chris..., commença-t-elle.

— Non, toi, écoute-moi ! coupa-t-il. Tu veux savoir si je pense que les McCay débarqueront pendant mon absence ? Non. Est-ce que je veux prendre ce risque pour autant ? Non plus.

Après une pause, il déclara d'une voix ferme et presque dure.

— Personne ne mourra plus à cause de moi, tu comprends, Holly ? Je suis responsable de ta sécurité, tu l'as accepté, donc il n'y a pas à discuter.

Il se tut. Il avait le souffle plus court, comme s'il venait de courir, plutôt, comme si ses émotions le submergeaient et l'étouffaient.

— J'ai déjà trop perdu...

Il s'interrompit, comme s'il redoutait d'en avoir trop dit.

— Tu as accepté que j'assure ta protection et celle de tes fils, Holly, répéta-t-il avec plus de calme. Tu dois donc me faire confiance.

— Mais toi tu n'as pas non plus d'ordre à me donner.

Holly se reprocha aussitôt cette remarque puérile et inappropriée. Grant et elle disaient sans cesse cette phrase, pour rire, quand ils étaient enfants. Plus tard, c'était devenu une sorte de jeu, entre eux. Bien sûr, Chris ne pouvait le savoir.

L'expression tendue et inquiète sur le visage de ce dernier se mua en de l'amusement.

— « Pas d'ordre à me donner » ?

— C'était une plaisanterie entre Grant et moi... en tout cas ma façon d'affirmer mon esprit d'indépendance.

— Eh bien cette fois, c'est un ordre Holly !

— Mais...

— Mais tu me fais confiance, un point c'est tout.

Elle allait se remettre à argumenter, quand les propos de Peg lui revinrent à la mémoire.

« Chris a besoin d'agir dans ce sens, Holly. Je ne peux pas t'expliquer pourquoi, mais il le doit. Accepte qu'il te prenne en charge et assure ta sécurité et celle de tes fils. »

Alors elle prit une grande inspiration et se domina. Après tout, Chris avait raison. Il y avait une chance sur mille pour qu'il leur arrive quelque chose, à elle et à ses fils, pendant son absence, mais il refusait de prendre ce risque. Elle aussi, à vrai dire.

— D'accord pour cette fois. Quand ta sœur arrivera-t-elle ?

Chris jeta un coup d'œil à sa montre-bracelet.

— Dans un petit quart d'heure. Je ne partirai pas avant.

Après le départ de Chris, Holly avait couché les jumeaux pour leur sieste. Wally sur ses talons, elle était revenue dans la salle à manger où Annabel lisait un magazine. Holly avait gardé le silence au cours de leur déjeuner, elle se rendait maintenant compte qu'elle se montrait injuste envers Annabel qui rendait seulement service à son frère.

— Tes fils sont adorables, déclara cette dernière.

— Merci.

Holly prit place à l'autre bout du canapé. Wally se coucha à ses pieds, elle se baissa pour le caresser.

— Ils étaient épuisés d'avoir couru après le ballon avec Wally quand tu les as vus. Attends de les voir après leur sieste, quand ils seront en pleine forme. Le mot « turbulent » a été créé pour Ian et Jamie.

— Tous les enfants sont comme ça, affirma Annabel en riant.

Une expression mélancolique traversa son visage.

— Moi, ça ne me dérangerait pas de....

Elle s'interrompit et reposa sa revue.

— Quel âge ont Ian et Jamie ?

— Dix-huit mois.

— Et ce sont des vrais jumeaux.

— Oui, malgré tout, Chris parvient à les différencier.

— Vraiment.

Il y avait quelque chose d'indéfinissable dans ce commentaire qui n'était pas une question et qui en disait plus long qu'un discours sur Chris.

— Il est très observateur.

Holly allait ajouter « pour un homme », à quoi bon ?

— C'est pourquoi c'est un si bon détective privé, renchérit Annabel.

Et elle éclata de rire.

— Bien sûr, ce n'était pas l'idéal, au lycée.

— Chris a reconnu qu'il avait effrayé certains de tes amoureux.

— C'est un euphémisme !

Annabel soudain s'attendrit.

— C'est un frère formidable. Quand on a finalement repris contact, au lycée...

Holly fronça les sourcils.

— Comment ça, « repris contact » ?

— Nous avons tous été séparés...

Elle s'interrompit.

— Tu n'es donc pas au courant pour notre père, et notre mère ?

— Mais si ! Chris m'a tout raconté.

— Vraiment ? Ça ne lui ressemble pas. Il n'en parle presque jamais. De toute façon, ça n'est pas comme si c'était un secret. À peu près tout le monde à Granite Gulch et dans la région est au courant.

Annabel resta silencieuse pendant un moment.

— Tu sais donc que lorsque notre mère a été tuée et que notre père est allé en prison, la fratrie a été séparée, reprit-elle. On a été envoyés dans des foyers d'accueil différents.

Bouleversée, Holly essaya d'imaginer Ian et Jamie qui, devenus orphelins, seraient séparés.

— C'est ce que je voulais dire quand je disais que Chris et moi avions repris contact au lycée. Nous avions onze ans lorsque nous avons été séparés. Nous ne nous sommes pas revus pendant de longues années.

Holly était trop émue pour parler.

— Chris et moi étions très proches jusqu'au drame. Inséparables. J'étais un peu « garçon manqué ». Il était très protecteur, pas seulement envers moi, mais aussi envers nos jeunes frères et ma petite sœur. Le meurtre de notre mère et la séparation ont exacerbé ce trait de caractère. Donc, quand nous avons renoué, au lycée...

Annabel haussa les épaules.

— Des brutes s'en sont prises à moi à cause de... eh bien, à cause de notre père, l'ignoble tueur en série. Chris a pris ma défense.

— Chris le preux chevalier, je le reconnais bien là.

Holly se rendit compte qu'elle parlait de Chris comme si elle le connaissait de longue date. Elle s'enhardit et décida de poser à Annabel les questions qu'elle n'avait osé poser à Chris.

— Comment était Laura ?

Annabel réfléchit.

— Douce. Jolie. Une vraie gentillesse et une vulnérabilité qui la rendaient très attirante, surtout pour un homme aussi protecteur que Chris.

Après une hésitation, elle ajouta :

— Laura vouait à mon frère une admiration sans bornes... À ses yeux, tout ce qu'il faisait était juste.

Elle soupira.

— Ce qui était bien à certains égards, mais moins bien à d'autres... parce que Chris...

Annabel s'interrompit, et finalement garda le silence.

— Comment est-elle morte ? interrogea Holly.

— Méningite virale.

— Ça se soigne pourtant !

— Oui... si on agit à temps. Il y a eu une épidémie à Fort Worth, Laura a été exposée. Elle avait tous les symptômes : migraines, nuque raide, fièvre. Mais elle n'en a pas parlé à Chris. Elle a contacté sa sœur, Peg. Tu connais Peg, n'est-ce pas ?

Holly hocha la tête, Annabel continua.

— Le temps que Peg la conduise chez le médecin, son état s'était aggravé. Laura a donc été transportée par hélicoptère au centre médical Baylor à Fort Worth. Elle est morte pendant le transfert.

Holly eut un élan de compassion envers Chris. Grant avait lui aussi été évacué par hélicoptère du lieu de l'accident, il n'était pas arrivé vivant à l'hôpital.

— C'est terrible.

— Oui. Surtout, Chris s'est accablé de reproches.

— Laura ne lui avait pas dit qu'elle se sentait mal, il ne pouvait pas non plus le deviner.

— Je préfère ne pas en dire davantage, conclut Annabel avec un air coupable. Cette histoire n'est pas la mienne, je ne peux pas la raconter.

Elle poussa un soupir.

— En revanche, il y a quelque chose que tu devrais peut-être savoir et que Peg aurait pu te révéler. Laura était enceinte de quatre mois.

Holly se couvrit sa bouche d'une main. Soudain, les propos que Peg lui avait tenus au sujet de Chris prenaient leur sens.

— Selon Peg, je devais accepter l'aide de Chris, pour moi et mes jumeaux, mais elle ne m'a donné aucune explication.

— Tu ne connais pas Chris depuis longtemps, donc tu as encore du mal à comprendre sa personnalité. Il a une intégrité, une éthique hors du commun. Il sait qu'on ne peut changer, mais que l'on peut se racheter, si on est prêt à en payer le prix. Et il est prêt à se racheter de toutes les façons possibles.

9

Chris parcourut la soixantaine de kilomètres jusqu'à Dallas en moins d'une heure. Il se gara dans le parking du bar où il avait rendez-vous avec Taylor et Roger, et s'y dirigea.

À l'intérieur de cet établissement, l'éclairage était diffus et en partie assuré par un mur d'écrans de télévision réglés sur différentes chaînes sportives. Chris jeta un coup d'œil autour de lui et vit Taylor et Roger au bar, devant une bière et des amuse-gueules. Taylor lui fit signe d'approcher.

Les présentations furent rapides.

— Tu es venu de peur de manquer un scoop, Taylor ? plaisanta Chris d'emblée.

— Non, mais quoi que tu aies à dire à Roger, je veux l'entendre. Au cas où.

Chris commanda une bière et une assiette de *nachos*.

— Allons nous asseoir plus loin. On sera plus au calme.

Chris savoura sa bière pendant que Roger et Taylor dégustaient les *nachos*.

— Que savez-vous sur Desmond Carlton ? demanda Chris à Roger.

— Avant, j'aimerais mettre les choses au point, Colton. Taylor m'a expliqué que vous auriez des informations en rapport avec l'article que j'ai écrit sur l'homme qui vient d'être arrêté.

— C'est exact.

— Donnant donnant. Vous me dites ce que vous savez, je vous dis ce que je sais.

Roger consulta à Taylor du regard.

— Je me porte garant de Chris, lui dit ce dernier. Il ne m'a jamais fait un coup bas.

— Très bien. Qu'attendez-vous de moi au juste, Colton ?

— Des précisions sur Desmond Carlton.

Roger hocha la tête.

— Je ne sais pas grand-chose. Au départ, j'avais un bon sujet pour un papier : les individus figurant sur la liste des dix criminels les plus recherchés par le FBI.

Puis il fit une grimace.

— J'avais un angle d'attaque intéressant pour ce reportage : depuis combien de temps ces individus étaient sur cette liste ? Pourquoi le FBI ne progressait pas dans leur traque ? Puis le FBI a arrêté l'un de ces hommes et mon angle d'attaque a perdu sa pertinence. Mais mon rédacteur en chef a déclaré qu'on pouvait sauver une partie de mon enquête en publiant ce que j'avais découvert sur ce type.

Chris but une gorgée de sa bière.

— Comment le nom de Desmond Carlton a-t-il surgi ?

— Desmond Carlton est mort il y a six ans, mais il était en affaires avec le caïd que le FBI vient d'arrêter. Maintenant que cet individu est à l'ombre, tous ceux qui étaient associés à Carlton sont morts ou en prison. Fin de l'histoire.

— Non, pas tout à fait, objecta Chris après réflexion. Savez-vous qu'il n'y a pas une seule mention de Desmond Carlton sur Internet ?

— Bien entendu, répondit Roger. Je l'avais remarqué, mais sans vraiment y attacher de l'attention.

— Dans ce cas, comment avez-vous découvert les informations le concernant et que vous avez incluses dans votre article ?

— Par le biais de l'institut médico-légal. Mais Carlton n'étant pas le sujet principal de mon article, il ne m'est jamais venu à l'esprit que...

— Attends, Chris, tu veux dire que quelqu'un a effacé le nom de Desmond Carlton *partout* ? intervint Taylor.

Il jeta un coup d'œil à Roger.

— Ça, c'est une bonne histoire.

— Je ne sais pas qui l'a fait ni pourquoi, déclara Chris. Quoi qu'il en soit, Desmond Carlton n'a pas d'existence numérique.

Il fit tourner sa bouteille de bière entre ses mains, réfléchissant à ce qu'il allait maintenant révéler à Roger et à Taylor.

— Information sans attribution ni indice de source, les gars, dit-il enfin à Roger. Marché conclu ?

En clair, si Taylor et Roger y consentaient, jamais ils ne pourraient citer son nom sur ce qu'il allait leur divulguer. Ils ne pourraient utiliser ses informations que si elles étaient confirmées par d'autres sources.

Taylor acquiesça en même temps que Roger.

— Marché conclu.

— Au cours de vos recherches, est-ce que le nom de Josie Colton est apparu en lien avec Desmond Carlton ? demanda Chris.

— Josie ? intervint de nouveau Taylor. Tu veux dire... ?

Chris lui donna un coup de pied sous la table, Taylor se tut.

— Josie Colton ? répéta Roger.

Il hocha la tête à regret.

— Pas que je me souvienne, et j'ai cherché partout.

Puis il fit le lien.

— Attendez. Josie Colton ? Le FBI la recherchait à un moment donné, car il la soupçonnait d'être la tueuse de l'alphabet ?

Chris se contint.

— Plus maintenant, lâcha-t-il d'un ton bref.

— C'est exact. Le FBI a découvert que la tueuse de l'alphabet était une certaine Regina Willard.

Chris acquiesça, en espérant que Roger ne poserait pas davantage de questions.

— Colton ? reprit Roger visiblement intéressé. Dites, c'est un parent à vous ?

— Ma plus jeune sœur, répondit Chris à contrecœur.

Il se refusait à en dire davantage, à révéler que la famille d'accueil de Josie pouvait être parente de Desmond Carlton, ou expliquer que Josie avait disparu six ans plus tôt, précisément au moment du meurtre de celui-ci. S'il existait un lien, si Josie était impliquée d'une manière ou d'une autre...

— Donc si j'ai bien compris, vous auriez trouvé des informations sur la mort de Carlton à l'institut médico-légal, reprit Chris. Par conséquent, vous savez comment il est mort ?

— Tué par balle. Mais on n'a pas retrouvé les douilles, et les balles ont été extraites du corps avant son arrivée à l'institut médico-légal. Pas d'indices, pas d'enquête.

— Il n'y a pas eu une ou plusieurs arrestations en lien avec le meurtre ?

— Aucune. L'affaire a été classée, la police n'a pas perdu son temps avec un baron de la drogue assassiné, de surcroît suspecté de plusieurs meurtres et jamais arrêté. Les forces de l'ordre ont sans doute considéré que son meurtrier rendait un service à la société en le supprimant.

Taylor donna un coup de coude dans les côtes de Roger.

— Quoi ? s'exclama Roger. Je dis tout haut ce que beaucoup ont pensé.

— Quoi qu'il en soit, répliqua Taylor, le meurtrier de Desmond Carlton court toujours, et c'est indigne. S'il a tué une fois, il peut récidiver. Et la prochaine fois, sa victime ne sera pas un criminel multirécidiviste, mais un brave type.

— Le meurtre de Carlton pourrait être lié à une rivalité, à un règlement de comptes entre cartels de la drogue ? interrogea Chris.

— Je n'ai rien découvert à ce sujet, déclara Roger avec un soupir. Et dans les archives, je n'ai rien vu non plus sur une quelconque guerre de cartels au cours des mois qui ont suivi la mort de Carlton.

Ce qui le ramenait à Josie et à sa possible implication, pensa Chris soucieux. Mais quelle implication ? Il avait peine à imaginer que sa petite sœur soit une criminelle. Il n'avait jamais soupçonné Josie d'être la tueuse de l'alphabet, mais il n'en avait pas moins été soulagé quand les soupçons la concernant avaient été écartés. Quel lien Josie aurait pu avoir avec un baron de la drogue, mis à part le fait que ce dernier portait le même nom que sa famille d'accueil et qu'il avait été tué au moment où elle avait disparu ? Il ne voyait toujours pas lequel. Mais les coïncidences le laissaient suspicieux.

— Prévoyez-vous d'écrire d'autres articles ? demanda-t-il à Roger.

— Sur Desmond Carlton ? Non. Cela dit, si je trouve quoi que ce soit qui relie Josie Colton au meurtre de Desmond Carlton... notre accord information sans attribution ni indice ne vaudra plus.

— C'est compris.

Chris termina sa bière et se leva.

— Merci, Roger. À charge de revanche.

— Hé, et moi ? lança Taylor d'un ton faussement sérieux.

— Les *nachos*, c'est pour moi, dit Chris avec un sourire. On est donc quittes.

Evalinda McCay fredonnait en taillant ses hortensias. Mais, contrairement à son habitude, elle ne prêtait pas attention à sa tâche, elle pensait à Holly.

J'aurais dû m'occuper d'elle en personne.

Evalinda n'avait aucun scrupule et elle maintenait sa ligne de conduite : obtenir la garde des jumeaux et leur héritage à n'importe quel prix. Au début, Angus avait protesté, mais elle avait réussi sans mal à le convaincre. N'avait-elle pas toujours pris les principales décisions dans leur couple ?

Si je m'étais chargée de Holly en personne, on en aurait fini avec elle !

Mais Angus avait insisté pour maquiller le meurtre en accident. Il voulait éviter une implication directe.

Evalinda n'avait pas de telles délicatesses. Ce qui l'intéressait, c'était l'héritage qui leur assurerait leur position sociale au sein de leur communauté. L'héritage épongerait leurs dettes, leur enlèverait l'épée de Damoclès suspendue au-dessus de leurs têtes et leur permettrait de continuer à vivre somptueusement, comme elle le méritait.

Evalinda n'avait pas seulement l'intention de disposer des revenus de l'héritage, ça n'était qu'une petite partie d'un plan à plus long terme dont elle n'avait pas encore soufflé mot à Angus. Chaque chose en son temps. La garde des jumeaux était la première étape. Le reste en découlerait. Ce qui signifiait que, d'une manière ou d'une autre, Holly devait disparaître. Et le plus vite serait le mieux.

Cette nuit-là, après avoir couché Jamie et Ian, Holly se rendit dans le bureau de Chris. Elle allait frapper à la porte, bien que celle-ci soit déjà ouverte, mais elle se ravisa en le voyant au téléphone. Chris lui fit signe qu'il avait presque terminé et il raccrocha.

— Tu voulais me parler, Holly ?

— Oui, je pensais au piège que tu vas tendre à mes beaux-parents. Combien de temps faudra-t-il… ?

Elle s'interrompit et reprit avec un sourire.

— Je te suis vraiment reconnaissante de ton hospitalité, Chris. Cette maison est magnifique, Ian et Jamie adorent jouer avec Wally dans le jardin. À ce propos, Peg a été bien inspirée de nous le confier, il aide les garçons à s'adapter à ce nouvel environnement.

— Rien de tel que le lien qui se développe entre des enfants et un chien ! renchérit Chris.

— J'ai eu une chienne cocker autrefois. Elle s'appelait Chocolate Bar, déclara Holly en veine de confidences. Je la surnommais Chox. Je l'ai eue pour Noël, je n'avais qu'un an. Chox est morte quand j'avais quinze ans. J'ai pleuré toutes les larmes de mon corps…

En voyant Chris s'assombrir, Holly comprit qu'elle avait de nouveau touché une corde sensible. Elle se hâta de revenir à son sujet initial.

— Bref, je voulais discuter avec toi de ce guet-apens. En savoir plus à ce sujet.

Chris se renversa contre son dossier et lui fit signe de s'asseoir sur le canapé.

Holly obéit.

— J'en parlais justement avec mon frère quand tu es entrée.

— Ah ?

— Oui. Sam est d'accord avec moi : tu ne peux pas continuer à fuir. Tendre un piège aux McCay est la meilleure solution, mais la prudence est requise…

— Afin de rester dans la légalité ? enchaîna Holly.

— Exactement. Nous devons planifier le guet-apens avec soin. Réfléchir à la façon de les appâter. Avec qui.

— Moi en l'occurrence ?

— Nous n'avons pas d'autre choix.

Holly hocha la tête.

— Sam est aussi inquiet pour tes fils. Cette opération sera dangereuse : il faut les éloigner, pour leur sécurité. Tu le comprends, n'est-ce pas ?

— Oui, naturellement.

Elle déglutit avec difficulté.

— Je vais donc devoir me séparer de Ian et Jamie, les confier à un inconnu ?

— Pas exactement, répondit-il avec une infinie douceur. Je te propose de les confier à Peg. Tes fils les connaissent, elle et ses enfants. Et Peg m'a expliqué qu'elle et toi, vous aviez tour à tour été baby-sitters au cours de ces derniers mois.

— Mais pour quelques heures seulement, déclara Holly d'une voix étranglée. Jamais pour la nuit.

— Si tu as une meilleure idée, je suis tout ouïe.

Si Holly n'avait pas déjà été assise, elle aurait défailli. Se séparer de ses bébés ? Pas pour un après-midi, mais plusieurs jours ? Elle n'avait jamais quitté ses enfants si longtemps depuis leur naissance.

— Tu veux que je laisse Ian et Jamie avec Peg... combien de temps ? demanda-t-elle enfin d'une voix blanche.

— Trois ou quatre jours. Une semaine tout au plus.

Le supporterait-elle ? Elle n'en était pas sûre. Mais avait-elle le choix ? Non. Chris et son frère avaient raison, elle ne pouvait pas continuer à fuir. Pas seulement parce que ses beaux-parents finiraient par la retrouver, mais aussi parce que cette cavale déstabilisait Ian et Jamie. Elle devait clore le chapitre McCay, conjurer la menace qu'ils faisaient planer sur elle. Une fois qu'ils seraient arrêtés, jugés et condamnés, elle serait en sécurité, et ses fils également. Une semaine de séparation, c'était bien peu payer la tranquillité retrouvée.

— Je pourrai leur parler tous les jours ?

— Bien sûr ! Personne ne veut t'empêcher d'être une bonne mère, Holly. Sauf les McCay.

La douceur était revenue dans la voix de Chris.

— En revanche, tu n'iras pas chez Peg pour voir Ian et Jamie, car une fois l'opération enclenchée, tes beaux-parents sauront où tu habites... et ils pourraient te suivre jusque chez Peg. À ton insu. Cela serait dangereux pour Ian et Jamie. Il faut éviter cette situation.

— Absolument !

— Tu parleras à Ian et Jamie aussi souvent que tu le désires. Je te le répète, cela durera une semaine, maximum, et pas davantage. Je conçois que ce sera dur pour toi et pour tes fils. Mais si on met le couple McCay hors d'état de nuire, cela en vaut la peine.

Holly acquiesça. Elle se rendit soudain compte que ses paumes étaient moites et elle les frotta nerveusement sur son jean.

— Quand est-ce que le piège sera en place ?

— Dès que Sam, Annabel et moi nous nous serons mis d'accord. Demain ou après-demain. Je dois aussi obtenir la bénédiction de Jim Murray.

Holly haussa les sourcils en signe d'interrogation.

— C'est le chef de la police de Granite Gulch. Sam et Annabel sont sous ses ordres, nous ne pouvons agir sans son feu vert. Mais Jim acceptera sûrement.

— Il est fiable ?

Chris sourit.

— Il n'y a pas plus honnête ! Je le connais depuis que je suis tout gamin. Je lui fais entièrement confiance.

— D'accord.

Un silence tomba. Holly savait qu'elle aurait dû se lever, sortir du bureau, mais soudain elle ne pensait plus qu'au baiser que Chris lui avait donné dans son rêve. Un baiser qui l'avait bouleversée et lui avait montré à quel point elle désirait Chris Colton qu'elle connaissait pourtant à peine. Elle repensait aussi à la scène de la nuit précédente, dans la cuisine. Elle avait lu dans ses yeux qu'il avait envie de l'embrasser, mais qu'il avait résisté à cette tentation. Il y avait également eu ce silence déconcertant entre eux et leurs regards rivés qui avaient établi une étrange connivence, dont le souvenir l'émouvait encore. Et cette inexplicable complicité se renouvelait à l'instant.

— Va te coucher, Holly ! dit soudain Chris d'une voix dure.

Holly tressaillit.

— Ce n'est pas ce que tu veux ! répliqua-t-elle sans réfléchir.

Et, d'un seul élan, elle se leva. Quelques pas suffirent, elle fut devant lui, face à son corps vigoureux et solide, qui dégageait une force, une chaleur incroyable, exactement comme dans son rêve. Elle effleura une mèche de cheveux qui lui retombait sur le front, laissa ses doigts glisser le long de sa tempe et sur sa joue. Elle frissonna à cette caresse, les pointes de ses seins durcirent.

Au même instant, Chris l'attira contre lui, aussitôt elle noua ses bras autour de sa taille, un peu comme si elle se raccrochait à une planche de salut. Elle leva son visage vers le sien, consciente de l'implorer des yeux. Il l'embrassa.

Elle ne pouvait trouver meilleur mot pour décrire la sensation, le mouvement de ses lèvres sur les siennes, mais à quoi bon les mots quand les sensations prennent le pas ? Elle perdit le fil de ses pensées pour l'embrasser en retour, répondre à son avidité. Son désir. L'envie frénétique de quelque chose pour l'instant inaccessible, mais qui pourrait...

Elle entendit un gémissement, se rendit compte que c'était elle qui gémissait. Elle n'était pas encore assez proche de lui, bien qu'il la tienne tout entière dans une puissante étreinte comme s'il ne voulait jamais la lâcher.

Ne me lâche pas. Jamais.

Il posa ses mains sur les hanches et la souleva. Elle enroula les bras autour de son cou, ses jambes autour de ses reins, en haletant et en se pressant contre son bas-ventre.

C'était comme dans son rêve, cela semblait intemporel. Elle se sentait brûler, s'il ne lui faisait pas l'amour tout de suite, elle allait devenir folle, elle...

Des pleurs s'élevèrent de la chambre. Ils se figèrent.

10

Chris reposa Holly à contrecœur et la lâcha. Il voyait son souffle rapide soulever sa poitrine, ses seins. Il discerna au fond de ses yeux une expression de stupeur qui se mua en culpabilité.

— Je… C'est Jamie, balbutia Holly, le visage en feu.

Elle sortit en courant du bureau, Chris lui emboîta le pas. Déjà, elle disparaissait dans la chambre. Il y entra au moment où elle serrait contre elle Jamie en pleurs.

— Tout va bien, mon chéri, lui murmura-t-elle d'une voix apaisante. Maman est là.

Réveillé par les sanglots de son frère, Ian à son tour s'agita. Chris le prit dans ses bras avant qu'il ne pleure, lui aussi. Il jeta un coup d'œil à Holly qui berçait tendrement Jamie.

— Un mauvais rêve ? hasarda-t-il.

— Probablement, oui

Holly lui dérobait son regard, c'était évidemment le signe qu'elle regrettait leur baiser. La plus vive déception alors l'envahit. Dans ce concentré de passion, il venait de vivre le meilleur moment de sa vie depuis la mort de Laura. Il s'en étonnait, pourquoi ? Ce baiser n'était en effet qu'une conséquence naturelle de… De quoi, au juste ?

Le désir dans les yeux de Holly et sa hardiesse avaient déclenché en lui cette insoutenable et délicieuse tension sexuelle et la nécessité de l'étreindre. Cela avait supplanté toute autre pensée, un peu comme une rivière en crue balaye tout sur son passage.

Et maintenant, Holly refusait même de le regarder. Sa honte, son rejet presque le blessaient. C'était le pire.

Une demi-heure plus tard, Chris devant son ordinateur portable fixait, sans la voir, la page qu'il venait d'ouvrir sur Internet. Il ne réussissait pas à se concentrer sur son travail, son dérivatif depuis la mort de Laura. Il ne cessait de repenser au baiser qu'il avait échangé avec Holly dans cette même pièce. Il revoyait cette scène dans ses moindres détails. Tout d'abord conscient de l'intensité qui s'établissait entre eux, il lui avait dit d'aller se coucher. Holly avait compris, comme quoi elle percevait parfaitement ce qui se jouait entre eux. Puis, elle lui avait caressé le visage. Et, enfin, elle avait levé les yeux... et...

Il avait succombé. À tort.

— Chris ?

Il sursauta au son de sa voix hésitante et bondit, prêt à lui présenter les excuses que, bien sûr, elle attendait. Pourtant, dans un sens, il n'était pas le moins du monde désolé. Il avait souhaité ce baiser dès le premier jour, il avait cédé à son désir, sans pour autant l'étancher. Ce baiser et les émotions associées ne ressemblaient à rien de ce qu'il avait connu. S'il était désolé, c'est parce que Holly regrettait et lui était devenue inaccessible...

— Je suis désolé...

— Je suis désolée.

Chris, surpris, hocha la tête.

— C'est à moi de m'excuser. Je n'aurais jamais dû...

Holly, étonnée, cilla.

— C'est moi qui ai pris l'initiative, objecta-t-elle avec douceur.

Elle inspira profondément.

— Que ce soit bien clair, Chris : tu n'as rien fait que je ne veuille pas.

— Ça ne m'excuse pas pour autant.

Il mit ses mains dans ses poches arrière, comme pour s'empêcher de les tendre vers elle.

— Parce que tu es sous ma protection, Holly. Tu es dans une situation de vulnérabilité. Je n'aurais pas dû en profiter.

— Profiter de quoi ? répéta Holly cette fois stupéfaite. C'est *moi* qui ai profité de la situation. Je...

Elle s'interrompit, puis reprit courageusement.

— Je voulais ce baiser, Chris. En vérité, je te désire, comme je n'ai jamais désiré un homme, pas même Grant.

Chris haussa les sourcils. Il n'y comprenait plus rien.

— Alors pourquoi es-tu sortie de mon bureau à toute vitesse ? Tu étais mortifiée, ne le nie pas ! Une fois dans la chambre, tu as évité mon regard. Tu étais très embarrassée.

— Pas pour la raison que tu penses !

Elle rougit.

— Quand j'ai entendu Jamie, je... je n'ai pas eu envie d'arrêter ce... ce que nous faisions. Ni d'aller voir pourquoi il pleurait... C'est pourquoi j'étais aussi... gênée. C'était si bon de s'embrasser, que pendant un bref instant, j'ai été contrariée que Jamie nous interrompe.

Elle conclut avec un sourire triste :

— Je ne voulais plus être mère, seulement être femme. Une femme que tu désirais autant que moi je te désirais.

Chris, ému et déconcerté, s'approcha.

— Et je te désire toujours, dit-il d'une voix plus rauque. Plus que je n'ai jamais désiré personne.

Il lui caressa la joue.

— Et quand Jamie a pleuré, ajouta-t-il. Je l'ai... maudit...

Soudain, ils éclatèrent à rire. Chris posa son front contre celui de Holly.

— Cela ne fait pas de nous des monstres, lui dit-il, soulagé. Cela signifie que nous sommes simplement... humains.

— Je ne suis donc pas une mauvaise mère parce que j'ai eu envie d'être femme et non plus mère, pendant un instant ? repartit-elle, un peu taquine.

Il secoua la tête.

— Certainement pas !

Holly effleura ses lèvres.

— Ravie de te l'entendre dire.

Elle l'embrassa plus.

— Ne commence pas quelque chose qu'on ne pourra pas finir, l'avertit-il avec un sourire.

— Pourquoi ?

— Holly, voyons !

— Toi et moi, ça arrivera, Chris, lui dit-elle avec le plus grand sérieux. Pas ce soir. Peut-être pas demain. Mais ce qui doit arriver arrivera, je te le garantis.

Cela ressemblait à une promesse, c'était presque un défi. Holly prononça ces mots, le visage en feu et sur un ton très doux, mais ferme, qui contrastait avec le manque d'assurance qu'il voyait au fond de ses yeux noisette. Chris comprit que cette manière de faire lui était inhabituelle. Sans doute n'avait-elle jamais pris l'initiative avec un homme ? Son audace lui révélait une femme surprenante qu'il avait hâte de mieux découvrir et qu'il trouvait de plus en plus excitante.

— Va dormir maintenant, Holly, lui dit-il, cette fois avec tendresse. J'espère que tu rêveras de moi, parce que moi, je ne me priverai pas de rêver de toi.

Il rit. Cela le détendit, même s'il savait qu'il se coucherait tendu et obsédé par un désir qui ne s'épuiserait pas de toute la nuit, bien au contraire.

Ce matin-là, de nouveau Holly se réveilla avant ses fils et resta paresseusement au lit, jouissant de la sérénité et du calme ambiants. Elle se revit promettre à Chris qu'ils deviendraient amants tôt ou tard, et cela la fit rougir. Jamais elle n'avait été aussi présomptueuse avec un homme. Même lorsqu'elle avait séduit Grant, ce fameux soir où ils avaient conçu les jumeaux...

Pour autant, elle n'avait jamais ressenti pour Grant ce qu'elle ressentait à présent pour Chris Colton. Elle avait aimé son mari, mais jamais elle ne l'avait désiré avec cette intensité-là. Ce qu'elle éprouvait actuellement lui faisait l'effet d'une libération.

Elle savait avec certitude qu'elle n'était pas seulement attirée physiquement par Chris. Il l'émouvait, la touchait l'affectait, d'autant plus que, hier après-midi, Annabel lui avait permis de mieux le cerner. Et ça n'était pas tout. Quand elle le regardait avec ses fils – existait-il un homme plus prédestiné à être père que Chris Colton ? –, l'émotion lui serrait la gorge. Il était père d'instinct. Hier soir, il avait su apaiser Ian. Comment connaissait-il si bien les gestes et les mots consolateurs ?

Holly se mit sur le flanc et posa la main sous sa joue. Chris Colton était sexy, ardent, séducteur. Quelle femme résisterait à un homme capable de la bouleverser autant ?

Holly soupira. N'était-elle pas en train de tomber amoureuse de Chris Colton ? Elle n'était pas de ces femmes qui font perdre la tête aux hommes, elle était plutôt de celles que les hommes aiment avoir comme amie et confidente. À l'instar de Grant. Il l'aimait tendrement, leur sexualité était agréable, mais dénuée de cette passion qui donne des ailes. En somme, ils avaient été de bons parents, jamais des amants fougueux.

— J'ai appelé Peg ce matin, annonça Chris à Holly, pendant le petit déjeuner. Elle a accepté de s'occuper de Ian et Jamie aussi longtemps que nécessaire.

Holly quitta des yeux Jamie en train de manger sa tartine pour lui jeter un regard consterné.

— Tout de suite ?

— Oui. Plus vite on monte l'opération, plus vite ce sera fini. Mais au préalable, je dois d'abord me débarrasser d'une corvée.

Elle leva un sourcil interrogateur.

— Je dois rendre visite à mon père en prison, dit-il, après une hésitation.

— Comment ça ? s'enquit-elle, surprise. Pourquoi ?

— Il est malade, il va mourir, déclara-t-il brusquement. En janvier dernier, il a promis que si ses enfants lui rendaient visite un par un, à tour de rôle, il leur révélerait des indices sur l'endroit où il a enseveli notre mère.

— Je ne comprends pas ?

Chris jeta un coup d'œil à Ian et Jamie qui, occupés à manger, ne prêtaient pas la moindre attention à leur conversation.

— Je t'ai déjà expliqué ce qui s'était passé, avec notre mère. En revanche, je ne t'ai pas dit qu'il l'avait ensevelie dans un endroit inconnu. Les forces de l'ordre ont fait des recherches, à l'époque, elles ne l'ont jamais retrouvée.

Chris s'interrompit.

— Mes frères et moi, et Annabel, nous avons aussi cherché pendant des années..., reprit-il, conscient de la dureté de son ton.

— Sans succès.

— Sans succès... Depuis janvier, nous avons rendu visite à mon père à tour de rôle. Annabel y est allée le mois dernier. Maintenant, c'est à moi. Nous voulons seulement donner une sépulture décente à notre mère, Holly..., poursuivit-il d'une voix plus basse. Je n'ai pas revu mon père pendant près de vingt ans, j'ai toujours refusé, mais je ne peux pas laisser passer la chance de découvrir où il a enseveli ma mère.

— Bien sûr, je comprends.

Les beaux yeux noisette de Holly étaient pleins de sympathie.

— Quand mes parents ont été tués en Amérique du Sud...

Elle se tut abruptement, puis précisa :

— Ils étaient missionnaires.

Chris ne prit pas la peine de lui dire qu'il le savait déjà.

— Je n'étais qu'une adolescente, à l'époque. J'ai dû rapatrier leurs corps aux États-Unis. Cela a été un cauchemar, mais j'ai réussi. Ils reposent ensemble, dans le même cimetière.

Un silence s'installa, rompu par Ian lorsqu'il fit tomber son gobelet. Holly se leva d'un bond, le ramassa et essuya le lait répandu avec de l'essuie-tout. Une fois qu'elle eut rincé la tasse et la lui eut rendue, elle reprit sa place.

— Comme je dois aller à la prison aujourd'hui, déclara enfin Chris, je pourrais te déposer, avec tes fils, chez Peg ? Et tu y resterais jusqu'à ce que je revienne te chercher ?

Holly sourit.

— Laisse-moi deviner : tu l'as déjà suggéré à Peg ?

Chris eut l'élégance de paraître embarrassé. Elle éclata de rire.

— Pourquoi ne suis-je pas surprise ?

En femme indépendante, Holly savait qu'elle aurait pu s'énerver, comme hier, lorsqu'elle avait dit à Chris qu'elle n'avait pas besoin de baby-sitter et n'aimait pas qu'on lui « donne des ordres ». Néanmoins, l'instinct de protection de Chris la touchait plus qu'il ne la contrariait. Grant n'avait jamais été protecteur, du moins, il l'était différemment. Ils avaient grandi ensemble, il la connaissait bien et connaissait ses velléités d'indépendance.

Vu la situation actuelle, Holly ne pouvait reprocher à Chris de vouloir aussi obstinément assurer sa sécurité et celle de ses fils pendant son absence. Après les insinuations de Peg et le récit d'Annabel, elle devinait que ce besoin de protection était lié à Laura et à leur bébé.

Chris se leva et mit les bols, les assiettes et les couverts dans le lave-vaisselle.

— Je vais charger les lits et les chaises hautes à l'arrière de mon pick-up. Je te laisse rassembler des vêtements et des affaires pour une semaine. Avec les peluches de tes fils. Des livres ? Susan et Bobby en ont, mais Ian et Jamie ont leurs histoires préférées.

Sur ces mots, il sortit.

Matthew Colton semblait plus petit que dans les souvenirs de Chris. C'était normal, pensa-t-il, après le premier choc à la vue de son père, assis derrière la vitre qui séparait les prisonniers des visiteurs. À l'époque du drame, Chris n'avait que onze ans, vingt ans avaient passé depuis. De plus, son père était désormais malade et condamné, ce qui expliquait son apparence frêle et pathétique. *Pathétique ? Il a assassiné ma mère !* Sans parler de ses autres meurtres.

Pourtant, dans ses souvenirs, Matthew Colton avait été un bon père. Comment concilier ces deux visions ? Impossible ! Alors avait-il de « faux souvenirs » ?

Rappelle-toi : Ethan retrouvant le corps de maman avec la cible sur le front. Ta fratrie déchirée. Trevor distant. Bouncer, envoyé dans un refuge. Par la faute de Matthew uniquement !

Chris s'assit en face de son père, enleva son stetson et le posa sur la table, puis il passa une main dans ses cheveux que le chapeau avait aplatis. Enfin, il décrocha le téléphone. Il n'avait aucune idée de ce qu'il allait dire, ce fut Matthew qui parla le premier.

— Tu es le portrait de ta mère.

Chris fut saisi de stupeur par cette entrée en matière.

— Sauf les cheveux. Saralee était brune, tu es blond.

Étonnamment, il y avait de la mélancolie dans ses mots.

— Mais Annabel et toi, vous lui ressemblez en tout point.

Chris toussota pour conjurer l'émotion qui l'étranglait.

— Tous ceux qui ont connu maman le disent.

Il se ressaisit.

— Tu voulais voir chacun de nous. Tu nous as piégés en nous promettant un indice sur l'endroit où tu as mis maman en terre. Jusque-là, tu ne nous as donné que des indices sans intérêt, tu en es conscient, n'est-ce pas ?

Les yeux de Matthew pétillèrent. Chris hocha la tête.

— Je suis là. Quel est mon indice ?

— Pas de « Bonjour, papa » ? Pas de « Comment ça va, papa » ? Seulement : « C'est quoi mon indice » ?

Chris prit une grande inspiration et en même temps contint sa colère.

— Qu'attends-tu de moi au juste ?

Matthew garda le silence.

— Comment vas-tu ? demanda Chris à contrecœur.

— Je vais mourir.

Après un long silence, Chris lui dit la seule chose qui lui vint à l'esprit. Une évidence.

— Je sais.

Un nouveau silence tomba. Matthew cette fois le rompit.

— Vingt ans que je suis enfermé. Et personne ne me rend visite.

— À quoi t'attendais-tu ? riposta Chris sans cacher son amertume. Tu croyais vraiment que l'un d'entre nous avait envie de te revoir ?

— Ne me parle pas sur ce ton ! rétorqua Matthew en fermant un poing. Je peux encore te donner une correction, ne l'oublie pas !

Chris se revit, à dix ans, puni par son père pour une broutille. Il n'avait pas pleuré ce jour-là. Ni à la mort de sa mère, ni quand Bouncer lui avait été retiré, ni même à l'enterrement de Laura.

Ses larmes avaient été taries par cet homme qui lui avait infligé une blessure impossible à cicatriser.

— Qu'est-il arrivé à ton chien, mon garçon ? interrogea soudain Matthew. À ce golden retriever que je t'avais offert, pour tes six ans ?

— Il est mort, répondit Chris glacial.

— Bien sûr qu'il l'est.

Matthew sourit.

— Les chiens vivent moins longtemps que les humains.

C'en fut trop pour Chris. Il aurait voulu effacer ce sourire rusé du visage de Matthew. Pas seulement au nom de Bouncer qu'on lui avait enlevé malgré ses implorations déchirantes, mais aussi de sa mère. De ses frères et sœurs, orphelins de mère, et à jamais entachés par les meurtres de leur père.

— Dis-moi où est le corps de maman. Je t'en supplie, bon sang !

11

Matthew hocha la tête.

— Je ne peux pas, mon garçon. Tu n'as droit qu'à un seul indice, comme les autres.

Il se tut, comme s'il attendait que Chris reprenne la parole.

— Biff, lâcha-t-il finalement.

— Biff ? répéta Chris confondu. C'est tout ?

Matthew hocha la tête sans cesser de sourire. À l'évidence, il jubilait face à sa déception.

Chris se contint pour ne pas exploser, il s'exhorta au calme. Il n'était pas comme son père, il ne céderait pas à la colère. Il remit son stetson, l'inclinant bas sur son visage pour échapper au regard perçant de Matthew.

— Tu es mauvais, déclara-t-il d'une voix neutre. Ton sang coule dans nos veines, mais le sang de maman aussi. Tu l'as tuée, mais elle vit en nous qui sommes devenus des femmes et des hommes dignes et intègres.

Sur ces mots, il raccrocha le combiné et se leva. Il vit Matthew parler, du moins, ses lèvres bouger, mais il ne voulait plus l'entendre ni l'écouter ou le voir. Il se dirigea vers la porte, vers sa liberté.

Il savait qu'il ne reviendrait jamais à la prison. Il ne reverrait plus son père et n'assisterait pas à son enterrement. Pour autant, cette visite, si décevante soit-elle, avait été nécessaire, pas seulement pour recevoir son indice, qui n'était pas plus utile que ceux de ses frères et sa sœur, mais pour tourner la page. Il comprenait maintenant qu'il lui avait fallu voir, de ses propres yeux, que le père de sa petite enfance n'existait plus – si tant est qu'il ait jamais existé.

Les chaînes qui, jusque-là, avaient lié Chris à son passé alors se rompirent.

Sur le chemin du retour, Chris passa devant le ranch d'Ethan. Il freina et s'engagea dans la voie privée qui y conduisait. Après sa visite à leur père, il ressentait la nécessité de révéler son indice à ses frères, mais surtout il avait besoin de leur connivence. Au moment des événements, Ethan n'avait que sept ans, et Chris, onze. Les souvenirs d'enfance d'Ethan s'étaient cristallisés sur le traumatisme lié à la découverte du corps de leur mère, tuée par leur père.

Le ranch d'Ethan, non, d'Ethan et de Lizzie, se corrigea-t-il en montant l'escalier de la galerie, était devenu le lieu de rassemblement de la fratrie Colton. La famille allait s'agrandir, car Lizzie allait bientôt accoucher. Son sourire s'estompa à cette pensée et une grande tristesse l'envahit. La douleur d'avoir perdu son bébé et Laura s'était atténuée, avec le temps, mais elle persistait. Son bébé aurait été l'aîné de la génération suivante. Bien sûr, il aimerait l'enfant de Lizzie et Ethan, comme il aimait Susan et Bobby, et même Ian et Jamie !

Il frappa à la porte moustiquaire, mais la porte d'entrée étant ouverte, il appela.

— Lizzie ? Ethan ? C'est Chris.

En guise de réponse, il n'obtint qu'un long gémissement qui le terrifia.

— Lizzie !

Il tira sur la poignée, mais le loquet était en place. Il tira de toutes ses forces. Le bois céda avec un craquement, il se précipita.

— Lizzie ? s'écria-t-il.

Personne dans le salon. Il remonta le couloir.

— Lizzie ?

Une voix faible s'éleva.

— Cuisine…

Lizzie, le visage trempé de sueur, serrait à deux mains le dossier d'une chaise. Il constata qu'elle avait perdu les eaux. Elle était en train d'accoucher. Il souleva sa belle-sœur dans ses bras.

— Quel intervalle entre les contractions ? s'enquit-il, en sortant de la maison.

— Je... je n'ai pas pu les chronométrer, haleta Lizzie. Quatre minutes peut-être ?

— Où est Ethan ?

Chris se dirigeait vers son pick-up aussi vite qu'il le pouvait.

— En ville. J'avais déjà eu de fausses alertes, je ne voulais pas l'inquiéter de nouveau.

— Où est Joyce ? demanda-t-il, en faisant référence à la femme du contremaître d'Ethan, Bill Peabody.

— Bill et Joyce sont chez leurs enfants. Je ne m'attendais pas...

Il l'écouta à peine. Ils atteignaient le pick-up.

— Ouvre la portière, Lizzie !

Quand cela fut fait, il installa Lizzie de son mieux sur le siège et boucla sa ceinture de sécurité. Il reculait pour claquer la portière quand elle le retint.

— Mes affaires ! La valise est dans le couloir de l'entrée. S'il te plaît !

— D'accord. Je vais la chercher. Ne bouge pas, surtout.

Lizzie étouffa un rire.

— Ne t'inquiète pas... Vite.

Il revint au plus vite, s'installa derrière le volant et démarra.

— Tu as appelé Ethan ?

— Oui... Il m'a dit qu'il arrivait.

Chris accéléra jusqu'à la route principale. Quand il y tourna, Lizzie posa les mains sur son ventre et se remit à gémir.

Il lui tendit sa main droite.

— Cramponne-toi à moi. Crie si tu veux, ne te retiens pas. Tu n'es pas censée haleter comme un petit chien ? Ce n'est pas supposé aider ?

Lizzie rit entre deux gémissements, comme il s'y était attendu, mais elle ne répondit pas et serra sa main avec une force inouïe.

Chris appela Ethan tandis qu'il accélérait. Ethan décrocha vite.

— C'est Chris, dit-il aussitôt. Je suis avec Lizzie, je la conduis à l'hôpital.

— Et les contractions ?

— Toutes les cinq à six minutes. Retrouve-nous à l'hôpital.

— Compris, répondit Ethan. Lizzie ? Tu peux m'entendre ?

Chris jeta un coup d'œil à Lizzie et lui désigna le haut-parleur.

— Parle fort, lui conseilla-t-il.

Lizzie rit de nouveau.

— Je t'écoute, Ethan.

— Lizzie, chérie, tiens bon, d'accord ? J'arrive.

— Oui.

— Lizzie ?

Chris savait que l'hésitation de son frère était due au fait qu'il pouvait l'entendre.

— Je t'aime, chérie. Toi et le bébé, vous êtes les meilleures choses qui me soient arrivées, je... t'aime, j'ai besoin de toi, je ne peux pas vivre sans toi, et puis...

— On a compris, l'interrompit Chris pour dénouer l'émotion qui les prenait tous les trois. Roule au lieu de parler !

Il raccrocha et jeta un coup d'œil à sa belle-sœur qui, d'émotion, avait les larmes aux yeux.

— Ah non, tu ne vas pas te mettre à pleurer !

— Je t'aime, Chris, lâcha-t-elle d'une voix frémissante. J'ai de la chance de t'avoir comme beau-frère.

Une nouvelle contraction l'interrompit. Chris accéléra, lui tendit à nouveau la main droite, tout en sachant que la douleur que Lizzie lui infligeait n'était rien, comparée à celle qu'elle endurait.

Deux heures plus tard, Chris était toujours dans la salle d'attente de l'hôpital où Ethan les avait rejoints. Il appela Peg, lui expliqua la situation et lui demanda d'en informer Holly. Puis il contacta Annabel et Sam, qui lui apprirent que Jim Murray approuvait leur collaboration pour piéger Evalinda et Angus McCay.

Chris téléphona ensuite à Ridge et Trevor, mais il tomba sur leur messagerie vocale. Il leur annonça que Lizzie était en train d'accoucher et leur fit part de l'indice qu'il avait obtenu, lors de sa visite à la prison : « Biff ».

Enfin, il réfléchit à quel piège tendre à Evalinda et à Angus

McCay. Il était perdu dans ses pensées quand il vit Ethan revenir dans la salle d'attente. Son frère avait l'air épuisé, mais heureux et soulagé.

— Lizzie va bien ?

Ethan, manifestement trop ému pour parler, hocha la tête.

— Et le bébé ? s'enquit Chris.

Un immense sourire surgit sur le visage d'Ethan.

— Un garçon. Trois kilos cinq.

Chris serra son frère dans ses bras.

— Félicitations !

Lorsque Ethan se détacha de lui, il avait le regard humide.

— Je ne pourrai jamais te remercier assez, Chris... Je n'aurais jamais dû laisser Lizzie seule, d'autant que Joyce et Bill étaient absents. Mais elle m'avait juré qu'elle allait bien, je lui avais dit que je ne faisais que l'aller-retour. Si tu n'avais pas été là...

— J'aurais conservé ma main et mes doigts ! Lizzie a quand même failli me les casser ! déclara Chris pour conjurer l'émotion.

Ethan éclata de rire.

— Vous avez choisi un prénom ? interrogea Chris.

— Lizzie et moi y avions déjà réfléchi, mais on s'est finalement décidés pour James Christopher Colton.

Chris resta sans voix.

— Chris, pour deuxième prénom : de cette façon, si tu as un fils et que tu veux lui donner ton prénom...

Ethan s'interrompit, comme s'il venait de se souvenir que Chris avait perdu son bébé.

Il lui lança un regard d'effroi.

— Désolé. Je ne pensais pas... Je ne...

— Ne t'en fais pas. Merci, en tout cas. Dis à Lizzie que je suis honoré.

— Tu sais..., reprit Ethan en veine de confidences, je n'ai jamais voulu me marier. Ni avoir des enfants. Je refusais de transmettre le nom Colton, ou...

Il se tut.

— Les gènes de Matthew, acheva-t-il avec difficulté.

Chris acquiesça sans rien ajouter. Ce n'était pas le moment

d'aborder le sujet de sa visite à leur père et sa décision de tourner la page du passé.

— La vie ne se déroule pas toujours comme on l'avait prévu, conclut Ethan soudain philosophe. Lizzie. Un bébé. Ma Lizzie...

— Je sais, tu l'aimes, tu as besoin d'elle, tu ne peux pas vivre sans elle ! le taquina Chris.

— Oui ! Exactement ! s'exclama Ethan béat.

Face au bonheur de son frère, Chris fut saisi de tristesse. Pas parce qu'il avait aimé et perdu Laura, mais parce qu'il ne l'avait pas aimée comme Ethan aimait Lizzie, comme si elle était sa vie, son espoir. Son bonheur.

— Lizzie et notre bébé... ils sont toute ma vie, déclara justement Ethan. Je croyais pouvoir me couper de la vie, de l'amour et vivre dans la solitude. Lizzie m'a prouvé le contraire.

Chris fut bouleversé par l'aveu de son frère, habituellement si pudique. Après la mort de Laura enceinte, il avait érigé une barrière autour de son cœur et s'était retiré dans sa forteresse de solitude. Il aimait ses sœurs et ses frères, Peg, Joe et leurs enfants, mais il s'empêchait d'aimer une autre femme, parce que...

Parce que si on se refuse à l'amour, on ne risque pas de perdre son amour et donc de souffrir par amour.

Mais la vie en avait décidé autrement depuis qu'il avait croisé pour la première fois le regard noisette de Holly McCay. Elle le touchait, elle portait une partie de ce qui lui manquait pour être heureux.

Il faisait nuit quand Chris arriva enfin chez Peg et Joe Merrill. Son estomac gargouillait, il avait sauté le déjeuner, le petit déjeuner n'était qu'un lointain souvenir. Mais même si Peg lui proposait de rester pour le dîner, il déclinerait : il avait laissé Wally seul trop longtemps.

Peg ouvrit, Susan l'accueillit avec un cri de joie.

— Onc'Kiss.

Il la souleva haut dans ses bras, la petite fille rit.

— Tout va bien ? lui demanda Peg.

— C'est un garçon ! lui annonça-t-il. James Christopher Colton.

La mère et le bébé vont bien. Ethan, aussi. Il est tellement submergé par l'émotion que j'ai eu du mal à le reconnaître.

Il regarda autour de lui.

— Où est Holly ?

Au même instant, Holly entra dans le salon. La révélation, surprenante qu'il avait eue à l'hôpital lui revint à l'esprit, il ne put plus détacher son attention et ses yeux de Holly qu'il lui sembla même redécouvrir à l'aune de cette révélation. En même temps, les paroles qu'elle avait prononcées de nouveau lui revinrent en tête. « Toi et moi, ça arrivera, Chris. Pas ce soir. Peut-être pas demain. Mais ce qui doit arriver arrivera, je te le garantis. »

C'est pourquoi, prévoyant, il était passé à la pharmacie de l'hôpital, tout à l'heure.

— Tu restes pour dîner avec Holly ? s'enquit Peg.

— Non, ça n'est pas possible, répondit Chris. Wally est seul depuis ce matin. Dans le jardin, mais seul. Je suis sûr qu'il a faim et soif.

Il sourit à Holly.

— On y va ?

Une expression d'effroi surgit sur son visage, mais elle se ressaisit pour lui sourire. Elle s'agenouilla devant Ian et Jamie, qui se disputaient un camion, et les serra dans ses bras.

— Je dois partir maintenant, leur annonça-t-elle. Soyez très gentils avec Peg et Joe, d'accord ?

— D'accord, dit Ian, à qui Jamie fit écho.

Elle les embrassa et se leva, le regard fixe, comme si elle contenait ses larmes.

— Dites au revoir à Chris.

Chris s'approcha des petits garçons et les souleva simultanément dans ses bras, en les chatouillant. Ian et Jamie éclatèrent de rire.

— Soyez bien sages avec Peg et Joe ! renchérit-il en les reposant à terre.

Il les embrassa et prit Holly par la main.

— Allons-y. Avant les grandes eaux.

— Ça m'étonnerait que Ian et Jamie pleurent. Je les ai laissés souvent avec Peg,

— Je ne parle pas des jumeaux, mais de toi, Holly.

12

— Je n'allais pas pleurer ! insista Holly.

Chris lui ouvrit la portière.

— Vraiment ? s'enquit-il à la fois tendre et incrédule.

Holly rit en bouclant sa ceinture de sécurité.

— Enfin si, mais pas devant mes enfants.

Elle s'interrompit.

— Tu es sûr que je dois laisser mon SUV dans le garage de Peg et Joe ?

— Oui. Tes beaux-parents doivent ignorer que tu es chez moi avant le début de l'opération qu'Annabel, Sam et moi allons monter. Je doute qu'ils aient des soupçons, mais tu me connais, je ne veux prendre aucun risque. Joe a garé ton véhicule dans son garage afin que personne ne l'identifie à partir des plaques d'immatriculation.

Holly eut un sursaut de panique. Elle avait l'habitude de jouir de sa liberté, elle se sentait de plus en plus bridée.

— Et comme ça, poursuivit Chris avec humour, tu ne fileras pas chez Peg pour voir tes fils, une fois que j'aurai le dos tourné.

— Ça ne me serait même pas venu à l'idée ! protesta-t-elle en riant.

Il lui serra la main.

— Je sais. Mais autant éviter les tentations. Tu es une bonne mère, Holly.

— J'essaye de l'être.

— Tu me rappelles la mienne.

— Comment était-elle ?

Chris temporisa.

— Belle... à mes yeux, déclara-t-il enfin d'une voix lente. Si jamais le cœur d'une femme se reflétait sur son visage et dans le regard, c'était bien le sien. Je n'avais que onze ans, mais ce n'est pas une vision idéalisée de ma mère. C'était la réalité.

Il hésita et ajouta :

— Elle a aimé mon père, malgré tout, malgré les problèmes d'argent, les difficultés à élever sept enfants dans la précarité.

Holly s'enhardit.

— Pourquoi l'a-t-il tuée ?

Chris reprit la parole après un silence.

— Longtemps, personne n'a compris pourquoi. En février dernier, il a fait deux révélations à Ethan, lorsque celui-ci est venu le voir à la prison. Ma mère aurait découvert que c'était lui, le tueur en série qui dessinait une cible rouge sur le front de ses victimes.

Il se tut.

— C'était la marque de mon père, précisa-t-il.

Il soupira.

— Matthew a expliqué à Ethan que ma mère était prête à le dénoncer à la police. Selon ses propres mots, il n'a pas eu d'autre choix que la tuer.

Holly n'osait plus parler.

— Après, il a voulu se débarrasser du corps : il est allé prendre dans le garage ce dont il avait besoin, poursuivit Chris, d'une voix désincarnée.

Holly posa la main sur son bras.

— Il ne savait pas qu'Ethan était souffrant ce jour-là et qu'il était resté à la maison. Pendant que mon père était absent, mon frère a cherché ma mère et il a découvert son corps. Il n'avait que sept ans. Il a été terrifié...

— Qu'a-t-il fait ?

— Il a couru chez un voisin pour demander de l'aide. Mais quand il est revenu, avec la police, le corps avait disparu. Il n'y avait que le sang. On n'a jamais retrouvé ma mère, mais le témoignage d'Ethan a provoqué l'arrestation de Matthew Colton, l'un des plus célèbres tueurs en série de l'histoire du Texas. Il a été jugé et condamné.

Holly n'avait pas manqué le léger changement de ton dans la voix de Chris ou comment il avait remplacé « mon père » par « Matthew Colton ». Ce matin, se souvint-elle, il avait rendu visite à ce dernier. Que s'était-il passé ? Elle n'osa pas le lui demander.

Wally les accueillit avec exubérance. Chris se hâta de déverrouiller la porte d'entrée, désactiva l'alarme et alluma la lumière dans le couloir avant de faire rentrer Holly. Puis il se rendit à la cuisine, où il remplit le bol et la gamelle de Wally et les déposa devant le chien qui vite lapa l'eau.

— Désolé, mon vieux, murmura Chris.

Il lui tapota le flanc.

— Je ne pensais pas rester absent si longtemps.

— Peg m'a expliqué que tu avais conduit ta belle-sœur à l'hôpital parce qu'elle accouchait. Raconte ! intervint Holly.

— D'abord je prépare le dîner, ensuite je te dirai tout.

— Non, c'est à mon tour de m'occuper du repas. Je ne veux pas te laisser toujours cuisiner, ce n'est pas juste.

Holly se dirigea vers le réfrigérateur.

— Tu me racontes ta journée et moi, je cuisine.

Une petite demi-heure plus tard, Chris terminait de relater les derniers événements. Il était repu, grâce au risotto aux champignons et à la roquette que Holly avait préparé.

— J'étais terrifié à l'idée que Lizzie accouche dans mon pick-up, conclut-il. Mais tout s'est bien passé.

— J'admire ta présence d'esprit. Ce n'est pas facile de garder son sang-froid dans une telle situation.

Les yeux brillants, elle lui souriait. L'admiration de Holly le toucha et le troubla. Dans le silence qui retombait, elle se leva pour débarrasser.

— Inutile d'utiliser le lave-vaisselle si on est que deux, car...

— Holly ! Attends !

Elle se figea.

Il se leva à son tour et s'approcha, comme mû par une volonté supérieure. Il posa les mains sur ses épaules, les fit glisser sur ses bras et lui fit faire volte-face sans impatience. Il ne pouvait plus lui cacher ses émotions, ce désir douloureux qui l'obsédait.

— J'ai envie de toi, Holly, tu le sais. Mais je ne ferai rien sans ton consentement.

Elle posa un regard étincelants sur lui.

— Je ne pense qu'à toi, Chris, lui confia-t-elle. Que tu sois proche. Que tu sois loin.

Il lui caressa les lèvres à la pointe de l'index. Il la sentait trembler. Il écarta une mèche de ses cheveux qu'il recoiffa derrière son oreille.

— Il n'y a eu que Laura dans ma vie. Aucune autre femme avant elle, et après. C'est pourquoi je me sens aussi démuni face à mon désir et à cette attirance qui m'échappent, me séduisent, me comblent et m'effrayent. J'avais besoin de te le dire.

Sa confession, les inflexions dans sa voix touchèrent Holly. Elle prit son visage en coupe et le fixa droit dans les yeux.

— Grant a été... mon premier amour et mon seul amour. Je n'ai connu que lui...

Sa gorge se serra. Elle baissa les paupières.

— Holly ? Holly...

Le désir, la tendresse douloureuse qu'il exprimait en prononçant son seul prénom la bouleversa. Il n'en dit pas davantage, simplement l'embrassa. Ce baiser fut encore plus délicieux que celui qu'ils avaient échangé dans un élan fougueux la nuit précédente. Hier, la passion avait jailli, folle, ardente, ce soir... la tendresse, la douceur étaient présentes et en parfaite harmonie avec l'excitation érotique sous-jacente. Holly était fascinée – Chris l'embrassait comme s'il était ébloui –, et n'en croyait pas son bonheur. Elle n'avait pas les mots pour le dire...

Il murmura son prénom, et dans sa joie et son trouble, Holly se dit que jamais elle n'avait entendu autant d'émotions dans la voix d'un homme. Le désir, mais aussi l'affection et un élan lui prouvaient que, entre eux, pour lui, ce qui se passait actuellement n'était pas seulement un attrait physique, un feu de paille, mais autre chose de plus profond et pour l'instant d'indicible.

De là, tout devint simple.

Ici. Maintenant. Ce soir.

Ce soir, elle allait faire l'amour avec Chris Colton, qu'elle ne connaissait que depuis deux jours, qui ne voyait pas uniquement en elle une amie d'enfance, mais une jeune femme séduisante. Chris Colton, ce bel homme à la fois fort et vulnérable, occupait ses rêves, ses pensées, la bouleversait et déclenchait en elle des émotions inédites délectables. Elle n'avait jamais rien vécu de pareil, elle n'avait jamais été adulée par un homme, ni n'avait jamais rendu un homme fou de désir. Faire l'amour avec Chris dans la réalité serait-il aussi réjouissant que cela l'avait été, dans ses rêves ? Si c'était le cas – et c'est ce que laissait présager ce magnétisme qui jouait entre eux depuis leur rencontre –, ce serait une révélation qu'elle était impatiente, quoiqu'un peu nerveuse, de faire...

Chris détacha ses lèvres de celles de Holly et plongea son regard dans le sien. S'il y avait vu cet effroi qui parfois y apparaissait à son insu, il aurait renoncé sans insister. Mais ses prunelles brillantes n'exprimaient que l'intensité d'un désir égal au sien.

— Viens...

Il la prit par la main.

— J'aimerais prendre une douche, et j'aimerais la prendre avec toi.

— Oui.

Il aima sa timidité et l'élan avec lequel elle lui donna son consentement.

Ils se dévêtirent dans la salle de bains. Quand il retira son jean, la boîte de préservatifs s'en échappa. Le regard de Holly tomba dessus.

Chris ramassa la boîte à la hâte.

— Je ne pensais pas... Enfin, il se peut que j'aie... Mais seulement si tu... Je voulais être préparé, au cas où...

Il s'empêtrait. C'était terriblement embarrassant. Holly posa son doigt sur sa bouche pour couper court à sa confusion et lui adressa un sourire espiègle.

— Merci d'y avoir pensé, murmura-t-elle en l'embrassant à la commissure des lèvres.

Chris se détendit et continua à se dévêtir, contrairement à Holly, rougissante. Sa pudeur accrut son excitation.

— Intimidée ? s'enquit-il tout bas et avec tendresse.

Il porta les mains au col de son chemisier pour en défaire les boutons, elle l'en empêcha.

— Ce n'est pas ça... Ou pas vraiment. Seulement... j'ai eu un bébé. Deux. Et...

Il rit doucement.

— Holly, Holly ! Tu ne dois pas avoir une très haute opinion de ma personne si tu redoutes ma réaction à la vue de ton corps.

— Mais je...

Déjà, Chris se remettait à lui déboutonner son chemisier et, quand il eut fini, il en écarta les pans, le lui retira et aussitôt dégrafa son soutien-gorge. Alors il lui caressa les épaules, puis frôla ses seins et posa les mains plus bas.

De là, il glissa ses doigts sous l'élastique pour baisser sa petite culotte. Quand elle fut, comme lui, nue, il s'agenouilla et plaqua sa joue contre son ventre en lui saisissant les hanches, jusqu'à ce qu'il la sente frissonner, trembler et voie la pointe de ses seins se dresser.

— Sais-tu à quel point tu es belle ? lui dit-il en instillant dans sa voix et dans son regard toute sa force de conviction.

Elle l'était vraiment. Son corps, qui avait porté la vie, et son ventre qui avait enfanté étaient parfaits. Comment pouvait-elle s'inquiéter ?

— Si belle..., chuchota-t-il en se relevant pour l'attirer contre lui afin de l'embrasser.

Elle tremblait d'émotion lorsqu'il se détacha d'elle pour entrer dans la douche à l'italienne, l'y invitant d'un regard sans ambiguïté.

Holly releva ses cheveux en un chignon qu'elle fixa d'une main mal assurée. Puis sans dire mot, Chris lui tendit la main.

Il se savonna et se rinça rapidement après quoi, elle l'imita, rougissante, intimidée.

Vite, il lui consacra toute son attention. Il laissa ses doigts langoureux s'aventurer sur ses seins, jusqu'à leurs pointes délicieuses, son entrecuisse, et sur toutes ses zones érogènes. Il n'avait jamais connu que Laura, mais d'instinct il avait toujours été attentif au plaisir féminin. Chris était empressé à aimer et à bien aimer, d'autant que, dans ce domaine, il ne manquait pas non plus d'imagination. Ainsi caressa-t-il Holly longtemps, jusqu'à ce que tout à coup elle se ressaisisse, lui prenne les mains et les serre entre les siennes.

— Je ne peux pas... Je ne veux pas que mon plaisir vienne sans toi...

— Moi non plus. Je veux être en toi. Je veux sentir quand tu jouiras.

C'était direct, c'était authentique. Elle rougit, mais planta son regard dans le sien et acquiesça.

Ils sortirent de la douche et s'enveloppèrent chacun dans un drap de bain pour gagner la chambre. Holly aida Chris à mettre le préservatif, un geste empreint de sensualité qui participait de leur soudaine intimité et complicité, et qui l'amplifia.

Le souffle suspendu, Chris l'observait. Il puisait un plaisir intense au contact de ses doigts, de ses mains sur son sexe, et des caresses qu'elle lui prodiguait, en même temps. Il aimait voir le visage empourpré et le regard brillant que Holly portait sur lui par intermittence.

Une fois le préservatif en place, il ne se laissa plus guider que par sa sensualité. Malgré l'envie de la posséder d'un coup de reins, il s'introduisit en elle, dans sa féminité moite et brûlante, sans hâte. Holly l'accueillit avec un long gémissement et gémit encore, quand tout aussi lentement, il se retira pour, de nouveau, la posséder. Et il recommença. Sans cesse. Au début, avec lenteur, bientôt, de plus en plus vite. Il lui haussa les cuisses afin de la pénétrer plus profondément, et elle se cambra sous lui en se mordillant les lèvres.

Il happa un mamelon entre ses lèvres, ensuite l'autre, elle s'arc-bouta davantage en poussant des cris rauques. Conscient qu'elle était au bord de sa jouissance et refusant que déjà elle y cède, car il savait pouvoir la lui décupler, il ralentit son rythme.

Il gémit lui aussi, quand elle resserra ses muscles internes autour de son sexe, le signe que, en dépit de ses efforts, son orgasme était imminent. Il la sentait palpiter, il en perdait la tête, alors il lâcha prise et à son tour l'atteignit.

Au cours des minuscules secondes qui avaient précédé l'infini plaisir qui avait obstrué toute pensée, toute réalité, il avait étreint Holly de toutes ses forces, comme pour la garder, pour toujours.

13

Holly était hors d'haleine, comme Chris, dont elle sentait sur le sien le corps moite et repu par le plaisir. Elle sourit, euphorique, comblée.

Ses rêves n'avaient été qu'un pâle reflet de la réalité ! se dit-elle entre rire et larmes d'allégresse. Grant et elle n'avaient pas... enfin, ils n'avaient jamais... Du moins, pas comme ça. Holly n'était pas sûre que Grant ait autant aimé lui faire l'amour. Elle ressentit un peu de tristesse en songeant à toutes les fois où elle s'était demandé pourquoi leurs ébats manquaient de passion et de sensualité.

À cet instant, Chris soupira, comme s'il recouvrait ses sens, et il voulut se retirer, mais Holly resserra ses jambes, se refusant déjà à cette désunion.

— Je suis trop lourd..., murmura Chris sans bouger.

— Ne m'oblige pas à te retenir en moi par la force, plaisanta-t-elle.

Il rit, roula sur le dos, mais elle accompagna son mouvement et se retrouva à califourchon sur lui.

— Joli spectacle... Mais, Holly... je dois retirer le préservatif.

Holly s'écarta de lui, Chris se leva pour se rendre dans la salle de bains. Elle entendit la douche, puis il revint, une serviette autour de ses hanches étroites. Elle contempla son torse musclé et son corps vigoureux.

Mais de nouveau intimidée par sa propre nudité, elle saisit le drap et le tira sur elle afin de cacher ses imperfections.

— Ah non, pas question ! s'exclama Chris.

Il dénoua sa serviette de toilette et la rejoignit dans le lit. Il lui arracha le drap, puis la maintint sous lui par jeu tout en la contemplant.

Holly se sentit rougir sous son regard à la fois complaisant, admiratif et brûlant.

Leurs yeux enfin se croisèrent.

— Tu es magnifique, Holly…

Son cœur battit plus vite en lisant le désir sur son visage.

— Il me reste encore deux kilos à perdre depuis la naissance des jumeaux, expliqua-t-elle faiblement.

— De quoi parles-tu ?

Il se redressa et s'accouda.

— Je ne vois pas un seul kilo superflu. Je ne vois qu'un corps magnifique. Ces seins sublimes, par exemple.

Il en caressa la pointe. Toujours gênée, elle rougit. Elle avait allaité Ian et Jamie, ses seins n'étaient plus aussi fermes… Et cependant, Chris semblait penser le contraire. Il continuait de jouer complaisamment avec ses tétons, conscient du plaisir qu'elle prenait à sa caresse langoureuse.

Puis ses mains descendirent plus bas.

— Des kilos sur ce ventre ? Certainement pas.

Sa voix était plus rauque, il riva un regard solennel au sien et poursuivit son exploration.

— Et sur ces hanches ? déclara-t-il sur le même ton. Mais non.

Holly fondait et bien sûr, Chris le savait parfaitement. Elle ne pensait plus à rien sous ses yeux bleus étincelants. Elle venait d'avoir l'orgasme le plus incroyable de toute sa vie et, à nouveau, le désir montait, le plaisir l'envahissait. Et quant à Chris… Elle sentait son sexe dur contre ses cuisses. Impatiente, elle se positionna jusqu'à sentir son érection à l'attache de ses cuisses, au contact de sa féminité moite et brûlante.

— Encore ? lâcha-t-il dans un demi-sourire.

Elle sourit.

— Oui. Volontiers. Avec plaisir…, badina-t-elle.

Elle vit une lueur s'allumer au fond de ses prunelles, et en frissonna.

— Du plaisir, je vais t'en donner, encore et encore, murmura-t-il.

Il prit un préservatif sur la table de nuit. Cette fois, il le mit en place sans son aide et entrecroisa ses doigts aux siens.

— Je t'en donnerai même jusqu'à ce que tu n'en puisses plus..., répéta-t-il, enjôleur. Et quand j'en aurai fini, tu sauras à quel point tu es parfaite !

Holly rit, mais aussitôt après elle gémit car il la posséda cette fois sans attendre, et d'un coup de reins vigoureux. Puis il fit durer son plaisir, et le sien par la même occasion. Elle le suppliait en pensée de ne plus lui infliger ce si délicieux tourment des sens, jusqu'à ce qu'elle entrecroise ses doigts aux siens, se cambre, succombe en criant son extase et son allégresse.

— Toujours aucune nouvelle de M. Colton ? demanda Evalinda McCay à son mari alors qu'ils allaient se coucher.

— Rien. Que veux-tu que j'y fasse ?

— Comment nous débarrasser de Holly et avoir la garde des jumeaux et leur fortune si nous ne la retrouvons pas ?

— Il nous a promis des résultats bientôt, protesta faiblement Angus.

— Je lui donne une journée, pas davantage. Ensuite, nous devrons chercher un autre détective.

— Tu veux vraiment tout recommencer à zéro ? Et si...

— C'est toi qui as eu l'idée de maquiller le meurtre de notre belle-fille en accident, lui rappela Evalinda avec mépris. Tu étais tellement sûr que ça marcherait, mais ça a échoué, par trois fois.

— Holly n'a rien soupçonné. C'est lorsque tu as proposé de la renverser, sur ce parking qu'elle...

— Ne rejette pas la responsabilité de ce fiasco sur moi ! coupa Evalinda. C'est toi qui as engagé ces deux hommes pour la tuer. S'ils n'avaient pas été si incompétents...

— Tu penses que c'était facile de trouver quelqu'un qui... ?

— Une journée, pas plus ! répéta Evalinda implacable.

Angus ne dit mot. Il savait que tout argument était inutile. Il avait toujours cédé devant son épouse, cette fois ne ferait pas exception.

Chris ouvrit les yeux d'un coup. Il était 2 heures du matin, la lueur de la lune l'avait tiré du sommeil. Il aurait pu se lever et fermer les stores, mais il était trop bien, avec Holly endormie dans ses bras et il ne voulait pas non plus la réveiller.

Ils s'étaient assoupis, épuisés par les jeux de l'amour et de la sensualité, mais il sentait le désir remonter à leur seule évocation. Ils avaient basculé dans le sommeil après avoir fait l'amour pour la deuxième fois, s'étaient réveillés avant minuit pour s'enlacer, se caresser voluptueusement, paresseusement et langoureusement sous la couette.

— Je veux te regarder, te voir jouir quand je te caresse, quand tu te donnes du plaisir, Holly, lui avait-il alors confié. Tu veux bien ?

Elle était adorable dans sa confusion et son étonnement, et il avait eu l'impression qu'elle n'avait jamais fait pareille expérience.

Holly lui avait révélé qu'elle n'avait connu d'autre homme que son mari, celui-ci aurait-il été un piètre amant ? Quoi qu'il en soit, Grant n'avait jamais donné la priorité au plaisir de Holly. Chris n'en était pas surpris. Souvent, les hommes ne se souciaient pas de combler leur partenaire, du moins, ils jugeaient que celle-ci était responsable de ses orgasmes et que si elle jouissait, tant mieux, sinon, tant pis. Il n'était pas de ces hommes-là.

Et l'observer tandis qu'elle se donnait du plaisir, en y contribuant de son côté par des caresses savamment dispensées, l'entendre soupirer et crier au moment de son orgasme l'avait tellement émoustillé qu'il avait été tenté d'utiliser un troisième préservatif, mais Holly s'était aussitôt endormie, et il s'était abstenu. Mais il s'était promis que, la prochaine fois qu'ils feraient l'amour, il commencerait par la regarder se caresser et jouir, après quoi… qui sait dans quels jeux et explorations leurs fantasmes les emporteraient ?

*Y aura-t-*il une prochaine fois ? se dit-il. *Plusieurs autres fois ?*

Il médita là-dessus. Lorsqu'il aurait piégé Evalinda et Angus McCay, Holly n'aurait plus besoin de sa protection. L'opération était imminente puisqu'il avait l'aval de Jim Murray et n'avait plus qu'à se coordonner avec Annabel et Sam, qui étaient d'ailleurs censés venir petit déjeuner avec eux dans quelques heures.

Dans une semaine tout au plus, elle serait libre de reprendre son ancienne vie à Clear Lake City qui se trouvait à plus de cinq cents kilomètres de là.

À cette pensée, Chris se sentit dévasté. Il ne voulait pas que Holly le quitte. Ni Ian ni Jamie. Cet après-midi, il avait réalisé que Holly et ses fils avaient franchi, à son insu, des barrières émotionnelles soigneusement érigées depuis le décès de Laura. Il avait compris à quel point ils faisaient déjà partie de sa vie.

Mais tu ne connais Holly et ses fils que depuis quelques jours !

Quelle importance ? Holly et lui avaient été attirés l'un par l'autre dès leur rencontre. Il y avait désormais leur entente sexuelle, exceptionnelle. Il l'avait comblée, Holly n'avait pu simuler son plaisir, surtout la toute dernière fois. Pour autant, il n'y avait pas seulement cette chimie sexuelle, il y avait autre chose de plus profond, entre eux. Une alchimie qu'il ne savait pas encore nommer, une connexion émotionnelle intense. Elle portait une partie de ce qui lui manquait pour accéder au bonheur. Quel était le sens de tout cela ? Pour lui ? Et pour Holly ?

La sonnerie à la porte sortit Holly du sommeil. Elle quitta le refuge des bras de Chris, se dégagea le visage et saisit le drap pour s'en couvrir.

— Hé, Chris ! On a sonné.

Il se réveilla en sursaut et consulta son smartphone.

— C'est Annabel et Sam !

Il bondit du lit.

— J'ai oublié de te dire qu'ils venaient prendre le petit déjeuner.

Il s'habilla à la hâte, se rendit compte que, dans sa précipitation, il enfilait sa chemise à l'envers et il la remit à l'endroit tandis que la sonnette retentissait de nouveau. Enfin, il passa une main dans ses cheveux hirsutes.

— Nous devons planifier le piège destiné à Evalinda et Angus McCay. Rejoins-nous dans la cuisine dès que tu seras prête.

Il sortait, mais il se ravisa pour revenir sur ses pas, serrer Holly dans ses bras et l'embrasser longuement.

— Bonjour, chuchota-t-il ensuite.

Il l'enveloppa de ce regard bleu qui lui faisait battre le cœur si fort.

— Merci, pour la nuit dernière...

Il sourit.

— Si Annabel voit cette expression de pure satisfaction dans tes yeux, elle comprendra, elle est très fine. Sam est lui aussi observateur, mais Annabel est une femme et de surcroît c'est ma sœur jumelle...

— Ah ! Il était temps, s'exclama Annabel quand Chris, pieds nus, ouvrit finalement. J'ai failli utiliser ma clé.

Chris la dévisagea, perplexe.

— T'ai-je donné une clé de cette maison ? Quand ?

— Tu ne me l'as pas donnée, j'ai demandé un double à Peg. Elle m'a aussi transmis le code de l'alarme.

Sourcils froncés, Chris fit entrer Sam et Annabel dans la cuisine.

— Pour passer quand elle en est empêchée, précisa Annabel. Une ronde de quartier, c'est toujours bien.

— Merci, Bella.

— C'est mon travail : servir et protéger ! déclara Annabel fièrement.

Elle jeta un coup d'œil autour d'elle.

— Super, le petit déj, lâcha-t-elle avec le plus grand sérieux.

— Un peu de patience, rétorqua Chris. Les pannes d'oreiller, ça arrive. Asseyez-vous, plutôt.

Il donna à manger à Wally, vérifia qu'il y avait encore de l'eau dans le bol près de sa gamelle. Cela fait, il sortit des tasses et des cuillères qu'il posa sur la table avec une bouteille de lait et des boîtes de céréales.

— Je pensais qu'on aurait au moins droit à ton fameux pain perdu ! enchaîna Annabel.

— C'était mon intention, mais je te l'ai dit : panne d'oreiller.

Chris disposait des serviettes en papier lorsqu'il sentit plus qu'il n'entendit Holly entrer dans la cuisine. Il se retourna et ne put s'empêcher de lui faire son plus beau sourire. Holly portait un jean et un chemisier en coton jaune bouton-d'or qui lui allait à ravir.

— Bonjour, Annabel, dit Holly tout sourire.

Puis elle s'adressa à Sam.

— Vous devez être… Sam ? Sam Colton ?

— Et vous, Holly. On peut se tutoyer ?

— Volontiers. Ravie de faire ta connaissance, Sam. Chris m'a dit que tu étais inspecteur à Granite Gulch…

Chris essaya de détourner l'attention d'Annabel, et celle de Sam, qui les observait également avec le plus vif intérêt.

— À propos, je suis allé à la prison, hier. J'ai obtenu mon indice.

Il soupira.

— « Biff ».

— « Biff » ?

Annabel se servit de céréales et de lait, puis elle tendit la boîte à Sam.

— Qu'est-ce que cela signifie ?

Chris alluma la cafetière, s'appuya contre l'évier et croisa les bras.

— Aucune idée.

Il jeta un coup d'œil à Sam.

— Et toi, ça te parle ?

Son frère secoua négativement la tête.

— Ça ne semble pas correspondre aux autres indices. « Texas ». « Colline ». « B ». « Pêches ». Tu te souviens de la théorie de Trevor selon laquelle Matthew aurait enterré maman sur la propriété de ses parents à Bearson, Texas ? La maison est située sur une colline, il y a un pêcher dans le jardin. Donc les indices correspondent. Mais « Biff », non, je ne vois pas ?

— C'est peut-être un nom ? intervint Holly.

— Oui, mais je ne connais personne qui le porte, répondit Annabel.

Elle continua à l'intention de Chris.

— Tu as demandé à Trevor ?

Il se raidit.

— Non, dit-il d'un ton bref. De toute façon, je n'ai pas réussi à le joindre hier. J'ai laissé un message sur sa boîte vocale. Et sur celle de Ridge.

Annabel allait répliquer, sans doute pour lui reprocher de ne pas avoir rappelé Trevor, il reprit vite.

— Ne commence pas avec ça, Bella. Pose-lui la question, si tu veux.

Chris regarda tour à tour Annabel et Sam qui avait la tête baissée et semblait concentré sur son petit déjeuner. Enfin, il tourna les yeux vers Holly. Elle était restée à l'écart de la conversation et maintenant versait du lait dans un bol de céréales qu'elle lui tendit. Ils se sourirent et, l'espace d'un instant, Chris eut l'impression qu'ils étaient seuls au monde.

Une heure plus tard, les jalons de l'opération McCay posés, Sam et Annabel prirent congé. Wally à ses pieds, Chris s'installa dans son bureau. Il broyait du noir en repensant à son indice, « Biff », et à Trevor.

La voix de Holly l'arracha à ses méditations.

— Que se passe-t-il au juste ? Avec Trevor ?

Chris pivota sur sa chaise.

— Trevor et moi, on a... des problèmes.

Holly s'assit sur le canapé. Wally sauta à ses côtés.

— Raconte.

Chris tergiversa. Il anticipait les conclusions de Holly : elle lui dirait la même chose qu'Annabel, à savoir qu'il était injuste avec Trevor. Elle lui dirait aussi qu'il était rancunier, ce en quoi elle aurait également raison.

— C'est de l'histoire ancienne, commença-t-il d'un ton hésitant. Je devrais lâcher prise, Annabel me l'a assez souvent répété mais...

Il se tut.

— Mais tu ne peux pas ?

Il secoua la tête.

— Pourquoi ?

Il se recueillit avant de poursuivre.

— Trevor a trois ans de plus que moi. D'aussi loin que je me souvienne, je lui ai toujours voué la plus vive admiration. Il pouvait et savait tout faire. C'était le grand frère par excellence. Il acceptait que je le suive partout, malgré nos trois ans d'écart, ce qui est beaucoup, quand on est enfant. Il m'a appris à lire quand j'avais quatre ans. Il m'a appris tellement de choses... Plutôt, il m'a tout appris.

Les souvenirs remontaient, l'émotion lui serrait la gorge.

— Alors que s'est-il passé ?

À la douceur avec laquelle Holly avait posé la question, Chris comprit que ce n'était pas seulement la curiosité ou la sympathie qui la motivaient. Elle voulait avant tout lui donner l'occasion de se décharger d'un poids.

— Mon père a tué ma mère, voilà ce qui s'est passé, lâcha-t-il avec amertume. Nous avons tous les sept été séparés et envoyés dans des foyers d'accueil. J'avais onze ans. Trevor en avait quatorze.

Il ravala la boule qui s'était formée dans sa gorge et qui appartenait au petit garçon de cette époque.

— Trevor n'a pas essayé de rester en contact avec moi, par la suite. Je le rencontrais trois fois par an, mais jamais à son initiative, et seulement lors des visites imposées par le tribunal et qui se déroulaient dans la famille d'accueil de Josie. Puis notre petite sœur a décidé qu'elle ne voulait plus nous voir, et ça a été fini.

— Oh ! Chris...

Ces deux mots étaient remplis d'une immense tendresse.

— Ce n'est pas tout. Après avoir atteint la majorité, Trevor a essayé d'obtenir la garde de Josie, qui n'avait alors que sept ou huit ans. Josie a refusé, il est parti étudier à l'université. Je me suis toujours demandé s'il avait fait tout ce qui était en son pouvoir...

Holly ferma les yeux, comme si elle contenait ses larmes. Il en eut la confirmation lorsqu'elle rouvrit les yeux et qu'il les lui vit briller.

— Quelle a été la réponse de Trevor quand tu lui as posé la question ?

— Je ne la lui ai jamais posée.

Un long silence tomba.

— Pourquoi ?

Et pourquoi n'avait-il pas non plus demandé à Trevor les raisons de son abandon, une fois que la fratrie s'était reconstituée, à l'âge adulte, après la disparition de Josie ?

— Parce que nous n'étions plus des enfants.

— Oh ! Chris.

Dans cette même interjection, cette fois empreinte de tendresse, il entendait la tristesse qu'elle ressentait tant pour le petit garçon de onze ans blessé que pour l'homme qu'il était devenu. Il entendit aussi dans sa voix quelque chose qu'il mit du temps à identifier et nommer. De l'incrédulité, du fatalisme face à une attitude illogique.

— C'est stupide, n'est-ce pas ? s'enquit-il.

— Je ne sais pas, Chris.

Elle baissa les yeux sur Wally et le caressa.

— Ce que je sais, en revanche, c'est que si tu ne le lui demandes pas, tu ne le sauras jamais.

Et après une hésitation, elle reprit.

— Je crois que tu as besoin de savoir, Chris, pour tourner la page. De la même façon, tu as besoin de retrouver l'endroit où ton père a enseveli ta mère, afin de lui donner une sépulture, et aussi, comprendre ce qui est arrivé à Josie. Tu ne connaîtras jamais de repos, sinon. Penses-y.

Sur ces mots, Holly se leva.

— Viens, Wally. Je crois qu'il est temps de te sortir.

Resté seul, Chris réfléchit. Holly avait raison, en même temps, elle avait tort.

Il y avait un autre motif pour lequel il n'avait jamais demandé à son frère pourquoi il l'avait abandonné : il avait trop peur de connaître la réponse. D'entendre que, peut-être, il n'en valait pas la peine...

14

— J'aimerais me rendre à Bearson, dans la maison de mes grands-parents. Peut-être aurai-je une inspiration sur place, qui me permettra de recomposer le puzzle à partir des cinq indices ? déclara Chris à Holly après le déjeuner. C'est à environ une heure de route. Tu m'accompagnes ?

C'était une question, mais Holly savait que Chris ne voulait pas la laisser seule dans la maison, même avec un système d'alarme et Wally pour la protéger.

— Et Wally ?

— Il vient aussi. Il pourra courir en toute liberté : la maison est située sur une belle colline boisée.

— D'accord.

— Tu as besoin d'appeler Ian et Jamie avant qu'on parte ?

Holly fut touchée par l'attention de Chris, mais elle fit « non » de la tête.

— Je l'ai fait avant le déjeuner. Ils s'amusent comme des fous. De plus, Peg a mon numéro de portable si quelque chose arrive.

— Nous ne serons pas si loin, lui rappela-t-il.

Elle sourit.

— Quand voulais-tu partir ?

Puis elle ajouta aussitôt avec un sourire coquet :

— Ma tenue te convient pour une balade à la campagne ?

Bien sûr, elle posait la question pour la forme, seulement pour voir briller au fond de ses yeux cette petite lueur qu'elle aimait tant, qui lui faisait monter le rouge aux joues et le désir au creux du ventre, lui remémorant, avec une indécente, mais délectable précision, leurs ébats fougueux de la nuit précédente. Le plaisir que Chris lui avait donné. Celui qu'elle avait exprimé, avec impudeur et délice. Ce plaisir qu'elle avait envie, plus qu'envie, de connaître à nouveau. L'assentiment muet mais éloquent de Chris la mit en joie.

— Tu vas souvent dans la maison de tes grands-parents ? demanda Holly.

Ils roulaient depuis déjà une dizaine de minutes.

— Quand j'étais petit, nous leur rendions visite tous les deux mois. Mais ça a cessé après la mort de notre mère et notre placement. Le meurtre de leur fille a été un choc terrible dont mes grands-parents ne se sont jamais remis. C'est du moins ce que j'ai entendu dire car je ne les ai jamais revus. J'ignorais qu'ils étaient malades à l'époque, et c'est sans doute pourquoi nous avons tous les sept été placés en famille d'accueil : ils étaient dans l'incapacité de s'occuper de nous. Ils sont morts à un mois d'intervalle.

Il resta un instant silencieux.

— Mes frères, mes sœurs et moi sommes propriétaires de la maison. Aucun de nous ne veut y habiter, mais nous ne supportons pas l'idée de la vendre, parce que notre mère y a grandi. Nous louons le terrain au fermier voisin. Il l'entretient et surveille les lieux.

Il respira profondément.

— J'y suis revenu à deux ou trois reprises, après mes études.

Il lui sourit.

— Ne te méprends pas, je ne crois pas aux fantômes, mais chaque fois que je vais là-bas, je me sens... je ne sais pas... inexplicablement triste ? Je pense à ma mère petite. Je me souviens de nos visites à mes grands-parents. C'étaient des gens bien, ma mère était leur fille unique. Ça les a tués, littéralement, quand ils ont appris qu'elle avait été assassinée par leur gendre. Je ne sais pas comment on peut survivre à la perte d'un...

Il s'interrompit de nouveau. Chris aussi avait perdu un enfant, avant sa naissance, se dit Holly, un enfant que déjà il aimait et dont il attendait la venue au monde avec impatience.

Holly ne pouvait s'imaginer perdre Ian ou Jamie. Elle se souvenait de sa joie, au fur et à mesure que se déroulait sa grossesse, et de ce que Grant avait ressenti. Ils aimaient déjà leur futur bébé, ils avaient exulté en apprenant qu'il y en avait deux, et cela n'était rien comparé à l'immensité de l'amour qu'elle éprouvait pour ses fils désormais. Elle comprenait combien les grands-parents de Chris avaient été dévastés par la perte de leur fille unique.

Elle posa une main réconfortante sur le bras de Chris, pour lui faire savoir qu'elle le comprenait à demi-mot. Cela suffisait. Souvent, les paroles étaient superflues.

Regina Willard glissa dans son sac le portefeuille qu'elle venait de dérober à une cliente de la pharmacie. *Que les femmes sont bêtes !* pensa-t-elle avec mépris. Elles avaient des sacs toujours pleins à craquer qu'elles ne pouvaient fermer avec une fermeture Éclair ou un bouton-pression. *Bien fait pour elles !* conclut Regina. Elle n'était certes pas une voleuse, donc elle détruirait puis jetterait les cartes de crédit. Elle mettrait l'argent dans la boîte de collecte de la première église sur sa route.

En revanche, elle avait besoin d'un permis de conduire. Maintenant que le FBI et la police de Granite Gulch avaient diffusé son nom et sa photo dans les médias, il lui fallait une nouvelle identité. Dans l'esprit de la plupart des gens, les femmes d'âge moyen étaient toutes pareilles. De plus, les photos des documents officiels étaient mauvaises et ne ressemblaient pas aux personnes qu'elles étaient censées représenter. Par conséquent, Regina ne s'inquiétait pas de sa vague ressemblance avec la photo de ce permis de conduire. Elle n'avait besoin que d'une nouvelle pièce d'identité prête à l'emploi. Sa prochaine étape ? Décrocher un petit boulot, à moins qu'elle ne repère de nouveau la créature qui lui avait volé son fiancé. Dans ce cas, l'éliminer serait sa priorité.

— C'est ici ? demanda Holly en admirant la vieille ferme sur la colline. C'est très beau. J'adore ces grands arbres autour de la maison.

— Les gens en plantaient souvent autour de leurs maisons.

Ce sont des haies brise-vent qui, de plus, donnent de l'ombre. Aujourd'hui, la plupart ne veulent plus s'embarrasser d'arbres. Trop de feuilles à ratisser...

Sur ces entrefaites, ils s'approchèrent et montèrent l'escalier de la galerie. Holly contempla les lieux avec curiosité et remarqua deux rocking-chairs et une balancelle.

Chris suivit son regard.

— On s'y installait tous les six à la fois ! Trevor, moi, Annabel, Ridge, Ethan et Sam.

Il sourit à ce souvenir.

— Et Josie ?

— Elle n'était qu'un bébé. Maman ne nous l'aurait jamais confiée !

Sur ces mots, il déverrouilla la porte et ouvrit.

— Qui sait si on ne va pas trouver quelque chose qui se rapporte à Biff... ?

Les rideaux étaient tirés, l'intérieur était sombre, le contraste était d'autant plus frappant que le soleil brillait dehors.

Chris alluma la lumière.

— On n'a pas coupé l'électricité, expliqua-t-il. Ni l'eau. Seulement le gaz. On a vendu la cuisinière et le réfrigérateur dont nous n'avions pas besoin, puisque personne ne vit plus ici. De toute façon, ils ne valaient plus rien...

Il haussa les épaules. Holly regarda autour d'elle.

— C'est en tout cas très propre.

— La femme du fermier à qui nous louons le terrain vient une fois par mois faire le ménage. Elle passe l'aspirateur, et c'est l'une des raisons pour lesquelles nous avons gardé l'électricité. Elle cueille les fruits sur le pêcher dans le jardin. Ses tartes aux pêches sont délicieuses !

Il se tut.

— Nous devrions probablement vendre la propriété, mais comme je te l'ai déjà dit, aucun de nous n'en a le courage.

Holly considérait la pièce avec intérêt. Elle remarqua divers bibelots et de jolis napperons au crochet qu'elle observa attentivement.

— Je te comprends, d'une certaine manière, mais tes

grands-parents ont investi beaucoup d'amour dans cette maison. Il suffit de voir toutes ces petites touches personnelles. La maison est entretenue et surveillée, il n'y a pas eu de vol et de vandalisme. Tes frères, ta sœur et toi, vous devriez passer faire l'inventaire de ce qu'elle contient, et choisir quelque chose en souvenir de vos grands-parents. Ces objets et ce mobilier sont précieux, Chris. Il faut leur redonner vie, pas les laisser dans ce qui est devenu une espèce de sanctuaire.

Sur ces mots, elle effleura un plaid bleu royal et vert émeraude rehaussé par un galon orange qui était plié sur le dossier du canapé.

Elle soupira au souvenir de sa maison de Clear Lake City, qui contenait des trésors similaires, hérités de ses grands-mères. Sans oublier la vieille machine à coudre à pédale qu'elle n'avait jamais utilisée, mais qui lui venait de son arrière-grand-mère et qu'elle mettait fièrement en valeur. Au moment de quitter Clear Lake City, elle avait contacté une entreprise pour déménager ce qu'elle avait de plus précieux dans un garde-meuble, car elle ne savait pas quand elle reviendrait, si elle revenait un jour, et ne pouvait abandonner ses biens dans une maison inhabitée. Si elle n'avait pas eu la possibilité de stocker ses affaires, avec l'espoir de les récupérer dans le lieu où elle vivrait à l'avenir, elle aurait quand même pris la fuite. Cela lui aurait brisé le cœur de tout laisser, mais elle aurait choisi sa vie et celle de ses enfants plutôt que des souvenirs, si inestimables soient-ils.

Une heure plus tard, pendant que Chris fouillait les chambres à coucher, Holly vit sur une étagère une demi-douzaine d'albums photos recouverts de velours bleu foncé défraîchi et dont le lettrage argenté était encore visible. Ils étaient classés par ordre chronologique. Elle les prit, les mains tremblantes, certaine d'avoir mis la main sur un trésor.

— Chris ? appela-t-elle. Viens voir !

Chris la rejoignit, s'installa sur le canapé et ouvrit le premier album de la série.

Holly s'assit à côté de lui.

Cet album renfermait essentiellement des photos de la mère

de Chris de sa naissance à la petite enfance, et parfois de ses grands-parents, voire de personnes que Chris ne connaissait pas. Toutes étaient soigneusement légendées.

— Todd et Nora. C'est qui ?

— Aucune idée. Aucun des deux n'est Biff.

— Tu peux m'expliquer, pour les indices ? Tu as dit que le tien était « Biff ». Sam en a mentionné d'autres qui semblaient indiquer la maison de tes grands-parents. Pourquoi ton père vous tourmente-t-il de la sorte ? Pourquoi refuse-t-il de révéler où il a enseveli votre mère ?

— Parce que c'est une ordure, lâcha Chris en fermant le poing. Je pense que ça lui plaît de nous torturer.

Holly saisit son poing et le lui caressa jusqu'à ce qu'il l'ouvre et entrecroise ses doigts aux siens.

— Si tu savais combien ça fait mal, lui chuchota-t-il. Pas seulement le fait qu'on ignore où est ma mère, mais qu'il refuse de nous le dire et se joue ainsi de nous.

Chris se leva et parcourut la pièce d'un pas agité.

— Pendant toutes ces années, mon... Matthew a demandé instamment à tous nous voir, mais je n'ai jamais voulu. Contrairement à Trevor. Non qu'il lui ait rendu visite de son plein gré : il y a été obligé parce qu'il est profileur au FBI.

Il prit une grande inspiration.

— Jusqu'à ce que j'aille à la prison, hier, je pensais... qu'il restait quelque chose du père dont je me souvenais. Strict. Sévère. Dur, parfois. Mais qui aimait ses enfants à sa façon.

— Tu ne le crois plus.

— Hier, j'ai compris que le père dont je me souvenais n'existait plus. S'il a jamais existé...

— Personne n'est tout bon ou tout mauvais. Est-ce vraiment un salaud ? Propose-t-il des indices au compte-gouttes pour vous tourmenter ? Mais tu m'as dit qu'il allait mourir et qu'il le savait.

Elle hésita et continua.

— Et si Matthew n'avait d'autre désir que de revoir tous ses enfants une dernière fois avant de mourir ? Qu'il n'ait pas trouvé un meilleur moyen que ce chantage odieux pour vous y contraindre ?

Elle se leva et s'approcha de Chris.

À la vue de son expression interdite, elle comprit qu'il n'avait jamais envisagé cette possibilité.

— Tu penses... ?

— Je n'en sais rien. Et toi, pas plus que moi. Es-tu certain de connaître ses motifs ? N'efface pas les seuls bons souvenirs que tu gardes de lui. C'est un tueur en série ? Oui. A-t-il tué ta mère qui l'aimait ? Oui ! Il est en prison depuis vingt ans ? Oui. Et heureusement ! Je méprise ce qu'il a fait, mais j'ai pitié de lui.

Elle hocha lentement la tête.

— Parce qu'il ne saura jamais à quel point ses fils sont devenus des hommes merveilleux et sa fille une femme formidablement courageuse. Il ne verra jamais l'homme extraordinaire, bienveillant et intègre que je vois chaque fois que je te regarde.

Chris resta muet. Était-il cet homme exceptionnel ? Il en doutait. Il ne savait jamais quoi dire, quand on lui adressait ce genre de compliment. L'insécurité héritée de son enfance en était-elle la cause ? La dépréciation qui en avait résulté ? La triste notoriété d'être, aux yeux de tous, le fils d'un tueur en série... ?

Sur le plan professionnel, il s'estimait à sa juste valeur. Il était un excellent détective privé, il avait bâti Colton Investigations à force d'obstination, c'était désormais une affaire prospère qui avait essaimé, bientôt il aurait quatre filiales. Il était fier de son inépuisable énergie, de ses succès et de son esprit d'entreprise.

Mais si les épreuves de sa vie lui avaient donné cette force de caractère hors du commun, elles ne l'en avaient pas moins privé de l'affection de sa mère, de sa fratrie, de Bouncer et de Trevor ; il manquait de confiance en soi sur le plan strictement personnel. Il ignorait encore la véritable raison de la volte-face de son frère et redoutait de découvrir que ce dernier s'était désintéressé de lui précisément parce qu'il n'en valait pas la peine. Laura l'avait aimé et admiré, mais il n'avait pas été à la hauteur de cet amour inconditionnel.

La plupart du temps, Chris évitait d'y penser, de s'autoanalyser, car il privilégiait l'action à l'introspection. Et même si l'entrevue avec son père, le tête-à-tête avec Ethan à l'hôpital et enfin sa conversation de ce matin avec Holly sur Trevor l'avaient contraint à réfléchir, c'étaient sa part de doute, la mésestime de soi qui reprenaient le dessus.

Ainsi, au lieu de confier à Holly combien il était ému, il temporisa. Plutôt que de lui avouer à quel point il était transporté qu'elle voie en lui un être d'exception, avant de l'étourdir de baisers et de manifester le désir de lui faire l'amour jusqu'au bout de la nuit, enfin, tout simplement, au lieu de lui exprimer le fond de sa pensée et de son cœur, il changea de sujet.

— Finissons-en avec ces albums. Il doit bien y avoir un Biff quelque part, là-dedans ?

Le deuxième renfermait des photos de sa mère à l'époque où elle rentrait en maternelle. On l'y voyait avec les cheveux nattés, parfois des couettes, dans ses vêtements de tous les jours ou dans ses beaux habits du dimanche. Et, soudain, ils tombèrent sur une photo légendée :

Saralee et Biff.

— Biff était son chien, dit Chris d'une voix blanche.

15

— À l'époque, elle devait avoir cinq ans ? demanda Holly, avec de l'excitation dans la voix. Biff est un chiot, il ressemble à Wally : c'était un golden retriever.

Chris tourna la page. Il y avait de nombreuses photos de sa mère avec Biff qui, comme elle, grandissait : Saralee avec d'autres fillettes, mais toujours avec son chien. Il feuilleta cet album jusqu'à la fin, ouvrit rapidement le troisième. Il y vit moins de photos de Saralee, comme si, une fois adolescente, elle répugnait à se laisser photographier. Sur toutes, Biff était avec elle. Chris songea à Bouncer et sentit son cœur se serrer à la pensée que sa mère avait eu, comme lui, un chien qu'elle adorait. Cette complicité inattendue le touchait.

— Je n'avais jamais réalisé..., lâcha-t-il.

Holly regardait aussi avec la plus vivre attention. Les photos de Saralee défilaient : adolescente, puis jeune fille et enfin jeune femme. Ils arrivaient à la fin de cet album quand ils se rendirent compte qu'il n'y avait plus une seule photo de Biff. Holly revint à la page précédente et y vit une qui montrait Saralee dans une jolie toilette, avec un jeune homme, manifestement son cavalier pour la soirée. Tous deux étaient entourés d'adolescents. La légende était la suivante :

Saralee et Jeff – Les seize ans de Saralee.

Dans le coin inférieur droit de cette photo, on voyait une oreille et un museau de chien, mais c'était bien Biff. Pour la dernière fois ? À partir de là, en effet, il n'apparaissait plus.

Une photo portant la mention : « Saralee et Luke – bal de promo » attira plus particulièrement l'attention de Chris. Il était en effet frappé par la ressemblance extraordinaire entre Annabel et leur mère au même âge. À une différence près : Annabel était blonde, et Saralee brune.

— Bal de promo, dit Holly doucement. Saralee devait avoir dix-sept ans.

Elle se tut.

— Saralee a perdu Biff entre ses seize ans et ses dix-sept ans.

Chris acquiesça. Il n'y avait aucune indication sur la date exacte de la mort de Biff ni l'endroit où il avait été enterré. Sans doute un lieu qui lui tenait à cœur ?

Matthew avait-il enseveli sa mère aux côtés de son chien bien-aimé, sur la propriété de son enfance ? Une touchante attention, un acte symbolique après l'avoir tuée ? Et même des remords ? Dans ce cas, pourquoi, des années plus tard, tourmentait-il ses enfants avec un odieux chantage ? Pourquoi leur transmettait-il des indices insignifiants ? L'attitude de Matthew était incompréhensible...

Mais Holly avait raison. On ne pouvait jamais connaître les motivations d'autrui, on pouvait juste extrapoler.

Chris n'adhérait pas à la théorie selon laquelle tout savoir, tout connaître, c'était tout pardonner. Concernant Matthew, les faits étaient implacables : son père avait tué dix personnes. Il avait été condamné à la peine de mort dans un État où celle-ci restait appliquée et seules des machinations politiques lui avaient permis de commuer cette condamnation en plusieurs peines de prison à vie sans possibilité de libération conditionnelle. Jamais Matthew ne sortirait de prison, sauf à sa mort. Chris ne pouvait se sentir désolé.

Mais Holly avait raison sur un point. Personne n'était tout noir ou tout blanc. Sa mère n'aurait pas aimé Matthew s'il avait été le mal incarné.

Peut-être son père avait-il seulement souhaité revoir ses enfants une dernière fois avant de mourir ? À n'importe quel prix. En les tourmentant.

Holly avait pris place sur la balancelle, tandis que Chris faisait le tour de la maison et de la grange avec Wally. Il n'espérait pas trouver quoi que ce soit, vingt ans plus tard, mais autant essayer.

Elle l'observait de loin, en proie à des pensées confuses. Parfois, elle poussait la balancelle d'un pied. Les charnières grinçaient, il aurait fallu les huiler, mais le mouvement n'en était pas moins apaisant. Et elle avait besoin de se calmer, parce qu'elle se sentait dépassée.

Ses relations avec Chris avaient évolué à une vitesse vertigineuse dans un bref un laps de temps. Elle ne le connaissait pas trois jours plus tôt, ils étaient déjà amants, complices et en accord parfait.

Faire l'amour avec Grant avait été le couronnement de son amour secret pour lui, cela avait suffi à la rendre heureuse. Pendant leurs ébats, Grant s'appliquait, était parfois empressé, mais il n'était ni passionné ni fervent. Holly s'en satisfaisait – après tout, elle n'avait jamais connu d'autre homme et n'aurait jamais imaginé qu'un amant puisse lui donner autant de plaisir.

Trois fois en une nuit !

Trois orgasmes qui avaient bouleversé l'image qu'elle avait de sa sexualité, de l'érotisme, de son corps. La première fois, elle en avait conclu que ça avait été un sacré coup de chance, mais la deuxième… Chris lui avait soufflé ces mots à l'oreille, qu'elle croyait entendre encore : « Je vais te donner du plaisir jusqu'à ce que tu n'en puisses plus… Et quand j'en aurai fini, tu sauras à quel point tu es parfaite ! » Sa jouissance avait été au moins aussi cataclysmique, elle avait songé que rien ne la surpasserait. À tort. Parce qu'il y avait eu la troisième fois, quand il avait prononcé ces mots : « Je veux te regarder, te voir jouir quand je te caresse, quand tu te donnes du plaisir, Holly. Tu veux bien ? » Elle fondait rien qu'à y repenser. Elle avait souvent désiré pimenter ses ébats avec Grant, mais elle n'avait pas osé le lui demander et il n'en avait pas exprimé la volonté d'une façon ou d'une autre.

Chris, lui, semblait n'avoir aucune inhibition. Il l'avait libérée de ses complexes et, dans ses bras, elle avait eu l'impression de devenir ce que les magazines féminins, les romans appelaient « une grande amoureuse ».

Oui, elle avait passé la meilleure nuit de sa vie… Grâce à son chevalier servant, doué pour protéger et aimer, né pour être père, mais qui était aussi un être solitaire, éprouvé et blessé.

La force alliée à la vulnérabilité et à la tendresse...

Rien n'était plus irrésistible chez un homme.

Et leur accord était parfait. Comme s'ils étaient destinés l'un à l'autre.

Mais non, ce n'était pas possible ! Elle ne pouvait pas déjà l'aimer, elle le connaissait depuis moins d'une semaine. Pour autant, le temps ne faisait rien à l'affaire, elle avait l'impression de le connaître depuis toujours, elle lisait en lui comme dans un livre ouvert, à la façon dont certains couples ensemble depuis des années se devinent l'un et l'autre sans parler.

Quelle pensée bizarre, franchement ! Bizarre, tout l'était depuis le début. À tout réfléchir, jamais elle ne se serait crue capable de subjuguer un homme ; elle se savait en effet timide, pudique et, jusque-là, ne s'était certainement pas considérée comme une séductrice, une femme fatale. Que se passait-il entre eux ? Qu'allait-il se passer ? Ces questions excitantes lui faisaient un peu peur, et les réponses davantage encore.

Sitôt qu'ils furent rentrés, après avoir fait la route dans un silence méditatif – Holly en effet s'interrogeait toujours, et Chris songeait sans doute aux étonnantes découvertes qu'ils avaient faites au cours de cette journée –, elle appela Ian et Jamie. Elle leur parla et écouta leur babillement pendant presque une demi-heure, après quoi elle s'entretint avec Peg.

— Ian et Jamie vont bien, la rassura son amie. Rien d'alarmant. Cependant...

Elle se tut.

— Oui ? demanda Holly inquiète.

— Hier, il y a eu un petit problème à l'heure du coucher. Jamie t'a réclamée. Quand je lui ai dit que tu n'étais pas là, il a fondu en larmes.

— Oh ! Peg, pourquoi tu ne m'as pas appelée ?

Holly culpabilisait. Elle avait passé les plus beaux moments de sa vie de femme pendant que son bébé avait besoin d'elle.

— Je l'aurais fait, s'il avait continué à pleurer. Mais Susan lui a donné son ours en peluche et il s'est calmé. Il a suffi de lui lire des histoires et de le bercer pour qu'il s'endorme. Nous n'avons eu aucun problème aujourd'hui. Je leur ai fait des gaufres maison, pour le petit déjeuner.

— Oh Peg ! répéta Holly reconnaissante. Merci beaucoup ! Je ne pourrai jamais te rendre…

— Plus un mot ! coupa Peg.

Puis elle se ravisa.

— Cela dit…

— Oui ?

— C'est notre dixième anniversaire de mariage à la fin du mois…, insinua Peg.

Holly saisit la balle au bond.

— Je garderai Susan et Bobby, pour vous permettre de passer une soirée et une nuit romantiques !

— Une soirée et une nuit romantiques ont préludé à la conception de deux enfants à un an d'intervalle, mais je retiens ta proposition, Holly ! Nous serons heureux de l'accepter dès que tes beaux-parents seront arrêtés.

Holly se rembrunit.

— À ce propos, vous progressez ? poursuivit Peg.

— Chris, Annabel et Sam ont organisé l'opération.

Puis elle sourit.

— Et on a peut-être un nouvel indice sur l'endroit où la mère de Chris pourrait avoir été ensevelie.

Chris était dans son bureau. Il avait envisagé d'appeler Annabel et ses frères pour leur annoncer qu'il avait découvert qui était Biff, mais il préféra leur envoyer un mail pour gagner du temps.

Il avait rapporté les albums photos à la maison. Il s'intéressa au quatrième de la série, que Holly et lui avaient négligé après avoir compris qui était Biff. Quelle surprise celui-ci lui réservait-il ?

Il regretta son impulsion dès qu'il l'eut ouvert et vit, sur la page de garde, une photo de sa mère et de son père le jour de leur mariage. Si jeunes. Et si amoureux…

Plus loin, une photo de ses parents souriants avec un bébé et légendée par ces mots attira son attention :

Saralee, Matthew et Trevor.

Des photos représentant Trevor seul, ou avec Saralee et Matthew se succédèrent. L'une avait été réalisée en studio, par un professionnel : Trevor, âgé d'environ trois ans, tenait deux bébés, l'un vêtu de bleu et l'autre, de rose :

Trevor, Chris et Annabel – enfin une fille !

Chris tourna les pages lentement. Bientôt, il y eut des photos d'Ethan, de Sam. Aucune encore de Josie. Alors il ouvrit le cinquième album et y vit des photos de Josie, des moments dont il se souvenait parfaitement. Annabel et lui avaient été très proches parce qu'ils étaient jumeaux, mais Josie était « la toute petite sœur », adorable avec ses beaux cheveux noirs et son grand sourire. Il avait huit ans, à la naissance de Josie qui avait beaucoup fatigué sa mère.

L'album renfermait désormais les photos des sept enfants, certaines prises à la ferme de ses grands-parents, sur la balancelle du porche, avec Saralee et Matthew, Josie le plus souvent dans les bras de sa mère.

Et d'un seul coup, il n'y en eut plus une seule…

Holly, Wally sur ses talons, trouva Chris posté devant la fenêtre de son bureau, manifestement perdu dans ses pensées. Elle avait eu l'intention de frapper, par plaisanterie, et de lui demander ce qu'il voulait pour le dîner, mais, le voyant figé dans la lumière du couchant, elle se rendit compte qu'il était vraiment ailleurs.

— Chris ? appela-t-elle d'une voix hésitante.

Il sursauta et fit volte-face.

— Holly ! Désolé, tu m'as surpris.

Frétillant, la langue pendante, Wally rejoignit Chris. Intimidée soudain, Holly resta quant à elle immobile malgré l'élan qui la portait vers lui.

Chris s'accroupit pour flatter Wally. Le regardant, Holly songea aux caresses que ces mains fortes et cependant tendres lui avaient prodiguées. Alors son cœur battit plus vite. À cet instant, elle aurait tout donné pour que Chris de nouveau s'approche, l'enlace et l'emporte dans le monde de voluptés qu'elle avait découvert, entre ses bras.

— Il se fait tard, annonça-t-elle au bout d'un moment. Tu dois avoir faim. Tu veux que je m'occupe du dîner ?

Chris leva les yeux vers elle.

— J'ai un menu en tête, dit-il avec un petit sourire. Steak au poivre et petits légumes, ça te convient ? On le prépare ensemble ?

— Tu es bien silencieux, commença Holly pendant qu'elle émincait les poivrons, les courgettes et les carottes.

— Ces vieilles photos m'ont remémoré des souvenirs, cela donne à réfléchir.

Sur ces mots, Chris déversa le contenu de sa planche à découper dans la poêle en fonte où il venait de saisir les steaks. Quand les oignons grésillèrent, il y ajouta les légumes.

— De bons souvenirs ?

— Mais aussi de mauvais, bien entendu. Cela me rappelle, bien que je ne l'oublie jamais, que Josie a disparu. Josie avait trois ans quand... elle a été placée en famille d'accueil.

Chris mouilla ses légumes avec du bouillon, puis remua.

— Le plus dur, c'est de ne pas savoir. Où est Josie ? Pourquoi s'est-elle littéralement volatilisée ? C'était un bébé heureux. Précoce. Elle adorait colorier et peindre avec les doigts...

Il sourit.

— Maman disait que Josie mettait plus de peinture sur elle que sur le papier. J'avais oublié ce souvenir. Je suppose que ça fait du bien, parfois, de parler du passé.

Ils se sourirent, jusqu'à ce que Chris se rende compte, au fumet qui s'échappait de la poêle, que ses légumes risquaient de roussir. Il les remua énergiquement, ajouta les steaks qu'il avait saisis au préalable, couvrit et éteignit le gaz.

— Qui t'a appris à cuisiner ? s'enquit Holly en mettant le couvert.

— Personne. À l'université, je vivais en colocation avec trois amis qui ne savaient pas faire la cuisine. Je ne supportais pas de manger des surgelés réchauffés au micro-ondes, comme eux. Je n'étais pas riche, je ne pouvais pas me permettre de manger à l'extérieur. J'ai donc emprunté un livre de recettes à la bibliothèque et je m'y suis mis. J'ai fini par aimer faire à manger, même inventer de bons petits plats. Cela me détend. Après avoir ouvert mon agence, je n'ai plus guère eu le temps de cuisiner, sauf le week-end, et encore.

Holly s'attabla, Chris aussi.

— C'est très bon, s'exclama Holly en commençant à manger. Cuisiner, ça doit être comme faire du vélo. On n'oublie jamais vraiment.

— J'aurais dû laisser la viande mariner plus longtemps, déclara Chris après avoir goûté à son tour.

— C'est délicieux quand même ! Tu as tous les talents !

Chris ne dit mot. De nouveau, il ne savait comment réagir à un compliment personnel.

— Tu cherches ta sœur depuis six ans ? s'enquit Holly.

— Par intermittence seulement. Chaque fois que j'ai le temps.

— Sans résultat ?

Il allait acquiescer, mais il se rendit compte que ce n'était pas tout à fait vrai. Son instinct lui soufflait en effet que Desmond Carlton était lié à la disparition de la benjamine de la famille. Pourquoi ? Comment ? Cela restait à découvrir.

— J'ai peut-être du nouveau sur Josie, dit-il donc. Tu te souviens, quand j'ai demandé à Annabel de passer l'après-midi avec toi et tes fils, l'autre jour ?

Holly acquiesça.

— J'avais rendez-vous avec un journaliste, à Dallas, au sujet d'un de ses articles.

Il lui relata cette entrevue dans les détails. Certes, Holly n'était pas un détective privé, et ne faisait pas non plus partie de famille, mais il éprouvait la nécessité de se confier à elle.

— Josie aurait pu tuer Desmond Carlton ? Et ce serait donc la raison de sa disparition ? conclut Holly quand il eut terminé.

16

— Ce n'est pas ce que j'ai dit, s'empressa de préciser Chris.

— Mais tu as envisagé cette éventualité et tu es inquiet. Si elle l'a tué, et c'est une hypothèse, il ne t'est jamais venu à l'esprit que c'était peut-être de la légitime défense ?

Chris prit une profonde inspiration pour dissiper l'étau dans sa poitrine.

— Ça m'a traversé l'esprit.

— Josie avait dix-sept ans, poursuivit Holly avec douceur. Si elle ressemble à Annabel, elle doit être très séduisante. Ce ne serait pas la première adolescente à être agressée par un homme plus âgé qu'elle. Surtout si celui-ci, manifestement un parent de sa famille d'accueil, venait souvent lui rendre visite…

— La thèse de la légitime défense ne me soulage pas pour autant. Cela me révèle que je n'ai pas réussi à protéger ma petite sœur.

— Oh ! Chris… Tu ne peux pas te rendre responsable…

— Je suis en partie coupable parce que je ne me suis pas battu pour obtenir sa garde.

— Ta sœur t'a repoussé. On ne peut imposer sa volonté à autrui, même par amour !

En voyant l'expression de Holly, Chris comprit qu'elle ne parlait plus seulement de Josie.

Regina Willard sortait du cinéma. Sa proie était devant elle. Ingrid Iverson, tel était son nom, ignorait qu'elle la traquait. Regina ne se tenait plus de joie. Elle n'en montrait rien cependant, elle avait l'attitude calme des spectateurs qui viennent de passer une heure et cinquante minutes dans une salle de cinéma.

Cette garce était avec une amie. Regina les suivit jusque vers leur voiture où elles prirent congé. Chacune monta dans son propre véhicule et elles sortirent du parking. L'une tourna à gauche, et l'autre à droite.

Regina suivit sa proie de loin. Ingrid Iverson conduisait trop vite, elle ne respectait pas la limitation de vitesse, pensa-t-elle, méprisante, en accélérant à son tour pour ne pas la perdre de vue.

Elle avait repéré Ingrid Iverson au Granite Gulch Bar and Saloon quelques semaines plus tôt. Pourtant, elle ne l'avait pas immédiatement reconnue, du moins, elle n'avait pas tout de suite identifié Ingrid comme étant la garce déguisée. Elle avait juste constaté que c'était une femme légère qui s'exhibait avec indécence devant les clients de ce bar dans un chemisier moulant et très décolleté, et un jean qui semblait avoir été peint sur elle. De plus, cette créature inconvenante avait accepté de se faire offrir un verre par trois hommes différents. Après, elle avait flirté avec un quatrième jusqu'à minuit passé dans un box du bar. Aucune pudeur. Aucune moralité.

Regina l'avait reconnue au cinéma, au moment précis où les lumières s'éteignaient.

Elle avait tué l'autre trois jours plus tôt. Par quel nom se faisait-elle appeler au fait ? Helena Tucker, ah oui, c'était ça. Mais la créature était déjà de retour, elle l'était toujours plus vite, ce qui contraignait Regina à prendre de plus en plus de risques. Tant pis. Sa mission était de s'assurer qu'elle reste morte.

Ingrid Iverson devait mourir. Après, Regina se reposerait, jusqu'à la prochaine fois.

Angus McCay cala le téléphone contre son épaule, pour écrire, après quoi il reprit le combiné en main.

— Merci beaucoup, monsieur Colton.

Il leva le bloc-notes sur lequel il avait écrit une adresse et un numéro de téléphone à Granite Gulch, Texas, et l'agita à l'attention d'Evalinda.

— Oui ! Nous allons réserver un vol pour Dallas.

Il se tut et écouta.

— Vous avez raison, monsieur Colton, je vais aussi l'écrire. Aéroport de Bridgeport Municipal. Voilà. Merci pour cette précision.

Il écouta à nouveau.

— Non, je vous remercie, mais nous n'avons pas besoin que vous veniez nous chercher. On louera une voiture. Nous prendrons le premier vol.

Il marqua une pause.

— Passer à votre bureau ? Ah ?

Angus jeta un coup d'œil à Evalinda, qui hocha vigoureusement la tête.

— Bien sûr, monsieur Colton ! Nous vous contacterons dès que nous aurons réservé notre vol, pour vous annoncer l'heure approximative de notre arrivée à Dallas, et donc à votre agence. Merci pour tout. Ma femme et moi sommes ravis de revoir nos petits-fils.

Sur ces mots, il raccrocha.

— Pourquoi as-tu accepté de passer à son bureau ? demanda-t-il à Evalinda. Je doute que cela soit utile ?

— On n'ira pas ! déclara cette dernière d'une voix ferme. Ce n'était qu'une ruse. Et nous n'allons pas réserver de vol, appelle plutôt Leonard, ordonna-t-elle.

Leonard Otis était l'auteur des trois précédentes tentatives d'assassinat.

— Dis-lui de se rendre à Granite Gulch dès ce soir avec son complice afin de régler le problème une bonne fois pour toutes !

Seule dans la chambre depuis déjà une bonne heure, Holly broyait du noir. Chris ne l'avait pas dérangée. Avait-il ressenti son besoin de solitude ?

Elle avait failli laisser échapper son secret au cours de leur dîner et s'était empressée de changer de sujet. Puis, une fois la cuisine rangée, elle s'était retirée dans sa chambre et avait laissé libre cours à sa détresse.

Dans un sens, pleurer avait été libérateur, mais sa honte persistait.

Elle avait cherché à convaincre Chris de ne pas culpabiliser à cause de Josie, alors qu'elle ne pouvait se départir de sa propre culpabilité envers Grant et, par ricochet, envers ses fils à qui elle ne pourrait jamais confier sa faute.

On frappa, elle sursauta. La voix de Chris s'éleva.

— Holly ?

Holly refoula ses dernières larmes. Certaine que son visage la trahirait, elle se précipita dans la salle de bains attenante, prit un gant de toilette qu'elle imbiba d'eau froide et tamponna ses yeux rouges et gonflés.

— Holly ? Tout va bien ?

— Une minute ! Je suis dans la salle de bains.

Elle se regarda dans le miroir, se jugea visible et alla ouvrir.

— Tu as pleuré ? s'exclama Chris.

— Oui, mais cela n'a rien à voir avec toi ! dit-elle d'un ton léger.

Chris ne se dérida pas. Au contraire, il s'assombrit.

— Chris ? Que se passe-t-il ? murmura Holly intriguée.

— Il faut que je te parle. C'est important.

— J'ai appelé Angus McCay, annonça Chris sans préambule dès que Holly eut pris place sur le canapé de son bureau, avec Wally à ses pieds.

Il se jucha sur le bras du fauteuil.

— Tes beaux-parents arriveront à Granite Gulch demain. À partir de maintenant, nous sommes en état d'alerte maximum. Annabel et Sam viendront demain matin et passeront toute la journée avec nous. Quelles que soient les intentions des McCay, nous sommes prêts. La maison a un système d'alarme perfectionné et performant que tu connais déjà.

Il hésita et reprit.

— Je voulais que Laura soit en sûreté, et cette maison est hyper sécurisée.

Il s'interrompit, une expression de remords surgit sur ses traits.

— C’est précisément pourquoi je vous ai conduits ici, tes fils et toi.

Un muscle tressaillit dans sa joue.

Holly se souvint de la volonté de Chris d’assurer sa sécurité, et des confidences à demi-mot d’Annabel et de Peg,

— Ton désir de nous protéger, mes fils et moi, est lié à Laura, n’est-ce pas, Chris ?

Il se raidit, mais ne détourna pas le regard.

— Oui.

— Mais pas seulement ?

— Non, répéta-t-il, le visage dur.

Holly garda le silence. Elle avait la gorge serrée, son cœur battait la chamade.

— J’ai grandi à Granite Gulch, enchaîna Chris après un moment. Une petite ville où peu de secrets le restent. Mon père est un tueur en série, il a assassiné ma mère, ma fratrie a été stigmatisée et morcelée. De tels événements marquent les esprits. Les gens n’oublient pas, j’ai commencé dans la vie avec un handicap. C’est pourquoi j’ai toujours senti que j’avais quelque chose à prouver : j’ai été poussé à l’excellence, à une réussite spectaculaire. Tu comprends ?

Holly acquiesça.

— J’ai rencontré Laura au lycée, poursuivit-il. Je l’ai vue, j’ai su que j’allais l’épouser. Dès lors, de ma dernière année de lycée et pendant mes quatre années d’université, je n’ai regardé aucune autre femme. Nous nous aimions.

Holly refoula un sursaut de jalousie, mais n’intervint pas de peur qu’il cesse de parler.

— Laura m’aimait. Je l’aimais…

Il soupira.

— … mais pas au point de tempérer mes ambitions et ma volonté de réussite.

Il hésita, puis reprit d’un seul élan.

— Quand Laura m’a confié qu’elle voulait un bébé, j’ai pensé qu’elle supporterait mieux mes absences professionnelles. Laura ne s’est jamais plainte, mais je savais qu’elle en souffrait…

Le remords envahit ses traits.

— Quand elle a eu sa méningite, je n'étais pas là. Mais au bureau, comme toujours. Une seule agence ne me suffisant pas, j'avais créé une première filiale et puis une autre... Trois en tout, bientôt une quatrième. Protéger et réussir, telle était, ma devise. Pour prouver à tout le monde à Granite Gulch que je n'étais pas le fils de mon père. Mais habiter à Granite Gulch et travailler à Dallas me contraignait à faire un long trajet chaque jour. C'était notre accord, à Laura et à moi, mais ça n'a plus été tenable. Je l'aimais, je n'en étais pas moins absent. J'ai certes assuré sa sécurité sur le plan matériel, mais je ne l'ai pas protégée, elle. Je n'y ai pas réussi.

Il soupira. Holly se leva et lui prit le visage en coupe.

— Crois-tu être le seul au monde à avoir commis des erreurs et à avoir des regrets ?

Elle se tut, refoula ses larmes.

— Je ne l'ai jamais dit à personne, mais je... je, j'ai piégé Grant.

Elle déglutit avec difficulté.

— Mes beaux-parents ont raison, Chris. Je l'ai *séduit*. Je l'aimais et je pensais qu'il finirait par m'aimer.

— Je ne comprends pas, répliqua Chris dérouté.

— C'est arrivé un soir où il avait un peu trop bu... J'en ai, disons, profité. Je voulais qu'il me voie comme une femme, non plus comme son amie d'enfance...

Holly inspira profondément.

— Je ne suis pas tombée enceinte intentionnellement, nous avions pris nos... précautions. Mais j'ai été folle de joie quand j'ai découvert qu'en plus j'étais enceinte. Je me suis dit que... c'était un signe. Je savais que Grant m'épouserait, c'était un homme d'honneur.Les larmes maintenant ruisselaient sur ses joues.

— Déjà avant la naissance de Ian et Jamie, j'avais compris que j'avais commis une erreur, mais c'était trop tard. Je ne pouvais pas avouer à Grant que je l'avais séduit. Le pire, c'est qu'il a toujours eu la conviction que c'était lui qui avait profité de la situation...

Agitée par les sanglots, Holly se couvrit le visage. Les remords et le regret la submergeaient. Soudain, elle sentit des bras vigoureux se refermer autour elle et la presser contre une poitrine masculine.

— Chaque fois que je regarde Ian et Jamie, balbutia-t-elle entre ses larmes, je vois Grant en eux, je repense à la soirée où ils ont été conçus. Je ne pourrais jamais me racheter auprès de mes fils. J'aurai beau être une bonne mère... je n'y arriverai pas.

— Chut.

Chris l'apaisa, la cajola.

— Ton erreur est-elle si grave ? Ce n'est pas à moi d'en juger. Mais tu aimes tes fils, continua-t-il en la pressant plus fort. C'est tout ce qui compte.

Holly cessa de pleurer et leva son visage vers le sien.

— Je voulais te le dire pour que tu saches que tu n'es pas le seul à te sentir coupable, chuchota-t-elle. Ce n'est pas ta faute, si tu n'as pas aimé Laura comme elle le souhaitait. Tout comme ce n'était pas la faute de Grant s'il n'était pas amoureux de moi comme je l'étais de lui.

Elle soupira.

— Nous avons pris des décisions douteuses. Faut-il pour autant se tourmenter et expier jusqu'à la fin de nos jours ?

Chris souleva Holly dans ses bras pour la porter dans le lit, étonné par cet élan de romantisme qui n'était certes pas dans sa nature. Grâce à Holly, il découvrait des aspects inconnus de sa personne... Elle l'entraîna dans la salle de bains, mais le retint au moment où, nu, il entrait dans la douche.

— Plutôt... le jacuzzi, suggéra-t-elle. Quand je donnais un bain à Ian et Jamie, je ne pouvais m'empêcher de... fantasmer un peu. Comment met-on les jets en marche ?

Il le lui montra. Pendant que l'eau coulait, Holly, avec une sensualité aguicheuse, lui demanda de la dévêtir.

Lorsqu'elle fut nue, il ferma le robinet, se glissa dans le jacuzzi et l'aida à y entrer. Mais quand il voulut s'y asseoir, Holly l'arrêta.

— J'ai un petit fantasme, lui confia-t-elle avec un sourire. Qu'est-ce que tu en penses ?

Mais il ne pensait plus, quand elle le regardait de la sorte, que sa voix l'enveloppait comme une caresse. Alors il lui retourna la question.

— À quoi songes-tu au juste ?

17

Chris dans le jacuzzi avait posé la tête sur les seins de Holly qui avait noué les jambes autour de ses reins.

— Holly ? susurra-t-il d'une voix brûlante.

Il n'y tenait plus. Elle le comprit à demi-mot.

— Oui. Moi aussi..., chuchota-t-elle.Ils sortirent du jacuzzi et, alors qu'il l'entraînait vers le lit, Chris constata avec joie que Holly s'était départie de sa pudeur. Il ne se priva pas de la contempler, avec un plaisir non dissimulé qui la fit certes un peu rougir, mais qui accrut son désir et son excitation. Il la caressa, longuement, et bientôt, glissa une main experte dans son entrecuisse.

— Prête pour moi, Holly..., lâcha-t-il d'une voix rauque. Sais-tu quel effet cela me fait ?

Il prit sa main et la posa sur son sexe érigé.

— Et moi, je suis tout à toi, ajouta-t-il en la regardant droit dans les yeux.

Cette fois, ce fut Holly qui lança le rythme de leurs ébats. Elle le chevaucha, leva ses hanches et se fit sensuellement et langoureusement enveloppante. Chris se souleva pour venir en elle, profondément, avec un gémissement. Il fut envahi par ce sentiment de plénitude unique, exceptionnel qui l'avait déjà saisi, au cours de la nuit précédente.

Il initia le rythme qui convenait ou, plutôt, qui plaisait à Holly, s'il en croyait ses halètements et ses soupirs. Il aimait la conduire doucement, lentement, et ne se consacrer qu'à son plaisir, tout en étant à l'écoute du sien qui montait.

— Attends..., souffla-t-il quand il la sentit prête à jouir. Pas maintenant.

— Si !

— Non.

Aussitôt, il ralentit le rythme, et Holly gémit, cette fois de frustration. Chris savait qu'elle avait été sur le point de jouir, mais il se promettait de lui faire ressentir un orgasme plus intense encore, une authentique conflagration de plaisir. Et il ne céderait à sa propre jouissance que lorsqu'elle y succomberait la première. Il devait donc doser savamment ses mouvements et ses poussées. Il sentit les ongles de Holly s'enfoncer dans ses épaules, afin de l'inciter, sans doute, à accélérer le rythme. Pour autant, il n'y prêta aucune attention tant il était concentré sur sa féminité à la fois brûlante et douce autour de son sexe. *C'est parfait. Elle est parfaite. Faite pour toi*, pensa-t-il confusément.

À ce moment, il perdit tout contrôle. Peu après, Holly se figea et jouit, et à plusieurs reprises. Son orgasme déclencha le sien, il lâcha prise, son nom sur ses lèvres.

Les aboiements de Wally les tirèrent d'un profond sommeil. Holly resta étourdie et désorientée pendant un instant, Chris fut aussitôt réactif. Il se leva, s'habilla à la hâte. Wally continuait d'aboyer avec insistance.

— Holly ? Habille-toi, mais ne bouge pas d'ici, ordonna Chris. Je vais voir ce qui se passe.

— Je viens aussi ! murmura-t-elle en se redressant.

Quand elle arriva dans le salon, elle entendit une voiture qui s'éloignait à grande vitesse. Chris regardait entre les pans de rideau. D'une main, il tenait Wally par son collier. De l'autre, il serrait son arme.

— Chris ?

Il se retourna d'un bloc.

— Je t'avais ordonné de ne pas bouger !

— Tu n'as pas d'ordre...

— ... à te donner ! Oui, je sais !

— Désolée Chris...

Holly, contrite, prit une grande inspiration et hocha la tête.

— Dis-moi plutôt ce qui se passe. On a essayé d'entrer par effraction ? C'est pour cette raison que Wally aboyait ?

— Apparemment, oui.

Chris se rembrunit, ouvrit la porte, alluma la lumière du porche. Personne.

— Un ou plusieurs cambrioleurs ?

— C'est possible.

— Mes beaux-parents ?

— Non. Les deux silhouettes que j'ai distinguées se déplaçaient avec agilité. C'était deux hommes, jeunes. Peut-être les individus qu'Evalinda et Angus avaient engagés pour t'éliminer...

Holly frissonna.

— Cela va te paraître bizarre, mais ils n'avaient pas l'air très compétents...

Elle s'interrompit.

— L'alarme ne s'est pas déclenchée ? Pourquoi ?

— Ils ne se sont pas approchés. Ils ont pris la fuite dès que Wally a commencé à aboyer.

Il s'accroupit devant le chien qu'il flatta de la main.

— Viens, Wally, tu as bien mérité une récompense.

Dans la cuisine, l'horloge indiquait qu'il était presque 4 heures. Chris donna des friandises à Wally et, tandis qu'elle le suivait des yeux, Holly sut avec certitude qu'elle était amoureuse de lui.

Tu es tombée amoureuse de lui au premier regard, malgré la prise de contact plutôt musclée. Et maintenant, tu l'admets, et c'est tout...

Holly s'approcha de lui, posa les mains sur sa poitrine nue. Elle comprit qu'elle était en larmes en voyant sa surprise.

— Tu pleures ? Pourquoi ?

Déconcertée, elle porta les mains à son visage.

— C'est à cause de moi ? enchaîna-t-il, alarmé. Mais pourquoi ?

Holly rit entre ses larmes.

— Ce n'est pas toi... C'est parce que...

Elle se ravisa et se tut. Elle n'était pas encore prête à lui avouer ses sentiments.

— Parce que tu es un homme généreux…, biaisa-t-elle. J'aimerais que Jamie et Ian deviennent comme toi, plus tard.

Chris secoua la tête.

— Je ne suis pas un modèle, Holly.

Elle appuya la joue sur sa main et lui sourit.

— En es-tu sûr ?

Il détourna les yeux.

— Retournons nous coucher, dit-t-il. Je doute que ces individus reviennent. Du moins, pas sans un meilleur plan.

Il l'attira dans ses bras.

— Tu es en sécurité avec moi, Holly. Rien ne t'arrivera.

— Et si mes beaux-parents ne tombent pas dans le piège que tu as mis en place avec Annabel et Sam, que se passera-t-il ?

Il sourit dans l'obscurité, mais c'était un sourire sinistre.

— Ne t'inquiète pas. Je vais contacter Angus McCay à la première heure, demain matin, pour lui relater le fiasco de cette nuit, mais il en aura déjà été informé par ses hommes de main.

— Comment vas-tu procéder ? Pour eux, tu n'es pas censé être avec moi. Ni savoir qu'ils cherchent à m'éliminer.

— Fais-moi confiance, Holly. Je serai crédible. Evalinda et Angus McCay m'ont cru assez stupide pour ajouter foi à leur histoire. Je vais leur laisser leurs illusions, mais je les ferai venir ici, en personne.

Il embrassa Holly sur la tempe et sa voix se radoucit.

— Fais-moi confiance, répéta-t-il.

Au petit matin, lorsque Annabel et Sam sonnèrent, Chris préparait du pain perdu et Holly mettait le couvert.

Chris consulta l'horloge en battant des œufs en omelette.

— Ils sont en retard.

— Je vais aller leur ouvrir.

— Assure-toi que c'est bien eux, avant. On n'est jamais trop prudent.

Holly jeta un coup d'œil dans le judas.

Sam était en civil et Annabel en uniforme. Ils avaient tous les deux l'air épuisé. Elle ouvrit, ils la saluèrent du bout des lèvres, sans sourire.

— Un problème ? s'enquit Holly inquiète.

Sam coupa court.

— Où est Chris ?

— En train de te préparer le petit déjeuner. Du pain perdu.

Sam se dirigea vers la cuisine. Holly retint Annabel qui lui emboîtait le pas.

— Que se passe-t-il ?

— Une jeune femme a été assassinée cette nuit. Son front a été marqué par une cible rouge, lança-t-elle par-dessus son épaule.

Holly consternée ne dit mot et suivit Annabel dans la cuisine. Déjà, Sam informait Chris des récents événements.

— ... et elle s'appelait Ingrid Iverson. Ça te dit quelque chose ?

Chris éteignit le feu sous la poêle et secoua la tête.

— Non, rien. Mais au cours des dernières années, les nouveaux venus ont afflué à Granite Gulch. Ce n'est plus comme autrefois, quand nous étions enfants, où tout le monde se connaissait.

— Nous sommes venus parce que nous te l'avons promis, mais je te préviens, nous sommes restés debout toute la nuit, intervint Annabel.

Elle jeta un coup d'œil à son jeune frère.

— Sam ne l'admettra pas, mais il est épuisé. Moi aussi.

— Ça va aller, coupa Sam.

Ses cernes et son regard éteint démentaient ces propos.

— Non, ça ne va pas ! déclara Chris d'une voix de grand frère, bienveillant mais inquiet.

Annabel et Sam devaient être au maximum de leurs capacités pour que l'opération McCay réussisse. Il le leur dit.

— Bon sang, vous dormez debout ! conclut-il. Cette nuit, ou plutôt, tôt ce matin, les beaux-parents de Holly ont envoyé deux hommes pour éliminer Holly. Face à leur échec, les McCay vont intervenir à leur tour, et débarquer dans le cours de la journée. Ça peut aller très vite.

Son frère et sa sœur lui lancèrent des regards alarmés.

— Pour le moment, les McCay sont toujours à Houston, donc...

— Comment le sais-tu ? l'interrompit Annabel.

— J'ai sollicité mes enquêteurs. Et j'ai un plan pour contraindre Evalinda et Angus McCay à venir dans la journée, mais ils n'arriveront pas avant plusieurs heures. S'ils prennent l'avion, trois heures ou plus seront nécessaires. En voiture, il leur faudra au moins cinq à six heures, en fonction de la circulation. Dans tous les cas, cela vous laisse le temps de récupérer.

Il fit un geste vers la cuisinière.

— Après le petit déjeuner, vous irez dormir. Venez, je vais vous montrer où.

Chris prit le couloir, suivi par Sam et Annabel, et Holly.

— Toi, tu occuperas ma chambre, annonça Chris à Sam. Et toi, Bella, celle d'en face.

Holly ouvrait déjà une porte.

— Non ! Pas celle-là ! s'exclama Chris... trop tard.

Holly se figea à la vue d'une chambre d'enfant. Vert pâle avec une frise jaune et blanche, des décalcomanies aux couleurs pastel sur les murs. Un berceau se trouvait en son centre, surmonté d'un adorable mobile de papillons et de fleurs. Cette chambre était à peu près identique à celle que ses fils avaient, à Clear Lake City.

Les larmes lui montèrent aux yeux. Cette ravissante nursery était l'œuvre de Laura. Elle n'était enceinte que de quatre mois et elle ne se tenait déjà plus de bonheur...

Holly se ressaisit et referma la porte.

— Je suis désolée, murmura-t-elle, honteuse.

Chris secoua la tête, mais son chagrin était visible.

Annabel ouvrit la porte d'à-côté.

— Ça doit être cette chambre-là, intervint-elle avec calme, comme si elle n'avait pas été témoin de la scène. Tu as raison, Chris. Je suis épuisée... Après un bon petit déjeuner et quelques heures de sommeil, ça ira mieux.

— D'accord. Un petit déjeuner, une douche et au lit, renchérit Sam.

Angus McCay avait très mal dormi. Cela faisait plusieurs mois qu'il souffrait d'insomnie, la nuit précédente n'avait pas fait exception. Il avait réussi à repousser les échéances de ses créanciers, mais il se savait acculé. Si Evalinda et lui ne mettaient pas très vite la main sur la fortune de Grant, tout ce qu'il avait construit s'écroulerait, les retombées seraient désastreuses. Sans compter qu'Evalinda le tiendrait personnellement responsable de leur faillite financière et sociale.

À 4 heures du matin, Evalinda l'avait tiré de son mauvais sommeil pour lui dire que Leonard Otis et son complice étaient au téléphone. Ces amateurs lui avaient annoncé qu'ils avaient de nouveau échoué : le chien de la maison où Holly se trouvait avait donné l'alerte. Ils avaient conclu en l'informant qu'ils rentraient à Houston et cessaient avec eux toute collaboration.

Evalinda et lui devraient donc se rendre à Granite Gulch. Angus n'avait pas envie de faire ce fastidieux déplacement. Il était plus judicieux de rester à Houston pour s'établir un alibi au lieu de s'occuper de Holly en personne. Mais ils n'avaient plus le choix et ils devaient agir vite.

Pour autant, Angus n'était pas certain de pouvoir commettre un meurtre. Il s'en était ouvert à Evalinda qui l'avait traité de peureux avec tout le mépris dont elle était capable. Angus avait fini par céder, de toute façon, il s'était toujours incliné devant la volonté de sa femme. Ainsi avait-il acheté cette immense maison, au-dessus de leurs moyens, dans le meilleur quartier de Houston. Des voitures de luxe. Des bijoux parce que, selon les propres mots d'Evalinda, rien n'était trop beau pour elle.

Cette fois, cependant, il serait ferme. Si Evalinda voulait éliminer Holly, qu'elle le fasse elle-même. Et qu'importe qu'il soit son complice, du moment qu'il n'assénait pas lui-même le coup fatal.

18

— Donne-moi tes clés, dit Chris à Sam. Je vais cacher ton pick-up dans le garage. Angus et Evalinda McCay doivent être sûrs que Holly est seule.

Puis il jeta un coup d'œil à Holly.

— Dès que j'aurai passé mon appel aux McCay, j'irai chez les Merrill pour y laisser mon pick-up et ramener ton SUV que je garerai devant la maison, au vu et au su de tous.

Holly le regarda pleine d'espoir.

— Je peux venir avec toi pour voir Ian et Jamie ?

— Non, Holly. Je suis désolé, mais ce n'est pas une bonne idée. Tu ne pourrais pas rester et cela troublerait plus tes fils que cela ne les réjouirait.

Face à son air découragé, il reprit, plus doucement.

— Tu vas bientôt les revoir. Demain sans doute. En attendant, pourquoi ne pas les appeler ? Moi, je vais ranger la cuisine.

Bien que déçue, Holly fit bonne figure.

— Tu t'es occupé du petit déjeuner, à moi de débarrasser. J'ai le temps, il est tôt. Mes fils ne sont peut-être pas encore réveillés.

Chris acquiesça, d'autant qu'il avait hâte de contacter Angus McCay. Pendant que Sam et Annabel allaient dormir, il gara le pick-up de Sam dans son garage et se rendit dans son bureau. Il composa le numéro du domicile d'Angus McCay et se tint prêt à enregistrer la conversation via son smartphone.

Angus décrocha à la troisième sonnerie.

— Allô ?

— Monsieur McCay ? Ici Chris Colton.

— Oh ! monsieur Colton. Je n'ai pas encore réservé de vol, donc je ne peux vous donner l'heure de notre arrivée. Je m'en occupe tout de suite.

— Je voulais vous avertir que votre belle-fille avait contacté les forces de l'ordre, ce matin. Apparemment, on a essayé de s'introduire dans la maison qu'elle habite actuellement. La police a pris sa déposition, mais bien sûr, cette tentative d'effraction n'est pas sa priorité au regard des derniers événements. Vous avez sans doute vu et entendu les nouvelles ? La tueuse de l'alphabet a fait une huitième victime au cours de la nuit. Le FBI et la police de Granite Gulch se concentrent sur cette enquête.

— Je n'ai pas encore lu la presse, ce matin. Je l'ignorais.

Angus toussota.

— C'est terrible que ces deux hommes aient essayé de s'introduire dans la maison que Holly occupe. Heureusement, son chien les a fait fuir !

Bingo. Chris exultait.

— Si Holly était à Houston, chez elle, avec Ian et Jamie, elle ne serait pas dans cette situation désastreuse ! reprit Angus.

Chris leva les yeux au ciel avant de renchérir :

— Je suis d'accord avec vous, Angus ! Holly et ses fils ont besoin de la protection et du soutien que seule une famille aimante peut offrir. Quand pensez-vous arriver ? Pardonnez-moi d'insister, mais j'ai une urgence à régler. Je serai sans doute en déplacement pendant toute la journée. Dans ces conditions, je ne suis pas sûr de pouvoir vous recevoir.

— Ne vous inquiétez pas pour nous, le rassura Angus McCay. Vous nous avez donné l'adresse de la maison, hier soir. Je suis sûr qu'on trouvera. Quant à votre facture...

— Je vous l'enverrai une fois que votre belle-fille et vos petits-fils seront rentrés à Clear Lake City. Je vous souhaite bonne chance !

Chris raccrocha et réécouta la conversation, en acquiesçant avec satisfaction lorsqu'il entendit Angus McCay se trahir grâce à trois détails.

D'abord, alors que Chris ne donnait pas de précisions sur la tentative d'effraction de la nuit, Angus McCay avait déclaré sans hésitation que deux hommes en étaient les responsables.

Deuxièmement, il savait qu'ils avaient été effrayés par un chien, dont il n'aurait pas dû connaître l'existence. Troisièmement, il avait admis que Chris lui avait donné l'adresse de Holly la veille. Donc, il ne pouvait prétendre l'ignorer.

— Qu'est-ce qui t'amuse ? demanda Holly depuis le seuil de la porte.

— Ton beau-père est un bien mauvais criminel ! plaisanta Chris. Pire que toi.

Le visage de Holly se ferma. Chris regretta ses derniers mots.

— J'ai eu du mal à accepter qu'Angus veuille m'éliminer, dit-elle. De la part de ma belle-mère, cela ne m'a pas surprise. D'aussi loin que je me souvienne, elle ne m'a jamais aimée. Mon beau-père m'appréciait, lui. Mais c'est un homme faible, sous la coupe de son épouse. Si elle a décidé que je devais mourir, je doute qu'il ait élevé des objections.

Elle respira profondément.

— Mes parents étaient différents... Aucun n'essayait de dominer l'autre. Certes, il y avait des hauts et des bas, parfois ils se disputaient. Mais les rares fois où ils ne réussissaient pas à s'accorder, ils acceptaient leur désaccord, et en restaient là. Je me suis promis que, plus tard, j'aurais un couple comme le leur.

— Et tu y as réussi, avec Grant ?

Holly hocha lentement la tête.

— Pas vraiment. Parce que Grant n'a jamais été amoureux de moi. Cela a souvent compliqué nos relations.

Elle soupira.

— Tu ignores tout de moi, en fin de compte : tu m'as connue seulement dans la fuite, terrifiée à la perspective que Jamie et Ian deviennent orphelins et soient confiés à leurs grands-parents. Sans mes fils, je n'aurais pas fui, j'aurais affronté les McCay.

— Je sais que tu es une femme courageuse, Holly.

Il sourit.

— Une femme « qui n'a pas d'ordre à recevoir ».

Elle lui adressa un demi-sourire triste.

— C'était notre blague préférée, avant notre mariage. Quand Grant et moi n'étions encore que des amis.

Chris aurait voulu effacer la tristesse sur son visage, lui révéler combien elle était à la fois douce et impétueuse. Que sa vie avait changé, depuis leur rencontre. Qu'il ne pouvait imaginer une compagne plus réceptive, plus à l'écoute pendant l'amour et au quotidien. Lui avouer, aussi, qu'elle était faite pour lui, qu'il aimait ses caresses, sa tendresse et sa façon de le regarder comme s'il incarnait l'avenir et l'espoir.

Elle était sa part de bonheur.

Je t'aime, Holly

Il avait les mots au bord des lèvres, il les lui tut. De toute façon, Holly s'éloignait déjà.

— Je vais appeler Peg. Ian et Jamie sont peut-être réveillés maintenant.

Chris la suivit des yeux et se reprocha d'avoir laissé le moment passer. Il s'arrachait à son immobilité pour la rejoindre quand son smartphone sonna. Il allait l'ignorer, mais lorsqu'il jeta un coup d'œil à l'écran, il se ravisa.

— Salut, Brad. Quoi de neuf ?

— Salut, Chris. Je t'appelle à propos de Desmond Carlton, de Roy et de Rhonda Carlton.

Chris s'assit à son bureau, prit un stylo et un bloc.

— Vas-y, je t'écoute.

— Tu avais raison : il n'y a aucune mention de Desmond Carlton sur les moteurs de recherche, mais j'ai quand même vérifié. J'ai ensuite consulté les vieux registres de police et les archives des journaux et j'ai trouvé de précieuses informations. Desmond Carlton a été assassiné, il y a six ans. J'ai exhumé, c'est le mot, un article remontant à cette époque. Écoute ça : la nécrologie du gars indique qu'il a un frère et une belle-sœur…

— Roy et Rhonda Carlton ?

— Oui. Et une fille, une certaine Julia. Elle avait dix-sept ans, à sa mort. Je ne sais pas où elle vit actuellement.

— Elle a déménagé ou elle s'est mariée, ou encore elle a changé de nom ?

— Pourquoi n'y ai-je pas pensé ? s'exclama Brad avec humour.

Chris ne put s'empêcher de rire.

— Désolé. Qu'est-ce que tu as d'autre ?

— Roy et Rhonda sont morts il y a cinq ans dans un accident de la circulation, comme tu l'as dit.

— C'était vraiment un accident ?

— Ça y ressemble. Quoi qu'il en soit, cette thèse n'a jamais été remise en question.

Soudain, Brad hésita.

— Quand j'ai effectué des recherches sur Roy et Rhonda, je suis tombé sur deux noms qui...

— Josie Colton et Lizzie Connor, qui s'appelle maintenant Lizzie Colton, déclara Chris laconique.

— Oui.

Brad semblait soulagé.

— Comme Josie, Lizzie a été placée chez les Carlton, expliqua Chris. Josie jusqu'à ses dix-sept ans, âge auquel elle a disparu. Et Lizzie jusqu'à leur accident. Rien ne lie Desmond et Roy mis à part le fait qu'ils étaient frères ?

— Rien. Roy était un homme droit, et sa femme aussi. Quant à Desmond, c'est une autre histoire. Il avait un casier judiciaire long comme le bras. Une douzaine d'arrestations, pas une seule condamnation.

— Un gros trafiquant de drogue sans aucune condamnation ? Il doit y avoir une erreur.

— C'est le nœud du problème. Il n'a jamais été condamné, même pour un délit mineur. Un problème avec la chaîne de possession ? Affaire rejetée. Un témoin qui ne se présente pas au procès ? Affaire rejetée. J'adore celle-là : les preuves disparaissent mystérieusement des scellés ? Affaire rejetée. Les procureurs étaient pieds et mains liés.

— Soit ce type était le plus chanceux de la planète, soit...

— Il avait un ou plusieurs complices dans les forces de l'ordre. Et des gens avec le bras long qui avaient les raisons de le protéger.

Chris réfléchit un moment, essayant de donner un sens à ces révélations.

— Autre chose ?

— Le nom de Desmond Carlton a surgi dans une enquête sur un meurtre qui a eu lieu il y a onze ans. Il n'a jamais été arrêté, il a seulement été interrogé. La victime aurait été un trafiquant lié à Carlton. Je parle au conditionnel, car dans les faits la police n'a jamais pu le mettre en cause. L'affaire a donc été classée.

Chris réfléchit. À l'époque, il avait dix-neuf ans, il terminait sa deuxième année d'université, Laura et lui n'étaient pas encore fiancés.

Onze ans plus tôt ? Quelque chose l'avait marqué, à cette époque. Mais quoi ? Cela lui échappait, il cessa de forcer sa mémoire. C'était inutile. La réponse surgirait spontanément, tôt ou tard.

— C'est tout ? demanda Chris.

— À peu près.

— Merci, Brad. Je savais que tu étais parfait pour mener cette enquête. À charge de revanche, mon vieux.

Une fois qu'il eut raccroché, il consulta les notes qu'il venait de prendre et réfléchit. Il entoura « onze ans ». C'était important, il en avait la conviction, mais il ne se souvenait toujours pas pourquoi.

Alors il obéit à une impulsion et fit quelque chose qu'il n'aurait jamais fait, une semaine plus tôt. Précisément, avant que Holly n'entre dans sa vie. Il reprit son smartphone et appuya sur la touche d'appel rapide.

— Trev ? C'est Chris. Je sais que tu es occupé mais j'ai une question à te poser.

Holly raccrocha après avoir parlé à ses fils et s'exhorta au courage.

Plus qu'une journée à tenir !

Mais peut-être la dernière qu'elle passerait avec Chris Colton...

Elle se remémora les événements de ces derniers jours, son bonheur avec Chris, leurs ébats tour à tour sensuels et doux, leur complicité croissante et, surtout, l'instant où elle avait compris qu'elle était tombée amoureuse de cet homme aux multiples facettes.

Elle l'aimait. Elle aimait sa délicatesse, sa sollicitude, la tendresse qui se cachaient sous les apparences. Elle l'aimait pour sa sexualité libérée, et pour l'avoir décomplexée. Elle l'aimait pour ses instincts protecteurs. Elle l'aimait pour ses insécurités, ses fragilités et ses doutes. Par-dessus tout, elle l'aimait parce qu'il la rendait heureuse et la faisait rire. Malgré la menace qui pesait sur elle, ses propres angoisses pour sa vie et pour ses fils. Elle avait oublié à quel point la vie pouvait être joyeuse !

Comment faire pour que Chris tombe amoureux d'elle ? *Rien surtout !* Elle avait séduit Grant, plus jamais elle ne manipulerait un homme à ses propres fins ! Pour ensuite en concevoir de la honte ? Des regrets ? Avoir un couple chancelant ?

Pour autant, elle savait que Chris était attiré par elle. N'était-elle pas la première femme qu'il fréquentait depuis Laura ? Mais était-ce de l'amour ? Voudrait-il un jour qu'elle fasse partie de sa vie ? Ce n'était pas sûr, elle avait un passé. Mais lui aussi ! Elle avait des enfants, elle avait perdu son mari, lui, il avait perdu son épouse et le bébé qu'elle portait et qui resterait irremplaçable. Holly savait que Chris n'oublierait jamais Laura, pas plus qu'elle n'oublierait Grant. Elle ne voulait pas remplacer Laura dans le cœur de Chris, elle désirait y avoir sa propre place. *L'amour, c'est l'infini !* conclut-elle avec élan. Ah, si seulement Chris pouvait l'aimer aussi...

— Il y a onze ans ? demanda Trevor à Chris. C'est l'année où Josie a commencé à prendre ses distances et a annoncé à l'assistante sociale qu'elle ne souhaitait plus nous voir. J'étais déjà au FBI. Cela nous a porté un coup, mais Josie a été inflexible et ça n'a fait qu'empirer, au fil des années.

— Mais oui, tu as raison ! Comment ai-je pu l'oublier !

— Un acte manqué ?

Trevor marqua une pause.

— Tu as besoin d'autre chose ?

Chris entendit l'épuisement dans la voix de son frère. Celui-ci avait en effet passé la nuit à enquêter sur le dernier meurtre de la tueuse de l'alphabet, comme Annabel et Sam. Il fut toutefois tenté de suivre le conseil de Holly, de lui demander pourquoi il l'avait abandonné, ou l'avait fui – il ne savait quel terme employer –, quand ils avaient tous été placés en famille d'accueil. Il renonça, car son frère avait d'autres préoccupations en tête actuellement.

— Rien d'urgent. Merci de m'avoir rappelé ce qui s'était passé. Bonne chance pour l'affaire.

— Pour la tienne aussi.

— Comment sais-tu que je... ?

— Je n'avais pas de nouvelles de ta part, après ton message, j'ai donc interrogé Annabel. Elle m'a expliqué que Sam et elle t'aidaient à mettre en place une opération pour piéger un couple de criminels. J'aimerais que nous ayons autant de chance et qu'on puisse arrêter Regina Willard... En tout cas, bonne chance, Chris !

— Merci.

Chris raccrocha, puis il réfléchit à ce que Trevor venait de lui remémorer.

Comment avait-il pu oublier ?

19

Josie n'avait donc pas tué Desmond Carlton, même en état de légitime défense.

À l'époque, elle n'avait qu'une douzaine d'années et ne pouvait pas être liée à un crime. Pourquoi l'aurait-elle été, d'ailleurs ? En revanche, peut-être en avait-elle été le témoin malheureux ? Ce jour-là, Carlton avait peut-être rendu visite à son frère, le meurtre avait pu avoir lieu à proximité de sa maison… Carlton n'avait pas pu éliminer Josie, témoin gênant, pour de multiples raisons, dont une entre autres : il avait une fille de son âge. Et si son cartel et lui avaient menacé Josie de s'en prendre à ses frères et sœurs si elle parlait ? Il était facile de terroriser une adolescente.

Josie avait alors choisi le silence pour protéger sa fratrie. Quelques mois plus tôt, Lizzie leur avait expliqué que son comportement avait aussi changé avec elle, alors qu'elles avaient toujours été comme des sœurs. Josie ne lui avait donné aucune explication. Cela rendait la situation encore plus intrigante, mais au moins cela ne mettait pas la fratrie directement en cause.

Desmond Carlton avait été tué six ans plus tôt. Par qui ? Par Josie ? Non, impossible ! Par un individu, ou plutôt, par une organisation qui avait protégé Josie et éliminé Desmond Carlton

— C'est là-dessus que j'aurais dû me concentrer, murmura Chris pour lui-même. Une seule entité a ce pouvoir. Cette influence.

Le gouvernement fédéral.

Ce qui le conduisait aux agences qui avaient les meilleures raisons de vouloir garder un secret de cette nature. Dont le programme de sécurité des témoins géré par le United States Marshals Service.

C'était l'une des plus anciennes agences fédérales des États-Unis, le bras armé de la justice dont la mission était la protection des tribunaux, la traque de fugitifs et la protection de témoins.

Josie avait pu intégrer ce programme, six ans plus tôt, après avoir coupé les ponts avec ses frères, sa sœur et Lizzie, parce que, menacée par Desmond Carlton, elle avait peur pour leur vie. À cette époque âgée de dix-sept ans, donc plus mûre et consciente de ses droits, elle aurait décidé de relater à la police le crime dont elle avait autrefois été témoin et les menaces qui pesaient sur elle ? Le United States Marshals Service aurait alors piégé Carlton et fait disparaître les traces de son intervention...

Chris se souvint de ce que Roger avait lu sur le registre médico-légal. *Pas de douilles. Balles extraites du corps.*

L'opération aurait dérapé, ce qui expliquait qu'aucun indice n'ait été retrouvé ? Et, au cas où les associés de Desmond Carlton auraient cherché à se venger, Josie était restée dans le programme de sécurité des témoins.

Plus Chris y pensait, plus il avait l'intuition que le meurtre de Carlton était lié aux raisons pour lesquelles il n'avait jamais été condamné, et son meurtre jamais été élucidé.

Mais désormais les associés connus de Desmond Carlton étaient morts ou en prison. Le caïd, complice de Carlton, qui avait été sur la liste des dix individus les plus recherchés par le FBI, venait d'être arrêté. Josie n'avait donc plus à redouter de représailles, elle pouvait revenir auprès des siens, dans sa famille.

Chris devait maintenant s'absenter pour aller chercher son SUV, il en avertit Holly.

— Je serai de retour avant l'arrivée d'Evalinda et Angus McCay. N'ouvre à personne, au cas où les individus de cette nuit feraient une nouvelle tentative. De toute façon, Sam et Annabel sont là, Wally aussi, tu n'as aucune raison de t'inquiéter. Si le téléphone sonne...

— Je ne réponds pas. J'ai compris.

— Au contraire, réponds pour attirer Evalinda et Angus McCay ici, afin qu'ils tombent dans notre piège.

Il sourit.

— Il faut un appât irrésistible, et...

Il la regarda des pieds à la tête. Holly ne put s'empêcher de sourire sous son regard éloquent. Son pouls s'emballa quand ensuite il haussa les sourcils pour conclure de sa voix la plus suggestive.

— Et toi, tu es absolument, définitivement irrésistible...

Il l'embrassa avec élan, puis lui murmura quelques mots que, dans son trouble, Holly ne comprit pas. Il la relâcha visiblement à contrecœur, attrapa son stetson.

— Reste loin des fenêtres ! Je suis très sérieux, Holly, ajouta-t-il. Je ne veux prendre aucun risque.

Il sourit.

— Et avant que tu n'objectes : c'est un ordre !

La matinée traîna en longueur.

Rester loin des fenêtres ?

Le problème était qu'il n'y avait pas une seule pièce aveugle dans toute la maison.

Le bureau de Chris ne comportait qu'une fenêtre. Cette pièce étant en forme de L, si elle s'asseyait à son bureau, personne ne pouvait la voir, de dehors.

Holly y prit donc place avec un bon roman. Mais elle était trop distraite pour se concentrer et, en fin de compte, elle regarda autour d'elle. De toutes les pièces de la maison, c'était la seule qui reflétait la personnalité de Chris. Les autres, même la chambre principale, révélaient les goûts de Laura en matière de décoration.

Holly hocha la tête. Si elle rentrait à Clear Lake City avec Ian et Jamie et ne voyait plus Chris, une fois cette triste affaire terminée, elle garderait toujours en mémoire cette image : Chris dans ce bureau avec Wally à ses pieds, ses fils à ses côtés tandis qu'il leur lisait une histoire. Ou assis à ce bureau, concentré sur son travail. L'embrassant follement, ici même et pour la première fois.

Et quel baiser...

Émue, Holly jeta un coup d'œil au bloc au milieu du bureau, qui était couvert de notes qui n'avaient de sens que pour Chris. Son attention s'arrêta sur les deux mots entourés tout en bas.

Onze ans.

Elle se reprocha son indiscrétion et repoussa le bloc, puis détourna les yeux. Son regard tomba sur un cadre avec la photographie de Laura. La ressemblance physique avec Peg était évidente, mais même sans cela, Holly aurait deviné que c'était elle. Annabel la lui avait décrite comme étant douce, jolie et un peu timide. Le physique de Laura exprimait ces qualités.

Holly prit la photo, l'observa et se souvint de ce qu'Annabel lui avait confié. Laura vouait à Chris une admiration sans bornes, tout ce que celui-ci faisait était juste. « Ce qui était bien à certains égards, mais moins bien à d'autres… »

Une façon atténuée de dire que Chris aurait plutôt eu besoin d'une femme qui s'impose davantage, ne serait pas toujours d'accord avec lui, ne le laisserait pas s'immerger dans son travail et le forcerait à avoir un certain équilibre dans sa vie ?

Une femme comme moi !

À cet instant, le téléphone sonna. De surprise, Holly faillit lâcher le cadre avec la photo. Elle se souvint des recommandations de Chris et décrocha.

— Allô ?

Son interlocuteur aussitôt raccrocha. Holly frissonna. *Ses beaux-parents ? L'un des individus de cette nuit ?* Tout simplement un mauvais numéro ?

Elle raccrocha à son tour et replaça soigneusement la photo de Laura.

— Holly ?

Elle sursauta. C'était Chris.

— Ça va ? dit-il, jouant avec ses clés. Il s'est passé quelque chose pendant mon absence ?

— Quelqu'un vient d'appeler. J'ai répondu, on a raccroché.

Il sourit et hocha la tête avec satisfaction.

— Evalinda et Angus McCay veulent s'assurer que tu es là.

— C'était peut-être un faux numéro ?

— Je ne crois pas. Tout est en place. Ton SUV est garé devant la maison. Bien en vue.

— Et maintenant ?

— On attend.

— Et s'ils ne se montrent pas ?

Chris plissa les yeux.

— Ils sont déjà sur la route : ils viennent en voiture.

— Mais... comment le sais-tu ?

Il sourit.

— J'ai demandé à deux de mes enquêteurs de les filer.

Il sourit face à sa surprise.

— Tu crois que j'aurais dit aux McCay où tu étais, hier, si je ne les avais pas fait surveiller ? Que je t'aurais laissée seule, même avec Annabel et Sam, si je n'avais pas su exactement où ils étaient et ce qu'ils faisaient ?

Il éclata de rire.

— Pour quel genre de détective privé me prends-tu, Holly ?

Il leva une main.

— C'est une question rhétorique, ne réponds surtout pas ! plaisanta-t-il.

Holly s'approcha de lui.

— Mais moi, je veux te répondre, justement.

Elle effleura une mèche de ses cheveux qui lui retombait sur le front.

— Tu es tout simplement... incroyable. Et c'est en dessous de la vérité, je n'ai pas les mots... Je remercie ma bonne étoile... Quelle chance que mes beaux-parents t'aient engagé pour me retrouver ! Sinon...

— Sinon, tu aurais réussi à les confondre d'une manière ou d'une autre. Parce que tu es une battante, Holly, tu n'aurais jamais renoncé. Je l'ai su à la minute où je suis entré dans ta chambre dans la pension de famille. Et je sais maintenant que...

Chris s'interrompit à la vue de Sam et Annabel.

Holly en fut frustrée. Quoi que Chris ait voulu lui dire, c'était trop tard.

Après le déjeuner, Holly se rendit dans sa chambre pour appeler ses fils.

— Ne t'approche pas des fenêtres, lui rappela Chris.

— Je sais !

Il la suivit des yeux. Il regrettait, en partie seulement, que sa sœur et son frère l'aient interrompu, tout à l'heure. Lorsque Holly lui avait souri, puis avait replacé une mèche de ses cheveux et lui avait dit qu'il était incroyable, il avait ressenti un vrai bonheur, au lieu de ses doutes habituels et avait failli lui déclarer son amour.

Il n'en avait rien fait, par chance, car ce n'était pas le moment d'avoir une telle conversation : l'opération pour piéger le couple McCay était en effet imminente. Il devait rester concentré. N'avait-il pas déjà manqué de sens commun en laissant la passion prendre le pas sur la raison, alors que sa priorité était d'assurer la sécurité de Holly ? Il ne lui révélerait pas ses sentiments tant que le danger persisterait !

Annabel et Sam entrèrent dans son bureau et s'y installèrent.

— Avant que l'opération ne commence, dit Chris, il faut que je vous parle de quelque chose.

Il leur raconta ses échanges avec Trevor, Brad et Roger, le journaliste du *Dallas Morning News*, puis il leur livra ses conclusions.

— Est-ce que ma théorie tient la route ? J'ai besoin d'avoir votre avis sur la question.

Sam jeta un coup d'œil à Annabel, qui hocha la tête.

— Ton raisonnement est logique, dit-il. Mais la seule façon d'en être certain, c'est de retrouver Josie et de l'entendre.

— Trevor pourrait nous aider, déclara Annabel. Si Josie bénéficie vraiment du programme de sécurité des témoins, le FBI est en meilleure position pour approcher le United States Marshals Service. Demandons-le-lui !

Chris réprima un accès de jalousie, tout en reconnaissant qu'Annabel avait raison : Trevor était en effet le mieux placé pour faire progresser l'enquête sur la disparition de Josie. Peu importait qu'il ait lui-même résolu la plus grande partie du mystère, faire front pour retrouver Josie était essentiel.

— Dès que nous aurons résolu cette affaire, je parlerai à Trevor, dit-il donc à Annabel.

Holly entra dans la pièce. Chris sourit malgré lui, mais il surprit le regard d'Annabel et se ressaisit.

— Tout va bien avec les jumeaux ?

— Oh oui, mais Peg dit qu'ils commencent à s'inquiéter pour tout. Ce qui veut dire...

— Que tu leur manques terriblement.

Et il échangea un sourire complice avec Holly.

— Et j'en suis contente...

Sur ces mots, Holly jeta un regard à Annabel.

— Suis-je une mauvaise mère pour autant ?

— Non : tu es une mère parfaitement normale !

Chris s'efforça de revenir à l'opération dont il récapitula les phases et les rôles de chacun.

— Des questions ? demanda-t-il quand il eut terminé.

Sam secoua la tête, imité par Annabel et Holly.

— Mes enquêteurs filent les McCay et m'ont contacté, reprit-il. Nous saurons à la minute près quand Evalinda et Angus McCay arriveront. Mes collaborateurs resteront à proximité de la maison, au cas où...

L'après-midi traîna en longueur. Holly se sentait étonnamment calme quand elle songeait à la confrontation avec ses beaux-parents, mais elle avait hâte d'en finir.

Sam lisait le journal du matin, Annabel, un manuel de procédure policière et Chris travaillait sur son ordinateur tout en répondant à ses mails. Holly ressentit une pointe de culpabilité. Chris avait en effet une entreprise à gérer, même s'il avait donné sa priorité absolue à son affaire. Elle aurait aimé l'interroger sur les notes qu'il avait griffonnées sur son bloc, mais elle redoutait autant de l'interrompre que de lui révéler qu'elle avait été indiscrète.

Holly soupira et caressa Wally, allongé à ses côtés. Chris accepterait-il qu'elle le garde et le ramène à Clear Lake City – à supposer que le piège fonctionne et que Chris la laisse repartir, faute de l'aimer.

20

À 15 h 6, le smartphone de Chris sonna. Il décrocha à la hâte.

— Merci, Matt. Remercie aussi Andy. Je pense que nous avons tout prévu, mais à tout hasard, restez comme convenu à environ quatre cents mètres de la maison. Sans nouvelles de ma part dans les quinze minutes qui suivront leur entrée, venez à la rescousse. Mais attention...

Il s'interrompit. Holly comprit qu'il avait comme elle entendu une voiture se garer devant la maison.

— Ça y est. Ils sont là !

Chris raccrocha. Holly se leva et essuya ses paumes moites sur son jean. Annabel et Sam se dirigèrent vers leurs postes, Sam dans un renfoncement de l'entrée et Annabel dans la cuisine contiguë au salon.

La sonnette retentit. Chris saisit le bras de Holly qui allait ouvrir.

— Nous sommes prêts à intervenir. Ne crains rien.

Pour autant, il était inquiet.

— S'il y avait un autre moyen, je...

Holly posa ses doigts sur ses lèvres.

— Mais il n'y en a pas. Et ils ne s'en tireront pas impunément, cette fois !

La sonnette retentit de nouveau. Holly regarda Chris droit dans les yeux.

— Je t'aime, dit-elle calmement. Je voulais que tu le saches.

Elle alla ouvrir sans attendre sa réponse, Wally derrière elle.

Chris se raidit. Maudite soit-elle d'avoir choisi ce moment pour lui dire qu'elle l'aimait et s'éloigner sans lui laisser le temps de lui déclarer à son tour son amour.

Il se ressaisit vite cependant et, son arme en main, s'assura que les deux caméras de surveillance avec micro intégré cachées stratégiquement dans le salon fonctionnaient. Puis il entrebâilla la porte de son bureau et prêta l'oreille.

La voix de Holly lui parvint.

— Angus ! Evalinda ! Quelle surprise ! Mais... comment avez-vous trouvé... ? je veux dire... c'est un plaisir de vous revoir !

Chris sourit. Holly jouait parfaitement son rôle. Elle feignait l'étonnement, agissait comme si elle ignorait tout de leurs projets criminels. Si Evalinda et Angus avaient été innocents, ils se seraient empressés de lui demander pourquoi elle s'était enfuie avec ses fils, six mois plus tôt ; or ils n'en firent rien et ne prononcèrent que des banalités.

— Venez donc dans le salon, dit Holly.

C'était le moment le plus risqué. Chris se doutait qu'Evalinda ou Angus McCay ne passeraient pas immédiatement à l'action, ils s'assureraient au préalable qu'elle était seule. Mais entre la théorie et la pratique il y avait une grosse différence. Pour l'instant, en effet, la femme qu'il aimait tournait le dos à des beaux-parents criminels tandis qu'elle les conduisait dans le salon. C'est pourquoi, d'ailleurs, Sam était aux aguets dans l'entrée, au cas où Angus ou Evalinda McCay sortiraient une arme...

— Où sont les garçons ? s'enquit Angus.

Chris se déplaça pour avoir un meilleur angle de vue. Beau travail ! dit-il en pensée à Holly qui invitait maintenant les McCay à prendre place sur le canapé, dans la mire des caméras. Holly disparut quant à elle de son champ de vision : elle s'était installée dans l'un des fauteuils en face d'Evalinda et Angus, comme cela était prévu.

— Ils ne sont pas là en ce moment, répondit Holly de bonne grâce. Ils sont avec leurs petits amis, Susan et Bobby. Leur mère et moi organisons à tour de rôle des après-midi pour garder les enfants.

Elle rit avec légèreté.

— Cela nous laisse un peu de temps libre. Vous savez comment c'est avec les tout-petits, Evalinda. Même si on aime ses enfants, on a parfois besoin d'être seul.

— Donc tu es seule ? insista Evalinda McCay.

Chris la vit fourrager dans sa grande besace. Il se tint prêt à intervenir.

— Je suis avec Wally.

Chris ne pouvait voir Holly, mais il fut certain qu'elle le caressait.

— Pourquoi me posez-vous cette question, Evalinda ?

Même si Chris n'avait pas vu le geste d'Evalinda, le grognement de Wally l'aurait averti que quelque chose se préparait.

— Tu n'aurais jamais dû t'opposer à nous, déclara Evalinda McCay aussi prosaïquement que si elle discutait de la météo.

— Chut, Wally, dit Holly parce que les grognements de Wally s'intensifiaient. Qu'est-ce qui vous prend, Evalinda ? Je suis votre belle-fille. La mère de vos petits-enfants. Pourquoi êtes-vous... ?

— Je suis désolé, Holly, intervint Angus. Nous ne voulions pas en arriver là, mais tu ne nous as pas laissé le choix.

— Est-ce à cause de l'argent de Grant ? Vous en avez besoin ?

La voix de Holly exprimait à merveille la panique.

— Je serai heureuse de le partager avec vous, si vous...

Evalinda McCay rit, et c'était un son affreux.

— Cette somme dérisoire ?

— Mais pas du tout, s'exclama Holly. J'ai hérité d'un demi-million de dollars et si...

— Nous voulons la totalité de l'héritage, coupa Evalinda McCay d'un ton sans réplique. Le seul moyen pour ça, c'est d'obtenir la garde des jumeaux. Pour cela, nous devons t'éliminer.

— M'éliminer ? s'exclama Holly d'un ton horrifié et incrédule.

— Tu as monté Grant contre nous. Tu l'as convaincu de nous exclure de son testament.

Chris vit le sourire mauvais qui se dessinait sur le visage revêche d'Evalinda McCay.

— Je n'ai pas monté Grant contre vous. Il a pris ses décisions seul !

Les grognements de Wally devenaient féroces, Chris imaginait que Holly avait du mal à le retenir.

Bravo, Wally ! Protège Holly !

— Ça n'a pas d'importance, de toute façon, déclara Evalinda McCay avec dédain. Mais ne t'inquiète pas, nous prendrons soin de Ian et Jamie. Du moins, pour l'instant. Tout le monde sera convaincu, comme ce stupide détective privé l'a été, que nous sommes des grands-parents aimants qui n'ont que les intérêts de leurs petits-fils à cœur.

Elle poussa un soupir navré.

— La police conclura que tu as été victime d'un cambriolage. Heureusement, les jumeaux n'étaient pas là quand c'est arrivé ! Nous aurons le beau rôle des grands-parents éplorés, entourant d'amour les petits orphelins.

Evalinda McCay se leva brusquement.

— Si tu tentes de fuir, je tirerai et la première balle ne sera peut-être pas fatale. Mais tu n'en réchapperas pas, Holly. Sois-en sûre.

— Police ! Ne bougez plus !

Les voix d'Annabel et de Sam retentirent simultanément. Chris sortit de son bureau pour protéger Holly avant qu'Evalinda McCay ne tire. Mais Wally le précéda. Le golden retriever bondit et désarma Evalinda. Il referma ses dents sur son poignet, la déstabilisant, de sorte qu'elle tira. La balle se perdit dans les coussins du canapé.

Déjà, Sam menottait Angus McCay, tétanisé, visiblement sous le choc. Annabel fit de même avec Evalinda McCay qui avait lâché son arme et tenait son poignet en sang.

— Vous êtes en état d'arrestation pour tentative de meurtre, déclara Annabel.

Puis elle récita l'avertissement Miranda :

— Vous avez le droit de garder le silence. Tout ce que vous direz pourra être retenu contre vous.

— Allez au diable ! hurla Evalinda McCay. C'est un piège ! Je suis victime de la brutalité policière. Je suis blessée, ces menottes aggravent mon état !

— Nous irons à l'hôpital pour faire radiographier votre poignet et vous soigner. Mais vous restez en état d'arrestation.

Chris serrait quant à lui Holly dans ses bras. Le choc passé, elle tremblait.

— Elle allait vraiment me tuer..., chuchota-t-elle, incrédule, alors qu'Annabel et Sam emmenaient Angus et Evalinda.

— Tu le savais déjà, Holly.

— Mais je l'ai entendu de leur bouche et vu de mes propres yeux.

Holly se dégagea des bras de Chris et s'agenouilla devant Wally.

— Bravo, Wally !

Chris s'accroupit pour le flatter à son tour.

— Et moi ? demanda-t-il à Holly.

Son sourire lui réchauffa le cœur.

— Je savais que je pouvais aussi compter sur toi, dit-elle.

Il sourit, se leva, sortit son smartphone pour passer un rappel.

— Matt ? Sam et Annabel ont arrêté Evalinda et Angus McCay pour tentative de meurtre, ils les conduisent au poste, après un détour par l'hôpital. Andy et toi avez fini votre mission. Vous recevrez une prime, vous l'avez bien méritée.

Holly était toujours agenouillée à côté de Wally quand Chris raccrocha.

— Toi et moi, nous devons avoir une petite conversation, lança-t-il.

Elle se releva.

— Je n'arrive pas à croire qu'elle allait vraiment me tuer. Je veux dire... c'est une chose de vouloir la mort de quelqu'un. Engager quelqu'un pour le faire, c'est pire. Mais tuer de sa propre main... Les yeux dans les yeux...

Elle frissonna.

— Je ne peux pas imaginer qu'on puisse haïr quelqu'un au point de passer à l'acte. Le tuer.

Chris attira à nouveau Holly dans ses bras.

— N'y pense plus, Holly... Parce que j'ai un compte à régler avec toi, et je n'ai pas l'intention de reporter cette conversation à cause d'Evalinda McCay !

Holly hocha la tête, d'abord perplexe, puis elle comprit et ouvrit de grands yeux.

— Tu veux revenir sur…

— Sur tu sais quoi !

Il rit.

— Tu sais vraiment choisir ton moment ! Tu me lâches une bombe et tu pars affronter des beaux-parents criminels.

Elle rougit.

— Je ne voulais pas te le dire… Enfin, si… Mais pas… De toute façon… Tu vois, le fait est que…

— Le fait est que tu m'aimes.

Ce n'était pas une question, mais elle y répondit.

— Oui.

— Si tu avais attendu une demi-seconde, tu m'aurais entendu te faire la même déclaration.

— Vraiment ? murmura-t-elle.

Elle lui saisit le bras.

— Tu es sûr de toi ? Plus un mot si tu ne le penses pas ! Par pitié, Chris !

Il la serra plus fort.

— Je le dis parce que je le pense, Holly. Parce que j'en suis sûr.

Il prit une grande inspiration.

— Je ne sais pas comment c'est arrivé, honnêtement, mais… c'est arrivé. Et maintenant.

Il se tut.

— Chris, j'ai besoin de te l'entendre dire. Je pense que tu comprends pourquoi. Je t'en prie, *dis-le*.

Il inclina son visage vers le sien.

— Je t'aime, Holly, je t'aime, j'ai besoin de toi, je ne peux pas vivre sans toi, et…

Il s'était gentiment moqué d'Ethan, et de ses aveux romantiques, tandis qu'il conduisait Lizzie à l'hôpital. Mais il reprenait sa déclaration mot pour mot. À vrai dire, il n'avait jamais été aussi sérieux de toute sa vie.

— Et toi, redis-le-moi, Holly. S'il te plaît. Pour que je sois sûr !

Elle lui sourit tendrement.

— Je t'aime, Chris. J'ai besoin de toi. Et je ne peux ni ne veux vivre sans toi.

Il sourit. Un poids tombait de ses épaules. Il avait eu besoin de le lui entendre dire de nouveau.

— Je veux que tu fasses partie de ma vie, Holly. Je veux que Ian et Jamie aussi en fassent partie. Je veux devenir leur père. Non que je veuille remplacer leur vrai père. Grant était quelqu'un de bien, les jumeaux sont ses fils, et je ne veux pas qu'ils l'oublient. Mais j'aime tes enfants, et je veux être comme un père pour eux.

Comment était-il possible d'aimer Chris plus qu'elle ne l'aimait déjà ? Holly l'ignorait, mais quand il parlait de la sorte, son amour pour lui grandissait encore.

Ils échangèrent un baiser plein de promesses, qui scellait leur engagement pour l'avenir.

— Le poète Robert Herrick a autrefois écrit un sonnet, qui commence par ces mots : « Comment l'amour est arrivé, je ne sais pas. » C'est exactement ce que je ressens. Je ne sais pas comment c'est arrivé, je sais seulement que c'est là. Et rien n'est plus parfait.

— Je pourrais te dire la même chose, dans les mêmes termes.

Il prit une profonde inspiration.

— Holly, si je me mettais à genoux pour te demander en mariage, quelle serait ta réponse ?

Son cœur bondit, elle sourit.

— Essaye, et tu verras…

Elle pensait qu'il plaisantait, mais quand il posa le genou à terre, elle comprit qu'il était sérieux.

— Je sais que tu aimais Grant, commença Chris. Mais je sais aussi que tu m'aimes. Je sais que tu n'oublieras jamais Grant, pas plus que moi je n'oublierai Laura. Je ne veux pas remplacer Grant dans ton cœur, je veux y avoir ma propre place. Acceptes-tu de m'épouser ?

Chris disait presque mot pour mot ce qu'elle s'était dit, quelques heures plus tôt.

— J'en serais honorée, répondit-elle avec douceur.

Elle prit son visage en coupe, ce visage qui lui était devenu si cher si vite.

— Je serais très honorée d'être ta femme, Chris Colton.

21

Deux semaines plus tard, Holly fut réveillée par la sonnerie à sa porte à 6 h 15. Qui venait si tôt ?

Intriguée, elle attrapa son peignoir et se précipita, de peur que le visiteur ne sonne à nouveau et réveille les jumeaux. Ian et Jamie étaient agités depuis leur retour à Clear Lake City. Apparemment, leur vie à Granite Gulch leur manquait autant qu'à elle.

Le carillon retentit au moment où elle atteignait la porte. Elle regarda par le judas, avec l'intention de dire à son visiteur sa façon de penser, mais en reconnaissant Chris, elle sourit et ouvrit.

— Chris !

Elle se jeta dans ses bras.

— Je ne pouvais pas supporter d'être sans toi une minute de plus, lui expliqua-t-il lorsqu'ils se furent longuement embrassés. Je n'arrivais pas à dormir parce que je pensais à toi. J'ai donc fait mon sac, j'ai sauté dans mon pick-up et j'ai pris la route.

— Pas de contraventions pour excès de vitesse ?

— Rien. Mais si j'en avais eu une, ça en aurait valu le coup, dit-il avec tendresse.

Elle l'entraîna sans sa chambre avec impatience, pour épuiser le désir de l'attente. Ensuite, comblés, apaisés et heureux, ils se blottirent dans les bras l'un de l'autre.

— On recommence ? dit alors Holly.

Chris éclata de rire.

— Maintenant ?

— Hum ? Tu as besoin de temps ?

Il la fit rouler sous lui.

— Moins que tu ne le penses, Holly, insinua-t-il.

Et avant que le plaisir ne lui donne des ailes, Holly se dit que, décidément, Chris Colton était un homme de parole.

— Quand reviens-tu à Granite Gulch ? lui demanda Chris pendant le petit déjeuner, une heure plus tard. Je ne fais pas pression sur toi, enfin, si... Mais la maison n'est plus la même sans toi et les jumeaux.

— Tu y vis, maintenant ?

— Oui. J'ai quitté mon appartement le jour de ton départ. Ah, et au fait, j'ai parlé à Annabel et à mes frères de la ferme de Bearson, de tes propositions à ce sujet, à savoir ne plus en faire un sanctuaire. Ils sont d'accord. Donc, quand tu seras prête, tu y passeras et choisiras ce que tu veux pour notre maison.

— Volontiers ! Et pour répondre à ta question, je reviens bientôt à Granite Gulch. J'ai mis la maison en vente.

— J'ai vu le panneau sur la pelouse.

— Réjouis-toi, j'ai déjà une offre.

— Dans ce cas, il est temps d'organiser nos fiançailles. De faire les choses en grand ! Une belle fête, et puis un beau mariage.

Holly, émue, sourit à Chris à travers ses larmes.

— J'ai besoin de toi à mes côtés, Holly, ajouta-t-il à voix basse. Ces quinze derniers jours sans toi ont été impossibles... La vie est trop courte, profitons-en !

— Et si nous organisions nos fiançailles la semaine prochaine ?

— D'accord. Mais comme les réunions familiales se déroulent désormais au ranch d'Ethan et Lizzie, je dois les consulter.

Holly, étonnée, haussa les sourcils.

— Quoi ? demanda Chris, visiblement désemparé.

— Lizzie vient d'avoir un bébé. As-tu la moindre idée du travail que cela va lui donner ? Pas question de nous imposer dans leur ranch !

— Dans ce cas, que suggères-tu ?

— Et si on louait le Granite Gulch Bar and Saloon pour un après-midi ? C'est grand, c'est bien situé, la cuisine est bonne.

Et avant que tu ne demandes, je me suis déjà renseignée : ça ne coûterait pas cher. J'ai de l'argent.

Elle rougit.

— Mon propre argent, pas celui des jumeaux.

Chris secoua la tête vigoureusement.

— Nous n'avons pas encore parlé de l'aspect financier, Holly, mais je pense que c'est le moment. Je ne suis pas millionnaire, mais je ne suis pas non plus dans la misère. Ton argent t'appartient. Je subviendrai à nos besoins. Tu désires être mère au foyer jusqu'à ce que les jumeaux aillent à l'école ? Pas de problème. Je peux me le permettre. Et je peux aussi me permettre de payer notre fête de fiançailles !

Holly allait rétorquer que leur mariage devrait être basé sur l'égalité, chacun contribuant et prenant les décisions conjointement, quand une idée lui vint.

— Tu n'as pas d'ordre à me donner, dit-elle doucement, en espérant bien faire passer son message.

Il rit.

— Je vois. Nous allons donc partager le coût de la fête. Mais je te préviens, c'est moi qui achète la bague de fiançailles. Et ce n'est pas négociable.

Épilogue

La fête de fiançailles battait son plein lorsque Chris se dirigea vers l'une des grandes glacières remplies de bière et de canettes de boissons gazeuses. Il prit une bière, en retira la capsule et but au goulot avec délectation. Mai tirait à sa fin, la journée était chaude et humide. C'était un temps typique du nord du Texas, et même si la pièce était climatisée, rien n'était plus désaltérant qu'une bière fraîche.

Chris observa Holly qui parlait avec Annabel et Peg. La robe de Holly était jaune d'or, une couleur qui lui allait à merveille. Elle était belle, il l'aimait. Mais il ne l'aimait jamais autant que lorsqu'elle portait sur lui ce regard dont elle avait le secret. Et, justement, leurs yeux se croisèrent à travers la pièce. Il y vit cette lueur, cette expression qui le faisait fondre.

La chanson endiablée que jouait le groupe prit fin, les accents d'une ballade populaire s'élevèrent.

Jesse Willard, le fiancé d'Annabel, enlaça cette dernière. Les deux jeunes gens échangèrent un regard amoureux, et Chris se sentit soulevé d'allégresse à la vue de ce bonheur. Ses frères et lui avaient toujours souhaité, pour Annabel, un homme aimant. Tel était Jesse. Mais Annabel était également une policière professionnelle accomplie, elle avait trouvé sa voie. Peg et Joe aussi dansaient, et Chris sourit. Peg et Joe étaient ses meilleurs amis. Peg s'était réjoui qu'il soit retombé amoureux.

Chris tourna ensuite les yeux vers ses jeunes frères. Ridge dansait avec Darcy, son amour de lycée, avec qui il avait renoué après plusieurs années, Sam avec Zoe et Ethan avec Lizzie.

En revanche, Trevor était seul, songea Chris attristé. Il était temps de lui parler. Au même moment Holly s'approcha.

— Ça va, cow-boy ? murmura-t-elle. Je crois qu'on se connaît ?

Conscient de l'attention générale, Chris refoula son désir de l'embrasser jusqu'à l'étourdir. Il leva sa main gauche à ses lèvres, sourit à la vue de la bague de fiançailles, qui était sa promesse et la baisa. C'était un geste romantique qu'il aurait trouvé ridicule, quelques semaines plus tôt.

— OK, cow-boy, tu as marqué un point.

Chris rit et feignit d'être blessé.

— Quel prosaïsme ! Et moi qui pensais que tu serais impressionnée par cette démonstration romantique de mon amour.

Les yeux de Holly s'embuèrent.

— Ton amour, je le vois au fond de tes yeux, Chris. Chaque jour, à chaque instant.

Une si douce déclaration méritait un baiser. Quand il releva la tête et vit un amour éperdu sur le visage de Holly, il eut un élan de fierté virile, un élan charnel qui se logea dans une certaine partie de son anatomie.

— Ne t'avise pas de bouger, surtout, dit-il à Holly, la retenant.

Elle comprit pourquoi et obtempéra, jusqu'à ce qu'il puisse la lâcher.

— Viens, lui dit-il alors en lui prenant la main. Allons dehors pour nous isoler et trouver un peu d'intimité.

C'est alors qu'il repéra une jeune femme brune, près de la porte du bar.

Une inconnue ? Pas tout à fait.

— Josie ? murmura-t-il, incrédule.

Il lâcha la main de Holly et, comme dans un rêve, s'approcha de sa petite sœur.

À sa vue, elle s'enfuit.

— Josie ! Josie, attends ! Tu ne risques plus rien ! Tu es sauvée ! C'est fini.

Elle dut l'entendre, car elle s'arrêta, se retourna et le regarda fixement, visiblement sur le qui-vive.

— C'est fini ?

Chris acquiesça.

— Josie..., murmura-t-il seulement.

Il n'arrivait toujours pas à y croire. Il la serra dans ses bras.

— Mon Dieu, c'est vraiment toi. Josie.

Holly s'approcha avec le reste de la famille. Chacun se pressa autour de Josie, l'embrassant, l'interrogeant et l'entourant de tendresse. Tous exprimaient leur joie d'être enfin réunis.

— Nous te recherchons depuis que tu as disparu.

— Où étais-tu ? Cela fait des années qu'on te cherche, qu'on essaye de comprendre...

— Pourquoi ne nous as-tu jamais dit que tu étais en vie ?

Chris leva les mains pour exhorter tout le monde au silence.

— Laissez plutôt Josie s'expliquer.

Cette dernière regarda Chris avec du regret au fond des yeux.

— Tout d'abord, j'ai appris pour Laura... Je voulais te joindre, quand c'est arrivé, te dire combien j'étais désolée. Vraiment, Chris. Mais je n'ai pas pu. « Pas d'appels téléphoniques, m'ont-ils dit. Laisse-les croire que tu es morte. »

— « Ils » ? Qui ? interrogea Trevor. Où étais-tu ?

— Programme fédéral des États-Unis pour la protection des témoins. Depuis six ans. Depuis...

Trop émue, elle se tut.

— Depuis le meurtre de Desmond Carlton, intervint Chris.

Josie interdite le dévisagea, Chris acquiesça.

— Oui, je crois avoir presque tout compris.

Et pour le reste de la famille, il ajouta ces mots.

— Voici ce qui s'est passé. Corrige-moi si je me trompe, Josie ?

Il exposa sa théorie. Josie l'interrompit à plusieurs reprises pour clarifier certains points et, quand il eut terminé, elle le félicita.

— Je n'arrive pas à croire que tu aies réussi à reconstituer ces événements !

— Remercie aussi Lizzie et Trevor, répondit Chris. C'est aussi grâce à eux.

Il sourit à Lizzie et à Trevor. Les yeux de Lizzie brillaient de joie, car elle comprenait que Josie lui avait toujours gardé son amitié. Le visage de Trevor exprimait la plus vive émotion. À vrai dire, il semblait renaître ! Depuis la tragédie, survenue vingt ans plus tôt, il n'avait jamais semblé aussi... heureux !

— Merci, Trev, murmura Chris, et il sut que son frère l'avait entendu au léger signe de tête qu'il lui adressa.

Chris ignorait toujours pourquoi son lien avec Trevor s'était distendu, après le meurtre de leur mère et l'arrestation de leur père. Mais il comprenait que Trevor, comme lui, avait fait son possible pour obtenir la garde de Josie et ainsi la protéger. S'était-il senti coupable pour avoir échoué ?

Il reporta son attention vers Josie.

— Toutes les personnes autrefois associées à Desmond Carlton sont mortes ou condamnées à la prison à vie. Donc, tu n'as plus besoin de te cacher.

— C'est vrai ? C'est sûr ? s'enquit Josie d'un ton incrédule.

Chris acquiesça.

— Et tu reviens parmi nous au bon moment : Holly et moi fêtons nos fiançailles.

Josie sourit.

— Je sais. C'est pour ça que je suis venue. Je voulais être ici avec la famille, même si je ne pouvais pas participer à la fête. Même si c'était risqué.

— Et ce n'est pas la première fois que tu te manifestes, lui dit Chris.

Il jeta un coup d'œil autour de lui.

— Ridge t'a vue. Lizzie et Annabel aussi...

— Tu as laissé un pendentif en or dans ma maison, n'est-ce pas ? intervint Annabel. Celui que maman t'avait donné et qui est identique au mien.

Josie hocha la tête.

— Je ne pouvais pas supporter que vous me pensiez morte.

Holly sourit à Josie et lui tendit la main.

— Je suis Holly McCay, la fiancée de Chris. Je suis ravie que tu sois présente à nos fiançailles. Je ne vois rien qui puisse rendre Chris plus heureux. Il souffrait de ne pas savoir ce qui s'était passé. Maintenant, son bonheur est complet !

Chris raccrocha et rempocha son smartphone dans sa poche. Il sursauta en entendant Holly.

— Alors ? Comment vont les garçons ? s'enquit Holly.

— Comment sais-tu que je viens de contacter la baby-sitter ?

Elle lui adressa son sourire le plus tendre.

— Parce que je te connais. Parce que tu es ce genre d'homme.

Elle posa sa main sur son cœur.

— Protecteur. Fiable. Solide.

Sa voix se réduisit à un murmure.

— Fait pour le bonheur.

Chris, ému, acquiesça.

— Nous serons heureux, Holly, confia-t-il d'une voix ardente.

Malgré les épreuves, la perte d'êtres chers, au cours de sa vie. Sa mère, Trevor, Josie, Laura, son bébé.

Sa mère était morte, Laura et son bébé aussi, mais Josie était de retour.Par ailleurs il gardait l'espoir de retrouver sa mère pour lui donner une sépulture afin qu'elle repose en paix. Et, s'il trouvait le courage de poser une question essentielle à Trevor, peut-être recouvrerait-il sa complicité avec le grand frère qu'il avait autrefois aimé sans réserve ?

— La vie est belle..., chuchota Holly.

Chris étreignit Holly et contempla sa fratrie enfin réunie.

— Oui, la vie est belle, renchérit-il.

JENNIFER D. BOKAL

Improbable rencontre

Traduction française de
KAREN DEGRAVE

BLACK ROSE

HARLEQUIN

Titre original :
TEXAS LAW: UNDERCOVER JUSTICE

© 2022, Jennifer D. Bokal.
© 2023, HarperCollins France pour la traduction française.

Prologue

Decker Newcombe était très doué pour une chose : donner la mort.

Depuis le siège du passager, il fixait la porte du bureau du comté de Pleasant Pines à travers le pare-brise poussiéreux. Il avait loué une chambre à l'auberge de Pleasant Pines sous un faux nom un mois plus tôt. Depuis, il était en reconnaissance. En se faisant passer pour un promoteur, il lui avait été facile d'entrer dans le bâtiment pour faire des « recherches » sur les terrains qui étaient censés l'intéresser.

Grâce à cela, il savait que les bureaux étaient fermés à cette heure et qu'il n'y avait qu'un garde, qui approchait de l'âge de la retraite.

Decker regarda la photo de sa cible – Chloe Ryder, la procureure de district. Quelques mois plus tôt, elle avait inculpé tous les membres locaux des Transgresseurs, un club de motards, de trafic de drogues et d'êtres humains. La direction nationale du club avait mis la tête de la procureure à prix et confié le contrat à Decker.

À ce jour, Decker avait tué dix-sept personnes sans se faire arrêter. Il avait pour principe de ne pas accepter de contrats portant sur des fonctionnaires. Les risques l'emportaient toujours sur la récompense. Mais celui-ci valait tant d'argent – cinq cent mille dollars – qu'il n'avait pas pu résister. En déduisant la commission de l'intermédiaire et la paie du chauffeur, il lui resterait quatre cent quinze mille dollars – le plus gros butin de sa carrière.

Le chauffeur, qui s'appelait Paolo, tira une bouffée de sa cigarette et remplit l'habitacle de fumée en expirant.

— Quelle heure est-il ? demanda-t-il pour la centième fois.

Decker le regarda du coin de l'œil.

— Qu'est-ce que ça peut te faire ? T'as un rendez-vous quelque part ?

— Non. C'est juste que t'as dit qu'elle sortait tous les jours à 18 h 30 et il est presque 19 heures.

Pendant le repérage qu'il avait fait, Chloe avait eu des horaires parfaitement réguliers. Le fait qu'elle ne soit pas encore sortie de son bureau et qu'elle l'ait forcé à attendre près d'une demi-heure le contrariait.

— Elle rattrape peut-être du travail en retard.

Paolo tira une autre bouffée.

— Qu'est-ce qu'on fait, maintenant ?

Decker débordait d'énergie, comme un ressort prêt à se détendre. C'était toujours le cas avant une exécution. L'adrénaline lui permettait de laisser libre cours à sa brutalité sans se soucier de rien. Grâce à elle, il se sentait puissant, invincible – et elle le rendait incroyablement dangereux.

— Il est temps pour elle de mourir, dit-il sans quitter la porte du bâtiment des yeux.

Paolo secoua la tête.

— Comment on s'y prend, si elle ne sort pas ?

Decker se décida subitement.

— On va la chercher.

Il savait que le bureau de la procureure était au rez-de-chaussée, au fond du bâtiment. Celui du shérif se trouvait au premier, mais les trois adjoints étaient en patrouille ou chez eux à cette heure. La porte restait ouverte jusqu'à 22 heures, il n'y avait qu'un garde et c'était lui qui branchait l'alarme en partant.

— On a cinq minutes, annonça-t-il. Si on s'attarde, la police nous tombera dessus.

— Cinq minutes, répéta Paolo. C'est compris.

— Tu es prêt ?

Paolo avait un revolver sur les genoux. Il le prit et tira sur la glissière pour charger la première balle.

— Oui, je suis prêt.

L'arme de Decker, cachée contre ses reins, lui pinçait la peau. Il aimait cette douleur. Elle l'aidait à se concentrer. Il jaillit de la voiture et gravit les marches du perron en courant. Paolo, qui avait laissé le moteur tourner, était sur ses talons.

Decker ouvrit la porte et entra dans le hall faiblement éclairé.

Le garde, qui avait un uniforme marron et une moustache blanche, était à un bureau.

— Les locaux sont fermés ! s'écria-t-il en se levant. Vous n'avez rien à faire là.

Decker tira. La détonation résonna dans la grande pièce et la balle frappa l'homme en plein torse. Il heurta le mur qui se trouvait derrière lui, puis s'effondra sur le bureau.

Decker fonça dans le couloir.

Les locaux alloués au procureur occupaient un quart du rez-de-chaussée et le bureau de Chloe se trouvait dans l'angle du fond. La chemise trempée de sueur, Decker se colla au mur à la réception. Paolo se posta derrière une porte.

Decker leva trois doigts pour donner le signal à son complice.

Trois. Deux. Un.

Il ouvrit la porte d'un coup de pied.

Un homme, qui avait des lunettes rondes et les cheveux peignés de manière à masquer sa calvitie, était assis derrière le bureau, un téléphone à l'oreille.

Son visage, naturellement pâle, prit la couleur du lait tourné.

— Qui êtes-vous ? demanda Decker.

— Jacob Loeb, le procureur de district.

— Vous mentez ! aboya Paolo. C'est Chloe Ryder, la procureure de district.

— Chloe travaille pour le procureur général, maintenant, dit l'homme d'une voix tremblante. Elle a quitté Pleasant Pines la semaine dernière.

— La semaine dernière ? répéta Decker, fou de rage.

C'était sans doute la pire erreur qu'il avait jamais commise. Comment la promotion de Chloe avait-elle pu lui échapper alors qu'il avait consacré tant de temps à la reconnaissance ? Toutes les journées qu'il avait passées dans le café minable d'en face, s'amusant secrètement de tromper les gens du coin par ses déguisements, ne lui avaient donc servi à rien ?

Ce raté allait terriblement nuire à sa réputation et il avait une situation bordélique sur les bras. Le but était toujours d'agir vite et proprement, sans se faire repérer. Cette fois, il allait devoir laisser des cadavres inutiles sur son passage.

Mais il n'y avait pas d'autre solution.

— Que voulez-vous ? demanda le procureur.

Cette question rappela l'urgence de son problème à Decker et amplifia sa rage.

— Pas vous, répondit-il en levant son arme.

— Je vous en prie ! le supplia l'homme. Je ferai tout ce que vous voudrez.

Ce qu'il voulait, c'était tuer Chloe Ryder. Ce qu'il ne pouvait pas se permettre de laisser derrière lui, c'étaient des témoins. Il tira. La détonation fit trembler les vitres. Touché à la gorge, l'homme s'effondra.

— Filons vite ! lança Decker à Paolo.

Ils foncèrent dans le hall. Leurs pas résonnèrent dans le couloir vide. Paolo était à ses côtés et la voiture les attendait.

Ils n'avaient pas tué Chloe Ryder, mais ils avaient éliminé le procureur de district. Le boulot était fait – plus ou moins. Maintenant, les Transgresseurs devaient passer à la caisse.

Une détonation retentit alors que Decker poussait la porte. Il jeta un coup d'œil par-dessus son épaule. Paolo se tenait le ventre, là où il y avait une tache rouge sur son T-shirt.

Il avait reçu une balle. Mais qui avait tiré ?

Decker tourna la tête et vit que le garde s'était relevé. Il avait la moustache ensanglantée. D'une main tremblante, le garde visa Decker, qui tira le premier et lui explosa le crâne.

— Allez, mon pote, dit Decker en s'empressant de soutenir Paolo. Il a forcément appelé les flics. Il faut qu'on dégage.

Decker entraîna Paolo jusqu'à la voiture, l'installa à l'arrière et retira sa propre chemise.

— Presse ça sur la blessure, dit-il à Paolo en la lui lançant.

Il se glissa au volant, claqua la portière et démarra. La blessure de Paolo avait l'air grave. Il perdait beaucoup de sang et la balle n'était pas sortie. Ils avaient besoin de quelqu'un qui accepterait de le soigner sans appeler les flics.

Il fonça dans le crépuscule alors que de gros flocons tombaient. Ils devaient aussi quitter le Wyoming et disparaître. Avec l'argent qu'ils venaient de gagner, ils pouvaient aller n'importe où. Peut-être au Mexique ou ailleurs en Amérique du Sud.

Tout valait mieux que de rester là.

— Eh, Paolo ! lança-t-il. Une fois qu'on t'aura fait soigner, on ira au Mexique le temps que tu te rétablisses. Qu'est-ce que t'en dis ? Il n'y a pas de meilleur médicament que la tequila.

Paolo ne répondit pas.

Une voiture de rechange était cachée derrière une vieille grange. Decker suivit les instructions que Paolo lui avait données par sécurité et finit par repérer le bâtiment. Il se gara le plus près possible et se retourna. Paolo, la main posée sur le ventre, avait le regard fixe. La banquette était couverte de sang. Decker prit le poignet de Paolo et ne sentit aucun pouls.

Ce contrat était différent de tous ceux qu'il avait remplis avant. Ses autres victimes étaient des criminels. La police n'avait pas considéré leur mort comme une priorité. Cette fois, il avait tué un procureur. La police ne lâcherait pas l'affaire avant d'avoir inculpé quelqu'un.

Et maintenant ?

Decker savait qu'il devait agir.

Il trouva deux bidons d'essence dans le coffre de la voiture de rechange. Il les vida sur les sièges de celle qu'il abandonnait et récupéra le briquet de Paolo dans sa poche. Après s'être écarté de quelques pas, il alluma le briquet et le lança dans la voiture. Les sièges s'embrasèrent aussitôt.

Decker ne s'attarda pas pour regarder la voiture brûler.

La nuque trempée de sueur, il se mit au volant de la voiture de rechange. Il venait de gagner un peu de temps en détruisant les preuves, mais rien de plus, songea-t-il en démarrant. Il devait disparaître – et pas pour quelques jours ou quelques semaines. Il devait faire profil bas pendant des mois, un an, peut-être plus. Il ne pourrait refaire surface que lorsque l'affaire serait classée.

Il cessa de songer au lendemain ou à la semaine suivante et laissa son esprit se vider.

Il devait se résigner. De toute manière, le désastre était dans sa nature.

1

Un an plus tard

Clare Chamberlain jeta un coup d'œil à la jauge et soupira. Presque vide. Toute sa fortune – un billet de cent dollars froissé – était fourrée dans sa poche. C'était assez pour un demi-réservoir du carburant premium que sa voiture consommait, un sandwich et un soda.

Et après ?

Après, elle serait complètement fauchée.

Les plaines poussiéreuses du sud du Texas s'étendaient jusqu'à l'horizon dans toutes les directions. Elle n'avait pas croisé de voiture depuis des kilomètres. Quelque chose scintilla au loin.

Elle se pencha pour mieux voir.

Était-ce une ville ? Un mirage ?

Quelques secondes plus tard, elle distingua un panneau, sur lequel était écrit « Bienvenue à Mercy ».

Mercy, au Texas, était à peine plus qu'une portion plus large de la route, à une intersection dotée d'un feu rouge. Il y avait une station-service. Une caravane du même marron que le paysage tenait lieu de bureau de poste. De l'autre côté de la route se dressait le Mercy Motel, que son père aurait qualifié de taudis. Un grand parking séparait le motel d'un bâtiment en parpaings qui abritait un bar, le House of Steele. À côté se trouvait un salon de tatouage qui s'appelait Gettin' Ink'd. Il y avait plus d'une dizaine de motos sur le parking.

Clare entra dans la station-service et prit de l'essence en essayant de ne pas fixer la femme aux seins nus en néon qui clignotait au-dessus du bar. Elle avait mal aux genoux et à la tête. Ses mains étaient tout engourdies après des heures de conduite. Elle apprécia de faire quelques pas, mais ce n'était pas un endroit où faire une pause.

Elle tira le billet trempé de sueur de sa poche.

Bon sang. Ce n'étaient que cinquante dollars.

Avait-elle vraiment dépensé tout son argent ?

Bon, ce serait donc un demi-réservoir et un café.

Ensuite... Elle ne savait pas ce qui se passerait ensuite.

Elle arrêta la pompe à quarante dollars et secoua bien la poignée pour ne perdre aucune goutte.

Elle vit que le comptoir de la boutique était orné d'une guirlande et elle entendit « Silver Bells ».

Approchait-on bien de Noël ?

D'après le calendrier placé près de la caisse, on était le 20 décembre.

Puisqu'elle ne pouvait pas rentrer chez elle, elle s'apprêtait à passer son premier Noël seule.

Un vieil homme à la casquette tachée leva les yeux d'un magazine d'armes à feu.

— Bonjour, dit-il. Vous êtes perdue ?

C'était tout à fait cela.

— Je ne fais que passer, répondit-elle.

Elle se servit un café et en but une longue gorgée. Un dollar de moins. Un paquet de chips lui coûta un autre dollar. Elle posa son billet sur le comptoir.

— Merci, dit-elle en empochant la monnaie.

— De rien, répondit l'homme, qui s'était déjà replongé dans son magazine.

Elle attaqua le paquet de chips en regagnant sa voiture. Elle n'avait pas mangé depuis plus de vingt-quatre heures. À présent, il fallait que la monnaie qu'elle avait dans la poche paye son prochain repas – et le suivant.

Clare avait quitté son foyer parce que sa vie était en danger. C'était un fait.

Mais mourir de faim ne valait pas mieux.

En posant les yeux sur le bar, elle remarqua une affiche qui annonçait qu'il embauchait. Elle était trop loin pour voir quel poste était proposé, mais était-ce vraiment important ?

Néanmoins, cela soulevait une autre question.

Quel genre de personnes vivait et travaillait dans une ville comme Mercy ? À en juger par les apparences, c'étaient des gens qui n'avaient pas d'autre option. Des gens qui étaient seuls au monde.

Mais n'était-ce pas son cas ?

Elle prit sa voiture pour la garer sur le parking du bar. Le bâtiment n'avait aucune fenêtre, juste deux portes. C'était une barmaid que le bar cherchait.

C'était la première fois qu'elle avait de la chance depuis qu'elle s'était enfuie.

À la fac, elle avait été serveuse pendant un semestre. Bien sûr, cela remontait à quinze ans et c'était dans un bar universitaire branché, pas dans un repaire de motards sordide. Mais ne servait-on pas des bières de la même manière partout dans le monde ?

D'un autre côté, elle s'exposerait peut-être à d'autres formes de danger, songea-t-elle en essuyant ses mains moites sur son jean. À ce stade, elle n'avait pas le choix.

Elle ouvrit la portière et glissa son sac à main à son épaule.

Elle n'était certaine que d'une chose : pour survivre, elle devait disparaître.

Et elle pressentait que Mercy, au Texas, était le dernier endroit où on la chercherait.

Derrière une rangée de tireuses à bière, Isaac Patton essuyait le comptoir en bois. Au début, l'opération était extrêmement simple. Tendre un piège à Decker Newcombe et attendre.

Cela faisait presque un an qu'Isaac ne faisait qu'attendre.

Sa vie de barman dans une ville paumée du Texas l'avait complètement englouti et lui semblait maintenant plus réelle que l'ancienne. Certains jours, il avait l'impression qu'il n'avait fait que rêver qu'il avait travaillé pour une équipe d'intervention de San Antonio.

Il balaya la salle du regard. Les tables rondes étaient occupées par des membres des Transgresseurs, qui avaient fait de ce bar leur repaire. La plupart jouaient aux cartes. Quelques-uns fixaient leur téléphone. Ryan Steele, son associé, pour ainsi dire, tapotait furieusement son téléphone, attablé dans un coin.

Un film de Noël en noir et blanc passait, sans le son, sur l'un des écrans géants, le match de football de la veille sur l'autre. Une guirlande lumineuse verte et rouge avait été accrochée autour du grand miroir derrière le bar.

Quand Isaac aperçut son reflet dans le miroir, il se reconnut à peine. Il avait un air résigné. Il avait laissé pousser ses cheveux blonds et il était mal rasé. Il se maintenait en forme en faisant des pompes et en courant, mais même ces exercices commençaient à le lasser.

Un rectangle de lumière se dessina sur le sol en ciment quand la porte s'ouvrit. Une silhouette féminine apparut. Cette femme avait de longues jambes, de longs cheveux blonds et des hanches bien dessinées. Il ne pouvait pas distinguer son visage à contre-jour, mais il l'imagina jolie.

Il se raidit, ce qui le mit mal à l'aise. Si la vie lui avait enseigné quelque chose, c'était qu'il valait mieux éviter les émotions, quelles qu'elles soient.

Il jeta son torchon dans un seau rempli d'eau savonneuse avant de lancer :

— Puis-je vous aider ?

La femme entra et observa les clients avec inquiétude. C'était toujours ce que faisaient ceux qui n'étaient pas des habitués. Ce bar était la première halte sur le chemin de l'enfer. La femme portait un jean et un chemisier en soie qui semblaient de bonne qualité. Son sac à main beige et marron devait valoir une fortune. Mais elle n'arborait aucun bijou – notamment pas d'alliance.

— Puis-je vous aider ? répéta-t-il.

Elle se mordilla la lèvre avant de répondre :

— J'ai vu votre affiche et je viens postuler.

Elle jeta un nouveau coup d'œil aux motards, qui la fixaient tous.

— Je sais m'occuper d'un bar, ajouta-t-elle.

— Vous voulez vraiment travailler dans un endroit comme celui-ci ? demanda-t-il.

Elle haussa une épaule.

— Je n'ai pas réellement le choix pour le moment et j'ai de l'expérience.

— Comment vous appelez-vous ?

— Clare.

— Clare comment ?

— Juste Clare.

— Je m'en occupe, intervint Ryan en se levant.

Si Isaac avait dû décrire sa relation avec Ryan en un mot, il aurait choisi *compliquée*. Le motard faisait partie du plan pour attraper Decker. Isaac et ses partenaires du FBI avaient fait appel à lui parce qu'il avait géré les affaires du tueur à gages. Ryan y avait gagné de devenir le propriétaire du bar, du salon de tatouage et du motel. Quand Decker aurait fini de se terrer après le désastre de Pleasant Pines, il s'adresserait à Ryan pour avoir son argent.

Isaac l'attendait de pied ferme.

— Voyons ce que vous savez faire, Juste Clare, dit Ryan à la jeune femme. Pouvez-vous me servir une pression ?

Clare interrogea Isaac du regard.

— C'est le patron, dit-il en s'écartant. Je ne suis qu'un employé. Faites comme chez vous.

Clare posa son sac sur le bar, prit un verre et le remplit en le gardant incliné pour éviter qu'il y ait trop de mousse. Quand elle eut terminé, elle le posa devant Ryan.

— Pas mal, dit celui-ci après avoir bu une gorgée. Savez-vous ce qu'est un Long Island iced tea ?

— Et vous ? répliqua Clare en levant le menton.

Les clients pouffèrent alors que Ryan la fusillait du regard.

— Elle t'a eu, sur ce coup-là ! lança quelqu'un.

— En plus, un endroit comme celui-ci sert surtout des bières et des shots, reprit Clare. Je sais servir une bière et tout le monde sait servir un shot. Alors ? Je suis engagée ?

Ryan était aussi grand qu'Isaac et n'était pas patient. C'était le genre d'homme que les gens évitaient, mais Clare lui avait tenu tête. Isaac admira son courage.

Elle avait peut-être assez de répondant pour travailler là, finalement.

— Vous ? répondit Ryan en se grattant le menton. Non. Vous ne convenez pas du tout. Si vous voulez rester, commandez un verre. Sinon, allez-vous-en.

Isaac n'aurait pas dû se soucier de ce qui arrivait à Clare, mais il s'en souciait sans savoir pourquoi. Elle se mordilla la lèvre, puis poussa un long soupir.

— Écoutez, j'ai besoin de ce boulot, dit-elle. Accordez-moi une deuxième chance.

Ryan retourna s'asseoir, étira ses jambes et croisa les bras.

— Vous ne conviendriez pas mieux si je vous accordais vingt chances, répondit-il.

— J'en suis capable, je vous assure, insista-t-elle.

Ryan ramassa son téléphone et fixa l'écran. Il avait déjà oublié Clare et ses problèmes.

En voulant prendre son sac, Clare le fit tomber du bar. Son contenu s'éparpilla par terre. Une clé USB. Un portefeuille. Un tube de rouge à lèvres. Des lunettes de soleil. Un téléphone. Clare récupéra ses affaires en grommelant, puis sortit la tête haute.

— Regardez ! lança l'un des clients en ramassant des clés de voiture. Elle a oublié ses clés. Combien de temps elle mettra à trouver le courage de revenir les chercher, à votre avis ?

Cela fit rire tout le monde.

Gouverné par un besoin inexplicable de protéger Clare, Isaac serra les poings. Il sortit de derrière le bar, se planta devant le client et tendit la main.

— Je vais les lui rendre.

— Tu gâches tout, dit Ryan. Prenons les paris. Je dis qu'il lui faudra plus de vingt minutes et je mise cent dollars.

— Donne-moi les clés, dit Isaac.

— Comme tu voudras, mon pote, répondit le motard en les posant dans sa main.

Depuis l'époque où il appartenait à la police de San Antonio, Isaac mettait un point d'honneur à ne pas nouer de relations personnelles au travail. Faire une bonne action n'était pas la même chose, s'assura-t-il. Il rendrait ses clés à Clare et rentrerait dans le bar. Cela ne lui prendrait pas plus de deux minutes.

Le soleil l'aveugla quand il ouvrit la porte, mais il n'eut aucun mal à repérer Clare. Elle fouillait son sac, près de sa voiture noire luxueuse, avec un air paniqué.

— Vous avez laissé tomber ça, dit-il en s'approchant d'elle.

Clare soupira.

— Vous les avez trouvées. Merci de me les avoir apportées. Je n'avais pas envie de retourner à l'intérieur.

En lui rendant les clés, Isaac remarqua que ses yeux étaient d'un bleu profond.

— Je crois que vous n'êtes pas du genre à reculer devant un défi, répondit-il. Si je peux me permettre, vous n'êtes pas comme la plupart des femmes qui travaillent dans des bars.

— Qu'est-ce que ça veut dire ?

— Vous avez une belle voiture, de beaux vêtements, un beau sac. On dirait que quelqu'un prend soin de vous.

— Je prends soin de moi-même, répliqua-t-elle en déverrouillant les portières avec la télécommande.

— Pourquoi demander du travail dans un endroit comme celui-ci ? voulut savoir Isaac.

— Parce que, comme je viens de vous le dire, je prends soin de moi-même, dit-elle. Je ferais bien de partir.

— Où allez-vous ?

Quand elle ouvrit la portière, Isaac vit un coussin, une couverture, des emballages de fast-food et une petite valise dans la voiture. Elle était en fuite. Qui fuyait-elle et pourquoi ?

— Qu'est-ce que ça peut vous faire ? demanda-t-elle.

— J'entretiens la conversation, c'est tout, répondit-il en haussant les épaules.

— Alors abstenez-vous.

Isaac savait que tout le monde avait un passé et il était évident qu'il avait poussé Clare dans ses retranchements. Il était temps de tourner les talons et de la laisser partir. Sauf qu'il ne bougea pas.

Il sortit une liasse de sa poche et lui tendit deux billets de cent dollars.

— Vous avez l'air d'avoir des ennuis, dit-il. J'espère que ça vous aidera à trouver un meilleur endroit.

— Je ne veux pas de votre charité, rétorqua-t-elle sèchement.

— C'est donné de bon cœur, répondit-il en posant les billets sur le capot de sa voiture.

— Gardez votre argent, insista-t-elle. Je n'en ai pas besoin.

Isaac savait qu'elle mentait. Il savait aussi qu'elle garderait les billets s'il refusait de les reprendre. Il repartit vers le bar.

— Eh ! lui lança-t-elle. Comment vous appelez-vous ?

Il se tourna vers elle. Elle avait les billets dans la main.

— Isaac Patton.

— Merci, Isaac.

— De quoi ?

— De m'avoir apporté mes clés. De m'avoir donné... deux cents dollars, dit-elle après avoir écarquillé les yeux. D'être la première personne vraiment gentille à qui j'ai parlé depuis des semaines.

Il hocha la tête.

— Prenez soin de vous, Juste Clare.

Ils ne bougèrent ni l'un ni l'autre.

Était-ce le soleil du Texas qui lui faisait perdre la tête ? Clare l'avait-elle attendri en disant qu'il était gentil ? Voulait-il faire une bonne action parce que Noël approchait ? Quelle qu'en soit la raison, il demanda :

— Vous voulez vraiment travailler ici ?

Elle pouffa.

— Il faudrait définir « vouloir ». J'ai besoin de gagner de l'argent.

Ryan n'avait pas voulu d'elle, certes, mais si Isaac lui disait que Clare était embauchée, il serait bien forcé de l'accepter.

— Je n'ai besoin d'aide que jusqu'au nouvel an, précisa-t-il. Ce travail n'est pas déclaré, alors n'espérez pas de chèque. Vous pouvez garder tous vos pourboires. Il y a des chambres libres au motel. J'en connais une avec un lit disponible qui serait gratuite. Vous n'y seriez pas seule, mais c'est toujours mieux que de dormir dans votre voiture.

Clare plissa les yeux. L'avait-il blessée ? Avait-elle honte ?

— Qu'est-ce qui vous dit que je dors dans ma voiture ? grommela-t-elle en claquant la portière.

— Si ce n'est pas le cas, pourquoi avez-vous une couverture et un coussin à l'arrière ?

— Parce que j'en ai envie, peut-être.

Isaac devait admettre qu'il aimait le cran de Clare, ce qui pouvait être un problème.

Clare était un mystère. Après avoir passé des mois à attendre Decker Newcombe en vain, trouver quelqu'un qui l'intriguait et qui avait peut-être besoin de son aide le revigorait.

— Alors. Voulez-vous travailler au bar, oui ou non ?

— J'ai l'impression que le patron ne m'aime pas trop. Qui dit qu'il ne me virera pas dès que je me présenterai pour le service ?

— Moi.

— Et qui êtes-vous, au juste ?

C'était une question à laquelle il ne pouvait pas répondre honnêtement. Il ne lui dirait jamais qu'il avait travaillé pour la police de San Antonio ni pourquoi il l'avait quittée, et encore moins qu'il était en mission d'infiltration pour le FBI.

— Juste quelqu'un qui essaye de gagner sa vie, répondit-il. Vous avez l'air d'avoir besoin d'un coup de main.

Clare se mordilla encore la lèvre, ce qu'il trouva très sexy, même si c'était clairement un signe de nervosité.

— Pourquoi êtes-vous si gentil avec moi ? lança-t-elle.

— Sincèrement ?

— Oui.

— Je n'en ai aucune idée. Alors, le boulot ? Oui ou non ?

— Oui. Bien sûr que oui.

— Garez-vous devant la chambre n° 7. Vous devrez déplacer votre voiture plus tard, mais commencez par décharger vos affaires.

Il la regarda monter en voiture, puis traversa le parking tandis qu'elle allait se garer près du motel. Il frappa à la porte de la chambre.

— Trinity ? C'est moi, Isaac.

La porte s'ouvrit quelques secondes plus tard. Trinity, une grande rousse, portait un T-shirt déchiré et un short trop large. Ce qu'on voyait de sa peau était presque entièrement couvert de tatouages. Elle avait un tigre sur un bras et un python rose aux yeux verts enroulé autour d'une jambe. Son mascara avait coulé.

— Salut, beau gosse. Qu'est-ce que je peux faire pour toi ?

— Tu as une colocataire, annonça-t-il. Je te présente Juste Clare. C'est la nouvelle barmaid.

— Ne t'inquiète pas, chérie, dit Trinity, qui sentit Clare mal à l'aise. Peu de gens utilisent leur nom de famille, par ici.

Elle observa Clare de la tête aux pieds.

— Que fais-tu là ? demanda-t-elle. Tu as l'air un peu trop bien lotie pour une ville comme la nôtre.

— Elle s'occupe du bar, répondit Isaac à la place de Clare. Elle commence ce soir.

— Je suis la tatoueuse, se présenta Trinity. Entre, chérie.

— Merci, dit Clare, qui serrait son sac contre sa poitrine.

— Je te la confie, Trinity, poursuivit Isaac. Maquille-la comme il faut.

— Tu sais que je ferais tout pour toi, non ?

— Je compte sur toi, conclut Isaac.

Il s'éloigna en sentant que les deux femmes le regardaient. Il s'était juré de ne jamais s'impliquer personnellement quand il travaillait et il venait de violer cette règle en aidant Clare. Pire, il pressentait qu'il serait capable d'en violer d'autres pour elle.

Ryan avait peut-être eu raison de vouloir la chasser.

Mais il savait qu'il ne le ferait pas, parce qu'elle avait visiblement besoin qu'on la protège de quelque chose ou de quelqu'un.

Elle resterait donc – en constituant une distraction qu'il ne pouvait pas se permettre.

2

À 19 h 45, Clare s'assit sur une chaise en bois recouverte d'un velours bleu. La chambre ressemblait à la plupart des chambres de motel qu'elle avait pu voir. Les deux grands lits étaient séparés par une petite table de nuit avec une lampe. Il y avait aussi une commode contre un mur, un bureau et un miroir.

Contrairement à beaucoup d'autres, néanmoins, cette chambre était vraiment habitée. Le maquillage et les vêtements de Trinity occupaient presque toutes les surfaces disponibles. La tatoueuse avait aussi placé un sapin de Noël orné de guirlandes bleues près de la seule fenêtre.

Sans trop comprendre pourquoi, Clare trouvait la chambre en désordre et le sapin de Noël chaleureux. Après avoir posé ses affaires, elle était retournée à la station-service pour acheter une barre de céréales. Ce serait son dîner. Pour la première fois depuis des mois, elle avait l'impression qu'elle pouvait se détendre un peu, même si elle savait qu'elle aurait tort de baisser sa garde.

Sa nouvelle colocataire avait proposé de la maquiller pour son premier service. Trinity avait relevé ses cheveux en queue-de-cheval et enfilé une robe de chambre rose. Elle portait un pendentif en argent.

— Ferme les yeux, lui dit-elle en se munissant d'un fard à paupières bleu. Je sais que cette couleur peut sembler un peu voyante, mais elle a de super reflets à la lumière artificielle.

— Je ne ferai que servir des bières, répondit Clare. Personne ne se souciera de mon apparence.

— Ne crois pas ça. Tu gagneras plus de pourboires si on te trouve jolie. Je peux te poser une question ?

— Bien sûr.

— As-tu déjà travaillé dans un endroit pareil ?

— J'ai travaillé dans un bar près du campus quand j'étais étudiante. C'était un endroit à la mode. Il y avait la queue tous les week-ends, ajouta-t-elle en espérant gagner en crédibilité.

— Ouvre les yeux.

Clare obéit et Trinity examina son œuvre.

— Travailler ici, ce n'est pas comme servir des pichets de bière à des étudiants, lui fit-elle remarquer.

— Pourquoi ça ?

— Parce qu'il y a surtout des motards dans la clientèle. Ça peut chauffer, parfois. Devenir violent. Et certains d'entre eux font des affaires qui ne sont pas franchement légales.

Clare n'aurait sans doute pas dû être surprise. De plus, elle était en fuite parce qu'elle avait découvert que tout le monde ne tenait pas à respecter la loi.

Au moins, ici, personne ne voulait sa mort.

Hantée par ses souvenirs, elle s'éclaircit la voix et posa la première question qui lui vint à l'esprit pour changer de sujet.

— Parle-moi d'Isaac.

Oh. C'était donc le barman musclé qu'elle avait à l'esprit.

— Il a l'air gentil, ajouta-t-elle.

— Isaac est sans doute le seul mec bien des environs, mais c'est un loup solitaire. À ma connaissance, il ne voit personne. Il n'a jamais emmené de fille dans sa chambre. Il ne flirte même pas.

Trinity haussa les épaules comme si c'était tout ce qu'il y avait à savoir sur Isaac Patton.

— Pourquoi ? demanda Clare en sachant qu'elle aurait dû en rester là.

Trinity mit de la colle sur une paire de faux cils.

— Il garde ses distances, c'est tout. Je ne sais pas pourquoi. Ce que je sais, c'est qu'on l'aime bien. Il est beau, grand, musclé. Il a des yeux gris magnifiques. Pourquoi ne l'aimerait-on pas ? Regarde vers le haut et ne bouge pas.

Clare fixa le plafond pendant que Trinity lui mettait les faux cils. De toute manière, elle ne resterait pas assez longtemps à Mercy pour en savoir beaucoup plus sur Isaac. Elle avait juste besoin de gagner assez d'argent pour aller au Mexique. Ensuite ? Elle irait peut-être au Costa Rica ou en Argentine. Quelque part où on ne la trouverait pas.

— Le bar ouvre à 20 heures et ferme à 2 heures, expliqua Trinity en lui mettant du rouge à lèvres. La première et la dernière heure peuvent être calmes, mais tu seras très occupée entre les deux.

— D'où viennent les clients ? Cette ville est si petite...

À la connaissance de Clare, la ville la plus proche était à des kilomètres.

— Il y a plusieurs ranchs dans les environs. Les employés viennent après le travail, parfois les contremaîtres. San Antonio n'est qu'à deux heures d'ici. Encantador, la ville la plus proche, est à trente kilomètres. Mais il y a des gens qui viennent d'Austin et de Dallas, du Mexique et même de Houston.

Clare n'en revint pas.

— Qu'est-ce qui les incite à venir d'aussi loin ?

— C'est un bar de motards, répondit Trinity. Ils aiment faire la fête ensemble. Oh ! chérie... Tu ne sais pas du tout dans quoi tu t'es fourrée, hein ?

Clare ne répondit pas, mais elle était certaine que son expression la trahissait.

— Isaac m'a demandé de m'occuper de toi, alors je vais te donner un conseil, reprit Trinity. Remonte dans ta jolie voiture et va-t'en. Ce que tu as quitté vaut forcément mieux que ça.

La gorge de Clare se serra, mais elle réussit à répondre :

— Je ne ferai pas marche arrière.

— C'est toi qui vois, dit Trinity en haussant les épaules. J'ai fini. Qu'est-ce que tu en penses ?

Clare s'observa dans le miroir et faillit ne pas se reconnaître. Elle n'avait jamais été aussi maquillée. En tout cas, les efforts de Trinity mettaient ses yeux en valeur. Le T-shirt, que la tatoueuse lui avait prêté, était moulant et décolleté. La femme qu'elle observait ne lui ressemblait pas du tout, mais elle remarqua quelque chose dans son regard qu'elle n'avait pas vu depuis longtemps. De l'assurance ? De la détermination ?

Au fond, cela n'avait pas d'importance et cette flamme l'aiderait sans doute à survivre.

Et si cela ne suffisait pas ? Elle tiendrait le coup aussi longtemps qu'elle le pourrait.

Debout derrière le bar, Isaac surveillait la porte. Bien sûr, il regardait toujours qui entrait, mais c'était différent, ce soir. Il attendait Clare.

Il s'était dit qu'il était stupide de se raser et de se peigner, mais il l'avait fait quand même. Au moins, son reflet dans le miroir lui était un peu plus familier que d'habitude.

Une version rock d'une chanson de Noël passait à la radio. La boule à facettes reflétait de manière intermittente la lumière des spots qui balayaient la salle. Il y avait quelques clients au comptoir.

— Une autre ! commanda un employé du Double S en levant son verre vide.

Ce ranch était l'un des rares de la région qui s'en sortait bien. La concurrence des grandes entreprises agroalimentaires et les caprices du climat avaient mis beaucoup d'exploitations familiales en difficulté.

Pas le Double S, qui appartenait à la famille Sauter depuis des générations. Il avait commencé à produire du bœuf biologique avant tout le monde, ce qui lui avait permis de rester compétitif. C'était maintenant Sage Sauter, la seule femme du métier, qui était à sa tête.

— Bien sûr, répondit Isaac.

Il sortit une canette du frigo et l'ouvrit devant le client.

— Comment va Sage ? lança-t-il.

— Comme d'habitude.

— Sévère et juste ?

— C'est bien résumé. T'as des projets pour les fêtes ?

— Est-ce que servir des bières compte ?

Au début, Isaac était certain que Decker réapparaîtrait vite. Presque un an plus tard, il en avait assez d'attendre, même s'il tenait toujours autant à coincer ce salaud. Il ne pouvait pas s'empêcher de se dire que la vie se poursuivait sans lui.

Serait-il triste de ne pas passer Noël avec sa famille, à San Antonio ?

— Tu veux que je la mette sur ton ardoise ? demanda-t-il au client.

Celui-ci s'essuya la bouche du dos de la main avant de répondre :

— Si tu veux bien.

Clare entra à cet instant. Isaac baissa les yeux sans pouvoir s'empêcher de les relever aussitôt. Elle portait un T-shirt très décolleté qui la moulait comme une seconde peau. Il se répéta qu'il avait pour règle de ne pas nouer de relations personnelles au travail sans que cela ait beaucoup d'effet.

Elle s'approcha avec un sourire crispé.

— Trinity m'a dit que mon service commençait à 20 heures, dit-elle. Je suis prête. Que voulez-vous que je fasse ? Et avez-vous parlé à votre patron ? Vous êtes sûr qu'il ne me jettera pas dehors ?

Isaac n'avait pas encore parlé à Ryan, mais ce n'était pas grave, puisque celui-ci s'était absenté et ne reviendrait pas avant la fermeture.

— Le patron n'est pas là, ce soir, répondit-il. Je lui parlerai à son retour.

— D'accord.

— À quand remonte la dernière fois que vous avez tenu un bar ?

— À quinze ans, quand j'étais à la fac.

— Venez. Je vais vous montrer où se trouvent les choses.

Son parfum troubla Isaac quand elle fut à côté de lui. Il secoua la tête et essaya de se concentrer.

— Les canettes et les bouteilles sont là, dit-il en lui montrant le réfrigérateur. Les verres à bière sont sous les tireuses, les verres à shot, sous les alcools.

Il fut troublé une nouvelle fois quand elle effleura son bras en se penchant pour regarder les verres.

— Il y a plusieurs serveuses et les gars aiment leur offrir des verres, reprit-il. Si l'une d'elles demande un verre pour elle-même, servez-lui de ça.

Il lui montra une bouteille de whisky.

— C'est du thé glacé, expliqua-t-il. Ne vous en faites pas, elles le savent.

— C'est malin, déclara-t-elle.

Sa réaction le surprit. S'était-il attendu à ce qu'elle réprouve la ruse parce qu'elle avait un sac et une voiture luxueux ? Il fut vaguement déçu et il comprit pourquoi. Si elle s'était permis de les juger, il aurait eu une raison de ne pas l'apprécier.

Isaac ne posait jamais de questions personnelles aux gens. Cela les mettait sur leurs gardes et il ne voulait surtout pas les rendre suspicieux. Pourtant, il ne put s'empêcher de demander :

— Qu'avez-vous étudié ?

— L'ingénierie de l'environnement.

— Il n'y a pas beaucoup d'ingénieurs dans le coin, commenta-t-il.

Mais il savait que l'éducation ne voulait pas dire grand-chose. La vie pouvait mener les gens dans toutes sortes de directions. Il savait aussi que le passé de Clare ne le regardait pas.

— Avez-vous travaillé comme ingénieur ? poursuivit-il quand même.

— Quelque temps, pour l'Agence de protection de l'environnement.

— Qu'y faisiez-vous ?

Elle prit un torchon et essuya le bar.

— Rien d'intéressant. Des contrôles.

C'était une réponse très vague, mais il ne s'était pas trompé sur le compte de Clare. Elle venait d'un milieu aisé. Il n'en eut que plus envie de découvrir ce qu'elle cachait.

— On dirait que Trinity s'est bien occupée de vous, dit-il.

Clare hocha la tête.

— Merci de lui avoir demandé de m'héberger. Elle est très gentille.

— Elle travaille à Mercy depuis plus longtemps que moi. C'est quelqu'un de bien.

— Et comment êtes-vous arrivé à Mercy ? s'enquit Clare.

Il se lança dans l'histoire qui lui servait de couverture et qu'il avait racontée tant de fois qu'elle lui semblait presque vraie, à présent.

— J'ai fait de la prison dans le Wyoming à cause d'une bagarre dans un bar. Ryan et moi avons partagé une cellule pendant quelques semaines. Il m'a dit de l'appeler quand je sortirais. Je n'avais pas l'intention de le faire, mais j'avais du mal à trouver du travail… alors me voici.

Elle parut gober l'histoire sans hésiter.

— Vivez-vous aussi au motel ?

— Dans la chambre n° 3.

— Vous avez de la famille ? Une femme ? Des enfants ?

— Ce ne serait pas l'endroit idéal pour élever un enfant, lui fit-il remarquer. Mais non. Je suis divorcé. On n'a pas eu d'enfant et je n'ai pas parlé à mon ex depuis des années.

Elle l'observa quelques secondes avant de demander :

— Vous ne me posez pas les mêmes questions ?

— C'est inutile. Vous ne portez pas d'alliance et vous seriez avec vos enfants pour Noël, si vous en aviez, pas derrière un bar au milieu du désert.

— Tous les gens mariés ne portent pas leur alliance, rétorqua-t-elle.

— C'est vrai, mais quelqu'un comme vous le ferait. Dites-moi que je me trompe.

Elle hésita brièvement avant de secouer la tête.

— Non, vous ne vous trompez pas. Vous êtes perspicace.

— C'est à la fois un don et une malédiction, plaisanta-t-il.

L'un des clients frappa le comptoir avec son verre vide. Clare s'approcha de lui.

— Qu'est-ce que je vous sers ?

Toujours troublé par sa présence, il la regarda commencer son service. L'effet qu'elle lui faisait n'avait aucune importance, se rappela-t-il. Si le sexe lui manquait, il n'aurait aucun mal à résoudre le problème, mais il était là pour une bonne raison. Cette mission lui avait coûté presque un an de sa vie et ce n'était pas le moment de se laisser distraire.

Et cette femme était en fuite. Quel que soit son problème, il risquait de compromettre sa propre mission. Il ne devait pas céder à la tentation alors que l'enjeu était si grand.

À 2 h 15, il ne restait plus qu'Isaac et Clare dans le bar. Elle ne se souvenait pas avoir jamais eu aussi mal au dos et aux pieds. Pendant six heures, elle avait servi des bières et des shots à des clients bourrus et de plus en plus ivres. Mais ses douleurs signifiaient qu'elle avait travaillé dur et gagné de l'argent, ce qui la rapprochait de son but.

— Vous vous en êtes bien sortie, dit Isaac en posant une liasse de billets sur le comptoir. Voici votre part des pourboires.

— Merci, dit-elle en empochant la liasse.

Isaac sortit une bière du réfrigérateur.

— Voulez-vous quelque chose de plus fort que l'eau que vous avez bue toute la soirée ? demanda-t-il en lui tendant la bouteille.

Ce qu'elle voulait, c'était dormir une nuit entière. Depuis qu'elle s'était enfuie de Colombus, elle n'avait jamais dormi plus de trois ou quatre heures d'affilée. Elle était toujours réveillée par le même cauchemar, en ayant l'impression d'être encore plus fatiguée qu'au moment où elle s'était endormie. Peut-être qu'en ajoutant une bière à la fatigue du travail, elle réussirait à dormir convenablement.

— Merci, dit-elle de nouveau en prenant la bouteille.

Isaac s'en servit une.

— Ça a dû être dur de rester debout toute la soirée après avoir conduit longtemps.

— Ça va, répondit-elle, consciente qu'il n'était pas prudent de livrer trop d'informations à quelqu'un d'aussi perspicace qu'Isaac. Il y avait du monde, ce soir.

— Il y a toujours du monde.

Elle hocha la tête et but une gorgée de bière qui lui brûla l'estomac. Elle aurait dû manger plus qu'un paquet de chips et une barre de céréales.

— Je ne m'attendais pas à ça, alors qu'on est au milieu de nulle part... Pourquoi ce bar a-t-il autant de succès ?

— Je vous conseille de ne pas poser de questions, dit Isaac. Vous n'aimeriez pas les réponses.

— C'est compris, murmura-t-elle.

— Tiendrez-vous deux semaines ? demanda-t-il en l'observant avec méfiance. J'ai vraiment besoin d'aide jusqu'au nouvel an. C'est une bonne période pour les pourboires et ce n'est pas le moment de manquer de personnel.

— Combien puis-je gagner, à votre avis ?

— Facilement plus de mille dollars.

— Alors oui, je tiendrai le coup.

Elle s'en croyait capable, du moins.

— On fermera pour Noël, si vous voulez passer la soirée avec votre famille, précisa Isaac.

Elle passerait Noël à Mercy… Ce n'était pas une perspective réjouissante, mais elle n'avait nulle part où aller et personne à voir.

— Non, je serai là, dit-elle.

Il l'observa un long moment.

— Vous avez l'air épuisée.

— Pas autant que je le suis, je parie, plaisanta-t-elle.

Il pouffa.

— Allez vous coucher, ordonna-t-il. Je ferme.

Elle jeta sa bouteille vide et le suivit dehors.

Après avoir mis l'alarme, Isaac verrouilla, puis fit jouer la poignée pour s'assurer que la porte était bien fermée. Il rangea la clé dans sa poche en soupirant.

Une obscurité totale avait remplacé le soleil aveuglant et la température avait brutalement chuté. Clare croisa les bras et frissonna.

— Qu'est-ce qu'il fait froid ! s'écria Isaac.

— Je ne m'y attendais pas, admit-elle.

— Je vous raccompagne à votre chambre, dit Isaac. On dirait qu'il n'y a personne, mais il peut se produire que des gens traînent dans le coin à l'heure de la fermeture.

Alors qu'ils traversaient le parking, Clare se rendit brusquement compte qu'elle se sentait en sécurité pour la première fois depuis des mois. Ce n'était pas seulement parce qu'elle avait trouvé un point de chute provisoire. C'était grâce à Isaac, qui lui avait proposé son aide et qui lui avait fourni de l'argent, un toit et un travail.

Son instinct lui disait qu'il n'était pas qu'un homme qui servait des bières dans un bar de motards.

Qui était Isaac Patton, au juste ?

Ils atteignirent la chambre n° 7. L'ampoule qui éclairait la porte grésillait horriblement. Elle sortit de sa poche la clé que Trinity lui avait donnée.

— Merci, une fois de plus, dit-elle en enfonçant la clé dans la serrure.

Sauf que celle-ci resta coincée.

— Merde, grommela-t-elle.

— Laissez-moi faire, intervint Isaac.

Le cœur de Clare manqua un battement quand Isaac enroula ses doigts autour des siens.

— Il faut y aller délicatement, dit-il d'une voix de velours près de son oreille.

Il n'écarta pas sa main aussitôt après avoir fait tourner la clé, et Clare, qui savait qu'elle aurait dû le repousser, se délecta de cet instant. Cela faisait si longtemps qu'aucun homme ne la troublait...

Elle se ressaisit presque aussitôt. Ce qu'elle ressentait était sans importance. Mercy n'était qu'une étape. Dès qu'elle aurait assez d'argent pour disparaître, elle s'en irait sans jeter un regard en arrière.

3

Clare tressaillit quand la porte s'ouvrit.

Elle se retrouva en face de Trinity, démaquillée et les cheveux relevés.

— C'est toi, dit la tatoueuse. J'ai entendu du bruit et j'ai pensé que tu avais peut-être du mal à ouvrir. Il arrive que la serrure se coince.

— Je lui ai expliqué comment faire, dit Isaac en reculant. Je vous laisse. Bonne nuit.

— Bonne nuit, répondit Clare.

Sa voix trahit son émotion, mais peu importait : Isaac était déjà loin.

— Il fait un froid de loup ! dit Trinity. Entre vite.

Par contraste, Clare trouva la chaleur de la chambre presque étouffante. Ou était-ce parce qu'elle ne s'était pas encore remise de la caresse des doigts d'Isaac ?

— Comment s'est passée ta soirée ? demanda Trinity. J'ai eu l'impression qu'il y avait foule.

— On n'a pas chômé, répondit Clare en s'asseyant pesamment sur le lit.

Il y avait un creux au milieu du matelas, mais elle s'en moqua éperdument. Après la banquette de sa voiture, sur laquelle elle dormait depuis des semaines, n'importe quel lit était un luxe.

— J'allais me changer, dit Trinity. Je vais le faire dans la salle de bains pour nous laisser un peu d'intimité à toutes les deux.

Clare profita de ces instants de solitude pour compter son butin. Il y avait plus de billets de un dollar et de cinq que de billets de dix ou de vingt. Néanmoins, elle fut surprise de découvrir qu'elle avait gagné quatre cent quatre-vingt-deux dollars. Avec les deux cents qu'Isaac lui avait donnés, elle possédait presque sept cents dollars, à présent. À ce rythme, elle pouvait en gagner plusieurs milliers en travaillant deux semaines dans ce bar.

Elle eut l'impression d'avoir de la chance pour la première fois depuis qu'elle avait abandonné sa vie. Elle retira ses chaussures. Après avoir caché la liasse dans l'une d'elles, elle les rangea dans sa valise, qui avait un cadenas. Sa compagne de chambre lui était sympathique, mais elle ne se fiait à personne.

Trinity sortit de la salle de bains.

— As-tu faim ? demanda-t-elle. Moi, j'ai toujours faim après le travail.

— Je meurs de faim, reconnut Clare.

Trinity ouvrit le tiroir du haut de la commode.

— Sers-toi, dit-elle. Je fais toujours des réserves de choses à grignoter quand je vais à Encantador.

Elle prit un gâteau à la crème, le sortit de son emballage et mordit dedans.

Clare se leva et alla jeter un œil dans le tiroir, qui contenait des gâteaux, des biscuits, des chips, des bretzels et des crackers. Son estomac gargouilla.

— Merci, dit-elle en prenant un paquet de crackers.

Elle mâcha le premier les yeux fermés. Elle savait qu'il était absurde de trouver un simple cracker délicieux, mais c'était un vrai festin à ses yeux. Elle avala et soupira.

— C'est bon, murmura-t-elle.

— N'essaye pas d'être bien élevée, dit Trinity en lançant des bretzels et des cookies au chocolat sur son lit. J'ai bien vu que tu ne mentais pas quand tu as dit que tu mourais de faim. Ici, on doit se serrer les coudes. Tout le monde se fout de ce qui se passe à Mercy.

— C'est plus que je n'ai mangé depuis des jours, répondit Clare sans exagérer.

— Tu n'hésiteras pas à te servir, c'est promis ?

Clare acquiesça et mordit dans un autre cracker.

— C'est promis.

Trinity resta debout le temps de finir son gâteau, jeta l'emballage dans la poubelle et tendit la main pour que Clare lui donne le sien.

— Le seul problème avec la nourriture dans la chambre, c'est qu'il ne faut rien laisser traîner. Ça attire des cafards, expliqua-t-elle. De gros cafards.

Clare frissonna quand Trinity lui montra la taille des insectes en question en écartant le pouce et l'index.

— J'ai l'impression que tout est plus grand au Texas, commenta-t-elle avant d'ouvrir les bretzels.

— Es-tu d'humeur pour un verre de vin ? demanda Trinity en versant du vin rouge dans un gobelet en carton.

Clare n'en avait pas particulièrement envie, surtout après la bière, mais elle répondit :

— Avec plaisir.

— Tiens.

— Merci.

Clare but une gorgée et sentit l'alcool la détendre. C'était plaisant, même si elle n'était pas sûre que ce soit une bonne idée de boire en étant aussi fatiguée.

— Il est rare que j'aie une copine avec laquelle trinquer, dit Trinity. Je suis sûre que tu passes ton temps dans des cocktails.

— Je suis allée à beaucoup de cocktails, reconnut-elle.

Quand elle avait épousé le fils d'une famille riche de l'Ohio, elle savait qu'on attendrait d'elle qu'elle participe à un bon nombre de mondanités. Mais...

— Et je les ai tous détestés, ajouta-t-elle.

Trinity éclata de rire.

— Tu es drôle !

— Crois-tu qu'Isaac me laissera faire un spectacle ? plaisanta Clare.

— Peut-être bien...

Alors qu'elle n'avait aucun mal à alimenter une conversation, autrefois, Clare ne trouva rien à dire. Elle choisit la solution de facilité.

— Comment s'est passée ta soirée ? demanda-t-elle. As-tu eu des clients ?

Trinity s'assit au bord de son propre lit et but une gorgée de vin.

— Oui. Il y a toujours quelqu'un qui veut un nouveau tatouage. Mais je suis surtout payée pour ne pas parler des affaires des Transgresseurs.

— Oh.

Clare se sentit rougir. Isaac lui avait pourtant conseillé de ne pas poser de questions. S'il s'était passé des choses illégales dans le bar pendant la soirée, elle avait été trop occupée pour s'en apercevoir.

— Je ne voulais pas être indiscrète. Désolée.

— Ne sois pas désolée.

Trinity prit entre ses doigts le pendentif que Clare avait remarqué un peu plus tôt. Elle l'ouvrit délicatement. Au lieu d'une photo, il contenait une mèche de cheveux retenue par un petit ruban rose.

— J'ai une fille, expliqua Trinity. Elle est avec son père. J'économise de l'argent. Quand j'en aurai assez, je m'offrirai un avocat de luxe et je récupérerai mon droit de visite.

— Qu'est-ce...

Clare s'interrompit net. Les détails du passé de Trinity ne la regardaient pas et elle ne voulait pas courir le risque de contrarier une femme qui l'avait accueillie avec une grande gentillesse. Elle lui offrit un sourire.

— Je suis sûre que tu y arriveras.

Trinity plissa les yeux.

— Vas-y. Pose ta question.

Clare secoua la tête.

— Ça n'a pas d'importance.

— Tu veux savoir ce qui s'est passé, n'est-ce pas ? dit Trinity après avoir bu une gorgée de vin. Pourquoi je n'ai pas le droit de voir ma fille.

C'était bien ce que Clare avait failli lui demander.

— Ça n'a pas d'importance, répéta-t-elle. On a tous un passé.

Isaac ne lui avait-il pas dit quelque chose de ce genre, un peu plus tôt ? Le seul fait de penser à lui la fit sourire. Ce devait être le vin. Elle but une autre gorgée.

— Ça ne me dérange pas de te le raconter, lui assura Trinity. À vrai dire, ça fait du bien d'en parler. Mon ex-mari est un gars correct et un bon père. Quand on s'est rencontrés, on faisait un peu la fête. J'ai arrêté quand je suis tombée enceinte. Mais après... T'as des enfants ?

— Non, répondit Clare en secouant la tête.

— Il n'y a rien de plus dur que d'être une mère. On travaille vingt-quatre heures sur vingt-quatre. Quand l'enfant est réveillé, il faut d'occuper de lui. Quand il dort, il y a des choses à faire. J'ai vraiment essayé d'arrêter de boire. Mais parfois, quand je me sentais dépassée...

Elle soupira.

— Ça a créé beaucoup de problèmes, poursuivit-elle. Un jour, dans la lingerie de l'immeuble, j'ai dit que j'étais fatiguée à un voisin. Il avait l'air sympathique et on est devenus amis. Les choses ont évolué et... ça a conduit à mon divorce. Ce salaud ne voulait pas d'enfant. Comme j'étais jeune, stupide et amoureuse, j'ai laissé la garde de ma fille à mon ex-mari. Et puis j'avais mes addictions à gérer. J'ai raté plusieurs visites et mon ex-mari a fini par me traîner au tribunal pour me priver de mes droits. Je ne me suis pas défendue. Le gars avec qui j'étais m'a quittée quelques semaines plus tard. Après, je suis sortie avec un autre gars encore pire que lui. Je crois que je suis sortie avec tous les minables du Texas avant de comprendre ce qui était important. Maintenant, j'essaye de remettre de l'ordre dans ma vie.

Elle referma le pendentif et le pressa contre sa poitrine.

— Tant que je n'aurai pas réussi, ça restera tout ce que j'ai de ma fille, conclut-elle.

Clare pensa à sa famille en buvant une nouvelle gorgée de vin. Son père était mort d'un cancer. Cela remontait à plusieurs années. Sa mère s'était ensuite installée à Hawaï. Clare ne l'avait pas appelée depuis des mois parce qu'elle craignait que la ligne soit sur écoute. Sa mère devait être folle d'inquiétude. La gorge de Clare se serra.

— Ça doit être dur d'être séparée de ta fille pendant les fêtes.

— C'est dur tous les jours, répondit Trinity. Mais oui, c'est pire à Noël. Je lui ai déjà envoyé ses cadeaux. Son père la laissera m'appeler. C'est gentil de sa part, mais ça ne suffit pas. Et toi ? C'est quoi, ton histoire ?

— Juste un minable. Et, oui, je l'ai épousé.

Elle se mordilla la lèvre. Elle en avait déjà trop dit. Ce devait être le vin qui la rendait imprudente.

Trinity leva son gobelet.

— Aux minables ! Puissions-nous apprendre à les éviter.

Clare se pencha pour trinquer.

— Aux minables !

Épuisée, elle s'allongea et se couvrit.

— Pas d'enfant ni de mari, donc, dit Trinity. As-tu des frères et sœurs ? As-tu encore tes parents ?

Clare ne voulait pas livrer trop de détails, mais elle ne pouvait pas refuser de répondre.

— Non, pas de frère ni de sœur. Mon père est mort d'un cancer. Ma mère est encore en vie.

— Êtes-vous proches ?

Clare songeait à appeler sa mère tous les jours, mais qu'aurait-elle pu faire depuis l'autre bout du monde ?

— On se parle de temps en temps.

— Je peux te dire, au nom de toutes les mères du monde, qu'on veut toujours avoir des nouvelles de nos enfants, déclara Trinity.

Elle hésita un instant avant d'ajouter :

— Comment as-tu atterri ici ?

— C'est là que la vie m'a menée, répondit Clare en haussant les épaules.

— Tu conduis une belle voiture. Ton sac et tes vêtements sont chers. Ça veut dire que tu viens d'un milieu aisé et que tu n'es pas obligée de servir des bières dans un trou paumé. Personne ne choisit d'être ici, Clare, pourtant tu l'as fait.

Si Trinity n'avait pas tort, elle n'avait pas complètement raison non plus.

Elle soupira.

— Il s'est passé quelque chose là où je travaillais, dit-elle en essayant d'être le plus vague possible. Si j'étais restée, beaucoup de gens auraient eu des ennuis.

Elle but une grande gorgée de vin en espérant qu'elle l'aiderait à étouffer ses émotions.

— Et moi qui croyais que mon boulot était dur, ironisa Trinity. T'es une chouette fille, Clare. Je veux dire… Je n'ai pas trop su quoi penser de toi quand Isaac t'a amenée, mais t'es quelqu'un de bien. Je n'ai pas beaucoup d'amis, dans le coin, alors je suis contente de partager ma chambre avec toi.

Trinity finit son vin et alla jeter les deux gobelets vides.

Clare se souvint des gens qu'elle fréquentait à Colombus et pouffa. Elle ne s'était jamais sentie à l'aise avec aucun d'eux. Trinity était différente de tous les membres de cette clique, ce qui était une bonne chose.

— Et je suis contente de partager ta chambre, répondit-elle.

— Donne-moi ton numéro, dit Trinity en prenant son téléphone. On pourra s'envoyer des textos si on s'ennuie au boulot.

Clare hésita.

— Je ne me sers pas beaucoup de mon téléphone.

— Je comprends. Les factures sont chères. Je vais quand même enregistrer ton numéro en cas d'urgence.

Clare n'avait pas pris la peine de mémoriser le numéro de son nouveau téléphone. Elle le sortit de son sac, l'alluma et le tendit à Trinity.

— Enregistre le tien dans mes contacts, lui dit-elle.

Trinity prit le téléphone et tapota l'écran.

— Je m'envoie un message pour avoir le tien.

Trinity lui rendit le téléphone et demanda :

— Alors, qu'est-il arrivé à ton mari minable ?

Décidément, elle devait en avoir trop dit, songea Clare. Elle était venue à Mercy pour disparaître, pas pour parler de son passé.

— On a divorcé. Je ne lui ai pas adressé la parole depuis que j'ai signé les papiers.

— C'est le mieux. Une rupture nette.

Sauf que son ex-mari estimait qu'elle en savait trop, songea Clare alors que ses paupières se fermaient. Ce qui rendait la rupture nette impossible.

— Tu ne te mets pas en pyjama ?

— Non, marmonna Clare, déjà à moitié endormie.

Elle rêva de lumières et de musique. Il y avait une ombre en périphérie. L'ombre n'avait pas de visage, mais Clare savait que c'était son ex-mari.

Kyle.

La peur transforma son rêve en cauchemar. Où était-il ? Que lui ferait-il s'il réussissait à la retrouver ?

Decker avait besoin de deux choses : d'informations et de son argent. Cela le conduisit à Encantador, au Texas. C'était une ville de deux mille huit cents habitants à une trentaine de kilomètres au nord de la frontière.

À cette heure, tous les magasins de la rue principale étaient fermés. Il repéra une lumière à une intersection et ralentit. Il ne voulait surtout pas être contrôlé par un policier local. Depuis qu'il se terrait, Decker obéissait au Code de la route comme à une religion. À l'intersection, un panneau indiquait « Bibliothèque ».

Decker esquissa un sourire et tourna. La bibliothèque, un bâtiment en briques jaunes, était située au fond d'une impasse, ce qui était parfait. Un panneau avertissait qu'il y avait une alarme, mais il n'y avait aucune caméra. Certain que l'alarme était basique et qu'il la désactiverait facilement, il se gara. Après avoir enfilé des gants, il força la serrure. L'alarme ne lui posa effectivement aucun problème. La compagnie mettrait plusieurs minutes à s'apercevoir que la bibliothèque était déconnectée, puis plusieurs autres à faire des tests avant d'appeler la police.

Il estima qu'il avait dix à quinze minutes. C'était bien suffisant.

Decker balaya l'espace du regard. Il se trouvait dans une grande pièce, largement occupée par des rayonnages, avec des tables rondes et des bureaux au fond. Il y avait une petite pièce sur sa gauche. À travers la porte vitrée, il vit une fresque qui représentait une plage et de petites tables. Ce devait être la zone réservée aux enfants.

Il se connecta au site de la police du Wyoming. Il lui fallut deux minutes pour pénétrer dans la base de données et quarante-cinq secondes de plus pour trouver son dossier.

Il contenait la photo d'identité judiciaire d'une ancienne arrestation, sur laquelle il avait les cheveux longs et une barbe.

Il y avait un rapport sur le meurtre de Jacob Loeb, le procureur de district de Pleasant Pines. On avait trouvé l'ADN et les empreintes de Decker dans la voiture, avec le corps de Paolo. Le feu n'avait donc pas tout détruit, malheureusement. Ils avaient aussi un enregistrement de caméra de surveillance sur lequel on le voyait quitter Pleasant Pines.

Ils avaient donc tout ce qu'il leur fallait pour le mettre à l'ombre jusqu'à la fin de ses jours ou, pire, le condamner à mort. Mais ils devaient d'abord l'appréhender.

Il continua à lire le dossier. Le dernier élément ajouté datait de six mois, quand quelqu'un qui lui ressemblait avait été repéré dans une épicerie locale. Rien depuis.

Bien.

Il entra ensuite un autre nom dans le moteur de recherche. Ryan Steele. Le dossier de Ryan était moins épais que le sien. Surtout, Decker avait besoin de savoir si Ryan s'était fait pincer pour quelque chose. S'il était en prison, Decker aurait du mal à récupérer son argent. Mais s'il était libre...

Apparemment, Ryan avait été interrogé, puis relâché, après la mort de Loeb. Decker sourit. Il avait hâte d'entendre son pote lui expliquer comment il s'était tiré de ce pétrin.

Il ferma le dossier. Alors qu'il s'apprêtait à fermer le sien, son attention fut attirée par un lien.

Analyse ADN. Decker Newcombe.

Il hésita. Il avait encore beaucoup à faire. Il devait changer d'apparence. Il y avait sûrement des ciseaux quelque part pour qu'il se coupe les cheveux. S'il avait de la chance, il y aurait des vêtements à sa taille aux objets trouvés. Ensuite, il devrait effacer toute trace de son passage.

Avait-il le temps de lire autre chose ?

Clairement pas.

Mais si la police l'avait associé à d'autres crimes grâce à son ADN, il fallait qu'il le sache. Il cliqua sur le lien.

Son analyse montrait que la plupart de ses ancêtres étaient anglais. Il y avait une liste de noms qui ne lui disaient strictement rien. Decker savait que la police utilisait des résultats de sites de généalogie pour relier des gens à des crimes, mais c'était différent. On avait analysé l'histoire de sa famille. Pourquoi ?

Un nom, Jeremiah Newcombe, était souligné, et on avait écrit à côté : *Pathologie héréditaire ?*

Decker ferma le dossier, mais il resta assis. Au lieu de passer à autre chose, comme il aurait dû le faire, il fit une recherche sur Jeremiah Newcombe.

Elle donna plus de cent mille résultats.

— Qu'est-ce que c'est que ça ? grommela-t-il.

Le premier résultat était un article de journal, mis en ligne sept ans plus tôt, dont le titre était : « L'identité de Jack l'Éventreur découverte grâce à l'ADN ».

Decker lut l'article.

> Pendant l'automne de 1888, le quartier de Whitechapel, à l'est de Londres, a été en proie à la terreur. Cinq prostituées ont été tuées et mutilées par l'un des premiers tueurs en série d'Angleterre, que l'on baptisa Jack l'Éventreur. Scotland Yard a émis plusieurs hypothèses, mais la véritable identité de Jack l'Éventreur est restée un mystère pendant plus d'un siècle.
>
> Elle n'en est plus un.
>
> Fin 2007, on a découvert qu'un vêtement appartenant à la deuxième victime, Annie Chapman, avait été conservé. Une analyse a permis d'en dégager deux ADN. Le premier appartenait à Chapman elle-même, le second, à un homme non identifié.
>
> Des découvertes récentes ont associé le deuxième ADN à un boulanger de Whitechapel, Jeremiah Newcombe. À l'époque des meurtres, Newcombe avait été interrogé par la police, mais aucun élément n'avait permis de l'inculper. Newcombe, qui a émigré en Amérique à la fin des années 1890, n'a été associé à aucun autre crime.

Decker fixa l'écran, le cœur affolé. C'était incroyable.

— Jack l'Éventreur ? s'écria-t-il dans la bibliothèque silencieuse. Je suis un descendant de Jack l'Éventreur ?

Il ferma l'article et, après avoir fait une dernière recherche, nota le titre d'un livre et son numéro de catalogue sur un bout de papier.

Alors il effaça l'historique du navigateur. Bien sûr, n'importe quel enquêteur pouvait le retrouver sur le disque dur, mais cela ne viendrait à l'idée de personne s'il ne laissait pas de trace de son passage.

Il y avait un paquet de lingettes désinfectantes au bout de la rangée de bureaux avec un mot :

Nettoyez le clavier et la souris après chaque utilisation.

Pour une fois, Decker ne demandait pas mieux que de respecter les règles.

Après avoir nettoyé l'ordinateur et le bureau, il alla chercher le livre dont il avait noté la référence : *Le Guide complet de Jack l'Éventreur.*

Descendait-il vraiment du plus célèbre des tueurs en série ? C'était stupéfiant et un peu ridicule. Mais la mort l'avait toujours attiré. Le désir de tuer avait toujours été tapi au fond de lui.

Si ces analyses ADN avaient raison, il avait le meurtre dans le sang.

4

Un bras replié derrière la tête, Isaac fixait le plafond. Il ne s'était pas déshabillé, ce qui n'avait aucune importance. Il était trop tendu pour dormir. Après avoir longtemps fait les cent pas sans que son esprit s'apaise, il s'était forcé à arrêter.

Il occupait cette chambre depuis un an et avait essayé de la rendre, si ce n'était accueillante, du moins vivable.

L'espace était divisé en trois parties. D'un côté, il avait placé un fauteuil, un coffre qui servait de table basse, une lampe et une bibliothèque. Le lit, une commode et une télé occupaient le centre de la pièce. De l'autre côté, il y avait un petit réfrigérateur, un four à micro-ondes, des étagères et une machine à café.

Il avait allumé la télé et mis une chaîne de sport. L'annonce d'une tempête qui risquait d'annuler des matchs n'avait que très vaguement retenu son attention. Surtout, le bruit constant n'arrivait pas à l'ennuyer assez pour qu'il s'endorme.

Il savait que c'était à cause de Clare qu'il était dans cet état.

Si Trinity n'avait pas ouvert la porte, il l'aurait sûrement embrassée. Et ensuite ? Lui aurait-il proposé de venir dans sa chambre ?

Aurait-elle accepté ?

L'image de Clare nue entre ses bras le hantait et il suspectait que la réalité valait bien mieux que son fantasme.

Le fil de ses pensées fut interrompu par un tintement de son téléphone. Même si un texto reçu au milieu de la nuit annonçait rarement de bonnes nouvelles, il accueillit cette distraction avec joie. Il se redressa, se passa la main sur le visage et prit son téléphone.

Le texto était de Jason Jones.

— Merde, grommela Isaac.

L'agent Jones était bien la dernière personne dont Isaac voulait avoir des nouvelles - surtout à cette heure.

Il faut que je donne quelque chose à mes supérieurs avant la fin de l'année.

— La bureaucratie, pesta Isaac en éteignant la télé. La partie pénible du boulot.

Un autre texto arriva.

Je ne peux pas justifier toutes ces dépenses sans résultat. J'ai l'air de t'offrir des vacances.

Des vacances ? Jason n'avait clairement pas mis les pieds à Mercy. N'avait-il rien de mieux à faire à 3 heures du matin que de le menacer de mettre un terme à l'opération ?

Isaac répondit :

Ce ne sont pas des vacances, crois-moi.

Bien sûr, Isaac comprenait que Jason veuille des résultats, pour des raisons à la fois professionnelles et personnelles.

Decker avait tué Jacob Loeb, mais sa véritable cible était Chloe Ryder, qui était mariée au frère aîné de Jason, Marcus. C'était Isaac qui avait eu l'idée de tendre un piège à Decker. Sur le plan professionnel, Jason avait besoin que cela marche, parce que le FBI détestait les plans aussi audacieux. Sur le plan personnel, la famille Jones ne serait pas en sécurité tant que Decker serait en liberté.

Comme il comprenait l'impatience de Jason, même si elle l'agaçait, Isaac ajouta :

Que veux-tu ?

Jason répondit immédiatement.

Quelque chose qui rassurera mes supérieurs. N'importe quoi.

Le problème était qu'Isaac n'avait strictement rien à lui livrer. Un nouveau texto arriva quelques secondes plus tard.

La preuve que Newcombe est en vie serait bien. L'endroit où il se trouve serait encore mieux.

Isaac répondit :

Si je savais où est Newcombe, l'opération serait terminée.

Jason insista.

Des informations utiles avant la fin de l'année ou l'opération sera terminée.

Isaac jura. Si l'opération échouait, le gouvernement aurait perdu de l'argent et lui-même serait complètement décrédibilisé.

Decker mit moins de dix minutes à changer d'apparence. Après s'être coupé les cheveux, il enfila un T-shirt et un blouson qui traînaient aux objets trouvés. Il essuya méticuleusement tout ce qu'il avait touché avant de sortir.

Il quitta Encantador et s'en éloigna de quelques kilomètres avant d'allumer son téléphone jetable. Il composa un numéro qu'il connaissait par cœur depuis longtemps et attendit.

— Ça a intérêt à être une bonne nouvelle pour que vous m'appeliez au milieu de la nuit avec un numéro inconnu, grommela son correspondant en décrochant.

— Salut, mon pote, dit Decker. C'est bon d'entendre ta voix.

Il crut presque voir Ryan tressaillir.

— Decker... Ça fait un an que tu ne donnes plus de nouvelles. Je te croyais en Amérique du Sud... ou mort.

— J'ai une planque à une dizaine de kilomètres au sud de la frontière. Juste une cabane sur un promontoire, avec un puits et un générateur pour l'électricité. Une vieille du coin me livre de la nourriture deux fois par mois.

— Une planque ? répéta Ryan, visiblement surpris. Tu ne m'en avais jamais parlé.

— Si tout le monde était au courant, ce ne serait plus vraiment une planque, n'est-ce pas ? Je l'ai aménagée il y a des années, pour le cas où j'aurais besoin de disparaître pendant quelques semaines.

— Quelques semaines ? Ça fait un an ! Que veux-tu ?

— Des informations, pour commencer. Où es-tu ?

— As-tu entendu parler d'une ville qui s'appelle Mercy, au Texas ?

Voilà qui était intéressant. D'après les panneaux qu'il avait vus, Mercy n'était qu'à une trentaine de kilomètres d'Encantador. Voulait-il que Ryan sache qu'il était tout près ? Non, pas encore.

— Je n'y ai jamais mis les pieds. C'est joli ?

— Tout le contraire.

Decker pouffa.

— Que fais-tu là-bas ?

— J'ai monté mon affaire, répondit Ryan avec fierté. J'ai un bar, un salon de tatouage et un motel.

Comment Ryan avait-il pu monter trois affaires ? Decker serra les dents. Il avait dû utiliser l'argent de son contrat.

La seule personne en qui il croyait pouvoir avoir confiance l'avait trahi... Mais ce n'était pas le moment de perdre son calme. Il avait encore besoin de Ryan pour obtenir des informations et récupérer ce qu'il restait de l'argent. Ce qu'il avait trouvé dans son dossier lui revint subitement à l'esprit.

— Savais-tu que les flics faisaient des recherches généalogiques avec l'ADN ?

— Des recherches généalogiques ? De quoi tu parles ?

Mais il y avait plus urgent.

— Laisse tomber. Tu sais pourquoi je t'appelle, non ?

— Parce que je t'ai manqué.

Decker pouffa encore.

— Crétin ! J'ai besoin de mon argent.

— Ça risque d'être compliqué, répondit Ryan après un long silence.

— Tu as intérêt à trouver une solution, dit Decker d'un ton menaçant. J'ai besoin d'aller dans un pays qui n'a pas d'accord d'extradition avec les États-Unis, et vite. J'en ai marre de me cacher.

— Le problème, c'est que...

— Je me fous de tes excuses, le coupa Decker. Je veux mon pognon. Si tu as des affaires, tu en as.

— J'ai aussi des employés, des impôts et des assurances à payer.

L'un des mots frappa Decker. *Employés.*

— Il serait bien dommage qu'il arrive quelque chose à l'un de tes employés, dit-il.

— Tu ne ferais pas ça, quand même ! s'écria Ryan. Ces gens sont sous ma responsabilité et…

Decker lui raccrocha au nez. Ryan avait toujours été malin. Il n'était pas étonnant qu'il ait monté des affaires, même si c'était au milieu de nulle part. Decker jeta le téléphone par la fenêtre et le regarda rebondir sur l'asphalte dans le rétroviseur. Sauf que si Ryan avait vraiment été malin, il ne l'aurait pas volé.

Isaac n'avait plus aucune chance de dormir après son échange de textos avec Jason. Il fourra son téléphone dans sa poche et sortit. Le motel avait douze chambres, toutes en rez-de-chaussée. Trois lampes extérieures éclairaient l'allée qui les longeait. Isaac s'adossa au mur de briques.

Il refusait d'échouer.

Et il ne voyait pas comment il pouvait réussir.

Il se raidit lorsqu'une ombre bougea près du bar. Qui était-ce ?

Isaac marcha en silence jusqu'au bout du motel et laissa ses yeux s'habituer à l'obscurité. À en juger par sa carrure, la personne était un homme. Quand celui-ci s'alluma une cigarette, Isaac reconnut Ryan, dont le visage fut brièvement éclairé par la lueur de son briquet.

Autant en profiter pour lui transmettre l'avertissement de Jones.

Isaac traversa le parking sans faire de bruit.

— Que fais-tu dehors ? demanda-t-il quand il ne fut plus qu'à quelques pas de Ryan.

Cela le fit sursauter.

— Nom de Dieu ! s'écria-t-il. Ne fais pas peur aux gens comme ça ! Et toi ? Que fais-tu dehors ?

Isaac s'approcha. Ryan avait le souffle court et il était pâle. Il avait peur – et la frayeur qu'il venait d'avoir ne suffisait pas à expliquer qu'il soit dans cet état. Isaac remarqua que Ryan tenait son téléphone. Il attendait peut-être un appel. Ou il venait d'en recevoir un.

Isaac paria sur la deuxième hypothèse.

— C'était qui ? s'enquit-il.

— Par moments, je me dis que j'avais plus la paix en prison, quand je ne t'avais pas en permanence sur le dos, grommela Ryan.

— Quel pleurnichard ! Tu es libre et tu as une chance de récupérer un casier vierge. Ce marché est une aubaine pour toi, d'autant plus que tu n'as strictement rien donné en échange.

Ryan tira une dernière bouffée de sa cigarette et lança le mégot dans la nuit.

— J'ai appris que tu avais laissé la blonde rester. Comment elle s'appelle, déjà ? Clare ?

Ryan essayait à la fois de changer de sujet et de contester son autorité en lui tapant sur les nerfs.

— C'est un flic ou quoi ? poursuivit Ryan.

Isaac secoua la tête.

— Je travaille toujours seul, répondit-il.

— Alors je veux qu'elle dégage. Elle m'a fait passer pour un con. En plus, c'est mon bar et tu n'as pas le droit...

Isaac vit rouge.

— J'ai tous les droits, le coupa-t-il en plantant son index au milieu du torse de Ryan. Ce bar est la propriété du gouvernement. Si tu ne veux pas retourner en prison, tu ferais bien de ne pas oublier que tu m'appartiens.

Prenant brusquement conscience qu'il s'emportait, il jeta un coup d'œil par-dessus son épaule et poursuivit moins fort.

— Et il faut qu'on parle d'autre chose.

— De quoi ? aboya Ryan. Tu veux savoir ce que j'aimerais avoir pour Noël ?

Si Ryan Steele n'avait pas été aussi ouvertement hostile, Isaac aurait pu le trouver amusant.

— De Decker Newcombe, répondit-il.

— Dommage. J'espérais que tu m'offrirais une nouvelle console.

— Arrête tes conneries. Où est ton pote ?

— Aucune idée, dit Ryan en sortant une autre cigarette. Si je le savais, je te le dirais. Je sais pourquoi je suis ici.

Oui, Ryan connaissait son rôle, mais le fait qu'il serve d'appât ne suffisait plus.

— Passe des coups de fil. Pose des questions. Vois s'il y a des rumeurs, au moins.

— Des rumeurs, au moins ? répéta Ryan. Que se passe-t-il, mon pote ? Tu as l'air désespéré, tout à coup.

Isaac l'était et ne l'admettrait jamais. Malheureusement, il avait révélé son jeu en donnant ces nouveaux ordres.

— Il faut que je donne quelque chose aux fédéraux, concéda-t-il. Et je ne suis pas ton pote.

— Et s'il n'y avait rien à leur donner ? demanda Ryan en allumant sa cigarette.

— Alors tout ça disparaîtra à la fin de l'année, répondit Isaac en écartant les bras. Et toi avec.

— Ma vie d'avant ne m'amuse plus, dit Ryan dans un nuage de fumée. Boire me rend malade. Les drogues ne m'intéressent pas. Je les ai vues bousiller trop de gens. J'aime les femmes, mais à condition qu'elles m'aiment bien aussi. Je veux cette deuxième chance.

— Alors tu dois la mériter. Donne-moi quelque chose.

Isaac s'interdit d'ajouter quoi que ce soit. La frontière était mince entre donner des ordres à Ryan et le supplier de l'aider. Soudain la fatigue s'abattit sur lui d'un seul coup. Il eut mal aux jambes et ses yeux lui brûlèrent. Il soupira.

— On en reparlera demain, dit-il en se pinçant l'arête du nez.

— Je veux que la blonde s'en aille demain, déclara Ryan.

Merde. Il n'avait pas envie de se lancer dans un bras de fer. Néanmoins, comme il n'était pas question qu'il chasse Clare, il répondit :

— Non.

— J'ai refusé de l'embaucher et elle est encore là. Comment veux-tu qu'on me prenne pour le patron si tu sapes mon autorité ?

Cette question n'était pas tout à fait dénuée de fondement.

— Si on t'en parle, tu n'as qu'à dire que c'est mon cadeau de Noël.

— Tu crois que tu en mérites un ? Laisse-moi réfléchir...

Isaac eut autant envie de rire que de lui mettre son poing dans la figure.

— Que ça te plaise ou non, Clare reste, conclut-il.

Il prit la direction de sa chambre sur ces mots.

— Eh, Isaac ! lui lança Ryan.

— Quoi ?

— Pense à ma console de jeux.

Le mot « jeux » frappa Isaac.

— Laisse-moi regarder ton téléphone, dit-il par association d'idées.

— Ça va pas ?

— Donne-moi ton téléphone, grommela Isaac en s'approchant de Ryan.

— Pourquoi ? T'en as un.

— Je veux savoir à quel jeu tu joues.

Il vit Ryan pâlir.

Bingo.

— Si tu me mens, je te fais renvoyer en prison dès ce soir, le menaça-t-il.

Ryan jura, sortit son téléphone de sa poche et le lui tendit.

— Très bien. Il a appelé il y a dix minutes. J'allais te le dire, je te le jure. J'avais juste besoin de remettre de l'ordre dans mes idées. En plus, c'était un numéro inconnu. Ça ne t'aidera pas.

Isaac fut trop surpris pour être furieux.

— Il t'a appelé ce soir ? Qu'a-t-il dit ?

— Qu'il se cachait dans sa planque au Mexique depuis un an.

— Où ça, au Mexique ?

Mais ce parking où ils risquaient d'être entendus n'était pas le meilleur endroit pour poser des questions.

— Viens. Suis-moi, ordonna-t-il.

Le moment qu'il attendait depuis un an était enfin arrivé.

5

Il entraîna Ryan dans sa chambre en marchant avec une détermination qu'il n'avait pas ressentie depuis longtemps.

— Assieds-toi, lui intima-t-il.

Il appela Jones et mit le haut-parleur.

— Tu as du nouveau ? demanda Jason en décrochant.

— Decker Newcombe a appelé Ryan, annonça-t-il en essayant de cacher sa joie, ce qui était presque impossible. Il y a quelques minutes. Ryan est avec moi et tu es sur haut-parleur.

— Si c'est une plaisanterie, elle n'est pas drôle, grommela Jason.

Isaac ignora ce commentaire.

— Decker se cache dans une planque au Mexique, dit-il. Je n'ai pas pris le temps d'interroger Ryan avant de t'appeler.

— Très bien. Je t'écoute, Ryan.

Ryan prit plusieurs minutes pour raconter l'appel de Decker en détail. La planque, qui se trouvait à dix kilomètres de la frontière, avait un puits et un générateur. Pour finir, Ryan ajouta :

— Il m'a aussi posé une question bizarre sur des recherches généalogiques. Vous voyez de quoi il parlait ?

Isaac secoua la tête.

— Moi non. Et toi, Jason ?

— Non. Je sais juste que les recherches sont plus approfondies qu'avant, maintenant que la base de données a pris de l'ampleur. Peux-tu me dire autre chose sur la planque, Ryan ?

— Non. Je vous ai tout dit.

Jason soupira.

— Il y a trois mille kilomètres de frontière. Decker peut être n'importe où.

Isaac perdit patience.

— Tu voulais des informations, tu en as, grommela-t-il.

— Je t'ai demandé des informations *utiles*, le corrigea Jason avant de soupirer. Au moins, on sait qu'il n'est pas loin des États-Unis et qu'il n'a pas l'intention de disparaître sans son argent. On dirait que notre piège marche enfin. Je vais voir ce qu'on peut faire par satellite. Vous avez le numéro ?

— Pas encore.

Isaac, qui tenait toujours le téléphone de Ryan, chercha l'appel le plus récent et entra un code pour contourner le blocage du numéro. Il donna le numéro à Jason tout en le notant sur un bout de papier avant de rendre son téléphone à Ryan.

— Comment t'as fait ? demanda celui-ci.

Ce fut Jason qui répondit.

— Toutes les informations qu'un téléphone reçoit sont stockées quelque part. Il suffit de savoir où chercher.

— Et le numéro vous aide ? lança Ryan.

— Si le téléphone est encore allumé, on devrait pouvoir trouver Decker, indiqua Isaac.

Il entra la combinaison du coffre qui lui servait de table basse, l'ouvrit et en tira un ordinateur.

— Les antennes nous permettront de le localiser, ajouta-t-il en s'asseyant sur le coffre, l'ordinateur sur les genoux.

Il ne lui fallut que quelques minutes pour faire apparaître une carte sur laquelle clignotait un point rouge.

— Je l'ai, annonça-t-il.

— C'est vraiment Decker ? balbutia Ryan en se penchant pour regarder l'écran.

— C'est le téléphone qui t'a appelé, précisa Jason, toujours en ligne. Mais si Decker l'a encore, alors oui, on le tient. Tu me donnes les coordonnées, Isaac ?

Isaac lut les coordonnées du GPS.

— Merde alors, murmura Ryan. C'est juste à côté d'Encantador.

— Il faut que j'aille voir ça tout de suite, dit Isaac en fermant l'ordinateur.

— Sois prudent, lui recommanda Jason. Et appelle-moi immédiatement si tu trouves quelque chose.

Il raccrocha sur ces mots.

— Je t'accompagne, annonça Ryan.

Isaac hocha la tête en enfilant son manteau. Des renforts pouvaient lui être utiles et Ryan avait autant intérêt que lui à retrouver Decker.

— Allez, dépêchons-nous, dit Ryan en ouvrant la porte. Ça m'étonnerait qu'il reste au même endroit très longtemps.

— Une minute.

Isaac ouvrit de nouveau le coffre pour en sortir un sac en plastique, des gants en caoutchouc et un Glock chargé.

Alors Ryan et lui quittèrent sa chambre. Le cœur d'Isaac battait la chamade. Decker Newcombe était tout près et serait bientôt derrière des barreaux.

Clare ouvrit les yeux dans l'obscurité sans comprendre ce qui l'avait réveillée.

Alors elle entendit des voix d'hommes. Était-ce Kyle ? L'avait-il retrouvée ? Elle retint son souffle. L'une des voix lui était familière, mais ce n'était pas celle de Kyle. Elle se leva et traversa la chambre en faisant bien attention à ne pas se cogner dans le lit de Trinity. Elle écarta le rideau.

Les deux hommes qui traversaient le parking étaient Isaac et Ryan.

— Tu crois qu'on le trouvera ? demanda Ryan.

— Je l'espère, répondit Isaac. J'ai pris mon Glock. Il ne nous échappera pas, si on tombe sur lui.

— Il faut que j'aille chercher quelque chose au bar, dit Ryan. J'en ai pour une minute.

— Dépêche-toi, grommela Isaac.

Ils disparurent dans la nuit. Que se passait-il donc ?

— Ça va ? chuchota Trinity.

Cela fit sursauter Clare.

— Oui, ça va, affirma-t-elle en se retournant.

— Que fais-tu debout ?

— J'avais cru entendre des voix.

— Il y a quelqu'un dehors ?

— Non, répondit Clare sans savoir pourquoi elle mentait.

Elle retourna se coucher et ajouta :

— J'ai dû faire un mauvais rêve.

— Essaye de te reposer, dit Trinity. Ta journée a été longue.

Clare sourit dans l'obscurité. Elle avait eu beaucoup de chance de rencontrer Trinity.

— Merci de te soucier de moi, murmura-t-elle.

Trinity se rendormit presque aussitôt. Pas Clare. Elle fixa la fenêtre. Isaac et Ryan cherchaient clairement quelqu'un. Qui ? Et pourquoi avaient-ils besoin d'être armés ?

Isaac ouvrit sa camionnette et Ryan s'installa sur le siège du passager, un revolver sur les genoux.

C'était donc cela qu'il était allé chercher. Isaac ne fit aucun commentaire.

— Enfin ! dit Ryan. Sincèrement, je ne croyais pas que ton plan marcherait.

En démarrant, Isaac se demanda subitement si c'était un piège. Ryan et Decker voulaient-ils l'attirer dans le désert pour le tuer ? Un frisson le parcourut.

Si c'était le cas, quelles étaient ses chances contre deux hommes armés ?

Non, il devait avoir confiance en Ryan, même si la confiance n'était pas son fort.

— Et j'avoue que je ne comprends pas pourquoi tu as convaincu les fédéraux de me proposer ce marché. Je ne suis pas le genre de gars que les gens ont envie d'aider.

— Tu me prends pour un psy ? le taquina Isaac. Contente-toi d'être un gars qui ne me fait pas regretter de l'avoir laissé prendre une arme.

— Qu'est-ce que ça veut dire ?

Isaac haussa les épaules.

— Que tu as été un bon garçon, jusqu'ici. Continue. De toute manière, je tire plus vite que toi.

Ryan ricana.

— Un flic ? C'est impossible.

— Tu ne sais visiblement pas de quoi les ex-flics sont capables, répliqua Isaac.

Quand ils approchèrent de l'emplacement du téléphone, Isaac comprit qu'ils ne trouveraient pas Decker. La route était déserte.

Il se gara sur le bas-côté.

— Que faisait-il ici ? lança Ryan. Tu crois qu'il est toujours dans le coin ?

Quand Isaac coupa le moteur, le silence de la nuit lui parut brusquement assourdissant.

— Tout ce qu'on sait, c'est que son téléphone n'est pas loin. Même si on ne trouve rien d'autre, il peut nous apprendre beaucoup de choses sur Decker.

Ryan détacha sa ceinture et ouvrit sa portière.

— Cool. Cherchons un téléphone au bord de la route en plein milieu de la nuit. Ça a l'air amusant et facile, ironisa-t-il.

Il arrivait qu'Isaac apprécie le sens de l'humour de Ryan, mais pas ce soir. Il sortit une lampe de poche de la boîte à gants.

— Ça peut t'aider, dit-il en la lui tendant.

— Merci, mais je me servirai de la lampe de mon téléphone, répondit Ryan.

Par son calme, Ryan rappela à Isaac son dernier coéquipier à San Antonio. Miguel était quelqu'un avec qui il était facile de travailler. Il avait aussi tendance à faire de mauvaises plaisanteries. Surpris par une bouffée de tendresse, Isaac trouva Ryan moins agaçant.

— Mets ça avant de toucher quoi que ce soit, dit-il en lui tendant une paire de gants.

Isaac sortit de la camionnette et alluma sa lampe de poche. Un coyote hurla au loin.

— Quelle est la précision de tes coordonnées ? demanda Ryan.

— Il y a une centaine de mètres de marge d'erreur. Et ne te plains pas, s'il te plaît. C'est toi qui as voulu venir.

— Oui, je m'en souviens, grommela Ryan.

Ils cherchèrent pendant quelques minutes en silence avant qu'Isaac ne repère l'appareil au pied d'un buisson.

— Je l'ai ! annonça-t-il.

Il enfila une paire de gants avant de le ramasser et de le glisser dans son sac en plastique.

Il appela aussitôt Jason.

— J'ai le téléphone, dit-il. Decker a dû le jeter après avoir passé le coup de fil. Je te l'apporte au bureau tout de suite.

San Antonio n'était qu'à deux heures de route. En laissant Ryan quelque part, il pourrait même en profiter pour rendre visite à ses parents.

— Non, répliqua Jason. Decker n'est pas loin. Il faut que tu restes à Mercy, au cas où il se pointerait.

Jason soupira. Il devait chercher une autre solution.

— Je peux te l'envoyer par coursier, suggéra Isaac. Il y a une agence à Encantador.

— Bonne idée, répondit Jason. Mais retourne immédiatement à Mercy et ne fais rien d'inhabituel.

— Et la surveillance satellite ? s'enquit Isaac.

— J'ai fait la demande, mais il y a moins de monde dans les bureaux avec Noël qui approche. Ça prendra un peu de temps. Et la tempête qui arrive du Golfe du Mexique nous compliquera sûrement les choses. Envoie-moi le téléphone et agis normalement.

Jason raccrocha sur ces mots.

— Ton pote est vraiment le roi de l'amabilité, commenta Ryan.

Isaac pouffa.

— On devrait l'inviter à prendre une bière au bar, lança-t-il.

— Viens-tu de plaisanter ? s'écria Ryan. Après t'avoir fréquenté pendant un an, j'étais sûr que tu n'avais pas le moindre sens de l'humour. Au fait... J'ai oublié de vous dire un truc. À un moment, Decker a dit : « Il serait bien dommage qu'il arrive quelque chose à l'un de tes employés. » On devrait peut-être rappeler Jason pour lui en parler.

Il ne fallait pas prendre une menace de Decker à la légère, mais...

— Je ne sais pas si ça intéressera beaucoup les fédéraux, répondit-il. Ils ne veulent pas que des gens meurent, évidemment, mais ça m'étonnerait que ça les incite à modifier leur approche. Je le dirai à Jason la prochaine fois qu'on se parlera.

— D'accord.

Quand ils montèrent dans la camionnette, Ryan étendit ses jambes et ferma les yeux.

— Réveille-moi quand on sera arrivés, dit-il.

Isaac démarra. Le ciel se teintait de rose à l'horizon.

Cette nouvelle journée serait longue. Il devait encore travailler au bar pour garder sa couverture. Il serait à bout de forces à la fermeture, mais il s'en moquait, cette fois.

L'opération progressait enfin. Plus vite elle serait terminée, plus vite il pourrait dire adieu à Mercy.

Trinity n'était pas habituée à avoir quelqu'un dans sa chambre. Clare n'était pas dérangeante et elle ne ronflait même pas, mais sa seule présence l'empêcha de dormir aussi bien qu'à l'accoutumée.

À 6 heures du matin, elle en eut assez de se retourner dans son lit. Elle avait besoin d'un café. Sauf que la machine à café de sa chambre faisait un bruit du tonnerre. Elle réveillerait Clare, et Trinity avait envie de se montrer prévenante. Après quelques secondes de réflexion, elle décida d'aller leur chercher des cafés à la station-service.

Elle se leva et s'habilla sans faire de bruit.

Elle n'avait pas l'habitude de se soucier des autres, mais Clare lui était sympathique et elle semblait avoir besoin qu'on prenne soin d'elle. Avant de sortir, elle lui envoya un texto.

Je vais nous chercher des cafés à la station-service. Ils ont de bons cappuccinos. Je reviens tout de suite.

Elle sortit discrètement. Il n'y avait qu'une voiture sur le parking, près de la route. Le soleil levant se reflétait sur son pare-brise. Elle enfonça les mains dans ses poches et partit en direction de la station-service.

— Excusez-moi ! lui lança-t-on alors qu'elle venait de dépasser la voiture.

Elle sursauta et se retourna.

— Vous m'avez fait peur, dit-elle à l'homme blond qui était sorti du véhicule.

Avec ses cheveux en bataille et ses lunettes rondes, il ressemblait à un comptable qui aurait fait la fête toute la nuit. Il lui sourit.

— J'en suis désolé, répondit-il. Je me suis perdu. Pourriez-vous m'indiquer la direction de San Antonio, s'il vous plaît ?

Évidemment qu'il était perdu. Personne ne faisait exprès de venir à Mercy.

— Bien sûr. Vous avez une carte sur votre téléphone ?

— Oui. Laissez-moi une minute. Mon téléphone est tombé par terre.

L'homme se pencha à l'intérieur de sa voiture.

Quand Trinity s'approcha, elle remarqua qu'il avait un serpent tatoué dans la nuque, ce qui lui parut étrange pour quelqu'un qui ressemblait à un comptable. Aussi, ses cheveux n'étaient pas en bataille : ils étaient coupés n'importe comment.

Elle eut un mauvais pressentiment et balaya le parking du regard. Il n'y avait toujours personne d'autre.

— Je peux aussi vous donner des explications, dit-elle.

— Quoi ?

Elle se pencha et répéta :

— Je peux aussi...

Elle se retrouva avec une ceinture autour du cou sans comprendre ce qui s'était passé. Le cuir lui entailla la peau. Elle l'attrapa pour essayer de se libérer. La chaîne de son pendentif cassa et le bijou tomba par terre. Elle essaya de crier, mais elle ne pouvait plus respirer. Les battements de son cœur résonnaient de plus en plus fort dans sa tête.

Ce salaud était juste derrière elle. Elle essaya de l'atteindre à l'aveugle et réussit à le griffer.

Il jura et serra plus fort.

— Si tu recommences, je te tuerai le plus lentement possible, grogna-t-il.

— Pourquoi ? parvint-elle à gémir.

Elle n'avait plus la force de lever les bras pour se défendre. Sa vue se brouilla. Un instant, alors que la douleur s'effaçait, elle se demanda ce qui allait suivre.

Puis les ténèbres l'engloutirent.

Clare se réveilla vraiment reposée pour la première fois depuis des mois. Elle avait l'esprit alerte et les muscles détendus. Elle s'étira, puis elle remarqua que le lit de Trinity était vide. Il y avait des vêtements par terre et des bijoux sur la table de nuit. Les guirlandes du petit sapin de Noël scintillaient dans le rayon de soleil qui se glissait entre les rideaux.

Elle roula sur le côté et fouilla dans son sac, qu'elle avait posé près du lit. Elle soupira de soulagement. Son téléphone et la clé USB, qui contenaient les photos des documents, étaient toujours là.

Elle savait que le moment était venu. Puisqu'elle ne pouvait pas fuir éternellement, il fallait qu'elle fasse quelque chose.

Elle pouvait contacter les médias.

Ou la police.

Ce qu'elle avait vraiment envie de faire, c'était d'appeler sa mère, ne serait-ce que pour entendre la voix de quelqu'un qui l'aimait.

Elle se souvint de ce que Trinity lui avait dit la veille : « Je peux te dire, au nom de toutes les mères du monde, qu'on veut toujours avoir des nouvelles de nos enfants. »

Elle n'avait pas appelé sa mère une seule fois depuis qu'elle avait pris la fuite. Parler de sa découverte ou donner une indication de l'endroit où elle se trouvait les mettrait toutes les deux en danger. Mais elle n'avait pas besoin de dire quoi que ce soit d'important à sa mère... Elle pouvait se contenter de la rassurer.

Elle jeta un coup d'œil au réveil. Il était 7 h 12. Il faisait nuit à Hawaï. Mais elle savait qu'elle se dégonflerait si elle n'appelait pas tout de suite.

Elle composa le numéro de sa mère, qu'elle connaissait par cœur. Par prudence, elle n'en avait enregistré aucun dans son nouveau téléphone. Quand elle entendit la sonnerie, elle espéra brièvement tomber sur le répondeur.

— Allô ? dit sa mère d'une voix pâteuse en décrochant.

— Bonjour, maman. C'est moi.

— Chérie ! Où es-tu ? Comment vas-tu ? Je suis si inquiète depuis que Kyle m'a appelée !

Clare se raidit. Elle aurait dû se douter que son ex-mari téléphonerait à sa mère.

— Je sais ce que c'est que de craquer et d'avoir besoin de

s'échapper, tu peux me croire, poursuivit sa mère. Es-tu rentrée à Colombus ? Je vais venir te voir. Il me faudra peut-être un jour ou deux pour trouver un vol, mais je serai là le plus vite possible.

Craquer ? C'était la version de Kyle ?

— Non, maman, je ne suis pas dans l'Ohio. Et garde tes distances avec Kyle. C'est un homme dangereux.

— Il m'a dit que tu avais fait une crise de paranoïa et que tu me mettrais en garde contre lui.

Comment avait-elle pu tomber amoureuse d'un tel manipulateur ?

— Écoute-moi bien, maman. Je n'ai pas craqué et je ne suis pas paranoïaque, dit-elle, même si cette deuxième affirmation n'était pas tout à fait vraie. Kyle et son père ont fait de vilaines choses. Fais-moi confiance, s'il te plaît. Je t'appelle juste pour te dire que je vais bien.

— C'est bon d'entendre ta voix, mais je veux te voir. Où es-tu ? Je te rejoins.

Clare ferma les yeux et s'autorisa à s'imaginer serrant sa mère dans ses bras. Malheureusement, ce rêve ne pourrait pas se réaliser tant que Kyle et son père seraient en liberté.

— On ne peut pas se voir pour le moment, répondit-elle, la gorge serrée. Et ça risque de durer. Mais je t'appellerai quand je le pourrai.

— Pourquoi ne me laisses-tu pas t'aider ?

— Parce qu'il vaut mieux que je gère cette situation toute seule.

Sa mère soupira.

— Tu as toujours été si indépendante... même quand tu étais petite. « Je fais. » C'était ta phrase préférée.

Clare ravala son chagrin et attendit d'être sûre de contrôler sa voix pour répondre :

— Je suis désolée, maman. Je veux juste que tu saches que je vais bien et que Kyle n'est pas l'homme qu'on croyait.

— Tu ne peux vraiment rien me dire ?

— Je ne veux pas t'entraîner là-dedans. Promets-moi de ne pas appeler Kyle ni son père. S'ils te contactent, ne leur dis pas que je t'ai appelée. Et joyeux Noël, maman.

— Joyeux Noël, Clare. Je t'aime.

— Moi aussi, je t'aime.

Clare raccrocha et fixa son téléphone, gagnée par les regrets. Non, elle ne devait pas s'en vouloir d'avoir appelé sa mère, même si elle savait que ce n'était pas une idée brillante.

Un tintement de son téléphone la surprit. Qui pouvait lui envoyer un texto ? Elle n'avait donné son numéro à personne. Elle ouvrit le message.

Il était de Trinity.

Je vais nous chercher des cafés à la station-service. Ils ont de bons cappuccinos. Je reviens tout de suite.

Elle le lui avait envoyé à 5 h 57.

Clare jeta un nouveau coup d'œil au réveil. Il était 7 h 16. Trinity était partie depuis plus d'une heure. Était-elle revenue et repartie, pour faire sa lessive ou autre chose ?

Clare chercha du regard une tasse de café qui devait être froid, à présent.

Rien.

Bien sûr, Clare connaissait à peine Trinity. Ce n'était pas parce que celle-ci avait écrit qu'elle lui apporterait un café qu'elle le ferait nécessairement.

Subitement, sa mémoire la ramena dans son bureau, chez le fabricant de plastiques Chamberlain.

Son café, posé au coin du bureau, avait refroidi. L'écran de son ordinateur était la seule lumière de la pièce. Elle avait lu le document deux fois et elle n'arrivait toujours pas à y croire. Son cœur battait la chamade.

— Salut.

La voix de Kyle la fit sursauter. Il alluma en entrant dans la pièce.

*— Que fais-tu là dans le noir ? demanda-t-*il.

Clare déglutit péniblement. Par où commencer ?

— Je...

— Tu as l'air tendue.

Kyle portait un costume noir avec une chemise blanche. Il avait retiré sa cravate. Ses cheveux blonds, qui commençaient à grisonner aux tempes, venaient d'être coupés. Il s'approcha d'elle pour lui masser les épaules.

— Es-tu sûre que cette histoire de bénévolat soit une bonne idée ? Tu travailles tard et ça te fatigue.

— *Je suis tombée sur un problème, répondit*-elle.

Depuis quelques années, elle faisait du bénévolat pour une organisation caritative qui transformait des terrains vagues en parcs.

— *Ça concerne le terrain, précisa-t*-elle.

— *Un problème ? Lequel ?*

Elle s'écarta pour qu'il puisse voir l'écran.

— *Regarde.*

Elle lui montra la note interne rédigée par son père, président de l'entreprise que la famille de Kyle possédait depuis des décennies.

— *C'est une note que mon père a écrite il y a quoi ? Vingt ans ? Et alors ?*

— *As-tu bien lu ce qui est écrit ?*

Les doigts de Kyle se crispèrent sur ses épaules.

— *Aïe. Tu me fais mal.*

— *Désolé, dit*-il en la lâchant. C'est juste... Quelle réaction attends-tu de moi ? C'est mon père.

Elle leva la tête vers lui.

— *Je n'attends pas que tu fasses quoi que ce soit de ton côté. On va y réfléchir ensemble.*

— *Heureusement que je t'ai, répondit*-il en lui souriant. Je n'aimerais pas devoir gérer ça seul.

Quand elle se leva, Kyle l'attira dans ses bras en la serrant trop fort. Bien sûr, son mari venait de découvrir que l'entreprise de sa famille avait enterré des barils de déchets toxiques et il était sous le choc. Qui ne l'aurait pas été ? Mais elle avait instinctivement envie d'échapper à son étreinte.

Subitement, elle comprit que son mariage était fichu et que sa vie ne serait plus jamais la même.

6

Clare savait qu'elle devait trouver un moyen de régler son problème avec son ancienne belle-famille et de tourner la page. Elle entra dans la salle de bains et prit une douche. Quelques minutes plus tard, elle se sentit fraîche et dispo – mais elle avait toujours la gorge serrée.

Elle réfléchit à ce qu'elle allait faire en s'habillant. D'abord, elle irait voir si Trinity était à la station-service. Ensuite... Elle n'avait pas grand-chose à faire avant l'ouverture du bar. Après avoir enfilé un jean, un T-shirt blanc et des baskets, elle récupéra quarante dollars dans sa cachette.

Une fois prête, elle ramassa son sac et sortit de la chambre, dont la porte se verrouilla automatiquement. Le soleil, qui venait de se lever, n'avait pas encore réchauffé l'air. Le parking désert était comme une mer d'asphalte devant elle. La station-service, de l'autre côté, ressemblait à un jouet d'enfant à cette distance.

Elle traversa le parking et s'arrêta au bord de la route pour s'assurer qu'aucune voiture n'approchait. Alors qu'elle s'apprêtait à traverser, un reflet attira son attention. Elle s'approcha de l'objet.

C'était un pendentif, qu'elle ramassa. Elle sut tout de suite ce qu'elle avait trouvé : le pendentif de Trinity, qui contenait une mèche de cheveux de sa fille. La chaîne était cassée.

Clare ne savait pas ce qu'il faisait sur le parking ni ce qui était arrivé à Trinity, mais elle avait la ferme intention de le découvrir.

Elle traversa la route en courant et entra dans la station-service. Rien n'avait changé depuis la veille. L'air sentait toujours le café et l'huile de moteur, et le même employé tenait la caisse.

Si, une chose avait changé : le calendrier indiquait qu'on n'était plus qu'à quatre jours de Noël.

— Bonjour. Que puis-je faire pour vous ? s'enquit le vieux caissier.

— Je cherche Trinity, la tatoueuse. L'avez-vous vue ?

— Ce matin ? Non, elle n'est pas venue.

— Où aurait-elle pu aller ? demanda-t-elle à l'homme, dont le prénom, Stu, était brodé sur la poche de sa chemise.

— Il n'y a pas grand-chose, dans le coin. Pour aller quelque part, il faut une voiture.

— Vous pensez qu'elle a pu aller chercher un café en voiture ?

— Ça m'étonnerait, répondit Stu. Elle n'a pas de voiture et elle vient ici, d'habitude.

Désemparée, Clare tourna les yeux vers la vitre. Une vieille camionnette rouillée se gara près de la pompe. Quand le conducteur en sortit, elle reconnut Isaac.

Elle alla le voir sans avoir réfléchi à ce qu'elle lui dirait.

— Bonjour, lui lança-t-il quand elle s'approcha. Vous vous êtes levée tôt.

Clare jeta un coup d'œil dans la camionnette et vit que Ryan s'y trouvait. Il la regardait avec hostilité.

— Je cherche Trinity, dit-elle à Isaac. Elle m'a envoyé un texto pour me dire qu'elle allait nous chercher des cafés. C'était il y a plus de deux heures. Elle n'est pas revenue et Stu ne l'a pas vue.

Ryan ouvrit sa portière.

— Trinity ? dit-il. Je ne m'inquiéterais pas trop pour elle. Elle a dû appeler l'un de ses amis pour qu'il l'emmène prendre le petit déjeuner en ville.

Clare n'y croyait pas.

— J'ai trouvé ça sur le parking, dit-elle en sortant le pendentif de sa poche. Il a pu se casser quand elle montait dans une voiture...

Isaac fronça les sourcils et regarda Ryan, qui blêmit. Les bribes de la conversation qu'elle avait entendue pendant la nuit revinrent à l'esprit de Clare.

Ils avaient parlé de trouver quelqu'un. De quoi s'agissait-il ?

— Je dois envoyer quelque chose d'Encantador, dit Isaac. Je chercherai Trinity là-bas.

Il se tourna vers Ryan et ajouta :

— Tu devrais rester ici.

— C'est la consigne, répondit Ryan en descendant de la camionnette. Ne pas s'écarter de la routine.

— Je ferais mieux de retourner dans la chambre, au cas où Trinity reviendrait, dit Clare.

— Faites-moi plaisir : verrouillez bien la porte, déclara Isaac, qui venait de finir de faire le plein.

— Elle se verrouille automatiquement.

— Mettez la chaîne par prudence.

Ce conseil la troubla.

— Ai-je une raison de m'inquiéter ?

— Non. On n'est jamais trop prudent, c'est tout.

Elle le regarda entrer dans la boutique avant de prendre la direction du motel.

— Eh, Clare !

Elle se retourna.

— Vous pouvez m'accompagner, si vous voulez, dit Isaac depuis la porte de la boutique.

— À Encantador ? Pourquoi ?

Il haussa les épaules.

— Ça vaut mieux que de passer toute la matinée dans votre chambre. On y prendra le petit déjeuner et vous pourrez faire quelques courses, si vous en avez besoin. J'ai des choses à faire, mais ce ne sera pas long.

— Je ne sais pas..., commença-t-elle.

— C'est vous qui voyez. Je voulais juste vous le proposer.

Il ferma la porte.

Elle marcha jusqu'au bord de la route. Pourquoi avait-elle refusé sa proposition ? C'était peut-être parce qu'elle s'était trop habituée à être seule. Elle jeta un coup d'œil par-dessus son épaule. Isaac regagnait sa camionnette.

Elle avait d'excellentes raisons de rester à Mercy. Elle ferait bien d'attendre Trinity, qui pouvait revenir. Elle avait des secrets à garder et elle risquait de livrer des informations en discutant avec Isaac. Aussi, Kyle la retrouverait d'autant plus facilement qu'elle passerait plus de temps en public.

Si elle était honnête, elle n'avait que quelques motifs d'accompagner Isaac. Maintenant qu'elle avait de l'argent, elle pouvait acheter de la nourriture et remettre des snacks dans le tiroir de Trinity. Et elle avait *envie* de passer du temps avec Isaac.

Elle lui fit signe alors qu'il démarrait.

Il se gara à côté d'elle et baissa sa vitre.

— Vous avez besoin de quelque chose ?

— Votre proposition tient toujours ? demanda-t-elle timidement.

Isaac avait des choses à faire à Encantador et la présence de Clare était une distraction inutile. Mais le fait que Trinity ait disparu au moment où Decker Newcombe refaisait surface était une coïncidence déplaisante. Le tueur à gages avait proféré des menaces à l'encontre des employés de Ryan. C'était une bonne raison de ne pas vouloir que Clare reste seule.

Elle prit place à côté de lui et il démarra. Mercy devint vite minuscule dans son rétroviseur. Il espérait pouvoir en partir bientôt, mais il fallait d'abord qu'il attrape un tueur.

Il observa le profil de Clare à la dérobée, la courbe élégante de sa gorge et la finesse de ses traits.

— Je peux vous poser une question ? demanda-t-elle sans le regarder.

— Je vous écoute.

— Quelle est votre relation avec Ryan ? Parce que vous me donnez l'impression… Vous avez dit qu'il était votre patron, mais il semble vous être redevable de quelque chose.

Il se raidit. Ryan lui était redevable de ne pas être en prison.

— Qu'est-ce qui vous fait penser ça ?

— C'est juste qu'il est… respectueux envers vous.

Le cœur d'Isaac manqua un battement. Il avait eu tort de proposer à Clare de l'accompagner. Elle était trop curieuse et trop perspicace.

— Ryan n'est respectueux envers personne, répondit-il.

— Il vous a laissé m'embaucher. C'est vous qui déterminez le programme de la journée. Il a l'air d'avoir une dette envers vous.

Quand il commit l'erreur de rencontrer le regard de Clare, le désir l'envahit.

— Vous savez ce que je pense ?poursuivit-elle.

— Non. Que pensez-vous ?

— Qu'il s'est passé quelque chose en prison et que vous l'avez sauvé.

Elle avait à la fois tort et raison. Mieux valait la laisser penser ce qu'elle voulait.

— On n'aime pas en parler, répondit-il. Alors...

— Je ne dirai pas un mot, répliqua-t-elle en posant une main sur sa poitrine comme si elle prêtait serment.

Il reporta son attention sur la route.

— Et vous ? lança-t-il. Comment avez-vous atterri à Mercy ?

— Je me suis égarée.

Il éclata de rire, ce qui ne lui était pas arrivé depuis longtemps. Elle semblait éviter soigneusement de parler d'elle. Alors qu'il se demandait quelle question lui poser pour essayer d'en savoir plus, il ressentit une vibration qui lui était familière.

— Merde, grommela-t-il en freinant.

Un nuage de vapeur s'échappa du capot.

— Que se passe-t-il ? s'enquit Clare avec inquiétude.

— Le moteur est en surchauffe, répondit-il en se garant au bord de la route.

Ce qui n'avait rien d'étonnant, puisqu'il avait roulé toute la nuit.

— Il n'est pas facile de trouver des pièces pour entretenir un véhicule aussi ancien, ajouta-t-il.

Clare sortit un élastique de son sac pour se faire une queue-de-cheval.

— Comment puis-je vous aider ? demanda-t-elle.

— Vous ? M'aidez ?

— Ça a l'air de vous surprendre.

Il se contenta de hausser les épaules.

— Pourquoi je ne vous aiderais pas ? dit-elle. Plus vite on réparera votre camionnette, plus vite on retrouvera Trinity. En plus, je n'ai aucune envie de passer la journée sur le bord de la route par cette chaleur.

Quand elle détacha sa ceinture, son sac glissa de ses genoux et le contenu se renversa sur le plancher. Isaac le passa en revue par réflexe. Des lunettes de soleil. Des clés. Un téléphone. Une clé USB. Une bouteille d'eau.

Clare jura et entreprit de ramasser ses affaires.

Isaac se pencha pour prendre la clé USB.

— Donnez-moi ça ! s'écria Clare.

La brutalité de son changement de ton le surprit.

— Tenez, dit-il en lui tendant l'objet.

La manière dont elle lui arracha la clé l'incita à se demander ce qu'elle pouvait contenir de si important à ses yeux.

Clare ramassa le reste de ses affaires en silence.

— C'est la deuxième fois que je vous vois renverser le contenu de votre sac, lui fit-il remarquer. Avez-vous envisagé d'en acheter un qui ferme ?

— Vu mes finances actuelles, ce n'est pas une priorité, répliqua-t-elle.

— Le Père Noël vous en apportera peut-être un...

Elle pouffa.

— Peut-être.

— Par ailleurs, vous pourriez vendre ce sac, si vous avez besoin d'argent. Je n'y connais pas grand-chose en mode, mais j'ai l'impression qu'il a de la valeur.

— J'ai bien failli le faire, répondit-elle en serrant le sac contre son cœur. J'y aurais été obligée si vous ne m'aviez pas embauchée.

Elle soupira.

— Je le garde parce qu'il a une valeur sentimentale, ajouta-t-elle.

Isaac supposa qu'un homme riche le lui avait offert. Était-ce cet homme qu'elle fuyait ? Ou cherchait-elle à le rejoindre ? Ces questions lui rappelèrent qu'il ne savait strictement rien sur Clare. Il la trouvait séduisante et il aimait sa compagnie. C'était tout ce qu'il y avait entre eux. Il réprima un soupir de frustration.

— Vous le gardez parce qu'on vous l'a offert, dit-il. Je comprends.

Elle secoua la tête.

— Non, ce n'est pas du tout ça. Je l'ai acheté moi-même. Il coûtait plus que mon loyer de cette époque. C'était stupide, mais l'acheter m'a donné l'impression que j'avais enfin réussi dans la vie. Vous comprenez ?

C'était sans doute ce qu'il avait lui-même ressenti quand Jason lui avait annoncé que ses supérieurs approuvaient l'opération qu'il proposait.

— Oui, je crois, répondit-il en l'observant.

Le soleil, qui l'éclairait par-derrière, lui faisait comme une auréole.

Mais, même s'il pouvait comprendre qu'elle tienne à son sac, il était évident que la clé USB avait encore plus de valeur à ses yeux. Elle devait être liée à ce que Clare fuyait. Il commençait à deviner certaines choses, mais ce qu'il ignorait l'emportait largement et c'était une excellente raison pour qu'il garde ses distances.

Pour Clare, s'arrêter à Mercy avait généré des problèmes qu'elle n'avait pas anticipés. Au moins, quand elle était seule, elle ne risquait pas de se prendre les pieds dans ses mensonges ou, pire, de dire la vérité par accident.

Et il y avait la clé, qu'elle savait en sécurité quand elle était seule.

Isaac était déjà curieux à son sujet. Il n'était vraiment pas idéal qu'elle la garde dans son sac, mais elle avait trop peur de se la faire voler si elle la laissait dans sa chambre ou sa voiture.

Par ailleurs, Isaac était un problème à lui tout seul. Il était bien trop séduisant et intelligent. Ses qualités donnaient envie de lui faire confiance, mais Clare avait bien appris sa leçon. Tout le monde était capable de trahison.

— Je peux vous aider pour la voiture, insista-t-elle en serrant son sac.

En passant des semaines sur la route, elle avait appris à régler un certain nombre de problèmes mécaniques.

— Il faut remettre du liquide de refroidissement, mais on doit attendre que le moteur soit moins chaud, répondit-il. J'ai hâte de me débarrasser de ce tas de ferraille !

— Cette camionnette est un classique, lui rappela-t-elle en tapotant le tableau de bord. Elle a juste besoin d'être bien entretenue.

— Ce qui coûte de l'argent et je n'en ai pas pour ça.

Clare se mordilla la lèvre. Si elle n'était pas riche avant d'épouser Kyle, elle avait mené une vie confortable. Elle avait assez d'argent pour ne manquer de rien, à défaut de pouvoir s'acheter tout ce qu'elle voulait. Ensuite, la vie avec Kyle avait été opulente, excessive.

Cela avait changé à la minute où elle avait quitté Colombus. Du coup, elle devait aussi modifier sa manière d'envisager les choses.

— Je suis désolée. Je ne voulais pas sous-entendre..., commença-t-elle.

— Laissez tomber, la coupa Isaac. Il y a un bidon derrière votre siège. Si vous voulez aider, passez-le-moi.

Elle posa délicatement son sac par terre avant de se retourner pour récupérer le bidon.

— Tenez.

— Merci, répondit Isaac, qui lui parut un peu gêné, tout à coup.

Venait-il de regarder ses fesses ? Comme elle n'avait pas fait de sport depuis un bon moment, il n'avait peut-être pas aimé ce qu'il avait vu.

— Avez-vous besoin d'autre chose ? demanda-t-elle.

— Non. Je vais juste remplir le réservoir et on pourra repartir.

Quand il sortit de la camionnette pour s'approcher du capot, elle admira la manière dont sa chemise moulait ses bras et son torse musclés. Leurs yeux se rencontrèrent et elle se sentit rougir.

— Vous pouvez m'ouvrir le capot ? lui lança-t-il. C'est un levier sous le volant, à gauche.

Elle trouva le levier et Isaac souleva le capot. Elle l'entendit jurer deux secondes plus tard.

— Ça va ? s'enquit-elle.

— Le bouchon est brûlant. Pouvez-vous me trouver quelque chose ?

Clare observa l'intérieur de la camionnette, qui était propre. Il n'y avait même pas une vieille serviette dans un vide-poche. Elle ouvrit la boîte à gants et se figea en découvrant un revolver et des munitions.

Elle n'aurait pas dû être surprise. Elle était au Texas, après tout. Et vu la nature des... affaires qui se déroulaient au bar, il était logique qu'Isaac soit armé.

Sauf qu'il était un repris de justice. N'y avait-il pas une loi qui interdisait aux gens qui avaient été condamnés de posséder des armes ? Elle secoua la tête. Avoir respecté les règles toute sa vie ne faisait que lui inspirer des pensées parfaitement inutiles dans sa situation. Elle vivait dans un monde dangereux, maintenant. À vrai dire, elle aurait peut-être dû s'acheter une arme. C'était sans doute parce qu'elle ne savait pas s'en servir que cela ne lui était pas venu à l'esprit.

— Je crois qu'il y a un chiffon à l'arrière ! lui lança Isaac.

Elle sursauta et ferma la boîte à gants.

— Une seconde !

Elle regarda derrière son siège et trouva un bandana rouge, qu'elle ramassa du bout des doigts.

— Je l'ai ! annonça-t-elle.

Quand elle sortit de la camionnette, elle s'aperçut qu'il faisait déjà chaud. Quel temps faisait-il dans l'Ohio ? Il pleuvait sûrement. Ou Colombus aurait peut-être la chance d'avoir de la neige pour Noël... Cela ne risquait pas d'arriver à Mercy.

— Tenez, dit-elle en tendant le bandana à Isaac.

— Merci.

Lorsqu'il dévissa le bouchon, un jet de vapeur s'échappa du réservoir de liquide de refroidissement.

— Bon sang ! C'est encore trop chaud. Si je le remplis maintenant, tout s'évaporera. On doit attendre.

Clare s'adossa à la camionnette en songeant à l'arme de la boîte à gants.

— Je me demandais...

Elle n'acheva pas sa phrase. Sa mère avait raison, songea-t-elle en secouant la tête. Elle détestait qu'on l'aide.

— Vous vous demandiez quoi ?

Elle s'éclaircit la voix.

— C'est juste qu'en cherchant un chiffon, j'ai ouvert la boîte à gants et j'ai vu une arme.

— Oui, répondit-il avec une expression qu'elle ne réussit pas à déchiffrer. Et alors ?Solliciter un cours de tir était peut-être une mauvaise idée, mais elle ne pouvait plus reculer, maintenant.

— Pourriez-vous me montrer comment on s'en sert ?

7

Isaac avait beau s'être imposé comme règle de ne se lier avec personne à Mercy, il savait qu'il était trop tard en ce qui concernait Clare. De plus, il voulait savoir pourquoi elle se cachait au Texas.

Le fait qu'elle lui demande un cours de tir soulevait de nouvelles questions intéressantes. Sur qui voulait-elle tirer et pourquoi ?

Même si cela l'intéressait vivement, il haussa les épaules avec indifférence.

— Bien sûr. Pourquoi pas ? On a du temps devant nous.

Il se dirigea vers le coffre de la camionnette avec Clare sur les talons.

— La première règle de sécurité, c'est que toutes les armes sont chargées, commença-t-il. Même si vous êtes sûre qu'il n'y a pas de balles dans une arme, elle est chargée.

— Comment est-ce possible ? balbutia-t-elle, les sourcils froncés. S'il n'y a pas de balles...

— C'est l'état d'esprit que vous devez avoir. Un revolver est un objet dangereux et vous devez respecter ce fait dès le début. Deuxième règle, poursuivit-il en sortant une boîte en métal du coffre. Ne dégainez jamais une arme si vous n'avez pas l'intention de vous en servir. C'est compris ?

Elle répéta consciencieusement les règles.

Il hocha la tête et s'agenouilla pour fouiller dans la boîte, qu'il avait posée par terre. Il en sortit plusieurs bouteilles en plastique vides.

— Prenez ça, lui dit-il. Elles serviront de cibles.

Clare obéit sans un mot.

— Maintenant, allons chercher le revolver et les munitions. Quelle est la première règle ?

Alors qu'il s'approchait de la portière, il regarda Clare par-dessus son épaule. Son jean moulait ses jambes longues et fines. Lorsqu'il l'imagina écartant les cuisses pour s'offrir à lui, sa bouche se dessécha et il s'empressa de détourner les yeux.

— Une arme est toujours chargée, répéta-t-elle. Et la deuxième règle est qu'il ne faut pas en dégainer une si on n'a pas l'intention de s'en servir.

Il acquiesça, mais ses fantasmes occupaient toujours son esprit. Il n'avait pas fait l'amour depuis des mois. C'était peut-être un simple besoin physique qui le poussait vers Clare.

Pourtant, il avait vu de jolies femmes, au bar, et aucune ne lui avait fait cet effet.

Il se retourna, le revolver dans une main et les munitions dans l'autre.

— J'ai mis votre sac derrière le siège, dit-il. J'espère que ça ne vous dérange pas.

— Vous avez bien fait.

Il glissa l'arme dans ses reins, verrouilla la camionnette et demanda à Clare :

— Prête pour votre première leçon de tir ?

Clare suivit Isaac. En moins de cinq minutes, il trouva un rocher plat d'un mètre de hauteur.

— C'est parfait, commenta-t-il avant de lui prendre les bouteilles pour les aligner sur le rocher.

— Et maintenant ? demanda-t-elle quand ils se furent éloignés de plusieurs mètres.

— Je veux que vous soyez toujours prudente avec les armes à feu, mais si vous en sortez une, c'est pour éliminer une menace, alors visez le centre.

Il dessina un cercle sur son torse du bout du doigt en l'observant attentivement. Il voulait être sûr qu'elle retenait ce qu'il lui disait. Tout en appréciant que ce soit un bon professeur, elle était un peu surprise d'entendre un ex-détenu insister autant sur la prudence.

— C'est compris ? s'enquit-il.

— C'est compris. Où avez-vous appris à tirer ?

— J'ai appris quand j'étais très jeune, chérie, répondit-il.

Lui disait-il la vérité ?Il tira l'arme de son pantalon pour la lui montrer.

— C'est un Glock 19, indiqua-t-il. C'est une arme assez petite, mais elle peut tuer quelqu'un à trente mètres. Le chargeur contient dix balles et il y en a une dans le canon.

— Ça fait onze, dit-elle.

Il esquissa un sourire.

— Je me réjouis que vous soyez attentive, commenta-t-il.

Il décrivit ensuite l'arme dans ses moindres détails.

— D'abord, vous devez apprendre à la charger.

Il appuya sur un bouton et le chargeur se détacha. Isaac le lui mit dans la main. Il tira ensuite sur la glissière, attrapa la balle qui fut éjectée par le haut de l'arme et la lui donna aussi.

— Ça, c'est la fenêtre d'éjection, expliqua-t-il. Quand on tire sur la glissière, on peut voir l'intérieur du canon.

Il le plaça devant ses yeux pour qu'elle voie de la lumière à l'autre bout.

Décidément, elle ne s'attendait pas à recevoir une leçon aussi précise et détaillée de la part d'un ex-détenu. Isaac était un véritable puzzle.

— Maintenant, vous êtes sûre que l'arme est vide, conclut-il.

Il passa une minute à recharger l'arme, puis la lui tendit.

— À vous, dit-il.

Le cœur de Clare manqua un battement quand elle plaça sa main sur celle d'Isaac pour prendre l'arme. Et ce n'était pas seulement à cause de l'arme. C'était Isaac. Se trouver aussi près de lui l'excitait et l'intimidait.

Elle fut surprise par le poids de l'arme lorsqu'il la lâcha.

— C'est plus lourd que je m'y attendais, dit-elle.

— Vous vous y habituerez si vous en manipulez souvent.

Ils déchargèrent et rechargèrent l'arme pendant plusieurs minutes, jusqu'à ce que Clare connaisse toutes les étapes par cœur.

— Tirer, c'est facile, déclara Isaac. Il suffit de viser et d'appuyer sur la détente. C'est atteindre une cible qui est difficile.

Clare se tourna vers les bouteilles alignées sur le rocher, qui étaient toutes petites à cette distance.

— Vous voyez ça ? C'est le viseur, dit-il en désignant une petite pièce de métal qui dépassait du canon. Vous devez aligner votre cible dessus quand vous tirez. Compris ?

— Aligner la cible sur le viseur. Tirer. Compris.

— Maintenant, essayez, fit-il en lui montrant les bouteilles.

Clare leva l'arme, qui vacilla au bout de son bras.

— Contractez vos muscles, dit Isaac en lui effleurant le bras.

Sa caresse la troubla, mais elle lui obéit et réussit à stabiliser l'arme. Elle aligna l'une des bouteilles sur le viseur et appuya sur la détente.

La détonation lui parut assourdissante dans le silence du désert et une onde de choc remonta le long de son bras. Elle la ressentit jusque dans ses dents.

La balle avait soulevé un nuage de poussière en percutant le rocher.

— Mince, dit-elle en faisait passer l'arme dans sa main gauche pour secouer sa main droite. Qu'est-ce que j'ai mal fait ?

— Vous ne pouvez pas vous attendre à être une experte du premier coup.

— C'est une autre règle ?

— Un conseil qui vaut pour beaucoup de choses dans la vie. Une fois, alors que j'apprenais à tirer à un ado...

Il laissa sa phrase en suspens et se gratta l'oreille.

— Peu importe, reprit-il. Tout le monde croit toujours à tort qu'il est facile d'être un tireur d'élite. Réessayez.

Clare leva l'arme, visa soigneusement, inspira, expira et tira. Un nouveau nuage de poussière s'éleva du rocher. Quand il se dissipa, elle vit que les bouteilles étaient intactes. Si elle n'était pas surprise, elle était déçue.

— Qu'est-ce que je fais mal, bon sang ?

— Rien, répondit Isaac. Essayez un peu plus à droite. Visez la dernière bouteille.

Isaac se plaça derrière elle, son torse contre son dos, et se pencha pour que sa joue soit près de la sienne.

— Un peu plus haut, dit-il. Le viseur doit être sur la cible, pas en dessous.

La bouteille se retrouva cachée par le viseur, mais avec Isaac aussi près d'elle, Clare avait beaucoup de mal à se concentrer.

— Vous voyez ce que je veux dire ? demanda-t-il.

— Je crois.

— Maintenant, tirez.

Elle appuya sur la détente. La bouteille resta debout.

— Encore raté, soupira-t-elle en baissant l'arme.

— Ce n'est pas mal pour quelqu'un qui n'a tiré que trois fois, affirma-t-il. Essayez encore.

Clare fit rouler ses épaules en fixant la bouteille avec hostilité. Elle leva l'arme, fit disparaître la bouteille derrière le viseur, inspira, expira et appuya sur la détente. Cette fois, la bouteille vola.

— Bien joué ! s'exclama Isaac avec un enthousiasme qui la fit sourire. Vous êtes douée, mais entraînez-vous quand vous en aurez l'occasion.

— C'était dû à la combinaison d'un excellent enseignement et de la chance des débutants, répondit-elle.

Elle lui tendit l'arme.

— J'aimerais vous voir tirer, un jour.

— Le moteur doit avoir assez refroidi, dit-il en prenant l'arme. On repart ou voulez essayer encore ?

— Non, ça va.

— Je vais chercher les bouteilles, alors.

— J'aime les hommes qui ne laissent pas traîner de déchets, commenta-t-elle.

— Quoi ?

— Vous ramassez vos déchets, dit-elle. N'oubliez pas que j'ai étudié l'ingénierie de l'environnement. Je vous aide.

Isaac glissa l'arme à sa ceinture. Lorsqu'ils eurent fini de ramasser les bouteilles, il lui décocha un sourire qui l'étourdit.

Alors elle se souvint qu'il ne lui avait pas dit où il avait appris à tirer. Ce n'était pas un accident. Il avait fait exprès d'ignorer sa question. Et puisque cet homme la chamboulait, elle tenait à en savoir plus sur lui.

— Vous n'avez pas répondu à ma question, tout à l'heure, lui rappela-t-elle. Où avez-vous appris à tirer ?

— Pourquoi voulez-vous le savoir ?

— C'est juste que je suis au milieu de nulle part avec quelqu'un que je ne connais pas du tout, dit-elle, hésitante. Tout à coup, je découvre que c'est un tireur d'élite. J'ai le droit d'être curieuse.

— Non, rétorqua-t-il. Et c'est vous qui vouliez apprendre à tirer.

Il avait raison. Puisqu'elle avait demandé son aide, elle n'ajouta rien.

Quand ils atteignirent la camionnette, elle lui donna les bouteilles qu'elle tenait.

— Imani Omar, dit-il en les rangeant dans la boîte en métal.

— Qui est-ce ? La personne qui vous a appris à tirer ?

— Non. La première fille que j'ai embrassée. C'était la plus jolie fille de cinquième. Elle avait de beaux yeux marron et des ongles toujours vernis en rose. Elle sentait la vanille et elle avait un goût de fraise. Je crois que c'était son baume à lèvres.

— Pourquoi me parlez-vous d'une fille que vous avez embrassée quand vous étiez enfant ?

— Non, Imani n'était pas une fille. C'était *la* fille. Je ne vous parle pas de mon instructeur de tir parce que c'est une histoire que vous n'avez pas à connaître. Mais le fait que j'aie refusé de vous répondre vous a incitée à penser que je n'étais peut-être pas digne de confiance.

Il n'avait pas tort. Elle haussa les épaules.

— Alors, à la place...

— À la place, je vous parle d'Imani. Elle a plus d'importance, de toute manière.

— Parce que c'était votre première petite amie.

— Petite amie ? Non, répliqua-t-il en secouant la tête. Surtout pas après ce baiser.

— Pourquoi ?

— Je préférerais ne pas répondre.

— C'est vous qui l'avez mise sur le tapis. Vous refusez de finir une histoire que vous avez commencée. Ce n'est pas juste.

— Disons que je manquais d'expérience.

— N'est-ce pas le cas de tout le monde, à cet âge ?

— J'ai été très mauvais, croyez-moi.

— Me voici captivée par votre histoire, dit-elle en le suivant à l'avant de la camionnette. Mauvais à quel point ?

Isaac prit le bidon et entreprit de remplir le réservoir.

— Je n'avais rien compris à la technique. C'est elle qui m'a enseigné tout ce que j'avais besoin de savoir... à cet âge, du moins.

Elle éclata de rire.

— Je vois.

Il vissa le bouchon du réservoir et ferma le capot.

— Allons-nous-en, dit-il.

Clare fit un pas en même temps qu'Isaac se retournait. Ils se bousculèrent et elle serait tombée s'il n'avait pas enroulé un bras autour d'elle.

Sans réfléchir, elle posa les mains sur son torse et pressa ses lèvres contre les siennes.

Alors elle se mit à trop réfléchir.

— Je n'aurais pas dû faire ça, lâcha-t-elle en s'écartant. Je ne sais pas ce qui m'a pris. Enfin si, je le sais. Vous êtes séduisant et j'étais dans vos bras... Ça m'a semblé naturel. Si je vous ai offensé, j'en suis désolée et...

— Vous ne m'avez pas offensé et vous n'avez pas besoin d'être désolée. C'était plaisant.

C'était déjà quelque chose, songea-t-elle.

— Tant qu'on se comprend..., répondit-elle sans savoir ce qu'elle-même comprenait.

— Eh, Clare.

Il prit sa main pour l'attirer doucement vers lui. Il posa son front contre le sien et demanda :

— Ça va ?

— Oui, ça va, murmura-t-elle avant qu'il l'embrasse à son tour.

Ce deuxième baiser fut plus audacieux et elle se sentit fondre dans ses bras. Isaac l'embrassa avec de plus en plus de fougue en caressant son ventre et ses seins.

— Oh ! Isaac, gémit-elle, affolée par le désir.

Il fallait qu'elle intervienne tout de suite, sinon elle n'aurait plus la force d'arrêter.

Elle le repoussa.

— Vous avez clairement progressé depuis la cinquième, déclara-t-elle, le souffle court.

Il pouffa.

— C'est bon à savoir.

— Mettons-nous en route, dit-elle en posant la main sur la poignée de la portière – surtout pour se stabiliser. Vous avez des choses à faire et j'aimerais savoir si Trinity est à Encantador.

Une fois installée dans la camionnette, elle se demanda où tout cela les mènerait.

Ressaisis-toi, Clare. Tu es une adulte.

Oh oui, elle avait envie de le croire. Mais elle savait que ce qui venait de se passer était tout sauf « juste un baiser ».

Si elle ne l'oubliait pas très vite pour se concentrer sur la raison de sa présence à Mercy, elle s'attirerait des ennuis.

Decker Newcombe traversait Encantador, une main sur le volant, l'autre posée sur le livre qu'il avait volé à la bibliothèque. *Le Guide complet de Jack l'Éventreur.*

Il avait tué la rousse pour envoyer un message à Ryan Steele, mais il avait senti, alors que la vie la quittait, que l'argent n'avait pas autant d'importance que son héritage. Le meurtre et la terreur. Sauf qu'il ne voulait pas mourir anonyme comme son ancêtre.

Sans l'ADN retrouvé sur un vêtement d'une victime, l'identité de Jack serait restée un mystère à jamais.

Non, l'obscurité ne convenait pas à Decker. Il trouva l'endroit parfait pour attendre et observer : le parking qui se trouvait à l'arrière d'un petit centre commercial. Il était 10 h 15. Il y avait un magasin tout à un dollar entre une laverie automatique et un restaurant asiatique qui ne servait que le soir. Il y avait aussi une épicerie qui n'ouvrirait que quarante-cinq minutes plus tard. Il scruta les bâtiments à la recherche de caméras et n'en vit aucune.

Une fois garé, il prit son livre et consulta la table des matières : Chapitre 3 : Victimes de Jack.

Il alla à la page 87 et lut :

Durant l'automne 1888, cinq meurtres sordides ont été attribués à Jack l'Éventreur. Il y avait plusieurs similarités entre eux. D'abord, toutes les victimes étaient des femmes. Ensuite, elles étaient toutes des prostituées qui travaillaient dans le quartier de Whitechapel. Enfin, elles ont toutes été éventrées après leur mort.

Les organes qui ont été retirés n'ont jamais été retrouvés.

Decker posa le livre sur le siège du passager. Le cœur affolé et la gorge sèche, il agrippa le volant. Comment était-ce, à l'époque ? Les rues de Londres étaient si sombres qu'on ne pouvait pas voir sa main devant son visage – ni un couteau sur sa gorge. Son ancêtre se cachait-il dans des recoins pour attendre ses proies ?

Leur parlait-il avant de leur trancher la gorge ?

Après une profonde inspiration, Decker sut enfin ce qu'il voulait.

L'odeur de la mort flottait déjà dans la voiture. Il regarda le coffre dans le rétroviseur. La rousse, qu'il ne voyait pas, attendait de recevoir sa marque.

Un jour, son nom inspirerait autant d'effroi que le surnom de son ancêtre.

8

Clare regardait le paysage quand ils passèrent devant un panneau sur lequel était écrit en bleu : « Bienvenue à Encantador. Une ville charmante. 2 872 habitants. »

Une rue commerçante traversait la ville. Il y avait un cabinet médical, un bureau de poste, un restaurant qui servait le petit déjeuner et le déjeuner en face d'un bar-restaurant qui n'ouvrait que le soir. Des rues perpendiculaires menaient à des quartiers résidentiels, où Clare aperçut des maisons coquettes entourées de clôtures blanches.

— Ça a effectivement l'air d'être une ville charmante, commenta-t-elle alors qu'Isaac se garait.

— Je suppose que c'en est une, répondit-il avec indifférence. En tout cas, c'est le meilleur endroit pour chercher Trinity.

Le restaurant devant lequel Isaac s'était arrêté avait peint des bonshommes de neige sur sa vitrine et accroché un Père Noël en carton au-dessus de la porte.

Elle suivit Isaac à l'intérieur. Des odeurs de café et de cannelle flottaient dans l'air. Un gargouillis de son estomac rappela à Clare qu'elle avait sauté le petit déjeuner.

Et elle commençait à avoir mal à la tête, sans doute à cause de la chaleur et du manque de café. À la réflexion, elle n'avait même pas bu d'eau depuis son réveil. Il n'était pas étonnant que le parfum de cet endroit lui paraisse divin.

Isaac balaya la salle du regard.

— Trinity n'est pas là, dit-il.

Il y avait des banquettes du côté de la vitrine et une dizaine de tabourets le long du comptoir. Il n'y avait personne sur les tabourets et la moitié des tables étaient libres. Non, Trinity n'était pas là.

— Alors où peut-elle être ?

— Elle est peut-être déjà repartie, suggéra Isaac. Asseyons-nous. La serveuse devrait pouvoir nous renseigner.

Ils prirent place sur des tabourets. Il y avait déjà des couverts enroulés dans des serviettes devant eux.

Une femme aux cheveux gris coupés court s'approcha d'eux. D'après son badge, elle s'appelait Mae.

— Bonjour ! leur lança-t-elle. Du café ?

— S'il vous plaît, répondit Isaac.

— Du super ou du sans-plomb ?

Isaac laissa Clare parler la première.

— Avec caféine pour moi, s'il vous plaît.

— Deux, dit Isaac.

— Autre chose ? demanda Mae.

— Vos rouleaux à la cannelle sentent bon, la complimenta Isaac. Ils sont frais ?

— Bien sûr. Ils sont sortis du four il y a quelques minutes, indiqua la serveuse en plaçant deux tasses de café devant eux.

De nouveau, Isaac attendit qu'elle commande la première. À quand remontait la dernière fois que quelqu'un s'était montré délicat envers elle ? À bien avant qu'elle ne quitte Colombus.

Bien sûr, sur le papier, Kyle était le mari parfait. Il était beau, intelligent et riche. Mais, en réalité, leur mariage battait de l'aile depuis longtemps quand tout avait dérapé.

— Un rouleau à la cannelle, chérie ? demanda Mae, arrachant Clare à ses pensées.

— Oui, s'il vous plaît, répondit-elle.

— Pour moi aussi, dit Isaac.

Mae se dirigea vers le comptoir des pâtisseries. Clare sucra son café et but une gorgée qui la fit gémir de soulagement.

— La première gorgée est toujours la meilleure, affirma Isaac en levant sa tasse comme pour porter un toast.

— Si vous trouvez que le café est bon, attendez d'avoir goûté ça, dit Mae en posant des rouleaux à la cannelle devant eux. Bon appétit.

— C'est délicieux, reconnut Clare après la première bouchée.

— Je suis ravie que ça vous plaise, dit Mae. C'est une recette de ma mère.

— Félicitez-la de notre part, répondit Isaac.

— Elle est morte depuis trente ans, mais je n'y manquerai pas quand je la reverrai au ciel. Alors, qu'est-ce qui vous amène chez nous ? Vous rendez visite à des parents pour les fêtes ?

— On cherche une amie, expliqua Isaac, qui avait déjà fini son rouleau. On pense qu'elle a pu venir chez vous ce matin.

— À quoi ressemble-t-elle ?

— Elle est grande et rousse, dit Clare.

— Une grande rousse, répéta Mae avant de secouer la tête. Ça ne me dit rien, mais on a eu beaucoup de monde à l'ouverture. Je ne l'ai peut-être pas remarquée.

— Vous auriez remarqué Trinity, croyez-moi, répliqua Isaac. Elle a des tatouages qui se voient de loin : un tigre sur le bras, un python sur la jambe...

Mae secoua la tête.

— Non, je ne l'ai pas vue.

— Aurait-elle pu aller ailleurs vers 7 h 30 ? demanda Clare.

— Non. On est les seuls à être ouverts à cette heure.

Mae jeta un coup d'œil à la pendule. Il était presque 11 heures.

— L'épicerie ouvre bientôt, ajouta-t-elle. Vous l'y trouverez peut-être.

Isaac hocha la tête.

— Merci.

Mae s'éloigna, la cafetière à la main.

Clare se demanda quoi dire. Elle était sûre d'une chose : elle ne voulait pas parler du baiser.

— Alors, quelle est votre histoire ? lança-t-elle. Je sais que vous avez rencontré Ryan en prison et qu'il vous a embauché quand vous en êtes sorti. Que faisiez-vous avant ça ?

Isaac esquissa un sourire.

— Je vous l'ai dit. J'ai grandi au Texas.

— Vous êtes à Mercy depuis combien de temps ?

— Un an, environ.

— Un an ?

Clare n'imaginait pas qu'on puisse passer autant de temps dans une ville comme Mercy – sauf qu'elle n'aurait peut-être pas d'autre option. Elle songea à son avenir en mâchant une nouvelle bouchée. Avant de faire le moindre projet, elle devait en finir avec son passé.

— Voulez-vous autre chose ? s'enquit Mae en réapparaissant.

— Non merci, répondit Clare.

Isaac se leva et posa un billet sur le comptoir.

— Merci pour votre aide, dit-il à la serveuse.

— Vous n'êtes pas obligé de payer pour moi, protesta Clare.

Il lui décocha un sourire qui la fit fondre.

— Ce n'est pas tous les jours que j'offre le café à une jolie femme, déclara-t-il. Venez. Allons voir si on trouve Trinity à l'épicerie.

Il lui ouvrit la porte, qui était si étroite que Clare effleura son torse de l'épaule en passant. Au moins, elle l'avait assez souvent touché par accident pour ne pas être surprise que son cœur manque un battement, à présent. Elle savait aussi qu'elle garderait ce contact à l'esprit un long moment.

L'épicerie semblait dater du début des années 1950. Elle était en briques, avec une grande vitrine sur laquelle étaient collées des affiches annonçant des promotions. Les portes s'ouvraient automatiquement. La climatisation était réglée à une température si basse que Clare frissonna en entrant.

Une adolescente en blouse bleue leur tendit un prospectus.

— Bonjour, je m'appelle Adeline. Voici nos promotions.

— En fait, on cherche une amie, lui dit Isaac. Grande, rousse, avec beaucoup de tatouages.

— Quand est-elle venue ? demanda l'adolescente.

— Ce matin, répondit Clare.

Adeline secoua la tête.

— Personne qui ressemblait à ça n'est venu ce matin.

— Vous en êtes sûre ? insista Isaac.

— Certaine. Je suis là depuis l'ouverture.

Clare réprima un soupir de déception.

Un homme aux cheveux argentés qui avait une fine moustache s'approcha d'eux. Il portait un pantalon noir, une chemise blanche et une cravate du même bleu que la blouse d'Adeline.

— Il faudrait que tu ailles aider Greg dans la réserve, Adeline, dit-il à la jeune fille. Je m'occupe des prospectus.

— D'accord, monsieur Yoshida, répondit Adeline en lui tendant la liasse de prospectus. Ces personnes ont besoin d'aide.

Elle s'éloigna à grands pas.

— Que puis-je faire pour vous ? s'enquit M. Yoshida.

— On cherche une amie, une grande rousse, répondit Isaac. On pense qu'elle a pu venir à l'ouverture.

— Je ne l'ai pas vue, ni ici ni en ville... Et pourquoi la cherchez-vous ?

— On partage une chambre, expliqua Clare. Ce matin, elle est sortie pour aller chercher des cafés et elle n'est pas revenue. Je suis inquiète.

M. Yoshida fronça les sourcils.

— Je comprends que vous le soyez. Je serai attentif, c'est promis. Si je la vois, je lui dirai de vous appeler pour vous rassurer. Ça vous va ?

— Merci beaucoup, répondit Isaac.

La porte s'ouvrit, et une brune qui portait un bébé entra.

— Bonjour, madame Erikson, dit M. Yoshida. Voici nos promotions du jour.

Le gérant du magasin était déjà passé à autre chose.

L'odeur de viande grillée qui flottait dans l'air rappela à Clare la dernière soirée qu'elle avait passée à Colombus avec Kyle. Après avoir découvert la note du père de Kyle, ils s'étaient promenés à pied dans un quartier récemment rénové proche du siège de l'entreprise. Les boutiques chics et les restaurants haut de gamme s'y faisaient une concurrence féroce.

Clare s'accouda à la rambarde du pont piétonnier qui reliait les deux rives de la Scioto. Le vent lui fouettait le visage. Kyle, le regard au loin, fut le premier à parler.

— *Je suppose que j'aurais tort de te demander... Oui, j'aurais tort.*

— *Je t'écoute, déclara Clare alors qu'elle savait déjà ce qu'il voulait.*

— *Pourrait*-on juste faire semblant de ne rien savoir ? C'était il y a des années. Les lois n'étaient pas les mêmes et mon père ne *savait sans doute pas à quel point ces produits étaient toxiques.*

Kyle avait lu la note. Il était parfaitement clair que son père savait qu'il violait la loi et, pire, que ces produits étaient très dangereux.

*— Tu sais bien que non, répondit-*elle.

Kyle laissa échapper un ricanement qu'elle avait rarement entendu.

— Tu ne crois quand même pas que le dénoncer maintenant changera quelque chose à une vieille erreur dont personne ne semble s'être aperçu ?

— Des gens vont tomber malades, si ce n'est pas déjà fait, et ignorer le problème ferait de nous ses complices, Kyle.

Kyle secoua la tête.

— Ça détruira sa réputation et l'entreprise. Il me haïra.

Elle ne put s'empêcher d'éprouver de la compassion pour Kyle. De fait, son père était un homme dur.

*— On surmontera ça ensemble, lui promit-*elle en posant la main sur son bras. Si l'entreprise reconnaît les faits spontanément, le gouvernement se montrera conciliant. Je négocierai. Ton père ne fera peut-être pas beaucoup de prison et…

— De la prison ? s'écria Kyle. Il n'est pas question que je laisse mon père se faire arrêter. Je sais que tu ne peux pas le comprendre, puisque tu n'as pas à protéger le nom de ta famille.

Le nom de sa famille ?

— Il ne s'agit pas de moi, Kyle. Il s'agit d'être responsables et de protéger la communauté.

*— Tu as raison, concéda-t-*il en s'écartant de la rambarde. Rentrons. J'ai besoin de réfléchir.

Le souvenir s'estompa.

— Il faut que je sorte, dit Clare, l'estomac noué.

Isaac la suivit dehors.

— Ça va ?

— Oui, ça va mieux, prétendit-elle. J'avais juste besoin de prendre l'air.

En réalité, cela n'allait pas du tout. Son problème la hanterait tant qu'elle n'aurait pas trouvé un moyen de l'affronter.

— Il fait que j'envoie un paquet à San Antonio, dit Isaac. Vous pouvez m'accompagner ou vous promener en attendant, comme vous préférez.

Alors qu'elle s'apprêtait à répondre, un hurlement de terreur presque bestial leur parvint. Le sang de Clare se glaça dans ses veines.

— Que se passe-t-il ? s'exclama Isaac.

— Je crois que ça vient de par là, répondit-elle en indiquant une allée étroite qui longeait l'épicerie d'une main tremblante.

— Restez ici, ordonna Isaac.

— Pourquoi ? Où allez-vous ?

Il courait déjà en direction de l'allée.

Alors le hurlement s'arrêta. Le silence qui le suivit parut encore plus terrifiant à Clare.

Dans toute la rue, des gens étaient sortis sur le pas de leur porte et s'interrogeaient du regard.

— Qu'est-ce que c'est que ce raffut ? demanda quelqu'un.

— D'où ça venait ?

— Tout le monde va bien ?

— Est-ce que quelqu'un a appelé le shérif Cafferty ?

Clare se tourna vers l'allée dans laquelle Isaac s'était engouffré. Il n'en était pas ressorti.

Après avoir hésité, elle se dirigea lentement vers l'allée. Elle vit d'abord Isaac, de dos, en train de regarder quelque chose qui se trouvait par terre.

M. Yoshida se tenait près de la porte de derrière de l'épicerie. Adeline sanglotait à côté de lui.

Clare s'approcha d'eux jusqu'à ce qu'elle voie ce qui se trouvait par terre, ce qu'elle regretta immédiatement. C'était un corps – ou ce qu'il en restait. Clare remarqua d'abord les cheveux roux, puis les yeux fixant le vide et la bouche ouverte, comme si la mort était venue en plein cri. Quand elle laissa échapper un gémissement, Isaac se retourna et se précipita vers elle.

Alors elle se mit à trembler.

— Ne regardez pas.

Il prit son visage entre les mains pour la forcer à tourner la tête vers lui.

— Ne regardez pas !

C'était trop tard. Elle en avait assez vu pour savoir que le corps mutilé était celui de Trinity.

— Je ne comprends pas, balbutia-t-elle. Que s'est-il passé ? Elle allait parfaitement bien ce matin !

— Je n'en sais rien, répondit Isaac d'une voix lugubre. Mais on va le découvrir.

9

Le shérif Maurice Cafferty, qu'on surnommait Mooky, écrasa l'accélérateur et décrocha sa radio.

— Le central ? Ici le shérif. Pouvez-vous répéter ?

— Shane Yoshida a trouvé un corps près des bennes à ordures dans l'allée, derrière son épicerie, dit la standardiste d'une voix tremblante. Il paraît que c'est horrible.

Il y avait eu un meurtre dans sa ville. Son estomac commença à lui brûler. Cafferty fouilla entre les sièges et trouva son flacon d'antiacides. Il ne restait plus que trois comprimés. Il prit les trois.

— A-t-il dit autre chose ? demanda-t-il. Sait-il qui est la victime ?

— Je ne crois pas, shérif.

— Y a-t-il du monde sur place ?

— Todd et Kathryn sont en route, répondit la standardiste, mentionnant les noms de deux adjoints. Ils devraient être sur les lieux dans deux minutes.

— Bien reçu. J'arriverai juste après eux.

Dès qu'il eut raccroché la radio, il alluma le gyrophare et la sirène. Trois minutes plus tard, il atteignit l'épicerie et vit un attroupement. Ses brûlures d'estomac redoublèrent.

La foule s'écarta pour le laisser passer quand il klaxonna. Il se gara au bout de l'allée et coupa la sirène.

Todd Travers, la dernière recrue du bureau, vint à sa rencontre.

— Alors ? lui lança Mooky.

— C'est grave, shérif, répondit son adjoint. Très grave. Je n'ai jamais rien vu de tel.

Kathryn Glass, qui avait dix ans d'ancienneté, se tenait au

milieu de l'allée, les bras croisés. Le corps, derrière elle, avait été dissimulé sous une bâche.

Mooky regarda Todd, qui était blême et crispé, et se promit de lui rappeler plus tard qu'il pourrait consulter un psy aux frais du gouvernement si ce qu'il venait de voir le hantait.

— Sécurise le périmètre, lui ordonna-t-il. Fais reculer tout le monde et bloque l'allée des deux côtés. Tu peux faire ça ?

— Oui, monsieur, répondit son adjoint.

Mooky tapota l'épaule de Todd, puis observa la foule. Il reconnut tout le monde sauf deux personnes, un gars musclé et une blonde qui pleurait.

Quand il s'approcha de la scène, l'odeur de la putréfaction l'obligea à se couvrir le nez et la bouche.

— Qu'est-ce que ça donne, Kathryn ?

— C'est l'horreur. Jugez par vous-même.

Mooky s'agenouilla près du corps et souleva un coin de la bâche. Un goût de bile lui envahit la bouche, mais il n'était pas question qu'il vomisse sur une scène de crime. Il toussa et détourna les yeux. Il avait vu des cheveux roux, des lèvres bleues, des chairs ouvertes et des yeux qui exprimaient la terreur.

Il frémit en songeant aux derniers instants de cette pauvre femme.

— Tu sais qui c'est ? demanda-t-il à Kathryn.

— Je ne l'ai jamais vue de ma vie.

Il frotta ses mains l'une contre l'autre et regarda au bout de l'allée. Todd avait été efficace : il n'y avait plus de curieux.

— C'est bien Shane Yoshida qui a trouvé le corps ? lança-t-il.

— L'une de ses employées, en sortant les poubelles. C'est une étudiante embauchée pour les fêtes. Elle s'appelle Adeline. Yoshida et elle sont à l'intérieur. Elle est assez secouée.

— J'imagine. Je vais les interroger. Appelle le médecin légiste et dis-lui de venir chercher le corps.

La porte de derrière de l'épicerie avait été maintenue entrouverte grâce à une brique. Mooky entra. Le bureau du gérant se trouvait sur sa droite. Yoshida se leva dès qu'il le vit.

— Merci d'être venu aussi vite, shérif, lui dit-il.

Mooky hocha la tête. Il y avait deux femmes avec Yoshida. La première était son épouse, la propriétaire de la boulangerie. Elle essayait de réconforter une adolescente en lui tapotant la main.

— Tu étais petite la dernière fois que je t'ai vue, Adeline, mais je jouais au football avec ton père, lui dit Mooky.

Il sortit un calepin et un stylo de la poche de son uniforme.

— Peux-tu me raconter ce qui s'est passé ? reprit-il. Comment as-tu trouvé le corps ?

Adeline inspira péniblement.

— M. Yoshida m'a demandé d'aider dans la réserve, et le manutentionnaire a voulu que je sorte les cartons vides. Je l'ai vue dès que j'ai ouvert la porte. Je me suis mise à crier et tout le monde est venu.

— As-tu bien regardé cette femme ?

Adeline secoua la tête.

— J'ai juste vu les blessures, répondit-elle d'une voix tremblante.

— Qui a mis la bâche ? s'enquit Mooky.

— C'est moi, dit Shane. Ça m'a semblé plus respectueux et des gens s'attroupaient.

— Et vous ? Avez-vous bien regardé le visage de cette femme ? La connaissez-vous ?

— Non, mais...

— Quoi ?

— Deux personnes cherchaient une femme qui lui ressemble. Un homme musclé et une femme blonde.

Mooky les avait repérés dans la foule au bout de l'allée. Maintenant, il ne lui restait plus qu'à espérer qu'il réussirait à leur mettre la main dessus.

Clare ferma les yeux, ce qui ne servait à rien. L'image du corps de Trinity était gravée dans son esprit.

Elle inspira et compta. Un. Deux. Trois. Un sanglot lui échappa lorsqu'elle expira.

Un adjoint du shérif avait forcé tout le monde à reculer.

— Ça va aller, murmura Isaac, la main sur son épaule. Je vous le promets.Comment était-ce possible après ce qu'elle venait de voir ?

— Sa pauvre fille, soupira-t-elle. Est-ce que quelqu'un peut contacter son ex-mari ?

— Je peux trouver son numéro, répondit Isaac.

— Excusez-moi. Je peux vous parler une minute ?

L'homme qui s'était approché d'eux portait un uniforme de shérif.

— Oui, balbutia-t-elle.

— Je m'appelle Maurice Cafferty, dit-il en lui tendant une carte. Je suis le shérif de ce comté.

Il y avait les numéros de son bureau et de son téléphone portable sur la carte. Elle la donna à Isaac.

— Que pouvons-nous faire pour vous, shérif ? demanda celui-ci.

— Le gérant de l'épicerie m'a dit que vous étiez venus ce matin. Pourquoi ?

— Pourquoi nous posez-vous cette question ? répliqua Isaac.

Cela surprit Clare. Était-il réticent parce qu'il avait fait de la prison ou pour une autre raison ?

— Ne jouez pas à ça, s'il vous plaît, dit le shérif. Soit vous me répondez gentiment ici, soit vous venez dans mon bureau pour qu'on ait une discussion plus officielle.

Trinity méritait qu'on arrête son assassin, songea Clare. Si Isaac ne voulait pas répondre au shérif, elle le ferait.

— On cherchait une amie, dit-elle.

— Comment s'appelle-t-elle ? s'enquit le shérif en sortant un calepin et un stylo de la poche de son uniforme.

— Trinity.

— Trinity comment ?

— Trinity Jackson, dit Isaac.

Le shérif le nota sur son calepin avant de demander :

— Et vous deux ? Comment vous appelez-vous ?

Clare sentit la peur la gagner. Elle ne pouvait pas se dérober à une enquête sur un meurtre, mais elle ne voulait pas que la police s'intéresse à elle alors que Kyle la cherchait.

Tous les efforts qu'elle avait faits pour lui échapper seraient-ils réduits à néant ?

Elle aurait aimé refuser de donner son permis de conduire au shérif quand il le lui demanda. Dès qu'il l'aurait scanné, son nom apparaîtrait dans une base de données. Alors ce ne serait plus qu'une question de temps avant que Kyle ne découvre qu'elle était au Texas.

Elle réprima les larmes qui lui vinrent. Elle devait reprendre la route le plus vite possible, mais pour aller où ?

— Je verrai ce que ça dit en rentrant au bureau, déclara le shérif quand il lui rendit son permis. En attendant, parlez-moi de la personne que vous cherchez. À quoi ressemble-t-elle ?

— Elle est grande et rousse avec beaucoup de tatouages, indiqua Isaac.

Le shérif prit des notes.

— Pourquoi la cherchez-vous ?

Clare mourait d'envie de s'enfuir en sachant très bien que c'était impossible. En plus, elle avait une dette envers Trinity, qui ne lui avait témoigné que de la gentillesse.

— Elle a disparu.

— Depuis quand ?

— Un peu avant 6 heures.

— Vous parlez de ce matin ou d'hier matin ?

— De ce matin, répondit Clare.

— C'était il y a quatre heures, lâcha le shérif d'un air incrédule. Aviez-vous une raison de penser qu'elle était en danger ?

— Elle m'a informée qu'elle revenait tout de suite. Comme elle ne l'a pas fait, ça m'a inquiétée. En la cherchant, j'ai trouvé un pendentif auquel elle tenait. La chaîne était cassée.

— Je suppose que vous savez que le corps d'une rousse a été trouvé dans l'allée derrière l'épicerie. J'ai des raisons de penser que c'est votre amie. Il faut que quelqu'un l'identifie et vous êtes ce que j'ai de mieux.

La gorge serrée, Clare se contenta d'acquiescer.

— J'aimerais aussi que vous veniez répondre à quelques questions dans mon bureau, dit le shérif en rangeant son calepin.

— Quel genre de questions ? demanda Isaac.

— J'aimerais que vous m'aidiez à comprendre comment deux personnes sont venues dans ma ville pour chercher une femme qui était déjà morte.

— Vous croyez qu'on a quelque chose à voir avec sa mort ? s'écria Clare.

La réponse était évidente. Et Encantador n'était pas Colombus. Il n'y avait pas des caméras de surveillance partout pour confirmer leur heure d'arrivée. Ils ne pouvaient pas prouver qu'ils n'avaient rien à voir avec la mort de Trinity.

Kyle était assis dans un coin de son bureau, qui dominait le centre-ville de Colombus et les méandres de la Scioto.

Il se leva pour se servir un whisky. Les mêmes questions le hantaient depuis plus de deux mois. Où était Clare ? Que comptait-elle faire de la preuve qu'elle avait emportée sur sa clé USB ? Toutes ces semaines d'anxiété avaient laissé des traces sur sa personne. Il avait perdu des cheveux et gagné du poids. Et la colère de son père ne s'était pas calmée.

Il but le whisky d'un trait. L'alcool explosa dans son estomac comme une bombe et ses muscles commencèrent à se détendre.

— Il est un peu tôt pour boire, tu ne crois pas ?

Kyle se tourna vers son père, qui se tenait à la porte de son bureau.

— Ma femme est partie. Je ne sais pas quand elle utilisera les informations qu'elle a emportées pour ruiner l'entreprise. Dieu a inventé l'alcool pour des jours comme celui-ci.

Il se resservit.

— C'est ton ex-femme, lui rappela son père.

Kyle n'avait pas oublié que Clare lui avait imposé le divorce. La culpabilité l'envahit. Obligé de faire un choix, il avait trahi sa femme pour être loyal envers son père. Bien sûr, il avait été élevé dans la croyance que la famille passait avant tout. Mais il n'en était plus si sûr, maintenant que Clare était partie. Il vida son deuxième verre.

— Des nouvelles du détective privé ? demanda son père.

— Non. Elle s'est débarrassée du traceur GPS de sa voiture et elle n'a utilisé ni son téléphone ni sa carte de crédit depuis qu'elle est partie.

Il ne faisait que répéter ce que son père savait aussi bien que lui.

Puisque celui-ci avait dépensé une petite fortune pour retrouver Clare, il suivait l'affaire de près.

Kyle reçut un texto. Il écarquilla les yeux en le lisant.

— Ça alors !

— Qu'y a-t-il ?

— C'est un message du détective. La police a fait une recherche sur Clare dans sa base de données.

— Elle est revenue à Colombus ?

— Je ne crois pas. La recherche a été effectuée par la police d'une ville qui s'appelle Encantador, au Texas, répondit Kyle en remplissant son verre. Attendons que le détective nous en dise plus.

Son père lui prit son verre des mains et le jeta dans la poubelle. L'odeur du whisky envahit la pièce.

— C'est le problème, avec toi, dit-il. Tu ne fais jamais rien par toi-même.

— Tu ne suggères quand même pas que je perde mon temps à y aller ?

— Non, je ne te le suggère pas, je te l'ordonne.

Kyle chercha un moyen d'échapper à cette corvée.

— Et si elle avait juste eu un pneu crevé et qu'elle était déjà repartie ?

— Alors tu ferais mieux de la trouver avant qu'elle ne disparaisse une nouvelle fois.

— Et que suis-je censé lui dire ?

— Force-la à voir les choses de notre point de vue et récupère la preuve.

— Et si elle s'obstine ?

— Fais en sorte qu'elle ne puisse pas, répondit son père avec une expression qui le terrifia.

Le bureau du shérif occupait un entrepôt reconverti, en périphérie de la ville. Comme il était entouré d'un mur surmonté par du fil de fer barbelé, Isaac supposa que le bâtiment abritait aussi une prison.

Il se trouvait avec Clare dans une salle d'interrogatoire sans fenêtre qui était à peine assez grande pour contenir une table en bois et quatre chaises.

À l'époque où il était dans la police, il n'aurait jamais enfermé deux suspects dans la même pièce. Cela leur offrait l'occasion de se mettre d'accord sur ce qu'ils diraient. Du coup, il se demanda si le shérif l'avait fait exprès. Y avait-il des micros et des caméras cachés dans la pièce ? Cafferty les observait-il pour savoir ce qu'ils se diraient ?

Ou ce shérif d'une petite ville manquait-il d'expérience au point de ne pas savoir comment gérer de potentiels criminels ?

En tout cas, Isaac n'avait pas à craindre que Clare commette une gaffe. Depuis dix minutes qu'ils étaient là, elle n'avait fait que fixer ses mains.

— Dites quelque chose, finit-il par la supplier.

— Que voulez-vous entendre ?

— Ça va aller, lui assura-t-il.

— Si vous le dites, rétorqua-t-elle d'un air sceptique.

Elle secoua la tête, puis le regarda droit dans les yeux.

— Que se passe-t-il à Mercy ? demanda-t-elle.

C'était une question à laquelle il ne pouvait pas répondre.

— Je ne sais pas de quoi vous parlez.

— Arrêtez de vous foutre de moi, s'il vous plaît.

— Pardon ?

Le shérif Cafferty avait peut-être été très malin de les laisser seuls, songea Isaac. Sous pression, les gens avaient tendance à se dresser les uns contre les autres et des suspects pleins de ressentiment parlaient plus volontiers.

— Arrêtez de me mentir, dit Clare. Je sais qu'il se passe quelque chose à Mercy et que vous avez des secrets. Alors arrêtez de faire semblant de vous soucier de moi tout en ne me disant rien.

— Pourquoi êtes-vous aussi certaine que j'ai des secrets ?

— Je vous ai vu quitter le motel hier soir avec Ryan. Où êtes-vous allés ? Est-ce à cause de ça que Trinity s'est fait tuer ?

Clare pensait qu'il était responsable de la mort de Trinity. S'en souciait-il ? La réponse s'imposa aussitôt.

Oui.

Mais était-il prêt à griller sa couverture pour lui prouver son innocence ?

— Vous posez beaucoup de questions. Il est temps que vous commenciez à me donner aussi quelques réponses. Qui êtes-vous, au juste ?

— Diriger votre colère vers moi ne changera rien au fait que vous me mentez depuis le début, répliqua Clare avant de recommencer à regarder ses mains.

Le shérif et une adjointe entrèrent dans la pièce. Ils s'assirent en face d'eux et posèrent des calepins sur la table.

— Ça vous ennuie si j'enregistre cet entretien ? demanda Cafferty.

Un autre adjoint se glissa à son tour dans le petit espace. Il tenait une caméra et un pied.

— Non, allez-y, répondit Isaac.

L'adjoint installa l'équipement et quitta la pièce.

Isaac s'était retrouvé d'innombrables fois dans des salles d'interrogatoire, mais jamais dans le rôle du suspect.

Le shérif commença par leur demander leur nom.

— Je m'appelle Isaac Patton, déclara Isaac.

Au moins, c'était son vrai nom. Pour minimiser les risques d'erreur, il valait toujours mieux que la couverture ressemble le plus possible à la réalité. Le FBI s'était contenté de faire disparaître toute trace de son passé d'Internet.

— Et vous ? lança le shérif à Clare.

Elle s'éclaircit la voix.

— Clare. Clare Chamberlain.

— D'où venez-vous ? poursuivit Cafferty.

— De San Antonio, répondit Isaac, ce qui était également vrai.

— Et vous ?

— De Colombus, dans l'Ohio, murmura Clare.

Cafferty posa son stylo et croisa les bras.

— Encantador est une ville paisible, dit-il. La plupart de ses habitants obéissent aux lois. Je vais être honnête avec vous : on n'a pas l'habitude des crimes de ce genre et je n'aime pas ce que j'ai sous les yeux.

— Qu'avez-vous sous les yeux ? demanda Clare.

— Deux personnes qui me racontent une histoire louche. Vous dites que vous cherchiez cette amie, qui n'avait disparu que depuis quelques heures, et on la retrouve morte. Ce que je pense, c'est que vous avez quelque chose à voir avec sa mort, que vous avez déposé son corps dans l'allée et que vous êtes revenus un peu plus tard pour poser des questions en vous disant qu'on ne suspecterait pas des amis inquiets. Est-ce que je me trompe ?

Oui, le shérif se trompait, songea Isaac. Ce qui l'obligeait à prendre une décision. S'accrochait-il à sa couverture ou disait-il la vérité ?

10

Le shérif les avait presque accusés d'avoir tué Trinity. Isaac jeta un coup d'œil à Clare, qui avait les yeux écarquillés et les lèvres pincées. Elle était inquiète – à juste titre.

— Votre théorie a des failles, shérif, dit-il.

— Lesquelles ?

— Mercy est une ville minuscule. Il n'a pas été difficile de s'apercevoir que Trinity n'y était plus. Et Clare a trouvé son pendentif sur le parking, ce qui nous a tout de suite inquiétés, parce que Trinity ne le retirait jamais. Je vous remercie d'avoir été honnête, mais vous vous trompez.

— Soit. Si vous n'y êtes pour rien, qui devrais-je suspecter ?

Même si l'idée de gâcher un an de travail rendait Isaac malade, il ne pouvait pas faire obstruction à une enquête sur un meurtre. Et il y avait Clare. Il ne savait rien de précis sur sa situation, mais elle fuyait quelque chose. Il ne pouvait pas la laisser se faire suspecter d'avoir tué quelqu'un.

— Depuis un an, je suis en mission d'infiltration à Mercy, déclara-t-il. Je suis chargé de mettre la main sur Decker Newcombe, un tueur à gages qui a tué un procureur de district dans le Wyoming.

Le shérif émit un grognement incrédule.

— Et je suis censé vous croire ?

— C'est la vérité.

— Vous devez comprendre que votre parole ne me suffit pas.

— Commencez par faire des recherches sur Decker Newcombe, lui suggéra Isaac. Vous verrez qu'il est sous le coup d'un mandat d'arrêt pour le meurtre de Jacob Loeb.

Le shérif sortit son téléphone et se mit à tapoter l'écran.

— Notre présupposé, c'était que Newcombe finirait par entrer en contact avec Ryan Steele, qui lui doit de l'argent. Le FBI a installé Steele à Mercy en achetant les commerces qu'il gère. Je me fais passer pour un employé de Steele en attendant que Newcombe se manifeste.

— Ce que vous dites sur Newcombe est vrai, mais ça ne confirme pas votre histoire, répondit le shérif. Vous pouvez avoir tiré ces informations d'Internet, comme je viens de le faire.

— Connaissez-vous quelqu'un au FBI ? demanda Isaac.

— On peut trouver un nom si vous nous laissez deux minutes.

— Prenez votre temps. Je ne bouge pas, ironisa Isaac.

— Il n'y a aucun risque avec la porte verrouillée, riposta le shérif en se levant. Je reviens.

Son adjointe quitta la pièce avec lui.

— Vous m'avez menti, dit aussitôt Clare.

Cela agaça d'autant plus Isaac que c'était en partie à cause d'elle qu'il avait grillé sa couverture.

— Qu'étais-je censé dire à quelqu'un que je ne connais absolument pas et qui a clairement ses propres secrets ?

Elle soupira.

— Je ne sous-entends pas que votre mission n'a pas d'importance, reprit-elle. Ni que j'ai le droit de tout savoir sur vous. Mais vous auriez dû me dire la vérité quand on a trouvé le corps de Trinity.

Avait-elle raison ? Il n'était pas prêt à l'admettre, en tout cas.

— Et vous ? lui lança-t-il.

— Quoi, moi ?

— Vous cachez quelque chose. Que s'est-il passé à Colombus ?

— Rien, répondit-elle d'une voix hésitante.

Elle mentait. Mais pourquoi lui aurait-elle fait confiance ? Il soupira. Il était temps de tout mettre à plat.

— Très bien. Après mes études, je suis entré dans la police. Comme j'étais un bon tireur, on m'a affecté à une brigade d'intervention. L'agent qui m'a formé et mon coéquipier s'appelait Miguel. C'est lui qui m'a tout appris. Il m'invitait chez lui le week-end et ses enfants m'appelaient tonton.

Une bouffée de chagrin le força à s'interrompre un instant.

— Un soir, nous avons été chargés de faire une descente chez un membre d'un gang. Une taupe l'a prévenu et tous ses copains étaient là. La fusillade a été horrible. Miguel a pris une balle dans la gorge et il est mort dans mes bras.

— Oh...

La porte s'ouvrit avant que Clare dise autre chose. Le shérif réapparut avec un post-it collé au doigt.

— J'ai le nom et le numéro du responsable du bureau de San Antonio, annonça-t-il.

— Jason Jones, indiqua Isaac.

— C'est ça.

— Appelez-le. Expliquez-lui qu'il y a eu un homicide et que vous voulez savoir si vous pouvez me faire confiance.

Le shérif posa son téléphone sur la table, composa le numéro et mit le haut-parleur.

— Agent Jones, répondit la voix familière de Jason.

— Bonjour, dit le shérif. Je suis Maurice Cafferty, le shérif d'Encantador. J'ai un homicide sur les bras et un nom à vérifier. Isaac Patton.

— Est-il la victime ? s'écria Jason.

— Non, il est bien vivant. Il est assis en face de moi et vous êtes sur haut-parleur.

— Dans quoi t'es-tu fourré, Isaac ?

— Moi aussi, je suis ravi de t'entendre, répondit Isaac.

— Je me réjouis que tu sois de ce côté-ci du trépas, mais tu n'as pas répondu à ma question. Que se passe-t-il ?

— Peu de choses auraient pu me faire griller ma couverture, tu le sais, mais l'une des employées de Steele a été assassinée ce matin.

— Des suspects ? s'enquit Jason.

— En dehors de moi ? plaisanta Isaac en regardant le shérif, qui eut la décence de baisser les yeux.

— Cette affaire ne relève pas de ma juridiction, alors pourquoi m'appelez-vous, shérif ?

— Pour que vous confirmiez l'identité de M. Patton, répondit Cafferty. Puis-je lui faire confiance ?

— Il est insupportable, mais digne de confiance, oui, dit Jason avant de s'adresser de nouveau à Isaac. M'as-tu envoyé le paquet ?

— Je n'ai pas encore eu le temps, dit Isaac en essayant de réprimer son agacement.

Jason n'avait-il donc pas compris qu'il se retrouvait impliqué dans une enquête ?

— Fais vite. Avez-vous besoin d'autre chose, shérif ?

— Non, je vous remercie. Au revoir, agent Jones.

Le shérif raccrocha.

— Satisfait ? demanda Isaac.

— Je suppose, répondit Cafferty en se passant la main sur le visage.

Isaac se tourna vers Clare.

— Comme vous venez de l'entendre, j'ai une chose à faire. Ensuite, je vous ramènerai à Mercy.

— Vous êtes sûr de ne rien oublier ? intervint le shérif.

Cet idiot allait-il les inculper quand même ?

— Quoi donc ? grommela Isaac.

— La victime. Il faut que quelqu'un l'identifie.

La morgue d'Encantador se trouvait dans le même bâtiment qu'une clinique, que le shérif leur fit traverser. C'était une grande pièce carrelée. Il y avait une table en métal au milieu et des plans de travail chargés d'instruments. Des portes métalliques occupaient tout un pan de mur.

Clare avait vu assez de films pour savoir que c'étaient les tiroirs réfrigérés où les corps étaient entreposés. Trinity devait se trouver derrière l'une de ces portes, songea-t-elle en frissonnant.

— Votre présence n'est pas nécessaire, murmura Isaac, qui se tenait à côté d'elle. Je peux m'en occuper.

Clare envisagea un instant de fuir. Il n'y avait aucune honte à ne pas avoir envie de regarder un mort. Elle se ressaisit et secoua la tête.

— Je le dois à Trinity.

— Vous avez déjà fait beaucoup pour elle, répondit Isaac. Si vous n'aviez pas trouvé son pendentif, on ne l'aurait pas cherchée et il aurait sans doute fallu des semaines pour qu'elle soit identifiée.

Clare en doutait. On aurait parlé du meurtre aux informations et quelqu'un de Mercy l'aurait reconnue.

— Je suis sûre que vous auriez trouvé un moyen d'être impliqué dans l'enquête, le taquina-t-elle.

Elle ne savait plus ce qu'Isaac lui inspirait depuis son aveu. L'appréciait-elle plus ou moins ? Au moins, elle avait l'impression de connaître vaguement l'ancien Isaac. Le nouveau était encore plus énigmatique.

La porte s'ouvrit et une brune les rejoignit. Son nom, Shelia Garcia, était brodé sur la poche de devant de sa blouse blanche.

— Merci d'être venu, shérif, dit-elle. J'ai juste eu le temps de lire le rapport. Ça a l'air horrible.

— C'est pire que tout ce que j'avais pu voir jusque-là, répondit Cafferty.

Le médecin se lava les mains avant de considérer Clare et Isaac.

— Je vous présente Isaac Patton et Clare Chamberlain, dit le shérif, qui semblait avoir compris le regard du médecin comme une question. Ils connaissaient la victime. Ils sont venus pour l'identifier.

— Très bien.

Le médecin ouvrit l'une des portes métalliques, puis le tiroir sur lequel reposait un corps recouvert d'un drap bleu.

— Pouvez-vous approcher, s'il vous plaît ?

Clare et Isaac prirent place de part et d'autre du tiroir.

Le médecin replia le drap pour découvrir la tête et les épaules de Trinity. Sa peau était blanche et ses lèvres bleues. Elle avait un hématome sur une pommette. La queue du tigre qui était tatoué sur son bras était visible près de son épaule. Clare déglutit péniblement.

— C'est elle, murmura-t-elle.

— Vous en êtes sûre ? demanda le shérif.

— Oui, c'est bien elle, dit Isaac.

— Avez-vous le numéro de son parent le plus proche ? s'enquit le shérif.

— Pas sur moi, répondit Isaac. Il faut que je rentre à Mercy pour vous le donner. Ou que j'appelle Ryan.

Le cœur de Clare se serra lorsqu'elle pensa que la fille de Trinity n'aurait jamais l'occasion de se rapprocher de sa mère.

— Attendez ! s'écria-t-elle alors que le médecin s'apprêtait à remettre le drap en place.

Quelque chose venait de lui paraître bizarre, mais quoi ?

— Ce sont des bleus ? lança-t-elle en montrant une ligne sombre sur la gorge de Trinity. Elle a été étranglée ? Dans l'allée, j'avais eu l'impression qu'elle avait reçu des coups de couteau.

Ce fut Isaac qui répondit.

— C'est le cas, mais il n'y avait pas beaucoup de sang, ce qui veut dire qu'elle les a reçus après sa mort.

— Alors elle a été étranglée, puis poignardée ? dit Clare avec étonnement.

— Je ne pourrai le confirmer qu'après l'autopsie, mais c'est le plus probable, déclara le médecin.

— Avec quoi le tueur l'a-t-il étranglée, à votre avis ? demanda le shérif. Ses mains ?

— Non. Les bleus seraient plus irréguliers.

— Une corde ?

— Quelque chose de plus large qu'une corde, affirma Isaac. Une ceinture, peut-être.

— Vous voyez ça ? dit le médecin en leur montrant une main de Trinity, qui dépassait du drap. L'un de ses ongles est cassé. Elle s'est défendue. Si on a de la chance, on récupérera l'ADN de celui qui l'a tuée.

Elle alla chercher un coton-tige, qu'elle passa sous l'ongle de Trinity avant de le mettre dans un tube en plastique.

— Puisque c'est clairement un homicide, vous pouvez donner ça tout de suite au laboratoire de la police, dit-elle à Cafferty en lui tendant le tube. Maintenant, si vous voulez bien m'excuser, j'ai une autopsie à faire.

— Qu'est-ce que j'ai fait de ces fichus antiacides ? grommela Cafferty à la sortie de la morgue.

Il se tourna vers Isaac.

— Vous pouvez me trouver le numéro de la personne à prévenir, alors ? demanda-t-il.

Isaac sortit son téléphone de sa poche et appela Ryan en mettant le haut-parleur.

— Alors, quoi de neuf ? lança celui-ci en décrochant.

Comme il n'y avait pas de bonne manière d'annoncer un meurtre, Isaac se contenta de dire :

— On a trouvé le corps de Trinity.

— Merde. Que lui est-il arrivé ?

— Elle a été tuée. Je te passe les détails. Je suis avec Clare et le shérif d'Encantador, et tu es sur haut-parleur. J'ai besoin du numéro de l'ex-mari de Trinity. Le shérif doit le prévenir.

— Une minute.

Isaac l'entendit pianoter sur un clavier. Pour un ex-détenu, Ryan était un commerçant plutôt bien organisé.

— Je l'ai, dit-il une minute plus tard. Tu as de quoi noter ?

Le shérif sortit son calepin et son stylo.

— C'est bon. On t'écoute, dit Isaac.

Ryan dicta le numéro.

— Merci, dit Cafferty quand il l'eut noté.

— De rien, répondit Ryan. Rappelle-moi si tu as besoin d'autre chose, Isaac. Dis-moi, est-ce que ça a un rapport avec notre *ami* ?

— Je ne le sais pas encore, mais on a peut-être une piste. Merci, Ryan.

Isaac raccrocha et demanda au shérif :

— Pourriez-vous me tenir informé si l'échantillon vous fournit l'ADN du tueur, s'il vous plaît ?

Cafferty acquiesça, et Isaac lui donna son numéro de téléphone.

Si c'était Decker qui avait tué Trinity, il faudrait que Jason et ses supérieurs le sachent.

— Une dernière chose, intervint Clare en sortant le pendentif de Trinity d'une poche de son jean. Ce pendentif lui appartenait et je pense qu'elle aurait voulu qu'il revienne à sa fille. Pouvez-vous le lui faire parvenir ?

— Bien sûr.

Cafferty prit le pendentif et le glissa dans la poche de sa chemise.

— Pourriez-vous rester encore quelques heures en ville, tous les deux ? Je vais prévenir la police d'État, et mes collègues auront peut-être des questions auxquelles vous seuls pourrez répondre.

Isaac n'avait pas l'intention de rester plusieurs heures à Encantador. Il devait juste envoyer le téléphone de Decker à Jason et il ne voulait pas s'éloigner trop longtemps de Mercy. Mais à quoi bon protester ? Le shérif pouvait les forcer à rester. Le mieux était d'en profiter pour poser quelques questions lui-même, au cas où quelqu'un aurait vu Decker.

11

La lumière et la chaleur du soleil frappèrent Clare de plein fouet lorsqu'elle sortit de la morgue obscure. Un vertige la saisit.

— Qu'y a-t-il ? demanda Isaac alors qu'elle s'agrippait à la rambarde des marches du perron.

— Rien, ça va, prétendit-elle.

— Vous devez être en hypoglycémie, dit Isaac. On n'a pas mangé grand-chose au petit déjeuner et on n'a pas déjeuné.

— Peut-être, admit-elle parce que son estomac venait de gargouiller.

Isaac lui décocha l'un des sourires qui la faisaient fondre.

— Venez. Je meurs de faim et vous avez l'air d'être sur le point de vous évanouir.

— Vous savez vraiment parler aux femmes, ironisa-t-elle.

— Cette mission m'a peut-être fait perdre certaines de mes bonnes manières, répliqua-t-il en souriant. En plus, on mange bien mieux à Encantador qu'à Mercy.

Alors qu'ils se dirigeaient vers la camionnette d'Isaac, Clare comprit que le meurtre de Trinity changeait beaucoup de choses.

Cela faisait des mois qu'elle fuyait en se demandant comment résoudre son problème. Les paroles de sa mère lui revinrent à l'esprit. Oui, elle avait toujours été indépendante, et c'était peut-être son problème depuis le début de cette histoire.

Quand ils atteignirent la camionnette, Isaac ramassa un sac en plastique qui contenait un téléphone sous le siège du conducteur, puis il le mit dans un sac en papier. Isaac travaillait avec le FBI... C'était sans doute la meilleure personne à qui elle pouvait demander conseil.

Il suffisait juste qu'elle trouve le courage de le faire.

Il prit son arme dans la boîte à gants et la glissa à sa ceinture.

— L'agence des coursiers est juste là, dit-il en lui montrant une vitrine de l'autre côté de la rue.

— Alors je vous attends ici, répondit-elle.

Il ne fallut que quelques minutes à Isaac pour envoyer son paquet. Quand il la rejoignit, elle avait pris une décision.

— J'ai quelque chose à vous dire, annonça-t-elle.

— On choisira une table tranquille, alors, déclara-t-il.

Il l'entraîna vers un restaurant qui avait une vache et un cochon dessinés sur la vitrine, sous l'inscription « Chez Phil, le meilleur barbecue du Texas ». Il se trouvait entre une auberge et un fleuriste.

Isaac lui tint la porte. Alors que son passage à la morgue aurait dû faire perdre son appétit à Clare, l'odeur de viande grillée qui flottait dans l'air lui mit l'eau à la bouche.

— Ça met en appétit, commenta-t-elle.

— Et attendez d'avoir goûté, répondit Isaac.

Un chauve barbu et moustachu se tenait derrière la caisse. Comme son badge indiquait qu'il s'appelait Phil, ce devait être le patron.

— Bonjour ! leur lança-t-il. Une table pour deux ?

— Oui, répondit Clare.

— Par ici, s'il vous plaît, dit Phil après avoir pris deux menus sous le comptoir.

Il y avait une dizaine de tables couvertes de nappes à carreaux rouges et blancs. Par chance, ils étaient les seuls clients.

— Quelle journée ! dit Phil alors qu'ils s'asseyaient. Vous savez qu'on a trouvé un corps près de l'épicerie ?

Clare jeta un coup d'œil à Isaac, qui demanda :

— C'est vrai ? Que s'est-il passé ?

— Il paraît que c'est horrible. La victime a été éventr...

Il s'interrompit net.

— Désolé, reprit-il. Je ne voudrais pas vous couper l'appétit. Un thé glacé ?

C'était une bonne idée, songea Clare. En plus de la rafraîchir, le thé lui redonnerait peut-être un peu d'énergie.

— Oui, s'il vous plaît, répondit-elle.

— Pour moi aussi, dit Isaac.

Phil disparut dans la cuisine.

— Que vouliez-vous me dire ? s'enquit Isaac alors qu'ils ouvraient le menu.

— Je voulais vous parler de ce qui m'est arrivé à Colombus.

— Très bien, dit Isaac après quelques secondes de silence. Je vous écoute.

— Je suis tombée sur quelque chose que je n'aurais pas dû voir, commença-t-elle, la gorge serrée. Quelque chose de si grave que des gens sont prêts à me tuer pour me faire taire.

— Qui ?

— Mon ex-mari et son père. J'ai besoin d'aide et vous avez... certains contacts et certaines compétences.

— Je ferai ce que je pourrai, promit Isaac, mais j'ai besoin de tout savoir.

— La famille de mon ex-mari est très riche et très puissante, expliqua-t-elle. Elle possède une entreprise qui fabrique du plastique et elle a des relations haut placées. Quand j'ai rencontré mon ex-mari, je travaillais pour l'Agence de protection de l'environnement en Virginie et je n'ai pas pu obtenir de mutation. Puisque Kyle était riche, j'ai quitté mon poste. Il n'était pas nécessaire que je travaille et je me suis dit qu'il serait plaisant de me détendre un peu.

— Je parie que ça n'a pas duré longtemps, intervint Isaac.

La porte de la cuisine s'ouvrit et Phil s'approcha d'eux avec deux verres de thé glacé.

— Tenez, dit-il en posant les verres sur la table. Jorge, le cuisinier, vous recommande les sandwichs à la poitrine de bœuf.

— Vendu, dit Isaac. Avec des frites et de la salade.

— Je prendrai la même chose, mais sans frites, dit Clare.

— Vous êtes sûre ? insista Phil. Elles sont vraiment bonnes.

— Je lui en volerai quelques-unes.

— Très bien, conclut Phil. Deux sandwichs !

Clare attendit que Phil soit retourné dans la cuisine pour poursuivre son récit.

— Je me suis vite ennuyée et j'ai proposé à mon mari de travailler pour l'entreprise de sa famille. Après tout, il y a beaucoup de règles environnementales à respecter dans la fabrication du plastique.

Elle pouffa amèrement. Qu'elle avait été sotte !

— Kyle a refusé, reprit-elle. Il a dit qu'ils avaient déjà quelqu'un qui s'occupait de ça.

— C'était faux ?

— Non, mais je pense qu'il voulait aussi m'empêcher de mettre le nez dans les dossiers de l'entreprise. Il m'a encouragée à faire du bénévolat et je me suis mise à travailler pour une association qui transforme des terrains vagues en parcs. J'ai aimé ce travail... sauf qu'il m'a fait faire une découverte. Une vingtaine de barils de cadmium et de chrome ont été trouvés enterrés dans un terrain vague qu'on voulait transformer. Ce sont des métaux lourds utilisés dans la fabrication du plastique et soumis à des régulations très strictes. Le chrome doit être incinéré. Le cadmium ne peut se décomposer qu'en étant mélangé à de l'acide chlorhydrique, de l'acide sulfurique et de l'acide nitrique. C'est cher, mais c'est la loi.

Elle inspira profondément avant d'ajouter :

— Je n'ai pas eu besoin de chercher longtemps avant de découvrir une note interne rédigée par le père de Kyle qui prouve que c'est lui qui a donné l'ordre d'enterrer ces barils.

Isaac jura.

— J'ai montré la note à Kyle. Je pensais qu'il prendrait la bonne décision.

— Et vous vous trompiez.

Elle hocha la tête.

— Ces métaux lourds finissent par traverser les bidons qui les contiennent et contaminer le sol et l'eau. Ils augmentent considérablement les risques de maladies rénales pour la population, surtout pour les enfants. J'ai dit à Kyle qu'on devait prévenir les autorités et il a fini par me donner raison. Ce soir-là, je me suis couchée en pensant que tout irait bien. Mais je me suis réveillée dans la nuit et je l'ai entendu parler avec son père au téléphone.

Enveloppée dans sa robe de chambre et pieds nus sur le carrelage *froid, Clare écoutait à la porte du bureau de Kyle dans le couloir obscur. Kyle était au téléphone avec son père, qu'il avait mis sur haut-*parleur.

— *Je t'avais bien dit que c'était une mauvaise idée d'épouser l'une de ces écolos, grommela le père de Kyle.*

Clare en fut blessée. Elle avait toujours cru qu'il l'aimait bien, mais il jouait la comédie, apparemment.

— *Je t'avais aussi dit qu'elle allait nous attirer des ennuis, poursuivit M. Chamberlain. Tu m'avais juré qu'elle t'aimait assez pour que tu puisses la gérer. Et voilà qu'elle menace l'entreprise et que j'en suis réduit à te dire « Je te l'avais bien dit » !*

Clare entendit un tintement de glaçons dans un verre. Kyle devait s'être servi un whisky.

— *C'est un peu tard pour les sermons, répondit-*il. Ce qui est fait est fait. Il faut qu'on gère cette situation, maintenant.

— *On n'a pas beaucoup d'options. Demain, un accident tragique résoudra tous nos problèmes.*

— J'ai entendu Kyle et son père projeter de me tuer pour me faire taire, expliqua-t-elle à Isaac. Le lendemain matin, quand Kyle est parti travailler, j'ai imprimé les documents compromettants et je les ai enregistrés sur une clé USB. J'ai fait mes valises, j'ai retiré tout l'argent liquide que j'ai pu et j'ai fait une demande de divorce. Comme j'avais peur de perdre ou d'abîmer les copies papier, j'ai aussi pris les documents en photo dès que j'ai acheté un téléphone jetable. Je n'ai pas cessé de me déplacer depuis.

— Avant tout, vous devez savoir ce que vous voulez qu'il se produise, dit Isaac.

— Effectivement. Je me le demande tous les jours depuis plus de deux mois. Tout ce que je sais, c'est que je ne peux pas faire comme si je n'avais rien vu. J'ai tout de suite compris que je ne pouvais pas m'adresser à la police locale. Mon ex-beau-père a le bras trop long. Je peux livrer ces informations à la presse, mais en parlera-t-elle assez pour que je sois en sécurité ? Et mon ancien supérieur à l'Agence de protection de l'environnement, que j'ai songé à contacter, a pris sa retraite il y a quelques années.

— Je peux vous aider si vous me faites confiance, dit Isaac en lui prenant la main. Est-ce le cas ?

Elle savoura un instant le plaisir que ce contact lui procurait, mais son faible pour Isaac était une distraction dangereuse.

— Qu'avez-vous en tête ? demanda-t-elle en écartant sa main.

Decker savait qu'il n'était pas prudent qu'il reste à Encantador. Il n'avait pas pu résister. L'enquête le fascinait. Il avait regardé l'adolescente découvrir le corps et le chaos que cela avait provoqué.

Il n'avait eu aucun mal à repérer le shérif, qui avait quitté les lieux en compagnie d'un homme et d'une femme. Qui étaient ces gens ? Des suspects ? Des policiers en civil ?

Ce couple – la femme, surtout – l'intriguait.

Le fait d'être un fantôme, de se promener dans cette ville sans que personne ne le remarque, lui procurait un sentiment d'invincibilité. Mais cela ne lui suffisait pas.

Il voulait que les gens le craignent comme ils avaient craint son ancêtre. Il ouvrit son livre.

Chapitre 9 : Définir ce qu'est un tueur en série

D'après la définition moderne, un tueur en série est quelqu'un qui tue au moins trois personnes qui ont le même profil et/ou de la même manière. Ainsi, ses crimes sont reliés les uns aux autres.

En 1888, ce concept n'existait pas encore. Jack l'Éventreur a provoqué son invention. Même si la mort rôdait dans le quartier pauvre et surpeuplé de Whitechapel, les particularités horribles du premier meurtre ont tout de suite attiré l'attention de la police.

Decker posa le livre et démarra. En passant devant un restaurant, il vit la femme à travers la vitrine. Il freina par réflexe et s'en voulut de ne pas avoir contrôlé sa réaction, qui risquait d'attirer l'attention. Ne songeant plus qu'à cette femme, il se mit à faire des tours du pâté de maisons le temps de réfléchir à ce qu'il voulait faire.

Mais il savait déjà ce qui finirait par se produire. Il avait trouvé sa prochaine victime.

La liste des problèmes d'Isaac venait de s'allonger. Alors qu'il était encore en mission, il venait de promettre d'aider Clare et de la protéger.

Et c'était une promesse qu'il avait l'intention de tenir.

— Pour commencer, je vais vous présenter à mon contact du FBI, dit-il.

— L'homme que le shérif a appelé tout à l'heure ?

Il acquiesça.

— Jason est un dur à cuire et c'est ce dont vous avez besoin. D'après ce que vous venez de me dire, il y a matière à ouvrir une enquête criminelle. La branche du FBI de Colombus prendra le relais.

— Les agents locaux ne risquent-ils pas d'être influencés par ma belle-famille ? Elle a vraiment du poids, dans l'Ohio. Le sénateur vient aux fêtes qu'elle organise.

Il comprenait pourquoi Clare avait pris la fuite, à présent. Il était difficile d'affronter de puissants ennemis.

— Les médias seront vos meilleurs alliés, répondit-il. Parce que votre belle-famille est puissante, précisément. Ils ne pourront pas résister au parfum du scandale. Tous les journalistes que je connais sont ici, mais ils ont forcément des contacts dans tout le pays.

— Ça suffira à me tirer d'affaire ?

— Non, attendez-vous à livrer une bataille difficile. La famille Chamberlain contre-attaquera sûrement. Elle essayera de vous faire passer pour une enragée. Mais vous avez des preuves et la presse sera de votre côté.

Clare but une gorgée de thé.

— Ils diront que je suis folle.

— Et alors ? Vous avez découvert des choses très compromettantes sur eux et vous avez entendu votre mari et son père projeter de vous tuer. Ça aura beaucoup de poids, à la fois aux yeux du public et dans un tribunal.

Elle lui offrit un sourire.

— Mais vous ne serez pas à mes côtés, n'est-ce pas ? Vous serez ici, en mission.

Elle avait raison. Il ne pouvait pas abandonner l'opération.

Alors il se demanda ce qu'il aurait fait s'il n'avait pas été tenu par ses engagements...

Le retour de Phil lui épargna d'approfondir cette réflexion.

— Tenez ! dit celui-ci en posant leurs assiettes sur la table. Alors ? Ça vous inspire quoi ?

— Ça a l'air délicieux, le complimenta Isaac.

— Bon appétit, leur dit Phil avant d'aller derrière sa caisse – assez loin pour qu'il ne puisse pas entendre leur conversation.

— J'ai l'impression que je ne serai plus jamais en sécurité, lui confia Clare après lui avoir volé une frite. Il y a bien une bataille qui se profile, mais elle sera juridique. Il s'agira de déterminer le montant de l'amende imposée à l'entreprise. Kyle et sa famille ne perdront que de l'argent. Quand ce sera terminé, ils ne seront pas remis dans le droit chemin. Ils seront furieux et ils voudront se venger.

— Mangez, ordonna Isaac, qui détestait le défaitisme. Vous avez besoin de reprendre des forces.

— C'est bon, dit-elle après la première bouchée.

Ils mangèrent en silence. Quand il eut fini son sandwich, Isaac proposa :

— Je peux commencer à passer des coups de fil dès ce soir et...

Il vit une voiture passer lentement devant le restaurant et laissa sa phrase en suspens. Le visage du conducteur le frappa. Il n'était plus barbu et ses cheveux étaient courts, à présent, mais les yeux étaient les mêmes.

C'était Decker Newcombe.

Que faire ? se demanda Isaac. Aller récupérer sa camionnette prendrait trop de temps. Il fallait qu'il prévienne le shérif, mais cela prendrait du temps aussi. Decker était déjà en voiture et il devait s'être aperçu qu'il était reconnu.

Isaac bondit brusquement.

— Que se passe-t-il ? demanda Clare avec inquiétude.

— J'ai vu Decker Newcombe.

— Vous êtes sûr que c'était lui ?

Oui, il en était sûr. Poursuivre Decker à pied était tout sauf idéal, mais il n'avait pas le choix. Il ne pouvait pas le laisser filer sans rien faire.

— Appelez le shérif et dites-lui que Newcombe est en ville.

— Où allez-vous ?

— Attraper ce salaud, répondit-il, prêt à livrer le combat de sa vie.

12

Decker imaginait déjà le sang de la femme sur ses doigts. Il refit plusieurs tours du pâté de maisons en s'assurant qu'il n'était pas suivi avant de s'engager dans l'allée qui longeait l'arrière du restaurant. Après s'être garé, il tira deux grandes poubelles près de sa voiture. Si ce n'était pas un camouflage parfait, cela suffirait peut-être à rendre les gens inattentifs.

La porte de la cuisine du restaurant était maintenue entrouverte grâce à un bloc de béton. Decker le ramassa et ferma doucement la porte. Le cuisinier travaillait en fredonnant la chanson qui passait dans ses écouteurs.

Il se retourna alors que Decker s'approchait de lui, mais il eut à peine le temps d'être surpris avant que Decker ne le frappe avec le bloc de béton. Son sang gicla sur le mur. Decker n'eut pas besoin de frapper deux fois. Satisfait, il choisit un couteau avec soin, puis s'approcha de la porte de la salle, tous ses sens aux aguets.

Clare, debout près de la caisse, luttait contre la panique.

— Allô ? dit Phil au téléphone. Il faut que je parle au shérif immédiatement.

Clare scrutait la rue déserte. Où était Isaac ? Avait-il trouvé Decker ?

— Peu importe qu'il soit en patrouille ! s'écria Phil. Il y a un dangereux criminel en ville ! Je reste en ligne le temps que vous lui transmettiez le message.

Le téléphone à l'oreille, Phil soupira de frustration.

— Ne devrait-on pas verrouiller la porte ? lui demanda Clare.

— Bonne idée, répondit Phil en sortant des clés de sa poche pour les lui tendre.

Clare alla verrouiller.

— Oui, on l'attend ici, dit Phil quand elle revint vers lui. Je suis content d'entendre qu'il arrive.

Il raccrocha et dit bien inutilement à Clare :

— Il arrive.

Elle hocha la tête.

— Vous n'avez pas fini votre sandwich, dit Phil. Voulez-vous que je vous le réchauffe ?

— Non merci, répondit Clare, bien trop nerveuse pour avaler une bouchée de plus.

— Ça ne me dérange vraiment pas, insista Phil en ramassant l'assiette. Jorge ! Viens chercher l'assiette de madame pour la réchauffer. Et ajoute des frites, cette fois.

Pendant quelques secondes, ils regardèrent la porte de la cuisine, qui restait fermée.

— Il aime écouter de la musique, alors il n'entend rien de ce que je dis, grommela Phil.

La porte s'ouvrit lentement. L'homme qui apparut avait un couteau dans une main et un bloc de béton taché de sang dans l'autre. Bien que n'ayant jamais vu de photo du tueur à gages, Clare fut certaine que c'était Decker Newcombe qui se tenait devant elle.

Phil lâcha l'assiette.

— Que voulez-vous ? balbutia Clare.

— Toi, répondit Newcombe en lui souriant.

Isaac scruta la rue. La voiture avait disparu.

Alors qu'il grommelait un juron, son téléphone sonna.

— Allô ?

— C'est vrai ? demanda le shérif sans préambule. Vous avez vu Decker Newcombe ? Vous en êtes sûr ?

Les yeux de l'homme l'avaient frappé. Il devait au shérif de se demander sincèrement si son imagination ne lui avait pas joué un tour... mais non. Il se fiait à son instinct.

— À quatre-vingt-dix pour cent, disons.

— J'aimerais avoir des certitudes avant d'agir.

Comme il avait perdu Decker, Isaac repartit vers le restaurant.

— Moi aussi, répondit-il. Mais quatre-vingt-dix pour cent, c'est nettement mieux que ce qu'on avait avant : rien du tout.

— Je suis presque arrivé chez Phil, dit le shérif. Je vais charger mon adjointe de faire passer le mot.

— Alors on se retrouve dans deux minutes.

Tandis qu'il courait dans l'allée qui longeait l'arrière du restaurant, Isaac remarqua une voiture derrière des poubelles. Presque sûr que c'était celle qu'il avait vu Decker conduire, il prit une photo de la plaque d'immatriculation.

Il posa ensuite une main sur le capot, qui était encore chaud. Si la voiture était là, Decker devait être dans le restaurant... ce qui signifiait que Clare était seule face au monstre.

Decker se délecta de la terreur qu'il lut dans le regard de la femme.

— Eh ! s'écria le barbu. Que faites-vous là ? Jorge !

Decker inclina la tête sur le côté.

— C'est votre cuisinier ? Je crois qu'il ne peut pas grand-chose pour vous.

— Qu'avez-vous fait à Jorge ?

Decker baissa les yeux vers le bloc de béton ensanglanté.

— Vous devez pouvoir le deviner.

L'homme blêmit, se dirigea vers la caisse et l'ouvrit.

— Prenez tout et partez, dit-il.

— Ce n'est pas votre argent qui m'intéresse, répondit Decker.

Il regardait toujours la femme, qui se tenait près de la porte, un trousseau de clés dans la main. Il comprit subitement qu'elle l'avait verrouillée pour se protéger de lui. Il eut envie de rire.

Elle s'était piégée.

— Allez-vous-en avant que je m'énerve ! le menaça l'homme, qui essayait de jouer les durs, mais dont la voix tremblait.

Decker fondit sur lui et lui abattit le bloc de béton sur le crâne. L'homme s'effondra et une flaque de sang s'étendit vite autour de sa tête.

Il plongea son regard dans celui de la femme et leva son couteau.

— Donne-moi ces clés, lui dit-il. Tout de suite.

Decker avait vu les gens réagir de toutes sortes de manières quand ils étaient sur le point de mourir.

Ils se pissaient dessus. Ils pleuraient. Ils suppliaient. Ils faisaient des promesses qu'ils ne pourraient jamais tenir. Parfois tout cela à la fois.

Malgré son expérience, ce qu'il vit à cet instant le surprit : une femme qui eut l'audace de le provoquer alors qu'elle mourait de peur.

— Vous voulez les clés ? répliqua-t-elle. Venez les chercher.

Decker fut partagé entre l'agacement et l'amusement. L'amusement l'emporta.

— Tu crois pouvoir me battre ?

Elle se contenta de lever le menton.

Il laissa tomber le bloc de béton et se prépara à bondir comme un prédateur.

— Très bien. Dansons.

L'estomac noué, Clare fixa le couteau. Comment faisait-on pour échapper à un tueur ?

Newcombe était entre la porte de la cuisine et elle. La porte d'entrée était maintenant verrouillée. Elle n'avait aucune chance de l'ouvrir avant qu'il ne se jette sur elle.

Cela signifiait qu'elle devrait se battre si elle voulait survivre. Elle chercha une arme des yeux.

— Que me voulez-vous ? demanda-t-elle en se rendant parfaitement compte que sa voix tremblait. Phil est-il encore en vie ?

Newcombe jeta un coup d'œil au patron.

— Il respire... pour le moment. Qu'est-ce que ça peut te faire ?

— Il n'est pas nécessaire que d'autres gens meurent, Decker.

Le tueur tressaillit.

— Comment connais-tu mon nom ?

— Je travaille dans un bar qui est fréquenté par des motards. J'ai entendu votre nom et j'ai deviné que c'était vous. Vous avez disparu depuis un an. Vous êtes recherché pour le meurtre d'un procureur dans le Wyoming.

Quand elle posa les yeux sur la table où ils avaient déjeuné, une idée lui vint. Elle s'en approcha lentement.

— À quoi tu joues ? s'écria Decker. Ne bouge plus.

— Je veux juste une gorgée de thé, répondit-elle d'une voix volontairement rauque. Après, je vous dirai tout ce que la police sait sur vous.

— Ne touchez rien d'autre que le verre.

Decker s'amusait, visiblement. Mais sa joie perverse était-elle une distraction suffisante ?

Elle prit le verre. Après avoir bu la dernière gorgée, elle le jeta sur Decker, qui leva le bras gauche pour se protéger. Elle lança ensuite l'assiette d'Isaac et réussit à entailler le front du tueur.

— Tu vas le payer, grogna Decker.

Elle courut dans la cuisine. Alors qu'elle venait de franchir la porte, elle glissa et tomba lourdement sur le dos. Sa chute lui coupa le souffle et l'étourdit quelques instants.

Elle se tâta le crâne, puis regarda sa main, qui était couverte de sang...

Mais ce n'était pas *son* sang.

Elle tourna la tête et faillit crier. Un homme au crâne défoncé gisait dans une mare de sang.

Un instant plus tard, Decker Newcombe se tenait au-dessus d'elle.

— Tu aurais dû m'écouter depuis le début, dit-il. J'aurais été gentil avec toi. Maintenant, je vais te tuer le plus lentement possible.

Isaac essaya vainement d'ouvrir la porte de la cuisine du restaurant. Elle devait se verrouiller automatiquement quand elle se fermait. Il était capable de crocheter la serrure, bien sûr, mais cela prendrait un temps qu'il n'avait pas.

Il entendit une femme hurler à l'intérieur.

— Clare ! cria-t-il en tambourinant à la porte. Clare !

Rien.

Le silence le terrifia encore plus que le hurlement qu'il venait d'entendre.

— Tenez bon, Clare ! J'arrive !

Il fonça vers le bout de l'allée en dégainant son téléphone.

— Répondez, bordel ! grogna-t-il à la troisième sonnerie.

Le shérif décrocha à la cinquième.

— Cafferty, j'écoute.

— Il est chez Phil ! dit Isaac, le souffle court.

C'était Decker qui avait tué Trinity. Isaac n'en doutait plus, à présent. Et, s'il n'intervenait pas vite, Clare serait sa prochaine victime.

— J'y suis presque, déclara le shérif. N'essayez pas d'entrer avant que j'arrive, c'est compris ?

Isaac n'avait pas la moindre intention d'obéir. Il atteignit l'angle du pâté de maisons et fonça vers le restaurant. Arriverait-il à temps pour sauver Clare ?

Clare avait toujours les clés. Decker s'était assis sur elle et lui immobilisait une main, mais pas celle qui tenait les clés. Elle visa son visage, son bras, tout ce qu'elle pouvait atteindre.

Elle réussit à lui faire plusieurs entailles sur l'avant-bras. Malheureusement, elle ne pourrait pas se débattre éternellement. Decker était plus fort qu'elle, plus rapide et plus méchant. Il avait déjà tué de nombreuses fois et il était bien décidé à continuer.

La terreur envahit Clare quand il approcha son visage du sien, mais elle eut le réflexe de lui donner un coup de clé dans la joue.

Il poussa un cri de douleur et se redressa, ce qui permit à Clare de lui échapper. Il l'attrapa par les cheveux deux secondes plus tard et elle lâcha les clés quand il abattit son poing sur sa tempe.

Alors il l'entraîna vers les fourneaux allumés en lui tirant les cheveux. Elle tenta de l'atteindre derrière elle, mais elle n'avait ni précision ni force de ce côté et il lui saisit vite les poignets.

Elle ferma les yeux quand il la força à se pencher vers les flammes, qui étaient si proches qu'elle vit encore leur lumière à travers ses paupières.

Elle refusait de mourir, mais que pouvait-elle faire pour échapper à un tueur ?

— Pourquoi faites-vous ça ? demanda-t-elle d'une voix tremblante.

— Parce que j'ai le meurtre dans le sang.

— Rien ne vous y oblige. Vous pouvez arrêter, dit-elle, dangereusement près du moment où elle le supplierait de l'épargner.

— Non, je ne m'arrêterai pas. Ça a commencé il y a longtemps, avec ce bon vieux Jack. C'est pour ça que j'ai tué la rousse.

Elle n'en revint pas de l'entendre reconnaître aussi volontiers qu'il avait tué Trinity. Que pouvait-elle dire pour gagner de précieuses secondes avec l'espoir que le shérif vienne la sauver ?

— Elle avait une petite fille, vous savez. Une enfant qui grandira sans sa mère. Pourquoi ?

— La ferme ! rugit Decker.

Elle essaya de résister quand il la poussa encore plus près des flammes. Malheureusement, le sol était trop glissant pour lui fournir un bon appui.

Mais c'était peut-être un avantage... Elle s'adossa au torse de Decker, replia ses deux jambes pour prendre appui sur le fourneau et poussa de toutes ses forces. Decker partit à la renverse et elle fut la première à se relever.

Il y avait un couteau sur un plan de travail. Elle s'empressa de le ramasser et attaqua Decker, qui se redressait. Elle réussit à taillader son T-shirt et son torse – bien trop superficiellement pour l'arrêter.

Il se jeta sur elle en rugissant, lui saisit le bras et le tordit. Elle cria de douleur. Alors que le couteau lui échappait, elle entendit du verre qui se brisait.

13

Isaac fonça dans la vitrine l'épaule la première et fut soulagé de sentir la vitre céder. Arrivé dans la salle, il balaya celle-ci du regard sans se soucier des éclats de verre plantés dans sa peau. Il y avait de la vaisselle cassée par terre.

Quand il entendit Clare crier, il comprit qu'elle était avec Decker dans la cuisine. Il dégaina son Glock et s'y précipita.

Il y avait un mort sur le carrelage et Decker tenait Clare en lui faisant une clé de bras.

— Lâche-la, Newcombe, ordonna-t-il.

Decker attira Clare contre lui pour qu'elle lui serve de bouclier. Il pressait un couteau sur sa gorge. Même s'il ne courrait pas le risque de tirer, Isaac le tint en joue.

— Lâche-la, répéta-t-il.

— Pour que tu puisses me tuer ?

— Je ne tirerai pas si tu la lâches, répondit-il alors que négocier avec ce tueur lui faisait horreur.

Il était prêt à tout pour sauver Clare.

— Pour que tu puisses m'arrêter, alors ? Non merci.

— Je vais vous tirer de là, promit Isaac à Clare.

Decker recula vers la porte de derrière. Isaac, qui ne pouvait pas le laisser s'échapper, tira dans le mur, près de sa tête, en guise d'avertissement.

— Ne bouge plus, lui enjoignit-il.

Decker ricana.

— Si tu étais prêt à tirer sur ton amie pour m'avoir, tu l'aurais déjà fait, répondit-il.

Alors Decker renversa une table en métal d'un coup de pied pour lui barrer la route et s'enfuit en entraînant Clare.

Comme Isaac dut repousser la table pour le suivre, Decker démarrait déjà quand il sortit dans l'allée. Le cœur affolé, Isaac s'élança à sa poursuite. Alors que la voiture atteignait le bout de l'allée, la portière du passager s'ouvrit et Clare tomba du véhicule. Un instant plus tard, la voiture disparaissait dans des crissements de pneus.

Terrifié, Isaac se précipita auprès de Clare.

Était-elle morte ?

Il écarta ses cheveux de son visage et soupira de soulagement en la voyant ouvrir les yeux.

— Vous êtes en vie, murmura-t-il.

— Il n'a rien dit, répondit-elle. Je ne sais pas pourquoi il m'a poussée hors de la voiture.

Elle se redressa. Elle avait les mains écorchées, une entaille sur le bras et un bleu sur la joue. Il eut envie de la prendre dans ses bras pour la réconforter et pour oublier qu'il s'en voulait d'avoir laissé sa proie lui échapper.

— Vous avez besoin de soins, lui dit-il. J'ai une trousse de secours dans la camionnette, mais on devrait sûrement vous emmener chez un médecin.

Isaac comprit que Decker avait relâché Clare pour le distraire et l'empêcher de le suivre. Peu importait. Il était sûr que Decker se montrerait de plus en plus imprudent, désormais. Le retrouver ne devrait pas être trop difficile.

D'autant moins que Decker réessayerait sans doute de tuer Clare. Isaac devait la protéger à tout prix.

— Je crois que ça va, affirma-t-elle. Aidez-moi à me lever.

— Non, restez assise. J'appelle une ambulance. Vous pourriez être en état de choc.

Ignorant ses instructions, elle s'appuya sur son épaule pour se lever.

— Phil est grièvement blessé, dit-elle.

Les hurlements d'une sirène empêchèrent Isaac de répondre. Le shérif se gara au milieu de l'allée, coupa la sirène et jaillit de sa voiture.

— Appelez des renforts ! lui lança Isaac. Newcombe s'est échappé.

Il décrivit la voiture que Decker conduisait et donna le numéro de la plaque au shérif.

Cafferty transmit ces informations par radio, puis lui demanda :

— Que s'est-il passé ?

— Appelez une ambulance et venez. Phil a besoin d'aide, répondit-il avant de se tourner vers Clare. Ça ne sert à rien que je vous enjoigne de rester là, n'est-ce pas ?

— Non, à rien, dit-elle résolument.

Ils passèrent à côté du corps du cuisinier en traversant la cuisine.

— Phil est derrière le comptoir, dit Clare, qui s'appuyait lourdement sur son épaule.

Phil gisait derrière sa caisse. Sa blessure à la tête ne saignait plus beaucoup, mais il respirait à peine. S'il survivait, il pourrait remercier sa bonne étoile.

— Et vous ? demanda le shérif à Clare en bandant la tête de Phil.

— Je crois que ça ira.

— Et vous, vous avez des morceaux de verre plantés dans le bras, fit remarquer le shérif à Isaac.

— Je survivrai, répondit Isaac en en arrachant un.

Une autre sirène se fit entendre. Quelques secondes plus tard, une ambulance se gara devant le restaurant. Deux infirmiers en sortirent avec une trousse et une civière.

— Il y a un blessé derrière le comptoir, leur dit Isaac. Et un mort dans la cuisine.

Le shérif, Clare et lui s'écartèrent pour laisser les infirmiers travailler.

— Asseyez-vous, ordonna Isaac à Clare en l'entraînant vers une table. Voulez-vous un verre d'eau ?

— Je veux bien, merci.

Isaac alla lui en chercher un, puis dit au shérif :

— Je suis sûr que vous devez repartir pour diriger les recherches.

— J'ai appelé la police de la route, qui a des hélicoptères, répondit Cafferty. Newcombe n'ira pas loin. Pour le moment, j'ai besoin de savoir ce qui s'est passé ici.

— Il m'a dit qu'il avait tué Trinity, murmura Clare.

Le shérif se passa la main sur le visage.

— Voilà qui simplifie mon enquête. Mais pourquoi a-t-il tué votre amie ? N'est-il pas un tueur à gages ?

— Et pourquoi mutiler son corps ? lança Clare.

— Ça n'a aucun sens, dit le shérif.

— On aurait tort de penser qu'il fait n'importe quoi, intervint Isaac. Il agit d'une manière très méthodique. Il s'est caché pendant un an. Il a emporté le corps de Trinity à Encantador après l'avoir tuée à Mercy. C'est juste que son mode opératoire et son mobile ont changé.

— Pourquoi ? s'enquit Cafferty.

C'était la question la plus importante.

— A-t-il dit autre chose ? demanda-t-il à Clare.

Elle secoua la tête.

— Tout est confus dans mon esprit. Il est arrivé par la cuisine. Il a attaqué Phil. J'avais verrouillé la porte et je savais que j'étais piégée.

Sa voix se brisa. Elle but une gorgée d'eau avant de répéter :

— Tout est confus. Je suis désolée.

La frustration se lisait sur son visage. Isaac posa une main sur son épaule. Il était possible qu'un détail utile lui revienne quand elle se serait un peu reposée.

— J'ai un service à vous demander, shérif, dit-il.

— Je vous aiderai si je le peux.

— Il me faudrait un endroit tranquille pour passer des coups de téléphone, et Clare a besoin de prendre une douche et de se changer.

— C'est dans mes cordes, répliqua Cafferty. Allez-vous appeler l'agent Jones ? J'aurais bien besoin d'un coup de main du FBI.

Jason était la première personne qu'Isaac comptait appeler.

— Il vous contactera sûrement bientôt, répondit-il.

Cafferty hocha la tête.

Isaac avait d'abord été forcé de travailler avec Ryan. À présent, le shérif était aussi impliqué dans l'enquête. Cela faisait beaucoup de monde pour quelqu'un qui aimait travailler seul… mais, pour la première fois depuis longtemps, Isaac se réjouissait d'être soutenu par une équipe.

Les infirmiers avaient examiné Clare et déclaré que toutes ses blessures étaient superficielles, comme elle le pensait. Ils l'avaient soignée et lui avaient proposé de l'emmener aux urgences, ce qu'elle avait refusé. Phil était dans un état critique. C'était de lui que les médecins devaient s'occuper.

Un adjoint du shérif, qui était arrivé quelques minutes plus tard, avait fait des prélèvements sous ses ongles et lui avait donné un T-shirt propre pour récupérer le sien, qui serait aussi envoyé au labo.

Pendant ce temps, les infirmiers avaient retiré les éclats de verre qu'Isaac avait dans les bras.

Alors le shérif invita Isaac et elle à se rendre à l'auberge voisine. Celle-ci avait des murs roses et un grand parking à l'arrière. Près de l'entrée, une fontaine fabriquée avec un demi-baril de whisky gargouillait joyeusement.

— Je m'attendais un peu à ce que Cafferty nous ramène dans sa salle d'interrogatoire, plaisanta Isaac.

— J'ai hâte de prendre une douche, dit Clare.

Elle imagina Isaac nu contre elle sous le jet et essaya de chasser ce fantasme de son esprit.

Quand Isaac ouvrit la porte de l'auberge, la climatisation la fit frissonner. L'employé de la réception, dont le bureau avait été orné de chaussettes rouges et blanches, tourna la tête vers eux.

À la radio, un animateur disait : « N'oubliez pas de faire vos courses de Noël tôt dans la journée. Une tempête s'approche de... »

L'employé baissa le volume et leur sourit.

— Vous devez être les deux personnes que le shérif m'envoie, leur dit-il.

— C'est bien ça.

— Voici vos clés.

Il leur tendit deux cartes magnétiques usées.

— C'est la chambre n° 10, annonça-t-il. La troisième à droite.

— Et moi ? demanda Clare.

— Les deux clés ouvrent la porte, répondit l'employé.

— Non, quelle est ma chambre ?

— La chambre n° 10.

— Mais j'ai besoin de ma propre chambre…

— Je la payerai, intervint Isaac, sa liasse déjà à la main.

— Désolé, mais je ne peux rien faire, répondit l'employé. Trois de nos chambres sont en cours de rénovation et toutes les autres sont louées.

Clare jeta un coup d'œil à Isaac et se sentit rougir.

Dans le fond, ce n'était peut-être pas plus mal. Avait-elle vraiment envie de se retrouver seule alors que Decker était dans la nature ?

— Merci, dit-elle à l'employé.

Ils s'engagèrent dans le couloir. La chambre, de style western, était propre et confortable. Il y avait des dessins de selles aux murs et la télé était posée sur une roue de chariot reconvertie grâce à une plaque en verre.

— C'est sûr que ce n'est pas le Ritz, commenta Isaac.

— C'est parfait, assura-t-elle en posant son sac au bord de la roue de chariot.

— Vous trouvez ? Alors qu'il y a des chapeaux de cow-boy sur la couverture ? Je n'ai pas vu ça depuis mon enfance.

— Il y en avait sur la vôtre, quand vous étiez petit ?

— Moi ? Non. J'aimais les voitures de course. Je suis de plus en plus convaincu que cette chambre est moche.

— Elle est mignonne, répliqua-t-elle. Décorée avec enthousiasme.

— Ce qui est une manière polie de dire moche.

Elle pouffa, ce qui lui fit mal à la nuque. Elle avait dû grimacer, parce que Isaac demanda :

— Voulez-vous que je vous emmène à l'hôpital ?

Ce qu'elle voulait, c'était se blottir dans ses bras pour qu'il lui fasse oublier ses bobos.

C'était lui qu'elle voulait, tout simplement. Mais franchir ce pas créerait plus de problèmes que cela n'en résoudrait.

— Il vaut mieux que les médecins s'occupent de Phil, répondit-elle.

— Je suis sûr qu'il a déjà été transporté dans un hôpital plus grand par hélicoptère. Et vous ne pourrez pas savoir que vous n'avez rien tant que vous n'aurez pas été convenablement examinée.

Ce n'était pas faux, mais elle se contenta de changer de sujet.

— Alors, qui se douche en premier ? Vous ou moi ?

— Allez-y. Il faut que j'appelle Jones, répondit-il en s'asseyant au bord du lit, son téléphone à la main.

— D'accord.

Dans la salle de bains, elle se déshabilla et commença par laver son jean. Quand l'eau qui s'en écoulait vira du rouge au rose, elle estima que cela suffisait et le suspendit pour qu'il sèche.

Alors elle entra dans la douche. En se savonnant, elle ne put s'empêcher de se demander comment Isaac la caresserait, puis décida qu'il devait être à la fois tendre et ardent. Le souvenir de leur baiser lui revint à l'esprit et elle glissa ses doigts entre ses cuisses pour se délivrer d'un peu du désir qui la tenaillait.

Lorsqu'elle reprit son souffle, toute tremblante, elle retrouva aussi sa lucidité. Elle avait rencontré Isaac à un mauvais moment et il ne pouvait y avoir que du désir frustré entre eux.

14

— As-tu du nouveau ? demanda Jason en décrochant.

— Oui. Decker a choisi sa prochaine victime. Elle s'appelle Clare Chamberlain. Et... je me suis retrouvé face à lui. Il sait que la police le cherche et ma couverture est grillée.

Jason surprit Isaac en restant calme.

— Je n'annulerai pas l'opération pour ça à ce stade, déclara-t-il. Ce soir, j'enverrai des agents à Mercy pour qu'on ait du monde au bar.

— Bonne idée. Par ailleurs, Decker a dit à Clare qu'il avait tué Trinity, la femme dont on a trouvé le corps ce matin. Que ce soit confirmé par le prélèvement qui a été fait sur la victime ou non, je suis sûr que c'est vrai.

— Intéressant. Pourquoi un tueur à gages se met-il subitement à attaquer des femmes avec autant d'imprudence ?

— J'espérais que tu pourrais m'éclairer sur ce point.

— J'en parlerai à nos profilers. Ils auront sûrement une théorie. Pour le moment, reste loin de Mercy. Il ne faudrait pas que Decker t'y voie.

— Et Ryan ?

— Il est toujours l'appât. Mes agents seront au bar dès l'ouverture. Si Decker se pointe, on l'attrapera.

Malgré les renforts promis par Jason, Isaac eut l'impression de laisser Ryan sans protection.

— Je préviendrai Ryan, répondit-il. Par ailleurs, le shérif d'Encantador aimerait que le bureau lui donne un coup de main.

— D'accord. De mon côté, j'ai obtenu l'autorisation d'utiliser un satellite. On examinera la zone proche de la frontière. Avec un peu de chance, on connaîtra l'emplacement de la planque de Decker dès ce soir.

Ce serait une bonne nouvelle si…

— Pourquoi retournerait-il à un endroit dont il a parlé à Ryan ?

— On doit suivre toutes les pistes, tu le sais, lui rappela Jason avec une pointe d'agacement.

— Oui, je sais.

Isaac hésita avant d'ajouter :

— J'aimerais aussi attirer ton attention sur autre chose. J'ai appris qu'une entreprise de Colombus, dans l'Ohio, avait enterré des déchets toxiques.

— Comment s'appelle l'entreprise ?

— Les plastiques Chamberlain.

— Je ne te promets rien, mais je vais mettre des hommes sur le coup. Autre chose ?

— Oui. La femme que Decker a failli tuer est avec moi dans un hôtel d'Encantador, au cas où tu voudrais lui parler.

— Ça viendra. Pour le moment, je me concentre sur le satellite. J'espère qu'on réussira à avoir des images avant l'arrivée de la tempête. Je te tiendrai au courant.

Jason raccrocha.

Isaac fixa son téléphone. L'interdiction de retourner à Mercy le contrariait, à la fois parce que d'autres arrêteraient Decker, alors qu'il avait sacrifié un an de sa vie pour cette opération, et parce qu'il ne serait pas là pour protéger Ryan.

Il ne fallait pas être un fin psychologue pour comprendre qu'il aimait travailler seul à cause de la mort de Miguel, qui le hantait.

Il prit subitement conscience qu'il n'avait pas été juste envers Ryan. Il courait de grands risques pour envoyer Decker en prison. Il ne pouvait pas remplacer Miguel, bien sûr, mais ce n'était pas un mauvais ami.

Au moins, je dois être écarté de l'action, pensa Isaac, *il y a de pires endroits pour attendre qu'une chambre d'hôtel partagée avec Clare.*

L'accueillerait-elle à bras ouverts s'il la rejoignait sous la douche ? Il secoua la tête. Ils ne s'étaient embrassés qu'une fois. Cela ne l'autorisait pas à espérer plus.

Et puis ce n'était pas le moment de s'abandonner à ses fantasmes. Il avait encore un coup de fil à passer.

Il appela Ryan.

— Je suis content d'entendre ta voix, dit celui-ci en décrochant.

— J'ai du nouveau, annonça Isaac. Es-tu seul ?

— Oui. Je t'écoute.

— Decker est dans le coin.

Isaac raconta à Ryan ce qui s'était passé depuis qu'ils avaient découvert le corps de Trinity.

— Le FBI enverra des agents au bar ce soir, conclut-il. Si Decker vient, ils seront prêts à le cueillir.

— Et toi aussi.

— Non, je reste à Encantador. Decker m'a vu. Si je suis dans le bar, il saura que c'est un piège.

Ryan soupira.

— Comme tu le sais, je n'ai pas confiance en grand monde...

— Les hommes de Jason te protégeront, lui promit Isaac. Ce sera bientôt fini.

— C'est le moment de se dire adieu, alors.

Isaac n'y avait pas vraiment songé sous cet angle, mais Ryan avait raison. L'opération de Mercy touchait à sa fin. Même si Isaac détestait cette ville, l'idée qu'il la quitterait bientôt lui fit un effet étrange.

— Je suppose.

— Je ne gâcherai pas ma deuxième chance, Isaac, je te le promets, dit Ryan.

— Je l'espère. Tu l'as méritée. Et... sois prudent, s'il te plaît.

Isaac raccrocha sur ces mots.

Après sa douche, Clare ne remit que le T-shirt qu'on lui avait donné et qui était assez long pour qu'elle laisse son jean continuer à sécher. Isaac et elle échangèrent des politesses en même temps que leurs places. Elle s'étendit sur le lit et mit une chaîne locale, qui parlait de la tempête annoncée.

Quand Isaac sortit de la salle de bains, Clare resta bouche

bée. Elle le savait musclé, mais cela ne l'avait pas préparée au spectacle de son torse nu.

Elle en perdit le souffle.

— Comment vous sentez-vous ? demanda-t-il en s'essuyant les cheveux.

Elle haussa les épaules.

— Fourbue. Fatiguée. Inquiète.

— À cause de Decker ou de votre ex-mari ?

— Des deux, je suppose, répondit-elle en éteignant la télévision. En ce qui concerne mon ex-mari, je suis très inquiète.

— Pourquoi ?

— Il est vrai que les Chamberlain devront me laisser tranquille quand le scandale éclatera, mais combien de temps les médias s'intéresseront-ils à une histoire de produits chimiques ? L'enquête s'arrêtera aussi à un moment. Et qui se souciera de ce qui m'arrivera ensuite ?

— Moi, répondit Isaac en s'asseyant à côté d'elle. Vous pourriez être la deuxième cliente de mon agence.

Elle pouffa.

— Je n'ai que ce que j'ai gagné hier soir pour vous payer.

— Vous pouvez garder cet argent. Je ne vous ferais pas payer.

— N'avez-vous pas besoin de clients qui payent ?

— Bien sûr que si, mais pas vous.

Clare cessa de résister à la tentation de le toucher.

— Alors j'avais raison depuis le début, dit-elle en posant ses mains sur son torse.

— À quel propos ?

— Vous êtes vraiment gentil.

— Je n'en suis pas si sûr, répondit-il en se penchant vers elle. Un gentil garçon vous embrasserait-il ?

— Si c'est ce que je veux.

— Est-ce ce que vous voulez ?

Il l'attira dans ses bras quand elle pressa ses lèvres contre les siennes.

Au début, Isaac l'embrassa presque timidement, comme pour lui laisser une chance de faire marche arrière. Mais elle avait fini de fuir. Elle avait ignoré ce qu'elle ressentait pendant plus de deux mois et survécu à un tueur.

Elle était prête à accepter de nouveau ses émotions et à vivre, au lieu de simplement survivre.

Elle essaya de le lui faire sentir.

Isaac glissa ses mains sous son T-shirt pour lui caresser le ventre.

— Caresse-moi, s'il te plaît, murmura-t-elle contre ses lèvres.

— Où ça ?

— Partout.

Il la fit gémir de plaisir en pinçant l'une de ses pointes de seins. Elle mourait d'envie de le sentir en elle.

Avait-elle jamais autant désiré un homme ? Une chose était sûre : elle n'avait jamais cédé aussi vite à la tentation. À sa décharge, elle était dans une situation exceptionnelle. Qui pouvait savoir ce que les jours ou même les heures suivantes leur réservaient ?

Pouvait-on lui reprocher de vouloir voler ce moment de plaisir ?

Elle s'allongea et dévora Isaac des yeux.

— Que regardes-tu ? demanda-t-il en laissant courir ses doigts sur ses jambes.

— Toi.

— Dis-moi où tu veux que je te caresse. Là ?

— Plus haut.

Il lui décocha le sourire qu'elle trouvait irrésistible.

— C'est la réponse que j'espérais.

Il écarta sa culotte et inséra un doigt, puis deux, dans sa fente.

— C'est ce que tu veux ?

— Oh oui ! gémit-elle.

Affolée par ses caresses, elle atteignit l'orgasme presque aussitôt. Alors qu'elle s'agrippait à ses épaules, il étouffa ses cris en l'embrassant.

— Isaac, susurra-t-elle, toute vibrante de plaisir.

Il couvrit son visage et sa gorge de baisers jusqu'à ce qu'elle s'apaise.

Alors elle retira son T-shirt, qu'elle laissa tomber par terre.

— Tu es parfaite, lui dit-il.

Elle n'était pas sûre de le croire. Après s'être montré assez indifférent, Kyle avait projeté de la tuer. Mais l'expression d'Isaac confirmait qu'il la trouvait belle et désirable.

— Sublime, ajouta-t-il.

Elle glissa les doigts dans ses cheveux et se cambra quand il se pencha pour mordiller ses pointes de seins. Même si c'était délicieux, elle eut très vite envie de plus.

Elle laissa courir ses doigts sur son ventre et déboutonna son jean. Elle lui arracha un grognement en prenant son membre dans sa main.

— Arrête ! lui ordonna-t-il quelques secondes plus tard.

— Ça ne te plaît pas ?

— Ça me plaît trop. Retire ta culotte.

Pendant qu'elle lui obéissait, il se déshabilla aussi et sortit un préservatif de la poche de son jean avant de poser le jean par terre.

Il enfila le préservatif et se plaça entre ses cuisses.

— Que tu es sexy ! dit-il en la pénétrant très lentement.

Elle poussa un cri quand il donna un premier coup de reins, avant de trouver un rythme qui était une vraie torture.

— Plus fort, lui chuchota-t-elle à l'oreille. Plus vite.

Alors il la prit avec autant de passion qu'elle en ressentait.

— Oh oui, Isaac ! cria-t-elle.

La tête du lit cogna contre le mur quand il donna un dernier coup de reins en atteignant l'orgasme.

Il s'effondra sur elle, le souffle court.

— J'aime t'entendre dire mon prénom quand tu jouis, murmura-t-il avant de lui mordiller le lobe de l'oreille.

— C'était vraiment bon, répondit-elle.

Il lui décocha un grand sourire avant de rouler sur le dos en l'attirant dans ses bras. Elle aurait aimé ajouter quelque chose, mais l'épuisement l'en empêcha. Alors qu'elle s'enfonçait dans le sommeil, une dernière pensée flotta dans son esprit.

Je suis en sécurité.

15

Le soleil qui filtrait à travers les rideaux faisait scintiller les cheveux de Clare.

Son désir de faire durer ce moment le plus longtemps possible sans se soucier du reste du monde était-il horriblement égoïste ? se demanda Isaac.

Une envie pressante lui fournit sa réponse. Il soupira. Après avoir déposé un baiser sur le front de Clare, il ramassa ses vêtements et alla dans la salle de bains, où il se soulagea et se rhabilla.

Avait-il senti un souffle ? Aperçu un mouvement du coin de l'œil ? Il tourna la tête et rencontra le regard de Clare dans le miroir. Elle avait les cheveux emmêlés, elle s'était enveloppée dans la couverture, et aucune femme ne lui avait jamais paru aussi belle.

Au cours de cette journée, il avait découvert une vérité importante. Clare ne l'attirait pas seulement parce qu'elle était belle, intelligente et intègre. Elle l'attirait aussi parce qu'elle le rendait à lui-même.

Au lieu de le lui dire, il demanda :

— Tu veux aller aux toilettes ?

*Bravo, Isaac. Existe-t-*il une phrase moins romantique ?

— Non, ça va, répondit-elle.

Il fallait vraiment qu'il essaye d'exprimer ce qu'il ressentait.

— Le fait que tu me trouves gentil m'a rendu une part de moi que je croyais avoir perdue pour toujours.

Elle ne réagit pas.

— Dis quelque chose, s'il te plaît, finit-il par ajouter.

Elle s'approcha de lui et prit son visage entre ses mains.

— Je sais que tu es quelqu'un de bien.

Elle lâcha la couverture, qui tomba à ses pieds. Comment pouvait-il avoir autant de chance ?

Il l'embrassa furieusement en la plaquant contre le mur. Il avait de nouveau envie d'elle. Il sortit un autre préservatif – son dernier – de sa poche. Après l'avoir enfilé, il souleva Clare et la pénétra d'un coup.

— Oh ! Isaac ! gémit-elle.

Maintenant qu'il avait découvert comme elle aimait qu'il la caresse, il mit ce qu'il avait appris en pratique. Lorsqu'elle atteignit la jouissance, il sut qu'il la suivrait de près.

Il redoubla d'ardeur en s'émerveillant de se sentir pleinement lui-même pour la première fois depuis des mois.

Si Decker avait cru en autre chose qu'en sa propre supériorité, il aurait remercié sa chance pour la manière dont les dernières heures s'étaient déroulées. Depuis qu'il avait quitté Encantador, il avait volé et abandonné trois véhicules. Le dernier était une camionnette qu'il avait subtilisée sur le parking d'un bar et qui lui avait permis d'atteindre cette maison isolée. Il se tenait maintenant dans la salle de bains, le store baissé. Plusieurs mouches volaient dans la pièce.

Il n'y avait pas de voisins, juste un vieux chien attaché sur le perron. La femme qui vivait là devait être très vaniteuse, parce que le placard de la salle de bains débordait de produits de beauté.

Il avait trouvé bien assez de teinture pour changer la couleur de sa barbe, qui commençait à repousser, en plus de celle de ses cheveux. Il s'épaissit les sourcils avec un crayon brun, qu'il décida de garder.

Il avait enfilé un pantalon et une chemise en flanelle bien trop grands pour lui et caché un oreiller en dessous, ce qui modifiait complètement sa silhouette. Après avoir ajouté des lunettes et une casquette orange, il s'observa dans le miroir.

— Bravo, se complimenta-t-il.

Il était devenu un tout autre homme.

En allant dans la cuisine, il s'entraîna à marcher comme

quelqu'un de plus gros et de plus vieux que lui. Il y avait une casserole de chili sur la gazinière. Il trouva des crackers dans un placard et du fromage dans le réfrigérateur.

Le chili était bon. Il le mangea en réfléchissant.

Il était surpris que la police sache autant de choses sur lui. Et elle savait aussi qu'il avait tué la rousse de Mercy, maintenant.

Tous les flics du Texas devaient être à sa recherche. Heureusement, cela n'avait pas beaucoup d'importance. Il ne comptait pas traîner dans le coin.

Mais, pour garder une longueur d'avance sur la police, il avait besoin de l'argent que Ryan lui devait. Il disparaîtrait après un dernier arrêt à Mercy.

Il posa son bol vide dans l'évier et retourna dans la chambre pour prendre des pantalons et des chemises de rechange. Cela ne dérangerait pas leur propriétaire.

Dans la salle de bains, il jeta un dernier coup d'œil à la baignoire, dans laquelle il avait placé les deux époux. Une araignée courut sur la joue du mari avant de disparaître dans ses cheveux.

En tirant le rideau de la baignoire, Decker se souvint de la manière dont l'homme l'avait supplié de ne rien faire de dépravé à la femme qu'il aimait. Comme s'il risquait de trouver cette vieille peau attirante... Au bout du compte, il s'était montré charitable. Les deux époux avaient reçu une balle dans la tête à quelques secondes l'un de l'autre.

De retour dans la cuisine, il rangea ses nouveaux vêtements dans un sac en plastique, puis ouvrit tous les brûleurs de la gazinière. Une odeur d'œuf pourri envahit la pièce. Il prit le journal qui traînait sur la table, un briquet et des clés suspendues à un crochet.

Il sortit alors que le gaz envahissait la maison. Le vieux chien grogna et lui montra ses crocs jaunis. Decker roula le journal, y mit le feu et le regarda brûler pendant quelques secondes avant de le lancer dans la maison.

Il monta dans la voiture et démarra. Le chien le fixait depuis le perron. Il avait clairement compris que quelque chose ne tournait pas rond.

Un instant, Decker repensa à un autre chien attaché devant

une maison semblable. La bête avait toujours été hargneuse envers le petit garçon qu'il était. Il n'avait compris que plus tard que son quatrième beau-père affamait l'animal pour qu'il soit méchant. Après avoir passé la première, Decker ne réussit pas à retirer son pied de l'embrayage.

Il y avait un os en peau de buffle sur le plancher de la camionnette.

— Merde ! s'écria-t-il en abattant son poing sur le volant.

Il repassa au point mort, sortit de la camionnette et alla détacher le chien.

— Allez, viens ! dit-il en tirant sur sa laisse.

Le chien aboya en regardant la maison.

— Ils te laissaient au soleil avec un bol d'eau sale, dit Decker. Ce n'est pas une manière de traiter un chien. Ils ne te méritaient pas.

Rétrospectivement, il regrettait de ne pas avoir fait souffrir davantage ses maîtres.

— Viens ! répéta-t-il.

Cette fois, le chien le suivit et grimpa dans la camionnette. Decker ferma la portière, se remit au volant et démarra pour de bon.

— Comment tu t'appelles, mon pote ? demanda-t-il au chien, qui mâchouillait l'os.

Il se pencha pour lire le médaillon de son collier.

— Old Blue. C'est un drôle de nom pour un chien marron.

Old Blue soupira.

Alors les vitres de la maison volèrent en éclats derrière eux. Dans le rétroviseur, Decker regarda le vent qui se levait faire tourbillonner la fumée qui s'échappait des fenêtres.

Le temps que les pompiers arrivent, Old Blue et lui seraient loin.

Clare était dans la zone trouble entre la veille et le sommeil. Elle se voyait à Londres et entendait des voix dans le brouillard.

Elle reconnut celle de Decker.

J'ai le meurtre dans le sang. Ça a commencé il y a longtemps, avec ce bon vieux Jack. C'est pour ça que j'ai tué la rousse.

Elle se redressa brusquement, le cœur affolé. Elle était dans la chambre d'hôtel. Le vent hurlait dehors. Ce devait être la tempête que les informations avaient annoncée. Elle jeta un coup d'œil au réveil. Il était 17 h 17.

Isaac dormait à côté d'elle. Puisqu'il avait passé la nuit précédente elle ne savait toujours pas où, il devait être épuisé, mais la révélation qu'elle venait d'avoir était trop importante pour qu'elle se montre délicate.

— Réveille-toi, Isaac, dit-elle en posant sa main sur son bras. Je me suis souvenue de quelque chose d'important.

— De quoi ? demanda-t-il en ouvrant les yeux.

— Quand on était dans la cuisine du restaurant, Decker m'a dit : « J'ai le meurtre dans le sang. Ça a commencé il y a longtemps, avec ce bon vieux Jack. C'est pour ça que j'ai tué la rousse. »

Isaac se passa la main sur le visage.

— « J'ai le meurtre dans le sang », répéta-t-il. Qu'est-ce que ça peut vouloir dire ?

— Je crois que je sais.

— Ah oui ?

— Disons que j'ai une idée.

Elle alla chercher son téléphone dans son sac et se connecta au wi-fi de l'hôtel pour faire une recherche qui donna plus de cent mille résultats.

— Voilà ce qu'il fait, dit-elle en montrant l'écran à Isaac.

— Jack l'Éventreur ? Quel est le rapport ?

— Trinity a été mutilée après sa mort, comme les victimes de Jack l'Éventreur.

Il fronça les sourcils.

— Jack l'Éventreur n'est pas le seul à avoir mutilé ses victimes après leur mort, lui fit-il remarquer.

— Decker a parlé du « bon vieux Jack ». Tu connais beaucoup d'autres tueurs célèbres qui s'appellent Jack ?

Il prit son téléphone et parcourut les résultats de la recherche pendant deux minutes.

— Tu as peut-être raison, mais il me faudra du concret pour convaincre le FBI que Decker s'est mis à imiter un tueur de l'époque victorienne, finit-il par dire. Est-ce la solitude qui lui a fait perdre la boule ? J'en parlerai à Jason. Honnêtement, j'espère que tu te trompes.

— Pourquoi ça ? demanda-t-elle, offensée.

— Parce qu'il ne fait que commencer, sinon.

Isaac, qui devait au moins soumettre la théorie de Clare à Jason, alla chercher son téléphone et appela l'agent.

Un message l'informa que son appel ne pouvait pas aboutir.

Il jeta un coup d'œil à Clare.

— Bizarre, commenta-t-elle. Réessaye.

La deuxième fois, cela sonna, mais la ligne grésillait horriblement.

— Isaac ? répondit Jason. Tu m'entends ?

Le vacarme qu'il y avait derrière lui rappela le bruit d'une locomotive à Isaac.

— Oui, je t'entends.

— On va tous au sous-sol du bâtiment. L'état d'urgence a été décrété à San Antonio. Il y a plusieurs tornades dans les environs. Je ne pourrai pas envoyer d'agents à Mercy. Tu as entendu ? Préviens Ryan si tu arrives à le contacter.

— Je t'ai entendu ! cria Isaac dans le téléphone.

— Par ailleurs, on a trouvé la planque, dit Jason, dont les phrases commençaient à être hachurées. Elle était bien à dix kilomètres au sud de la frontière, au niveau où tu as trouvé le téléphone. On y enverra une équipe dès que ce sera possible.

Isaac ouvrit le tiroir de la table de nuit, qui contenait une bible, un calepin et un crayon.

— Tu peux me donner les coordonnées ?

La communication fut coupée.

— Et merde, grommela Isaac.

Qu'était-il censé faire, maintenant ? S'en tenir au plan initial ou retourner à Mercy pour protéger Ryan ? La réponse s'imposa.

— Je vais à Mercy, annonça-t-il en enfilant son pantalon.

— Tout de suite ?

Presque. D'abord, il devait s'assurer qu'elle serait en sécurité. Il pouvait la laisser sous la protection du shérif. Ou valait-il mieux qu'elle reste avec lui ?

Ce n'était peut-être pas à lui de prendre cette décision.

— Tu as entendu Jason, lui dit-il. Je ne peux pas laisser Ryan tout seul. Mais tu as besoin d'être protégée, toi aussi. Je pourrais demander à Cafferty de s'en charger.

— Pas la peine, répondit-elle. Je t'accompagne.

16

Si Isaac devinait correctement les projets de Decker, celui-ci irait à Mercy pour récupérer son argent. Puisque Isaac ne pouvait plus travailler au bar, il devrait se cacher dans le bureau de Ryan pour tomber sur le tueur à gages à son arrivée.

— Je vais devoir me cacher dans le bureau de Ryan, expliqua-t-il à Clare. Tu ne pourras pas rester avec moi. Decker a déjà essayé de te tuer. Il réessayera s'il te voit.

— Je peux attendre dans ta chambre, suggéra-t-elle. Avec la porte verrouillée et les rideaux fermés, il ne saura pas que j'y suis.

La situation était loin d'être optimale, mais le plan de Clare tenait la route. Il hocha la tête.

— Rassemblons nos affaires et allons-y.

Clare alla chercher son jean dans la salle de bains.

— Il est encore humide, mais ça ira, dit-elle en revenant habillée.

— Vérifie que ton téléphone et ta clé sont bien dans ton sac.

— Ce serait dommage de les perdre maintenant après les avoir protégés si longtemps, répondit-elle en fouillant son sac.

Avant qu'ils ne quittent la chambre, Isaac jeta un coup d'œil par la fenêtre. Le ciel avait pris une teinte gris-vert inquiétante. Tout bon Texan savait qu'il fallait se méfier d'un ciel pareil.

— On n'a peut-être pas à craindre que Decker aille à Mercy, finalement, dit-il. Ce sont des nuages de tornades.

— C'est la saison ? demanda Clare, l'air surprise.

— Il n'y a plus de saisons.

Il ramassa les deux cartes magnétiques près de la télé et entraîna Clare dans le couloir.

— Quel temps ! leur lança le réceptionniste quand ils arrivèrent dans le hall. On n'a que le vent, pour l'instant, mais la tempête arrivera bientôt.

Sa radio répétait l'annonce de l'état d'urgence.

— On s'en va, dit Isaac en posant les cartes sur son bureau. Merci de nous avoir accueillis.

— Vous êtes sûr que vous voulez partir ? demanda l'employé. C'est très dangereux de conduire par ce temps.

Isaac ne pouvait pas laisser Ryan seul. En partant sur-le-champ et en roulant vite, ils pouvaient atteindre Mercy avant le gros de la tempête.

— Oui. Combien je vous dois ?

— Rien. Le bureau du shérif a payé la chambre.

Une bourrasque s'engouffra dans la pièce quand Isaac ouvrit la porte.

— Joyeux Noël ! leur lança le réceptionniste.

— Joyeux Noël, répondit Clare avant qu'ils ne sortent affronter les éléments déchaînés.

Isaac avait laissé sa camionnette près du restaurant où ils avaient pris le petit déjeuner. Ce n'était pas très loin, mais ce qui avait été une promenade plaisante dans la matinée était maintenant une épreuve. Il n'y avait personne dehors. Tous les commerces étaient fermés. Une poubelle en plastique roulait au milieu de la rue.

Une première goutte tomba sur le trottoir alors qu'un éclair déchirait le ciel. Le tonnerre gronda presque aussitôt.

— Tu peux courir ? demanda-t-il à Clare.

Ils foncèrent vers la camionnette alors que le ciel se mettait à déverser des trombes d'eau. Quand ils l'atteignirent, ils s'y engouffrèrent. Isaac s'essuya le visage avant de démarrer.

Pour savoir ce qui les attendait à Mercy, il fallait déjà qu'ils y arrivent.

Kyle Chamberlain se gara près de l'auberge d'Encantador alors que le ciel virait au noir. Il sortit son téléphone de sa poche et envoya un texto à son père.

Je suis arrivé.

Le trajet tout entier avait été horrible. En achetant son billet d'avion à la dernière minute, il avait été forcé de voler en classe économique, avec une correspondance à Atlanta. Il avait loué une voiture en arrivant à San Antonio et le temps n'avait pas cessé de se dégrader pendant qu'il roulait vers Encantador.

Il avait les mains engourdies, mal aux genoux et besoin d'un verre.

Alors qu'il n'avait que quelques mètres à parcourir, il entra dans l'auberge, trempé.

— Bonsoir, le salua le réceptionniste. Vous voulez une chambre ? Vous avez de la chance : un couple vient juste de partir.

Ce que Kyle voulait, c'étaient des informations.

— Je cherche ma femme, déclara-t-il en lui montrant une photo de Clare sur son téléphone. L'avez-vous vue ?

— Je ne peux pas parler de nos clients, répondit l'homme après avoir regardé la photo.

Je vais prendre ça pour un oui.

— Je suis sûr que vous êtes très consciencieux, dit Kyle en rangeant son téléphone pour sortir une liasse de billets.

Il en détacha trois cents dollars.

— Il faut que je lui parle, poursuivit-il. Son père a fait une crise cardiaque. Il faut que je lui annonce la mauvaise nouvelle.

— Eh bien...

Le réceptionniste posa un livre sur son bureau.

Voulait-il que Kyle glisse les billets dessous ? Il le fit.

— Elle est partie il y a moins d'un quart d'heure, dit l'homme.

Kyle réprima un juron.

— Où est-elle allée ?

— Ça, je l'ignore.

Kyle se souvint que l'employé avait parlé d'un couple à son arrivée. Clare était-elle avec un homme ? Il serra les dents. Il avait été contrarié par son départ. Maintenant, il était furieux.

Il fonça vers la porte.

— Joyeux Noël ! lui lança le réceptionniste.

Kyle claqua la porte sans répondre et se précipita dans sa voiture. Que pouvait-il dire à son père ? Que Clare couchait avec un autre homme en plus d'avoir volé des informations vitales pour l'entreprise ?

Il se fit mal en abattant son poing sur le volant. D'après le réceptionniste de l'auberge, il n'avait raté Clare que de quelques minutes. Malheureusement, ces minutes étaient précieuses. Clare pouvait être n'importe où, maintenant…

Mais était-ce bien vrai ?

Il n'y avait pas des routes qui partaient dans toutes les directions, après tout, et elle ne pouvait pas être allée bien loin par ce temps.

Il chercha une carte de la région sur son téléphone et vit qu'une bourgade baptisée Mercy n'était qu'à une trentaine de kilomètres.

Il était logique qu'il commence par chercher Clare là-bas. S'il la trouvait, il la persuaderait de rentrer à Colombus, où la vie redeviendrait douce, comme elle l'était avant que Clare ne découvre cette fichue note. Il devrait aussi convaincre son père qu'elle ne représentait pas une menace pour leur famille, mais tout finirait par s'arranger.

Sauf si Clare l'avait déjà remplacé. Alors elle le payerait.

Decker s'était garé à un endroit d'où il pouvait voir tous les bâtiments de Mercy. Le vent secouait la camionnette et un rideau de pluie s'abattait sur le pare-brise. Son plan était simple : trouver Ryan, récupérer l'argent. Mais le fiasco de Pleasant Pines lui avait enseigné que même les plans les plus simples pouvaient mal tourner. Il valait mieux qu'il fasse d'abord un peu de repérage. Il s'enfonça dans son siège. Cette nuit serait longue.

Old Blue leva une patte. Decker avait posé sur ses genoux la boîte de biscuits pour chiens qu'il avait dénichée à l'arrière.

— Tu as faim ?

Decker lui tendit un biscuit. Après l'avoir reniflé, Old Blue n'en voulut pas. Decker avala le biscuit. À l'arrière, il avait aussi trouvé des jumelles. Il s'en servit pour scruter le parking, où peu de voitures étaient garées. Cela lui convenait parfaitement. Moins il y aurait de clients dans le bar, moins il y aurait d'inconnues dans son équation.

Quelques minutes plus tard, une camionnette se matérialisa

dans le déluge pour se garer sur le parking, du côté du motel. Decker reprit les jumelles et vit un homme sortir du véhicule.

Il le connaissait. C'était l'homme qui l'avait empêché de tuer la blonde à Encantador. Dans ce cas...

La blonde sortit de la camionnette quelques secondes plus tard. Elle courut s'abriter sous l'auvent du motel et dit quelques mots à l'homme en lui montrant une chambre avant qu'ils ne partent dans la direction opposée.

L'homme ouvrit la porte de l'une des chambres, où ils entrèrent tous les deux.

— On dirait bien qu'on a de la chance, Old Blue, commenta Decker.

Bien sûr, l'homme était sans doute un flic, ce qui signifiait que Decker ne verrait pas la couleur de son argent. Mais il avait été forcé de relâcher la blonde, à Encantador, et il détestait laisser des choses inachevées.

Puisqu'une deuxième chance s'offrait à lui, l'argent pouvait attendre.

La chambre d'Isaac était de la même taille que celle dans laquelle Clare avait dormi la veille, mais c'était tout ce qu'elles avaient en commun. Isaac avait aménagé la sienne au point qu'on ne se sentait plus dans un motel.

Il y avait un coin salon d'un côté du lit défait, avec un fauteuil, un coffre qui servait de table basse, une bibliothèque et une lampe. De l'autre côté du lit, Isaac avait placé des étagères, un micro-ondes et un réfrigérateur aussi petit que celui qu'elle avait quand elle était étudiante.

— Tu as rendu ta chambre confortable, le complimenta-t-elle en s'asseyant dans le fauteuil. Elle me plaît.

— Je n'ai aucune envie de te laisser seule, mais il faut que je dise à Ryan que je suis revenu et qu'on n'aura pas de renforts, répondit Isaac.

— Ne t'en fais pas. Je ne bougerai pas d'ici. Fais ce que tu as à faire.

— Puisque je serai coincé dans le bureau de Ryan, je vais en profiter pour relire le dossier de Decker, au cas où quelque chose m'aurait échappé, dit Isaac.

Il ouvrit le coffre et en sortit un ordinateur.

— Tu n'en aurais pas un deuxième, par hasard ? demanda-t-elle. Pour que je commence à… élaborer ma stratégie.

— Non, mais j'ai une tablette.

Il fouilla dans le coffre, puis la lui tendit en ajoutant :

— Je crois qu'elle est chargée.

Clare hésita un instant avant de formuler une nouvelle requête.

— Aurais-tu une arme à me prêter ?

Sans dire un mot, Isaac attrapa une boîte noire dans le coffre.

— Ce n'est pas le modèle que tu as utilisé ce matin, mais c'est le même principe.

— Les armes sont toujours chargées, récita-t-elle. Il faut placer le viseur sur la cible et appuyer sur la détente.

— Et ?

— Et ne dégainer une arme que si on a l'intention de s'en servir.

— Bien.

Il sortit le revolver de la boîte et le posa sur la table de nuit.

— En cas de besoin, appelle-moi, ajouta-t-il. En espérant que tu capteras par ce temps. Tu es sûre que ça ira ? Je peux me contenter d'aller chercher Ryan pour qu'on attende tous ensemble.

Sa proposition était tentante.

— J'ai des projets, répondit-elle en levant la tablette. Ça m'occupera l'esprit. Et le FBI arrivera vite quand la tempête sera passée. Il ne s'agit que de quelques heures.

En prononçant ces mots, elle se souvint qu'il ne fallait que quelques secondes pour qu'un destin bascule.

Isaac prit un sac à dos dans le coffre pour y glisser l'ordinateur.

— Qu'as-tu d'autre, là-dedans ? le taquina-t-elle.

— Tout mon bureau.

— Tu me montreras ça demain.

— Il y a à manger et à boire dans le frigo. As-tu besoin d'autre chose ?

Elle réfléchit. Sa valise était encore dans la chambre de Trinity et elle aurait adoré enfiler quelque chose de plus confortable.

— Je t'écoute, dit Isaac.

— Je n’ai rien dit.

— Je vois bien que tu penses à quelque chose.

— Ma valise est dans l’autre chambre…

— Donne-moi la clé, répondit Isaac en tendant la main. J’en ai pour une minute.

Elle la sortit de son sac. Une fois de plus, un frisson la parcourut lorsque leurs doigts s’effleurèrent, sauf qu’il fut plus intense que les précédents, parce qu’elle savait désormais ce qu’Isaac était capable de lui faire ressentir.

— Merci, murmura-t-elle.

— Mets la chaîne et n’ouvre à personne d’autre qu’à moi, lui ordonna-t-il.

— Promis.

Quand Isaac s’en alla, une bouffée d’angoisse saisit Clare. Après avoir mis la chaîne, elle posa son front contre la porte et essaya de reprendre le contrôle de ses nerfs. Elle avait dû respirer une vingtaine de fois tout en comptant quand on frappa.

— C’est moi. Ouvre.

Elle reconnut la voix d’Isaac.

— Une seconde, répondit-elle en retirant la chaîne d’une main tremblante.

Lorsqu’elle ouvrit la porte, il fit rouler sa valise à l’intérieur.

— Tiens. Peux-tu me passer mon sac ?

Elle alla chercher le sac à dos et le lui tendit.

Alors il l’attira dans ses bras pour l’embrasser.

— Sois prudente, murmura-t-il contre ses lèvres.

— Toi aussi.

Elle verrouilla, puis alla à la fenêtre. Par la fente entre les rideaux, elle le vit récupérer son arme dans la camionnette avant de courir vers le bar. En le regardant se fondre dans les ténèbres, elle prit conscience qu’il ne lui inspirait pas que du désir. Elle appréciait sa compagnie et sa droiture.

Était-elle tombée amoureuse de lui ?

Elle chassa cette pensée de son esprit. Elle avait trop de problèmes à résoudre pour se torturer avec cela. En plus d’être la cible de Decker Newcombe, elle s'apprêtait à entrer en guerre contre son ex-belle-famille, qui n'était pas moins brutale, même si c'était d'une autre manière.

Elle devait se préparer pour la bataille qui l'attendait.

17

Kyle écumait de rage à la station-service. Malgré la pluie, il avait parfaitement vu Clare embrasser un autre homme. Ensuite, l'homme était allé au bar en la laissant seule. Après avoir payé son essence, Kyle alla se garer près du motel et frappa à la porte de la chambre.

— Clare ? C'est Kyle ! Ouvre-moi !

Il vit le rideau bouger légèrement. Elle venait de l'épier.

Il attendit une minute, puis une autre.

— Clare ?

Rien. Pas un bruit à l'intérieur. Il essaya d'ouvrir la porte, qui lui résista. Sa colère devint difficilement contrôlable. Que faisait-elle avec un plouc qui devait sentir l'huile de moteur ?

— Ouvre cette foutue porte ! rugit-il.

Toujours rien.

Très bien. Il allait trouver un moyen d'entrer dans cette chambre et il ferait regretter à Clare de l'avoir ignoré.

Il n'y avait aucun client au bar. Même si le bâtiment était assez solide pour résister à une tempête, le mauvais temps avait dissuadé tout le monde de sortir. Isaac aurait préféré qu'il y ait foule, ce qui aurait obligé Decker à agir avec prudence. Dans ces conditions, ce serait un duel.

Non, se corrigea-t-il aussitôt. Il n'était pas seul. Il avait Ryan et Clare.

Il avait oublié ce que c'était que de pouvoir compter sur des gens.

Il s'était installé avec Ryan dans le bureau de celui-ci, ce qui était un terme très généreux pour une réserve reconvertie. Il y avait un meuble de rangement dans un coin et un bureau au milieu. Ryan et lui fixaient, sur l'écran de l'ordinateur, ce que filmaient quatre caméras de surveillance : l'entrée du bar, la salle du bar, l'entrée du salon de tatouage et une vue panoramique du parking. Ils ne voyaient pas grand-chose d'autre que de la pluie, mais si quelqu'un s'approchait du bâtiment, ils auraient le temps de réagir.

Ils n'avaient allumé que la lampe du bureau. Isaac avait son arme à la ceinture, Ryan avait un fusil à pompe sur les genoux.

Isaac avait posé son ordinateur sur le bureau et il attendait depuis un bon moment que l'appareil se connecte à Internet.

— Tu es revenu parce que je te manquais ? le taquina Ryan.

Comme il lui avait déjà expliqué la situation, Isaac se contenta de répondre :

— Oui, tu me manquais. Dis-moi, toi qui connais Decker depuis longtemps... Sais-tu s'il est particulièrement fasciné par Jack l'Éventreur ?

— La seule personne qui fascine Decker, c'est Decker.

Son ordinateur se connecta enfin et Isaac put accéder à la base de données de la police.

— Commençons par voir si quelque chose a été ajouté à son dossier, dit-il.

Sous la photo d'identité judiciaire de Decker se trouvait la liste de ses inculpations et condamnations. Rien, dans son casier, n'avait un lien avec le tueur en série du XIXe siècle.

— Quand il a attaqué Clare au restaurant, il lui a dit : « J'ai le meurtre dans le sang. Ça a commencé il y a longtemps, avec ce bon vieux Jack. C'est pour ça que j'ai tué la rousse. » Ça a du sens pour toi ? demanda-t-il à Ryan.

— Le soir où il m'a appelé, il m'a posé une question sur la généalogie, répondit Ryan en se grattant le menton. Je n'ai pas compris pourquoi, sur le coup, mais il se demandait peut-être s'il y avait une prédisposition génétique à la violence.

— Tu l'as connu enfant. Comment étaient ses parents ?

— Sa mère n'a fait que des petits boulots et elle avait tendance à sortir avec des mecs qui les battaient, Decker et elle. Je n'ai pas connu son père.

En parcourant le dossier, Isaac s'aperçut qu'un nouveau document y avait été joint. Il trouva curieux de ne pas avoir reçu de notification, mais il ne s'agissait pas d'une modification du dossier en lui-même. Le lien ajouté avait pour titre : *Analyse ADN. Decker Newcombe.*

— Qu'est-ce que c'est que ça ? lança Ryan, qui lisait par-dessus son épaule.

Isaac cliqua. C'était un profil ADN qui ressemblait à ceux des sites de généalogie. Il y avait une liste des ancêtres identifiés de Decker. Le nom Jeremiah Newcombe avait été souligné et on avait écrit à côté : *Pathologie héréditaire ?*

Ryan, qui avait son téléphone à la main, fit aussitôt une recherche sur Jeremiah Newcombe.

— Voilà qui explique la fascination de Decker, annonça-t-il. Le premier article que je trouve s'intitule « L'identité de Jack l'Éventreur découverte grâce à l'ADN ». Je me demande comment il est tombé là-dessus. Soit il a piraté la base de données, soit il a un informateur dans la police.

Les deux scénarios étaient intéressants, mais ce n'était pas le plus urgent, songea Isaac. Maintenant, il était tout à fait sûr que Decker continuerait à tuer pour le plaisir jusqu'à ce que quelqu'un l'arrête.

Quand elle s'aperçut que son téléphone n'avait plus de batterie, Clare s'empressa de trouver le chargeur dans son sac pour brancher l'appareil.

Kyle tambourinait à la porte.

— Je t'ai vue embrasser ce type ! cria-t-il.

Son téléphone reprit vie après de longues secondes et afficha « Pas de réseau ».

— Allez, grogna-t-elle entre ses dents.

— Est-ce que c'est pour lui que tu m'as quitté, Clare ? Je t'aime encore !

Elle n'y connaissait peut-être pas grand-chose en amour, mais elle était certaine que la possessivité Kyle n'en était pas. Cette fois, elle ne put s'empêcher de répondre.

— Tu sais pourquoi je suis partie. Parce que je t'ai entendu discuter avec ton père du petit *accident* qui vous débarrasserait de moi.

— Dire que je suis venu jusqu'ici pour arranger les choses ! Mon père avait raison depuis le début. Tu ne mérites pas qu'on se donne autant de peine pour toi que je l'ai fait.

— Alors pourquoi es-tu venu ? Rien ne t'y obligeait.

Elle n'entendit plus que des coups de tonnerre. Kyle réfléchissait-il à ce qu'elle venait de dire ? Était-il parti ? Voulant jeter un coup d'œil dehors pour en avoir le cœur net, elle s'approcha de la fenêtre. Alors qu'elle s'apprêtait à soulever discrètement le rideau, la vitre vola en éclats et une brique rebondit sur le coffre en métal.

Kyle tendit un bras dans la chambre pour essayer de l'attraper. Clare fonça vers la table de nuit et ramassa le revolver. Quand elle se retourna, Kyle écartait les rideaux. Il s'était profondément entaillé le dos de la main.

Clare se souvint de sa brève leçon de tir. Si elle dégainait une arme, c'était pour *éliminer une menace*. Elle visa le centre du torse de Kyle.

— Va-t'en, Kyle ! lui ordonna-t-elle.

Quand il entreprit d'enjamber le bord de la fenêtre, elle tira dans le mur, près de sa tête.

— C'était un avertissement, précisa-t-elle. C'est toi que je viserai la prochaine fois si tu t'approches davantage.

— Tu n'oserais pas ! rétorqua-t-il.

Elle lui tira dans l'épaule, ce qui le fit partir à la renverse. Elle courut jusqu'à la fenêtre.

Kyle gémissait par terre.

— Tu m'as vraiment tiré dessus ! Je saigne !

Alors un homme de forte corpulence s'approcha. Il pleuvait tant qu'elle eut l'impression qu'il s'était matérialisé par magie.

— J'ai tout vu ! certifia-t-il. Je l'ai vu casser la vitre et je vous ai vue tirer. J'appelle la police.

— Allez au bar et demandez à Isaac de venir, dit Clare en s'approchant davantage de la fenêtre.

— Pardon ? Je suis un peu dur d'oreille. Parlez plus fort !

— Allez au bar et demandez à Isaac de venir !

Subitement, l'homme lui saisit le bras et la tira dehors. Coupée par un morceau de verre, elle hurla de douleur.

Elle essaya de pointer son arme sur lui, mais il la lui arracha et la retourna contre elle.

— Que me voulez-vous ? s'écria-t-elle, un instant avant de reconnaître ses yeux.

— Je t'ai manqué ?

Il abattit la crosse du revolver sur son crâne sans lui laisser le temps de répondre. Subitement, Clare ne vit plus que du blanc, que les ténèbres dévorèrent par tous les côtés tandis qu'elle sombrait dans le néant.

— C'était un coup de feu ? lâcha Isaac.

— Il m'a semblé, mais je ne vois rien, répondit Ryan, les yeux fixés sur l'écran de son ordinateur.

Il pianota sur le clavier pour afficher ce qu'enregistraient d'autres caméras et ils découvrirent un homme bedonnant devant la chambre d'Isaac. Il était armé et il y avait un corps à ses pieds. Malgré la mauvaise qualité de l'image, Isaac fut certain que cette personne était morte. Il y avait une flaque de sang autour de sa tête.

Isaac bondit et se précipita dehors, juste à temps pour voir des phares disparaître dans la tempête. Il continua à courir en direction de sa chambre. La victime était un homme qu'il n'avait jamais vu. Il avait reçu une balle dans l'épaule et une autre au milieu du front. Les rideaux de la chambre étaient agités par le vent. La vitre était cassée.

Et Clare avait disparu.

La porte était toujours verrouillée. Isaac arracha les rideaux pour scruter les recoins de sa chambre, qui était bel et bien déserte. Il se retourna. La voiture qu'il avait vue partir était déjà loin.

Ryan le rejoignit en courant, son fusil à pompe dans les bras. Il le posa par terre et fouilla les poches du mort. Il en sortit un portefeuille.

— Il s'appelle Kyle Chamberlain, dit-il en lisant le permis de conduire. Il vient de Colombus, dans l'Ohio. Il doit avoir un lien avec Clare.

La manière dont Kyle avait retrouvé Clare était un mystère, mais ce n'était pas celui qu'Isaac voulait percer dans l'immédiat. Où était-elle ?

— Quand tu es parti, j'ai vu le gros entrer par la fenêtre et ressortir avec Clare dans les bras, lui dit Ryan. Elle ne bougeait pas. Je n'ai pas vu si elle était morte ou évanouie.

— Il a encore changé d'apparence, dit Isaac, fou de terreur. Tu sais aussi bien que moi qui a enlevé Clare.

— Decker ? Tu crois ?

— Pas toi ? répondit Isaac en sortant ses clés de sa poche. Je pars à sa recherche. Tu peux m'accompagner ou rester ici et appeler les flics. Dis-leur tout ce qu'on sait.

— Tu te fous de moi ? Je t'accompagne.

Ryan ramassa son fusil.

— Alors attends-moi dans la camionnette, dit Isaac en lui tendant les clés. J'ai besoin de récupérer des choses dans la chambre.

C'était une perte de temps, mais il ne retrouverait jamais Clare sans équipement. Il passa par la fenêtre et ouvrit son coffre pour en sortir un drone, un Smith & Wesson 500, une boîte de munitions et deux gilets pare-balles.

Il sortit par la porte, les bras chargés.

— Qu'est-ce que c'est que tout ça ? demanda Ryan quand il le rejoignit dans la camionnette.

Isaac lui tendit le matériel, s'essuya le visage et démarra. Même avec les essuie-glaces à fond, il n'y voyait pas grand-chose à travers la pluie.

— C'est un drone militaire, expliqua-t-il en apercevant Ryan examiner l'appareil. Il a deux caméras, une portée de quinze kilomètres, une batterie de quatre-vingt-dix minutes et il ne fait aucun bruit. Il envoie ses images en temps réel à mon téléphone.

— J'ai changé d'avis, dit Ryan. C'est ça que je veux pour Noël.

Isaac n'était pas d'humeur à plaisanter.

— On doit quand même être près de la cible pour se servir d'un drone, ajouta Ryan.

— On sera près de la cible.

Il lui rapporta que Jason avait localisé la planque de Decker et lui avait donné sa position approximative.

— On retrouvera Clare et on livrera Decker à la justice, conclut-il, même si cela ne reflétait pas exactement ce qu'il ressentait.

Ce qui brûlait en lui ressemblait beaucoup plus à une soif de vengeance. Decker avait fait du mal à la femme qu'il aimait. Plusieurs fois. C'était devenu personnel.

Cette pensée le stupéfia. Aimait-il vraiment Clare ?

S'il était honnête, la réponse était oui. Il ne lui restait plus qu'à espérer la retrouver avant qu'il ne soit trop tard pour le lui dire.

Clare avait les yeux fermés et chaque battement de son cœur lui explosait sous le crâne. Ses bras et ses jambes étaient endoloris. Subitement, elle se souvint des secondes de terreur qu'elle avait vécues dans la chambre d'Isaac. Son cœur s'affola et elle essaya de se redresser.

Cela lui fit prendre conscience qu'elle était attachée sur quelque chose de dur. Une table ?

— Oh ! Tu es réveillée.

Elle ouvrit les yeux et tourna la tête vers la gauche. Decker lui souriait. La bonne humeur et l'amabilité qu'il affichait lui glacèrent le sang.

— Que voulez-vous ? demanda-t-elle, la gorge sèche.

— Tu me sembles être une femme intelligente. Je suis sûr que tu l'as deviné.

— Vous allez me tuer. Mais pourquoi ?

Elle réprima le sanglot qui lui vint. Il n'était pas question que ce monstre la brise.

Elle se concentra. Elle était attachée à une table avec de la corde usée. La pièce était petite. Une ampoule nue pendait du plafond. Derrière Decker, il y avait des couteaux alignés sur un plan de travail. Elle déglutit péniblement.

— Il ne s'agit pas simplement de te tuer, répondit Decker en prenant l'un des couteaux. Ton meurtre me reliera au plus célèbre de tous les tueurs en série. Sauf que je ne me cacherai pas derrière un pseudonyme, contrairement à lui.

— Alors c'est la célébrité que vous cherchez ?

Il pouffa.

— La célébrité est éphémère. Je veux devenir une légende. Et tu as de la chance ! Les gens se souviendront aussi de ton nom. Alors, Clare. Es-tu prête à devenir immortelle dans la mort ?

Isaac roula jusqu'à l'endroit où Ryan et lui avaient trouvé le téléphone de Decker et se gara au bord de la route.

— Je réessaye d'appeler Jason, annonça-t-il.

Ses appels précédents s'étaient heurtés aux dysfonctionnements du réseau. Une fois de plus, une voix enregistrée l'informa que son appel ne pouvait pas aboutir. Il rangea son téléphone en jurant.

— Prends le drone et suis-moi, dit-il à Ryan.

Le vent et la pluie le glacèrent jusqu'aux os dès qu'il mit un pied dehors.

Quand ils furent à quelques pas de la camionnette, il expliqua comme l'appareil marchait à Ryan.

— Il est contrôlé par une application de mon téléphone. Les conditions météo sont désastreuses, mais on va le faire décoller et voir ce que ça donne. Si on a de la chance, on trouvera la planque. Si on n'en a pas, il s'écrasera et on ne trouvera rien.

Alors ils n'auraient aucun autre moyen de savoir où était Clare.

Quand Ryan eut posé le drone sur la route, Isaac ouvrit l'application et le fit décoller. L'appareil devint invisible dans le ciel nocturne.

Sur l'écran de son téléphone, des images aériennes tanguaient furieusement.

Ils remontèrent dans la camionnette. Après avoir augmenté le chauffage, il posa son téléphone sur le tableau de bord pour que Ryan puisse observer les progrès du drone avec lui.

Comme la plupart de ses idées, celle-ci lui était venue subitement et rien ne garantissait qu'elle marcherait. C'était juste la plus rapide et le temps pressait.

— Eh ! s'écria Ryan. Tu peux revenir en arrière ? Je crois avoir vu quelque chose.

— Quoi ? demanda Isaac en changeant la direction du drone.

— Une ligne. Une clôture, peut-être.

— Je l'ai trouvée ! dit Isaac quelques secondes plus tard. Voyons où elle nous mène. On la suit à gauche ou à droite ?

— À droite.

Cinq cents mètres plus loin, ils repérèrent un portail et un sentier. Ils suivirent ensuite le sentier jusqu'à une petite cabane bâtie sur un promontoire. Il y avait un générateur à côté et une camionnette garée devant.

Isaac soupira de soulagement. Ils avaient trouvé la planque de Decker.

— Maintenant, allons sauver Clare ! lança-t-il.

18

Alors qu'il n'était pas du genre à prier, Isaac remercia la divinité qui contrôlait la météo. La tempête se calma progressivement à mesure qu'ils approchaient de la planque. Il pleuvait toujours, mais le vent était tombé. Cela lui permit de bien observer la cabane grâce au drone.

Il n'y avait qu'une porte sur le mur de devant. Sur le côté gauche, le drone leur révéla une fenêtre à la vitre sale et fendue. Même si la pièce était plongée dans l'obscurité, ils devinèrent un matelas posé par terre. Le mur de derrière n'avait ni porte ni fenêtre.

Finalement, le drone leur montra le quatrième mur, qui avait une fenêtre. Isaac zooma et se mit à trembler de fureur.

Clare était attachée à une table. Le soulagement d'Isaac de la voir en vie n'avait duré que quelques secondes. Decker se tenait à côté d'elle, un couteau à la main.

— J'en ai vu assez, dit Isaac entre ses dents.

— Quel est le plan ? demanda Ryan.

Il aurait aimé foncer dans le tas, mais Decker tuerait Clare sur-le-champ s'il entendait une voiture.

— On s'approche discrètement, on le prend par surprise et on en finit avec Decker Newcombe, d'une manière ou d'une autre.

Cela suffirait-il à sauver Clare ?

Tétanisée, Clare fixait le couteau que tenait Decker. Elle n'avait pas eu beaucoup de raisons de vivre pendant plus de deux mois, mais cela avait changé quand elle avait rencontré

Isaac. Il lui avait proposé son aide et elle l'avait acceptée malgré ses réflexes. Il lui avait donné le courage d'envisager d'affronter le danger qu'elle fuyait.

Si elle voulait toujours être forte et indépendante, Isaac lui avait appris qu'on pouvait être soutenu par quelqu'un sans en être dépendant. Elle voulait le revoir et lui dire qu'il lui avait rendu la possibilité de mener une existence véritable.

Alors elle ne pouvait pas mourir sur cette table. Elle se débattit en espérant que les cordes céderaient. C'était peine perdue.

Sauf que... Elle essaya de toutes ses forces de replier son bras gauche, puis le détendit. Oui. La corde s'était étirée, mais pas assez. Il fallait donc qu'elle gagne du temps en faisant parler Decker. Que pouvait-elle lui dire alors qu'elle ne savait presque rien sur lui ?

Elle ne connaissait que son obsession.

— Quand je suis allée à Londres, j'ai fait la visite de Jack l'Éventreur, commença-t-elle.

— La quoi ?

— Des guides organisent des visites de tous les endroits associés à Jack l'Éventreur.

Elle trouva le bon rythme. Tirer. Relâcher. Tirer. Relâcher. La corde se desserra petit à petit. Elle tordit son poignet pour tenter d'atteindre le nœud.

— Qu'as-tu vu ? demanda Decker.

— Quoi ?

— Pendant cette visite. Qu'as-tu vu ?

— Tous les endroits où on a trouvé des victimes. Évidemment, c'était il y a plus d'un siècle et tout a beaucoup changé. L'une des scènes de crime est devenue un parking.

Tirer. Relâcher. Tirer. Relâcher.

Quand Decker plongea son regard dans le sien, elle songea qu'elle contemplait le mal à l'état pur.

— Crois-tu que des gens visiteront cette cabane dans cent ans ? lui demanda-t-il. Qu'ils viendront voir l'endroit où tu es morte ?

Isaac et Ryan avancèrent vite. La lumière qui filtrait sous la vieille porte rendait la cabane visible de loin. Ils avaient enfilé les gilets pare-balles et ils ralentirent en approchant pour ne faire aucun bruit.

Alors un chien se mit à aboyer.

Les deux hommes se plaquèrent au sol.

— Qu'est-ce que c'est que ça ? chuchota Ryan. Il a un chien, maintenant ? Depuis quand aime-t-il les animaux ?

— Ça avait l'air de venir de la cabane, dit Isaac.

— Sauf que c'est impossible, insista Ryan.

Les aboiements reprirent, plus forts et plus furieux.

— Je ne le prenais vraiment pas pour quelqu'un susceptible d'avoir un chien, commenta Isaac.

— Il ne l'est pas. Et si c'était un chien sauvage ?

Isaac haussa les épaules. Ce chien était peut-être sauvage, peut-être domestique. Quelle importance ?

— Tout ce que je sais, c'est qu'il nous a fait perdre l'avantage de la surprise, répondit-il. On ne peut plus attendre. Pour avoir une chance de sauver Clare, il faut qu'on intervienne *maintenant*.

Decker avait enfermé Old Blue dans la chambre pour ne pas l'avoir dans les pieds pendant qu'il travaillait. À vrai dire, il s'était demandé plus d'une fois s'il avait eu raison de sauver la vie de ce chien.

Il comprit en l'entendant aboyer qu'il avait fait le bon choix.

Il y avait quelqu'un dehors. Il tourna la tête vers la porte. Qui pouvait avoir trouvé cet endroit ?

Il baissa les yeux vers Clare et laissa courir la pointe de son couteau sur ses lèvres.

— Pas un bruit, chuchota-t-il.

Il alla à la fenêtre et scruta les ténèbres rendues encore plus opaques par la pluie. Old Blue aboyait toujours.

Pour la première fois depuis des années, Decker se sentit menacé. Sa peau fourmillait comme si des milliers d'insectes lui couraient dessus. Il avait appris à se fier à son instinct et celui-ci lui disait qu'il y avait un problème.

Les fédéraux avaient-ils fini par le localiser après tout ce temps ?

Comment ? Il avait toujours été très prudent, même après avoir tué la rousse.

Il s'approcha lentement de la porte et l'ouvrit. Il n'y avait rien d'autre à voir que la nuit et la pluie. Alors un éclair l'aveugla, une douleur lui coupa le souffle et une ombre passa près de lui.

Dès que Decker lui tourna le dos, Clare redoubla d'efforts. Le chien aboyait de plus en plus furieusement. D'où sortait-il donc ? Enfin, elle réussit à dégager sa main gauche. Elle s'empressa de s'attaquer au nœud de droite. Alors qu'elle jetait un coup d'œil vers la porte, une détonation retentit.

Ce fut comme s'il y avait un coup de tonnerre dans cette petite pièce. Decker tomba à la renverse, une tache rouge au milieu du torse. Ses yeux encore ouverts ne regardèrent plus rien.

Isaac se précipita dans la cabane, couvert de boue et l'arme au poing. Des larmes de soulagement brouillèrent la vue de Clare. Ils étaient sains et saufs tous les deux.

— Tu es venu ! s'écria-t-elle. Comment m'as-tu trouvée ?

— Oui, je suis venu. Maintenant, allons-nous-en.

Il prit un couteau sur le plan de travail pour trancher ses liens.

Ryan apparut à son tour, couvert de boue, lui aussi. Decker ne bougeait plus. Était-il réellement mort ? Après tout ce qu'elle venait de vivre, Clare avait du mal à le croire.

Ryan s'accroupit près de Decker et lui prit le poignet, sans doute pour chercher son pouls.

Alors cela redevint l'enfer.

Isaac crut voir la scène au ralenti. Decker devait attendre le bon moment. Quand Ryan lui prit le poignet, le tueur roula sur le côté, son couteau à la main.

Les deux hommes s'empoignèrent tandis que le chien se mettait à hurler à la mort. Le cri de Ryan lui fit écho quand Decker plongea son couteau dans son flanc par-dessous le gilet pare-balles. L'arme resta plantée dans la plaie.

Alors Decker se releva et sortit en titubant.

Isaac se précipita auprès de Ryan, qui semblait souffrir

horriblement. Celui-ci s'adossa au mur en respirant fort, sans doute pour essayer de ne pas s'évanouir.

— Ça ira, lui dit-il. Ne laisse pas Decker s'échapper après tout ça !

— Je reste auprès de lui, promit Clare.

— Et on continuera à essayer de joindre Jason, ajouta Ryan.

Isaac hocha la tête et courut dehors. Comme le vent était tombé, il n'eut aucun mal à faire décoller son drone.

Il scruta les environs et trouva Decker en quelques minutes.

Le tueur avançait péniblement sur le sol rocailleux à moins de cinq cents mètres de la cabane. Il était trempé, mais la pluie ne suffisait pas à emporter le sang qui s'écoulait de son torse. Isaac le vit trébucher. Decker ne se releva pas. Comme sa camionnette risquait de ne pas supporter ce terrain, Isaac décida de retrouver le tueur à pied. Il s'élança dans le désert sous la pluie. Il lui fallut quelques minutes pour atteindre l'endroit où Decker était tombé. Le tueur s'était volatilisé.

Clare ne trouva pas grand-chose d'utile dans la petite cabane. Le chien qui avait aboyé était enfermé dans la chambre. Il recula, la queue entre les jambes, quand elle ouvrit la porte, mais il finit par la suivre alors qu'elle fouillait les affaires de Decker.

Comme la couverture lui parut trop sale, elle n'emporta que l'oreiller, qu'elle plaça dans le dos de Ryan.

— C'est mieux ? s'enquit-elle.

Elle savait qu'elle ne devait surtout pas toucher au couteau. L'hémorragie risquait de devenir fatale si elle le retirait.

— Un peu, répondit Ryan en grimaçant. Merci.

Le chien resta à la porte de la chambre.

— Comment Decker s'est-il retrouvé avec un chien, à votre avis ? demanda Ryan.

Puisqu'elle n'en avait aucune idée, elle se contenta de hausser les épaules.

— On devrait appeler quelqu'un, dit-elle. Le shérif Cafferty, peut-être ? Ou l'agent du FBI avec lequel Isaac est en contact.

— Les fédéraux sont coincés à San Antonio par la tempête et Encantador est plus près. Appelez le shérif.

Ryan lui donna son téléphone.

Elle appela le bureau du shérif et réussit vite à avoir Cafferty en ligne.

— C'est Clare Chamberlain, lui dit-elle. Il y a eu un incident...

Tandis qu'elle parlait, Ryan tapota le sol.

— Viens ici, mon garçon.

Le chien s'approcha prudemment, la tête baissée, et finit par se coucher près de Ryan.

Clare raccrocha après avoir dit au shérif tout ce qu'elle savait.

— On dirait que le chien vous aime bien, dit-elle à Ryan.

— J'ai toujours voulu un chien, déclara celui-ci en grattant les oreilles de l'animal.

Alors elle ramassa le fusil que Ryan avait posé contre le mur.

— Vous savez vous en servir ? lui demanda-t-il.

Pas vraiment, songea-t-elle.

Mais elle répondit :

— Isaac m'a appris à me servir d'un revolver.

— Faites attention avec ça. Ça a un sacré recul, l'avertit Ryan.

Elle retint l'information.

— Merci de me prévenir. Je saurai à quoi m'attendre si Decker revient.

Finalement, ce ne fut pas Decker qui franchit la porte. Après un long moment, plusieurs véhicules équipés de sirènes et de gyrophares approchèrent de la cabane.

Clare sortit pour accueillir le shérif et son équipe. Il pleuvait encore, il y avait encore du vent, mais le pire de la tempête était passé.

Cafferty conduisait la première voiture de la file.

— Comment pouvez-vous manquer de bol au point d'avoir affaire à ce salaud deux fois ? lui lança-t-il dès qu'il en sortit.

Le deuxième véhicule était une ambulance. Clare regarda les infirmiers se précipiter à l'intérieur pour s'occuper de Ryan.

— Decker m'a enlevée à Mercy et amenée ici, expliqua-t-elle au shérif. Isaac lui a tiré dessus et j'ai cru qu'il était mort.

— Mais il ne l'était pas.

— Il a poignardé Ryan avant de s'enfuir. Isaac le cherche.

Elle était très inquiète. Elle ne savait pas où il était, s'il avait trouvé Decker ni s'il allait bien.

Isaac déploya le drone une deuxième fois. Après plusieurs minutes de recherches, il dut admettre la défaite. Le tueur avait disparu une fois de plus. Mais ce n'était pas très grave. Isaac avait aussi utilisé le drone pour voir ce qui se passait à la planque et il savait que plus d'une dizaine de véhicules officiels étaient arrivés. Il y avait le shérif et ses adjoints, la police de la route et la police mexicaine. Avec tant d'hommes sur le terrain, Decker serait sûrement vite retrouvé.

Isaac regagna la cabane au pas de course avec le drone sous le bras. Il arriva au moment où Ryan était emporté sur une civière. Quand Isaac s'approcha de lui, il écarta son masque à oxygène.

— Tu l'as trouvé ?

— Non, répondit Isaac, contrarié.

— Il n'ira pas loin, cette fois, dit Ryan d'un ton encourageant. Peux-tu me rendre un service ? Il faudrait que quelqu'un ramène le chien chez lui. Il s'appelle Old Blue et il y a son adresse sur son médaillon.

— Bien sûr. Je m'en occuperai.

— Merci. Je ne voudrais pas qu'il se retrouve abandonné au milieu de ce chaos.

Un infirmier replaça le masque sur le visage de Ryan.

— Vous devez le garder, monsieur.

Ryan leva les deux pouces tandis que les infirmiers plaçaient sa civière dans l'ambulance. Ils fermèrent les portières et le véhicule s'éloigna.

Isaac posa son drone près de la voiture du shérif et observa la foule. Maintenant que la tempête s'était calmée, il réussirait sans doute bientôt à joindre Jason.

Le ciel se teintait de rose à l'horizon. Bien sûr, Isaac aurait aimé que Decker soit entre les mains de la police ou dans un sac du légiste... Mais ils avaient survécu à cette nuit et ce n'était pas rien.

Alors le besoin d'être auprès de Clare l'emporta sur tout le reste.

Il se retourna et la vit à la porte de la cabane, en train de parler au shérif.

— Clare, murmura-t-il.

Elle tourna la tête vers lui alors qu'elle ne pouvait pas l'avoir entendu. Le cœur d'Isaac manqua un battement quand leurs regards se rencontrèrent. Elle lui tendit la main. Il s'approcha d'elle, prit sa main dans la sienne, puis l'attira dans ses bras en inspirant son parfum. Elle se blottit contre lui.

Il voulait lui dire tant de choses...

— C'est bon de vous revoir, mon ami, dit le shérif, gâchant leurs retrouvailles. Alors ? Qu'avez-vous trouvé ?

— Beaucoup de sable, de rochers et de pluie, mais pas Decker, répondit Isaac.

Un nuage de poussière apparut sur le sentier.

— C'est sûrement le FBI, dit Cafferty.

Isaac dut avoir l'air surpris, parce que le shérif ajouta :

— Il était déjà en route quand je l'ai appelé.

Jason les rejoignit quelques minutes plus tard. Il leur présenta son équipe, qui était composée de quatre agents et d'un médecin légiste, Michael O'Brien, qui avait pour mission d'analyser les traces qu'ils trouveraient peut-être en cherchant Decker. Jason ajouta que des maîtres-chiens étaient en chemin.

Isaac commença par leur montrer la vidéo du drone sur laquelle on voyait Decker trébucher. Il avait l'air mort, à l'écran, mais tout le monde aurait préféré avoir son corps.

— On doit passer toute la zone au peigne fin, d'ici à l'endroit où il a été vu pour la dernière fois, dit Jason. Les hommes à un mètre les uns des autres. Tout ce qui sera trouvé devra être placé dans des sacs et répertorié.

Il y avait bien assez de monde pour les recherches. Isaac n'avait pas besoin de se porter volontaire, mais il lui semblait encore qu'arrêter Decker était sa mission personnelle.

— Je viens, dit-il alors que la ligne se formait.

— Moi aussi, intervint Clare.

Jason secoua la tête.

— Pas question.

— Il m'a attaquée deux fois et j'en ai assez de me cacher,

insista-t-elle. En plus, j'ai passé du temps avec lui. Je sais comment il raisonne.

Jason interrogea Isaac du regard.

— Elle marque un point, répondit celui-ci en haussant les épaules.

Jason soupira.

— Je n'ai pas de temps à perdre à essayer de vous en dissuader, dit-il à Clare. Venez si vous voulez.

Clare prit place à côté d'Isaac. Tout en le réconfortant, sa présence lui donna encore plus hâte de trouver une occasion de parler avec elle de tout ce qui s'était passé entre eux, de tout ce qu'il commençait à penser et à ressentir.

Malheureusement, ce moment n'était pas encore venu.

Tous les participants avancèrent d'un même mouvement. Le sol, qui était dur, d'ordinaire, avait été rendu sableux par la pluie.

— *Tengo algo* ! cria l'un des policiers mexicains alors qu'ils avaient presque atteint l'endroit où Decker était tombé.

Il avait trouvé quelque chose.

La ligne se décomposa et tout le monde s'approcha de lui. À ses pieds, une chaussure déchirée et tachée de sang était à moitié enterrée dans le sable. Le policier mexicain exprima ce que tout le monde pensait :

— Il a été attaqué par un animal.

Jason attribua le numéro 1 à la chaussure et l'un de ses hommes en prit plusieurs photos.

Clare se tourna vers le médecin légiste.

— Qu'en pensez-vous, docteur ? Vous avez vu les blessures de Decker et vous voyez cette chaussure. Est-il possible qu'il soit encore en vie ?

Michael s'agenouilla près de la chaussure.

— Il faudra que je procède à des examens dans mon laboratoire, commença-t-il par dire. Les déchirures ressemblent à des traces de crocs, mais je ne peux rien affirmer avant d'avoir fait une recherche de salive. Quant au sang, on ne peut pas non plus être sûrs que ce soit du sang humain avant de l'avoir analysé. Enfin, on ne peut pas être sûrs que cette chaussure appartienne bien à Decker.

— Si ce n'est pas la sienne, à qui appartient-elle ? demanda Clare, ce qui parut une bonne question à Isaac.

— Je ne m'occupe que de faits qui peuvent être prouvés scientifiquement, répondit Michael. Si le sang correspond à l'ADN de Decker, je vous dirai que cette chaussure appartient à Decker. En ce qui concerne son état, on doit considérer comme possible qu'il soit encore en vie tant qu'on n'a pas son corps. S'il a été attaqué par un animal, on en trouvera sans doute des traces.

Les recherches se poursuivirent pendant plusieurs heures. Des kilomètres de désert furent passés au peigne fin l'un après l'autre. Le soleil s'éleva dans le ciel et la température s'éleva avec lui. À 11 heures, on n'avait toujours rien trouvé d'autre. On repartit dans l'autre sens. L'après-midi était déjà bien entamé quand tout le monde regagna la cabane et les véhicules.

— C'est grand, le désert, dit Clare à Jason, qui distribuait des bouteilles d'eau. Combien de temps continuerez-vous à chercher Decker ?

— La réponse simple, c'est jusqu'à ce qu'on l'ait mis en prison ou à la morgue. La réponse compliquée, c'est qu'on ne peut pas prolonger une enquête indéfiniment si on ne trouve aucun nouvel élément. Comme notre collègue mexicain l'a suggéré, il est peut-être tombé sur un animal qui a vu en lui la proie blessée qu'il était devenu. Il est possible que la pluie ait effacé les traces de l'attaque ou que le sable les ait recouvertes aujourd'hui. En gros, si Mère Nature ne recrache pas son corps, on ne retrouvera peut-être jamais Decker.

— Mais vous pensez qu'il est bien mort ? insista Clare.

— Je n'ai pas dit ça, répondit Jason. Tant qu'on ne pourra pas prouver sa mort, le FBI le considérera comme un fugitif.

— Un fugitif ? s'écria Clare avant de boire une gorgée d'eau. Ça me donne l'impression que vous allez juste baisser les bras.

Isaac comprenait très bien sa frustration. C'était le fruit d'une journée de recherches vaines, qui succédait à vingt-quatre heures particulièrement éprouvantes, qui avaient elles-mêmes succédé à plus de deux mois de fuite et d'inquiétude.

— On ne baissera jamais les bras, se défendit Jason. Pour commencer, les recherches actives ne s'arrêteront pas aujourd'hui.

Nous allons traiter cette cabane comme une scène de crime et je demanderai des hélicoptères.

Les recherches aériennes avaient des avantages et des inconvénients, songea Isaac. Leur principal avantage était de couvrir bien plus de terrain que des hommes à pied. Leur principal inconvénient était que les indices minuscules leur échappaient.

En tout cas, les recherches étaient finies pour aujourd'hui et il était temps que Clare et lui s'éclipsent.

— Je peux te parler une minute, Jason ? demanda-t-il.

L'agent hocha la tête.

Isaac s'écarta du groupe. Jason et Clare le suivirent.

— On peut rester, si tu as encore besoin de nous, mais..., commença Isaac.

— Allez-vous-en, dit Jason. Vos dernières vingt-quatre heures ont été traumatisantes.

— Effectivement, répondit Isaac.

Clare se contenta d'acquiescer.

— Et en ce qui concerne notre accord, tu as fait du bon boulot. Garde ton téléphone sous la main. Le FBI te proposera sans doute d'autres missions bientôt.

— Où en es-tu avec l'autre affaire dont je t'ai parlé ? s'enquit Isaac. Les plastiques Chamberlain.

Jason pouffa.

— La plupart des gens se réjouiraient que leur plan pour attraper un tueur ait fonctionné, même si on ne tient pas parfaitement la cible. Toi, tu es déjà sur l'affaire suivante. Je dois t'accorder que tu es particulièrement tenace.

Tenace ? C'était un compliment qu'il pouvait accepter.

— Alors ? insista-t-il. As-tu découvert quelque chose ?

— Oui. J'ai découvert qu'il y avait un nombre particulièrement élevé de cancers des reins à Colombus, répondit Jason avant de se tourner vers Clare. Si vous me transmettez vos informations, je ferai tout ce qui est en mon pouvoir pour savoir s'il y a un lien.

Clare hocha la tête.

— Je vous enverrai ce que j'ai dès que je serai rentrée à Mercy.

— Très bien. On se reparle bientôt.

Jason les salua l'un et l'autre avant de s'éloigner.

— Prête à partir ? demanda-t-il à Clare.

Ils devaient encore regagner sa camionnette, mais cela ne dérangeait pas Isaac, puisque cette promenade serait leurs premières minutes de tête-à-tête de la journée. Il y avait tant de choses qu'il voulait dire à Clare et...

— Attends ! s'écria-t-il alors qu'ils n'avaient fait que quelques pas.

Il s'élança vers la cabane.

— Où vas-tu ? s'enquit Clare.

— Il faut que je tienne une promesse que j'ai faite à un ami, répondit-il.

Il récupéra Old Blue et son bol d'eau. Dans la camionnette que Decker avait volée, il trouva une laisse et un os en peau de buffle. Le chien trotta joyeusement à côté de lui quand il rejoignit Clare.

— Tiens sa laisse, dit-il à Clare. J'ai le drone et l'os à porter.

Tous les véhicules alignés rendaient le chemin du retour facile à suivre.

— Pourquoi es-tu allé chercher le chien ? demanda Clare.

— Ryan s'inquiète pour lui et il a sans doute raison. Je pense que cette pauvre bête a vécu des moments difficiles.

— Tu vois ? dit Clare. Tu ne peux pas t'empêcher d'être gentil.

— Pas toujours, la corrigea-t-il.

— Toujours avec moi.

Il esquissa un sourire.

— C'est parce que tu es spéciale.

— Tu trouves ?

Alors qu'il ne savait pas comment amorcer la conversation quelques instants plus tôt, il éprouva un besoin soudain de tout dire d'un coup.

Il s'arrêta, retint Clare et posa les mains sur ses épaules.

— Depuis la mort de Miguel, je m'interdisais de m'attacher à qui que ce soit. Et puis tu es entrée dans ce bar et tout a changé. J'ai changé. Quand on cherchait la planque de Decker, et toi, avec Ryan, j'ai pris conscience que je tenais profondément à toi.

L'aimait-il ? Il le croyait, mais il était sans doute trop tôt pour l'exprimer par des mots.

— Je sais qu'on a juste passé un peu plus d'une journée

ensemble, poursuivit-il. Mais j'aimerais voir ce que serait une semaine avec toi. Un mois.

Il s'interdit d'ajouter « un an » et « une vie », qu'il avait à l'esprit.

Clare soupira.

— Quand Decker me détenait, je ne voulais pas mourir, mais je ne savais pas vraiment pour quoi vivre et me battre, lui dit-elle. J'étais restée seule si longtemps et Kyle m'avait si douloureusement trahie... Alors j'ai pensé à toi, Isaac.

Elle se pencha pour gratter la tête d'Old Blue qui s'appuya contre sa jambe.

— Et penser à toi m'a donné la force de me battre et de survivre, reprit-elle.

Elle secoua la tête et laissa son regard se perdre au loin.

— Ryan m'a appris que Kyle était mort, dit-elle. Même si je suis soulagée de ne plus avoir à le craindre, je suis navrée de ce qui lui est arrivé. Je ne voulais certainement pas que Decker le tue.

— Decker sera condamné pour son meurtre, lui assura-t-il. Les caméras du bar ont tout enregistré. Kyle obtiendra justice.

À condition qu'on mette la main sur son assassin, évidemment, songea-t-il.

Clare ne répondit rien et il laissa le silence s'installer.

— J'ai beaucoup de regrets, finit-elle par dire. Mais s'il y a une chose que je ne regrette pas, c'est que tu sois entré dans ma vie, Isaac. Je me réjouis qu'on se soit trouvés, quoi que la vie nous réserve.

Il l'attira dans ses bras et l'embrassa passionnément. C'était si bon... Lui non plus ne savait pas ce que la vie leur réservait. En revanche, il était sûr qu'il allait adorer le découvrir.

Épilogue

Jour de l'an
18 h 55, heure normale d'Hawaï et des îles Aléoutiennes

Clare, vêtue d'un bikini et d'un paréo, enfonça ses pieds dans le sable et laissa les vagues lui lécher les chevilles. Elle contempla l'océan Pacifique en soupirant de bien-être. Elle avait du mal à croire qu'elle entamait cette nouvelle année au paradis. Aussi près de l'équateur, le soleil commençait juste à flirter avec l'horizon.

Avant d'aller rendre visite à sa mère à Hawaï, Isaac et elle étaient allés voir l'ex-mari et la fille de Trinity. À huit ans, la fillette était le portrait craché de sa mère en miniature. Clare lui avait dit que sa mère l'aimait profondément et lui avait donné le pendentif de Trinity, que le shérif lui avait rendu quand elle avait projeté de faire cette démarche.

L'ex-mari de Trinity les avait accueillis avec bienveillance.

Elle entendit le téléphone d'Isaac tinter et se tourna vers lui. Il n'arrêtait pas de recevoir des messages depuis leur arrivée à Kauai. Beaucoup venaient de gens qui voulaient le féliciter ou l'interviewer à propos de l'affaire Newcombe, dont les médias s'étaient emparés. Elle avait elle-même accordé plusieurs interviews. Mais il recevait aussi beaucoup de messages de gens qui voulaient confier la gestion de leurs problèmes à son entreprise.

Son succès professionnel semblait garanti.

Isaac, qui portait un short de bain et une chemise ouverte, regarda l'écran de son téléphone.

— Admirateur ou client ? lui demanda-t-elle.

— Ni l'un ni l'autre. C'est Ryan.

Ryan avait quitté l'hôpital le lendemain de Noël. Conformément à l'accord qu'il avait passé avec le FBI, son casier judiciaire était redevenu vierge. Il n'était retourné à Mercy que pour récupérer ses affaires et Old Blue, dont les maîtres avaient été tués par Decker.

— Il m'envoie le lien d'un nouveau podcast sur Newcombe et ce qui a pu lui arriver, ajouta Isaac.

Il tapota son écran.

— Je lui demande s'il y a appris quelque chose d'intéressant.

Ryan répondit quelques secondes plus tard.

— Il dit que non, sauf si les extraterrestres existent.

Clare éclata de rire. Tout le monde avait une théorie pour expliquer ce qui était arrivé à Decker. Certaines étaient absurdes, comme l'hypothèse qu'il avait été enlevé par des martiens. Certaines essayaient de prouver qu'il était forcément mort dans le désert. D'autres, au contraire, tentaient d'expliquer comment il avait fait pour survivre. Pour sa part, Clare savait juste qu'elle ne serait pas sereine tant qu'on ne l'aurait pas retrouvé.

Non, ce n'était pas tout à fait vrai. Depuis le jour où les prédateurs et les proies étaient devenus curieusement difficiles à identifier, elle se remettait progressivement de son traumatisme. Les cauchemars s'espaçaient. C'était en partie grâce au thérapeute que le FBI lui avait recommandé, en partie grâce à Isaac.

Elle se blottit contre son torse et inspira son parfum viril. S'il n'avait pas eu une entreprise à gérer au Texas, elle aurait voulu rester là pour toujours.

Alors qu'il la serrait dans ses bras, son téléphone tinta une nouvelle fois.

— Donne-moi ce truc ! Je vais le jeter dans l'océan, dit-elle pour plaisanter – ou peut-être à moitié sérieusement.

Après lui avoir arraché l'appareil, elle vit que le message était de Jason Jones.

— Ça peut être important, concéda-t-elle en rendant son téléphone à Isaac.

Il lut le texto.

— Ça concerne les Chamberlain, dit-il avant de lui montrer le SMS.

Le ministère de la Justice a ouvert une enquête sur les plastiques Chamberlain pour crime contre l'environnement et projet d'assassinat. Il devrait y avoir des inculpations bientôt.

— C'est une bonne nouvelle, dit-elle.

Si le ministère de la Justice s'emparait de l'affaire, l'entreprise payerait une amende et ceux qui étaient directement responsables iraient en prison.

— Maintenant, éteins ton téléphone ! ordonna-t-elle. Je veux profiter de cet instant.

— Juste de cet instant ? la taquina Isaac en lui obéissant.

Elle attira son visage vers le sien pour l'embrasser.

— Commençons par là et voyons ce que donne la suite de l'histoire, répondit-elle.

— Ça me va.

Isaac la força à se retourner et enroula ses bras autour d'elle pour qu'ils regardent ensemble le soleil se coucher sur l'océan.

BARB HAN

Un justicier improvisé

Traduction française de
BLANCHE VERNEY

BLACK ROSE

HARLEQUIN

Titre original :
DELIVERING JUSTICE

Ce roman a déjà été publié en 2017

© 2016, Barb Han.
© 2017, 2023, HarperCollins France pour la traduction française.

1

Tyler O'Brien se dressa sur ses étriers, juste sur la crête de Diablo's Rock, pour mieux embrasser le paysage qui s'étendait devant lui, à perte de vue. Tout était calme et paisible. Cette terre était le sel de sa vie, et il n'aurait pu imaginer un plus bel endroit. Mais il fronça les sourcils en apercevant, en contrebas, entre les rochers, un corps étendu, inerte, sous un quad renversé.

La découverte d'un cadavre sur sa propriété n'était pas vraiment la façon dont il avait espéré finir sa journée...

Tyler haïssait les accidents. Ses cinq frères et lui avaient hérité de ce vaste ranch à bétail à peine deux mois auparavant, lorsque ses parents étaient morts dans un « accident », justement. Ou ce qui avait d'abord paru en être un, car de nouveaux éléments avaient conduit le shérif à ouvrir une enquête pour meurtre.

— J'arrive ! cria-t-il. Ne bougez pas !

Il espérait bien avoir une réponse mais n'y comptait pas trop, pas à ce qu'on pouvait apercevoir, à cette distance. Tyler avait malheureusement vu assez de gens se rompre le cou dans la montagne pour avoir une idée assez précise de ce qui s'était passé.

Il n'y avait pas de réseau dans cette partie reculée du ranch, et même le talkie-walkie attaché à la selle de son cheval ne lui permettrait pas d'appeler une ambulance ou le bureau du shérif. Beaucoup de ranchers utilisaient un pick-up ou un quad, pour inspecter les grands espaces de leur propriété. Mais son cheval avait besoin d'un peu d'exercice, et il aimait arpenter la sienne comme son père l'avait fait avant lui, de cette façon qui lui permettait de se sentir mieux connecté à cette terre. Ses employés, eux, utilisaient plus volontiers un quad, justement, et l'espace d'un instant Tyler redouta que ce soit l'un d'eux qui soit étendu sous sa machine. Toutefois, ils savaient bien, tous, qu'il se chargeait personnellement de surveiller le coin de Diablo's Rock. Il était plus probable que l'accidenté soit un amateur d'émotions fortes, entré dans la propriété sans se soucier des pancartes, peut-être avec d'autres « sportifs », et qu'il s'était isolé du groupe pour une raison ou une autre.

Il mit pied à terre, attacha son cheval au tronc d'un pin et commença à descendre dans le ravin avec précaution, tout en surveillant les alentours pour voir s'il apercevait d'autres quads et leurs conducteurs. Personne.

Diablo's Rock n'offrait vraiment pas un terrain facile pour un motard débutant, et il aurait fallu être idiot pour s'y risquer seul, quand on ne connaissait pas très bien la région. Il y avait des ours noirs, des serpents à sonnette, des coyotes et tout ce que le Texas pouvait offrir, en fait de faune sauvage. Le coin était grandiose et dangereux, il vous rappelait, si vous l'aviez oublié, que l'homme n'était pas, en toutes circonstances, au sommet de la chaîne alimentaire et que, si vous vous promeniez par là sans quelques précautions, c'était à vos risques et périls...

Plus Tyler descendait vers le lieu de l'accident, plus son cœur battait vite. La silhouette paraissait plus petite que celle d'un homme et n'était visiblement celle d'aucun de ses employés. En s'approchant, il put voir les longues jambes nues d'une femme, qui devait porter un short ou une jupe. Un short, probablement, car elle portait aussi des chaussures de sport. Cela n'était pas très indiqué pour le lieu, ni pour la saison. On était en novembre, et la température montait déjà rarement au-dessus de quatorze ou quinze degrés, à cette époque de l'année. La semaine qui venait de s'écouler avait même été plus froide que la normale, et on avait rarement eu plus de dix ou de douze degrés, en pleine journée, sous un ciel qui ne s'éclaircissait pas.

C'était d'ailleurs l'une des raisons qui avaient conduit Tyler en haut de Diablo's Rock, ce jour-là : on y était à l'abri du vent, entre les rochers, pour s'arrêter et y manger un morceau en plein air, et la pierre vous restituait, malgré tout, la chaleur du soleil emmagasinée.

Mais il fallait croire, après tout, que la visiteuse n'avait pas bien préparé son excursion. En s'approchant, il allait peut-être la reconnaître. La perspective de retrouver morte une personne de sa connaissance lui asséchait la gorge comme s'il avait avalé un cactus.

Il n'était pas tellement rare que des randonneurs ou des chasseurs plus ou moins bien intentionnés se perdent sur la propriété. Jusque-là, on les avait toujours retrouvés à temps.

Jusque-là...

À première vue, la femme paraissait prisonnière de son engin, renversé sur elle. Peut-être avait-elle voulu fuir quelqu'un ou quelque chose ?

Tyler tourna autour de l'épave, pour voir comment il pouvait la dégager. Le corps était positionné d'une façon bizarre, mais le guidon ne lui était pas entré dans la poitrine, le clouant au sol, comme il l'avait tout d'abord craint.

En fait, à bien y regarder, la carcasse du quad ne touchait même pas l'inconnue. C'était encourageant, mais il était difficile de se rendre compte à quel point elle pouvait être blessée ou même si elle respirait encore. Il vit des gouttes de sang sur les pierres, près de la tête de l'accidentée. Il n'était pas un expert, mais avait souvent entendu dire, notamment par le shérif Tommy Johnson, un grand ami de toute sa famille, que cela indiquait souvent une fracture du crâne.

La jeune femme était étendue face contre terre, et on ne distinguait pas bien son visage, sous une abondante crinière rousse.

Cela ne disait rien qui vaille à Tyler. Il songea qu'il lui faudrait peut-être remonter à cheval et filer au grand galop jusqu'à un point où son talkie-walkie passerait et où il pourrait appeler du secours. On ne pouvait pas la laisser mourir...

— On va vous tirer de là, lui dit-il doucement, en s'accroupissant près d'elle, pour tenter de mieux voir son visage.

Elle ne portait pas de sac à dos, ni rien de ce genre. Une bonne description physique pourrait peut-être aider à l'identifier.

Tyler écarta doucement les mèches de cheveux roux, en espérant ne pas découvrir des yeux révulsés, puis il chercha le pouls de la jeune femme. Elle battit des paupières sur ses iris d'un vert d'océan et lâcha péniblement :

— Ai... dez... moi !

Elle était bien vivante.

Son propre cœur battant plus vite, le rancher prit le poignet de la blessée pour chercher son pouls. Il était fort et régulier.

— Tout va bien, affirma-t-il, ne vous agitez pas, on va vous tirer de là.

Mais il savait, bien sûr, qu'il était dangereux de tenter de la déplacer sans précautions. De toute manière, il fallait d'abord bouger le quad. On y verrait plus clair ensuite.

Comme il se relevait, il la vit remuer une jambe, puis un bras. Essayait-elle de se dégager ?

— Attendez, lui dit-il, il faut que je soulève ça, d'abord...

Tyler fit basculer le lourd engin, le remettant sur ses quatre roues et libérant la jeune femme étendue. La vieille blessure, à son épaule, lui rappela douloureusement pour quelle raison il avait abandonné une brillante carrière dans le base-ball professionnel.

La mystérieuse jeune femme avait roulé sur le côté et essayait de se relever.

— Je ne vous veux aucun mal, lui dit Tyler, ce n'est pas la peine d'essayer de fuir. Vous avez soif ? J'ai de l'eau...

Elle hocha péniblement la tête. À en juger par sa pâleur et par la fraîcheur des gouttes de sang sur les pierres, elle ne pouvait pas être là depuis bien longtemps. Ça, c'était plutôt bon signe...

Dans ses sacoches de selle, il avait une trousse de secours, de quoi assurer les premiers soins et stopper l'hémorragie, en attendant l'intervention d'un médecin. Remonter la chercher ne lui prendrait pas longtemps, mais il répugnait à la laisser seule.

— Comment vous vous appelez ? lui demanda-t-il, un genou à terre pour ouvrir son petit sac à dos, dont il tira une gourde qu'il lui tendit, après en avoir dévissé le bouchon. Puis il se débarrassa de son blouson en jean et en recouvrit délicatement la blessée.

Cette dernière ne parut pas bien comprendre la question, mais elle porta néanmoins la gourde à ses lèvres. Celles-ci étaient roses, ce qui était un bon signe, également.

Tyler ne fut pas vraiment surpris qu'elle ait temporairement perdu jusqu'au souvenir de son nom. Il avait souvent vu, sur le terrain de base-ball, des types qui avaient reçu un choc à la tête réagir de cette façon. Cela n'avait en général aucune suite, et le rancher était déjà soulagé de ne pas avoir à déclarer une mort accidentelle sur sa propriété.

— Vous avez des papiers ? demanda-t-il.

Elle parut à la fois paniquée et désorientée.

— Vous permettez que je regarde dans vos poches ?

Elle secoua la tête, la renversant en arrière pour boire davantage.

Tyler s'approcha d'elle. Il pouvait voir de la poussière sur ses vêtements. Son T-shirt à manches longues était d'un vert profond, qui soulignait la nuance un peu plus pâle de ses yeux.

— Laissez-moi vous aider, lui dit-il.

De sa main droite, il lui soutint la tête, juste sous la nuque, en essayant d'ignorer l'étincelle qui se déclencha en lui à ce simple contact. Rien de plus mal venu, en la circonstance, que ce genre de manifestations d'intérêt sexuel. Ce n'était pas le moment, et tant pis si elle était vraiment belle. Car elle l'était, on ne pouvait le nier, avec ses yeux d'un vert d'eau profonde, sa peau laiteuse et sa bouche en forme de cœur parfaitement dessiné. Il aurait presque détourné le regard, par précaution, s'il n'avait pas risqué, ce faisant, de lui verser de l'eau sur la figure.

Ressentir du désir pour une accidentée qu'il venait de dégager de sous un quad renversé ?

C'est du joli, O'Brien !

Lorsqu'elle lui fit signe qu'elle avait assez bu, il déposa la gourde à côté d'elle, la laissant à sa portée, puis il se redressa.

— Bon, je cherche vos papiers, d'accord ? lui dit-il.

Elle hocha la tête sans enthousiasme.

Il décida de mettre sa propre réaction sur le compte de ses instincts protecteurs et demanda :

— Vous êtes venue ici… avec d'autres personnes… ?

Surprise, elle regarda autour d'elle, puis elle fit « non » de la tête. Peut-être n'avait-elle pas encore complètement retrouvé ses esprits ?

— Avec un groupe, peut-être ?

La seule chose dont il était certain, c'était qu'elle n'était pas de Bluff ou de ses environs. Tout le monde savait, par ici, qu'il était dangereux de se perdre sur l'un des grands ranchs de la région. L'inconnue avait beaucoup de chance que ce soit lui qui l'ait retrouvée, et non un ours noir irascible ou un coyote affamé.

Elle cligna à nouveau plusieurs fois des paupières. Une violente migraine, Tyler ne l'ignorait pas non plus, suivait souvent un traumatisme crânien. Mais on en viendrait facilement à bout avec quelques analgésiques, et il en avait dans sa trousse. Toutefois, le médecin préférerait probablement qu'il ne lui en administre pas de sa propre initiative.

Il inspecta les poches arrière du short de la jeune femme. Il ne voulait pas non plus remarquer la ligne de ses hanches, ni la rondeur de son joli fessier. Les poches revolver, ce fut pire encore ; en y introduisant les mains, il sentit son propre ventre se nouer.

Pas de papiers... Pour le moment, pas moyen de savoir qui elle était. Il se releva et fit quelques pas aux alentours, cherchant un sac, un téléphone portable qui aurait pu être projeté sur le sol au moment de l'accident. Difficile de croire qu'une femme, aujourd'hui, pouvait se déplacer où que ce soit sans cet accessoire...

Les questions s'accumulaient, sans qu'il puisse trouver de réponses. Par exemple, si elle circulait seule, comment se faisait-il qu'elle n'ait ni papiers d'identité ni le moindre bagage ?

Cette panique, qu'on lisait clairement dans ses yeux, n'arrangeait rien. Bien sûr, revenir à soi au milieu des rochers auprès d'un étranger et ne se souvenir de rien ne devait guère être rassurant. N'importe qui, à sa place, se retrouverait sans doute dans le même état. Peut-être était-ce tout simplement l'explication, peut-être bien... En tout cas, il ne connaissait pas même son prénom.

— Je vais aller chercher de l'aide, murmura-t-il.

Les beaux yeux verts se remplirent de plus de terreur encore, mais elle ne protesta pas. D'ailleurs, elle n'avait rien dit d'autre que « aidez-moi » depuis qu'elle était revenue à elle.

— Ne vous inquiétez pas, ajouta-t-il, je reviens tout de suite, c'est promis.

Il siffla dans ses doigts en espérant que Denali, le golden retriever au poil chocolat de la famille, toujours en vadrouille, se trouverait précisément dans le secteur. Il ne serait pas de trop pour tenir compagnie à la blessée. Mais, au bout de quelques secondes, comme le chien ne se montrait pas, Tyler expliqua doucement :

— Mon cheval est attaché un peu plus haut dans les rochers. Il faut que je remonte jusque-là pour appeler mes gens et faire venir des secours.

Elle paraissait toujours aussi apeurée, mais elle acquiesça, et ce seul mouvement de la tête parut lui coûter. La pauvre allait sans doute avoir une sacrée migraine...

Tyler se releva pour essayer de repérer la moindre trace d'animaux sauvages aux alentours. Dans l'état de faiblesse où la jeune femme se trouvait, il doutait qu'elle puisse seulement repousser les assauts d'une puce. Il tira son couteau pliant de sa poche et le lui tendit. Elle s'en empara bien plus rapidement qu'il ne l'aurait cru.

— Tout doux, lui dit-il, je suis là pour vous aider...

Elle acquiesça.

— Je reviens dans quelques minutes...

Son attitude donnait encore à réfléchir au rancher. Si elle s'était vraiment risquée seule, sans bagages et sans moyens de se défendre, sur la propriété, que redoutait-elle, au juste ? Les animaux sauvages ou bien lui-même, Tyler ? On était très à l'écart des grandes routes et même des petites. Il n'avait jamais vu cette femme auparavant, mais il n'avait pas besoin de la connaître pour s'apercevoir, au premier coup d'œil, qu'elle n'était pas du genre à se promener seule dans la nature en chevauchant un quad. Non pas qu'elle parût trop faible pour ça ou incapable de faire face à une situation difficile, mais ça ne collait pas avec sa tenue, avec ses chaussures de sport de luxe et sa veste trop légère pour la saison et pour le lieu. Elle ne correspondait pas au cliché de la baroudeuse, non plus qu'à celui de la randonneuse assoiffée de nature inviolée. D'ailleurs, ce genre de filles voyait généralement d'un mauvais œil l'intrusion de véhicules à moteur dans les biotopes préservés.

Un autre détail le frappa tandis qu'il s'éloignait du lieu de l'accident : il avait vu des traces de pneus, autres que celles du quad, autour de l'épave. Ce qui pouvait indiquer que d'autres personnes étaient bel et bien impliquées dans l'accident. Si elle s'était égarée avec un compagnon, quelle était donc l'infâme ordure qui avait pu l'abandonner dans cet état ? À moins, évidemment, qu'il se soit éloigné pour chercher de l'aide, puisqu'il n'y avait pas de réseau.

Et cette rousse flamboyante était quasiment muette. Elle avait tout juste articulé « aidez-moi », mais rien de plus.

Tyler pressa le pas. Il s'agissait que quelqu'un reçoive son appel pour déclencher les secours et que ce soit fait tant qu'il y avait de la lumière. La nuit tombait tôt, en cette saison. D'un côté, l'alerte avait peut-être déjà été donnée, mais le mystérieux compagnon de la jeune femme connaissait peut-être trop mal la région pour guider efficacement les sauveteurs et les amener jusqu'à elle. Il ne fallait pas être bien connaisseur du coin pour laisser seule une personne blessée dans la nature, avec toutes les bêtes sauvages qui rôdaient alentour. Il ne pouvait s'empêcher de penser que cela serait aussi une excellente manière de camoufler un meurtre en simple accident.

Tyler rejeta cette pensée, en l'attribuant au fait que ses propres parents avaient été assassinés, et que le tueur avait précisément déguisé son crime. Y repenser le rendait furieux. Qui pouvait en vouloir à sa famille ?

Mieux valait repousser ces interrogations, pour le moment. Il y avait un autre sujet d'inquiétude, qui découlait du précédent. Si le quad ne s'était pas renversé par hasard, alors le meurtrier était peut-être toujours dans les parages, prêt à finir ce qu'il avait commencé…

Il ne tarda pas à rejoindre son cheval, sur la crête. Il l'avait attaché de façon que l'animal puisse décider de se mettre à l'ombre, ou non, mais le brave hongre l'attendait debout dans le soleil, exactement à l'endroit où il l'avait laissé. Tyler prit son talkie-walkie dans ses fontes et, par chance, Russ, son contremaître, put accrocher la liaison et répondre à son appel.

— Oui, patron, qu'est-ce que je peux faire pour vous ?

— Il y a un quad qui s'est renversé en bas de Diablo's Rock. Une blessée, une femme, atteinte à la tête, vilaine blessure. Il vaut mieux ne pas la déplacer, il faut venir la chercher.

— Vous ne savez pas qui elle est ?

C'était plus une constatation qu'une question.

— Non, je ne l'ai jamais vue par ici. Elle n'a pas de papiers sur elle et a un traumatisme crânien, je pense...

— Waouh, ça ne sent pas bon... Excusez-moi une seconde, patron...

Tyler ne s'habituait pas à ce qu'on l'appelle de cette façon, bien qu'il soit à présent copropriétaire du ranch, avec ses frères. À eux tous, ils en détenaient quatre-vingt-quinze pour cent des parts et seraient propriétaires de plein droit dans quelques mois, lorsque le délai légal aurait été observé. Les autres cinq pour cent avaient été répartis entre les deux seuls survivants de la fratrie de leur père, quelques années auparavant. L'oncle Ezra et la tante Bea ne s'entendaient pas sur grand-chose et étaient toujours comme chien et chat, mais le père de Tyler les avait intéressés aux revenus du ranch pour leur donner un peu d'aise financière. L'exploitation était non seulement l'une des plus vastes propriétés d'élevage de tout le Texas, mais aussi l'une des plus rentables et, de surcroît, des activités annexes, séjours d'équitation et chasses guidées, rapportaient plus d'argent que la famille n'en dépensait, pour le plus grand profit des organisations charitables dont leur mère s'occupait activement. Tyler et ses frères avaient bien l'intention de poursuivre son action, en son souvenir.

Même si la famille était riche et si les garçons avaient grandi en sachant bien qu'ils hériteraient un jour de l'affaire familiale, aucun d'eux n'avait voulu profiter jusque-là de cette situation privilégiée. Les six frères O'Brien avaient préféré faire leur chemin dans la vie tout seuls, à la différence de leur oncle et de leur tante, qui n'étaient pas fâchés de profiter de la réussite de leur cadet. Oncle Ezra, surtout, qui avait quelque peu menacé de vendre ses parts, si on ne lui donnait pas davantage de responsabilités, notamment dans la gestion de la chasse. Dallas, le frère aîné de Tyler, disait avec philosophie que le vieil homme devait s'ennuyer et chercher à rester actif après sa retraite. Tyler espérait qu'il ne s'agissait que de cela, d'autant que ses propres talents de négociateur lui valaient, depuis toujours, d'être le « pacificateur » de la famille, celui à qui on faisait toujours appel pour arrondir les angles. Il faisait donc patienter l'oncle Ezra. Les frères avaient également réservé une part pour Janis, leur fidèle gouvernante, qui la mettait à l'abri du besoin pour le reste de sa vie. Mais, bien qu'elle eût pu s'arrêter immédiatement de travailler, Janis avait déclaré qu'elle était trop jeune pour songer déjà à la retraite.

Le talkie-walkie grésilla, interrompant les pensées du rancher.

— C'est bon, patron, j'ai appelé les secours, annonça son contremaître.

Tyler se dit que ses tournées d'inspection à cheval avaient décidément du bon.

Les employés du ranch disaient de lui, en souriant, qu'il était un cow-boy « à l'ancienne », car il préférait le bon vieux Digby, sa monture, à tout autre type de véhicules. Ces chevauchées étaient bonnes pour la santé de l'animal et aussi pour la sienne. Plus encore, elles le connectaient à cette terre d'une façon qu'il lui était difficile d'expliquer, mais qu'il ressentait profondément et dont, après tout, il n'avait nul besoin de se justifier.

— Prévenez Tommy, s'il vous plaît, Russ. Quelqu'un s'inquiète peut-être pour cette femme.

Le shérif du comté de Bluff était un ami d'enfance de Dallas et, depuis toujours, la famille le considérait comme une sorte de septième frère O'Brien. Il avait grandi sur la propriété. Son oncle, Chill Johnson, avait travaillé pour leur père quasiment toute sa vie. C'est lui qui avait élevé Tommy, qui était orphelin.

— Ce sera fait, patron. Il va sûrement vouloir vous voir à l'hôpital pour prendre votre déposition. Il pourra peut-être découvrir qui elle est.

Russ connaissait assez Tyler pour savoir qu'il ne quitterait certainement pas la blessée avant d'en savoir plus sur elle et sur sa raison de se trouver là.

Il y eut un nouveau silence, ce qui devait vouloir dire que le contremaître appelait tout de suite le bureau du shérif. Tyler attendit en se disant que, si quelqu'un avait déjà signalé la disparition de la jeune femme, il allait peut-être pouvoir en savoir plus... et notamment si ces autres traces de pneus indiquaient que quelqu'un, avant lui, était allé chercher de l'aide.

Le grésillement revint, dans l'écouteur.

— Le shérif dit que personne n'a signalé un accident ou une disparition.

C'était bien ce que Tyler redoutait.

— Il dit qu'il la verra à l'hôpital. Il est en rendez-vous.

Si personne n'avait signalé d'accident, il fallait une autre explication à la présence de traces de pneus.

— Que quelqu'un s'occupe de Digby, que je puisse me rendre tout de suite à l'hôpital, ordonna Tyler. Et envoyez l'hélico pour s'assurer qu'il n'y a personne d'autre qui s'est perdu sur la propriété.

Il remercia son contremaître et coupa la communication, pressé de redescendre auprès de la mystérieuse rousse. Il ne pouvait s'empêcher de redouter de la retrouver morte. Certes, elle avait répondu assez normalement à ses diverses sollicitations, et il avait voulu y voir un bon signe. Mais la pensée de la laisser seule, vulnérable et perdant son sang, le rendait extrêmement nerveux. Il accéléra le pas. Il avait besoin de voir, par lui-même, comment elle allait.

Il redescendit dans le ravin à toute allure. Elle lui semblait à la fois déterminée et terrifiée, une combinaison qui pouvait se révéler dangereuse, voire mortelle. Qu'est-ce qui pouvait donc lui faire peur à ce point ?

Il la trouva exactement où il l'avait laissée, et les battements de son cœur s'apaisèrent un peu quand il put constater qu'elle n'avait pas reperdu conscience. Pourtant, l'inquiétude le tourmentait toujours, comme une piqûre d'insecte. Qu'y avait-il donc à craindre, désormais ?

Les braconniers, tout d'abord. Ils n'étaient pas rares, dans cette région du Texas central, ceux qui pour s'approprier un trophée ou de la viande n'hésitaient pas à ouvrir le feu sur ceux qu'ils rencontraient. Mais les O'Brien veillaient et leur donnaient constamment la chasse, il n'y avait donc pas grand risque d'en rencontrer sur le ranch. Si l'intrus aux traces de pneus et la mystérieuse rousse n'étaient pas venus braconner, quelle pouvait bien être la raison de leur présence ?

Une jolie rouquine en short et chaussures de sport sur un quad au milieu de la brousse, en territoire inconnu ? Ça n'avait pas plus de sens qu'un daim dévorant un steak.

— Voilà, les secours arrivent, lui dit-il en espérant mettre dans sa voix le plus de réconfort possible.

Puis il s'accroupit auprès d'elle et ouvrit sa trousse médicale.

— Je suis désolé si je vous fais mal, prévint-il.

— Merci, murmura-t-elle.

Il allait probablement devoir la faire souffrir. L'entaille de son front était profonde et l'inquiétait. Il la lava à l'eau pure et saupoudra la blessure d'antibiotiques avant d'apposer un épais bandage pour arrêter l'hémorragie. La blessée semblait déterminée à résister à la douleur... Ou peut-être était-elle trop faible pour réagir.

La cavalerie ne fut pas longue à arriver. Tyler entendit le ronflement des pales de l'hélicoptère avant de le voir apparaître dans le ciel. C'était en effet le moyen le plus rapide et le plus sûr d'arriver jusqu'à cette partie de la vaste propriété. Autrement, il aurait fallu charger la blessée sur un 4x4, et le chemin avant de trouver la moindre route carrossable n'aurait certes pas été une partie de plaisir. Cela aurait pu aggraver son état.

L'hélico, de petite taille, pouvait se faufiler dans les canyons, et il y avait même, à une vingtaine de mètres à peine de l'épave, une petite plate-forme naturelle que le pilote avait déjà repérée et où il allait se poser.

Tandis que l'équipe de secours ouvrait les portières pour descendre vers eux, Tyler sentit l'inconnue lui presser la main. Il se tourna vers elle et vit, dans ses yeux, la même lueur de terreur qu'auparavant, quand il l'avait quittée pour appeler à l'aide. Qu'est-ce que cela voulait dire ? Ne comprenait-elle pas qu'elle était sauvée ?

Peut-être était-elle choquée par sa blessure au point de perdre le sens des réalités. C'était aussi inquiétant que tout le reste. Quelle était la gravité exacte de sa blessure ? Elle n'avait pas bon aspect, certes, et on ne pouvait pas savoir jusqu'à quel point le traumatisme crânien avait pu faire des dégâts. Mais elle avait l'air d'un animal traqué, une terreur atroce dans les yeux.

— N'ayez pas peur, lui dit-il. Je connais ces hommes. Ils vont bien prendre soin de vous.

C'était vrai. Tyler connaissait les brancardiers, Andy et Shanks, depuis l'école primaire. C'étaient deux très bons gars, tous les deux. Dougherty devait être aux commandes de l'hélico. Tyler n'avait pas besoin de le voir, à travers la bulle de plexiglas, pour le deviner.

Alors, pourquoi l'inconnue continuait à lui presser la main, comme si elle voulait désespérément lui faire passer un message ?

2

Les talons des bottes de cow-boy de Tyler claquaient sur les dalles du couloir de l'hôpital. Il se rendait à la chambre 376 pour prendre des nouvelles de la mystérieuse rousse.

Sur le seuil, il ôta son chapeau stetson et se repeigna vaguement des doigts en repensant au peu qu'il savait de toute l'affaire. Personne n'avait signalé d'accident de quad ou de disparition, et Tyler, inquiet, se demandait si d'autres inconscients se promenaient sur son ranch, y étaient perdus, blessés, y braconnaient ou cherchaient une fille rousse sous un quad renversé. Tout cela ne lui disait rien qui vaille.

Il poussa la porte et entra dans la chambre anonyme de l'inconnue, à l'hôpital général de Bluff. Elle avait les yeux clos. Le lit avait été partiellement relevé, et elle était donc à demi-assise, une perfusion dans le bras gauche. Tyler supposait qu'on lui injectait des antibiotiques et d'autres produits susceptibles de l'aider à récupérer de sa mésaventure. Cela semblait produire des résultats, car ses joues étaient déjà plus roses que lorsqu'il l'avait découverte. On lui avait refait son bandage au front, et il paraissait propre et frais.

Comme elle semblait reposer paisiblement et qu'il ne voulait pas la déranger, il se dit qu'il pouvait occuper son temps en interrogeant son médecin, puis il essayerait de trouver Tommy, pour tenter de savoir s'il avait pu découvrir qui était cette Belle au bois dormant.

Soudain, elle battit des paupières, ouvrit les yeux, et Tyler se sentit stupide de la fixer comme il le faisait depuis deux bonnes minutes.

— Comment ça va ? lui demanda-t-il, faute de trouver quelque chose de plus original.

Même sous son bandage, elle était belle à se damner.

— Mieux, coassa-t-elle.

Sa gorge devait être sèche. L'air conditionné, sans doute...

Il posa son chapeau sur une chaise et s'approcha du lit. À présent qu'elle pouvait articuler quelques mots, peut-être allait-il savoir si elle s'était risquée seule sur la propriété et s'il pouvait arrêter les recherches d'autres éventuels intrus.

— Quel est votre nom ? lui demanda-t-il à brûle-pourpoint.

Elle ouvrit la bouche pour parler, mais se mit à tousser, à la place, et esquissa un geste vers le verre d'eau placé sur la table de nuit.

Il la devança.

— Vous avez soif ?

— Oui, s'il vous plaît.

Au moins, elle pouvait parler et répondre d'une façon sensée. C'était bon signe.

— Est-ce que vous étiez seule, lors de l'accident ? s'enquit-il en lui tendant le verre d'eau, qu'elle accepta avec empressement, mais sans lui répondre.

Elle but quelques gorgées, puis reposa la tête sur l'oreiller, sans cesser une seule seconde de regarder Tyler. Les yeux vert d'eau étaient restés fixés sur lui, et la terreur s'y lisait toujours aussi clairement.

— Savez-vous qui vous êtes ? demanda-t-il en reprenant le verre et en le reposant sur la table de nuit de façon qu'il reste à sa portée.

— Jennifer, répondit-elle, la voix encore un peu enrouée mais plus affirmée, et d'un timbre agréable. Et vous ?

— Je suis Tyler O'Brien. Mes frères et moi sommes les propriétaires du ranch où je vous ai trouvée...

Soudain, le regard de la jeune femme se tourna vers la porte en s'agrandissant de frayeur. Naturellement, Tyler le suivit.

Un homme élégant d'une trentaine d'années, blond, élancé, un peu à la façon d'un coureur à pied, entra dans la chambre.

Son œil passa rapidement sur Jennifer et Tyler. Il était bronzé comme s'il revenait d'un séjour au ski, avec un reste de coup de soleil sur le nez et les joues.

Tyler ne l'avait jamais vu.

— Ma chérie, enchaîna l'intrus immédiatement et d'un ton un peu mélodramatique, j'étais tellement inquiet pour toi !

Tyler vit clairement que la terreur qu'éprouvait la jeune femme ne faisait que croître. Il s'interposa, empêchant l'homme de s'approcher davantage du lit.

— Tyler O'Brien, dit-il en lui tendant la main.

— Que t'est-il arrivé, chérie ? reprit l'homme en ignorant la main tendue et en essayant de passer outre.

Mais Tyler avait déjà une main sur son épaule, le forçant à s'immobiliser.

— Je n'ai pas bien saisi votre nom, fit-il, impératif et un ton plus haut.

— James Milton, répondit l'intéressé en se redressant comme un cobra devant une mangouste et pas spécialement intimidé, visiblement, par l'attitude du rancher. Vous permettez ? Ma fiancée est sur un lit d'hôpital, je voudrais lui parler, et ce ne sont pas vos oignons !

Fiancée ? C'était bizarre. Il était visible que ce type la terrifiait. Mais bien sûr, si c'était vrai, Tyler devait tempérer son attitude, même si James Milton ne lui faisait pas du tout une bonne impression.

Il retira sa main de l'épaule de l'intrus, en adoptant une attitude plus conciliante mais attentive, se disant qu'il lui faudrait se retirer discrètement quand il serait bien sûr que tout était en ordre et que la rousse ne courait aucun risque. De plus, il lui fallait s'assurer que « Jennifer » n'avait pas l'intention de lui faire un procès parce qu'elle avait été victime d'un accident sur sa propriété. Cela n'aurait eu aucun sens, mais s'était néanmoins déjà vu.

Il ignora la petite voix qui lui disait qu'il se mentait à lui-même et ne restait dans cette chambre d'hôpital que parce que cette fille l'attirait…

Une fois que Tyler se fut écarté, le dénommé James Milton se lança dans une scène encore plus mélodramatique en se ruant au chevet de la blessée. Le rancher remarqua qu'il portait un pantalon de toile au pli impeccable sur une chemise parfaitement repassée. Pas vraiment le genre de tenues que l'on enfile pour faire du quad dans la rocaille et la poussière. La question suivante à se poser était : si ce personnage tenait tant que cela à sa jolie rousse, pourquoi la laissait-il courir seule le risque de se perdre et d'avoir un accident ?

— Je ne savais que penser, lorsque j'ai vu que tu avais disparu, dit justement Milton à cet instant.

Tyler alla s'appuyer au mur en croisant les bras sur sa poitrine. La terreur s'intensifia encore, sur le visage de Jennifer. Le rancher ne put s'empêcher de demander :

— Et à propos, monsieur Milton, que s'est-il passé, exactement ?

— Je vais beaucoup mieux, intervint précipitamment la jeune femme, son regard affolé allant de Tyler à James.

À part le fait que ce Milton lui déplaisait d'emblée, et souverainement, Tyler ne savait trop que penser de lui. Sa sollicitude ne paraissait pas sincère. Tyler avait depuis longtemps l'habitude de se fier à son instinct et, pour lui, il était évident que ce type jouait la comédie.

On frappa à la porte, et le shérif entra. L'expression qui passa alors sur le visage de Milton acheva de convaincre Tyler que ce type n'était pas bien clair. Ce qui allait suivre risquait d'être très intéressant.

Tommy fit un petit signe et un clin d'œil à son ami rancher, puis se présenta à la blessée et à son louche visiteur.

Les présentations faites, Milton reprit immédiatement son numéro de fiancé attentionné.

— Je me suis tellement inquiété pour toi, chérie...

Jennifer lui répondit par un petit sourire embarrassé. Ce « fiancé » ne semblait pas lui inspirer de trop tendres sentiments, et les questions qui se bousculaient dans la tête de Tyler restaient sans réponse.

— Avez-vous des papiers d'identité, s'il vous plaît ? demanda poliment Tommy.

— Est-ce que nous sommes soupçonnés de quelque chose,

shérif ? demanda Milton en produisant deux permis de conduire de l'État de Louisiane, le sien et celui de Jennifer...

— Simple vérification de routine..., répondit placidement Tommy en examinant les deux cartes plastifiées, au recto, puis au verso. Mlle... Davidson a été victime d'un accident.

Milton se tourna à nouveau vers la blessée.

— J'ai bien cru que j'allais te perdre, lui dit-il d'une voix plus onctueuse que le sirop.

Si quelqu'un voulait l'avis de Tyler — et Tommy allait certainement le lui demander dès qu'ils seraient seuls —, cet homme sentait le faux jeton à plein nez. Mais cela ne faisait pas forcément de lui un criminel pour autant.

— Monsieur Milton, j'aurais quelques questions à vous poser, ainsi qu'à Mlle Davidson, dit calmement le shérif.

— Ne le prenez pas en mauvaise part, répondit le louche individu, mais j'aimerais bien rester un peu seul avec ma fiancée.

Tyler n'en était pas autrement surpris...

— Mais je comprends que vous ne faites que votre travail, acheva Milton, attentif à jouer les fiancés modèles jusqu'au bout.

— C'est pourquoi vous ne m'en voudrez pas si je pose à Mlle Davidson quelques questions, répliqua Tommy, imperturbable.

— Mais, certainement, répondit Milton, mouché.

— Mademoiselle, préférez-vous me parler seule à seul ? Vous en avez le droit.

Milton tiqua et allait réagir, mais Tommy leva une main impérieuse.

— Comme je le disais, fit-il, toujours avec calme, la loi le permet. Il retourna toute son attention vers Jennifer. Votre réponse, mademoiselle ?

Elle semblait hésiter.

— Et pourquoi voudrait-elle une chose pareille ? protesta Milton, très rouge, avant de se tourner vers la jeune femme d'un air interrogateur.

Le timide sourire de Jennifer mourut sur ses lèvres. L'homme la manipulait-il ? Il était violent, peut-être. Il n'avait pas l'air d'admettre volontiers qu'elle pouvait dire ce qu'elle voulait.

Tyler serra les dents à la pensée que ce type avait peut-être levé la main sur elle. Le fait qu'un homme puisse frapper une femme lui était, depuis toujours, insupportable.

— Non... Je... Je peux vous répondre, déclara-t-elle faiblement.

— Étiez-vous tous les deux en train de faire du quad sur la propriété de M. O'Brien ici présent ? s'enquit Tommy en regardant plus directement Milton.

— Oui... Enfin... Je ne savais pas que nous y étions. Nous étions chacun sur un quad, mais j'ai perdu la trace de ma fiancée et je suis retourné au motel pour l'attendre.

Les sourcils de Tyler se haussèrent en même temps que ceux de Tommy. La jeune femme n'avait jamais fait la moindre allusion à un compagnon, même pas quand il avait inspecté les traces du second engin. Que cachait-elle encore ?

Ils avaient peut-être eu des mots... Ou pire. Il avait pu l'abandonner à son sort après avoir maquillé son agression en accident.

— Vous l'avez laissée seule en pleine nature ? demanda Tommy d'un air incrédule.

— Je... Nous nous étions disputés.

Milton lança à sa fiancée un regard assez noir avant de s'empresser d'ajouter :

— Mais je l'ai cherchée partout, après avoir perdu sa trace. Vous comprenez, je... je pensais qu'elle avait besoin de décompresser un peu.

— Il y a pas mal d'ours noirs, dans la région, monsieur Milton, dit le shérif d'un ton sec. Les mâles sont territoriaux et peuvent se montrer agressifs, notamment en cette saison, juste avant l'hibernation.

— Non, je... Je ne connais pas bien... Je l'ai cherchée partout, mais je ne l'ai pas trouvée, alors, j'ai voulu prendre le temps de me calmer, moi aussi. Je suis retourné au motel. J'étais très inquiet et, comme elle ne répondait pas à son portable, j'ai décidé d'appeler les hôpitaux.

— Et pas la police ? demanda Tommy.

Milton prit l'air un peu penaud et secoua la tête.

— Vous l'avez laissée seule avant ou après l'accident ? demanda abruptement Tyler.

Milton se tourna vivement vers lui.

— Que voulez-vous dire ?

— Je me demandais si vous saviez que son quad s'était renversé sur elle lorsque vous l'avez quittée « pour essayer de vous calmer », comme vous dites…

— Si j'avais su que quelque chose lui était arrivé, bien sûr que je serais resté auprès d'elle, répliqua Milton avant de se tourner vers Jennifer d'un air faussement outragé, ce qui acheva de convaincre Tyler qu'il jouait la comédie.

Et il y avait un autre détail assez curieux : s'ils étaient réellement fiancés, pourquoi Jennifer ne portait-elle pas de bague ?

— Vous disiez que vous alliez vous marier, attaqua-t-il tout de suite. Vous avez fixé une date ?

— On est en train d'y réfléchir, répondit Milton. Pourquoi ?

— Juste pour savoir jusqu'à quel point vos projets sont avancés, répondit Tyler d'un ton glacial.

— Et en quoi est-ce que cela vous regarde ? demanda l'homme avec dédain.

Il était obligé de traiter le shérif avec certains égards, vu sa fonction officielle, mais ne se donnait pas la peine de dissimuler que pour lui le rancher n'était qu'un gêneur qui n'avait rien à faire dans cette chambre.

Tyler haussa lentement les épaules d'un air faussement désinvolte qui ne pouvait qu'agacer encore davantage son interlocuteur.

— C'est la coutume, non, que la fiancée porte une bague ?

Milton regarda à nouveau Jennifer, d'un air pas vraiment amène.

— Nous n'avons pas eu le temps, marmonna-t-il, je viens seulement de faire ma demande.

Tyler étudia attentivement l'attitude de Jennifer. Elle esquissa à nouveau un sourire mécanique, comme plaqué sur un visage vide, les yeux étrangement éteints.

La jeune femme semblait calquer exactement ses réactions sur celles de Milton, comme si elle redoutait de déclencher sa colère. Tyler se trompait-il, quand il décryptait son attitude de cette façon ? Il semblait la terrifier. Pourtant, personne n'avait dû la forcer à être avec lui. Il était vrai que beaucoup de gens s'entêtaient à demeurer englués dans une relation insatisfaisante. Tyler se demandait bien pourquoi, mais il ne pouvait que le constater. Cela arrivait tout le temps.

— Il y a deux traces de pneus qui mènent au lieu de l'accident, et une seule qui en part, fit-il remarquer. Vous expliquez ça comment, monsieur Milton ?

— Je ne peux pas l'expliquer, parce que je n'étais pas là, répliqua celui-ci.

— Il dit la vérité ? demanda Tyler à Jennifer.

La jeune femme regarda Milton, puis hocha brièvement la tête, sans oser croiser le regard du rancher. Elle corroborait la version de son « fiancé », et Tyler allait devoir s'en contenter, même s'il n'était guère convaincu. Il avait parfois essayé d'aider des amis empêtrés dans des situations sentimentales inextricables. Il savait combien les esprits pouvaient s'échauffer vite. Bien sûr, il n'avait pas peur de ce Milton, mais il ne pouvait pas pousser un couple à la rupture. Si la belle rousse ne l'aidait pas davantage, il allait lui falloir trouver un autre angle d'attaque.

— Est-ce que vous avez changé quelque chose à votre train de vie, récemment ? demanda Tommy qui, remarquant l'état de tension de son ami, jugeait plus prudent de reprendre la main. Pour la préparation du mariage, notamment ?

— Non, répondit Milton.

— Vous n'avez fait aucun changement ? Vous déclarer réciproquement bénéficiaires d'une police d'assurance sur la vie, par exemple ? insista le shérif.

— Non, rien de ce genre.

Milton paraissait sur le point d'exploser de colère.

— Est-ce que je suis en état d'arrestation ? demanda-t-il d'un ton véhément.

« Pas encore, mais j'espère que ça ne va pas tarder », aurait voulu répondre Tyler.

Mais, au lieu de cela, il se tourna vers son ami le shérif.

— Je peux te parler dans le couloir, une minute ?

— J'allais justement te faire la même suggestion, soupira Tommy.

— Puis, à l'intention de Milton et Jennifer, il ajouta :

— Je reviens tout de suite.

La porte à peine refermée sur eux, Tyler enchaîna :

— Comment un homme peut-il, premièrement, abandonner sa fiancée bien-aimée au milieu de nulle part et, deuxièmement, ne pas appeler la police alors qu'elle a disparu depuis des heures ?

— Bonnes questions, dit Tommy, ce type est plus que louche, seulement je n'ai rien d'assez solide contre lui pour le placer en garde à vue. Il me faudrait du concret.

— Tu as vu ces yeux terrifiés qu'elle a, lorsqu'elle le regarde ? Et ce type qui prend le temps de passer sous la douche et d'enfiler une chemise repassée avant de s'inquiéter de son sort !

— Ce n'est pas sympathique, mais ce n'est pas illégal, fit remarquer flegmatiquement Tommy.

— Son histoire ne tient pas debout, et il va probablement quitter la ville à toute allure, dès que tu auras tourné le dos.

— Tu as encore une fois certainement raison, mais je ne peux rien faire pour l'en empêcher. Pour autant que l'on sache jusqu'à présent, il n'a commis aucun délit.

— Au mieux, il l'intimide et, au pire, il la bat, gronda Tyler, les poings serrés.

— Pour intervenir, il faudrait que j'aie au moins un témoin ou bien qu'elle dépose contre lui.

— Ce n'est pas possible qu'on ne puisse rien faire !

Tyler savait que ses craintes étaient fondées et que ce type était une ordure.

— Ne t'inquiète pas, lui dit Tommy pour tenter de le rassurer, je ne lâcherai pas l'affaire et, au moindre faux pas dans ma juridiction, je l'arrête.

— Il n'en fera pas. Il se tiendra tranquille. Il n'est pas fou.

— On peut l'intimider pour l'inciter à la laisser tranquille. Viens, il vaut mieux qu'on y retourne ; je ne tiens pas à le laisser seul avec elle trop longtemps.

— J'ai encore quelques questions à lui poser, dit Tyler, les mâchoires serrées.

Tommy s'arrêta, la main déjà sur la poignée de la porte.

— Vas-y, pose toutes les questions que tu veux, lui répondit-il avant d'entrer. Tu peux même essayer de le pousser à bout et de le faire craquer, il pourra peut-être en sortir quelque chose. Sans cela et à moins qu'elle décide de déposer contre lui, nous n'avons rien de tangible...

Milton se redressa de toute sa hauteur, quand ils rentrèrent dans la chambre, mais même ainsi il ne les dépassait en taille ni l'un ni l'autre. Tyler reprit sa posture contre le mur, près de la porte et attaqua tout de suite :

— Vous avez dit que votre fiancée et vous aviez eu une dispute, juste avant que vous la perdiez...

— Elle était fatiguée et voulait rentrer à l'hôtel, mais je n'avais pas envie d'interrompre la balade, je lui ai indiqué son chemin de retour, avant de la laisser partir.

Mentait-il ? Était-il en train de peaufiner une belle histoire bien crédible ?

— Je croyais que vous vous étiez disputés ? insista Tyler.

Milton lança un bref regard de côté, signe certain qu'il allait proférer un mensonge de plus.

— C'est justement de ça qu'on a parlé, dit-il, visiblement satisfait de son explication.

Mais il faisait une lourde erreur.

— Vous avez dit que vous l'aviez perdue de vue, et maintenant voilà que, selon vous, elle a fait demi-tour, fit remarquer Tyler d'un ton égal. Il faudrait savoir...

— Eh bien, elle a voulu rentrer, a fait demi-tour, mais au bout de quelques minutes j'ai réfléchi et je me suis dit que je ne pouvais pas la laisser seule dans une région qu'elle ne connaissait pas, alors j'ai fait moi-même demi-tour pour la chercher.

Un nouveau petit sourire satisfait passa sur le visage du louche individu. Visiblement, il espérait s'en tirer à bon compte.

Mais Tyler était de plus en plus fermement convaincu qu'il mentait. Qui donc croyait-il tromper ?

Le rancher serra les poings, puis les força à se détendre.

— Vous avez eu le temps de vous doucher et de mettre des vêtements propres, en tout cas, pendant que l'on portait secours à votre fiancée, fit remarquer Tyler en appuyant ironiquement sur la fin de sa phrase.

Un temps. Milton réfléchissait à toute vitesse.

— Ne la trouvant pas, je me suis dit qu'elle devait être furieuse contre moi et que je ferais mieux de me préparer, pour être prêt quand elle rentrerait au motel, dit-il finalement.

— Alors que vous ne la retrouviez pas sur la route ? Vous avez cessé de vous inquiéter ?

Cette fois, Milton ne répondit pas.

Il aurait pu, aisément, mettre un terme aux questions de Tyler en quittant tout simplement la chambre. Mais cela aurait signifié laisser Jennifer seule avec le rancher et le shérif, et il n'y tenait apparemment pas.

— Au fait, vous êtes venus faire quoi, dans cette région ? demanda encore Tyler.

— Nous promener dans la nature. Nous voulions quitter la ville et décompresser un peu avant de reprendre nos projets de mariage. La vie devient de plus en plus stressante, là-bas, n'est-ce pas, chérie ?

Il lança un nouveau regard en direction de sa « fiancée ».

— Sur quelle piste étiez-vous ? Vous vous en souvenez ?

— Nous ne sommes pas du coin, comment voulez-vous que je le sache ?

— Il y avait des arbres, autour, ou bien des rochers ?

— Des arbres, hasarda Milton.

— Et de quelle direction veniez-vous ?

— Du... Du nord.

Tyler le fixa en silence un moment, puis il demanda :

— Vous en êtes sûr ?

— Oui, du nord. N'est-ce pas, chérie ?

Nouveau regard vers Jennifer.

Elle acquiesça avec un pauvre sourire. Mais Tyler savait pertinemment qu'aucun quad n'était venu du nord, à Diablo's Rock. Il le savait car les traces de pneus, sur la scène d'accident, venaient du sud.

— Pas possible, dit-il en coulant un regard vers son ami le shérif. Les traces indiquent le sud. Clairement.

— Bon, j'ai dû me tromper, grogna Milton en haussant les épaules. Dites, si je ne suis pas en état d'arrestation, est-ce qu'on ne pourrait pas interrompre cette conversation ?

Il pinça les lèvres, voulant sans doute indiquer par là que sa patience était à bout.

Tu sais quoi, l'ami ? songea Tyler. *La mienne aussi...*

Et ce n'était pas fini...

3

— Le médecin est passé te voir ? demanda Milton en se tournant vers le lit où reposait la blessée, et en tournant le dos du même coup à Tyler et au shérif. Combien de temps ils vont encore te garder ?

— Vous êtes pressé de partir, monsieur Milton ? demanda calmement Tommy, un sourcil levé.

— Je voudrais la ramener à la maison, où je pourrai bien m'occuper d'elle. On ne peut pas vraiment se reposer, ici.

— Et où est-ce donc, « la maison » ?

— Vous avez vu nos permis de conduire. En Louisiane.

Il se tourna à nouveau vers Jennifer.

— Tu veux rentrer avec moi, n'est-ce pas, chérie ?

Voilà qu'il remettait ça avec ses « chérie ». Cela donnait envie de vomir à Tyler. Décidément, il en faisait trop.

Pendant que Tommy posait encore quelques questions, le rancher quitta la chambre pour parler au médecin, le Dr McConnell.

C'était une femme à la tête solidement plantée sur les épaules, qui travaillait dans cet hôpital depuis la fin de ses études de médecine. Elle avait adopté les codes vestimentaires du coin depuis belle lurette et portait un blue-jean sur des bottes de cow-boy, sous la blouse blanche réglementaire. C'était une amie de la famille O'Brien d'aussi loin que remontaient les souvenirs de Tyler.

— Tu ne penses pas qu'elle a pu subir des violences ? lui demanda-t-il tout de suite.

— Ça, c'est couvert par le secret médical, répondit la doctoresse, mais comme tu es celui qui l'a trouvée sous son quad je peux bien te dire qu'elle a quelques bleus sur les bras qui me semblent un peu plus anciens que les blessures dues à son accident...

— Je le savais, dit Tyler, les dents serrées.

— Je ne peux pas vraiment certifier qu'elle a subi des violences et, même si c'est le cas, c'est très difficile à prouver. De plus, on ne peut pas faire grand-chose si elle n'est pas disposée à porter plainte.

— Tu le lui as conseillé ?

— J'aurais dû. Mais elle est majeure. Si ce n'était pas le cas, je pourrais faire un signalement à Tommy. Une adulte, c'est différent. On ne peut l'aider que si elle le veut bien.

Ce n'était pas le genre de choses que Tyler avait envie d'entendre.

— Je m'apprêtais à le faire, en fait, reprit le Dr McConnell. Chaque fois que je repère ce genre de marques sur une patiente, j'y vais de mes petits conseils et je lui offre de l'aider à dénoncer les abus qu'elle a subis. Mais il faut encore qu'elle le veuille.

Tyler hocha la tête.

— Merci à toi, Doc...

Le Dr McConnell posa affectueusement la main sur l'épaule du rancher, il lui fallut pour cela la lever très haut, car elle mesurait moins d'un mètre soixante.

— Pendant que tu es là, tu peux me dire si l'enquête avance ? Cela fait deux semaines déjà que j'ai transmis les résultats de l'analyse toxicologique.

Tyler savait que la doctoresse voulait parler du meurtre de ses parents. Elle avait été une des plus proches amies de sa mère, et les cercles sombres, sous ses yeux, disaient la profondeur de son deuil.

La nouvelle du double meurtre, encore toute récente, avait bouleversé leurs amis et leurs fils, plus encore.

— Rien pour le moment, à part que Tommy la dirige lui-même.

Ses frères et lui-même ayant hérité plus tôt que prévu de la propriété et des différentes activités qu'on y pratiquait, ils se retrouvaient forcément sur la liste des suspects. Et il n'y avait guère d'autres suspects pour le moment.

Le Dr McConnell garda le silence quelques instants, puis conclut :

— Embrasse tes frères pour moi.

— Je n'y manquerai pas !

Tyler retourna d'un pas lourd vers la chambre de Jennifer. Il aurait bien voulu attraper James Milton par le col, le traîner dans le couloir et lui apprendre à ne pas brutaliser les femmes, mais il lui fallait bien admettre qu'il n'y avait pas grand-chose qu'il pouvait faire de plus, dans un hôpital.

Entre-temps, Tommy semblait en avoir terminé. Malgré sa répugnance, Tyler serra la main de James Milton. Elle n'était ni moite ni hésitante, ce qui laissait supposer qu'il avait l'impression de parfaitement maîtriser la situation.

Un homme qui frappait une femme était souvent doublé d'un menteur patenté, et Tyler n'aimait pas beaucoup ceux qui dissimulaient ou travestissaient la vérité. Ce salaud-là s'en tirait un peu trop bien. Il allait bientôt passer la porte et il se retrouverait libre comme l'air, Tommy ne pourrait rien contre lui.

Tyler pouvait d'ailleurs voir que cette situation ne plaisait pas trop à son ami...

— Un dernier mot, monsieur Milton, dit justement celui-ci avant de laisser partir l'étrange « fiancé » de Jennifer, étiez-vous autorisés à vous trouver sur la propriété de M. O'Brien ?

— Autorisés ?

Une lueur de surprise était furtivement passée dans ses yeux quand il avait entendu le shérif prononcer le nom d'O'Brien. Une réaction dont Tyler avait l'habitude.

— La terre sur laquelle votre fiancée et vous faisiez du quad est une propriété privée : le ranch O'Brien. Elle est clôturée, et des pancartes d'interdiction de pénétrer sans autorisation sont partout bien en vue. Donc je repose ma question : saviez-vous que vous étiez en infraction, lorsque vous y êtes entrés sur ces quads ?

— Non, bien sûr que non. Nous nous sommes perdus. C'est un crime ?

— Se perdre n'est certes pas un crime, mais pénétrer intentionnellement sur une propriété privée et y commettre des déprédations est un délit, répliqua Tommy. Si M. O'Brien ici présent désire porter plainte...

Il se tourna vers Tyler, qui comprit instantanément : Tommy ne pouvait pas empêcher ce type de quitter l'hôpital avec Jennifer, mais il pouvait lui rendre la tâche plus difficile.

— C'est en effet mon intention, répondit-il en plantant son regard dans celui de Milton. Vous dites que vous étiez perdus, mais qui me prouve que vous n'étiez pas venus braconner sur mes terres ?

— D'abord, je ne possède pas d'armes...

Tyler se doutait bien que Tommy pourrait passer tout un après-midi à vérifier les listes d'armes acquises par des particuliers sans y trouver le nom de James Milton, ce qui ne signifiait pas pour autant qu'il n'en avait pas. Le marché parallèle était florissant, et nombreux étaient les fusils qui se trouvaient entre les mains de gens qui n'avaient aucune raison valable d'en posséder.

— Rien ne me le prouve, non plus, rétorqua le fermier. Pour moi, vous avez très bien pu vous évaporer dans la nature avant d'être pris. J'aurais une autre version des faits à proposer au shérif...

— Et on peut savoir laquelle ? demanda Milton d'un air bravache, bien qu'il y eût un peu de panique dans ses yeux.

— Vous avez décidé d'offrir à votre fiancé une petite partie de chasse sur mes terres. C'est quelque chose que nous organisons pour nos hôtes, mais voilà, vous n'avez pas envie de payer le prix demandé. Alors vous décidez de vous débrouiller seuls. Mais vous entendez venir quelqu'un et vous avez peur d'être pris en flagrant délit de braconnage, alors vous filez, sans vous occuper de ce que devient votre fiancée. Vous allez vous cacher dans votre chambre au motel en attendant son retour. Vous vous dépêchez de vous doucher et de vous changer pour qu'on ne puisse pas vous soupçonner d'être allé braconner dans la nature, mais là, problème : votre fiancée a un accident et finit à l'hôpital, alors vous inventez cette histoire de dispute comme alibi.

Durant toute sa démonstration il avait gardé les yeux fixés sur ceux de Milton. Instinctivement, celui-ci avait un peu reculé, prêt à se retrouver acculé dans un coin de la chambre.

— Vous n'êtes pas sérieux ? bredouilla-t-il.

— Mais si, tout à fait, au contraire...

— Je peux voir votre permis de chasser, monsieur Milton ? intervint Tommy.

— Mais je n'en ai pas ! Je viens de vous dire que je n'avais même pas d'arme !

— C'est une infraction supplémentaire, fit remarquer le shérif, imperturbable.

— Je vous répète que je ne braconnais pas. Je ne suis pas chasseur !

Milton fusilla Tyler du regard, puis ses yeux s'étrécirent tandis qu'il s'adressait à Tommy.

— Je vous le demande à nouveau : est-ce que je suis en état d'arrestation ou pas ?

— Si vous l'étiez, la conversation prendrait un tour différent, monsieur Milton, répondit Tommy d'un ton nettement plus cassant. Et pour commencer, je vous aurais indiqué vos droits, comme la loi l'exige. Puisque je ne l'ai pas fait, vous pouvez considérer que vous êtes libre. Toutefois, je compte examiner la plainte de M. O'Brien, c'est pourquoi je vous demanderai de ne pas quitter la ville jusqu'à ce que cette affaire soit résolue.

Ce qui, et Tyler s'en rendait bien compte, n'offrait qu'une marge de manœuvre assez étroite, mais peut-être Milton n'en était-il pas vraiment conscient.

— Je n'en avais de toute façon pas l'intention jusqu'à ce que Jennifer aille mieux, dit Milton, très raide. Ensuite, je désire que nous rentrions en Louisiane, effectivement.

— Je peux vous parler en particulier, monsieur Milton ? demanda Tommy.

Il ponctua sa demande d'un très léger clin d'œil, quasiment imperceptible, à l'intention de Tyler. Celui-ci comprit instantanément que son ami lui offrait la possibilité de rester seul quelques instants avec Jennifer. Il se saisit d'un papier et d'un stylo trouvés sur la table de nuit, griffonna rapidement son numéro de mobile et s'approcha du lit.

— Vous êtes certaine que tout va bien ? demanda-t-il à la blessée.

Elle acquiesça mais, si elle était vraiment fiancée à ce Milton, pourquoi se sentait-elle visiblement si mal en sa présence ? Tyler avait l'impression que le temps qu'il lui restait à vivre ne suffirait pas à résoudre ce mystère... Et les autres. Il n'avait plus grand-chose à dire ou à faire. La rousse... enfin, Jennifer, semblait décidée à approuver sans un murmure la version de Milton. Au cas où elle changerait d'avis, Tyler plia en quatre le petit papier où il avait inscrit son numéro de téléphone.

— Si... vous changez d'idée ou si vous avez besoin de quoi que ce soit, appelez-moi, lui souffla-t-il en glissant le petit billet sous son traversin, afin que Milton ne le trouve pas.

Il avait fait tout ce qu'il avait pu. Il n'y avait plus qu'à espérer que cette main tendue lui permette de retrouver le sommeil.

Bah, qui espérait-il tromper ? Il savait bien que ces yeux d'océan allaient le hanter longtemps.

Le mobile de Tyler sonna. La sonnerie aurait dû le réveiller, mais il n'avait pratiquement pas fermé l'œil de la nuit, pensant sans cesse à la rousse sur son lit d'hôpital. Il jeta un coup d'œil au cadran de son réveil sur la table de nuit et rejeta les couvertures ; le téléphone était sur son chargeur, dans le dressing-room. En fait, pour s'éclaircir les idées, il lui aurait plutôt fallu retourner en ville et prendre un verre.

Le numéro qui s'affichait sur l'écran de l'appareil ne lui disait rien, mais il décrocha quand même.

— Je n'avais personne d'autre à appeler. Je vous en supplie, aidez-moi !

La toute petite voix, au bout du fil, était celle de la rousse.

Était-elle prête à parler, à sortir de sa relation toxique avec Milton, à accepter qu'on l'aide ?

— Vous êtes là ? demanda-t-elle, inquiète, sa voix montant de plusieurs tons.

— Je veux bien, à condition que vous me disiez honnêtement ce qui se passe. Sans mentir.

— Oui, je suis désolée, c'est juste que... Elle s'interrompit, comme si elle était trop épuisée ou bien peut-être trop effrayée pour terminer sa phrase... S'il sait que je vous ai parlé, à vous ou à qui que ce soit, d'ailleurs, je suis morte !

— Je crois que, d'une manière ou d'une autre, il vous fera du mal, Jennifer...

— Mon nom n'est pas Jennifer mais Jessica.

— J'ai vu votre permis de conduire, objecta-t-il.

Était-ce le traumatisme crânien qui la rendait encore confuse ?

— Je vous en prie, laissez-moi vous expliquer. Je ne suis pas celle que j'ai dit que j'étais. Mon prénom est Jessica.

4

— Bon...

Le rancher, au bout du fil, garda un moment le silence, comme s'il pesait soigneusement les mots que Jessica venait de prononcer. Puis...

— Le permis est un faux ?

— Non, il est authentique.

— Alors, je ne comprends pas, grogna-t-il d'une voix ensommeillée.

Jessica ne savait pas grand-chose de Tyler, mais sa force tranquille, sa voix calme et profonde lui faisaient deviner qu'il pourrait la protéger. Il y avait quelque chose dans ce grand et beau cow-boy, qui inspirait confiance.

De toute façon, elle n'avait guère le choix.

Le jeu avait changé. Jusque-là, elle ne croyait pas que Milton pourrait la tuer. Il ignorait que Jennifer avait une jumelle et que Jessica avait pris la place de sa sœur.

— Si vous me disiez un peu à quoi rime tout ça ?

Que pouvait-elle au juste lui dire et jusqu'à quel point ? En premier lieu, il fallait parvenir à le convaincre qu'elle n'était pas folle.

— J'aimerais bien le savoir moi-même, soupira-t-elle avec franchise.

Ce qu'elle voulait, elle, c'était passer pour sa sœur suffisamment longtemps pour que celle-ci puisse se tirer du pétrin où elle s'était probablement fourrée. Elles avaient toutes les deux mis au point cette petite machination, en partant de l'idée que personne, dans l'entourage de Jennifer, ne savait qu'elle avait une jumelle identique.

— Je dois contacter ma sœur et je ne peux pas le faire s'il surveille mes moindres mouvements.

— Votre sœur ?

Tyler O'Brien paraissait surpris mais pas vraiment choqué.

— Oui, ma jumelle. Nous sommes quasiment identiques.

Jessica tremblait à l'idée que le son de sa voix pourrait réveiller Milton, qui dormait à quelques mètres d'elle seulement. Jessica haïssait les mensonges. Brent, son ex, pourrait le confirmer ; lui s'y entendait, pour manipuler la vérité.

Jessica se concentra. Elle avait attendu presque toute la nuit que Milton s'assoupisse un peu, c'était sa seule chance d'obtenir de l'aide. Il était prévu qu'elle sorte de l'hôpital cet après-midi même et, si elle ne pouvait pas s'échapper, elle était fichue. Son esprit était encore un peu embrumé, mais une chose était claire : si elle tenait à la vie, elle devait fuir cet homme et joindre sa sœur au plus vite, avant que Milton comprenne qu'il avait été joué. Il n'arrêtait pas de lui demander où « il » était, où elle l'avait caché. Quoi donc ? Un objet de grande valeur qu'il croyait qu'elle détenait. Elle n'avait pas la moindre idée de ce que cela pouvait bien être. Quand elle l'avait emmené au ranch O'Brien en lui racontant que « c'était enterré quelque part par là », il avait ramassé une pierre et l'avait violemment frappée à la tête.

— Qu'attendez-vous de moi ? lui demanda Tyler de sa voix profonde.

— Emmenez-moi loin d'ici. Aidez-moi à m'enfuir.

Elle prenait un grand risque en appelant le rancher. Milton pouvait se réveiller d'un instant à l'autre et comprendre ce qui se passait. Jessica ne savait pas ce que sa sœur avait bien pu faire, mais ce devait être grave, pour qu'il soit prêt à la tuer.

— Il est près de vous, en ce moment ? demanda Tyler.

— Oui.

Milton s'étira dans le fauteuil où il s'était endormi, et Jessica se mit instantanément à paniquer. Elle raccrocha immédiatement, avant qu'il puisse la surprendre. Si le personnel de l'hôpital ne se montrait pas très vite, elle était certaine que Milton finirait ce qu'il avait commencé. Sa seule chance de survie, c'était qu'il n'avait visiblement pas envie d'éveiller les soupçons. La façon dont il avait camouflé son agression en accident le prouvait.

Si Jessica ne parvenait pas à découvrir ce qu'il voulait, ce que sa sœur avait bien pu faire de ce mystérieux objet et ce que celui-ci pouvait bien être... Elle ne pouvait faire confiance à personne, sauf, peut-être, à ce beau cow-boy qui paraissait prêt à l'aider. À cette idée, son cœur se mettait à battre follement. Peut-être aussi pour des raisons plus confuses, qu'elle ne tenait pas tant que ça à approfondir pour le moment. C'était, en tout cas, sa dernière chance de s'échapper et de retrouver sa sœur. Est-ce qu'elle se fourvoyait ?

Milton se tourna un peu dans son sommeil, dans le fauteuil, et le cœur de la pauvre Jessica s'affola plus encore. Elle se demanda combien de temps elle allait encore devoir rester étendue là, à regarder le plafond, lorsque deux infirmières entrèrent en poussant un chariot. Milton s'éveilla instantanément et frotta ses yeux bouffis de sommeil.

— Qu'est-ce qui se passe ? grogna-t-il.

L'infirmière ne lui lança qu'un regard distrait avant de se concentrer sur la fiche accrochée au pied du lit.

— Nous emmenons la patiente à la radio.

Milton se leva, bloquant délibérément le passage.

— À cette heure-ci ?

Il bombait le torse, et Jessica se souvenait qu'il avait eu la même attitude avec Tyler, comme s'il voulait l'impressionner. Mais cela n'avait pas vraiment marché...

— C'est un hôpital ici, monsieur, on fonctionne vingt-quatre heures sur vingt-quatre, répondit l'infirmière, qui ne paraissait pas non plus impressionnée par son numéro d'autorité. Si vous ne nous laissez pas faire notre travail, nous n'aurons pas d'autre choix que celui d'appeler la sécurité pour vous faire expulser du bâtiment. C'est à votre choix.

Jessica essaya de ne pas sourire. Par bonheur, Milton lui tournait le dos et ne pouvait pas la voir. Cet homme la terrifiait.

Mais l'infirmière, elle, l'avait vue, elle lui fit un petit clin d'œil en passant près de Milton. Avec sa collègue, elle entreprit de débrancher Jessica de ses appareils de contrôle et de la faire passer sur le chariot brancard. Milton voulut les suivre, mais l'infirmière qui paraissait être la chef l'arrêta d'une main.

— Désolé, monsieur, l'accès au bloc radiologique est interdit au public.

Il la regarda, sur le seuil de la chambre, l'air furieux, ses sourcils broussailleux froncés en forme d'accents circonflexes, tandis qu'on l'entraînait dans le couloir. Jessica sentait ses yeux fixés sur elle et elle le revoyait avec horreur brandissant la lourde pierre et l'abattant sur elle, avant l'éclair de douleur. Puis tout était devenu noir.

Lui présent dans la chambre, elle n'aurait jamais osé s'endormir, de crainte de ne jamais se réveiller. Cela n'avait pourtant guère de sens ; il n'était tout de même pas assez fou pour la tuer en plein hôpital, devant de nombreux témoins ? Surtout maintenant que leur présence avait attiré autant d'attention. Milton n'avait pas ménagé ses efforts pour que sa tentative de meurtre ressemble à un accident...

Les deux infirmières passèrent le coin du couloir, puis elles se mirent soudainement à presser le pas. Avant même que Jessica pût dire un seul mot, elles s'arrêtèrent. Elle sentit une couverture se rabattre sur sa tête, et on la souleva du chariot. Elle respira profondément, elle espérait juste que l'on pouvait faire confiance aux deux femmes.

— Ne faites pas de bruit, chuchota Tyler en retirant la couverture et en braquant vers elle la lampe de son téléphone.

— Mais qu'est-ce que... ?

— Vous m'avez demandé de vous aider, c'est ce que je fais.

Il détestait voir à quel point elle était terrifiée. Il s'attendait plus ou moins à ce que la jeune femme se rebiffe mais, au lieu de cela, elle noua les bras autour de son cou et y enfouit le visage.

— Merci, murmura-t-elle.

Elle tremblait.

Tyler aurait fait n'importe quoi pour l'aider. La mystérieuse rousse lui inspirait des sensations et des sentiments dont il n'avait pas l'habitude. Et les mauvais traitements qu'elle avait subis éveillaient en lui, par réaction, des instincts de vengeance. Il se persuadait qu'il ne voulait l'aider que parce qu'elle était une femme en détresse, mais ce n'était pas la seule raison. En tout cas, elle allait devoir tout lui expliquer. Il voulait en avoir le fin mot.

— Vous pourriez me prêter votre téléphone ? demanda-t-elle.

— Oui, si vous me dites comment il se fait que vous êtes avec ce crétin.

Elle écarquilla ses beaux yeux verts.

— Je ne le suis pas. Nous ne sommes pas ensemble. Mais c'est une chose compliquée. Je ne sais pas bien comment vous l'expliquer.

— Si vous commenciez par le début ?

— Il faut d'abord que je joigne ma sœur, c'est extrêmement urgent. Je vous en prie !

Tyler se dit qu'il fallait bien faire quelques concessions. Il lui tendit l'appareil.

La rousse composa un numéro, mais elle tomba sur la messagerie.

— Ce n'est pas normal, dit-elle, au comble de l'anxiété, elle devrait répondre.

Elle fit un autre numéro.

Une voix de femme, ensommeillée, lui répondit.

— Où est Jennifer ?

Tyler savait à présent qu'elle se faisait passer pour sa sœur. La chose ne l'étonnait pas outre mesure, car il était lui-même frère de jumeaux, qui avaient joué à cela durant toute leur enfance, sous les prétextes les plus divers. La raison qui avait poussé Jessica à prendre la place de Jennifer était visiblement tout autre.

Une pensée le traversa furtivement. Ce n'était pas cette superbe rousse qui avait directement maille à partir avec Milton, mais sa sœur. Peut-être celle-ci voulait-elle le quitter et avait-elle chargé sa jumelle d'annoncer la nouvelle. Était-ce pour cette raison que Milton avait vu rouge et qu'il s'était saisi de la première grosse pierre à sa portée pour la frapper à la tête ?

— Comment ça, elle a disparu ?

Il y avait à présent une franche panique dans sa voix, au téléphone.

— Non ! N'appelez personne, promettez-moi de ne le dire à personne et de ne pas la faire rechercher.

Les épaules de la jeune femme se mirent à tressauter et de grosses larmes, à rouler sur ses joues. Elle ferma les yeux, comme si la réalité lui paraissait trop insoutenable pour être regardée en face.

— Expliquez-moi ce qui se passe, et nous trouverons une solution, dit Tyler.

Il avança la main, comme s'il voulait la poser sur son épaule, mais il arrêta son geste, comme s'il le retenait.

— Il sait qui vous êtes vraiment ? demanda-t-il.

— Non, il me prend toujours pour Jenn. Je ne sais vraiment pas dans quoi je me suis embarquée, à dire vrai… Elle se pinça l'arête du nez et ferma les yeux. J'ai mal à la tête…

— Si vous commenciez déjà par me dire quelle est la nature exacte des relations de votre sœur avec ce Milton ? proposa Tyler.

En l'entendant prononcer ce nom, Jessica rouvrit instantanément les yeux.

— Nous ne pouvons pas parler ici, dit-elle, et d'ailleurs, où sommes-nous ?

Tyler n'était pas emballé par la perspective de devoir l'exfiltrer de l'hôpital avant de savoir exactement qui ou quoi la menaçait. Mais il ne pouvait guère faire autrement : Milton n'allait pas tarder à se mettre à la chercher partout et à poser des questions.

Il tendit à la jeune femme un petit tas de vêtements.

— Enfilez ça, lui recommanda-t-il.

— Une tenue d'infirmière ?

Il hocha la tête et l'aida à défaire le lacet qui retenait sa blouse de patiente. Il dut détourner le regard pour ne pas être troublé par la peau crémeuse de son épaule, quand elle se découvrit. La tenue d'hôpital était une contribution du Dr McConnell : Tyler se dit qu'il lui faudrait la rappeler dans la matinée pour la remercier de son aide.

Dieu merci, le médecin n'avait fait aucune difficulté à ce que la belle rousse quitte l'hôpital plus tôt et plus discrètement que prévu. Elle avait souligné, en plaisantant, qu'il devait bien être l'heure normale de sortie quelque part et que ce n'était qu'une question de fuseaux horaires. Tyler n'était pas très fier de ne pouvoir lui expliquer qu'une petite partie de la vérité : il lui avait seulement dit que sa patiente désirait quitter son compagnon le plus vite possible. C'était le cas, bien sûr : le premier souci de Tyler était de mettre Jessica en sécurité, loin de Milton. Ensuite, il aurait une petite conversation avec elle, pour trouver la meilleure façon de faire subir à cette ordure les foudres de la loi.

— Voilà, vous mettez tout ça...

Il tendit finalement à la jeune femme un masque chirurgical et un bonnet.

— Puis vous me retrouvez en bas, près de l'entrée des urgences. Retirez le masque lorsque vous serez au rez-de-chaussée, il attirerait trop l'attention sur vous.

La rousse ouvrit la porte qui donnait sur le couloir, mais elle resta un assez long moment avant de sortir, la main sur le chambranle, comme si elle hésitait encore.

Puis, finalement, elle se décida et disparut vers la droite.

Tyler prit volontairement un temps avant de suivre le même chemin. Il résista à l'envie de retourner dans la chambre montrer à ce Milton ce que c'était de devoir s'expliquer avec un adversaire à la mesure de sa force. Mais cela aurait risqué de l'alerter inutilement. Il attendit donc plusieurs minutes, puis passa dans le couloir. Si jamais Milton l'apercevait, c'était fichu.

De plus, il avait une tâche plus urgente que celle de jouer des poings ; il devait ramener Jessica au ranch, où elle serait en sécurité.

Il traversa l'étage sans incident et prit l'ascenseur. Quand les portes s'ouvrirent, il aperçut la rousse près de l'entrée des urgences, comme il le lui avait indiqué, et faillit pousser un lourd soupir de soulagement. Apparemment, elle lui faisait confiance, mais il ne pouvait pas être certain qu'elle n'allait pas filer à la première occasion, laissant un peu trop de questions sans réponses.

D'un autre côté, elle se trouvait tout de même dans une ville étrangère. Fuir la seule personne qui était disposée à l'aider n'aurait guère eu de sens.

Pour le moment, elle lui avait seulement dit qu'elle se faisait passer pour sa sœur, qui avait disparu. Sa jumelle...

Il s'avança vers elle, en pensant à ses frères Joshua et Ryder, les jumeaux. S'ils se retrouvaient dans une situation semblable ? Ils n'étaient pas, eux, absolument identiques, mais suffisamment toutefois pour jouer ce genre de tours et ils ne s'en étaient pas privés par le passé, par amusement, bien sûr, et non par nécessité.

Tyler prit le bras de la rousse et l'entraîna au-dehors, où attendait son SUV.

— Maintenant expliquez-moi un peu dans quel guêpier s'est fourrée votre sœur, lui dit-il quand ils furent dans la sécurité de l'habitacle.

Il mit immédiatement le contact et démarra, fit le tour du pâté de maisons, tourna dans une avenue, prit la direction de la sortie de la ville. Jessica ne disait toujours rien.

— Nous pouvons retourner à l'hôpital, et je poserai directement la question à Milton, si vous préférez, la menaça-t-il.

Il n'en avait pas du tout l'intention, mais elle semblait avoir besoin que l'on insiste un peu.

— C'est que je ne le sais pas exactement, murmura-t-elle enfin, le regard perdu très loin devant elle, à travers le pare-brise.

— Eh bien, commencez par ce que vous savez, lui suggéra Tyler.

— J'ai eu un message de ma sœur il y a trois jours. Elle me demandait de l'aider, me disait que c'était pour une affaire grave. Elle m'a demandé de me faire passer pour elle et de partir en voyage avec un de ses amis, le temps pour elle « d'arranger un peu les choses ». Ce sont ses propres mots. Elle m'a dit aussi de faire semblant d'être toujours d'accord avec lui. Je le lui ai promis. Ce n'était pas la première fois que je la tirais des ennuis.

— Est-ce que votre sœur est impliquée dans quelque chose d'illégal ?

— Jusqu'à hier, je l'aurais défendue bec et ongles contre tous ceux qui l'en auraient accusée. Mais là... J'avoue que je ne sais plus..., soupira-t-elle. Ce n'est pas quelqu'un de mauvais, foncièrement. Lorsqu'elle veut rompre avec un type, elle me demande souvent de le lui annoncer à sa place, pour éviter de lui faire trop de peine. Elle me fait faire ça depuis notre adolescence.

— Donc, vous n'aviez aucune relation avec ce... Milton ?

— Non, nous ne sommes pas fiancés, contrairement à ce qu'il vous a dit, et Jenn ne l'était pas, elle non plus. Elle frissonna malgré elle. Il y a seulement deux jours, je n'avais jamais vu cet homme. Ma sœur m'a dit de lui faire confiance, de l'accompagner, d'approuver tout ce qu'il dirait et de faire semblant de comprendre. Nous sommes arrivés ici, au motel, et il a commencé à me demander où était... quelque chose. Un objet... Peut-être une sorte de boîte avec un objet précieux à l'intérieur, je ne me souviens pas bien.

Elle toucha le pansement, sur son crâne.

— Et c'est comme ça que vous vous êtes finalement retrouvée sur ma propriété ?

— Oui, il me fallait un endroit isolé, pour faire semblant de chercher l'objet. Je pensais que, ne le trouvant pas, Milton abandonnerait, simplement. Mais, au lieu de ça, il s'est mis en rage. Il m'a hurlé de lui dire tout de suite où « il » était, d'arrêter de lui raconter des histoires. J'ai fini par lui avouer que j'avais menti et que je ne savais pas où était ce qu'il cherchait. Ensuite, tout ce dont je me souviens, c'est qu'il m'a frappée à la tête avec une pierre.

Elle soupira et demanda :

— Où allons-nous, au fait ?

— À mon ranch.

— Si vous m'ameniez plutôt à l'aéroport le plus proche ? Je pourrais sauter dans un avion ou, au moins, louer une voiture pour rentrer en Louisiane. Il faut que je retrouve ma sœur.

— Je ne vois pas bien comment. Milton a gardé votre permis de conduire, et vous n'avez pas d'autres papiers d'identité, je pense ? Impossible de conduire et de prendre un billet d'avion. De plus, vous avez été victime d'une tentative d'assassinat. Le shérif doit être prévenu aussi vite que possible.

— Non. Hors de question. Elle ne voulait pas que Tommy soit mis au courant ? C'était bien étrange.

— C'est sa juridiction, on ne peut pas le laisser l'ignorer. Il faut que vous portiez plainte contre ce Milton. Au cas où vous ne l'auriez pas remarqué, il est bien décidé à finir ce qu'il a commencé.

— Je le vois bien... Mais je ne comprends rien à ce qui se passe. Je n'arrive pas à retrouver toute ma mémoire et j'ai peur d'avoir mis ma sœur en danger, en quittant l'hôpital. Tout ce que je sais, c'est que Milton n'est pas le seul à lui vouloir du mal. Tant que je ne saurai pas qui la menace au juste, je ne peux pas informer la police. Emmenez-moi à une gare routière, je prendrai un bus longue distance.

Sans argent ni papiers, elle n'irait pas bien loin, et on aurait dit d'ailleurs qu'elle venait elle-même de s'en apercevoir.

— C'est bizarre de demander cela à quelqu'un que l'on connaît si peu mais, s'il vous plaît, gardez tout cela entre nous, reprit-elle. Laissez-moi un peu de temps pour découvrir ce qui a bien pu arriver à ma sœur et essayer de l'aider.

— Elle se cache, probablement.

— J'espère surtout qu'il ne lui est rien arrivé.

— Vous ne croyez pas que cela justifie, justement, d'appeler la police ?

Tyler prit le chemin d'accès du ranch. Au portail, le vigile leva la main pour le saluer et ouvrit la barrière.

— Je n'aurais jamais dû vous mêler à tout ça, soupira Jessica.

Tyler pouvait entendre la peur, dans sa voix, et il n'aimait pas ça du tout.

Elle paraissait épuisée, et la priorité absolue était de lui permettre de se reposer.

— Ne prenons aucune décision pour le moment, dit calmement le rancher en dirigeant la voiture vers un grand chalet en rondins à un étage.

Leurs parents avaient fait construire à chacun des frères une maison sur la vaste propriété, en espérant qu'ils y feraient souche à leur tour. Celle de Tyler était orientée plein sud, pour profiter au maximum du soleil.

Beaucoup de gens détestaient la température qu'il fait au Texas dès que le printemps revient mais, pour Tyler, il ne faisait jamais assez chaud, même en plein été. Sa mère disait toujours qu'il devait être un animal à sang froid, pour aimer autant la chaleur.

Il avait passé la plus grande partie de son enfance en plein air, avec ses frères. Elle avait été très heureuse, et il en gardait de très tendres souvenirs. Son cœur explosait dans sa poitrine à la seule pensée que quelqu'un avait pu vouloir la mort de ses parents. Tout le monde les avait connus et appréciés, dans les environs. Sa mère avait un cœur immense, sa générosité n'avait pas de limites. Son père était un homme honnête et droit.

Tyler gara son SUV dans le garage attenant à la maison.

— Un instant, lui dit-il avant de faire le tour du véhicule pour lui ouvrir sa portière.

Il lui offrit la main pour descendre, puis lui demanda :

— Vous avez faim ?

— J'ai surtout soif, en fait, lui répondit-elle en mettant ses doigts dans les siens.

Tyler ressentit comme un frisson de chaleur, et si petite était cette main dans la sienne qu'il en fut tout attendri. Mais il repoussa cette pensée. Il songeait toujours à ses erreurs avec son ex-petite amie, Lindsey. Il n'avait pas franchement besoin de complications, dans sa vie.

— On va arranger ça...

Il y avait du bruit, à la porte, comme des grattements.

Tyler alla ouvrir et il fit entrer le labrador chocolat de la famille. Il caressa son vieil ami.

— Voici Denali, dit-il.

— Il est à vous ? demanda Jessica.

Penché à demi sur le chien, il leva les yeux vers elle.

— Denali ? Oui et non. Il est à nous tous, en fait. Il va de l'une de nos maisons à l'autre, sans marquer de préférence. Du moins, quand il ne dort pas à l'écurie.

— Il est beau ! Et fort, aussi, ajouta-t-elle après un temps d'hésitation.

— N'ayez pas peur, il ne vous fera pas de mal...

Jessica s'approcha et se pencha sur le chien. Denali se dressa instantanément, et la joue de la jeune femme rencontra une truffe humide. La rousse poussa un petit cri amusé et gratta le labrador entre les oreilles.

— Vous avez trouvé son point faible, dit Tyler en souriant. Ne vous étonnez pas s'il vous suit partout, après ça.

Elle sourit à son tour et se laissa guider vers la cuisine. Au passage, dans une glace, elle put voir à quel point elle paraissait épuisée.

Pourtant, Tyler songeait qu'elle était incroyablement belle, même dans cet état, avec ses grands yeux aux longs cils et son teint de lait.

— J'ai du potage au poulet maison, au frigo, si vous voulez. Les volailles sont élevées sur le ranch…

— Ça doit être délicieux. Vous cuisinez ?

Elle s'assit sur un tabouret de bar, devant un large comptoir surmonté d'une dalle de granit.

— Je mentirais si je vous répondais par l'affirmative. On me livre les repas depuis la maison principale.

— Ce ranch est étonnant. Il y a donc plusieurs maisons, dessus ? demanda Jessica en regardant autour d'elle, tandis que Tyler plaçait deux bols de potage au four à micro-ondes.

Il ne put s'empêcher de sourire.

— Plusieurs, oui. Chacun de mes frères a la sienne, et puis il y a la grande maison où vivaient mes parents. Nous en réservons une aile à nos hôtes payants.

— Vous ne faites donc pas que de l'élevage de bétail ?

— C'est notre activité principale, mais ce n'est pas la seule, nous organisons aussi des séjours d'équitation, de découverte ou de chasse.

— Combien de frères vous dites que vous avez ?

Tyler posa les bols devant eux, sur le comptoir.

— Cinq. Tommy, le shérif, que vous connaissez, est pratiquement le sixième. Il a passé presque toute son enfance ici, avec nous. Mon frère aîné Dallas est son meilleur ami.

Il prit un tabouret à côté d'elle.

— Attention, c'est très chaud.

Elle souffla délicatement sur sa cuiller avant d'avaler une gorgée.

— Non seulement cela sent merveilleusement bon, mais c'est délicieux, reconnut Jessica. Et je le dirais, même si je n'étais pas aussi affamée !

Denali s'était couché à ses pieds.

— Il doit y avoir un peu des deux, dit Tyler, mais il est vrai que Jane Everly est une cuisinière d'exception. Si vous voyiez la grande maison pendant les fêtes de fin d'année… Toutes les pièces entièrement décorées, avec des bonnes odeurs de cannelle et de noix de pécan partout. Jane fait des gâteaux de toutes sortes et elle s'habille en Mère Noël pour les servir.

— Elle a l'air d'une femme extraordinaire !

— Rester à notre service durant toutes ces années devrait lui valoir sa place réservée au paradis ! répliqua Tyler en riant.

Jessica étouffa un bâillement, et il s'empressa de lui montrer une des chambres d'amis. Quelques heures de repos lui feraient le plus grand bien et lui permettraient de retrouver les idées claires.

Alors, il lui reparlerait de la suite à donner à son affaire. Et, quoi qu'elle puisse en dire, il avait bien l'intention de faire intervenir la police.

5

Les coups frappés à la porte d'entrée éveillèrent instantanément Tyler et le firent sauter dans son jean, qui se trouvait sur le dossier d'une chaise, près de son lit. Le staccato, aussi puissant et régulier que celui d'une mitrailleuse, redoubla d'intensité.

En sautillant sur place, Tyler enfila sa seconde jambe de pantalon. Il secoua la tête comme un chien mouillé, pour tenter de se réveiller complètement, et jeta un coup d'œil à la petite horloge numérique, sur sa table de nuit. 6 h 30 ? Mais qu'est-ce que... ?

Il descendit les marches de l'escalier quatre à quatre, ouvrit la porte en trombe et se trouva devant Tommy.

— Qu'est-ce qui se passe ? lui demanda-t-il, encore embrumé, en l'invitant du geste à entrer.

— Je suis en service, lui répondit le shérif d'un air mi-figue, mi-raisin.

L'espace d'un instant, Tyler crut que son ami venait lui parler du meurtre de ses parents. Mais il était probable que, dans ce cas, il aurait demandé que toute la fratrie soit réunie. Il devait donc plutôt s'agir de la rousse.

— Tu veux un café ? lui demanda-t-il en faisant cette fois un geste en direction de la cuisine.

— Non, je te remercie. J'en ai déjà pris plusieurs.

Il emboîta le pas à son ami avant d'enchaîner :

— Je suis venu te parler d'un meurtre...

Tyler s'arrêta net et se retourna. Cette annonce venait justement de lui faire l'effet d'un café bien fort.

— Un meurtre ? Attends, laisse-moi deviner : James Milton est mort ?

— Non, il est en fuite. On n'a pas encore identifié la victime.

— Et qu'est-ce que j'ai à faire là-dedans, moi ?

— Le corps a été découvert au Bluff Motel, dans la chambre de James Milton, justement. Alors, soupira-t-il, je suis obligé de te demander où tu étais il y a une heure de cela.

— Ici, dans mon lit. Je dormais.

Il pouvait constater que son ami n'était pas ravi de devoir lui poser la question.

— Et tu es resté là toute la nuit ?

Tommy avait tous les moyens de savoir que tel n'était pas le cas, aussi Tyler décida-t-il de jouer franc-jeu.

— Non, je suis passé à l'hôpital. La rousse m'avait appelé et m'avait dit qu'elle était prête à quitter ce Milton. Je l'ai ramenée ici.

Tommy leva un sourcil, l'air assez franchement désapprobateur.

— Qu'est-ce que je pouvais faire d'autre ? grogna Tyler. Elle m'a appelé à l'aide, et je lui avais dit que je la protégerais. Le vigile de garde à la porte quand nous sommes arrivés était Dan Spencer. Il te confirmera que nous avons passé la barrière vers 3 heures du matin. J'ai donné un bol de soupe à cette fille et je l'ai installée dans une chambre d'amis. C'est tout.

— Et elle y est toujours ?

Tyler acquiesça, avec un coup de menton en direction de l'étage supérieur.

— Prends ton café, dit le shérif en s'asseyant sur un tabouret du comptoir, on va avoir une longue journée.

Quelques instants plus tard, Tyler le rejoignait, un mug fumant à la main. Il but une gorgée.

— Tu veux que je la réveille ? demanda-t-il.

— Il va falloir que je lui parle.

— Qu'est-il arrivé à Milton ? Il était à l'hôpital, avec elle, quand elle m'a appelé à l'aide.

— Il faut croire qu'il en est parti, répliqua flegmatiquement le shérif.

Tyler but une autre gorgée en digérant l'information.

— Il a dû réaliser très vite qu'elle s'était enfuie…, dit-il doucement.

— Comment as-tu réussi à la faire sortir sans qu'il le sache ?

— Le Dr McConnell m'a arrangé ça, à condition qu'elle puisse l'examiner au ranch. Elle a envoyé deux infirmières la chercher dans sa chambre avec un chariot, sous prétexte de lui faire passer une radio. J'ai pris le relais, ensuite.

Il but une autre gorgée, avant d'ajouter :

— J'ai essayé de convaincre l'intéressée de porter plainte pour coups et blessures...

— Mais bien sûr elle a refusé, acheva Tommy.

Il connaissait trop bien la routine de son métier, même si l'on n'était clairement pas dans le cas habituel de violences conjugales ou pré-conjugales.

Tyler hocha la tête. Pour l'instant, il laissait Tommy tirer ses conclusions lui-même. Mais il avait bien l'intention de le renseigner très exactement, et le plus tôt possible.

— Qu'est-il arrivé, au motel ?

— Un couple qui occupait la chambre voisine a entendu des éclats de voix : deux hommes qui se disputaient, puis des coups frappés au mur et quelques instants plus tard, une voiture qui démarrait en trombe. Ils n'ont pas pris ça au sérieux, sur le moment, ils ont cru à une bagarre d'ivrognes. Mais le bruit avait réveillé leur bébé, et le mari a dû ressortir pour prendre des couches dans la voiture. Quand il est revenu, il a remarqué que la porte de la chambre en question était ouverte. Il a voulu voir si tout allait bien, et c'est là qu'il a découvert le corps ensanglanté étendu sur le sol. Il a essayé de ranimer le mourant et il a crié à sa femme d'appeler les secours.

— Mais ils sont arrivés trop tard, acheva Tyler.

Tommy acquiesça, puis poursuivit :

— L'assassin lui a enfoncé la pointe d'un stylo dans le cœur, ce qui indique qu'il a utilisé le premier objet qu'il a eu sous la main. Puis il a probablement paniqué et il a filé sans demander son reste et sans refermer la porte derrière lui, ce qui me fait supposer qu'il ne s'attendait pas à cette confrontation.

— Aucune chance que ce soit un crime de rôdeur ?

La jolie rousse était bien plus en danger qu'il l'avait tout d'abord cru. Si elle protégeait réellement sa sœur, comme elle le disait, cela signifiait que celle-ci se trouvait elle-même dans une situation particulièrement sombre et dangereuse. Il voulait croire que Jessica n'avait aucune idée de ce qui se tramait, et cela le confortait dans son désir de la protéger.

La vérité se cachait quelque part, entre le Texas et la Louisiane. Tyler avait bien l'intention de la débusquer.

— Rien ne semble avoir été volé mais, évidemment, on ne peut être sûr de rien avant d'avoir interrogé James Milton.

Tommy s'accouda au comptoir.

— Mais on peut supposer que, s'il n'en était pas l'auteur, il aurait signalé le crime.

Tyler eut un rire bref.

— Tu t'attends vraiment à voir ce genre de types collaborer avec toi ?

— À peu près autant qu'à voir un serpent à sonnette lire le journal, mais tout de même ; bien sûr, on suppose qu'il s'est défendu, mais il pouvait se rendre et plaider la légitime défense, au lieu de se ruer dehors en abandonnant ses chemises et ses chaussettes.

Tommy frotta pensivement le plancher du bout de sa botte.

— Tout ce qui tourne autour de ce type est très louche, acheva-t-il, depuis sa fiancée à l'hôpital, l'histoire à dormir debout qu'il a essayé de nous vendre... Et maintenant ce type poignardé dans sa chambre au motel.

— Et le mort ? Tu disais qu'il n'était pas encore identifié ?

— Non, il avait un permis de conduire sur lui, mais c'était un faux.

— On n'a pas pu le tuer ailleurs et le transporter là ?

— L'enquête le déterminera, mais pour le moment on n'a pas grand-chose. Il leva les yeux vers le plafond. À moins que Jennifer ne nous dise de quoi il retourne.

— En tout cas, je peux te dire qu'elle ne m'a pas quitté de toute la nuit.

— Le voisin de chambre a entendu des voix d'homme, on ne recherche pas une femme, ce qui ne veut pas dire qu'elle n'est pas en mesure de dénouer l'écheveau de toute cette histoire. Pour le moment, nous avons une victime inconnue, un faux permis de conduire et un suspect en fuite qui peut déjà être à des centaines de kilomètres d'ici, ou peut-être juste sous mon nez, en train de chercher sa Jennifer. Il n'avait pas vraiment l'air de vouloir quitter la ville sans elle.

— J'ai détesté cette ordure dès que je l'ai vu, mais je suis comme toi, je ne sais pas si on peut vraiment l'accuser de ce meurtre. En tout cas, sa fiancée ne m'a rien dit qui puisse corroborer ça.

Tyler regarda l'horloge mécanique pendue dans la cuisine. Il était 6 h 50.

— J'espérais la laisser un peu dormir, avant d'avoir une conversation sérieuse avec elle pour essayer de la convaincre de porter plainte contre ce Milton. Avant d'entendre ce que tu viens de me raconter, je croyais qu'il n'était coupable que de coups et blessures. Un type qui frappe les femmes...

— J'ai peur que ce ne soit pas sa seule petite spécialité. En tout cas, je voudrais bien connaître le fin mot de l'histoire, avant de découvrir un nouveau cadavre sur ma circonscription.

Et, si Tyler pouvait du même coup sauver la jolie rousse, cela n'en serait que mieux.

— Il va sans dire qu'il faut que j'interroge sa fiancée, pour savoir s'il a beaucoup d'ennemis.

Pourquoi le mot *fiancée* sonnait-il si désagréablement aux oreilles de Tyler ?

Très raide, il se contenta de répondre d'un hochement de tête.

— Est-ce que le témoin a pu entendre quelque chose qui expliquerait la dispute ? s'enquit-il.

— Il dit qu'il était à moitié endormi, mais il a entendu les deux types parler d'un collier et l'un d'eux demander « où était la fille ».

Tyler fit de son mieux pour paraître surpris. Il détestait cacher des informations à Tommy, mais lui raconter ce que Jessica lui avait confié, c'était perdre à coup sûr la confiance de la jeune femme. Tyler tremblait à l'idée de la voir se détourner de lui et aller seule au-devant d'on ne savait quel danger. Risquer d'être blessée... ou pire. Il était clair qu'elle était tellement engluée dans une situation inextricable qu'elle ne pouvait plus y voir clair. Elle avait tout d'une femme honnête entraînée dans des affaires louches, et Tyler était bien placé pour comprendre son désir de protéger sa sœur.

— Je crois que je vais accepter le café que tu m'as proposé, soupira Tommy.

— Sers-toi, lui répondit Tyler en se levant. Je vais aller la réveiller, que tu puisses lui parler.

Il avait besoin de quelques minutes, pour la préparer à ce qui allait suivre, et y réfléchissait tandis qu'il grattait à la porte de la chambre d'amis. Il était déjà très désagréable de la réveiller alors qu'elle n'avait pas eu suffisamment de repos. Il n'entendit aucun mouvement, alors il frappa plus fort et appela :

— Jessica ?

Pas de réponse. Alarmé, il poussa la porte, tandis que le téléphone sonnait dans sa propre chambre. Le lit était vide, et il n'y avait aucun vêtement en vue. La porte de la salle de bains attenante était grande ouverte, et il y jeta un coup d'œil à tout hasard.

Jessica était partie.

Tyler bondit dans sa propre chambre et décrocha avant que le répondeur se déclenche.

L'appel venait de Dan, au PC sécurité, à l'entrée, et Tyler savait déjà que c'était au sujet de Jessica.

— Qu'y a-t-il ?

— Monsieur, nous avons ici une dame qui a été vue sortant de chez vous et se dirigeant à pied vers le sud. On l'a interceptée et amenée au PC. Est-ce que c'est OK avec vous ?

Tyler devait prendre une décision. Ou la faire ramener chez lui et laisser Tommy l'interroger, ou bien trouver une excuse pour lui parler le premier. Il choisit la seconde option.

— Euh... Plus ou moins, Dan. Emmenez-la à la grande maison et attendez-moi là-bas avec elle, s'il vous plaît. J'arrive !

— Bien monsieur.

Tyler raccrocha, enfila une chemise et redescendit dans la cuisine où Tommy l'attendait toujours.

— J'ai peur qu'elle soit partie, lui dit-il.

— Comment ça, partie ? Elle a des choses à se reprocher, elle aussi ? demanda Tommy en reposant sa tasse de café sur le comptoir.

— Elle est effrayée et traumatisée. Mais elle n'a forcément rien à voir avec le crime, puisque cette nuit elle était ici, avec moi. Je sais comment tu travailles et j'ai pris soin que Dan la voie bien, quand nous avons passé le portail du ranch. Il pourra te confirmer ce que j'ai dit. La seule raison pour laquelle je ne t'ai pas appelé plus tôt, c'est parce qu'elle refusait obstinément de porter plainte, bien que j'aie essayé de la convaincre que c'était la seule chose à faire.

En débitant cette tirade, Tyler n'était pas trop à son aise ; il espérait que Tommy le suivrait dans son raisonnement et mettrait la tentative de fuite de Jessica sur le compte des mauvais traitements dont elle avait été victime et du traumatisme qui en résultait.

— De toute façon, elle n'ira pas bien loin, un vigile va probablement la repérer et me la ramener, elle a eu quelques raisons de ne plus faire confiance à un homme, acheva-t-il.

— C'est bien possible. Tu me l'amèneras au poste, que j'aie un petit entretien avec elle. Ou bien, appelle-moi, et je viendrai aussi vite que possible. Une enquête pour meurtre, c'est une course contre la montre.

— D'accord, répondit Tyler en espérant qu'il pourrait convaincre la jeune femme que Tommy pouvait l'aider, l'appui des forces de police n'étant pas négligeable. Il y a bien une piste à suivre, dans toute cette histoire, reprit-il. Un homme comme Milton devait avoir un tas d'ennemis, je pense...

— Oui, je le parierais. Bon, je vais passer au motel. Peut-être que l'examen de la scène de crime nous apprendra quelque chose.

— Pendant que tu es encore là, je peux te demander si tu as du nouveau sur le meurtre de papa et maman ?

La remarque de son ami sur les enquêtes pour meurtres, « courses contre la montre », l'inquiétait. Est-ce que toutes les pistes étaient déjà froides, dans « l'affaire O'Brien » ?

— Non, rien encore, je suis désolé. Tu seras le premier à savoir lorsque j'aurai quelque chose...

Tommy lui posa un instant la main sur l'épaule, puis il s'en alla.

Tyler mit une paire de chaussettes trouvée dans la lingerie et enfila ses bottes. Il était prêt à se diriger vers la grande maison, lorsqu'on frappa à la porte. C'était la rousse, flanquée de Dan.

— Qu'est-ce qui vous arrive ? grogna tout de suite Tyler.

— Rien, mais je ne suis pas prête à parler au shérif, pour le moment. J'ai voulu aller me promener, et ce type m'a forcée à le suivre, dit Jessica, le menton levé. On lisait une froide détermination dans ses yeux verts.

— Désolé, monsieur, dit Dan, qui paraissait exaspéré, j'ai essayé d'emmener mademoiselle à la grande maison, mais elle s'est mise à faire des problèmes. Et puis, elle n'avait pas l'air bien, alors je vous l'ai ramenée.

— Merci, Dan, vous pouvez retourner au portail. Je m'en occupe.

— Bien, monsieur.

Le gardien les laissa seuls.

— Vous n'avez rien ? demanda Tyler dès qu'il eut refermé la porte sur elle.

Il ne put s'empêcher de remarquer les bleus, sur ses bras, pendant qu'elle le suivait à la cuisine. Et elle tremblait.

— Ça va, merci, pour le moment, lui répondit-elle. C'est ma sœur qui a des ennuis, ajouta-t-elle en se frottant les bras pour se réchauffer.

— Faites-moi encore un coup comme celui-là, et je ne suis pas certain que je voudrai encore vous aider, déclara Tyler, la colère montant en lui, venue de certaines profondeurs de son être que lui-même connaissait mal, et lui communiquant une sorte de sentiment d'impuissance désespérée.

D'un geste sec, il se saisit d'un plaid sur le canapé et le lui tendit.

— Je ne peux rien vous promettre, dit Jessica en se drapant la couverture de laine sur les épaules, puis en gardant les bras croisés sur la poitrine, comme une défense.

— Venez vous asseoir, je vais vous faire un café...

Il n'attendit pas qu'elle obéisse, pour passer derrière le comptoir et actionner la machine. Il remplit deux tasses en réfléchissant au moyen de lui parler de ce qui s'était passé au motel, sans la terroriser.

— Vous voulez du lait, du sucre ?

— Non, merci, noir, tel quel.

Elle prit la tasse et but une gorgée.

— Vous ne voulez pas vous asseoir ?

Il lui montra l'un des tabourets de bar. Jessica parut alors comprendre qu'il avait quelque chose à lui annoncer. Elle reposa sa tasse et lui fit face, les poings sur les hanches.

— Parlez. De quoi s'agit-il ? lui demanda-t-elle sans détour.

Tyler comprit qu'il ne servait à rien de vouloir lui adoucir le choc et qu'il valait mieux y aller franchement.

— Un homme a été retrouvé mort dans votre chambre, au motel.

— Milton ?

La rousse faillit défaillir. Toute pâle, elle fléchit sur ses jambes mal assurées. Tyler traversa la pièce pour l'aider à s'asseoir sur le tabouret.

— Non, non, pas lui, grogna-t-il.

Furieux contre lui-même, il constatait qu'elle ne tremblait plus de froid, mais de peur.

— Mais... Qui, alors, et comment... ?

— Tommy l'ignore encore. La victime avait de faux papiers. À ce que je sais, l'homme a été poignardé à la suite d'une querelle avec, on le suppose, Milton. L'occupant de la chambre voisine les a entendus se disputer à propos d'une femme et d'un collier. La femme, ça pourrait bien être votre sœur, mais le collier ? Vous avez une idée ?

— Ça pourrait être le fameux objet que recherche Milton, celui qu'il dit être dans une boîte, sans vouloir préciser ce que c'est...

Un souvenir lui revint, soudain, comme une étincelle, et elle toucha machinalement le bandage, sur son front. Le coup à la tête avait dû le lui faire oublier.

— Ma sœur voulait éloigner Milton, le temps de trouver quelque chose, un objet, mais elle ne m'a pas dit lequel. Elle voulait seulement que je la débarrasse de lui pendant ce temps-là, que je le retienne autant que je le pourrai...

— Et c'est ce que vous avez fait !

Il y avait de la colère dans les yeux de Tyler.

— Juste avant de me frapper avec la pierre, Milton a hurlé que je lui avais menti, que je l'avais trompé, mais je ne sais pas de quoi il parlait, au juste.

Elle retira la couverture de ses épaules et la posa à côté d'elle.

— Se sentir dupé ne plaît pas du tout à ce genre de canailles, fit remarquer Tyler.

— Il a loué deux quads, et nous nous sommes retrouvés sur votre propriété avant que j'aie eu le temps de m'expliquer. De cela, je me souviens bien. Je l'ai effectivement dupé aussi longtemps que j'ai pu. Il était fou de rage, le visage rouge, et il continuait à me demander « où j'avais caché la boîte ». Elle baissa les yeux vers les marques sur ses bras. Je savais qu'il serait furieux, mais pas qu'il essayerait de me tuer.

Tyler serrait sa tasse dans sa main, à la briser.

— Il n'arrêtait pas, en parlant de « la boîte », de regarder mon cou. Je croyais qu'il bluffait, vous comprenez, parce qu'à ce moment-là je ne comprenais pas encore qu'il voulait faire du mal à ma sœur. Je comprends maintenant que ce qu'il recherche, ce doit être un collier, effectivement.

Tyler fronça les sourcils et tira son téléphone mobile de sa poche. Il chercha une page d'actualités sur l'écran, feuilleta quelques secondes et élargit l'image qu'il avait choisie pour que l'on puisse mieux lire le titre :

Un collier de saphirs d'une très grande valeur, en forme de signe « infini », volé à une riche famille de Louisiane.

— Il s'agit du collier le plus cher détenu hors d'un musée. Il fait presque quatre-vingts carats, commenta le rancher.

Il se tenait si près d'elle qu'elle aurait pu le toucher, et elle sentait son odeur, un mélange de savon et d'after-shave musqué. Une senteur très agréable qui éveillait en elle... des sensations inappropriées.

— Vous étiez au courant de ce vol ? lui demanda-t-elle en s'écartant un peu, pour essayer de ne pas trop se laisser griser.

— Plus ou moins. Le couple qui en est propriétaire est venu assister à une vente de charité organisée par ma famille, assez récemment. Mais je ne leur ai pas parlé. Je me tiens plutôt à l'écart de ce genre de manifestations, d'ordinaire...

Il s'interrompit, l'air embarrassé, fit tourner quelques instants son téléphone dans sa main, puis se décida à demander :

— Écoutez, pardonnez-moi cette question, mais il faut bien

que je vous la pose. Pensez-vous qu'il y ait une chance que votre sœur soit une voleuse de bijoux ?

— Non, aucune, vraiment, répondit immédiatement Jessica. J'en mettrais ma main à couper.

Elle n'en avait pas été très loin.

— En tout cas, quoi qu'il ait pu arriver, tout sera plus clair dès que je lui aurai parlé. Elle ne sait peut-être même pas qu'elle est en danger. Il faut que je la retrouve avant ce Milton ou un autre tueur.

Déjà, elle était à nouveau debout, prête à repartir en chasse. Tyler posa doucement la main sur son épaule, et elle tenta d'ignorer la chaleur que ce simple geste diffusait en elle.

— Nous la retrouverons.

Son regard sombre, si honnête et rassurant, semblait fouiller en elle. Il était très généreux de sa part de vouloir l'aider, mais la situation était devenue très grave, et Jessica ne se sentait pas le droit de faire courir de si grands risques à quiconque.

— C'est trop dangereux, affirma-t-elle. Quelqu'un est mort, déjà, à cause de ce collier. Je ne peux pas accepter votre aide. Si jamais il vous arrivait quelque chose, je...

Il la coupa.

— Laissez-moi en être juge, voulez-vous ? Pour l'instant, de toute façon, je ne fais que m'assurer que vous êtes en sécurité.

En le regardant dans les yeux, elle vit qu'il était sincère et se dit qu'il obéissait probablement à une sorte de code de galanterie de l'Ouest ou quelque chose du même genre. Mais il n'était pas question de lui faire risquer sa vie pour elle, même si son offre était généreuse.

Elle voulut donc protester, mais il l'arrêta encore.

— Telle que je la vois, commença-t-il, la situation est la suivante : vous n'avez pas de papiers, sans doute pas beaucoup d'argent sur vous et pas de moyens de transport. Vous ne savez pas qui en a après vous, mais vous refusez d'aller demander l'aide de la police, ce qui n'arrange rien. Alors, vous m'excuserez si je vous dis que peu d'options s'offrent à vous. Moi, je vous offre mon aide et, a priori, je représente votre meilleure chance de rester en vie et de retrouver votre sœur.

Il croisa les bras.

— Si ce sont bien là vos buts, ce dont je ne doute pas, alors je ne vois pas comment vous pourriez refuser mon aide.

Il avait raison sur toute la ligne, et Jessica ne l'ignorait pas, c'était l'expression même de la réalité.

— Oui, bien sûr, je veux vivre et je sais que vous avez raison quant à ma situation. Mais je continue de penser qu'il n'est pas bon de vous entraîner dans toute cette histoire. Milton est probablement là, au dehors, quelque part. Il me cherche. Il doit penser que j'en sais plus que je ne veux en dire ou que je veux garder le collier pour moi seule.

Le rancher acquiesça brièvement et ajouta, avec une moue un peu dégoûtée :

— Quelle était au juste la nature de la relation de votre sœur avec ce Milton ?

— Tout ce que je sais c'est qu'ils ont été ensemble quelques mois, ce n'était sans doute plus d'actualité, mais ils ont dû rester en contact. Elle sortait avec des hommes en vue, dans un cercle plutôt restreint.

— Vous a-t-elle jamais expliqué pourquoi elle l'avait quitté ?

— Pour tout un tas de raisons. Parce qu'il entrait en rage si on lui faisait attendre une table dans un restaurant, par exemple.

Tyler la fixait d'un regard très intense, et Jessica avait l'impression qu'il pénétrait la pauvre armure qu'elle s'était forgée.

Elle aurait désespérément voulu se reposer sur quelqu'un, sur lui, même pour un temps seulement.

— Je pense qu'elle voyait bien que c'était une crapule, mais jamais Jennifer ne m'a laissé entendre qu'il était violent avec elle.

— La violence peut monter graduellement.

Le cuir des bottes de cow-boy de Tyler crissait doucement sur le parquet.

— Je suis sûr que Tommy va découvrir des choses très intéressantes sur le compte de ce Milton... Il s'arrêta de faire les cent pas et leva la main. Je sais ce que vous allez dire, mais ce n'est pas la peine : il va bien falloir impliquer le shérif à un moment ou à un autre.

Elle allait protester, mais il l'arrêta encore.

— Je n'irai pas l'informer dans votre dos, ne vous inquiétez pas. Mais il faudra bien, tôt ou tard, mettre la police dans la boucle. Nous en reparlerons. Pour le moment, j'ai besoin d'en savoir plus sur James Milton.

— Jennifer disait qu'il était en pleine ascension sociale, mais je ne sais pas si elle le savait vraiment ou si elle le pensait seulement. Elle m'a dit, une fois... Ah, oui, qu'il était avocat.

— Quand il répondait aux questions de Tommy, il n'en avait pas tellement l'air.

— Plutôt avocat d'affaires, je pense... Ou conseiller juridique.

— Ça expliquerait son peu de connaissances des procédures criminelles.

À nouveau, il faisait les cent pas, et à nouveau son odeur parvenait jusqu'à Jessica, la grisait...

— Je n'en sais guère plus, je ne sais même pas vraiment où il travaille, je crois qu'il est en cheville avec une organisation ou un syndicat à Baton Rouge, où vit ma sœur.

Jessica leva sa tasse et respira la bonne odeur des grains fraîchement grillés.

— Elle savait que c'était une crapule, mais elle ne vous a pas donné de détails ? C'est curieux, non, de la part d'une jumelle ?

— Je me souviens avoir pensé qu'elle avait peut-être trop honte de cette relation pour s'étendre sur le sujet, comme si elle pensait que personne ne pourrait la comprendre ou quelque chose comme ça. De toute façon, ils n'ont pas été ensemble bien longtemps, et elle ne m'a pas demandé de lui annoncer la rupture, ce qui indique qu'ils sont restés bons amis. Voilà tout ce que je me rappelle. J'ignorais absolument qu'il avait pu être violent avec elle. Et maintenant, mes souvenirs de ces derniers jours sont... embrumés.

— Rien d'étonnant, après ce que vous avez pris sur la tête...

— Bon, je pense que je suis bien réveillée, à présent. Vous permettez que j'utilise la salle de bains ?

Tyler s'arrêta de faire les cent pas et la regarda. Elle savait exactement à quoi il pensait.

— Je ne vais pas encore essayer de m'enfuir, si c'est ce que vous craignez.

Il sourit, et deux jolies petites fossettes apparurent sur ses joues.

— Il y a une brosse à dents neuve dans la salle de bains, lui indiqua-t-il. Elle est encore dans son emballage. Pendant ce temps, je m'occupe de faire livrer le petit déjeuner.

Jessica se dit qu'il était sans doute inutile de discuter avec un cow-boy qui avait pris sa décision, aussi se résigna-t-elle à accepter son aide.

— Dites-moi, lui demanda-t-il avant qu'elle quitte la cuisine, comment avez-vous fait pour filer, ce matin ? Je veux dire... Vous étiez à l'étage, comme moi, et je n'ai rien entendu...

— Je ne pouvais pas dormir et j'ai entendu le shérif, quand il est arrivé. Je connaissais le code de l'alarme, parce que je vous avais vu le composer cette nuit. Vous aviez l'air d'une bonne personne mais, après l'expérience Milton, j'avais du mal à faire confiance à quelqu'un. Je me suis glissée dehors par la porte de service.

Elle garda pour elle le fait qu'au fond elle était soulagée de ne pas avoir réussi. Comme Tyler l'avait dit, elle était seule, sans argent ni moyens de transport. De plus, elle ne savait pas vraiment où elle se trouvait, ni quel genre de bestioles elle aurait rencontré, une fois passée cette porte. Enfin, elle était pieds nus.

Mais elle était également désespérée et avait un très mauvais pressentiment concernant la situation de sa sœur.

— Jenn essaie peut-être de me joindre sur mon portable, dit-elle. Est-ce que vous croyez que l'on pourrait passer dans la chambre, au motel, ou bien c'est impossible à présent que c'est une scène de crime ?

— On fera tout ce que vous voudrez, lui répondit le rancher. Mais d'abord, nous passons au poste de police, que l'un des adjoints de Tommy prenne votre déposition. Et, si vous ne voulez pas attirer les soupçons sur vous, vous feriez bien de jouer les fiancées abusées...

6

— Vous pensez qu'il m'a crue ?

Faire sa déposition devant l'un des adjoints de Tommy ne lui avait pas pris plus de quinze minutes, pour la bonne raison qu'elle ne savait à peu près rien.

Elle avait joué les fiancées traumatisées du mieux qu'elle avait pu, forçant même des larmes qui n'étaient guère venues que lorsqu'elle s'était mise à penser à sa sœur.

— Vous ne lui avez pas donné de raisons de ne pas vous croire, lui répondit Tyler.

Jessica se laissa aller dans le siège en cuir fauve du SUV avec un soupir de soulagement et se laissa conduire au motel où elle aurait dû partager une chambre avec Milton. Elle frissonna désagréablement à cette seule idée.

Elle aurait dû être capable d'y voir clair, derrière les sourires du personnage. Milton pouvait être charmant, quand il le voulait, et Jessica comprenait comment sa sœur avait pu se sentir attirée par lui. Il portait beau et avait une position sociale qu'elle pouvait juger enviable.

Jennifer ne voulait en aucun cas revivre leur enfance assez pauvre à Shreveport. Leurs parents n'avaient l'un et l'autre qu'un tout petit salaire, et avaient bien du mal à joindre les deux bouts. La mère des deux fillettes possédait un petit pressing, leur père louait ses services de bricolage et effectuait de petits travaux de jardinage, à l'année. Les trois enfants devaient se trouver des jobs d'été pour aider la famille. Rêveuse, Jennifer s'imaginait volontiers vivant dans l'une de ces grandes maisons coloniales du Sud aux frontons à colonnade qu'ils aidaient parfois à récurer et à repeindre. Jessica, elle, avait toujours eu l'esprit plus pratique et elle avait toujours vu clair dans le jeu des garçons riches qui sortaient avec sa sœur, puis la laissaient tomber sans états d'âme pour quelqu'un de leur milieu.

Tyler prit l'embranchement qui menait à une route à grande circulation, au milieu de voitures et de camions de toute sorte.

— J'essaye de me rappeler ma dernière conversation avec ma sœur, reprit Jessica. Elle me disait qu'elle était impliquée dans une histoire et qu'elle désirait s'en sortir, régler tout ça… Du moins, c'est ce dont je me souviens.

Machinalement, elle toucha le bandage, sur son front.

— Ce qui laisse sous-entendre qu'elle pourrait être coupable, ou au moins complice, du vol du collier.

Jessica ne pouvait guère le contredire, c'était effectivement ce qui pouvait paraître, quand on ne connaissait pas Jennifer. Mais justement, Jessica connaissait sa sœur. Celle-ci pouvait se montrer un peu futile et imprévoyante, elle aimait un peu trop la fête, le luxe et la fréquentation des riches, mais elle était fondamentalement honnête et franche comme l'or.

En convaincre le beau cow-boy qui était assis à côté d'elle dans cette voiture était une autre histoire. Jessica ne pouvait pas prouver que Jennifer était innocente. Elle ne pouvait qu'insister sur le fait qu'elle la connaissait aussi bien qu'elle se connaissait elle-même. La gémellité, c'était cela. Souvent, elles avaient toutes les deux l'impression que chacune pouvait lire dans les pensées de l'autre, comme dans un livre ouvert. Mais ce rapport fusionnel entre elles ne fonctionnait pas aussi bien à distance et, à présent, Jessica redoutait que sa sœur soit gravement en danger.

— Jenn est foncièrement honnête, expliqua-t-elle. Quand elle est entrée à l'université, en première année, je suis allée l'aider à s'installer dans sa chambre, sur le campus. Nous sommes ressorties pour aller faire quelques achats. En reprenant la voiture, Jenn s'est aperçue que le caissier avait oublié de lui compter douze dollars pour un oreiller. On était fin août et c'était l'un des étés les plus chauds, en Louisiane, depuis des décennies. La voiture n'avait pas d'air conditionné. Mais Jenn avait peur que l'employé se fasse réprimander pour cet oubli, alors elle est retournée au magasin, toute en sueur…

Jessica resta un instant silencieuse, regardant droit devant elle à travers le pare-brise, puis elle ajouta :

— Je me considère comme quelqu'un d'honnête, moi aussi, mais je vous assure que je ne serais revenue payer cet oreiller qu'un peu plus tard, à une heure moins chaude ou bien le lendemain. Mais pas Jennifer. Aucune supplication n'aurait pu la faire changer d'avis. J'ai dû aller me réfugier dans une station-service climatisée pour l'attendre. Et ce n'est que l'un des nombreux exemples qui me viennent à l'esprit.

Jessica pouvait bien expliquer à longueur de journée que Jennifer n'aurait jamais pris un objet qui ne lui appartenait pas, mais elle n'avait rien de concret pour le prouver, et Tyler O'Brien n'avait aucune raison de la croire.

— Je vois bien que les apparences sont contre ma sœur, soupira-t-elle. Et, si je ne la connaissais pas, je penserais, comme vous sans doute, qu'elle est malhonnête…

— Attendez, la coupa-t-il, je n'ai rien dit de tel. Mais nous devons envisager toutes les possibilités, aussi je vais probablement devoir vous poser d'autres questions désagréables. Si vous me dites que votre sœur ne peut pas être une voleuse, je vous crois. Partons de la supposition qu'elle ne sait pas elle-même comment et pourquoi elle se trouve menacée. C'est logique d'ailleurs, et d'après ma connaissance des jumeaux (n'oubliez pas que deux de mes frères le sont) elle ne vous mettrait pas sciemment en danger. Mais quelqu'un a pu se servir d'elle et essayer, par exemple, de lui faire endosser la responsabilité du vol.

— Ce collier vaut une fortune. Je suppose que Milton n'est pas le seul à vouloir mettre la main dessus. Des millions à la clé, voilà de quoi créer des vocations de voleurs…

— Le mort du motel pourrait bien être l'un d'eux, et Tommy aura peut-être du mal à l'identifier. Ce peut être un membre d'une organisation du crime, aussi bien qu'un truand à son compte.

— Cela fait du monde, répliqua Jessica.

Elle toucha un point sensible sous son bandage et grimaça de douleur.

— Sans compter les détectives privés officiels ou officieux des compagnies d'assurances, car le collier doit être assuré pour un bon prix, et il serait avantageux de récupérer l'objet d'une façon ou d'une autre, avant qu'il se retrouve sur le marché parallèle.

Cette seule idée faisait encore plus mal à Jessica.

— Et ma pauvre sœur qui est engluée dans cette histoire, comme au centre d'une toile d'araignée !

— On dirait bien, dit Tyler. Tommy va probablement faire les mêmes suppositions et, à un moment ou à un autre, il faudra l'aider.

Il y pensait depuis un moment, déjà.

Jessica espérait secrètement, pour sa part, qu'elle pourrait fausser compagnie assez rapidement à Tyler et ainsi, éviter de lui faire courir des risques pour elle, même si pour cela elle devait continuer seule ses recherches.

— L'urgence, c'est que je parle à ma sœur, reprit-elle. C'est la seule façon pour moi d'arriver à y voir clair. Que je puisse lui parler, et tout s'éclaircira.

— Vous ne pouviez pas la joindre plus tôt, de toute façon, objecta Tyler.

— C'est vrai… Elle se mordit la lèvre. Il faut que je récupère mon mobile. Elle m'a peut-être laissé un message. Je suis sûre qu'elle a essayé de me joindre quand je ne pouvais pas répondre. J'ai caché mon téléphone pour que Milton ne me le prenne pas, et c'est pourquoi je ne l'avais pas emporté quand nous sommes partis en quads. J'avais peur qu'il ne découvre qui je suis, en réalité…

Elle se redressa sur le siège.

— Il me le faut, absolument !

La fameuse bande aux lettres noires sur fond jaune vif : « scène de crime — accès interdit » barrait la porte n° 121 du Bluff Motel. Le soleil était levé, et l'air se réchauffait peu à peu. L'estomac noué, Jessica s'avança sur le parking, vers la chambre qu'elle avait été forcée de partager avec Milton. Il était déjà assez triste qu'un homme ait été tué. Il ne méritait pas d'être poignardé à mort, même s'il était à la poursuite de Jennifer ou à celle de James Milton. Elle pouvait sentir comme une odeur d'angoisse et de désespoir dans l'atmosphère, qui donnait quelque chose d'irréel à la scène qu'elle s'apprêtait à découvrir. Et pourtant, c'était vrai. Un homme était mort. Sa sœur avait disparu.

L'estomac de Jessica se noua plus douloureusement encore, et elle retint une nausée. Le shérif se pencha pour passer sous la bande et vint vers eux. Il tenait à la main un sac en papier — une pièce à conviction ? — qu'il tendit à l'un de ses adjoints.

— Je suis désolé de ce qui est arrivé, dit-il à Jessica avec une compassion qui paraissait sincère. Est-ce que votre fiancé est toujours en contact avec vous ?

L'espace d'un instant, la jeune femme faillit faire voler en éclats toute cette mascarade en avouant qu'elle n'était pas Jennifer.

— Non, il ne m'a pas contactée, mais je vous remercie, shérif. C'est un choc, évidemment.

Cela, au moins, était vrai. Depuis trente-six heures, son univers entier était complètement chamboulé, et tout lui serrait le cœur.

— Je crois que j'ai perdu mon téléphone mobile, ce qui fait que même s'il a essayé de m'appeler je ne l'ai pas su.

Pour toute réponse, il hocha la tête. Ce qui semblait vouloir dire que ni lui ni l'un de ses adjoints ne l'avaient découvert.

— Tu as trouvé quelque chose qui puisse aider à comprendre ce qui s'est passé ? demanda Tyler au shérif, distrayant son attention, ce dont Jessica lui était reconnaissante.

Elle n'avait pas, pour jouer un rôle et dissimuler des choses, la facilité de sa sœur. Bien sûr, Jennifer était une bonne personne, incapable de faire sciemment du mal à quiconque. Dans son esprit, elle ne mentait pas vraiment. Elle embellissait un peu la vérité, simplement.

Jessica sentit les larmes lui monter aux yeux. Si sa sœur s'était laissé entraîner par d'autres hommes pareils à James Milton, ou pires, alors il fallait vraiment s'inquiéter.

— J'ai passé le nom de James Milton dans la base du fichier national des crimes et délits, dit le shérif en s'adressant à elle. Vous connaissez le passé de votre fiancé ?

— J'ai perdu quelques illusions sur lui ces dernières heures, répondit Jessica, attentive à jouer son personnage, mais pas très fière de devoir mentir à un représentant de la loi. Pourquoi ?

— Qu'as-tu trouvé sur lui ? demanda Tyler, Jessica lui étant à nouveau reconnaissante de tenter de capter l'attention du shérif.

— Il a un casier judiciaire, annonça tranquillement celui-ci.

— Qu'est-ce qu'il a fait ?

Le shérif les regarda attentivement l'un après l'autre.

— Je suppose, à votre réaction, que vous ne le saviez pas ?

— Non, je l'ignorais complètement, répondit Jessica.

Sa surprise n'était pas feinte. Elle était vraiment choquée et plus inquiète encore pour sa sœur. Mais le policier se méprit sur sa réaction et sur ses sentiments.

— Vous savez, lui dit-il doucement, on croit connaître quelqu'un, et puis... Enfin... Bref, j'ai appelé la police de Baton Rouge, et il se trouve qu'il est bien connu pour des affaires de jeux truqués, et impliqué dans plusieurs affaires sur lesquelles la police enquête. Cela va de la petite escroquerie à l'extorsion de fonds.

— Je n'en avais pas la moindre idée, murmura Jessica.

Là, elle mentait. Car elle l'avait bel et bien soupçonné d'être un escroc, et cette confirmation l'inquiétait fort, car elle précisait la menace qui pesait sur Jennifer et amenait d'autres questions. Peut-être Milton voulait-il s'emparer du collier pour le revendre et rembourser certaines dettes. L'homme qui avait été tué dans la chambre du motel était-il son créancier ?

— Le nom de Randall Beauchamp évoque-t-il quelque chose pour vous ? lui demanda encore le shérif.

— Oui, c'est le chef de l'une des plus riches familles de Louisiane, répondit Jessica, et on dit qu'il n'a pas toujours acquis sa fortune par des moyens très légaux...

Certains le traitaient même ouvertement de mafieux. Est-ce que Jennifer s'était acoquinée avec un tel homme ?

— Le chef de la police de Baton Rouge a l'air de penser que Randall Beauchamp cherche un collier volé qui vaudrait plusieurs millions de dollars et...

Il ne put finir sa phrase, Jessica chancelait, prise d'une nausée subite. Elle s'apercevait à quel point un gouffre profond s'ouvrait sous les pieds de sa sœur et elle avait l'impression d'y tomber elle-même.

Un affreux goût de bile dans la bouche, elle se sentit rattrapée par des bras puissants.

— Vous n'êtes pas obligée d'y aller tout de suite…

Elle entendit la voix grave et réconfortante de Tyler, et un frisson chaud la parcourut.

— Cela peut se faire lorsque vous vous sentirez mieux.

— Non, ça va, lui répondit-elle alors qu'il voulait l'emmener s'asseoir dans son SUV. Il faut que je le fasse.

Le shérif s'entretenait avec l'un de ses adjoints, qui voulait lui montrer quelque chose. Ils n'étaient pas à portée d'oreilles.

— Il faut que je trouve mon mobile, chuchota Jessica.

— Tommy l'a peut-être… Ou bien un de ses adjoints…

Jessica le regarda d'une certaine manière.

— Je vois ce que vous pensez, lui dit Tyler, mais n'y comptez pas. Tommy ne peut pas se permettre de laisser escamoter une pièce à conviction.

Elle continua de le regarder, droit dans les yeux.

— Je l'ai caché entre le sommier et le matelas.

— Attendez-moi, fit Tyler avant de s'éloigner d'un pas rapide.

L'adjoint qui avait parlé à Tommy déposa un petit sac à pièces dans sa voiture de patrouille, pendant que Tommy disparaissait derrière la bande jaune.

— Dis donc, lança Tyler à l'adjoint, qui s'appelait Garcia, tu pourrais venir lui parler, une minute ?

Il montra Jessica, en se haïssant pour ce qu'il était en train de faire. Il allait encore devoir mentir à un vieux copain. Il connaissait Garcia depuis le lycée.

— Que se passe-t-il ? lui demanda le policier.

— Elle est sous le choc. D'abord, elle a voulu fuir un homme violent, et voilà qu'on découvre un cadavre dans la chambre de son fiancé. Bizarrement, je crois qu'elle se reproche tout ça, comme si les choses se seraient mieux passées si elle était restée.

Il espérait que son ami goberait ce gros mensonge.

— Et maintenant, découvrir que son fiancé est peut-être impliqué dans un meurtre, ça a été le choc de trop, elle est effondrée.

— Je ne sais pas si je vais dire ce qu'il faut, mais je veux bien essayer.

Tyler lui tapa sur l'épaule, et Garcia alla rejoindre Jessica.

À ce que le rancher avait pu constater, il n'y avait pas d'autre policier présent sur la scène de crime. Avec un peu de chance, Jessica occuperait Garcia, pendant qu'il se chargerait de Tommy.

Il lança un dernier regard en direction de l'adjoint, qui lui tournait le dos, puis il se pencha pour passer sous la bande.

La chambre était moquettée de bleu sombre, avec deux grands lits recouverts d'une courtepointe au même motif floral que les rideaux de la maison des grands-parents de Tyler. En face des lits, qui n'avaient pas été défaits, un bureau en contreplaqué et une commode de même facture. Il était probable que tout cela était fixé au sol et les gravures clouées au mur, pour empêcher les vols.

Il y avait du bruit dans la salle de bains, et Tyler se dit que c'était certainement Tommy, qui recueillait des indices.

Il réfléchit rapidement. Milton avait dû se méfier et il n'avait certainement pas laissé Jessica occuper le lit le plus près de la porte, de peur qu'elle n'en profite pour lui fausser compagnie. Il fit donc courir sa main le long du sommier de l'autre lit, sous le matelas.

Bingo !

Sa main se referma sur le téléphone, qu'il enfouit prestement dans sa poche de chemise, avant de se retourner pour quitter les lieux.

— Tu ne devrais pas être là, dit placidement Tommy, nonchalamment appuyé contre le chambranle de la porte de la salle de bains, les bras croisés.

— Je te cherchais !

Tyler n'avait jamais été un très bon menteur...

— Dans ce cas, je vais te donner un indice : je ne suis pas dans les tiroirs de la commode, répliqua Tommy, pince-sans-rire.

Tyler se tourna vers la table de nuit, avec son socle de téléphone et son horloge numérique, en cherchant désespérément ce qu'il allait bien pouvoir y trouver pour expliquer sa présence. Il remarqua un bloc-notes au logo du motel et un stylo, s'en saisit et les montra à Tommy.

— Voilà, dit-il, je cherchais ça...

Le sourcil droit du shérif s'arrondit ironiquement.

— Ne touche à rien d'autre, s'il te plaît, lui demanda-t-il patiemment. Je ne tiens pas à retrouver tes empreintes partout sur ma scène de crime.

Au moins, il ne semblait pas s'être aperçu que Tyler avait enfoui quelque chose dans sa poche.

— Qu'est-ce que tu me voulais ?

— Je suis content que tu me le demandes, je voulais te parler sans témoins. Sans elle, surtout. Tu crois qu'il y a la moindre chance qu'elle nous cache quelque chose ?

Cette question parut apaiser les interrogations de Tommy.

— Ses réactions aux événements me paraissent sincères. Elle semble bien prise au dépourvu. Pourquoi ? Tu crois qu'elle ment, toi ?

— Non, je ne le pense pas. Je voulais juste savoir si tu étais de mon avis.

— Elle pense à quitter la ville prochainement ?

— Bonne question. Elle ne m'a pas dit avoir une famille prête à lui venir en aide. On sait qu'elle est de Baton Rouge, mais je ne suis pas sûr qu'elle soit si pressée d'y retourner, étant donné que Milton y est peut-être.

— Les auteurs d'abus et de violences sur les femmes prennent souvent bien soin de les couper de leurs liens familiaux. Même si elle a des parents, il est possible qu'elle ne leur ait plus parlé depuis des mois, voire des années.

Tyler hocha la tête, les dents serrées.

— Oui, il l'a peut-être obligée à rompre avec eux.

— Elle va avoir besoin de soutien moral et affectif, reprit le shérif. Même si ce Milton ne peut plus lui faire de mal, il va falloir l'aider à gérer ce traumatisme.

— Ce Milton est une véritable ordure.

— Il a l'air aux abois, peut-être à cause de tout l'argent qu'il doit. Peut-être qu'il l'a emmenée au Texas pour attendre que les choses se calment en Louisiane.

— Il m'a déplu tout de suite.

— Oui, il a tout de la crapule. Je vais creuser un peu pour voir s'il n'a pas fait contracter une assurance vie dont il serait bénéficiaire à Mlle Davidson. Son « accident » me paraît bien suspect. Si Milton touchait une grosse prime, il pourrait rembourser ses dettes.

— Elle dit que c'est un avocat brillant, moi il me paraît plutôt véreux.

— L'amour est aveugle. En tant que flic, je suis souvent payé pour le savoir, répliqua Tommy. Elle, en tout cas, elle paraît honnête.

Tyler acquiesça.

— Tu as l'air décidé à l'aider, ajouta le shérif en le regardant droit dans les yeux. Jusqu'où es-tu prêt à aller, pour ça ?

— C'est normal, non ? Elle a bien besoin d'un peu de répit, elle vient de passer de rudes moments. Je compte la garder un peu chez moi, le temps qu'elle se repose, que Doc McConnell lui parle un peu, et puis je la renverrai en Louisiane.

— Fais bien attention, dit doucement Tommy.

— À quoi, à qui ? À elle ou à moi ?

— À toi. Je te connais, Tyler O'Brien. Tu ne peux pas t'empêcher de prendre fait et cause pour quelqu'un qui a besoin d'aide. Mais cette femme a traversé des choses très dures, et c'est en tant qu'ami que je me permets de te conseiller de ne pas trop t'impliquer.

Quelqu'un s'éclaircit la gorge sur le seuil de la chambre. Les deux hommes se tournèrent en même temps. Jessica se tenait toute droite dans l'encadrement de la porte.

— On peut y aller, maintenant ? demanda-t-elle à Tyler.

Celui-ci hocha la tête en lançant un regard de côté à son ami le shérif. Bien qu'il ne soit pas vraiment ravi que Jessica ait pu entendre leur conversation, il était soulagé qu'elle lui fournisse le prétexte de l'interrompre. Il passa sous la bande de protection et la suivit au-dehors.

Quand ils furent seuls, dans la sécurité de l'habitacle du SUV, et que personne ne put les entendre, il dit doucement :

— Je l'ai trouvé.

— Mon téléphone ?

Il y avait à la fois de l'excitation et de l'appréhension dans la voix de Jessica.

— Oui, on le regardera dès que nous ne serons plus en vue.

— Merci... Vous savez, votre ami le shérif a raison. Un homme est mort, et il est dangereux pour vous de...

— Vous n'en êtes pas responsable.

— Non. Non, bien sûr, mais je suis obligée d'aller me jeter dans la gueule du loup, et c'est un trop grand risque pour vous.

Visiblement, elle n'avait pas perdu une miette de leur conversation.

— Ça l'est tout autant pour vous-même, et pourtant cela ne vous arrête pas, objecta Tyler.

— Ce n'est pas pareil. Moi, ma sœur est en danger, et il faut que je la retrouve, je n'ai pas le choix.

Comme il venait d'aborder la ligne droite de la grand-route, Tyler lâcha le volant d'une main et pressa celle de la jeune femme. Ce contact déclencha en elle comme une décharge électrique.

— Moi non plus, lui dit-il doucement.

Il la lâcha et fouilla dans sa poche de poitrine, dont il tira le petit téléphone cellulaire.

— Et maintenant, dit-il, voyons un peu ce qu'il y a là-dedans...

7

Tyler s'assura que personne ne les suivait avant de sortir de l'autoroute. Il s'arrêta sur le premier parking qu'ils rencontrèrent, celui d'un supermarché.

— Il y a trois appels de ma sœur, constata Jessica, très pâle tout à coup.

— Mettez le haut-parleur.

Elle obéit.

« Jess, je suis désolée que tu sois mêlée à tout ça. C'est bien plus grave que je l'imaginais et je suis très inquiète pour toi. Appelle-moi dès que tu auras mon message et surtout éloigne-toi de James aussi vite que possible. Il n'est pas celui que je croyais. Il faut que j'y aille. Appelle-moi. »

Tyler ne fut pas surpris de la similitude entre cette voix et celle de Jessica. Après tout, les jumeaux de sa propre fratrie avaient eux aussi le même timbre, exactement. Le message confirmait aussi que la jeune femme ne mentait pas : elle ignorait vraiment ce qui était en train de se passer. Tyler avait eu raison de lui faire confiance, et cette confirmation l'aida à détendre un peu les muscles de son cou et de ses épaules.

— Elle n'a pas l'air d'aller mal, dit Jessica, elle n'a pas une mauvaise voix...

Mais la peur, l'anxiété, l'appréhension se lisaient clairement dans la sienne, tandis qu'elle passait au message suivant.

« Tout va bien, ma sœur ? Tu ne m'as pas rappelée, et je m'inquiète... si jamais James t'a fait du mal... »

Le message était coupé.

— Qu'est-ce que c'est que cette musique dans le fond ? demanda Tyler. Vous savez où elle peut être ?

Jessica réécouta le message avec attention, la tête penchée.

— C'est de la musique zydeco. C'est plutôt rassurant, elle a un ami musicien qui vit dans Spanish Town. Elle est en sécurité, auprès de lui.

— Vous disiez qu'il y avait trois messages, dit Tyler.

Il n'était pas, lui, tellement rassuré. Jennifer avait déjà placé sa confiance en James Milton et elle avait eu tort. Elle pouvait se tromper aussi sur le compte de ce musicien. Lorsqu'il y avait des millions de dollars à la clé, on ne pouvait se fier à personne.

« Sauve-toi, Jess, vite ! »

Jennifer haletait, le souffle court. On entendait vaguement des bruits d'eau en arrière-fond. Il y eut une longue pause, puis :

« Où que tu sois, sauve-toi et cache-toi le temps que je te dise qu'il n'y a plus de danger. Oh ! mon Dieu, j'espère qu'il ne t'est rien arrivé. Ne crois rien de ce que pourra te raconter James. Je ne sais pas ce qui se passe, mais... ne va pas à la police. Ne fais confiance à personne et surtout pas à... NON ! »

On entendait crier la jeune femme.

« Il faut que je parte. Je vais trouver un moyen de nous sortir de là, je te le promets. Je te verrai au bayou... »

Les mots se précipitaient, hachés, haletants. Un autre cri terrifié, un bruit de lutte, une voix d'homme qui criait « Arrête un peu ça, tu veux ! », puis un juron sourd et enfin, un son noyé, comme si le téléphone était jeté à l'eau.

La pauvre Jessica serrait si fort l'appareil dans sa main que les jointures de ses doigts étaient aussi blanches que son visage. La colère prit rapidement le pas sur ses autres émotions. Elle tapa du poing contre le tableau de bord, avec l'énergie de la fureur et du désespoir.

— Ils l'ont eue ! hoqueta-t-elle, c'est pour ça que les appels ont cessé.

— Vous reconnaissez la voix de l'homme ?

— Non.

— Que voulait-elle dire avec cette histoire de bayou ?

Il voulait essayer de la tirer de l'état où elle se trouvait en la forçant à garder une réflexion logique. Faire jouer les rouages.

— C'est juste une façon de parler, une plaisanterie entre nous. Ça ne signifie rien de précis.

Elle tourna vers lui ses yeux d'océan.

— Mais ils la tiennent et ils vont la tuer !

— Je peux le voir une seconde ? demanda-t-il en montrant l'appareil.

Il effleura les doigts de Jessica en le lui prenant et fit rapidement défiler les appels. Non, ils ne la tueraient pas. Pas tout de suite. Elle valait des millions, pour eux. Mais Tyler ne jugeait pas utile de révéler à Jessica que ses ravisseurs allaient plus certainement torturer Jennifer pour la faire parler.

— Le dernier appel a été passé quand vous étiez à l'hôpital.

— Ils la tiennent, donc ils n'ont plus besoin de Milton...

C'était plutôt bon signe. Elle s'appuyait sur sa colère pour activer son raisonnement, c'était là, peut-être, leur seule chance de retrouver Jennifer.

— On peut le craindre, hasarda-t-il, mais on peut aussi penser qu'un nouvel acteur, jusque-là inconnu, est entré dans le jeu. Ce collier vaut une fortune, il est propre à susciter des vocations...

Il espérait qu'elle aurait enfin une vue plus réaliste des choses et qu'elle lui permettrait de parler à Tommy. Tyler ne revenait jamais sur ses promesses, il ne le ferait pas derrière son dos.

— Elle se trouvait au Blueblonnet Swamp Nature Center, lors du dernier appel, déclara Jessica.

— Comment le savez-vous ?

— Elle est ma sœur, et je sais où elle irait se réfugier, en cas de graves ennuis.

Elle prononçait ses mots d'un ton si convaincu que Tyler ne put s'empêcher de la croire.

— Et puis, il y a les bruits. Le téléphone lancé à l'eau à la fin de l'appel, les bruits naturels en fond sonore. Je l'ai même entendue se donner quelques tapes pour écraser les moustiques. C'est le premier endroit où elle serait allée se cacher, c'est là que j'allais la chercher quand elle avait eu une rupture douloureuse. Ce qui signifie aussi qu'elle n'a pas voulu se réfugier auprès de l'un ou l'autre de ses amis, pour ne pas les mettre en danger.

— Eh bien, nous allons nous y rendre et commencer par la chercher là, annonça Tyler.

— Il y a bien six heures de route, d'ici, répondit Jessica d'une voix défaite, et l'appel était d'hier. Elle n'y est plus, s'ils l'ont enlevée, et je sais que c'est le cas. Elle aurait appelé, sinon.

— Elle a perdu son téléphone. Vous avez entendu, il est certainement tombé à l'eau.

— Elle aurait pu emprunter celui de quelqu'un d'autre, pour m'appeler. Nous ne sommes jamais restées plus de vingt-quatre heures sans nous téléphoner de toute notre vie. Et toute une journée s'est passée depuis son dernier appel.

Tyler savait qu'elle disait vrai, il en avait l'expérience, avec ses frères Ryder et Joshua. Eux non plus ne passaient pas une journée sans se parler.

— Baton Rouge n'est qu'à une heure d'avion, fit-il remarquer, attentif à ne pas laisser Jessica s'abandonner un instant à des pensées négatives.

Il ne lui fallut qu'un appel de son mains-libres pour demander que l'on fasse le plein de son avion privé et que l'on prépare les documents de vol, une formalité qui ne dura même pas le temps du trajet vers l'aéroport.

Tyler espérait, de toutes ses forces, qu'ils retrouveraient Jennifer vivante.

Le vol se déroula sans incidents, et une voiture avec chauffeur les attendait à l'aéroport. L'estomac de Jessica ne s'était pas dénoué une seule seconde, depuis qu'elle avait entendu la voix de Jennifer, sur le troisième appel.

— Vous disiez que très peu de vos amis savent où vous vous trouvez, votre sœur et vous, lui dit Tyler en l'escortant vers la limousine aux vitres teintées.

— C'est exact.

— Si ça ne vous fait rien, je crois qu'il vaudrait mieux continuer à garder le silence, surtout à présent que l'on redoute que Jennifer ait été enlevée.

— Ce n'est pas tout à fait un incognito, objecta-t-elle.

— Parfois, le meilleur moyen de se cacher, c'est de rester en pleine lumière.

La limousine zigzaguait dans le trafic dense des abords de la ville. Les conducteurs du sud de la Louisiane avaient la réputation bien établie de rouler à tombeau ouvert, avec force changement de file sans avertissement et queues de poisson. Jessica, bien que louisianaise, n'avait jamais pu vraiment s'y faire et redoutait d'être un jour ou l'autre percutée et envoyée du haut d'un pont dans le delta, où grouillaient les alligators.

De plus, la pluie menaçait, et une lourde chape d'humidité leur tomba sur les épaules dès qu'ils quittèrent l'abri climatisé de la limousine, coupant le souffle de Jessica, pourtant habituée au climat local. Elle savait qu'il ne lui faudrait que quelques minutes pour ne plus y prêter attention, mais la transition était toujours rude.

Tyler paya leurs droits d'entrée au Bluebonnet Swamp Nature Center.

— Je vous promets de vous rembourser dès que j'aurai récupéré mes affaires personnelles, lui dit-elle, très embarrassée par tout ce qu'il faisait pour elle, en se disant qu'elle ne serait peut-être jamais capable de le payer de retour.

Il balaya ses scrupules d'un geste.

— Non, je parle sérieusement, insista-t-elle.

Elle tenait particulièrement à s'assumer, dans l'existence. C'était la seule chose qu'elle reprochait vraiment à sa sœur ; Jennifer n'avait jamais eu aucun remords à rembourser d'un sourire ceux qui remuaient ciel et terre pour elle. Et, même si Jessica avait exactement le même sourire que sa jumelle, elle savait bien qu'en faire le même usage la plongerait dans les mêmes ennuis.

Tyler grommela quelque chose en réponse, qu'elle ne comprit pas. Un homme aussi riche — et beau — que Tyler O'Brien devait être habitué à agir comme bon lui semblait. Mais il ignorait combien Jessica pouvait se montrer obstinée, lorsqu'elle avait décidé quelque chose. Quand toute cette affaire serait terminée et qu'elle pourrait mettre un peu sa vie en ordre, il en aurait un exemple. Mais, pour le moment, elle devait accepter sa générosité si elle voulait retrouver sa sœur en vie.

— Il y a des douzaines de sentiers de randonnée, ici..., constata Tyler devant le panneau qui présentait le plan du parc.

C'était vrai, des chemins de planches sur pilotis avaient été astucieusement aménagés pour permettre aux visiteurs de parcourir tout le marais sans avoir jamais à se mouiller les pieds.

— Jennifer aime particulièrement un certain endroit. Un banc sous un vieux cyprès au tronc très large. Le chemin de bois le ceinture... Suivez-moi...

Elle passa devant lui, son chemisier collé à la peau par des filets de sueur, bien qu'il ne fasse guère plus de vingt degrés.

Le banc que Jennifer aimait était annoncé à dix minutes de marche par une pancarte. Il ne leur en fallut que sept pour l'atteindre.

— Le voilà !

Jessica se pencha sous les branches basses du cyprès et examina le banc, cherchant le moindre indice du passage de sa sœur en ce lieu, où, elle le savait, Jennifer s'était forcément rendue.

Tyler, lui, s'accroupit au bord des planches pour examiner l'eau dormante, en dessous.

— J'espère que vous ne songez pas à descendre là-dedans ? le prévint-elle.

— Ce n'est pas que j'en meure d'envie, mais c'est là que nous avons une chance de trouver son téléphone...

Pas question pour Jessica de se mettre à l'eau, avec tous les serpents et les alligators qui peuplaient le marais. Elle frissonna.

— Vous savez quel genre de gentilles bestioles on trouve, dans le coin ?

— Je devine…

— Je ne serai pas d'une grande aide à ma sœur si je me retrouve dans l'estomac d'un alligator, bien mâchée en petits morceaux, soupira-t-elle avec répugnance, car elle savait bien qu'en fait elle était prête à tout pour sauver Jenn, même à sauter dans cette eau dormante et trouble, qui l'effrayait au-delà de toute expression.

Tyler rit, d'un rire de gorge bref, profond, et Jessica eut l'impression que ce son vibrait en elle d'une façon extraordinairement sensuelle. La situation était des plus imprévues : elle était sur le point d'être dévorée par un saurien, et le beau cow-boy qui l'accompagnait lui procurait des frissons d'ordre sexuel.

— Laissez-moi au moins enlever mes chaussures, plaida-t-elle.

— C'est profond de combien, à votre avis ?

— Un mètre, tout au plus, je pense.

— Surveillez les bulles en surface, avant de descendre…

Tyler était maintenant à plat ventre sur les planches et il scrutait la surface couverte de lentilles d'eau.

— Il nous faudrait une vingtaine de minutes pour bien fouiller le coin, dit-il, mais évidemment, plus on reste et plus on court le risque d'une mauvaise rencontre… Alors on va essayer de faire vite et de bien regarder…

Voilà qui était rassurant ! L'estomac noué, Jessica se plaça de l'autre côté du ponton. Bon, elle pouvait le faire. Elle devait se motiver mentalement pour se calmer les nerfs, mais ce n'était pas non plus bien compliqué. Elle scruta la surface, attentive à tout signe de vie animale.

— Ça pourrait être par là, dit-elle en essayant d'imaginer la façon dont le téléphone avait dû être jeté à l'eau.

Tyler se dressa sur ses pieds et la rejoignit.

— Bon, fit-il, on cherche le téléphone et tout signe qui puisse indiquer que votre sœur est passée dans le coin…

Il passa sous la balustrade et, un instant plus tard, Jessica entendit le bruit de son entrée dans l'eau. Elle prit appui sur les planches, retint son souffle et se laissa glisser à son tour.

L'eau verte et vaseuse était froide et lui arrivait à la taille. Des herbes lui frôlaient les jambes, et elle faillit crier. Tout son instinct la poussait à sortir de là au plus vite.

Mais Jennifer avait besoin d'elle. La terreur et le désespoir que Jessica avait perçus dans sa voix, au téléphone, la poussaient en avant. Elle retint un cri.

— Quelque chose m'a frôlé la jambe, expliqua-t-elle.

— On ferait mieux de se presser avant que quelqu'un nous voie et appelle les rangers du parc, répliqua Tyler.

Jessica se pencha pour chercher à tâtons. Le fond était rocheux, couvert de mousse et de vase. Elle essaya de ne pas penser à toutes les bactéries qui devaient être concentrées là.

Chaque bruit naturel la faisait sursauter. Toute surface au toucher différent, sous ses doigts, provoquait immédiatement une réaction de dégoût et un retrait de sa main.

Après avoir cherché durant ce qui lui parut une éternité, en vain, elle renonça et remonta sur le ponton. Ruisselante, elle tâta ses jambes et son torse, en craignant d'y découvrir des sangsues. Tyler était toujours de l'autre côté de la passerelle de bois.

— Vous avez trouvé quelque chose ? lança-t-elle.

— Non !

Un grand *splatch* ! Et le rancher se hissa à son tour sur les planches.

— Ça ne sert à rien, soupira Jessica.

C'était sans espoir. Elle aurait dû le savoir depuis le début.

L'architecture du « Spanish Town » de Baton Rouge remontait, au plus, à la guerre de Sécession. Les maisons de bois, qui dataient généralement des années 1890 ou 1900, s'alignaient au long des trottoirs. Partout, sur les enseignes, en silhouettes ou en girouettes sur les toits, on pouvait voir des flamants roses, emblèmes du quartier. En fait, on en voyait aussi des vrais, vivants, sur les pelouses et les pièces d'eau. Comme Tyler en faisait la remarque, Jessica expliqua :

— Les gens des autres quartiers ont toujours considéré Spanish Town comme un mauvais lieu. Mais, plutôt que d'en avoir honte, les habitants ont préféré revendiquer leur différence. Il y a beaucoup d'artistes et de musiciens, qui vivent ici.

— Et vous pensez que nous allons y trouver quelque chose ?

Leurs vêtements et leurs chaussures sentaient encore le marais. Le chauffeur de la limousine avait refusé de les laisser monter dans la voiture, et Tyler avait dû lui mettre un bon paquet de billets dans la main, pour lui faire changer d'avis. Il avait également offert de payer le nettoyage de la limousine.

— Jenn a un ami, ici, expliqua Jessica. Je peux peut-être encore me faire passer pour elle et apprendre quelque chose.

— Le musicien de zydeco que l'on entendait en fond du premier message ?

— Lui-même. J'espère qu'elle s'est confiée à lui, mais il est possible qu'elle ne lui ait rien dit, qu'elle se soit seulement réfugiée chez lui pour être tranquille. Il s'appelle Elijah...

Elle scruta attentivement les maisons du voisinage et ajouta :

— Je ne suis pas sûre de savoir exactement où il habite.

— Vous croyez qu'on peut y aller... Comme ça ?

Tyler montrait leurs vêtements trempés.

Elle haussa les épaules.

— Je crois qu'on n'a pas le choix...

— Il ne faudrait pas trop attirer l'attention sur nous, quelqu'un surveille peut-être la maison de cet... Elijah. Excusez-moi une minute...

Il prit son téléphone mobile dans sa poche de poitrine et pianota un numéro.

— Janis ? C'est Tyler. Vous pourriez me réserver une chambre au Hilton de Baton Rouge, Louisiane, s'il vous plaît ?

— La suite présidentielle, ça ira ?

— Ouais...

D'habitude, il aurait protesté que c'était un luxe inutile. Mais cette fois il était accompagné, et un appartement à deux chambres donnerait à Jessica un peu de l'intimité dont elle avait besoin. Après tout, ils n'étaient que deux étrangers l'un pour l'autre, bien que Tyler ait l'impression de la connaître depuis bien plus longtemps que ces dernières trente-six heures. Au lieu de s'interroger un peu trop longtemps sur la signification d'un tel sentiment, il préféra demander à la fidèle gouvernante de lui faire envoyer à l'hôtel des vêtements féminins taille 36 ou 37, puis il demanda la même chose pour lui, sans être obligé de préciser la taille, car Janis connaissait précisément ses mensurations.

— Des choses pratiques, en coton, que ça respire... J'aurais aussi besoin de deux ou trois chapeaux et de foulards de dame... Vous croyez que vous pouvez me faire livrer tout ça dans une heure ?

— À votre avis ? répliqua la gouvernante.

— Merci, Janis, vous êtes la meilleure, je le dis tout le temps.

Tyler appuya sur la sonnette de communication, et le chauffeur de la limousine abaissa le volet qui séparait le siège arrière du siège avant.

— Vous pouvez nous emmener au 201, Lafayette Street ?

— Bien sûr, monsieur O'Brien.

— Nous risquons d'avoir besoin de vous vingt-quatre heures sur vingt-quatre et sept jours sur sept pour le temps que nous resterons à Baton Rouge. Est-ce que ça pose un problème ?

— Non, monsieur.

Un petit sourire apparut sur le visage du chauffeur.

— Merci, je double vos tarifs actuels.

Un plus grand sourire retroussa les lèvres de l'homme.

— Oh ! ce n'est pas la peine, monsieur, je...

— J'y tiens, coupa Tyler en souriant, ça me fera me sentir mieux si je dois vous déranger avec un faible préavis.

— Eh bien, je ne sais pas quoi dire, merci !

— Comment vous appelez-vous ? demanda Tyler.

— Zander, monsieur.

— Appelez-moi Tyler, voulez-vous ? Chaque fois que j'entends « monsieur O'Brien », je dois jeter un coup d'œil par-dessus mon épaule pour voir si mon père n'est pas derrière moi...

Zander sourit de plus belle.

— C'est vous le patron, monsieur... Euh... Tyler, lui dit-il avec un regard d'excuse, dans son rétroviseur.

Le rancher se tourna vers Jessica.

— Vous n'avez rien mangé depuis le petit déjeuner. Qu'est-ce qui vous ferait plaisir ?

— Je n'ai pas faim, je vous remercie.

— Il faut reprendre des forces.

Il appela l'hôtel et commanda des sandwichs à faire monter

dans la suite. Quand il eut terminé, il remarqua que Jessica le regardait avec de grands yeux étonnés.

— Je peux vous poser une question ? demanda-t-elle.

— Oui, naturellement.

— J'ai vu votre maison, le ranch, c'est très beau et... très protégé, très sécurisé. Je ne voudrais pas être impolie, mais... vous êtes vraiment très riche ?

Tyler ne put retenir un éclat de rire. Il ne pensait jamais à lui-même en ces termes-là. Riche ? En bonne terre et bons liens familiaux, ça oui. Cela comptait plus que des comptes en banque. Peut-être était-ce à cause de la façon dont il avait été élevé. Son père avait les deux pieds bien ancrés dans le sol, et ses fils suivaient son exemple. Ils préféraient tous passer des heures en selle (à ce propos, Digby avait besoin d'être monté plus régulièrement) que faire flamber leurs cartes de crédit.

Mais il était de fait que les frères O'Brien avaient de la fortune. On ne pouvait le nier.

— Je crois... que je n'y pense pas. Ça ne me définit pas.

— Je ne comprends pas comment c'est possible. Je veux dire, j'ai vu votre ranch, j'ai vu votre avion privé. Que vous pilotez très bien, d'ailleurs. Il vous suffit de claquer dans vos doigts, et on vous livre ce que vous voulez.

— Pas toujours, et je ne peux pas acheter ce qui compte vraiment.

— Qu'est-ce que vous ne pouvez pas avoir en claquant dans vos doigts ?

— Mes parents. Aucune somme d'argent ne les fera revenir. Nous allons bientôt avoir notre premier Thanksgiving sans eux, sans l'oie rôtie de maman avec toutes ses bonnes choses autour, c'est bien triste. Elle était l'âme de cette fête, avec toutes ses traditions que nous trouvions un peu bêtes, mes frères et moi, quand nous étions enfants. Mais en fait, ce sont justement ces petites choses qui vous font prendre conscience du manque. Les gâteaux à la pomme en forme de feuilles d'arbre, qui sentaient bon la cannelle dans toute la maison quand elle les préparait, ou ses tartes. Quand je pense que mes enfants ne les mangeront pas, qu'ils ne découperont pas de flocons en papier avec elle...

— Oh ! je suis désolée !

Jessica toucha furtivement le bras de Tyler, et c'était comme si ses mots d'excuse tout simples lui pénétraient directement dans le cœur, y comblant un peu du vide qui s'y était installé depuis, justement, que tout le monde lui répétait que l'on était désolé pour lui. C'était la première fois qu'ils le réconfortaient vraiment.

— Votre maman devait être une femme extraordinaire...

Tyler acquiesça sans répondre, de peur que l'émotion soit trop forte et que sa voix se brise. Tout ce qu'il savait, c'était que Jessica avait pris sa main et entrelacé leurs doigts.

— Rien ne peut nous rendre les êtres chers que nous avons perdus, c'est vrai, reprit-elle. Même pas tout l'or et tout l'argent du monde. Ma sœur a tourné le dos à notre famille, croyant qu'un compte en banque bien fourni suffirait à remplir sa vie. Je ne l'ai jamais approuvée là-dessus. Je l'aime de tout mon cœur, et de l'argent, eh bien il en faut, sans quoi la vie est très pénible. Mais, comme on dit, il ne peut acheter l'amour. Il est rafraîchissant d'entendre parler d'une famille qui, visiblement, l'avait compris.

— Par bonheur, nous sommes tous très soudés, en tant que frères, ce qui nous a permis de supporter ensemble notre deuil. Cela fait une grande différence, même si vous savez bien que les fêtes ne seront plus jamais pareilles, à la maison.

— Je peux l'imaginer.

L'empathie, dans sa voix, vous aurait presque laissé croire que les choses ne seraient pas si tristes, dans le futur, qu'elles le paraissaient. Tyler se demandait si elle avait perdu un être cher, elle aussi.

Zander se rangea devant le Hilton et descendit leur ouvrir la portière. Tyler sortit le premier et tendit la main à Jessica. Elle le remercia d'un timide sourire, avant de baisser les yeux, d'un air consterné, sur leurs vêtements trempés et souillés par la vase.

La directrice de l'hôtel les accueillit à la porte.

— Monsieur O'Brien, modula-t-elle d'une voix de miel, quel plaisir de vous revoir !

Elle devait sans doute faire un gros effort sur elle-même pour ne pas froncer une narine délicate devant l'odeur marécageuse qu'ils dégageaient, mais elle restait impassible, il fallait le lui reconnaître. Elle était grande et brune, toute en courbes sinueuses, était à la fin de la trentaine et répondait au nom d'Annabeth Malloy, comme l'indiquait le badge épinglé au-dessus de la poche de poitrine de son tailleur.

— Merci de votre accueil, mademoiselle Malloy, répondit Tyler. Voici Mlle Archer, mon invitée.

Un chasseur se présenta tandis que s'achevaient les salutations. Tyler avait attribué un faux nom à Jessica pour que celle-ci se sente plus à l'aise. Il voyait bien que tous ces égards et cette obséquiosité l'embarrassaient.

— Devin va monter vos bagages, dit Annabeth Malloy.

— J'attends qu'on me livre diverses choses d'un instant à l'autre, précisa Tyler.

— Naturellement. Devin va vous conduire à votre suite, je vous en prie, appelez-moi directement si Mlle Archer ou vous-même avez le moindre désir...

Tyler remercia la directrice et suivit Devin vers l'ascenseur en prenant la main de Jessica et en l'attirant contre lui. Passer pour un couple était le meilleur moyen de ne pas trop attirer l'attention sur la jeune femme. Elle semblait avoir été faite pour se trouver là et, tout en tenant sa taille, Tyler refusait de s'interroger là-dessus. Il n'avait pas besoin, en ce moment, de trop se compliquer l'existence. Maintenir Jessica en vie et lui apporter son aide étaient ses priorités absolues.

— Vous êtes bien silencieuse, depuis que nous avons quitté la voiture, fit-il remarquer.

— J'ai honte de ce que j'ai dit, à propos de votre richesse.

Elle ne l'avait pas voulu, mais elle avait frisé l'insolence. Elle avait jugé le beau rancher sur les apparences, cette attitude lui déplaisait fortement chez les autres, ce n'était pas pour l'adopter elle-même !

Jamais Tyler O'Brien n'avait mentionné ses moyens financiers ni ceux de sa famille et sans doute n'y aurait-il fait aucune allusion si elle ne l'avait pas provoqué. Il avait été bon pour elle et lui avait offert son aide d'une façon tout à fait désintéressée. Bien sûr, sa présence auprès d'elle la mettait sur les nerfs, parce qu'elle craignait pour la sécurité de Tyler et pour une autre raison, aussi, moins avouable. Mais ce n'était pas sa faute.

— Je n'ai pas voulu être insolente, je... Et surtout pas vous offenser en parlant de... votre richesse...

Il eut à nouveau un rire bref et profond, joyeux, qui venait du fond de la poitrine et faisait passer un frisson sensuel dans tout le corps de Jessica.

— Je ne sais que dire, ajouta-t-elle timidement.

Elle venait de se doucher et s'était enveloppée dans un épais peignoir de bain portant le logo de l'hôtel, mais avait parfaitement conscience d'être complètement nue en dessous.

— C'est que, acheva-t-elle, vous paraissez tellement... normal.

Et même sain, avec son teint bronzé et ses larges mains qui paraissaient faites pour le travail manuel.

— Et que voudriez-vous donc que je paraisse ?

Par bonheur, il ne semblait pas du tout fâché et il avait même l'air amusé.

Il s'assit à la vaste table en chêne massif, devant les baies vitrées qui devaient certainement s'ouvrir sur le plus beau panorama de la ville, mais qu'obturaient pour le moment de lourds doubles-rideaux.

Jessica avait senti la bonne odeur de la nourriture dès qu'elle avait mis le pied hors de la douche. Elle s'était imaginé ne rien pouvoir avaler dans ces circonstances mais, en fait, son estomac grondait. Tyler avait eu raison, une fois de plus : elle devait réparer ses forces.

— Vous voudriez que j'aie l'air d'un animal de luxe ? D'un nabab sans scrupule pour séries télévisées ? Il rit encore. Je suis désolé de vous décevoir !

— Oh ! je ne suis pas déçue ! répliqua-t-elle, trop vite et en s'empourprant. Je voulais dire que j'aime bien le fait que vous soyez normal.

— Je peux renoncer à porter des chemises à empiétements et des bolo-ties, si vous le souhaitez...

— Voilà que vous vous moquez de moi, à présent !

Moitié sérieusement, moitié par jeu, elle fit le tour de la table pour lui donner une petite tape sur le bras, mais il l'en empêcha en capturant son poignet, et elle n'essaya pas tout de suite de se dégager.

Soudain, l'air de la pièce s'était chargé en électricité. Tyler, de son pouce, dessinait des cercles sensuels sur la peau de Jessica. Elle retenait son souffle...

8

Une expression très intense s'afficha sur les traits de Tyler, comme s'il ne savait pas exactement ce qu'il allait devoir faire ensuite. Finalement, il lâcha le poignet de Jessica et saisit un sandwich.

— J'espère que vous aimez le bacon-laitue-tomate... Ils ne sont pas aussi bons que ceux que prépare Jane, mais ils nous éviteront toujours de mourir de faim.

— Je suis déjà tellement heureuse de ne plus sentir l'eau vaseuse des marais, soupira Jessica.

— Je sais que vous espériez y découvrir quelque chose. Je suis désolé que cela ne soit pas le cas.

— Oui, quelque chose, un indice, même mineur, cela nous aurait peut-être montré une direction à prendre.

Il y avait une telle tension, une telle électricité dans l'air, entre eux, qu'il leur paraissait à tous les deux bien étrange de discuter calmement ainsi.

— Oui, il ne faut négliger aucun détail. « Dans une enquête, on retourne chaque caillou », comme dit mon ami Tommy, parce que parfois un petit rien peut vous mettre sur la piste et vous permettre de trouver la solution.

— Alors, on retourne à Spanish Town et on essaye de trouver la maison d'Elijah ?

— Est-ce qu'il sait que vous êtes la sœur de Jennifer ?

— Elle me tient à l'écart de sa vie, et je doute fort qu'elle parle de moi, alors je pense qu'il sera bien surpris de voir la jumelle de Jenn frapper à sa porte.

— Ou pas.

Elle le regarda sans comprendre, la tête un peu penchée.

— Que voulez-vous dire ?

— Tout à l'heure, vous aviez vaguement l'intention de lui jouer la comédie en prétendant être votre sœur.

Il attendit qu'elle acquiesce avant d'enchaîner :

— Elle vous a dit de ne faire confiance à personne, et je crois que nous devrions suivre son conseil. La réaction de cet « ami » lorsqu'il vous verra devrait nous en apprendre sur lui et notamment nous indiquer s'il est impliqué dans l'enlèvement.

— Je n'avais pas songé à l'éventualité qu'un autre de ses amis le soit, mais vous avez raison.

— Espérons que ce n'est pas le cas mais, si Jennifer est innocente, et encore une fois je vous crois lorsque vous affirmez qu'elle est incapable de commettre un vol, il faut bien que quelqu'un l'ait mêlée à toute cette histoire. Il y a beaucoup de gens qui voudraient trouver les saphirs. Il nous faut chercher qui a pu être en contact avec les propriétaires ces dernières semaines. Ce serait bien que nous puissions tracer votre sœur du même coup, mais c'est un peu compliqué puisque nous ne voulons pas vous faire apparaître au grand jour.

— À ce propos, il faut que je fasse quelque chose à mes cheveux, dit Jessica en enroulant une mèche autour de son doigt.

— Parmi les vêtements, il y a plusieurs chapeaux que vous pouvez essayer. Des foulards, aussi. Bien sûr, il vaudrait mieux teindre vos cheveux, mais ils sont tellement beaux au naturel...

Jessica sentit des papillons s'envoler dans son ventre, à ce compliment, et elle était tout à fait sûre que ses joues s'empourpraient. Elle se demandait toujours s'il y avait bien quelque chose au monde que ce beau cow-boy ne pouvait pas obtenir en faisant claquer ses doigts. Il vivait sur un train qui était décidément différent du sien, et cela la mettait plutôt mal à l'aise. Un homme aussi riche, c'était plutôt le genre de Jennifer.

— Merci, bredouilla-t-elle.

Elle finit ses sandwichs, à sa grande surprise. Elle était sans doute plus affamée qu'elle le réalisait elle-même.

Ensuite, elle s'habilla, choisissant un chemisier léger et un short en lin. Pour cacher sa chevelure, elle essaya différents chapeaux et arrêta son choix sur une capeline à large bord et à la calotte entourée d'un foulard de soie. Elle chaussa des spartiates à lanières avec juste ce qu'il fallait de talon pour se grandir un peu. Elle se regarda dans un miroir et eut du mal à se reconnaître, ce qui n'était pas plus mal. Tout cet attirail ne lui ressemblait guère mais, pour le moment, c'était exactement ce qu'il lui fallait.

Elle se maquilla légèrement, les produits étant encore une largesse du généreux millionnaire dont elle partageait la suite, puis passa dans le salon où Tyler était assis au bureau, son téléphone mobile à la main. Il se comportait d'une façon si simple et si naturelle que Jessica ne s'étonnait plus de ne pas s'être aperçue plus tôt qu'il était riche. Du moins, jusqu'à ce qu'il se mette à monter dans son avion privé, à commander des limousines et, plus généralement, à claquer des doigts pour obtenir dans l'instant ce qu'il désirait.

Et pourtant, rien en lui ne collait à l'image du riche play-boy imbu de lui-même, tel qu'elle s'en était surtout fait une idée d'après les récits de sa sœur.

Jamais elle ne pourrait comprendre ce que Jenn pouvait bien trouver à ce genre d'hommes. Elle était belle et faisait facilement tourner les têtes. Bien qu'elles soient jumelles, Jessica était fort différente de sa sœur. Elle retenait généralement ses cheveux à l'aide d'une simple queue-de-cheval, ne se maquillait que très peu, et sa tenue favorite était un simple jean et un débardeur.

Non, Tyler n'avait rien du riche play-boy, même si sa beauté virile avait pu sans problème lui permettre de jouer à l'être. Il était d'ailleurs probable que cette seule idée le ferait rire aux éclats.

Il termina sa communication et posa son téléphone sur le bureau.

— La propriétaire du collier, Emma-Kate Brasseux, sera chez elle cet après-midi, annonça-t-il.

L'idée qu'il était possible qu'il soit en train d'entraîner Jessica dans la gueule du loup rongeait l'estomac de Tyler, mais au moins il ne la laisserait pas se rendre seule chez les Brasseux. En tout état de cause, la manœuvre était délicate. Ils devaient éviter de gêner l'enquête de Tommy et aussi, celle que pouvait être en train de mener la police locale. À présent que le vol du collier était rendu public et pouvait avoir été le motif d'un meurtre, Tommy allait certainement envoyer un de ses adjoints interroger les deux milliardaires louisianais, c'est pourquoi Tyler avait préféré ne pas prendre rendez-vous avec eux. Il voulait d'abord vérifier certaines choses...

Dans la voiture, il voulut en apprendre davantage sur le compte de Jessica.

— Vous avez de la famille, en dehors de Jennifer ? demanda-t-il.

— Nos parents. Ils vivent à Shreveport, où nous avons grandi. Nous avions un frère aîné, mais il est mort quand nous étions au lycée. Ça nous a beaucoup affectées, toutes les deux, surtout Jenn, qui n'a plus jamais été la même, depuis.

— Je suis désolé, murmura Tyler.

Il avait peine à imaginer ce que l'on pouvait ressentir quand on perdait un frère, si jeunes.

— Jeffrey avait tout juste dix-huit ans et il venait d'avoir son bac, il avait réussi à se faire engager sur un chantier pétrolier, en Alaska. Papa était au chômage depuis un moment, et mes parents avaient toutes les peines du monde à continuer à mettre de la nourriture sur la table. Envoyer l'un de nous à l'université n'était tout simplement pas possible.

Jeffrey a lu une annonce dans un journal et il s'est dit qu'il tenait là un moyen d'aider la famille tout en gagnant son indépendance. Les temps étaient durs, et il n'y avait pas de travail pour lui, ici. Il... Il était parti depuis trois mois, quand nous avons appris la nouvelle... Un accident.

La voix de Jessica se fêla, et Tyler put voir combien il lui était difficile d'évoquer ce frère trop tôt disparu.

— Ce devait être un très brave, courageux jeune homme, dévoué à sa famille et prêt à l'aider, dit doucement Tyler.

Jessica acquiesça, et une larme coula sur sa joue. Il l'essuya délicatement de son pouce. Rechercher le contact physique alors qu'elle était si vulnérable n'était pas vraiment une bonne idée, non plus que la prendre dans ses bras pour la réconforter, mais il le fit, cependant. Il se mentit à lui-même, en se disant que la consoler était son seul but. Il y avait davantage que cela dans ce geste, et puis... la prendre dans ses bras apaisait sa propre blessure.

— Nous étions tous brisés par le chagrin, bien sûr, mais ce fut Jennifer qui réagit le plus douloureusement. Quelque chose en elle s'était brisé. Elle cessa de voir ses amis et se mit à dormir toute la journée. Cela dura un bon mois. Lorsque enfin on parvint à la convaincre de se lever, elle changea du tout au tout. Elle commença à se maquiller et à rester obstinément seule. Puis elle se trouva des baby-sittings et dépensa tout son argent à s'habiller. À la rentrée suivante, on ne la vit plus qu'avec des garçons riches. On aurait dit qu'elle mettait la mort de Jeffrey sur le compte de notre pauvreté. Pas question d'aller à l'université sans une bourse, elle mit un an à l'obtenir, pour pouvoir enfin quitter la maison et aller à Baton Rouge. Elle disait qu'elle voulait un nouveau départ, dans la vie. C'est là qu'elle a commencé à mettre la famille entre parenthèses, même moi, sa jumelle. Elle ne voulait pas nous présenter ses nouveaux amis. Je crois qu'elle avait honte de nous.

Tyler pouvait la sentir trembler entre ses bras et il la serra plus fort. La limousine s'était arrêtée, mais il n'y prêta pas attention. Tout ce qui comptait, c'était cette femme tremblante contre lui, ses grands yeux si tristes levés vers les siens et sa peau si douce...

Il se pencha pour l'embrasser. Elle se raidit, tout d'abord, puis son corps se détendit contre le sien et son tremblement s'apaisa, tandis qu'elle respirait plus vite. Elle noua les bras autour du cou de Tyler et enfouit les doigts dans l'épaisse masse de ses cheveux.

C'était un jeu dangereux, et il le savait. Il n'avait pas été aussi vite en besogne avec une fille depuis sa première année d'université, mais Jessica avait fait voler en éclats en quelques dizaines d'heures la muraille que les autres femmes mettaient des mois à percer. Il fallait se ressaisir, faire marche arrière.

Il ne le pouvait pas.

Alors, il approfondit leur baiser, ignorant toutes les sonnettes d'alarme qui se mettaient à résonner dans sa tête. Jessica s'accrocha frénétiquement à sa chemise, puis passa la main dessous. Il l'attira sur ses genoux.

L'air, dans la limousine, paraissait vibrer d'un désir mutuel et désespéré.

Désespéré ?

Tyler n'aimait guère le son de ce mot-là...

Il se recula un peu, le lut, ce désespoir, mêlé au désir, dans les grands yeux fixés sur lui...

Quand ils feraient l'amour, enfin, SI JAMAIS ils faisaient l'amour, un jour, il n'y aurait rien de désespéré, là-dedans.

— La voiture a stoppé, dit-il, incapable de bouger et espérant ne pas avoir bien compris ce que signifiait ce regard ou, peut-être, n'y avoir rien vu d'autre que le simple désir.

— Oui, je... Je le vois.

Machinalement, Jessica porta la main à sa bouche et descendit des genoux de Tyler.

Celui-ci avait bien besoin d'un dérivatif, aussi, il appuya sur le bouton d'appel, et Zander baissa le volet de communication.

— Comment vous feriez, vous, pour trouver quelqu'un sans connaître son nom ni son adresse ? s'enquit Tyler.

À part le prénom d'Elijah, ils n'avaient en effet pas grand-chose, en fait de renseignements.

— La personne vit dans ce quartier ? demanda Zander.

— Oui.

— J'irais au Market. C'est là que les gens se retrouvent, déjeunent, et tout ça. Mais ce que je vous conseillerais, c'est d'y aller à pied, ce n'est pas loin. Les gens ici, vous comprenez, ils vont se méfier ou vous regarder de haut, si vous débarquez de ce genre de voitures.

— Oui, ici c'est plutôt « artistes et flamants roses », je l'avais remarqué, plaisanta Tyler pour détendre un peu l'atmosphère.

Jessica lui sourit en réponse. Il ne savait pas comment les choses allaient tourner entre eux, mais il allait s'efforcer de les ralentir un peu.

Zander montra la rue où il était garé.

— Voilà, dit-il, c'est tout droit, puis à droite après les deux pâtés de maisons. Le Market est exactement au centre de Spanish Town, vous ne pouvez pas vous tromper. Si la personne que vous recherchez vit ici, quelqu'un la connaîtra ou en aura entendu parler.

Tyler remercia le chauffeur et lui demanda de les attendre

là. La courte marche sous une humidité pesante, malgré l'air plutôt frais, eut tôt fait de coller la chemise de Tyler à sa peau. Le climat du Texas était décidément très sec, en comparaison, malgré les pluies diluviennes de l'an passé, record depuis des décennies. Tyler prit la main de Jessica dans la sienne, et elle lui sourit. Avec ce sourire, quelque chose se passa en lui, comme si une porte s'ouvrait, quelque part dans sa poitrine. Il mit cela sur le compte de ce qui s'était passé dans la limousine.

— Je crois que nous « passerons » mieux si les gens pensent que nous sommes en couple, lui souffla-t-il.

Du diable s'il ne vit pas une lueur douloureuse traverser les grands yeux verts et il en eut le souffle coupé. Il ne voulait pas s'attacher à Jessica au-delà de l'aide qu'il leur apportait, à elle et à sa sœur. Alors, que lui arrivait-il donc ? Il ne pouvait ignorer cette chaleur, dans sa poitrine, chaque fois qu'il était auprès de la belle rousse. Il essayait de se dire que c'était la situation de la malheureuse jeune femme, qui provoquait sa pitié et attendrissait son cœur. Avec son frère mort et sa sœur disparue, elle devait vivre un enfer. Il était même difficile à Tyler d'imaginer Joshua et Ryder dans une situation semblable. Mais la vie ne vous faisait pas de cadeau, et des choses étranges pouvaient vous arriver.

Autrefois, halle abritant un marché, le lieu hébergeait à présent plusieurs petits restaurants où locaux et touristes se mélangeaient, sous un grand bâtiment de briques rouges, prolongé d'une terrasse sous un vaste velum kaki. On était à l'heure du déjeuner, et la foule s'y pressait, mais Tyler n'eut pas trop de mal à y dénicher une table pour deux. Lorsque la serveuse vint prendre leur commande, il lui demanda une assiette de crevettes grillées puisqu'ils n'avaient plus tellement faim, ainsi qu'une bouteille d'eau minérale.

— Ce sera tout ? demanda la serveuse, une dénommée Dorinda, comme on pouvait le lire, brodé en lettres d'or sur le coton blanc de son tablier.

— Oui, merci, mais peut-être pouvez-vous nous aider...

Dorinda se pencha vers lui.

— Notre ami Elijah vient souvent faire de la musique ici.

Vous voyez qui c'est ? J'ai un nouveau mobile et j'ai perdu tous mes contacts.

Son air d'être bien embêté paraissait impressionner favorablement la dénommée Dorinda.

— J'espérais reprendre contact avec lui, en profitant du fait que nous sommes à Baton Rouge, mais je ne sais pas comment faire, c'est bien ennuyeux...

— Vous n'avez pas de chance, vous venez de le rater. Il était là il y a quelques minutes à peine, lui dit la serveuse.

Tyler commença de repousser sa chaise pour se lever rapidement.

— Et vous croyez que je peux le rattraper ?

— Restez plutôt là bien tranquillement, il va certainement repasser. Elle montra une autre serveuse, occupée à servir des clients. Ma collègue, là, il vient la chercher dès qu'elle a fini son service.

C'était une bonne nouvelle, puisque ni Tyler ni même Jessica ne savaient à quoi Elijah pouvait bien ressembler.

— Vous avez la moindre idée du moment où il va revenir ?

Dorinda consulta la montre de plastique blanc, à son poignet.

— Je dirais... dans une heure, une heure et demie, environ.

— Ah merci, je serai heureux de revoir ce vieux filou ! s'exclama Tyler, ravi, en se demandant toutefois intérieurement s'il n'en faisait pas un peu trop.

— Vous désirez autre chose ? demanda Dorinda.

Jessica se pencha en avant, la tête dans les mains, comme si elle souffrait de la plus violente migraine de sa vie. Avec son chapeau à large bord et ses lunettes de soleil, il n'était pas facile de la reconnaître.

— Vous auriez de l'aspirine, s'il vous plaît ? demanda-t-elle.

Puis elle releva la tête avec un petit rire, ce que voyant, la serveuse lui sourit.

— Je lui ai dit de ne pas me laisser boire plus de deux cocktails, soupira-t-elle d'un air mi-gêné mi-amusé. Vous croyez qu'il m'aurait écoutée ? Pff !

— Je vois. Je vous apporte ça tout de suite, lui dit Dorinda avec un clin d'œil, avant de tourner les talons.

— J'espère qu'Elijah va venir vite, murmura Jessica en lançant des regards inquiets vers les rues avoisinantes.

Elle ne devait pas se sentir en sécurité, ainsi à découvert.

— Je n'ai pas l'intention de laisser quoi que ce soit de mal vous arriver, lui dit Tyler.

9

— On devrait peut-être l'attendre au coin de la rue, proposa Tyler. Nous ne savons pas à quoi il ressemble, mais nous savons qui il va venir chercher. Ce sera plus discret si nous le laissons faire et l'abordons plus tard.

Jessica acquiesça et le suivit. Il s'arrêta à l'intersection des deux artères et se tourna vers elle.

— Ça va ? lui demanda-t-il doucement en effleurant sa joue du bout des doigts, ce qui fit courir en elle un frisson sensuel.

Il s'était arrangé pour qu'elle se trouve à peu près dissimulée et protégée, placée entre lui et un poteau de téléphone, au coin de North Seventh Street et de Spanish Town Road, à peu de distance de la terrasse où on venait de les renseigner.

— Là, souffla-t-elle à Tyler, le type qui vient de passer, chapeau et pantalon blanc…

Jessica prenait soin de ne pas regarder dans la direction qu'elle indiquait.

— Vu. Il a l'air de s'intéresser à nous.

On ne pouvait ignorer la possibilité qu'Elijah soit recherché par d'autres qu'eux… Des policiers ou même des gens malintentionnés.

Soudain, Jessica sentit la main de Tyler sur sa nuque. Il murmura les mots : « faites-moi confiance », puis il pencha la tête, hésita à peine un quart de seconde et l'embrassa.

Le corps de la jeune femme réagit immédiatement. Elle jeta les bras autour du cou de son compagnon, et leurs langues se rejoignirent.

Il approfondit leur baiser, la serrant contre lui, et elle se coula contre son corps, les seins durs et prêts pour ses caresses. Jessica ne se souvenait plus depuis combien de temps au juste elle n'avait plus fait l'amour... Bien trop longtemps, en tout cas. D'instinct, elle sentait que le sexe avec Tyler serait une expérience bouleversante et inoubliable. Il la pressait contre le poteau, et elle s'imaginait combien ce serait délicieux de sentir ce corps musclé au-dessus du sien, la clouant à un matelas. Elle pouvait sentir battre son cœur à travers leurs vêtements.

Il s'interrompit, posa un moment le front sur celui de Jessica, resta ainsi, les yeux fermés.

De l'autre côté de la rue, une voix gouailleuse leur cria :

— Eh, les amis, faut prendre une chambre, ça urge !

Ce commentaire les amusa beaucoup. Le rire de Tyler était chaud, grave, sonore comme un roulement de tambour et diablement sexy. Il faillit dire quelque chose, puis parut y renoncer. Jessica avait craint, l'espace d'une seconde, qu'il veuille s'excuser. C'était le meilleur baiser qu'elle avait jamais connu de toute sa vie, et une part d'elle-même voulait célébrer cette fête des sens, tandis qu'une autre se demandait comment cela avait bien pu lui arriver.

— Bon sang, murmura-t-il, de la gravité dans la voix.

— J'allais le dire, répliqua-t-elle avec humour.

Il avait laissé la main dans le creux du dos de Jessica, et elle lui en était reconnaissante, car elle se demandait bien comment elle pouvait encore tenir debout. Elle avait l'étrange impression que ses jambes étaient devenues de la gelée. Elle avait bien sûr entendu dire qu'un baiser pouvait produire cet effet-là, mais c'était la première fois qu'elle en faisait elle-même l'expérience.

— J'avais envie de faire ça depuis qu'on est sortis de la limousine, avoua-t-il en un murmure.

— Peut-être que l'on pourrait recommencer ?

Elle plongea les doigts dans la masse sombre des cheveux de son compagnon. Il n'eut pas besoin d'un autre encouragement et reprit sa bouche, comme s'il se noyait. Leurs deux corps pressés l'un contre l'autre, le désir flamboya en eux. Ils perdirent toute notion du temps.

Tyler parut revenir à la réalité le premier. Il s'écarta. La flamme, dans ses yeux, semblait avoir fait place à autre chose, comme...

un embarras, une confusion. Instantanément, Jessica en eut le cœur serré.

— On aurait dû surveiller si Elijah se montrait, dit Tyler. Il est peut-être arrivé, à présent.

— Est-ce que j'ai fait quelque chose qu'il ne fallait pas ?

— Vous... Toi ? Oh ! mais non ! C'est moi qui ai... franchi un pas qu'il ne... Je m'excuse !

Voilà, il s'excusait de l'avoir embrassée, c'était bien ce qu'elle craignait.

Embarrassée, elle s'écarta de lui.

— Ne sois pas désolé, fit-elle, je suis tout aussi responsable que toi.

— Moi aussi, je veux un baiser, chérie ! Laisses-en un peu pour les autres ! lança à nouveau la voix gouailleuse dans la foule.

Les joues en feu, les bras ballants, Jessica restait sans mot dire à côté du beau cow-boy lui aussi silencieux. Oui, c'était bien cela ; il regrettait d'avoir agi sans discernement. Jessica ne doutait pas qu'elle pouvait être attirante, bien habillée et avec un peu de maquillage, mais ce riche rancher et elle ne jouaient pas tout à fait dans la même cour, et il savait bien, lui, que rien de sérieux ne pouvait exister entre eux. Il aurait été plus malin, de la part de Jessica, de tenir ses distances avec lui. Dès que cette invraisemblable histoire serait terminée, elle retournerait à sa vie normale, à Shreveport, à des choses qui avaient un sens. La serveuse, petite amie présumée d'Elijah, vint griller une cigarette sur le pas de la porte du restaurant, en s'appuyant à la vitrine. Mais quelqu'un tapa de l'index replié sur le verre, à l'intérieur, et l'air outragé elle se replia de l'autre côté, contre un mur de briques aveugle.

Quelque vingt minutes plus tard, une Chevrolet « El Camino » des années 1950, partiellement restaurée et les portières redécorées, vint s'arrêter devant le Market. La serveuse s'écarta du mur. Elle en était déjà à sa deuxième cigarette. Elle hésita un bref instant, avant de s'avancer vers la voiture.

Jessica retira son chapeau, ses lunettes de soleil et s'élança à son tour vers la Chevrolet.

— Elijah !

L'homme qui était au volant paraissait à l'orée de la trentaine et correspondait bien à l'image que Tyler se faisait d'un musicien de zydeco en Louisiane. Il portait un chapeau de feutre brun à la calotte entourée d'une large bande blanche et surmontée d'une plume rouge. Sous les manches roulées de sa chemise en jean, portée sur un débardeur bleu sombre, on pouvait voir un tas de tatouages. Il avait un anneau d'argent au pouce gauche, des cheveux et des yeux noirs. Une moustache et un petit bouc à la mousquetaire parachevaient le tableau.

— Jenn ! Où étais-tu passée ? s'écria-t-il, les yeux brillants.

Jessica sentit un courant de panique l'envahir. Pouvait-elle continuer à se faire passer pour sa sœur, alors que la vie de celle-ci était peut-être en jeu ? Bien sûr, cela n'engageait pas à grand-chose, quand il s'agissait seulement d'aider Jennifer à rompre avec un homme ou un autre. Mais à présent…

Elle alla tirer Tyler par le bras et s'approcha avec lui de la Chevrolet, pour le présenter, en improvisant de son mieux.

— J'ai rencontré quelqu'un, et on a fini chez lui, à La Nouvelle-Orléans.

Elijah hocha la tête avec un sourire mi-figue, mi-raisin.

— Tu aurais pu répondre à mes textos, tout de même !

— C'est que… J'avais perdu mon chargeur de batterie, répondit Jessica en songeant que c'était exactement le genre de petits soucis que sa sœur rencontrait continuellement.

— Elle a perdu son téléphone avec, en fait, ajouta Tyler, la main tendue. Bonjour… Mon nom est George… Ford.

Jessica, qui avait passé le bras autour de sa taille, le pinça en catimini. Ce genre de couacs pouvait les perdre définitivement. Il faudrait un miracle pour qu'Elijah gobe une telle présentation.

Mais le musicien ne parut ni surpris ni soupçonneux.

— Enchanté, répondit-il en serrant la main que Tyler lui tendait.

Le beau cow-boy n'était vraiment pas doué pour la tromperie et la dissimulation. Jessica songea avec pas mal d'amertume à son ex, Brent, qui semblait, lui, être né avec un mensonge à la bouche, du genre « c'est toi que j'aime » ou « seule notre relation m'importe » et bien sûr, leur corollaire : « Cette fille ne compte absolument pas pour moi. »

Elle s'appelait Katherine, « la fille », et Jessica avait cru Brent, au début, jusqu'à ce qu'elle tombe sur la boîte mail secrète de son compagnon et qu'elle se voie forcée de lui demander si c'était bien « Katherine » qui ne comptait pas, ou bien « Naomi », « Judy » ou encore « Blanche ».

Mais par chance, en tout cas, Elijah ne semblait pas se poser de questions.

— On dirait que tu es passée d'un richard à un autre, lui dit le musicien avec un clin d'œil.

Que diable était-elle censée comprendre ?

Pendant ce temps, la serveuse, délaissée, boudait sur le siège passager. Elijah en prit conscience et la présenta :

— Suzannah, ma copine...

— Ouais, SA copine, grogna l'intéressée d'un air revêche.

— Enchantée, répliqua Jessica qui l'était bel et bien, mais plutôt de cette diversion, qui pouvait éviter qu'Elijah pose trop de questions ou s'avise de la regarder d'un peu trop près pour vérifier qu'elle était bien qui elle prétendait être.

— Eh bien, George, dit le musicien, faut nous prévenir, quand vous nous enlevez Jenn. Il se tourna vers elle, l'air entendu. Tu sais que Big Beau te cherche partout ?

Elle resta sans répondre. Décidément, Jennifer lui avait caché des choses. Elle lui avait seulement dit qu'elle sortait « avec quelqu'un d'important » sans plus de précisions.

Tyler prit l'initiative. Il passa à son tour le bras autour de la taille de Jessica et l'attira contre lui — elle essaya d'ignorer le frisson qui parcourait son ventre à ce simple contact —, puis il la prit carrément dans ses bras et lui demanda dans le cou, assez fort pour qu'Elijah l'entende :

— Est-ce que je dois m'inquiéter de ce « Big Beau » ?

Jessica sentait son souffle chaud sur sa peau. Elle rougit comme une pivoine et secoua la tête. Par bonheur, sa rougeur était authentique, car elle n'aurait pas pu la feindre. Avec Tyler si près d'elle, son corps devenait une machine à impulsions électriques. Elle n'avait pas à simuler non plus cette attirance brûlante entre eux. Jessica pouvait bien mentir quand il s'agissait d'aider sa sœur, mais cela ne voulait pas dire qu'elle aimait cela.

Depuis quelques instants, Elijah l'examinait avec attention, et elle n'aimait pas beaucoup cela non plus.

— Toujours d'accord pour Thanksgiving, chez moi ?

— Bien sûr, dit-elle en élevant la voix de quelques octaves, imitant Jennifer, quand celle-ci était d'humeur flirteuse. Pour rendre l'illusion plus parfaite encore, elle enroula une mèche de ses cheveux autour de son doigt en regardant le musicien un peu par en dessous, geste que sa sœur faisait souvent dans cette circonstance.

— Tu ne vas pas me laisser tomber pour lui, quand même ? demanda Elijah, une douleur profonde traversant soudain ses yeux, comme un rappel du passé.

Jessica ressentait de la pitié pour lui, car elle savait bien comment Jennifer se comportait quand elle avait décidé d'aller voir ailleurs. Il y avait en elle un côté lumineux, mais aussi bien des ombres.

— Pourquoi je ferais ça ? minauda-t-elle, comme sa sœur l'aurait probablement fait.

Jessica avait parfois envie de la gifler, dans ces moments-là.

Mais Elijah ne lui rendit pas ses sourires. Il la regarda droit dans les yeux et lâcha :

— Je suis sérieux, là. Pourquoi est-ce que tu m'as laissé tomber alors qu'on avait des projets, tous les deux ?

Jessica ne savait plus que répondre. Elle adorait sa sœur et se refusait à la juger, mais elle n'approuvait pas son comportement, cette façon qu'elle avait, parfois, de traiter les gens comme quantité négligeable. Elle restait sans voix parce qu'elle ne savait pas à quoi Elijah pouvait bien faire allusion. Sans le comprendre, il percevait son trouble et devenait soupçonneux. Et il était bien difficile à Jessica de réfléchir, pressée qu'elle était contre les muscles d'acier du torse de Tyler.

La situation devenait périlleuse.

— Désolé, vieux, intervint celui-ci en s'adressant à Elijah, on va devoir filer, on nous attend...

À présent le musicien examinait Jessica de la tête aux pieds. Ses doutes se précisaient-ils ? Était-il en train de se dire que ce n'était pas là une tenue que Jennifer avait pour habitude de porter ?

Jessica commençait à se sentir envahie par la panique. Certes, ils n'avaient pas tout à fait perdu leur temps. Ils avaient pu recueillir un nom, celui de « Big Beau ». Mais qui cela pouvait-il bien être ?

— Bon, si on y allait ? soupira la serveuse d'un air passablement ennuyé.

Elle devait être jalouse. Les sentiments du musicien pour Jennifer étaient-ils réels ? Et les partageait-elle ? Elle devait apprécier ce côté bohème.

— Passe me voir, OK ? dit Elijah, ignorant sa compagne, qui se renfrogna encore davantage sur son siège.

Jessica, perdue dans ses réflexions, manqua faire une faute. Sa sœur ne quittait jamais ses amis sans un baiser sur la joue. Heureusement, elle s'en souvint, car Elijah attendait visiblement cette faveur. Elle l'embrassa et lui fit un large sourire, avec un petit signe de la main, tandis qu'il démarrait.

— J'ai eu chaud, confia-t-elle à Tyler en retraversant la rue. Ma sœur fait toujours la bise à ses amis. J'ai failli l'oublier.

Tyler n'avait pas retiré son bras. Il pressa légèrement sa hanche.

— Tu t'en es très bien tirée. Il a dû avoir un vague soupçon, à un moment, mais ça n'a pas duré.

— J'ai vraiment cru qu'il n'allait pas se laisser prendre, avoua honnêtement Jessica. Merci pour ton aide.

— Pas de problème. Et puis, nous avons un nom, à présent.

— Tu crois que nous pouvons retourner au Market et essayer d'interroger les gens ?

— Trop dangereux. J'ai peur que l'on finisse par nous repérer. Si ce n'est déjà fait !

Elle frissonna. Il avait raison. Une balle pouvait venir de n'importe où. Ils avaient pris suffisamment de risques en parlant avec Elijah à découvert. Mieux valait ne pas s'attarder dans Spanish Town.

— Big Beau, murmura-t-elle. Ça peut être absolument n'importe qui.

— J'ai l'intuition, au contraire, que cela désigne quelqu'un… de bien particulier. On ne va probablement pas tarder à savoir qui.

La limousine les attendait exactement là où ils l'avaient laissée. Dès qu'il les vit, Zander sortit pour leur ouvrir la portière arrière.

— Où allons-nous, monsieur Tyler ? demanda-t-il dès qu'il eut gagné sa place au volant.

— 18 008, North Mission Hills Avenue, répondit le rancher, sans relever le « monsieur ».

— Je ne voudrais pas te paraître paranoïaque, dit Jessica, mais j'ai l'impression qu'on nous suit.

— J'ai vu, fit sobrement Tyler, mais je ne sais pas encore si c'est une bonne ou une mauvaise chose.

Le 18 008 North Mission Hills Avenue était un de ces beaux manoirs comme on en trouve encore dans les quartiers historiques des villes de Louisiane. Tyler avait simplement indiqué à Jessica que c'était la résidence principale des Brasseux. Le grand parc, parfaitement entretenu, rappelait à la jeune femme les jardins des riches maisons où travaillait son père, de même que le bâtiment lui-même, construit probablement à la fin du XVIIIe siècle en belles briques rouges, avec une façade ornée des grandes colonnes typiques des demeures de maître du Sud. Le parc, ceinturé de murs et prolongé par un terrain de golf, devait bien s'étendre sur deux hectares.

Zander se rangea devant le portail et coupa le contact, puis il abaissa le volet de communication.

— C'est ici, monsieur Tyler, annonça-t-il.

— On ne doit pas pouvoir entrer sans montrer patte blanche...

— Je ne pense pas, en effet. Que dois-je faire ?

La main de Tyler était déjà sur la poignée de la portière.

— Faites un tour dans le quartier, lui répondit-il, je vous appellerai quand vous pourrez venir nous prendre.

— Bien, monsieur.

Jessica suivit Tyler dans l'atmosphère moite du dehors. Elle regrettait déjà l'air conditionné de la limousine.

— On va essayer d'aller frapper à la porte, lui dit Tyler, mais il est probable que l'on sera repérés par la sécurité dès qu'on sera entrés dans la propriété.

Mais étrangement, ils arrivèrent sans encombre devant la

maison qu'ombrageaient de grands chênes. Ils eurent la surprise d'y découvrir, garée dans la cour, la Chevrolet « El Camino » d'Elijah.

— Qu'est-ce qu'il fait là ? murmura Jessica, stupéfaite.

— Nous ne savons pas si nous sommes arrivés jusque-là parce que la sécurité est défaillante ou parce qu'on veut nous laisser entrer, fit remarquer Tyler sur le même ton. Mais nous allons bientôt le savoir.

— Cet Elijah est la dernière personne que je pensais voir ici, reprit la jeune femme. Il est peut-être bien impliqué dans la disparition de ma sœur.

Certes, le musicien avait paru la prendre pour Jennifer, mais peut-être avait-il joué la comédie.

— Tu crois que cela veut dire que Jennifer est vivante ? ajouta-t-elle, pleine d'espoir.

— C'est très possible. Je l'espère, en tout cas.

Il y avait de la sympathie et de la compassion, dans sa voix. Il essayait de la réconforter, et elle lui en était reconnaissante. Jessica sentait bien qu'elle devait s'accrocher à cette perche, qu'il lui tendait sans cesse, pour ne pas céder au désespoir, toujours prêt à s'ouvrir, béant, sous ses pas.

Une galerie courait sur trois côtés de l'imposant bâtiment, ornée d'une demi-douzaine au moins de rocking-chairs blancs, judicieusement disposés afin d'offrir la meilleure vue sur le parc. Jessica suivit Tyler devant l'une des grandes baies vitrées. Ce que l'on pouvait apercevoir de l'ameublement du manoir était une véritable vision d'opulence.

Dans le vaste hall, le lustre de cristal n'aurait pas déparé le plafond d'un palais royal en Europe. Jessica passa devant une autre fenêtre et vit un salon de réception tel qu'on peut en admirer sur les photos de certains magazines en papier glacé. Une momumentale cheminée en marbre en était l'ornement principal, avec de ravissants meubles français de style, que l'on devinait parfaitement authentiques. Tout cela dénotait un goût parfait... Et une fortune importante, autant qu'ancienne, un univers auquel Jessica n'avait pas accès. C'était beau, certes, mais intimidant aussi, et d'un autre temps, comme un intérieur d'antan admirablement préservé dans un musée.

— Par bonheur, le décorateur a eu le temps de finir son chantier avant de partir faire la guerre de Sécession, plaisanta Tyler.

Une fois de plus, Jessica se dit qu'il était vraiment différent des gens riches tels que Jennifer les dépeignait. Elle ne put s'empêcher de rire. C'était bon de laisser évacuer un peu de tension.

— Je ne vois Elijah nulle part, chuchota-t-elle.

— Il ne me fait pas trop bonne impression non plus, celui-là, répliqua Tyler de même, entre ses dents.

Jessica sentit son cœur s'arrêter. Derrière eux, un pas venait de faire craquer les planches du porche. Elle se retourna vivement, et c'est alors qu'elle vit Elijah à quelques mètres d'eux. Il braquait la gueule noire d'un revolver dans leur direction.

— Je serais vous, je me tiendrais très tranquille, cow-boy, dit-il à Tyler, qui s'était retourné également.

— Tiens, vous êtes là aussi ? répliqua celui-ci tout sourires, mais en levant les bras en signe de bonne volonté. Nous sommes venus voir les Brasseux. Emma-Kate nous attend.

— Ashton et elle sont absents pour le moment, répondit Elijah avec un sourire suave.

Dès sa rencontre avec lui, Jessica s'était demandé si le musicien pouvait être en cheville avec les Brasseux. Mais peut-être que les apparences étaient trompeuses : peut-être qu'il était le criminel et eux, les innocentes victimes.

— Où est-elle ? demanda-t-elle d'une voix vibrante de colère.

— Qui ça ?

— Ne faites pas l'imbécile, vous savez parfaitement de qui je veux parler.

— Jenn ? On va dire qu'elle n'est plus dans nos jambes...

Aveuglée par la rage, Jessica voulut se jeter sur lui. Tyler dut la retenir en la saisissant par le bras.

— Ne fais pas ça, lui dit-il, c'est exactement ce qu'il veut. Ne lui donne pas une bonne raison de te tirer dessus.

Jessica savait qu'il avait raison, mais elle fit tout de même un pas en avant, en espérant que Tyler ferait de même. Elijah pouvait difficilement les abattre tous les deux ensemble, et elle pourrait peut-être même faire une diversion qui permettrait à son compagnon de tenter une action. Elle ne connaissait pas grand-chose aux armes à feu et ignorait si Elijah pouvait tirer successivement plusieurs coups sans réarmer son revolver. Mais Tyler pressait son bras, et elle le comprit comme un avertissement, une injonction à ne pas bouger davantage.

— Qu'est-ce que vous voulez ? demanda-t-elle.

Elijah aurait pu lui poser la même question, mais c'était toujours pour gagner du temps et aider Tyler à entreprendre une action éventuelle, s'il avait un plan. Elle savait bien qu'il ne tenterait rien tant que le musicien braquerait ce revolver sur sa poitrine et elle n'avait pas besoin de connaître les armes pour deviner quels ravages elles pouvaient faire, surtout à une aussi courte distance.

— Qui diable êtes-vous ? reprit Elijah ; Jenn ne m'a jamais parlé d'une sœur.

Il avait l'air d'être tout à fait calme, le corps et les épaules détendus, la main ferme sur la crosse de son arme.

— Ça ne vous regarde pas, qui je suis, répliqua-t-elle rageusement, dans un regain de fureur. Et où est-elle, d'abord ?

À nouveau, Tyler pressa son bras en signe d'avertissement et de prière.

Elijah poussa un soupir.

— Ça, je ne sais pas.

— Vous mentez !

Jessica bouillait, mais évitait tout de même de dire le mot de trop, celui qui le ferait appuyer sur la détente. Du coin de l'œil, elle aperçut une silhouette qui approchait en se faufilant derrière les troncs de gros chênes. Zander ?

— Il faut que je trouve quoi faire de vous, maintenant, leur lança Elijah.

Jessica se dit qu'elle devait continuer à le distraire, pour permettre à Zander de se rapprocher davantage.

— Ma sœur vous faisait confiance, lui lança-t-elle. Elle croyait que vous étiez son ami. Comment avez-vous pu lui faire ça ?

Le rire d'Elijah était désagréable comme le grincement d'une vieille serrure.

— Votre sœur pense d'abord à elle, répondit-il, comme je

pense d'abord à moi. S'il y a une personne sur terre qui peut me comprendre, c'est bien elle !

— Elle ne ferait pas de mal à une mouche, et vous le savez bien !

— Dites plutôt ça à Mme Brasseux, Jenn couchait avec son mari, commenta Elijah d'un air suave.

Sa sœur était la maîtresse d'un homme marié ? C'était peut-être pour cela qu'elle gardait le secret sur son identité.

— Emmenez-moi auprès d'elle, s'il vous plaît, supplia Jessica.

— Il ne le peut pas, intervint calmement Tyler. Il n'en a pas le pouvoir.

— Ça ne vous regarde pas, répondit Elijah, sur la défensive.

Ses lèvres s'étaient pincées de colère, ses yeux, étrécis. Tyler avait visiblement touché juste et écorné sa fierté.

— Alors dites-moi qui la retient prisonnière, l'implora encore Jessica. Si vous aimiez vraiment ma sœur, vous ne lui feriez pas ça !

Sa sœur ne lui avait jamais dit du mal d'Elijah, elle devait avoir ses raisons.

— Allez ! ordonna le musicien d'un ton bref en montrant les marches du porche d'un mouvement rapide de son revolver.

Tyler, la main sur les reins de Jessica, la poussa doucement en avant.

— Les mains en l'air, ordonna encore Elijah, et que je les voie bien.

— Où sont les Brasseux ? demanda Tyler.

— On va dire qu'on s'en préoccupera plus tard. Bougez de là !

Jessica supposait qu'il allait les emmener dans sa Chevrolet et en était presque soulagée, car son coffre ne pourrait les contenir et, claustrophobe, elle redoutait d'avoir une réaction de panique. Mais, comme ils tournaient le coin de la bâtisse, elle s'aperçut qu'il y avait un autre véhicule garé là, une Sedan blanche. La Chevrolet la leur avait cachée jusque-là. Elle entendit un *clic*, et le coffre s'ouvrit automatiquement.

À la pensée de devoir monter là-dedans, elle se sentait la poitrine prise dans une main de fer ou un étau. Sa claustrophobie la paralysait, et elle se mit à trembler convulsivement. Pourtant, si elle parvenait à garder son calme, Elijah pouvait la mener droit à Jennifer. Ou aussi bien les entraîner dans quelque bayou retiré, leur loger une balle dans la tête et les abandonner aux alligators.

Elle brûlait aussi de jeter un coup d'œil par-dessus son épaule, pour voir si Zander progressait toujours, mais elle ne l'osait pas. Elijah les fit passer devant lui, avec un large détour, pour se protéger de toute action que pourrait tenter Tyler pour le désarmer. Toute son attitude dénonçait le criminel endurci plutôt que le musicien qu'il affectait d'être. Si, comme Elijah l'affirmait, il ne savait pas où était Jennifer, alors Jessica et Tyler se trouvaient en grand danger.

La jeune femme entendit un vague bruit de lutte derrière elle, et une balle siffla dans l'air. Elle se pencha instinctivement mais, avant même qu'elle ait le temps de comprendre ce qui se passait, elle était face contre terre, sur le ciment du parking, avec le corps d'un homme comme bouclier : celui de Tyler. Et c'était plutôt rassurant.

— On va se relever, mais rester courbés, lui souffla-t-il rapidement avant qu'un nouveau coup de feu éclate. Cours t'abriter derrière la maison, aussi vite que tu le pourras. Ne regarde pas en arrière. Vas-y !

Jessica se mit à courir, pliée en deux comme il le lui indiquait. Mais elle ne put s'empêcher de couler un regard par-dessus son épaule, pour vérifier si Tyler ou bien Zander étaient touchés. Tout ce qu'elle put voir à peu près clairement, c'était Tyler plongeant dans la mêlée pour donner un coup de main à leur chauffeur. Il y avait des taches de sang sur le ciment. Jessica tourna le coin du bâtiment et, le cœur battant, chercha du regard quelque chose qu'elle pourrait utiliser comme une arme pour aider. Pas question de laisser les deux hommes affronter Elijah seuls, si elle pouvait leur être utile. Mais elle ne trouva rien, alors elle essaya d'entrer dans la maison par la porte de derrière, mais celle-ci était verrouillée.

Un autre coup de feu retentit, et Jessica s'élança vers le coin de la grande bâtisse pour voir ce qui se passait. Tyler et Zander couraient vers elle, l'un soutenant l'autre, tandis que la Chevrolet démarrait en trombe vers la sortie de la propriété. Jessica vint au-devant des deux hommes.

— Blessé ? demanda-t-elle.

— Ça ira, répondit Zander, le souffle court, du sang coulant sur sa chemise, la balle m'a juste effleuré l'épaule. Je vous ai vus tous les deux en danger et je me suis dit qu'il fallait que j'intervienne ; la police ne serait pas arrivée à temps.

— Merci beaucoup, vraiment, lui dit Tyler en l'aidant à s'asseoir sur les marches du porche arrière de la maison. Je peux vous emprunter votre téléphone ?

— Là, dans ma poche...

— J'appelle une ambulance... Zander, on va l'attendre avec vous, mais ensuite nous devrons vous laisser. La sœur de Jessica est en danger, et nous ne pouvons pas nous permettre de perdre davantage de temps...

Tout en parlant, Tyler avait retiré sa chemise et son T-shirt. Il fit de celui-ci une sorte de tampon, qu'il pressa sur la blessure du chauffeur. Il gardait aussi un œil sur les alentours, pour s'assurer qu'Elijah ne revenait pas.

— Oui, ça va aller, affirma-t-il, rassurant. Il faudra demander à la police de vérifier s'il y a quelqu'un dans la maison.

Zander acquiesça.

— Ne vous inquiétez pas pour moi, dit-il, ce n'est qu'une égratignure.

On aurait dit une réplique, dans un film. Si la situation n'avait pas été aussi dramatique, Jessica aurait éclaté de rire.

— Les clés de la voiture sont tombées de ma poche, ajouta le chauffeur, je les ai entendues, sur le ciment, par là...

Il montra vaguement la direction.

— Prenez-la et filez vite !

Tyler fit le numéro des secours et tendit l'appareil à Zander. Celui-ci expliqua qu'il avait besoin d'aide, suite à « une altercation ».

— J'ai trouvé les clés ! annonça Jessica.

— Alors partez, vite !

— Pas avant que les secours arrivent, dit Tyler.

— Si, partez tout de suite ! J'expliquerai à la police que j'ai amené ici un type qui m'a tiré dessus plutôt que de me payer et je donnerai la description de celui qui vous a braqués. Comme ça, c'est lui qu'ils chercheront, et pas vous.

Zander essuya soigneusement son téléphone.

— Et il ne faut pas qu'ils trouvent vos empreintes, non plus.

— Qu'est-ce que vous allez dire, pour la limousine ? demanda encore Tyler.

— Je trouverai bien, ne vous inquiétez pas.

On entendait une sirène dans le lointain.

— Les voilà, lança Zander, partez, maintenant. Vite !

— À très bientôt, dit Tyler en l'étreignant virilement, et merci pour ce que vous avez fait. Sans vous, je crois bien que notre compte était bon.

La sœur de Jessica n'avait peut-être pas eu autant de chance...

10

— Tu crois qu'Elijah a dit la vérité ? demanda Jessica.

L'humidité était si pesante, au dehors, que l'on avait même du mal à respirer. Retrouver l'air conditionné de la limousine était une bénédiction.

— Au sujet d'une liaison entre ta sœur et Ashton Brasseux ?

Tyler venait de prendre la bretelle de l'autoroute.

Jessica tapotait pensivement sur le tableau de bord.

— Je savais qu'il y avait quelqu'un dans sa vie, mais elle refusait de me dire qui il était...

— Ça ferait un bon scénario. Ta sœur est la maîtresse d'un homme riche. Elle lui demande de quitter sa femme, mais il refuse. Alors, pour se venger, elle vole le plus précieux de leurs bijoux de famille.

— Dit comme cela, ça a tout du scénario de film policier, effectivement.

— Le hic, c'est que, d'après toi, ta sœur n'est pas une voleuse. Tu n'as pas changé d'opinion, n'est-ce pas ?

Elle eut une brève hésitation.

— Pas vraiment, je la connais. Mais je n'aurais pas cru non plus qu'elle se lancerait dans une histoire avec un homme marié, et pourtant elle l'a fait.

— Elle ne savait peut-être pas qu'il l'était, quand elle l'a rencontré.

Il n'y avait guère de conviction, dans sa voix. Pourtant, c'était peut-être bien la vérité, en effet. Malgré son désir acharné d'ascension sociale, Jennifer avait toujours gardé un côté très fleur bleue. Un menteur habile avait très bien pu lui jeter de la poudre aux yeux.

Tyler réfléchit quelques instants puis remarqua :

— Dans son dernier message, elle te disait de ne pas croire ce que te raconterait Milton à son sujet. Cela vaut peut-être aussi pour Elijah. En fait, je crois que nous devons parler avec elle avant de tirer quelque conclusion que ce soit.

— Qui peut bien être ce « Big Beau » à ton avis ?

— Aucune idée. J'ai eu l'impression qu'il prononçait ce nom pour te faire réagir.

— Pour faire réagir Jennifer, plutôt. Il croyait que j'étais elle, à ce moment-là.

— En tout cas, c'est un nom et un point de départ. Le seul que nous ayons, avec l'indication du bayou.

— Je ne suis pas bien sûre que cela veuille dire effectivement quelque chose, soupira Jessica, un profond désespoir dans la voix.

— Et Milton est quelque part, dans la nature, probablement en train de te rechercher. Ça nous aiderait, décidément, de savoir comment ta sœur s'est retrouvée embringuée dans toute cette histoire. Elle ne tenait pas un journal ou quelque chose comme ça ?

— Non. En fait, elle n'était pas du genre à écrire. Par contre, son téléphone mobile ne la quittait jamais. Ils étaient inséparables. Si nous pouvions le retrouver, je suis sûre que cela nous apprendrait beaucoup de choses.

Jessica se pinçait l'arête du nez, pour tenter de bloquer net la migraine qui menaçait.

— Et maintenant, acheva-t-elle dans un soupir, qu'est-ce qu'on fait ?

— On trouve un endroit pour cacher la limousine et on rentre à l'hôtel faire un brin de toilette et réfléchir un peu.

Tyler sortit de sa poche une carte de visite et la tendit à Jessica avec son téléphone. La jeune femme jeta un coup d'œil à la carte.

— Annabeth Malloy… La directrice de l'hôtel ?

— Oui, appelle-la et mets le haut-parleur.

Quelques secondes plus tard, la voix de la responsable du Hilton résonnait dans l'habitacle.

— Oui, allô !

— C'est Tyler O'Brien.

— Oui, monsieur O'Brien, que puis-je faire pour vous ?

— Voilà, nous aimerions pouvoir rentrer à l'hôtel par l'entrée de service. Un paparazzi poursuit mon amie, et nous voudrions lui échapper.

— Mais bien sûr, monsieur. Un chasseur vous y attendra et vous fera entrer. Je m'en occupe immédiatement.

— Pour la même raison, je voudrais que l'on mette ma limousine dans un box fermé, ou un endroit discret, jusqu'à ce que j'en aie besoin à nouveau.

— Ce sera fait, également.

— Merci beaucoup à vous.

Jessica demeura perdue dans ses pensées tout le reste du chemin, remâchant ses doutes et ses inquiétudes quant au sort de sa sœur.

L'entrée de service était silencieuse et vide quand on la leur ouvrit, nul ne les vit s'engouffrer dans l'hôtel. Jessica rêvait à nouveau d'une bonne douche. L'adrénaline était retombée. Elle était fatiguée et elle avait faim. Par bonheur, l'air conditionné de leur suite était comme un souffle frais, sur sa peau.

— Je vais prendre une douche, annonça-t-elle.

Elle disparut dans la salle de bains, ne voulant pas que le beau cow-boy puisse voir des larmes briller dans ses yeux. Les heures qu'elle venait de passer avaient quelque chose d'irréel, et une profonde terreur l'étreignait, comme une main de fer, chaque fois qu'elle pensait à sa sœur. Il y avait des gens qui croyaient fermement la télépathie possible entre jumelles et, par moments, Jessica se demandait s'ils n'avaient pas raison. Des moments comme ceux-ci, où la peur la dévorait, où elle était quasiment certaine qu'il lui était arrivé malheur.

— On va essayer de reprendre les choses et de trouver où a bien pu passer Jennifer, lui dit Tyler pour la réconforter, alors qu'elle sortait de la salle de bains.

Elle s'était changée pour un simple short de sport en coton, un T-shirt et des chaussures de jogging. Elle avait aussi rassemblé ses cheveux en une queue-de-cheval, pour avoir moins chaud dans le cou.

Elle acquiesça aux paroles de Tyler, sans répondre. Qu'aurait-elle pu dire, de toute façon ? Jennifer lui semblait bien loin, tout à fait hors d'atteinte.

— Tu as l'air d'une étudiante, habillée comme ça, lui dit son compagnon en souriant, pour détendre l'atmosphère et lui changer les idées. Le campus de l'université de Louisiane n'est pas loin, tu pourrais t'y fondre sans problème et passer inaperçue.

Elle le regarda d'un air mi-figue, mi-raisin, comme si elle se demandait s'il ne se moquait pas d'elle.

— C'était censé être un compliment. Commande ce que tu veux au room service. Pour moi, ce sera un hamburger et une bière, s'il te plaît.

— D'accord !

C'était exactement ce dont elle avait envie, elle aussi.

— Merci. Je vais prendre une douche froide, pendant ce temps-là.

Il pensa soudain aux implications de ce qu'il venait de dire, sourit et ajouta :

— Oui, pour ce que tu penses, aussi. Ça me rafraîchira les idées.

Jessica ne put s'empêcher de sourire. Pour un richard, il était vraiment le plus simple et le plus accommodant des compagnons. Elle pensa aux récits de sa sœur sur les hommes en vue qu'elle fréquentait, avec leurs complets de grands faiseurs ou leurs tenues de sport griffées par les meilleures boutiques… Ce cow-boy-là n'avait rien de ce genre de stéréotypes et il était pourtant diablement séduisant, avec son jean et ses bottes. Il n'avait rien de superficiel, lui.

Habituellement, elle aurait passé plus de temps à étudier ce très intéressant spécimen de la gent masculine, mais elle avait pour le moment bien du mal à se concentrer sur un autre sujet que la disparition de Jennifer. De plus, les quelques baisers échangés avec Tyler avaient achevé de brouiller ses esprits.

La tête ailleurs, Jessica appela le room service et commanda leur dîner. Le soleil baissait rapidement, et ils n'avaient toujours rien de bien tangible. Les questions tournaient et retournaient dans sa tête. Tout ce dont elle était sûre, c'était que sa sœur était en danger, en grand danger.

Tyler la rejoignit un quart d'heure plus tard, seulement vêtu d'un blue-jean à la taille basse, son torse musclé nu et bronzé. Travailler sur un ranch devait vous forger un corps d'acier, au vu de ses pectoraux saillants et de sa sangle abdominale parfaitement dessinée.

— Le dîner arrive, dit-elle en essayant de détourner les yeux de cette vision affriolante. Et je ne sais toujours pas où ma sœur peut bien se trouver en ce moment, ajouta-t-elle.

Le canapé se creusa sous le poids de Tyler, lorsqu'il vint s'asseoir près d'elle. Elle tenait à la main un bloc-notes sur lequel elle avait rédigé quelques lignes. Au milieu de la page, le mot *bayou* avait été entouré, encore et encore, jusqu'à ressembler à un rouleau de câbles.

— Nous avons juste besoin d'un peu de repos, lui dit doucement son compagnon, et nous finirons bien par y voir plus clair. Y a-t-il autre chose dont tu te souviennes ? Quelque chose qui t'aurait frappée, quand tu allais la voir, par exemple ? Quelqu'un qu'elle t'aurait fait rencontrer ?

Malgré toutes ces heures passées avec lui, Jessica ressentait toujours un trouble assez délicieux en entendant sa voix. Son timbre chaud et grave faisait lever des milliers de papillons dans son ventre, quand il lui parlait.

— Elle ne me présentait jamais personne. Quand j'y pense, maintenant, je me dis qu'elle ne voulait sans doute pas que l'on nous voie ensemble.

Elle écrivit sur son bloc-notes le nom de Big Beau, qu'elle entoura également d'un gros trait de crayon.

— Tu crois qu'Elijah voulait nous tuer ? s'enquit-elle.

À cet instant, le téléphone fixe sonna dans la suite. Ils se regardèrent.

— C'est peut-être la réception, dit Jessica.

Tyler décrocha.

— C'est Zander, annonça-t-il, il appelle des urgences.

Il ne prononça plus ensuite que quelques mots, se contentant d'écouter attentivement. Quand il raccrocha, Jessica lui demanda :

— Il va mieux ?

— Aussi bien que possible. Il dit que la première balle lui a égratigné l'épaule et l'autre, la cage thoracique, sans causer de graves dommages. Le médecin trouve qu'il a eu beaucoup de chance.

Tyler vint se rasseoir, et Jessica ne put s'empêcher d'admirer la grâce féline avec laquelle il se déplaçait. Malgré les dangers qu'ils couraient, elle se sentait protégée, à ses côtés.

— Il va pouvoir sortir dès qu'ils auront fini de le panser.

— Enfin une bonne nouvelle ! soupira Jessica.

On frappa à la porte et, immédiatement, Tyler fut sur ses gardes.

— Reste hors de vue tant que je ne te fais pas signe que tout est clair, murmura-t-il à la jeune femme.

Elle passa dans l'une des chambres et se posta derrière la porte, aux aguets par l'entrebâillement de celle-ci.

Tyler tira un pistolet de sa poche, laissant pendre sa main le long de sa jambe droite, tandis qu'il manœuvrait le verrou de la main gauche.

— Entrez, dit-il au groom, qui poussait un chariot, vêtu d'une veste blanche immaculée et d'un pantalon noir.

— Voulez-vous que je dresse la table, monsieur O'Brien ?

— Non, laissez ça là, je vous remercie. Je m'en occuperai...

Il tira quelques billets de sa poche et les tendit au groom sans lui montrer ce qu'il tenait dans la main droite.

— Ça sent très bon ! ajouta-t-il aimablement.

— Merci et bon appétit, monsieur.

Tyler referma la porte sur lui.

— C'est bon ! annonça-t-il à Jessica.

Celle-ci revint dans la pièce mais, bien qu'ils restassent seuls, la tension n'était pas encore dissipée. Jessica détestait vivre ainsi, à avoir peur de son ombre à chaque instant. Mais à présent, leurs ennemis devaient savoir que Jennifer avait une sœur, qui la recherchait.

— À quoi penses-tu ? lui demanda Tyler en enclenchant la sécurité de son pistolet avant de le poser sur un guéridon.

— Ils savent que j'existe, à présent. Nous avons perdu le seul avantage que nous avions sur eux.

Il tendit la main pour l'inviter à passer à table, et elle s'assit. Il déposa une assiette devant elle et souleva le couvre-plat en argent, dévoilant le hamburger le plus joliment dressé et garni qu'elle ait jamais vu. Ou peut-être avait-elle vraiment faim, après tout.

— J'ai demandé de l'eau et du thé, aussi, précisa-t-elle.

Après toute cette adrénaline, la bière ne lui faisait plus autant envie. Et puis, elle avait besoin de toute sa concentration et elle savait que n'importe quelle boisson alcoolisée, même légèrement, lui faisait tourner la tête.

— Je les garde au frais pour plus tard, commenta Tyler en déposant les deux bouteilles dans un seau à glace.

Jessica but de nombreux verres d'eau avant d'avoir avalé la dernière bouchée de son hamburger. Elle se versa ensuite une tasse de thé.

— Tu en veux une ? proposa-t-elle à Tyler.

— Je peux me servir.

Décidément, ce beau cow-boy voulait tout faire lui-même. C'était surprenant, pour un homme aussi riche que lui.

— J'y suis, dit-elle en remplissant une tasse et en la lui tendant. Tu vois, ajouta-t-elle en souriant, ça ne m'a causé aucune peine.

Il se mit à rire.

— Ça vient de mon éducation, expliqua-t-il. Nos parents tenaient à ce que nous apprenions à être indépendants. Mes frères et moi, on travaillait dur au ranch, auprès de mon père. Maman nous gâtait, sans en avoir l'air, mais elle nous répétait aussi de ne pas oublier que nous étions des privilégiés. Ils ont réussi : leurs fils sont indépendants. Et têtus, aussi, ce qui va avec.

— Vous avez tous dû grandir dans une famille idéale.

— C'est vrai. Cela peut avoir ses inconvénients, aussi. Nous sommes tellement soudés entre nous que peut-être, d'une certaine manière, cela nous ferme aux autres.

Une lueur sombre passa dans son œil. Avait-il des regrets ?

— Ce n'est pas forcément un inconvénient, fit remarquer Jessica. La situation où je me trouve m'apprend à choisir avec davantage de soin ceux à qui je fais confiance. Même quelqu'un qui a les meilleures intentions du monde au départ peut te faire du mal.

Oui, la confiance était une belle chose, lorsqu'elle était méritée. Avait-il accordé trop vite la sienne à Lindsey ? Il avait cru qu'elle le comprenait et savait où il plaçait ses priorités. Mais elle lui avait demandé de quitter le ranch à tout jamais, s'il voulait avoir un avenir avec elle. Elle disait que sa vie à elle était à Denver, où était sa famille. Autant dire que cet ultimatum avait rapidement gâché leur relation. Le connaissait-elle vraiment, pour lui demander une chose pareille ? Elle était sortie de son existence, et Tyler se demandait encore comment il avait pu aimer quelqu'un qui refusait tout ce qui était profondément ancré en lui. Pourtant, quand Lindsey l'avait quitté, il avait eu l'impression que sa vie s'arrêtait, que son corps fonctionnait, mais qu'il n'était plus qu'une enveloppe vide. Là-dessus, il avait perdu ses parents...

Lorsque tout cela serait terminé, que Jessica serait en sécurité, il parlerait à Tommy et à ses frères : il fallait reprendre l'enquête, trouver les coupables. D'une certaine manière, moins penser à son chagrin et s'occuper des ennuis de quelqu'un d'autre lui procurait un certain apaisement. Il s'était tant focalisé sur son malheur qu'il avait été à deux doigts de perdre la raison. Il songeait au billet que lui avait laissé Lindsey, avant de partir : « Profite bien de ta vie et, la prochaine fois, pense un peu à l'autre, avant de penser à toi. »

Il s'était longtemps demandé s'il y avait du vrai, dans ce qu'elle lui avait écrit. Il avait connu quelques femmes, après elle, sans vraiment réussir à se guérir de son désenchantement. Tyler était assez honnête pour admettre que Lindsey n'avait pas eu tout à fait la première place, dans sa vie. Il mettait cela sur le compte de toutes leurs différences. Elle aimait sortir, passer de longues heures, le soir, dans les bars. Elle était volontiers flirteuse avec les hommes, lui disait que c'était pour rire, que cela ne comptait pas, et il avait honnêtement essayé de la croire. Mais en fait, ils étaient le complet opposé l'un de l'autre. Tyler était réservé, ne se livrait pas facilement et ne se sentait vraiment à l'aise que parmi les siens. Après une dure journée de travail, il aimait un bon dîner à la maison, après une bière fraîche, bue sous les étoiles. Bien sûr, si une femme était auprès de lui, on pouvait imaginer d'autres jeux, de ceux que l'on entreprend nus.

C'est qu'elles étaient magiques, ces nuits du Texas avec leurs millions d'étoiles qui brillaient dans le ciel, si pur !

Restait que Lindsey avait probablement raison : il aurait dû faire davantage d'efforts avec les gens. Il était pourtant un négociateur-né, habile à comprendre le point de vue de chacun et à dégager, dans le domaine des affaires, par exemple, un accord satisfaisant pour toutes les parties. C'est pourquoi, dans la famille, il était depuis toujours chargé d'aplanir les angles. C'est ainsi qu'il avait pu, non sans mal, faire la paix entre sa tante Bea et son oncle Ezra. Mais, quand il s'agissait de faire la part des émotions, et surtout des siennes, c'était une tout autre paire de manches.

Mais sans doute était-il inutile, dans les circonstances où il se trouvait, de ressasser des problèmes qui n'avaient peut-être pas vraiment de solutions. Tyler songea qu'il devait se concentrer sur la situation présente.

— Reprenons tout par le commencement, dit-il. Milton est bien l'un des ex de ta sœur ?

— Oui, ils ont été brièvement ensemble l'année dernière, puis ils ont cassé, mais sont restés amis ou, du moins, elle l'a cru.

Jessica s'assit sur le canapé, une jambe repliée sous les fesses. Elle but une gorgée de thé, puis posa la tasse sur la table basse.

— C'est peut-être pour cela qu'elle a pensé qu'elle pouvait te faire passer pour elle, auprès de lui. Parce qu'il n'avait peut-être pas eu le temps de bien la connaître, fit remarquer Tyler.

— Pas vraiment, mais de toute façon la personnalité de ma sœur a de nombreuses facettes. Même moi, je ne prétends pas les connaître toutes. Jamais, par exemple, je n'aurais pu imaginer qu'elle allait se fourrer dans cette histoire, et pourtant nous y sommes.

— Nous savons maintenant qu'Elijah y est impliqué aussi.

— Jusqu'aux oreilles.

— Jusqu'à quel point étaient-ils proches, tous les deux ?

— Je n'en sais rien. Il n'est a priori pas son genre. Peut-être la changeait-il de tous ses golden-boys, qu'il lui rappelait les quartiers populaires dont nous venons, qu'il nous remplaçait auprès d'elle, d'une certaine manière.

— Je me demande s'il y a un lien entre lui et Milton. Est-ce qu'un musicien fréquente un avocat d'affaires ? A priori, ils n'évoluent pas dans les mêmes cercles. Autre question : comment diable peut-on s'inscrire à l'ordre des avocats, quand on a un casier judiciaire ?

— Très bonnes questions ! En ce qui concerne la première, je suppose que Jennifer est la seule connexion entre eux. Mais elle n'est jamais sortie avec Elijah, à ma connaissance...

Elle but une gorgée de thé.

— Ce qui ne veut pas dire qu'il n'a pas de sentiments pour elle, fit remarquer Tyler.

— Non, tu as raison, et d'ailleurs je suis sûre qu'il en a, à la façon dont il me dévisageait. Mais il n'a aucune chance, il n'est pas assez riche.

Tyler regardait les yeux de Jessica. Leur profondeur verte, d'océan. Insondable. Ce n'était pas le seul détail qu'il aimait, en elle. Il y avait par exemple ce léger retroussis de la lèvre, quand elle était un peu nerveuse. Un mouvement si léger qu'on ne le remarquait pas, tout d'abord. Plus adorable encore, il avait noté que, quand elle s'apprêtait à mentir, la pointe de sa langue passait sur sa lèvre. Il l'avait observée plusieurs fois, quand elle parlait avec Elijah. Par chance, il ne l'avait jamais vue faire cela quand elle s'adressait à lui. Il lui en était reconnaissant. Son rire était cristallin, mélodieux comme une petite musique, et vous aviez envie de l'entendre encore et souvent, d'inviter celle qui riait ainsi à dîner et de la faire rire, rire, jusqu'à ce qu'elle en ait mal au ventre.

Aussi, elle clignait des yeux, quand elle ne savait pas trop ce qu'elle allait dire ensuite.

Mais surtout, ses baisers avaient un goût de paradis et, quand elle était dans ses bras, Tyler avait l'impression que sa vie avait tout à coup un sens, comme s'il touchait enfin au port après une longue traversée.

— Je ne sais pas quoi penser des Brasseux, dit-elle avec un lourd soupir. Et je me sens comme un hamster dans une roue, toutes les questions que je me pose me ramènent à mon point de départ.

— Moi, dit Tyler, j'achoppe toujours sur le problème des rapports entre Elijah et Milton. Et entre Elijah et les Brasseux, aussi. Qu'un avocat d'affaires puisse fréquenter un couple de milliardaires, soit. Mais un petit musicien de zydeco ? Quelle peut être leur connexion ?

— Ma sœur, fit tranquillement Jessica.

Tyler leva un sourcil interrogatif.

— Et si elle n'était pas aussi innocente que je le crois ? Si elle avait volé le collier pour le rendre à Ashton et que son « ami » Elijah y ait vu une opportunité de gagner beaucoup d'argent ? Toute l'histoire a pu alors s'aigrir très vite et Jenn, se retrouver dans de gros ennuis qu'elle n'avait absolument pas prévus.

— Tu ne crois pas vraiment que ça s'est passé comme ça, n'est-ce pas ?

— Je ne veux pas le croire, mais c'est peut-être bien la vérité.

Elle s'interrompit un instant, puis ajouta :

— Tu sais quoi ? Je suis fatiguée. J'ai vraiment besoin de repos.

11

Jessica se tournait et se retournait dans son lit, incapable de trouver le sommeil, obsédée qu'elle était d'avoir manqué quelque chose d'important. Elle réfléchit encore et encore, cherchant ce que cela pouvait bien être. Elle dut finir par s'assoupir car, sur les 3 heures du matin, elle se réveilla en sursaut. Et elle avait dû crier, aussi, car Tyler se précipita dans sa chambre, quelques secondes plus tard.

— Qu'y a-t-il ? demanda-t-il, inquiet, sa voix grave et chaude encore lourde de sommeil, en s'approchant du lit.

— Je... Je ne voulais pas te réveiller, balbutia Jessica, qui se forçait à ne pas regarder le torse nu de Tyler.

Ce n'était guère le moment de penser à ces muscles d'acier, à la peau de velours, douce et chaude, qui les recouvrait.

— Bah, j'ai le sommeil léger.

Le matelas se creusa sous son poids lorsqu'il s'y assit. Il n'avait sur lui qu'un léger boxer-short.

— Ça m'est revenu comme un flash, dit Jessica, et j'ai compris ce que j'avais manqué. Tu as ton smartphone ?

Tyler se releva, passa dans la pièce d'à côté et revint avec le petit appareil, qu'il lui tendit. Jessica choisit l'application Internet et entra les mots *Le Bayou* dans le moteur de recherche.

— Ce n'est pas qu'un nom commun, « Le Bayou » c'est aussi un lieu-dit, expliqua-t-elle, le cœur plein d'espoir. Elle m'a dit : « je te verrai au Bayou », et j'ai cru qu'elle parlait de n'importe quel marais. On les appelle tous comme ça, ici, mais en fait, non, c'est un lieu précis. Elle m'y a emmenée, une fois. C'est retiré, à l'écart de la ville, en pleine nature.

— Quel genre d'endroit est-ce ?

— À peine un hameau. Il y a une espèce de gargote, seulement fréquentée par les locaux, qui porte aussi ce nom. Elle n'a pas de site Internet, mais elle est tout de même listée comme commerce. Tu vois, il y a l'adresse.

Elle lui montra la page. Tyler se pencha pour l'examiner.

— Là, tu tiens peut-être quelque chose, lui dit-il en souriant.

Toute à l'excitation d'avoir enfin une piste, Jessica jeta impulsivement les bras au cou de Tyler. Draps et couvertures glissèrent, la découvrant à demi.

— Oui, ça a l'air d'un endroit intéressant, ajouta son compagnon. Au beau milieu d'un marais...

Il avait passé le bras autour de la taille de Jessica. Celle-ci s'aperçut alors qu'il n'y avait plus entre leurs deux corps que la mince barrière de son petit débardeur. Elle voulut se reculer.

Tyler laissa tomber le téléphone sur le lit, près d'eux.

— Pas si vite, murmura-t-il.

D'une main, il lui prit la taille, en la retenant contre lui. Son autre main alla se poser sur les fesses de la belle rousse. Avant même que celle-ci eût bien compris ce qui lui arrivait, elle se retrouva à embrasser Tyler à pleine bouche. D'un geste rapide, il la fit passer sur ses genoux, et elle put sentir la chaleur de son érection contre sa cuisse. Elle approfondit leur baiser. Tyler était tout feu et toute virilité, avec néanmoins une incroyable douceur. Il palpait les fesses de Jessica, à pleines mains. Elle aimait sa force et sa délicatesse. Elle ondula des hanches pour coller son bassin à la flèche tendue. La seule pensée de faire l'amour avec Tyler faisait lever une tempête de désir en elle. Ses seins presque nus s'écrasaient sur le torse d'acier.

Il tenait toujours ses fesses à pleines mains, et elle sentait jouer ses muscles. Il poussait de petits grognements très excitants, du fond de la gorge. Leur souffle s'accélérait. Les mains de Jessica couraient sur le corps de Tyler, comme si elle voulait en retenir le moindre méplat, la plus petite rotondité. Pourquoi fallait-il alors qu'une toute petite voix en elle lui murmure : *Tu es sûre que c'est une bonne idée ?*

Elle ne le connaissait pour ainsi dire pas et, pourtant, elle lui avait confié sa vie. Par la force des choses, une intimité était née et avait grandi entre eux, on ne pouvait le nier. Mais le connaissait-elle vraiment ? Bien sûr, la tension sexuelle entre eux était plus dense et plus moite que l'air de la Louisiane. Il ne faisait aucun doute que le sexe avec lui serait une expérience bouleversante. Mais ensuite ?

Ils venaient de deux mondes bien différents. Il retournerait à sa vie et à son ranch, elle à Shreveport, pour aider ses parents à faire tourner l'affaire familiale. Jessica ne pouvait s'imaginer laisser son père et sa mère se débrouiller seuls.

Sa raison essayait simplement de lui dire de ne pas s'emballer. L'avenir était obscur, incertain. Seule cette nuit était réelle. Un délicieux intermède. Il n'y avait rien de mal à prendre du plaisir, tant qu'il en était encore temps.

L'idée de s'arrêter, alors que Jessica s'ouvrait au plaisir comme une fleur, était quasiment insupportable.

Sauf que Tyler tenait à elle, était attentif à ne pas la brusquer, et qu'il était difficile de trouver le juste milieu entre le besoin de lâcher la vapeur et celui, tout simple en apparence, d'être ensemble. Le premier besoin ne réclamait aucun effort cérébral, simplement de se laisser aller. Le second le terrifiait absolument.

Il fit appel à toute sa volonté, pour calmer un peu le jeu.

Il n'était pas seul en cause. Jessica venait de traverser des moments terribles. Elle n'avait nul besoin de ce stress supplémentaire. C'était peut-être très bien pour lui, mais cela risquait de faire du mal à Jessica, et il ne le voulait pas en aucun cas.

— Ce n'est pas une bonne idée... Pas pour le moment...

Il souleva Jessica et la reposa doucement sur le drap, en essayant de ne pas écouter sa propre déception, la frustration qui lui rongeait le ventre. La petite voix intérieure, aussi, qui était en train de le maudire. C'était la région de son cerveau qui, quoi que l'on fasse, gouvernait son hémisphère sud et, depuis son adolescence, il savait que l'écouter ne lui procurait que des regrets et de l'amertume, pourtant il ne pouvait s'en empêcher.

— Ah !

Jessica ne dit rien de plus et pas bien fort. Mais Tyler pouvait clairement entendre sa surprise et sa déception.

— Ne te méprends pas, tu es vraiment très belle, lui dit-il, mais c'est juste que... ça ne peut pas marcher.

— Ne t'inquiète pas, lui répondit-elle, tu n'es pas obligé de ménager mes sentiments !

Elle avait fortement rougi, et la voir ainsi pinçait désagréablement le cœur de Tyler.

S'imaginait-elle qu'il ne voulait pas faire l'amour avec elle ? Bon sang, qui ne l'aurait pas voulu ? Elle avait tout ce qu'il pouvait désirer chez une femme. Elle était intelligente, belle à se damner avec des courbes affolantes. Elle était irrésistible ! En fait, il lui avait fallu faire un effort surhumain pour ne pas se jeter sur elle et la prendre là, tout de suite, sur ce lit. Sans doute avait-il besoin d'une douche froide, s'il ne voulait pas jouer les hommes des cavernes avec elle. Il lui expliquerait plus tard, lorsqu'il serait tout à fait sûr d'avoir très bien compris, lui-même, pourquoi il agissait ainsi.

— Nous en reparlerons, mais pas maintenant.

Il montra le téléphone, abandonné sur les draps.

— Occupons-nous d'abord de retrouver ta sœur...

Jessica se demandait si elle ne venait pas de vivre l'instant le plus embarrassant de sa vie. Pourtant, Tyler la désirait. Son érection, contre sa cuisse, ne laissait guère de doutes. Qu'avait-elle donc de si terrible en elle pour qu'il ne puisse pas, simplement, suivre son désir ? Peut-être avait-il compris ce qu'il s'apprêtait à faire et s'était-il résolu à tout stopper net, à briser leur relation dans l'œuf. Tout était arrivé si vite que Jessica, elle, s'était laissé emporter comme dans un tourbillon. Bien sûr, l'attraction physique était réelle entre eux, mais elle ne faisait pas tout. Et puis, il avait raison : ils devaient se concentrer sur la recherche de Jennifer.

Un très fort sentiment de culpabilité frappa Jessica, mêlé à la honte : sa sœur avait besoin d'elle, et elle l'avait oubliée dans les bras d'un beau cow-boy.

Elle se ressaisit, passa un jean et un T-shirt et noua ses cheveux en queue-de-cheval, en préférant ne pas trop penser à ce qui l'attendait. Dans le marais, il y avait des moustiques. Des alligators. Des bactéries. Et toutes sortes de créatures prêtes à se repaître de chair humaine et de sang. Si penser à tout cela ne lui faisait pas changer d'idée, alors rien ne le pourrait. Et puis, il fallait compter avec les gens du marais. Des Cajuns qui préféraient vivre à l'écart du monde, sans Internet et sans téléphone.

Elle respira profondément et se tourna vers la porte de sa chambre. Tyler l'attendait dans le salon, douché, rasé, habillé de frais.

— Tu es prête ? lui dit-il.

— Autant qu'il est possible, soupira-t-elle.

Tyler prit le téléphone, qui était resté sur le lit, et fit un numéro.

— Qui appelles-tu ainsi au milieu de la nuit ? lui demanda Jessica en se glissant dans ses chaussures de sport.

S'il fallait à nouveau patauger dans le bayou au milieu du noir total, mieux valait être à son aise.

— On ne peut pas y aller dans la limousine de Zander, répliqua Tyler, on se ferait trop facilement repérer. Il faut que je prenne certains arrangements.

— On va attendre quelques minutes avant de sortir du parking, conseilla Tyler, le temps que nos yeux s'habituent à l'obscurité.

Il régla le siège du SUV que leur avait déniché la directrice de l'hôtel. Ce n'était pas son genre de jouer les clients VIP aux exigences extravagantes, encore moins de faire réveiller les gens en plein milieu de la nuit, mais il n'avait pas vraiment eu le choix. Attendre jusqu'au matin, cela pouvait signifier la mort, pour la sœur de Jessica.

Il avait aussi demandé une lampe-torche, mais pour l'instant, celle-ci resterait dans la boîte à gants, toujours pour accommoder leur vision périphérique nocturne, tandis qu'ils pénétraient dans les grands bois qui s'étendaient dès la sortie de la ville.

Tyler gara son véhicule sur le bas-côté de la route, à l'entrée du chemin qui menait au fameux « Bayou », attentif à la moindre présence. Étant donné le caractère retiré de l'endroit, mieux valait ne pas faire une mauvaise rencontre. Il prit des lingettes imprégnées de repellent anti-insectes dans le sac qu'il avait placé dans la voiture.

— Frotte-toi le visage, le cou, les mains et les bras avec ça, lui conseilla-t-il.

Elle saisit la petite serviette qu'il lui tendait, et ses doigts effleurèrent la paume de Tyler au passage. À nouveau, il ressentit le regret lancinant de ne pas lui avoir fait l'amour. Il ne parvenait pas à comprendre lui-même pourquoi diable il se refusait à suivre ses pulsions. Mais la tension sexuelle qui se manifestait entre eux était une distraction que ni l'un ni l'autre ne pouvaient réellement se permettre. Tyler songea qu'il ferait mieux de se concentrer sur la recherche de Jennifer, plutôt que de penser au joli fessier de Jessica dans ses mains.

Il dégagea une lingette de repellent de son enveloppe, pour s'en frotter les bras et le cou. Il n'avait vraiment pas besoin de s'encombrer du virus de la fièvre du Nil, une fois rentré au ranch, et puis cette tâche apportait un dérivatif bienvenu à certaines pensées un peu trop précises...

— On va progresser dans le noir, sur la fin, chuchota-t-il, j'éteindrai la lampe quand nous approcherons du bâtiment. Avec un peu de chance, tout le monde dormira, aux alentours. Sinon, il pourrait y avoir des chiens qui aboieront et des gens qui nous recevront à coups de fusil. Comme le coin est pas mal reculé, ils ont peut-être des dobermans ou des pit-bulls. C'est pourquoi on va avancer non seulement dans le noir, mais aussi dans le plus grand silence.

Ses yeux commençaient à s'adapter à l'obscurité. Ceux de Jessica étaient agrandis de frayeur.

— Tu préfères m'attendre ici ? murmura-t-il.

Elle répondit sans hésiter :

— Non, je peux t'être utile, et puis je n'ai pas envie de rester ici toute seule.

Tyler acquiesça presque distraitement. En fait, il se maudissait encore intérieurement de toujours penser à ce qu'ils avaient été à deux doigts de faire à l'hôtel.

— Tu sais utiliser une arme à feu ? demanda-t-il.

— Elles me font horriblement peur.

— Bon, alors on va te trouver autre chose...

— Mais je peux le surmonter, ajouta-t-elle précipitamment, surtout si c'est pour délivrer ma sœur ou pour nous protéger.

Elle tendit la main et, à la lueur de la lune, il put voir qu'elle tremblait. Mais elle ne flancherait pas, il le savait. On ne pouvait douter de son courage.

— La sécurité est mise, dit-il en lui faisant refermer les doigts sur un pistolet Sig-Sauer. Prends-le, habitue-toi...

Elle referma son autre main sous celle qui tenait la crosse, en appui.

— On dirait que ce n'est pas la première fois que tu tiens une arme de poing, fit-il remarquer.

— Elles me font très peur, c'est vrai, mais mon père m'a appris à tirer quand j'avais une douzaine d'années. Il gardait des armes à la maison.

— Il était chasseur ?

— Non, mais nous vivions dans un quartier difficile, et il voulait que je sache, au cas où...

Elle dégagea, puis réengagea le chargeur, vérifia que la culasse coulissait normalement.

— Ça ira, dit-elle, mais j'espère bien que je n'aurai pas à m'en servir...

— Assure-toi qu'il est bien pointé sur un autre que moi.

Tyler ne plaisantait qu'à moitié. Après ce qui s'était passé ou, plutôt, ce qui ne s'était pas passé dans la chambre, elle devait être furieuse contre lui. Lui aussi l'était. Avait-on idée de posséder une conscience aussi... frustrante que la sienne ?

Bon sang, O'Brien, est-ce que ce n'était pas plus simple de suivre un peu ses impulsions, dans la vie, surtout avec une femme aussi belle ? Il avait laissé passer une occasion qui n'était pas près de se renouveler, vu la manière dont il s'était conduit avec elle. On avait rarement une seconde chance, il le savait. Il murmura un juron rageur.

— Qu'est-ce que tu dis ? lui demanda-t-elle en le regardant d'une drôle de manière.

— Rien. Tu es prête ?

— Autant qu'on peut l'être, lui répondit-elle avec un petit sourire timide, ce qui le fit fondre.

Oui, il allait certainement passer le reste de sa vie à regretter la magnifique occasion qu'il avait laissée passer. Peut-être bien qu'il n'en aurait plus jamais d'autre. Tout avait une fin, en ce monde, comme sa courte carrière au base-ball et sa dernière liaison.

Il essaya de chasser ces pensées peu opportunes, mais il n'y parvint pas.

Bien que née en Louisiane, Jessica songea qu'elle ne s'habituerait jamais aux bruits des marais, la nuit. Tout semblait vivant, même les arbres, dans cette jungle de grands chênes, et bien plus actif que durant la journée. Les criquets stridulaient inlassablement. Jessica en avait la chair de poule, et le son d'une fuite, suivie d'un glissement dans l'eau vaseuse, fit battre son cœur plus vite : sans doute un des nombreux alligators qui peuplaient les environs. Quelque chose se faufila juste sous sa chaussure, et elle retint un cri effrayé en se blottissant contre Tyler. Il maintenait le rayon de la lampe au ras du sol, pour attirer le moins possible l'attention, et ne relevait le faisceau que lorsqu'il devait identifier un obstacle. Jessica avançait en retenant son souffle et en essayant de ne plus entendre la vie animale autour d'elle. Dieu seul savait quelles créatures peuplaient l'obscurité. Lorsque le faisceau de la lampe passait sur les étendues d'eau morte, elle cherchait les yeux brillants qui auraient dénoncé les sauriens et elle priait pour ne pas tomber à l'eau en devant franchir un arbre tombé ou quelque chose de ce genre. Qu'allaient-ils trouver dans ce bout du monde ? Si sa sœur avait été enlevée, comme il y avait tout lieu de le croire, ce marais serait l'endroit idéal pour faire disparaître son cadavre.

Mais imaginer le pire ne facilitait en rien leur enquête, ni son état de nerfs, alors elle fit de son mieux pour chasser ces pensées morbides, en posant avec précaution les pieds dans l'herbe glissante. Il était quasiment impossible d'avancer dans ce terrain spongieux en ne faisant aucun son. À chaque foulée, le sol lui aspirait littéralement le pied avec un vilain bruit de succion.

Soudain, Tyler lui pressa la main, et elle s'arrêta net. La lampe s'éteignit aussitôt, les plongeant dans l'obscurité.

Le cœur lui battant jusque dans la gorge, Jessica fit prudemment un pas de plus en avant. Elle mourait de peur, mais sa volonté farouche de retrouver sa sœur la poussait. L'obscurité et l'atmosphère étouffante attisaient sa claustrophobie et, sans la présence de Tyler auprès d'elle, elle aurait peut-être fait demi-tour.

Si Jennifer avait été libre de ses faits et gestes, elle lui aurait certainement téléphoné. De cela, Jessica ne doutait pas. Or, cela faisait maintenant deux jours qu'elle était sans nouvelles. Il avait pu se passer bien des choses, durant ces quarante-huit heures.

Ses yeux commençaient à s'habituer à l'obscurité. Suffisamment en tout cas pour qu'elle distingue les silhouettes des grands arbres couverts des longs filaments de la « mousse espagnole ». Ils approchaient en effet du « Bayou », passèrent devant plusieurs petites cabanes (Jessica se demandait si sa sœur ne pouvait pas être dans l'une d'elles) avant de voir se dessiner dans la nuit la masse du bâtiment principal, pas très grand, bien que possédant un étage et surmonté d'une enseigne de bois proclamant « Le Bayou » en lettres blanches. Elle ne pouvait pas voir grand-chose d'autre, tant la forêt était dense tout autour et ne laissait pas même le passage aux rayons de lune. Il y avait deux véhicules garés derrière le bâtiment : un vieux pick-up Toyota et une Volkswagen plus antique encore, véritable relique des années 1960. Par bonheur, il ne semblait pas y avoir de chiens dans les environs, sans quoi les deux intrus n'auraient pas manqué d'être immédiatement repérés.

Tyler se pencha sur l'arrière de la Volkswagen et, faisant signe à Jessica d'approcher, il ralluma sa lampe de poche et la braqua brièvement sur la plaque d'immatriculation. Elle était personnalisée, comme on pouvait le faire en Louisiane en demandant une autorisation, et portait le nom de « Big Beau » ! Jessica faillit en rester bouche bée. Elijah avait mentionné ce « Big Beau », croyant parler à Jennifer. Cette fois, la piste était chaude.

Cela peut tout aussi bien être un piège, tendu par ce même Elijah, lui soufflait une petite voix. Il avait peut-être sciemment voulu les attirer ici.

Ou bien est-ce que cela voulait dire que Jennifer était bel et bien retenue au « Bayou » ? Que cet endroit retiré servait de repaire à ceux qui avaient volé le collier ?

Une main lui recouvrit la bouche, et elle fut tirée en arrière avant d'avoir pu crier. Elle se débattit pour échapper à son agresseur et tomba face contre le sol, en tâtonnant pour retrouver le Sig-Sauer, perdu dans la lutte.

— Chut ! Pas de bruit ! lui intima à l'oreille une voix masculine qu'elle ne connaissait pas. Je suis là pour vous aider, vous et votre sœur, mais pas un mot.

Mais déjà Tyler avait bondi. Le canon de son pistolet sur la tempe de l'inconnu, il lui soufflait à l'oreille :

— Et où tu crois que tu vas l'emmener, hein ?

— Restez calme, et tout le monde sortira d'ici vivant, répondit tranquillement l'homme.

C'était bien étrange, ce type qui prétendait donner des ordres, avec un pistolet braqué sur la tempe. Toujours étendue sur le sol, Jessica continuait de chercher le sien à tâtons. Finalement, sa main se referma sur la crosse, elle se retourna, se redressa à demi et braqua l'arme sur le visage de l'inconnu qui ne parut pas s'en émouvoir.

— Je suis Big Beau, lui dit-il. Si vous voulez savoir où est votre sœur, ne faites pas de bruit. Il faut nous éloigner d'ici. S'ils savaient que je vous parle, je me retrouverais bientôt en train de flotter à la surface de ce marais, la bouche et le nez dans l'eau. Si jamais les alligators ne s'intéressaient pas à ma carcasse, les moustiques s'en chargeraient.

— J'ai une voiture, pas loin, chuchota Tyler.

Apparemment, il avait décidé de faire confiance à ce... Big Beau. Jessica, elle, avait encore quelques doutes, mais elle était prête à tout accepter dans l'espoir de revoir Jenn en vie.

— Allons-y, avant que quelqu'un se réveille, chuchota Big Beau.

Il avait tout d'un grizzly dressé sur ses pattes arrière, par sa taille et par la largeur de sa silhouette.

— Pas si vite, dit Tyler en tapotant les vêtements de Beau à la recherche d'une arme, pendant que Jessica se remettait sur ses pieds.

— Vous ne trouverez rien sur moi, grogna-t-il, j'ai bien un M-16, mais je l'ai laissé à l'intérieur. Si vous êtes malin, vous vous dépêcherez ; si on réveille quelqu'un et qu'ils s'aperçoivent que je vous aide, je suis mort. Et Jennifer aussi.

12

Dans le SUV, Tyler continua à tenir Beau en respect. Jessica, qui pouvait enfin le voir à la lumière, l'examinait avec attention. Il avait vraiment tout d'un ours, jusqu'aux poils qui lui couvraient les joues. Il portait une chemise de flanelle dont il avait coupé les manches. Ses yeux étaient d'un bleu très pâle et ses cheveux, d'un blond filasse, plutôt sale. Son jean était bas sur les hanches, sous un ventre proéminent.

— Je sais que vous vous méfiez, mais vous avez tort, je suis de votre côté, dit-il, la main levée comme s'il comptait, de cette manière, arrêter les balles de Tyler.

— Prouvez-le, répliqua le rancher, et d'abord dites-nous où est Jennifer.

— Pas loin, à moins qu'ils l'aient encore emmenée ailleurs.

— Qui ça, ils ? Qui sont-ils, qui l'a enlevée ? demanda Jessica, pleine de colère.

— Ça, c'est un peu compliqué. Je vous connais, vous savez ? Je me souviens de la première fois que votre sœur vous a amenée ici.

— Ah bon ? C'était il y a longtemps, pourtant ; moi, je ne me souviens pas du tout de vous, répondit Jessica, sincèrement surprise.

Beau se mit à rire.

— Jenn m'a parlé de vous tout le temps qu'elle était ici. J'espérais bien que vous comprendriez qu'elle a des ennuis et que vous passeriez me voir.

— Si c'est le cas, comment se fait-il que personne par ici ne semble être au courant de mon existence ?

Elle doutait sérieusement que Jennifer ait parlé d'elle à quiconque, en fait.

Beau haussa ses épaules massives.

— Elle ne m'a parlé de vous que lorsque personne d'autre ne pouvait l'entendre, expliqua-t-il, et en me recommandant de ne rien dire à personne. Elle devait avoir ses raisons.

— Parce qu'elle a honte de moi, constata calmement Jessica, les yeux baissés.

Confuse, elle les releva. Elle n'avait pas eu l'intention de prononcer ces mots tout haut. Beau haussa les sourcils.

— Honte ? Pour moi, elle est plutôt très fière de vous ! Elle n'arrêtait pas de répéter combien vous êtes intelligente et comment vous avez fait évoluer le commerce de vos parents, pour les aider.

C'était la vérité. Du petit pressing que tenait sa mère et des services que proposait son père, Jessica avait fait, en peu de temps, une entreprise de nettoyage qui employait deux douzaines de personnes à plein temps. Ces créations d'emploi étaient sa grande fierté, ajoutée au fait que ses parents se trouvaient ainsi soulagés des tâches les plus dures.

Beau la dévisageait attentivement, et elle en était gênée.

— Excusez-moi de vous regarder comme ça, lui dit-il, mais vous vous ressemblez tellement, toutes les deux... que je suis surpris de voir que vous ne pensez pas comme elle et que vous ne savez pas combien elle est fière de vous. Elle vous admire, vous savez, elle dit que vous pouvez tout réussir.

— Nous avons toujours été très proches, mais... non, je ne savais pas, effectivement.

Jessica essuya furtivement une larme qui roulait sur sa joue. Elle avait toujours adoré sa sœur et savait qu'il en était de même pour Jennifer, mais entendre ce que celle-ci pouvait penser d'elle la submergeait d'émotion.

— Jenn disait toujours que, faute de mieux, elle devait se servir de son physique, qu'elle n'avait pas le choix, mais que vous, vous n'aviez pas besoin de cela, que vous pouviez décrocher la lune...

Cette fois, Jessica ne put retenir un petit sanglot. Tyler vint mettre son bras autour de son épaule pour la réconforter, mais elle se dégagea doucement, sans le regarder.

— Ça va... Ça va, merci, murmura-t-elle. C'est juste que c'est vraiment très doux à entendre, et puis... j'ai peur pour ma sœur. Alors, je me suis laissé un peu emporter par l'émotion, mais ça va.

Tyler la regardait d'un air peu convaincu, mais il ne dit rien et ne tenta pas de renouveler son geste protecteur.

— Pourquoi vous n'avez pas tout fait pour l'aider ? reprocha-t-elle à Big Beau, pour ramener la conversation vers des voies plus productives.

— Je ne trouve pas juste qu'ils la traitent comme si elle avait volé le collier, commença le géant, embarrassé. Ils veulent la tuer dès qu'ils auront récupéré le bijou et maquiller ça en suicide. L'aider... Eh bien, c'est ce que je suis en train de faire, non ?

— Elle est innocente ?

Jessica était à la fois soulagée... et surprise. Elle n'aurait sans doute pas dû l'être. Elle voulait croire sa sœur mais, au fur et à mesure que l'affaire se dévoilait, c'était devenu de plus en plus difficile.

— Qui est derrière tout ça ?

— Au départ, c'était Ashton Brasseux mais, depuis que Randall Beauchamp s'en est mêlé, c'est devenu n'importe quoi...

Beau se tourna vers Tyler.

— J'aime bien Jennifer, vous comprenez, et je ne veux pas qu'on lui fasse du mal. Mais tout le monde, dans ma famille, n'est pas de mon avis. Ils ont tous peur de Beauchamp et ils font tout ce qu'il leur dit de faire. Ils n'avaient rien contre elle, mais il leur a dit de la trouver, alors ils l'ont fait.

— À quel point Beauchamp est impliqué là-dedans ? demanda Tyler.

Big Beau haussa les épaules.

— Tout ce que je sais, c'est qu'il a un acheteur pour le collier et qu'il est prêt à tout pour le récupérer.

— Est-ce que ma sœur est blessée, est-ce qu'il lui a fait du mal ? demanda Jessica, affolée.

— Je peux vous montrer où je crois qu'il l'a enfermée, mais c'est tout. Je ne sais pas trop dans quel état elle se trouve ; pas très bien, je suppose. Faut me comprendre, si Beauchamp sait que quelqu'un, dans ma famille, l'a aidée, on va tous aller nourrir les alligators...

— Mais elle est vivante, au moins ? demanda encore Jessica.

— Elle l'est, à ce que je sais. Et elle n'est coupable en rien, dans toute cette histoire. Ashton s'est servi d'elle.

— Vous pouvez avoir confiance, le rassura Tyler. Personne ne saura que vous nous avez parlé. Nous ne dirons rien.

Big Beau sourit et acquiesça.

— Ma vie en dépend, vous comprenez...

— Pourquoi est-ce que vous nous aidez ? demanda Jessica, encore un peu soupçonneuse.

Le large visage du géant se creusa d'un sourire chaleureux.

— Parce que... Votre sœur est une brave fille.

Jessica ne fut pas tellement surprise de cette réponse. Jennifer faisait souvent cet effet-là aux gens. Les hommes n'étaient pas seulement attirés par son charme et sa beauté, mais par quelque chose de plus, qu'elle avait en elle.

— Elle ne veut de mal à personne, continua Beau. C'est une honte, ce qui lui est arrivé, et que ce soit la faute de ma famille, ça ne me plaît pas du tout. Je vais vous dire où la trouver.

Il leur donna les coordonnées GPS d'un lieu, en précisant que c'était en ville.

— C'est Elijah qui nous a envoyés à vous. C'était pour nous tendre un piège, non ? demanda Jessica.

— Il ne sait pas que Jenn et moi, on est copains, alors je suppose que oui. Mais je vous fais confiance ; personne ne doit savoir et personne ne saura. Même s'ils ont entendu ce que je viens de vous dire, ce n'est pas les alligators qui parleront, conclut-il avec un clin d'œil.

Jessica s'approcha de lui et impulsivement le serra dans ses bras, non seulement pour avoir voulu les aider, mais aussi pour lui avoir ouvert les yeux sur sa sœur. Elle avait toujours cru que Jennifer avait trop confiance en elle, et voilà qu'elle la découvrait fragile. Elle voulait, plus que tout, la protéger.

Beau parut très surpris de son geste, et touché, mais il ne se troubla qu'un instant.

— Partez, maintenant, lui dit-il, trouvez Jenn et emmenez-la loin d'ici, le temps que toute cette histoire se calme un peu...

— Vous connaissez James Milton ? demanda encore Jessica.

— L'avocat bon à rien avec qui elle traînait l'an passé ?

— Oui, il a essayé de me tuer, quand je me faisais passer pour Jenn.

La réprobation de Beau était clairement visible sur son visage.

— Y a pas mal de types qui voudraient mettre la main sur ce collier, dit-il, dégoûté. Mais au fond, c'est idiot, parce que Beauchamp ne laissera personne l'avoir à sa place.

— Peut-être qu'il travaille pour lui.

Beau fit la grimace.

— Peut-être, mais j'en doute. Il chercherait plutôt à rentrer dans ses bonnes grâces, ça oui... Ou à rembourser une dette.

— C'est vrai, c'est un joueur, dit Jessica, qui se souvenait de ce qu'avait dit le shérif.

— Oui, il essaye peut-être de se tirer du pétrin.

— Ma sœur m'a envoyée auprès de lui en me faisant passer pour elle, afin de faire diversion et de l'éloigner de la Louisiane. Vous avez une idée de la raison réelle pour laquelle elle m'a demandé ça ?

— Non, aucune.

— Que savez-vous d'autre, sur Jennifer ?

— Pas grand-chose. Qu'elle aime sortir avec des types qui ont de beaux costumes et des chaussures bien cirées. Ils se ressemblent tous un peu... Jenn n'aime pas trop qu'on lui rappelle qu'elle n'est pas née de la cuisse de Jupiter. Or c'est quelque chose que ces gars-là ne manquent pas de vous faire sentir à la première occasion.

Pourtant, son amitié avec Big Beau semblait indiquer qu'elle avait une certaine nostalgie de son milieu d'origine ou, du moins, qu'elle n'en avait pas que de mauvais souvenirs. Restait cette attirance qu'elle avait pour les hommes riches... Jessica ne la partageait pas. Elle voyait bien comment ces puissants personnages traitaient le reste de l'humanité. C'était une part importante de la raison pour laquelle elle avait préféré rester travailler avec ses parents. Elle avait vu les ravages que pouvait faire l'ambition, quand elle était mal employée.

— Bon, vaut mieux que je rentre, dit Big Beau. Faites attention, ne vous fiez pas à n'importe qui. Les gens d'ici se connaissent tous. Cousinage, services rendus, il y aura toujours une bonne raison qu'on parle de vous à quelqu'un qui n'est pas censé savoir ce que vous faites. Méfiez-vous !

— C'est promis ! le rassura Jessica.

Mais cette recommandation était bien inutile : elle n'avait jusque-là fait confiance qu'à Tyler. Et maintenant, à Beau.

Tyler entra les coordonnées dans son téléphone, tandis que Jessica ouvrait la portière du côté passager. Avant de monter, elle se retourna pour un dernier salut au bon géant. Mais il avait déjà disparu dans l'obscurité. Elle frissonna.

Tyler s'était attendu à trouver une nouvelle cachette au fond des marais, et il fut surpris de découvrir, à la place, une villa de style colonial, au cœur d'un quartier très résidentiel de Baton Rouge. Si Jennifer était retenue ici, c'était pratiquement un pied de nez à la police, une vraie provocation.

— Tu es sûr que c'est là ? demanda Jessica, en écho à sa surprise.

— Ce sont bien les coordonnées, répondit Tyler en montrant son téléphone, dont le GPS les avait menés jusque-là.

Justement, l'appareil se mit à sonner. Tyler se rangea sur le bas-côté de la route, éteignit ses feux et jeta un coup d'œil sur l'écran.

— C'est mon frère Austin, dit-il à l'intention de Jessica, avant de prendre l'appel.

— Oui, vieux ?

Austin était le puîné de la fratrie, mais l'aîné de Tyler, néanmoins, et depuis toujours celui-ci l'appelait ainsi par dérision.

— Salut ! Russ m'a appelé parce qu'il ne t'a pas vu, ce matin au ranch. Tout va bien ?

La voix d'Austin sonnait comme s'il venait de se réveiller. C'était pourtant lui qui appelait.

Tyler hésita. Il avait voulu téléphoner au ranch pour demander qu'on le remplace quelque temps mais n'y avait simplement plus pensé.

— Oui, oui, très bien. Je… J'ai fait un voyage, décidé à la dernière minute. Une affaire personnelle.

— C'est à cause de Lindsey ?

Une tension palpable s'installa dans l'habitacle du SUV.

— Mais non, grogna Tyler, c'est fini depuis longtemps !

— Tu en es sûr ? demanda Austin, apparemment pas convaincu.

Ce n'était de toute façon guère le moment d'en discuter.

— Tout à fait sûr. C'est pour ça que tu appelles ?

Il était sur la défensive, malgré lui.

— Et alors ? répliqua Austin, goguenard, on ne peut plus prendre des nouvelles de son petit frère, à présent ? Voilà ce que c'est de me réveiller avant l'aube. Je n'ai pas l'habitude, je me fais du souci…

Tyler ne put s'empêcher d'esquisser un sourire. Austin n'était pas réputé être un lève-tôt, en effet.

— Donc, reprit Austin, toujours sur le mode ironique, je ne m'inquiète pas d'un type qui se promènerait en ville en demandant Tyler O'Brien ?

Celui-ci échangea avec Jessica un bref regard inquiet.

— Tu as un nom ? demanda-t-il à son frère.

— Tout ce que je sais, c'est que Tommy m'a appelé, qu'il m'a dit que tu aidais une fille qui avait de gros ennuis, qu'un type te cherche et que tu es parti sans prévenir, ce qui n'est pas trop dans tes habitudes, répliqua Austin avec un rien de curiosité dans la voix.

— Janis ne t'a pas dit que j'étais en voyage ? demanda Tyler, qui se félicitait d'avoir appelé leur fidèle gouvernante.

Il aurait bien aimé pouvoir raconter à son frère ce qui se passait, mais il devait en parler avec Jessica, d'abord.

— Peut-être… ça ne m'a pas marqué, alors.

— En fait, reprit Tyler, je l'ai appelée après mon départ et je ne lui ai pas dit que je risquais de rester absent quelques jours.

— Appelle Tommy, quand tu pourras. Il a l'air de s'inquiéter.

— Je le ferai, dès ce matin, j'avais prévu de le faire, de toute façon.

Ce n'était pas un mensonge, même si Jessica venait de lui lancer un regard en coin.

Tyler espérait qu'elle n'allait pas faire de problèmes. S'ils trouvaient Jennifer, il allait bien falloir mettre les autorités au courant, et mieux valait passer par l'entremise de son ami le shérif. La crainte de Jessica, que sa sœur puisse lui reprocher d'avoir lancé la police à ses trousses, n'avait plus lieu d'être. Et Jennifer restait en danger, tant que le collier ne serait pas retrouvé.

Justement, Austin embraya sur le sujet :

— Tu as entendu parler de cette histoire de collier volé ? Avec des gros saphirs ?

À ces mots, Jessica lui lança un regard implorant, les deux mains jointes en signe de supplication muette. Visiblement, elle ne voulait pas qu'il parle.

— J'ai lu quelque chose à ce sujet, hier, grommela-t-il vaguement.

Feindre la complète ignorance ne ferait que rendre Austin plus soupçonneux qu'il ne l'était déjà. Il savait bien que Tyler lisait attentivement le journal chaque matin. Comme ils avaient reçu les Brasseux au ranch, un article mentionnant leur nom aurait forcément attiré son attention.

— Je me souviens d'un truc qu'Ashton Brasseux avait dit à sa femme, après le gala, reprit Austin, comme s'il lisait dans ses pensées.

— Ah oui ?

Tyler était surpris. Son frère ne lui en avait rien dit, jusqu'à présent.

— Je n'étais pas censé entendre. Il parlait plus fort qu'il ne l'avait voulu, sans doute. Il lui reprochait ses dépenses, lui disait qu'elles étaient complètement hors de contrôle. Et, deux mois plus tard, voilà leur fameux collier qui disparaît.

— Tu crois qu'ils auraient monté une arnaque à l'assurance ?

Tyler hésitait à faire part à son frère de ses mêmes doutes concernant le couple de milliardaires, mais la révélation d'Austin renforçait sa détermination à appeler Tommy dès que possible. Peut-être que le shérif aurait d'autres informations à lui communiquer.

— Va savoir, reprit Austin au téléphone, en tout cas, pas sûr qu'on les voie au gala de l'an prochain.

Il salua sa propre plaisanterie par un petit rire, qui s'éteignit vite, quand il s'aperçut que son frère n'y faisait pas écho.

Un petit silence, puis il reprit :

— Tu es sûr que tout va bien ?

— Absolument !

Tyler émit un petit rire forcé, un peu trop tard pour être bien convaincant, mais Austin n'insista pas.

— Appelle Tommy, lui répéta-t-il. Tu sais quand tu seras de retour ?

— Dans deux, trois jours, le temps de fixer les choses.

— Bon, je vais le dire aux autres. Fais bien attention à toi, et appelle-moi quand... Quand tu voudras parler.

— D'accord.

Tyler coupa la communication. Il n'aimait pas être obligé de faire des cachotteries à sa famille. Il se tourna vers Jessica.

— On ferait peut-être mieux de laisser la voiture là et d'y aller à pied.

— Très bien, répondit-elle en regardant les jardins bien soignés des alentours, avec leurs grands arbres.

Elle allait mettre la main sur la poignée, mais interrompit son geste et se tourna vers Tyler.

— Je suis désolée de t'obliger à mentir à ta famille. Je vois bien que cela t'est désagréable...

Tyler allait répliquer, mais elle enchaîna :

— Ne me dis pas que cela ne fait rien, parce que ce n'est pas vrai. Je vois bien que tu n'aimes pas devoir dissimuler des choses aux gens que tu aimes.

— J'allais le nier, en effet, mais tu as raison. D'ailleurs Austin se doute de quelque chose, je ne l'ai pas trompé une seule seconde. Il la regarda droit dans les yeux. Il faudra que j'appelle Tommy, ce matin, dès que nous aurons trouvé ta sœur. On ne peut pas lui cacher plus longtemps ce qui se passe ici.

Il s'attendait à ce qu'elle fasse objection, mais elle le surprit.

— Tu as raison, il faudra l'appeler dès que Jennifer sera en sécurité.

— Il n'est pas territorialement compétent, ici, de toute manière, alors quoi que nous fassions, c'est sous notre seule responsabilité.

Elle acquiesça et avança impulsivement la main pour caresser légèrement l'avant-bras de son compagnon.

— Merci de prendre tous ces risques, lui dit-elle. Si tu voulais abandonner, je ne te le reprocherais pas.

Il eut un rire bref.

— Abandonner alors qu'on touche au but ? Ce serait une drôle d'idée, tu ne crois pas ?

Il fut récompensé par un petit sourire timide, doux et sexy à la fois.

Il n'y avait pas vraiment de système d'alarme sur le portail, et Tyler ne trouva pas cela bien rassurant. Cela pouvait signifier que Jennifer ne représentait plus une menace, pour les occupants de la maison. Il n'avait aucune idée de l'état dans lequel ils allaient trouver la disparue, mais elle serait forcément affaiblie. Il était prêt à la porter jusqu'au SUV, si nécessaire.

Il fallait faire vite, car le jour n'allait pas tarder à se lever.

Tyler aurait voulu préparer Jessica à ce qu'ils allaient découvrir, adoucir le choc qu'elle allait peut-être éprouver en voyant sa sœur très affaiblie, ou même pire.

Ils s'avancèrent vers l'escalier qui menait à la cave. Tyler tira son pistolet et fit signe à Jessica d'en faire autant. Il progressait comme un policier, l'arme brandie dans la main droite et la lampe de poche, dans la gauche.

La porte était verrouillée, mais Tyler s'y attendait. Il tira de sa poche un petit couteau multilames et crocheta habilement la serrure.

À l'intérieur, il faisait sombre, et l'atmosphère était très humide, le sol, glissant par endroits, à cause d'une infiltration d'eau qui formait une flaque dans un coin. Dans le faisceau de sa lampe, Tyler chercha s'il y avait plusieurs issues. Le long d'un mur de briques partiellement effondré, un vieil escalier de bois vermoulu montait à l'étage. Il devait y avoir des gens, là-haut, pas question de s'exfiltrer par là.

Le faisceau lumineux rencontra une forme prostrée dans un coin. Une femme, la tête sur le sol, le cou incliné et tourné d'une façon peu naturelle. Un instant, Tyler redouta le pire.

Jessica retint un petit cri étouffé, puis elle se précipita, s'agenouilla auprès de la femme et lui caressa le visage.

— Jenn... Jenn !

13

Tyler s'agenouilla lui aussi auprès de Jennifer et chercha son pouls. Un profond soulagement s'empara de lui.

— Elle est vivante !

Jennifer ouvrit les yeux et, tout de suite, tenta de se reculer craintivement. Elle avait une longue entaille sur la joue gauche et son œil droit, bleui par un hématome, était fermé.

— N'aie pas peur, lui dit doucement sa sœur. C'est moi, Jessica. Je te ramène à la maison.

Il fallut de longues secondes à Jennifer pour réaliser ce qui se passait, puis elle jeta convulsivement les bras autour du cou de sa jumelle. Sa réaction était un bon signe.

Tyler regarda autour de lui. Il était plutôt surpris que la prisonnière ait été laissée seule dans cette cave. La serrure en avait été très facile à crocheter. On se trouvait dans une banlieue très résidentielle, et les malfaiteurs qui avaient détenu Jennifer devaient se dire que personne ne soupçonnerait que des activités criminelles puissent se dérouler dans une maison du voisinage. C'était plutôt le genre de quartier où l'on s'attendait à voir de gentilles grands-mères accueillant leurs petits-enfants avec des gâteaux.

— Je vais vous porter, on vous emmène, d'accord ? dit-il à Jennifer.

Celle-ci se recula, effrayée, en secouant la tête. Elle avait les lèvres sèches, craquelées, et Tyler se demanda depuis combien de temps elle n'avait pas bu. La réhydrater allait être leur priorité absolue, dès qu'ils seraient sortis de cette cave.

— N'aie pas peur, ma chérie, lui dit sa sœur d'un ton qui trahissait son anxiété. C'est un ami, et il va te tirer d'ici.

Jennifer détendit ses jambes, qu'elle avait jusque-là repliées sous elle. Ils purent voir alors que ses chevilles étaient entravées et attachées à une grosse canalisation en PVC qui sortait du mur. Tyler tira son mobile de sa poche.

— Qu'est-ce que tu fais ? lui demanda Jessica en posant la main sur son bras.

— J'appelle police secours.

Jennifer secoua à nouveau la tête aussi vigoureusement qu'elle le put, et Tyler interrompit son geste, le doigt prêt à appuyer sur la touche.

— Je n'ai pas le choix, plaida-t-il. Je ne veux pas prendre de risques et pas non plus vous laisser ici. Si vous faites le moindre bruit, je garantis que cette cave sera envahie d'hommes en armes en moins de deux. Que voulez-vous que je fasse d'autre ?

— Je... l'aimais..., murmura Jennifer d'une voix sifflante et au bord de l'épuisement. Trouvez... le collier. Mettez-le en lieu sûr.

— Alors... On vous sort d'ici, on trouve le collier et ensuite on va voir la police, déclara Tyler d'un ton conciliant.

— Pas la police, pas encore, insista Jennifer, Pas tant... que je serai... dans cet état. Qui... pourrait croire... que je suis innocente ?

Elle marquait un point. Elle passerait au moins pour une complice. Une complice qui avait dû faire une faute et que l'on avait punie.

— La vérité sortira, j'en suis sûre, dit Jessica, qui se voulait rassurante, mais luttait pour contrôler ses émotions. Il suffit de te regarder, au contraire, pour voir que tu es innocente !

— Si je vais... à la police, je suis morte, souffla Jennifer, dans un immense effort.

Tyler se dit qu'elle devait hélas avoir raison. La menace qui pesait sur elle était bien réelle. Il enfouit son téléphone dans sa poche.

— Alors, on va te sortir d'ici et trouver une solution, affirma Jessica, qui ne crut pas utile pour le moment de faire allusion à Elijah ou à Milton. Mais on ne va pas te laisser comme ça, tu m'entends, il n'en est pas question !

Sa voix manqua se briser. Tyler lui passa un bras autour des épaules pour tenter de la réconforter. Elle lui sourit mais, l'air de rien, se dégagea pour se pencher davantage sur sa sœur.

— Où est Ashton ? murmura Jennifer, si bas que Jessica put à peine l'entendre.

— Je ne sais pas.

Avec son petit couteau de poche, un peu insuffisant pour cette tâche, Tyler s'attaqua aux liens qui la retenaient prisonnière. Ce fut long et pénible. La tension des cordes faisait grincer le gros tuyau, ancien et pas trop bien fixé au mur, et il craignait que le bruit ne donne l'alerte. Finalement, après bien des efforts, le dernier brin de la corde céda. Maintenant il fallait sortir de là, et vite. Il la débarrassa en hâte des débris de ses liens et la souleva dans ses bras, puis il suivit Jessica vers la porte.

Le jour pointait, à présent. Ils n'étaient plus seuls. Deux hommes dans un SUV aux vitres teintées bondirent hors de leur véhicule dès qu'ils les virent apparaître. Tyler poussa un juron sourd.

— Cours, dit-il à Jessica, ne t'arrête pas, quoi qu'il arrive.

Ils avaient peut-être une chance, si elle parvenait à s'échapper. Elle pourrait prévenir la police. Mais Jennifer et lui seraient probablement emmenés vers un autre lieu de détention.

Toutefois, Tyler n'avait pas l'intention de se rendre sans combattre.

— Stop ! leur cria l'un des deux hommes.

Tyler se mit à courir à toutes jambes. À cette distance, il ne faisait pas une cible très facile et, une fois parvenu sous la ligne d'arbres, moins encore. Si du moins il y parvenait ! Avec un peu de chance, ils pourraient s'échapper, récupérer leur SUV et filer.

Mais ils n'étaient pas si près, ces arbres, ne valait-il pas mieux poser Jennifer à terre et sortir son arme ? Porter une femme de cinquante ou soixante kilos dans ses bras lui infligeait un net désavantage. Il risqua un coup d'œil derrière son épaule ; les deux hommes se rapprochaient dangereusement.

Les arbres étaient trop loin, et Tyler comprit qu'il ne les atteindrait jamais à temps. L'un ou l'autre de ses poursuivants allait tirer et l'atteindre. Sa seule chance était qu'ils ne souhaitaient probablement pas toucher Jennifer ; croyant qu'elle savait où se trouvait le collier, ils la voulaient certainement vivante. Tous les efforts déployés pour la sauver n'avaient servi à rien, ils allaient être rattrapés d'une seconde à l'autre. Déjà, Tyler entendait leurs pas se rapprocher.

— Baisse-toi ! cria Jessica.

Elle s'était retournée, faisant face aux deux hommes, l'arme haute.

Tyler se jeta au sol en couvrant Jennifer de son corps. Les bras autour de son cou, celle-ci le tenait tellement serré que c'était à peine s'il pouvait respirer.

Un coup de feu claqua, Jessica se mit à crier et, un bref instant, il redouta qu'elle n'ait été touchée. Mais un nouveau coup d'œil en arrière lui indiqua que leurs poursuivants tournaient les talons pour se mettre à couvert. En constatant la promptitude de la réaction de Jessica, son cœur s'enfla d'une fierté inattendue.

Il se félicitait aussi qu'elle ait appris à tirer, sans quoi il aurait eu de sérieuses chances de prendre une balle dans le front.

Il bondit et la rejoignit en trois enjambées.

— Filons d'ici !

Ce n'est que bien plus loin, sous le couvert des arbres, qu'ils s'autorisèrent à s'arrêter et à reprendre un peu leur souffle.

Jessica eut un sourire bref, mais il s'effaça très vite, et elle prit sa sœur dans ses bras.

— Je ne peux pas la ramener à la maison, expliqua-t-elle, c'est le premier endroit où ils iront la chercher. Il faut que j'avertisse mes parents, sans trop leur donner d'explications. Et il faut nous cacher !

Tyler essaya de maîtriser un peu sa respiration avant de répondre :

— Je peux mettre ta famille en sécurité. Je vais envoyer quelqu'un les chercher et les emmener se mettre à l'abri. Et, quant à la cachette, elle est toute trouvée. Il y a sur mon ranch des endroits très discrets où nous pourrons tous attendre tranquillement que les choses se décantent.

— Jenn est trop faible et elle a besoin de soins médicaux, objecta Jessica. Et puis, ces types ne la laisseront jamais en paix.

— C'est bien pourquoi nous devons rester cachés quelques jours, le temps aussi qu'elle recouvre ses forces. Pour les soins médicaux, je sais aussi où et par qui elle pourra les recevoir sans trop attirer l'attention.

Il examina les blessures de la jeune femme.

— Tout cela est assez superficiel, heureusement. S'il n'y a pas d'infection, elle en guérira vite. Par ailleurs, je parierais que le collier se trouve au Texas et probablement près de Bluff.

— Bien sûr, c'est bien pourquoi Milton m'y a emmenée, dit Jessica. Il devait se figurer que j'allais pouvoir lui dire où il pouvait le trouver. Alors, il l'aurait donné à ce Beauchamp contre une récompense ou, peut-être, en échange de l'effacement de sa dette.

— Le... Le jeu, lâcha Jennifer dans un souffle.

Elle avait grand besoin d'eau, de nourriture et de repos, avant de pouvoir leur apprendre quoi que ce soit d'autre. Elle avait connu trois jours de détention, dans Dieu sait quelles conditions, avant d'échouer finalement dans cette cave. Par bonheur, en effet, ses blessures ne paraissaient pas très graves, et il était probable qu'elle récupérerait vite, avec un peu de repos.

— Qu'est-ce que tu dis ? lui demanda Jessica en se penchant sur elle.

— Elle a dit « le jeu », répondit Tyler. Il semble que les ennuis de Milton viennent de son addiction.

Jennifer hocha la tête, en signe de confirmation.

— Mais tu ne pensais pas qu'il se retournerait contre toi, n'est-ce pas ?

Cette fois, elle fit « non ». Elle regarda sa sœur avec de l'horreur au fond des yeux.

— Jamais je n'aurais... cru...

— Je sais. Ne parle plus, lui recommanda sa sœur. Je sais aussi que tu ne m'aurais pas mise délibérément en danger.

— Il faut bouger de là, maintenant, intervint Tyler. Et la transporter dans le SUV.

Il souleva Jennifer dans ses bras, et elle noua les siens autour du cou du rancher, à nouveau. Tyler se dit qu'une fois rentré il ferait bien d'aller tout droit voir Tommy. Il savait qu'il pouvait se fier à ce vieil ami de toute sa famille. Tant pis si Jennifer n'était pas de cet avis ; Tommy les aiderait à tirer toute cette affaire au clair.

Pour le moment, s'il y avait une chose sur laquelle ils étaient tous les trois d'accord, c'était la nécessité de mettre la blessée à l'abri, hors de l'État de Louisiane, le temps qu'elle puisse récupérer ses forces. Tommy serait mis au courant, puisque Jessica avait fini par en admettre la nécessité.

Le vol de retour fut agréable, dans la lumière du matin. Jessica était heureuse d'avoir sa sœur auprès d'elle. Durant tout le trajet, elle se tortura les méninges pour assembler toutes les pièces du puzzle. Il était à présent confirmé que Milton se trouvait en difficulté à cause de son addiction au jeu et que, constatant que Jessica, qu'il croyait être Jennifer, ne pouvait lui permettre de trouver le collier, il avait essayé de la tuer.

Mais il restait beaucoup d'autres questions en suspens. Par exemple, Elijah était-il maintenant au courant que Jennifer s'était échappée et soupçonnerait-il Beau d'avoir fourni les renseignements nécessaires à cette évasion ? Et qui avait, finalement, volé le collier ?

Tout le monde semblait certain que Jennifer savait où se trouvait le fabuleux bijou, mais elle était trop faible pour parler. Les questions devraient attendre qu'elle soit réhydratée et reposée.

— J'ai vérifié la météo sur Bluff, avant de partir, lui dit Tyler, aux commandes, en interrompant ses pensées. Il va faire quinze degrés tous ces prochains jours. La température idéale pour faire du camping...

Il souriait. Jessica, elle, revoyait les images de son dernier passage sur les terres des O'Brien et surtout, celle de Milton brandissant la pierre qu'il allait lui lancer à la tête. Celle-là, elle resterait marquée dans son cerveau, au fer rouge.

Après avoir tracté l'avion dans son hangar, Tyler aida Jennifer à s'installer sur le siège arrière de son SUV. Il lui avait donné de l'eau avec des analgésiques trouvés dans sa trousse de secours, et elle avait dormi d'un sommeil lourd, durant tout le vol.

Jessica bénissait le ciel de lui avoir envoyé Tyler. Elle n'aurait pas imaginé se débrouiller toute seule. Et pourtant n'y avait-elle pas été obligée, sa vie entière ? Bien sûr, elle avait sa sœur et ses parents, mais c'étaient plutôt eux, qui comptaient toujours sur elle. Sur qui donc, elle, avait-elle jamais pu se reposer ?

Sans ce cow-boy du Texas, elle ne savait pas ce qu'elle serait devenue. Pour commencer, elle serait morte, probablement, sous ce quad renversé. Un animal sauvage l'aurait dévorée ou bien elle aurait succombé à la déshydratation, après des heures d'agonie. Mais par bonheur, il l'avait tirée de là, il l'avait aidée à retrouver sa sœur et, à présent, tout ne pouvait aller que mieux.

Tyler pianota un numéro sur son mobile et il contourna son véhicule pour parler, hors de portée d'écoute. Jessica en ressentit une pointe de jalousie, ce qui était stupide ; elle n'avait aucun droit sur lui, malgré les quelques baisers qu'ils avaient pu échanger ces dernières quarante-huit heures. Depuis sa désastreuse expérience avec Brent, elle évitait d'ailleurs de trop penser à sa vie sentimentale. Ce n'étaient d'ailleurs pas tant les infidélités de son ex, qui lui avaient brisé le cœur, que le regret de lui avoir un peu trop facilement accordé sa confiance et de l'avoir laissé gâcher leur histoire. Était-elle donc si mauvaise juge du caractère des êtres qui l'entouraient ?

Il fallait le croire, car elle avait mal jugé sa sœur, également. Il avait fallu que ce soit Big Beau, un parfait étranger, qui lui apprenne à quel point Jennifer l'estimait.

— Je viens d'avoir mon frère Dallas, annonça Tyler en la rejoignant dans le SUV. Il paraît qu'il y a toujours un type en complet-veston qui me demande partout, en ville.

— C'est à cause de moi, sûrement, dit Jessica, inquiète, c'est parce que tu m'as apporté ton aide.

— Lorsque ta sœur sera réveillée, il faudra qu'on lui parle.

— Tu crois qu'on pourra la mettre en sécurité ? Je pense de plus en plus qu'elle n'a rien à voir avec le vol du collier, mais ça ne la protège pas pour autant.

— Je me proposais d'appeler le Dr McConnell pour lui demander de l'examiner. En fait, on pourrait même la faire hospitaliser sous un faux nom. Je ferais garder sa chambre, vingt-quatre heures sur vingt-quatre, pendant que l'on continuerait notre enquête. Je suis sûr que le doc nous arrangerait ça sans poser de questions.

Jessica réfléchit à cette proposition durant quelques minutes.

Elle aimait bien l'idée que sa sœur soit soignée dans une structure adéquate, où l'on s'occuperait d'elle au mieux. Être soulagée de cette tâche difficile serait appréciable. Jennifer s'y opposerait-elle ? Le pourrait-elle, seulement ? Pour le moment, elle n'avait pas même la force de lever la tête, et ses murmures devenaient de plus en plus fréquents mais de moins en moins compréhensibles.

— Elle se rétablirait plus vite, ainsi, insista Tyler avec douceur mais conviction.

— Bon, faisons ça, conclut-elle. Si on arrive à la convaincre...

— C'est à peine si ses yeux se sont ouverts depuis que nous avons décollé de Baton Rouge, fit remarquer le rancher, elle ne devrait pas protester bien fort...

Puis il ressortit de la voiture et s'éloigna un peu, peut-être pour lui laisser le temps de réfléchir.

Jessica se retourna vers le siège arrière. Sa sœur dormait paisiblement, à présent, mais il était certain qu'elle avait besoin de soins. Elle pouvait avoir une infection ou une hémorragie interne. Elle semblait aussi protéger son côté droit de son bras replié. Avait-elle une côte cassée ? Il lui fallait une radio.

Tout cela nécessitait de l'envoyer à l'hôpital.

La perspective de devoir l'y laisser seule, même en allant la voir le plus souvent possible, lui nouait le cœur et lui serrait le ventre. Mais quel autre choix avait-elle ? Jennifer, à l'évidence, n'était pas valide. Et si elle avait quelque chose de grave, plus difficile à déceler, comme une commotion cérébrale ? Jessica ne pouvait tout de même pas priver sa sœur de soins médicaux, sous prétexte de ne pas la quitter.

Elle rejoignit Tyler en ravalant ses larmes. Pas question que le beau cow-boy la voie à nouveau pleurer. Elle allait prendre une décision, pour le bien de sa sœur.

— Tu as raison, lui dit-elle, faire admettre Jennifer à l'hôpital sous un faux nom est la seule chose à faire. Tu peux arranger ça ?

Tyler prit sa main dans la sienne et attira Jessica contre lui. Elle se trouva blottie contre son large torse, et il l'entoura de ses bras. À ce moment, aussi étrange que cela paraisse, le sentiment de sécurité qu'elle éprouva à se retrouver là était indescriptible.

— Tu as fait le bon choix. Elle sera bien soignée, et il y a peu de chances que Milton ou quiconque aille la chercher là.

Elle acquiesça.

— C'est ce que je me suis dit, aussi.

— Je vais appeler le Dr McConnell et régler tout ça avec elle.

Jessica essuya une larme furtive.

— C'est dur de la voir comme ça, admit-elle. Elle, toujours si forte et si vive...

— Nous allons lui apporter tous les soins dont elle a besoin et tu verras que, dans quelques jours, tu retrouveras ta jumelle inchangée, lui dit Tyler pour la faire sourire.

Et il obtint l'effet espéré.

14

Tyler quitta la grand-route et prit une bretelle qui menait à une banale zone industrielle. Là, derrière une station-service, entre des hangars anonymes, une ambulance les attendrait. Le Dr McConnell pensait que c'était le moyen le plus sûr et le plus discret de faire entrer Jennifer à l'hôpital. De cette façon, elle pourrait être immédiatement placée sous perfusion, ce qui, vu son état de déshydratation, était une urgence absolue.

En se garant à côté du véhicule de secours, il jeta un regard furtif en direction de Jessica. Il se demandait si elle allait accepter de se séparer de sa sœur. Son visage était creusé d'inquiétude, et elle mordillait nerveusement l'ongle de son pouce.

— Ils vont bien s'occuper de Jennifer, ne t'inquiète pas, lui dit-il doucement. Le doc a promis d'appeler à la minute où elle se réveillera et où tu pourras lui parler.

Il essayait de la rassurer et, surtout, il espérait qu'elle n'allait pas changer d'avis à la dernière minute.

— Tu as raison, murmura-t-elle, c'est juste que c'est dur de devoir la quitter encore.

Tyler fit signe aux deux ambulanciers d'approcher. Andy et Shanks vinrent le saluer, avant d'extraire Jennifer du SUV et de l'installer sur le brancard, avec des gestes à la fois précautionneux, rapides et précis.

Jessica tenait la main de sa sœur qui battit un peu des paupières.

— Tu vas à l'hôpital, lui dit-elle.

Jennifer hocha vaguement la tête.

— Tout va très bien se passer, et je viendrai te voir aussi vite que possible.

Jessica caressa doucement le bras de la blessée. Celle-ci ouvrit légèrement les lèvres, comme si elle allait parler, mais l'effort paraissait en être trop grand, alors dans un souffle elle murmura simplement :

— Je t'aime.

— Moi aussi, je t'aime, répondit Jessica.

— On prendra bien soin d'elle, ne vous inquiétez pas, dit Shanks en regardant alternativement les sœurs jumelles et Tyler.

Celui-ci pouvait voir à quel point la ressemblance entre elles surprenait et intriguait l'ambulancier. Il lui donna une tape sur l'épaule et déclara :

— Nous n'en doutons pas. Au fait, Shanks, si Andy et toi vous pouviez garder tout ça pour vous, y compris le fait que j'y suis mêlé, je vous en serais reconnaissant.

— Doc nous a dit que ça avait un rapport avec une affaire criminelle dans laquelle elle était témoin, mais rien de plus.

L'œil brillant de curiosité, Andy demanda en baissant la voix comme un conspirateur :

— Est-ce que la dame va être sous la protection de la police ?

— Je voudrais pouvoir t'en dire plus, mais j'ai promis de me taire, répondit Tyler d'un air de regret.

Il mentait. En fait, il ne tenait pas du tout à satisfaire la curiosité d'Andy.

— Bien, dit celui-ci, qui parut s'en contenter.

Les deux hommes poussèrent le brancard jusqu'à l'arrière de leur véhicule. Dès que les portières en furent refermées, et Jennifer hors de vue, les larmes se mirent à couler à flots sur les joues de Jessica. Tout en surveillant les alentours du coin de l'œil, Tyler la prit dans ses bras pour la consoler. Puis il l'entraîna vers son SUV.

— Pourquoi est-ce que j'ai l'impression que je ne la reverrai jamais ? s'enquit la jolie rousse en s'essuyant les yeux. Je suis désolée. Je ne pleure pas comme ça, d'habitude.

— Tu n'as pas à t'excuser de tes émotions.

La dissimulation de sentiments, Tyler en était un expert, et depuis beaucoup trop d'années.

— Tu sais, je me suis toujours sentie le pilier, le soutien de toute ma famille. Mes parents et ma sœur se sont toujours reposés sur moi. À présent, je me sens… faible.

— Pleurer ne te fait pas perdre ta force. Les larmes ne sont que de l'eau salée. L'océan en est rempli et pourtant il ne perd rien de sa puissance. La vraie force, c'est celle qui te fait repousser tes limites et ne jamais abandonner. Toi, tu as ça dans les veines.

Elle lui sourit à travers son rimmel coulé.

— Je te remercie.

Tyler démarra et rejoignit la route pour prendre la direction du ranch. Son cœur battait fort dans sa poitrine. Cette fois, le retour à la maison serait différent de d'habitude. Mais, plutôt que de s'user les méninges à ressasser des problèmes sans solution, il essaya de se concentrer sur la route qu'il fixait, droit devant lui.

— Tu es bien silencieux, lui fit remarquer Jessica.

— Je réfléchissais, répondit-il.

C'était vrai. Tyler ne cessait de penser à Jessica, et c'était bien de lui de se recroqueviller dans sa coquille quand il était près d'atteindre un but qu'il désirait ardemment. Or jamais de sa vie il n'avait désiré aussi fort un être que cette femme assise auprès de lui, et cela le plongeait dans la plus extrême confusion.

Mais décidément, non, il ne voulait rien en conclure pour le moment.

Il avait décidé de l'emmener à l'extrémité est de sa propriété, loin de la maison et dans un coin où personne n'aurait jamais l'idée d'aller les chercher. Son SUV était fait pour rouler hors des routes goudronnées, et il le faudrait pour atteindre le lieu qu'il avait choisi. Il fallait compter deux heures de trajet, pour y accéder. Jessica inclina son siège pour dormir un peu. Plus d'une fois, Tyler faillit la réveiller pour lui dire à quel point il était confus et lui avouer ce qui le tourmentait, mais il ne l'osa pas. Elle avait besoin de repos, et puis il aimait la voir ainsi, endormie et confiante, auprès de lui.

Quand elle se redressa, finalement, il lui dit :

— Je t'emmène dans un coin à l'écart des activités normales du ranch. Nous y serons indétectables.

Il avait choisi un endroit nommé Hollow's Lake, une excavation naturelle alimentée par une source, car il s'était dit qu'il leur faudrait un accès facile à de l'eau potable, s'ils devaient y rester plusieurs jours. Ce n'était pas un secteur où l'on conduisait ordinairement le bétail, et personne ne viendrait donc, par exemple, y examiner les clôtures. Aucune randonnée, aucune traque de gibier n'était programmée dans ce secteur durant le mois de novembre, donc ils étaient tranquilles de ce côté-là aussi. En route, ils s'arrêtèrent dans un camp de chasse désert pour prendre du matériel de camping et des provisions, qu'ils placèrent dans le vaste coffre du SUV.

Une fois qu'ils furent arrivés à Hollow's Lake, Tyler construisit un feu de camp et offrit une barre vitaminée à Jessica tandis que le café chauffait.

— Je suis très impressionnée par toute cette organisation, dit-elle un peu plus tard, un mug fumant à la main.

— Oh ! c'est le résultat de beaucoup d'essais, d'erreurs et de tâtonnements, répliqua-t-il en souriant.

— C'est plus que ça, c'est...

Elle regarda autour d'elle sans pouvoir trouver les mots, mais il sut exactement ce qu'elle voulait dire.

— Comment un beau paysage comme celui-ci peut-il bien rendre un bon café encore meilleur ?

— L'air frais développe le goût des aliments et des boissons, je l'ai souvent remarqué.

— Merci de t'occuper de ma sœur, comme tu le fais.

— Il n'y a pas de quoi.

Mais il voyait bien que cela comptait beaucoup pour elle.

Jessica ne voulait pas s'attacher à ce beau cow-boy davantage qu'elle ne l'était déjà. Dès qu'ils auraient déterminé qui avait volé le collier et qu'ils pourraient le démontrer aux représentants de la loi, elle retournerait à Shreveport s'occuper de ses parents et reprendre le cours de sa vie. Cette pensée la rendait triste, non à cause de sa famille, bien sûr, mais parce que pour la première fois elle redoutait de retrouver sa solitude.

Pourrait-elle convaincre Jennifer de rentrer à la maison ?

La maison ? Rentrer à la maison ?

Jessica faillit éclater d'un rire nerveux. Jennifer avait fui loin de Shreveport dès qu'elle l'avait pu. Si Baton Rouge lui était désormais interdite, ce qui risquait bien d'être le cas, peut-être pourrait-elle trouver un nouveau départ au Texas, à Houston ou bien à San Antonio.

Mais penser à sa sœur la rendait bien trop triste, aussi repoussa-t-elle ces réflexions moroses et improductives et but-elle une nouvelle gorgée de café pour s'éclaircir les idées. Il y avait d'ailleurs plus urgent : il fallait trouver pourquoi et de quelle manière Jennifer était impliquée dans le vol du collier.

— Des nouvelles de Zander ? demanda-t-elle.

— Oui, il est sorti de l'hôpital hier soir. Il va bien.

Tyler était assis devant elle, le dos au soleil, et Jessica avait l'impression qu'il y avait comme un mur entre eux. Il semblait s'écarter, dès qu'elle était près de lui. Qu'est-ce que cela voulait dire ? Il avait pourtant des sentiments pour elle ou, du moins, une forte attirance. Cependant, il semblait presque la fuir. Elle prit mentalement note de lui demander à quoi cela pouvait bien rimer. Peut-être à un événement de son passé ?

— Tu as vraiment joué au base-ball en professionnel ? s'enquit-elle, se souvenant d'un échange qu'il avait eu avec Zander.

— Oui.

— Et qu'est-il arrivé ?

— Bah, rien de spécial.

Machinalement, il se frotta l'épaule droite, geste qu'elle lui avait déjà vu faire plusieurs fois.

— Ça te fait mal ? dit-elle en montrant l'endroit qu'il frottait.

— Non, non, ça va très bien.

Elle se leva, se demandant *in petto* ce qu'elle avait bien pu faire pour le rendre aussi peu bavard avec elle. Il avait l'air embarrassé, et c'était tout juste s'il lui adressait la parole.

— Je vais marcher un peu, annonça-t-elle.

— Tu veux que je vienne avec toi ?

— Non, merci.

Que se passait-il ? Une minute plus tôt, il la réconfortait, et voilà qu'à présent il lui parlait à peine. Qu'est-ce que cela voulait dire ?

Jessica s'approcha du lac en essayant de chasser ces tristes pensées. Mais chaque pas qui l'éloignait de Tyler la rendait un peu plus mélancolique. Comment avait-elle pu se rendre aussi dépendante d'un parfait étranger, en si peu de temps ?

La colère et le chagrin faisaient comme un nœud dans sa poitrine, qui lui serrait le cœur. Elle n'avait aucun droit à se laisser aller à ce genre de sentiment pour lui, ni pour aucun homme, et elle désirait évacuer ces rancœurs-là.

Ce beau cow-boy avait accompli, pour elle, des actions magnifiques. Héroïques, même, le mot n'était pas trop fort. Mais ce n'était pas pour cela qu'elle devait supporter ses étranges sautes d'humeur.

C'était, bien sûr, une relation plus facile que celle qu'elle avait connue avec Brent. Tyler se montrait gentil et accommodant avec elle. Il savait dire les mots qu'il fallait pour la réconforter et ne lui mentait pas.

Jessica fit les cent pas, d'un buisson de mesquite jusqu'au lac et retour, plusieurs fois de suite, avant de remarquer que Tyler l'avait rejointe et qu'il la regardait. Elle ne put retenir un petit cri de surprise, avant de lancer :

— Tu pourrais prévenir au lieu de t'approcher, comme ça en silence !

— Je suis désolé, répondit-il, son sourire semblant néanmoins indiquer qu'il n'en était rien.

— Oh ? Merveilleux ! Tu peux donc aligner trois mots à la suite ?

Elle regretta immédiatement d'avoir dit cela. C'était sorti tout seul. Il eût été plus juste de s'incliner à ses pieds pour le remercier de tout ce qu'il faisait pour elle et pour sa famille. Pourquoi, alors, avait-elle plutôt envie de lui arracher les yeux ?

Appuyé contre un arbre, les bras croisés, il ne répondit rien pendant très longtemps. Mais ils pouvaient être deux à jouer à ce jeu-là. Jessica mit les poings sur les hanches et le regarda en silence, elle aussi.

— Si tu veux crier, ou quelque chose de ce genre, vas-y, dit-il doucement. Ici, personne ne t'entendra.

Cela sonnait comme un défi, pourtant son ton était très calme, contrairement à celui, agressif, de Jessica.

— Je le ferais volontiers, si cela pouvait servir à quelque chose, répliqua celle-ci. Rendre les choses plus faciles avec toi.

— Pourquoi, c'est moi le problème ?

Il semblait sincèrement surpris, mais il avait toujours ce petit sourire au coin des lèvres. Assez sexy, il fallait le reconnaître — bon, d'accord, très sexy ! — mais cela ne faisait pas son affaire. Ses changements d'attitude subits la rendaient folle. Deux minutes plus tôt, ses mains étaient partout sur elle, la faisant rêver à des étreintes qu'elle n'aurait jamais pu espérer auparavant et, brusquement, il mettait de la distance entre eux, quasiment un gouffre ou bien un mur.

— Je suis contente que tu le reconnaisses, persifla-t-elle, sachant pertinemment qu'il posait seulement une question.

Mais en tout cas, il « en » parlait.

Soudain, le sourire s'effaça de ses lèvres. Il mit prestement la main sur l'épaule de Jessica.

— Baisse-toi !

Elle tomba sur les paumes et les genoux à l'instant précis où le pistolet de Tyler jaillissait. Il visa un point qui se trouvait derrière la tête de sa compagne une seconde auparavant. Une détonation, une flamme au bout du canon, un sifflement dans l'air...

— Reste baissée !

Il se déplaça sur la droite. Jessica tira son pistolet et s'accroupit derrière l'arbre où Tyler s'était trouvé quelques instants plus tôt, cherchant à voir ce qui les menaçait. Elle regarda en direction du lac, là où il avait tiré, mais ne vit rien. Et, à présent que la lumière descendait, elle perdait même la trace de son compagnon à travers les arbres.

Des coups de feu retentirent à une quinzaine de mètres sur le côté. Elle tourna son arme dans cette direction, en essayant de ne pas trembler. Des sons étouffés venaient également de par là. Jessica demeura immobile, prête à faire feu s'il le fallait. Elle aurait voulu appeler Tyler, mais elle ne voulait dévoiler ni sa position ni la sienne. Une idée lui traversa l'esprit. Elle occupait la position d'où il avait tiré, quelques instants auparavant. Sa position n'était donc plus un secret pour personne. Il fallait qu'elle bouge.

La silhouette cassée en deux, elle courut dans la direction du lac. C'était étrange, à quel point tout était calme, à présent.

Elle pouvait voir son reflet dans l'eau. Il n'y avait aucun mouvement, ni aucun bruit, aux alentours.

Jessica se força à rester immobile, pour de longues minutes qui lui parurent des heures.

Une main toucha son épaule, en même temps qu'une voix grave lui disait :

— Tout va bien.

Elle faillit faire un bond et, avec l'énergie même que lui donnait cette réaction, elle se tourna vers lui.

— J'aurais pu te tirer dessus !

Son habituel sourire nonchalant étira les lèvres de Tyler.

— Je ne pense pas, non, lui dit-il. Tu n'es pas assez rapide pour cela.

Elle ne répondit rien, mais devait bien admettre que c'était la vérité.

15

— Qu'est-il arrivé, sur quoi as-tu tiré ? demanda-t-elle en essayant de calmer ses nerfs.

— J'ai vu quelque chose bouger dans les buissons. J'ai cru que c'était un homme, mais ce n'était qu'un sanglier.

Tyler O'Brien paraissait capable de faire face à toutes les situations, mais Jessica songea que, décidément, il lui mettait les nerfs à vif de toutes les manières possibles.

Quelque chose remua à nouveau dans les broussailles. Jessica ne fit qu'un bond dans les bras du beau cow-boy.

— Ce doit être encore lui, dit Tyler en la regardant, amusé. Ne me dis pas que tu as peur d'un sanglier ?

— Pas toi ?

— Ils peuvent être assez mauvais, en certaines circonstances, mais ils sont rarement armés..., répondit-il en souriant. Moi, je le suis et je ne laisserai rien de mal t'arriver. Seulement... Ce n'est pas du tout une bonne idée, ajouta-t-il, sa voix se faisant plus chaude.

— Quoi ? demanda-t-elle (mais elle le savait très bien), ça ?

Elle se haussa sur la pointe des pieds et déposa un petit baiser sur ses lèvres.

Il y avait trop de frustration en elle et trop de tension sexuelle accumulée entre eux, dès qu'il s'approchait d'elle. C'était électrique, impulsif, et Jessica ne pouvait penser à rien d'autre qu'à l'impression de plénitude qu'elle ressentait dans ses bras et comme toute chose paraissait parfaitement à sa place, alors. Le cœur de Tyler battait tout contre sa poitrine, aussi vite que le sien.

Il ferma les yeux et prit une profonde inspiration.

— Je n'arrive pas… à freiner ce qui se passe entre nous, et ça me fait très peur, avoua-t-il.

— Tu n'es peut-être pas obligé de toujours tout tenir sous contrôle. Peut-être est-il temps que nous laissions les choses se faire… naturellement.

Il referma les bras sur elle et pressa encore davantage son corps contre le sien.

— C'est vrai que cette… chose entre nous semble douée d'une vie propre, répondit Tyler, et que je suis fatigué de lui tenir la bride.

Le désir fouettait le sang de Jessica.

— C'est la meilleure nouvelle que j'aie entendue de la journée, murmura-t-elle.

Il baissa la tête et prit sa bouche ; sa langue se mêla à la sienne, la goûtant avec fièvre, avec passion.

Tyler la souleva de terre et la porta vers la tente. Il la redéposa au sol, le temps de sortir le matelas et le sac de couchage dehors, sous les étoiles.

Jessica fit passer son T-shirt par-dessus sa tête, le laissa tomber, et Tyler retint son souffle quand il vit son soutien-gorge en dentelle bleue.

Ses mains vinrent se poser en coupe sur ses seins. Il la regarda au fond des yeux, et elle eut l'impression qu'il cherchait à reprendre un peu d'assurance.

Elle n'avait pas besoin de parler pour poser les siennes sur le polo de Tyler et le relever. Il la rejoignit sur le sol l'instant d'après, et ses lèvres descendirent doucement le long de son cou. Il s'arrêta à l'endroit où battait son pouls, pour une pluie de petits baisers, puis, dardant la langue, il la fit passer dans le tendre sillon d'entre les seins de Jessica.

Le souffle de la jolie rousse se fit court durant cette exploration. Elle posa fermement les deux mains sur les épaules de Tyler et le repoussa.

— Qu'y a-t-il, qu'est-ce qui ne va pas ? demanda-t-il tout surpris, la voix rauque.

— Tu as trop de vêtements sur toi, répondit-elle en s'attaquant déjà à la fermeture Éclair de son jean. Il le retira sur-le-champ, et elle en fit autant avec son short. Une seconde plus tard, le soutien-gorge prenait le même chemin.

Tyler s'interrompit, l'œil sombre et brillant.

— Tu es belle, murmura-t-il.

— Toi aussi, tu es beau, lui répliqua-t-elle de même, en suivant du doigt la ligne des muscles de son torse.

C'était comme toucher de la soie enrobant de l'acier.

Le souffle de plus en plus court, elle le regarda lui retirer sa culotte assortie de soie et de dentelle, la faisant glisser sur ses hanches avec une lenteur très étudiée.

Une politesse en appelant une autre, elle lui retira son boxer et prit une seconde pour admirer son corps splendide, dans le clair de lune. Il était tout en muscles, sculptural, avec juste ce qu'il fallait de rudesse virile pour être vraiment irrésistible. Et en plus, Tyler O'Brien n'était pas qu'un corps, même parfait. Il était gentil, intelligent, attentionné... Il possédait un puissant pouvoir d'attraction, et elle était bel et bien prise.

Lorsque toute cette histoire serait terminée, quand elle s'en irait, Jessica le savait, le chagrin serait pire, pour elle, que tout ce qu'elle avait pu connaître dans sa vie. Mais en attendant, elle avait ce moment à elle, cette soirée. Quelque chose lui disait qu'elle avait assez attendu, qu'il lui fallait avoir ce beau cow-boy tout à elle. Ce souvenir adoucirait sa peine et, au moins, elle pourrait le conserver toujours.

Jessica esquissa un mouvement, mais il l'arrêta d'un geste.

— Attends ! Laisse-moi encore t'admirer.

Elle aurait pu être embarrassée par son regard, mais quelque chose faisait qu'elle se sentait parfaitement à l'aise avec lui. Elle jeta un coup d'œil sur leur couche improvisée sur le sol, sourit et se mit à courir dans l'autre direction, vers le lac. L'eau lui parut glacée, sur sa peau surchauffée.

Tyler l'avait suivie, il la fit se tourner face à lui. Elle noua les jambes autour des hanches de son beau cow-boy et le fit entrer en elle.

— Tu vas me tuer, souffla-t-il en la pénétrant plus profondément.

— De plus d'une manière, répliqua-t-elle en riant. Et maintenant, ne dis plus rien. Embrasse-moi.

Il obéit et l'embrassa profondément, sa langue et son sexe en elle, une main pressant les fesses de Jessica, l'autre lui agaçant la pointe d'un sein, puis l'autre, jusqu'à ce qu'elle eût l'impression d'éclater en mille morceaux contre lui.

Et c'est bien ce qu'ils firent, ensemble, peau nue contre peau nue, enlacés dans le clair de lune.

Tyler ouvrit les yeux peu avant que la lumière du soleil commence à dessiner le contour des buttes de terre rouge autour d'eux. Ce fut la fraîcheur de l'air qui l'éveilla, malgré la chaleur du corps nu de cette femme dans ses bras. Il avait l'impression qu'elle s'y trouvait de toute éternité et il aurait voulu la tenir ainsi jusqu'à la fin du monde.

Il savait que rien ne soulagerait davantage Jessica que de recevoir de bonnes nouvelles de Jennifer, aussi voulait-il lui en donner au plus vite. Il savait aussi que son téléphone mobile pourrait capter du réseau en un certain point, au nord du lac.

Doucement, pour ne pas la réveiller, il dénoua leurs bras et leurs jambes avec un sourire. Cette nuit, avec Jessica, il avait connu certainement... Non, il avait connu, sans aucun doute, le meilleur rapport sexuel de toute sa vie !

Lorsque toute cette histoire serait terminée, et heureusement réglée, il faudrait qu'il ait une conversation sérieuse avec cette jolie rouquine, pour jeter les bases d'une relation régulière et voir un peu où tout cela pourrait bien les mener. Il prit quelques affaires dans son sac et vint au bord de l'eau. Après s'être brossé les dents, il les y replaça et fit le tour du lac.

Son premier appel serait pour le Dr McDonnell. Il était tôt, mais il ne doutait pas qu'elle répondrait. Téléphone en main, il se déplaça le long de la berge, cherchant l'endroit précis où il capterait au moins trois barres de réseau. Immédiatement, le petit appareil se mit à sonner et à vibrer. Quinze appels manqués et une demi-douzaine de textos. Cela ne présageait rien de bon.

Le premier appel venait du médecin. Comme à son habitude, elle allait droit au but. Elle lui annonça que quelqu'un avait déjoué toutes les précautions mises en place à l'hôpital et que Jennifer avait disparu.

Tyler la rappela immédiatement.

— C'est arrivé il y a à peine une heure, lui dit le médecin, sans perdre de temps en salutations inutiles. On voit la silhouette d'un homme sur les caméras de surveillance. J'ai dû appeler le shérif.

Tyler ne protesta pas. Cela ne plairait peut-être pas à Jessica, mais il était bien évident que la doctoresse n'avait pas d'autre choix.

— Qu'est-ce qu'il a dit ?

— Il a fait le lien avec le meurtre au motel. Je ne lui ai pas parlé de toi. Ça, c'est entre vous deux.

— Elle était dans quel état physique, quand elle a disparu ?

Il savait que Jessica le lui demanderait, quand il lui rapporterait la mauvaise nouvelle.

— Nous avions pu la réhydrater, c'est déjà ça. Pour le reste, j'ai vu pire, mais j'ai manqué de temps pour faire le tour de ses blessures.

Le médecin hésita, puis demanda :

— Sa sœur va le prendre comment ?

— Je ne sais pas bien comment le lui annoncer, soupira Tyler. Je suis désolé de ne pas pouvoir tout te raconter, doc… Mais ce sont des secrets qui ne m'appartiennent pas.

— Tu as tes raisons, lui répondit le médecin. Je te connais et je ne doute pas qu'elles sont bonnes.

Tyler la remercia et lui demanda s'il pouvait voir les vidéos des caméras de surveillance.

— J'envoie quelqu'un te porter ça au ranch, dit le Dr McConnell. Il vaut mieux que tu ne te montres pas ici pour l'instant.

— Très bien.

— Les images ne sont pas très claires. Elles ont du grain. Nous n'avons pas tellement besoin de sécurité, dans cet hôpital. Le matériel est ancien.

— Il n'y a qu'un seul intrus, sur les vidéos ?

— Oui, un seul.

Le ton était très affirmatif.

— Tu crois que tu le reconnaîtrais ?

— Il me semble bien que c'est l'homme qui est venu voir sa sœur, l'autre fois.

James Milton.

— Je crois, soupira Tyler, qu'il est temps que j'aille parler à Tommy, qu'il me dise si son enquête a donné quelque chose.

Et il voulait dire à son ami tout ce qu'il savait. Jouer cartes sur table était la meilleure façon d'aider les jumelles. Il décida qu'il allait lui envoyer un SMS pour lui demander de le rejoindre sur le ranch. Mieux valait s'expliquer en présence de Jessica.

— Je reste joignable, si tu as besoin de quoi que ce soit, déclara le Dr McConnell.

— Nous allons probablement rester hors réseau une bonne partie de la matinée. Mais j'apprécierais que tu me laisses des messages, si tu apprends quoi que ce soit.

— Ce sera fait. Et, au risque de te paraître un peu trop maternelle : fais bien attention à toi. Pas d'imprudences !

— Ne t'inquiète pas, lui dit-il avant de couper la communication.

Tyler regarda la tente, là-bas, de l'autre côté du lac. Jenn avait été enlevée, probablement par Milton. Tyler avait sous-estimé l'avocat véreux, et tout était sa faute.

Il allait falloir le dire à Jessica.

16

Tyler n'aimait pas l'idée de devoir réveiller la jolie rousse avant qu'elle soit suffisamment reposée, mais la nouvelle qu'il avait à lui annoncer ne pouvait guère attendre. Il fallait trouver le moyen de récupérer Jennifer.

— J'ai... du nouveau, lui dit-il en lui touchant doucement les épaules.

Elle battit des paupières.

— Il faut qu'on parle, lui murmura-t-il avant de l'embrasser sur le front.

Jessica se redressa en se frottant les yeux.

— Que se passe-t-il ?

Les mauvaises nouvelles sont pires encore quand on doit les attendre, aussi Tyler se décida-t-il à exposer la très inquiétante réalité, sans trop chercher ses mots.

— Un homme a réussi à entrer dans l'hôpital il y a environ une heure et il s'est enfui en emmenant ta sœur.

L'expression de choc et d'horreur qui se peignit sur le visage de la jeune femme lui serra le cœur. Il avait failli à sa mission, à sa promesse de garder Jennifer en sécurité.

— Mais qui ? Comment ? demanda Jessica, épouvantée.

— On ne peut pas le dire avec certitude, mais le Dr McConnell me fait immédiatement envoyer les vidéos chez moi. Si nous partons tout de suite, nous pouvons y être en même temps qu'elles.

Déjà, il pliait leurs affaires, tout en expliquant :

— Jennifer allait mieux, elle était au moins réhydratée, mais le doc n'a pas eu le temps de l'examiner beaucoup plus précisément.

— Et on n'a pas idée de qui a pu l'enlever ?

Tyler la regarda droit dans les yeux.

— Si, lui dit-il. Le doc pense que c'est James Milton.

Un air de panique sur le visage, elle se leva d'un bond.

— Que faut-il faire ? demanda-t-elle.

— Ce que j'ai dit. Plier le camp et aller chez moi.

En dix minutes, les restes du feu de camp étaient soigneusement éteints, le SUV chargé, et ils étaient en route. Dès qu'ils trouvèrent du réseau, Tyler utilisa son mains-libres pour prévenir la sécurité de son arrivée. Son appel suivant fut pour son frère Austin.

— On passe en alerte rouge, annonça-t-il dès que celui-ci eut décroché. La sœur jumelle de Jessica, la jeune femme que j'essaye d'aider, a disparu, et elles sont toutes les deux en danger. Que tout le monde soit vigilant : on recherche un homme et une femme, blancs tous les deux. J'aurai un visuel dès que je serai rentré à la maison. J'arrive de Hollow's Lake, aussi vite que possible.

— Bien, dit Austin, je préviens tout le monde. Dallas est en ville, je lui envoie un SMS pour lui expliquer la situation. Il va certainement vouloir rentrer. Les jumeaux sont à l'écurie, pas de soucis pour eux. Je ne sais pas au juste où est Colin, mais il va sûrement appeler pour savoir ce qui se passe et venir nous aider, lui aussi.

Joshua, le cadet des jumeaux, faisait des allers-retours entre le ranch et son travail, au Colorado. Il n'arrivait pas à abandonner tout à fait son métier de policier, qu'il adorait.

Tyler était heureux de pouvoir compter sur eux tous. Il remercia son frère, même s'il savait qu'Austin n'attendait aucune reconnaissance particulière pour son aide.

— J'arrive dès que possible, répéta-t-il.

— On est tous là pour toi, affirma Austin, dis-nous ce dont tu as besoin et tu l'auras. Dès que tu seras dans le secteur sud de la propriété, je te tracerai pour protéger tes arrières.

Tyler raccrocha. Il s'attendait plus ou moins à ce que Jessica le questionne, mais elle ne parla pas tout de suite. Finalement, elle se pencha en avant et lui dit :

— J'avais oublié qu'il y avait aussi des jumeaux, dans ta fratrie.

— Nos deux benjamins, Ryder et Joshua.

— Je comprends à présent pourquoi tu sais beaucoup de choses sur la gémellité.

Peut-être avait-elle eu envie d'en dire plus, mais elle n'avait vraisemblablement pas le cœur à la conversation.

C'était quelque chose que Tyler pouvait comprendre. Dans certains moments cruciaux de l'existence, certains préféraient l'action plutôt que les mots. Dans la circonstance, la jolie rousse avait bien le droit de garder le silence. Il en aurait fait tout autant, à sa place.

Il avait d'ailleurs une autre nouvelle à lui annoncer.

— Tommy sera certainement déjà à la maison lorsque nous y arriverons.

Jessica le regarda d'un air interrogateur.

— Je ne lui ai rien dit, précisa-t-il, je te l'avais promis. Mais on ne peut plus le tenir à l'écart, et puis ce serait idiot : il est celui qui dispose des moyens nécessaires pour retrouver ta sœur.

Il s'attendait plus ou moins à la voir protester, peut-être même à devoir faire face à une dispute, mais ce ne fut pas le cas. Jessica poussa seulement un lourd soupir.

— S'il peut aider à ce qu'on retrouve ma sœur vivante, je suis d'accord. Je ferais n'importe quoi pour ça.

C'était à peine si Jessica pouvait respirer. Depuis qu'elle avait appris la nouvelle disparition de Jennifer, l'air lui manquait, et des murs invisibles semblaient se rapprocher, en se refermant sur elle. Si Milton l'avait enlevée, et ce devait bien être lui, en effet, cela équivalait, pour Jennifer, à un arrêt de mort. L'homme avait manifestement un lourd passif de violences derrière lui et il n'avait absolument plus rien à perdre. Si elle ne voulait pas coopérer, alors il n'hésiterait certainement pas à la tuer. Et, vu la condition physique de Jennifer, il n'était pas bien sûr qu'elle puisse seulement lui dire où se trouvait le collier, en admettant qu'elle le sache.

Même dans ce cas, d'ailleurs, même si elle en révélait la cachette à Milton, on pouvait craindre qu'il la tue, juste comme il avait essayé de le faire quand il prenait Jessica pour elle. Oui, il la tuerait et se débarrasserait de son cadavre.

— Tu disais que tu t'occuperais de mettre mes parents en sécurité, rappela-t-elle timidement à Tyler.

— C'est fait. Ils sont partis pour un autre ranch que nous possédons, au Montana.

Elle hocha doucement la tête.

— Au Montana ? C'est drôle, papa a toujours rêvé d'y aller pour pêcher à la mouche.

— C'est à cause de cela qu'on a pu le convaincre. Et aussi parce qu'on lui a dit que ses filles le rejoindraient pour Thanksgiving.

— Il est courant, pour tout ça ? Maman et lui vont être tellement inquiets...

— Tes parents croient que Jennifer et toi avez tout arrangé à la dernière minute, mais qu'il fallait qu'ils partent sans délai.

Il y avait comme de la tristesse dans la voix de Tyler.

— Je ne manquerai pas de te rembourser tous les frais, dit Jessica, qui se méprenait.

— Ce n'est pas ça. Il a l'air d'un homme bien, et je n'ai pas aimé lui mentir.

Jessica songea qu'il y avait décidément un large fossé entre eux. Sa sœur et elle-même évitaient la police, tandis qu'il avait le shérif pour meilleur ami. Il n'hésitait pas à voler au secours d'une étrangère, quand tant de gens regarderaient de l'autre côté plutôt que d'intervenir. Elle-même, en aurait-elle eu le courage ? Elle aurait bien aimé le croire, mais elle n'avait jamais eu à essuyer des coups de feu pour aider les autres, auparavant.

Elle, si elle courait des risques, c'était pour quelqu'un de sa chair et de son sang, sa propre sœur jumelle. Tyler, lui, offrait sa vie pour secourir deux femmes qui lui étaient parfaitement inconnues une semaine auparavant. C'était incroyable, et Jessica songea combien ce qu'elle lui demandait était exorbitant, combien forcer un honnête homme comme lui à mentir à ceux qu'il aimait était cruel, et son estomac se noua douloureusement.

— Tu sais, tu peux me déposer au bureau du shérif et t'en tenir là, lui dit-elle doucement. Tu en as assez fait pour nous...

Elle voulut continuer sur ce mode, mais la main droite de

Tyler quitta le volant et vint se poser sur la sienne, ses doigts, se refermer sur les siens.

— Tu veux te débarrasser de moi, c'est ça ? demanda-t-il sur le même ton, sans élever la voix du tout.

Était-ce vraiment ce qu'elle désirait ?

— Chaque fois que nous sommes proches du but, tu veux que je te laisse affronter le danger seule, reprit-il. Il y a quelque chose qu'il faut que tu saches, à propos des Texans. Nous n'abandonnons tout à fait la partie qu'une fois que nous sommes morts.

Jessica avait l'impression que les mots de Tyler et, d'une façon générale, son soutien lui réchauffaient le cœur et l'enveloppaient d'une coque protectrice. Elle ne pouvait nier qu'il avait raison, elle cherchait à le protéger en l'excluant, mais lui ne l'avait pas abandonnée un seul instant, depuis qu'il l'avait découverte, gisant sous son quad renversé.

— J'ai du mal à ne pas penser, en permanence, que tôt ou tard tu vas t'éloigner de moi, murmura-t-elle.

— Je ne peux pas faire de promesses, mais je n'ai jamais ressenti pour personne ce que je ressens pour toi, répondit-il gravement.

— Moi non plus, et c'est bien ce qui m'inquiète.

— Lorsque... nous aurons récupéré ta sœur et que tout redeviendra... comme avant, est-ce que nous ne pourrions pas... faire un essai et voir où cela nous mène ? demanda Tyler au moment où ils arrivaient dans une partie du ranch que Jessica avait l'impression de reconnaître. Et en effet, la maison-chalet de Tyler se dévoila au détour du chemin.

— Je ne sais pas.

C'était tout ce qu'elle pouvait lui répondre. Il méritait qu'on lui dise la vérité.

— Tu ferais quelque chose pour moi ?

— Si je peux.

— Alors, ne prends aucune décision pour l'instant.

Il rentra le SUV dans son garage, coupa le moteur et retira la clé de contact. Mais il ne fit pas un mouvement pour quitter le véhicule.

— Du moins pas tant que les choses ne sont pas revenues à la normale, acheva-t-il.

Elle aurait bien dû lui dire que c'était impossible, que sa décision était déjà prise, qu'elle allait rentrer chez elle et tenter d'oublier tout ce qui s'était passé depuis quelques jours. Mais les délicieux souvenirs de cette nuit, eux, ne pouvaient s'oublier.

Avant que Tyler ait pu ajouter quoi que ce soit pour essayer de la convaincre, Jessica ouvrit sa portière et sortit du SUV.

Ils venaient de deux mondes très différents, savaient très peu de choses l'un sur l'autre, et prétendre se persuader mutuellement que tout allait marcher entre eux comme sur des roulettes était une folie.

— La porte de communication est ouverte, lança-t-il en se levant de son siège à son tour.

Jessica passa dans la maison. Elle ne pouvait se défendre de l'impression étrange qu'elle s'y sentait chez elle. Mais ce n'était pas son foyer. Le sien était à Shreveport, chez ses parents.

La prenant par le bras, comme elle entrait dans la cuisine, il la fit pivoter et la coinça contre le mur.

— Écoute, lui dit-il, tu es inquiète et désorientée. Après tout ce qui t'est arrivé, c'est bien normal. Mais laisse-nous une chance, d'accord ?

Elle regarda au fond de ses yeux sombres, si francs et qui ne cillaient pas. À se plonger dans leurs profondeurs, elle aurait pu perdre toute notion du temps et même oublier à quel point sa vie était gâchée.

On sonna à la porte d'entrée, mais il ne bougea pas. Elle ne disait toujours rien.

— Dis-moi que tu vas au moins y penser.

Elle détourna le regard. Il n'était pas possible d'affronter encore ces yeux-là avec ce qu'elle se préparait à faire.

Cette fois, des coups impatients résonnaient à la porte. C'était certainement le shérif. Jessica se dit qu'elle allait être probablement mise en examen pour entrave à la justice, mensonges et dissimulation. Tyler voudrait-il encore d'elle après cela ? Il ne se rendait peut-être pas encore bien compte de la situation.

Il l'embrassa, cependant, doucement et avec infiniment de tendresse. Elle se coula contre lui.

— Tyler, ouvre, lança le shérif à travers la porte. Je sais que tu es là, je t'ai vu rentrer ta voiture.

Tyler pressa son front contre celui de Jessica et ferma les yeux.

Mais, l'instant d'après, il était dans le couloir et ouvrait la porte. Le shérif entra. Il était suivi par trois hommes qui avaient un air de famille, et une femme.

— Bonjour, je suis Stacy, dit celle-ci en tendant la main à Jessica.

Elle la prit dans la sienne et, inexplicablement, les larmes lui montèrent aux yeux. Stacy l'attira contre elle et la serra dans ses bras.

— Tout va bien se passer, n'ayez crainte, affirma-t-elle en montrant les hommes qui l'accompagnaient. Ils vont retrouver votre sœur et vous la ramener saine et sauve.

Il émanait de Stacy un grand calme et beaucoup d'apaisement.

— Merci, murmura Jessica.

Elle inspira profondément et carra les épaules.

Les hommes s'étaient discrètement éloignés, passant dans la cuisine. Ils s'étaient regroupés autour du comptoir au plateau de granit, et déjà la machine à café entrait en action.

— Voici mes frères, déclara Tyler, Austin, Ryder et Joshua.

— Heureuse de faire votre connaissance, dit Jessica en leur serrant la main.

La ressemblance entre les frères jumeaux était impressionnante, autant que la sienne avec Jennifer. On se regroupa à nouveau autour du café. Tyler vint se mettre à côté d'elle et prit sa main. Personne au monde ne lui avait jamais fait cet effet-là et, d'une certaine manière, elle ne se sentait pas digne de son amour. Cette pensée lui fit l'effet d'un choc, soudain. Était-ce pour cela qu'elle s'occupait toujours des autres ? Parce qu'elle ne se sentait pas le droit d'être aimée ?

Mais, avant qu'elle ait eu le temps de réagir, il passa le bras autour d'elle, et elle se laissa aller contre sa force et sa chaleur. Elle se dit qu'il était temps de boire la coupe jusqu'à la lie et d'avouer la fraude qu'elle avait commise. Elle se lança.

— Je n'ai pas été honnête avec vous, shérif. Mon prénom est en fait Jessica, et je me faisais passer pour ma sœur jumelle, Jennifer.

— Oh ! je sais, dit tranquillement Tommy, à la grande stupeur de la jeune femme, ce qui ne lui échappa pas. Je ne l'ai pas compris tout de suite mais, en me renseignant sur votre sœur, j'ai vite appris qu'elle avait une sœur jumelle et j'ai commencé à me douter de quelque chose.

— Je comprendrais que vous vouliez me mettre en état d'arrestation, pour ça, mais je vous serais reconnaissante de me laisser en liberté le temps que je puisse aider à retrouver ma sœur.

Le shérif eut un demi-sourire.

— Vous arrêter ? Pourquoi ferais-je ça ? On n'arrête pas les témoins d'un crime, d'habitude.

Tyler pressa son épaule. Jamais Jessica ne s'était sentie autant en sécurité que sous ce bras-là. Mais sa sœur n'avait toujours pas reparu. Elle était aux mains d'un enragé qui n'avait plus rien à perdre.

— Si tu nous disais ce que tu as pu apprendre, proposa Tyler à son ami.

— Nous avons acquis la certitude que James Milton doit beaucoup d'argent à Randall Beauchamp. Son intérêt à trouver le collier est double, payer ses dettes et disposer de suffisamment d'argent frais pour prendre un nouveau départ. D'après mes renseignements, il chercherait à acquérir une patente de notaire au Nevada, et je ne serais donc pas surpris s'il était en train d'organiser son départ de Baton Rouge.

— Son implication est facile à comprendre, dit Tyler, mais pour celle de Jennifer c'est beaucoup moins clair. Pourquoi, pour commencer, tout le monde est persuadé qu'elle sait où se trouve le collier ?

— Parce que c'est vraisemblablement le cas, répondit Jessica sans hésiter. Elle le sait peut-être sans le savoir vraiment, mais elle le sait forcément, c'est la seule hypothèse logique.

— Que veux-tu dire : « sans le savoir » ? demanda Tyler, en pleine confusion.

Jessica suivait son idée, qui commençait à prendre forme.

— Jennifer disait que Milton lui demandait sans cesse où se trouvait « la boîte ». Pas le collier, notez bien, non, la boîte. Peut-être qu'Ashton avait demandé à ma sœur de cacher cette boîte, sans lui révéler ce qu'elle contenait.

— Il fallait qu'elle ait toute confiance en la personne qui lui confiait cette mission, intervint Tyler, embrayant sur cette idée. Et nous savons qu'elle avait une liaison avec Ashton Brasseux.

L'un des frères ouvrit le capot d'un ordinateur portable, sur le coin du comptoir.

— Voici les fichiers des caméras de surveillance de l'hôpital, annonça-t-il.

Les images avaient du grain, comme annoncé, mais elles étaient sans équivoque. L'homme que l'on y voyait se faufiler à l'intérieur du bâtiment n'était pas James Milton.

— C'est Ashton Brasseux, annonça tranquillement Austin.

— Ça alors ! s'étonna Tyler. Sa femme et lui semblaient avoir disparu de leur maison de Baton Rouge. Nous nous demandions si Beauchamp ne les avait pas fait enlever. Mais c'est peut-être précisément ce qu'ils voulaient que tout le monde croie...

— La police locale a fait des recherches, et ils ont découvert que les Brasseux avaient quelques soucis d'argent, précisa le shérif. En fait, Ashton et Emma-Kate Brasseux sont en cours de séparation. Elle a découvert qu'il avait une autre femme dans sa vie.

— Ma sœur, dit calmement Jessica. Elle se tourna vers Tommy. Je sais que toutes les apparences sont contre elle, shérif, que l'on peut imaginer qu'elle a dérobé le collier de saphirs ou, à tout le moins, qu'elle est complice de vol ou de recel, c'est ce que croient tous les truands qui la recherchent. Mais, moi, je sais au fond de mon cœur qu'elle ne peut pas avoir fait ça. Elle était amoureuse d'Ashton Brasseux, et je pense qu'il a profité... de sa naïveté.

— Je ne demande qu'à le croire, répondit Tommy, mais il va falloir le démontrer. Ce que je peux toutefois vous promettre, c'est d'examiner les faits avec un esprit ouvert, sans préjugés.

Jessica lui sourit et hocha la tête. Étant donné les circonstances, c'était plus que généreux de la part d'un policier.

— Je vous remercie, dit-elle simplement.

— Bon et maintenant ? intervint Tyler. Jennifer est en danger, et nous devons la retrouver. Au fait, sait-on quelque chose sur ce type qui demande partout après moi, en ville ?

Tommy acquiesça.

— C'est un détective privé, qui travaille pour la compagnie

d'assurances des Brasseux, expliqua-t-il. Il faut juste que nous l'empêchions de venir se mettre dans nos jambes.

— Tu crois que le collier pourrait être toujours sur la propriété ? demanda encore Tyler.

À cet instant, on sonna à la porte. Il s'excusa et alla ouvrir.

— Ah, entrez donc, Janis !

— Je vous ai apporté de quoi grignoter un peu, déclara la fidèle gouvernante, un panier rempli de viennoiseries et de pâtisseries sous le bras.

— Laissez-moi vous aider, lui dit Tyler en la débarrassant.

Janis le suivit dans la cuisine et embrassa les présents d'un regard circulaire... qui s'arrêta sur Jessica.

— Oh ! bonjour, madame Templeton, lança-t-elle, je ne savais pas que vous étiez là !

Jessica, interloquée, échangea un regard stupéfait avec Tyler.

— Mais..., demanda-t-elle, nous nous connaissons ?

Janis la regarda, aussi surprise qu'elle.

— Vous étiez parmi nos hôtes avec votre mari, il n'y a pas quinze jours !

— Alors là, je ne vois vraiment pas de quoi vous parlez, répondit Jessica, bouche bée, la lumière se faisant néanmoins en elle en même temps qu'Austin tournait l'écran d'ordinateur dans sa direction.

— Avec qui elle était, vous dites ?

— Son mari, mais je... j'ai dû me tromper, je suppose, répondit Janis, confuse.

— Est-ce que M. Templeton ressemble à ça, par hasard, demanda Austin en ouvrant la vidéo en plein écran et en la montrant à Janis.

— Oui, c'est bien lui, affirma la gouvernante avec un peu d'emphase. L'image est un peu trouble, mais c'est lui.

— Donc, Ashton Brasseux est venu ici avec Jennifer, dit Tyler, et Milton devait le savoir et se dire qu'ils reviendraient, ou que Jennifer reviendrait seule.

Le shérif hocha la tête en signe d'assentiment. Tyler remplit une nouvelle tasse de café.

— Janis, vous vous souvenez dans le détail de leur réservation ?

— Oui… À peu près, c'était il y a deux semaines, comme je vous le disais… Laissez-moi réfléchir, fit la gouvernante en prenant le mug que Tyler lui tendait.

Pour la première fois de cette matinée, il y avait un peu d'espoir dans l'air. Si c'était Ashton Brasseux, qui détenait Jennifer, il n'allait pas lui faire du mal, puisqu'il était censé l'aimer. Du moins, Jessica voulait le croire, de toutes ses forces.

Un homme qui dérobe un bijou de famille à sa femme, puis le confie à sa maîtresse pour qu'elle le cache, en lui proposant de tout quitter pour elle…, songea-t-elle, et la petite étincelle d'espoir s'éteignit instantanément.

— S'il reprend possession du collier, il va lui faire du mal, dit-elle tout haut. Il faut les retrouver avant.

— Janis, est-ce que vous vous rappelez quelque chose de particulier, concernant ce couple ? demanda Tyler.

— Ils sont restés dans leur chambre, les trois quarts du temps, répondit la gouvernante, n'ont retenu aucune excursion, partie de chasse ou autre. Je m'en souviens, parce que ça m'a surprise, à cette période de l'année. Je me souviens m'être dit qu'ils étaient peut-être en lune de miel.

L'évidence frappa instantanément Tyler, comme l'eût fait une gifle.

— Mais oui, bien sûr ! Elle a caché le collier dans la maison !

Les tabourets de bar se mirent tous à grincer sur le sol, en écho : tout le monde s'était levé en même temps.

— Je peux regarder le registre et vous dire quelle chambre ils avaient, dit Janis avant que tous se ruent vers la porte.

— On retournera toute la maison, s'il le faut, fit Austin.

Tandis que le groupe sortait, Jessica continuait à réfléchir.

— Je ne pense pas qu'ils reviendront sur la propriété, déclara-t-elle. Nous trouverons peut-être le collier mais, avec tous les moyens de sécurité que vous mettez en œuvre, Brasseux n'est pas assez stupide pour venir se risquer ici. Il a dû emmener Jenn quelque part, le temps de mettre au point un plan.

— D'abord, on trouve le collier, c'est le mieux que l'on puisse faire pour assurer la sécurité de ta sœur. Il ne lui fera aucun mal tant qu'elle pourra lui être utile.

Elle suivit Tyler jusqu'au garage, où il reprit son SUV.

Il fallut dix minutes au petit convoi pour atteindre la maison principale. Denali, le labrador à la robe chocolat, les attendait sous le porche, il vint à leur rencontre en battant la queue.

— Salut, toi, lui dit Tyler en le grattant entre les oreilles.

— Je vais voir le registre, annonça Janis en franchissant le seuil.

Les autres allaient suivre, quand un bruit de moteur leur fit tous tourner la tête. D'où ils se trouvaient, on pouvait voir le portail et la route qui y menait.

Une vieille berline Mazda blanche s'arrêta devant, une portière s'ouvrit, et quelqu'un fut poussé dehors, puis la voiture redémarra en trombe et prit la fuite.

— C'est elle ! s'écria Jessica. C'est Jenn !

17

Tyler se précipita vers Jennifer, tandis que les vigiles du ranch jaillissaient du poste de garde.

— Ça va ! leur cria le rancher. Tout va bien, elle est avec nous !

Jessica courait aussi vers sa sœur, et tous les frères de Tyler, derrière elle. Elle en ressentit un étrange sentiment de sécurité. Jamais, de toute son existence, elle ne s'était sentie autant protégée.

— Jenn ! murmura-t-elle en tombant à genoux près de sa sœur, qui était allongée sur le côté, en chien de fusil, à même le sol. On lui avait passé une veste par-dessus son chemisier, sans doute pour la protéger du froid, qui n'était pas bien intense.

— Allez-vous-en, laissez-moi ! murmura la jeune femme, qui semblait trop faible pour faire le moindre mouvement.

Elle poussa un petit râle, avant de répéter cette injonction d'une voix de moins en moins audible.

Tommy, le shérif, vint s'accroupir auprès de Jessica, en examinant sa sœur d'un regard aussi précis que rapide.

— En arrière, tout le monde, ordonna-t-il.

— Je ne bouge pas de là, répliqua Jessica, qui venait de remarquer les filets de sueur qui trempaient les tempes de Jennifer.

Elle les lui essuya.

— Tout va bien, lui dit-elle avec douceur. Je suis là, et personne ne te fera de mal.

Mais Jennifer secoua faiblement la tête en répétant :

— Va-t'en !

Elle était visiblement à bout de forces et n'avait plus toute sa tête. Jessica n'avait pas idée de ce que ces brutes avaient pu faire à sa sœur, mais elle espérait qu'ils pourriraient en prison pour le restant de leurs jours. Elle entendit vaguement le shérif donner, au téléphone, le signalement du véhicule qui avait fui à toute vitesse.

— Que tout le monde recule ! répéta-t-il en ouvrant la veste de Jennifer, révélant une ceinture d'explosifs attachée autour de sa taille.

Les larmes coulant librement sur ses joues, Jessica prit la main de sa sœur.

— Je ne te quitte pas, lui dit-elle.

Il y avait un morceau de papier blanc qui dépassait de la poche de la veste. Jennifer inclina la tête pour attirer l'attention sur lui, d'un coup de menton.

— Shérif..., commença Jessica.

Mais il la coupa tout de suite.

— J'ai vu. Et j'ai dit que tout le monde devait reculer !

Il avait haussé le ton, ne laissant aucun doute sur le caractère impératif de ses paroles.

Les frères obéirent, mais Tyler ne bougea pas d'un centimètre.

— J'ai une procédure à suivre, Tyler, dit calmement le shérif.

— J'ai mon devoir, moi aussi, répliqua le rancher, exactement sur le même ton.

— Puisque tu ne veux pas me faciliter les choses, alors pousse-toi un peu, au moins, que je puisse l'examiner de plus près.

Tommy prit dans sa poche de poitrine un objet qui ressemblait à une pince à épiler et il enfila des gants de latex. Puis il préleva délicatement le morceau de papier et il le déplia.

— « Simple, lut-il tout haut. Ou nous récupérons le collier, ou elle fait boum. Vous avez une heure pour le déposer à l'endroit où vous avez trouvé sa sœur. ET PAS DE FLICS ! »

— « Nous », constata-t-il. Il y a des complices, je me demande combien ils sont.

— Il y en a un qui a une expérience des explosifs ? demanda Tyler.

— Ashton... est... ingénieur... chimiste, murmura péniblement Jennifer.

Ils se regardèrent tous.

— Elle a besoin d'un médecin, dit Jessica qui tenait toujours la main de sa sœur, sans cesser de pleurer.

Le shérif se redressa un peu sur les talons. Il examinait toujours soigneusement la ceinture de bombes.

— C'est donc bien Ashton Brasseux, le cerveau de tout ça, déclara-t-il pensivement.

Tous hochèrent la tête en signe d'assentiment.

Tyler regarda ses frères et, sur un signe qu'il leur fit, ils retournèrent tous à la maison pour commencer les recherches.

— Ils croient que nous avons déjà le collier, dit-il à Tommy. Une heure en voiture jusqu'à Diablo's Rock, par les pistes, il n'y a rien de trop, mais à cheval, avec Digby, en coupant droit dans les broussailles, je peux y être en quarante-cinq minutes.

— En tout cas, il faut y aller, répliqua le shérif, que nous ayons le collier ou non. C'est notre seule chance de les arrêter.

— Ils s'attendent à ce qu'il y ait la police, intervint Jessica, alarmée. Ils vont mettre des guetteurs et, s'ils se sentent cernés, ils appuieront sur le bouton.

— Ils peuvent aussi le faire quand ils auront le collier, lui fit doucement remarquer Tyler.

Et il avait raison.

— Ça a tout l'air d'un matériel assez standard, annonça le shérif, toujours penché au-dessus de la bombe à retardement.

Il énuméra des noms de composants qui ne disaient pas grand-chose à Jessica, puis ajouta :

— Il doit y avoir un système de mise à feu sans fil.

— Un… téléphone… mobile, lâcha Jennifer dans une quinte de toux.

Tommy et Tyler se figèrent. La bombe allait-elle exploser ?

Mais la toux de la jeune femme cessa comme elle était venue, et il n'arriva rien.

— Donc, fit le rancher, si c'est un téléphone qui la commande, on peut empêcher la mise à feu en emmenant Jennifer dans un secteur où il n'y a pas de réseau. Les zones non couvertes, ce n'est pas ce qui manque sur la propriété, et Diablo's Rock en est une.

— Il ne faut la déplacer qu'avec beaucoup de précautions, dit le shérif.

— Je vais chercher le SUV, lança Tyler à l'instant précis où Austin jaillissait hors de la maison.

— Je l'ai ! leur cria-t-il, j'ai le collier de saphirs !

Il le brandit dans la lumière. Les pierres étincelaient dans le soleil.

— Il était simplement caché sous le matelas, dans la chambre qu'ils ont occupée.

— Ça va aller, ma chérie, affirma doucement Jessica en écartant une mèche de cheveux des yeux de sa sœur. Tu es avec nous, et rien de mal ne va t'arriver.

— C'est... tellement bête, souffla Jennifer. Je croyais... qu'il m'aimait.

— Je sais, mon cœur. Mais il ne te méritait pas. Et je te promets qu'il va passer le reste de sa vie en prison.

Jennifer acquiesça, et une larme coula lentement sur sa joue.

— On la bouge doucement... tout doucement, recommanda le shérif alors que Tyler se positionnait près de la jeune femme étendue au sol.

— Tu devrais peut-être te mettre à l'abri derrière le SUV, dit-il précautionneusement à Jessica, qui secoua obstinément la tête.

— Je reste près de ma sœur.

Elle s'attendait plus ou moins à ce que Tyler argumente, mais il n'en fit rien. Aidé du shérif, il porta Jennifer avec délicatesse jusqu'à l'arrière du SUV, et les deux hommes l'installèrent sur les sacs de couchage tirés du coffre du véhicule.

— Tu veux venir avec moi ? demanda-t-il ensuite à Jessica.

Ce n'était pas vraiment une question. Il connaissait déjà la réponse, qui vint immédiatement.

— Je ne laisse pas ma sœur.

— Je savais que tu dirais cela.

— Il faut qu'on aborde le coin de la même façon que vous l'aviez fait avec les quads, déclara Tyler en garant le SUV à quelques mètres du rocher.

Il regarda Jessica à la dérobée. Tout le langage corporel de la jolie rousse trahissait sa terreur. Peut-être revivait-elle en pensée sa première visite à Diablo's Rock.

Les frères de Tyler avaient reçu comme consigne de se placer en éventail autour du vallon, mais les téléphones mobiles ne passaient pas, ici. C'était une bonne chose pour la survie de Jennifer, mais cela ne facilitait pas la communication.

— Tu vas rester là, dit Tyler à Jessica en lui tendant le pistolet Sig-Sauer qu'il lui avait déjà prêté en une autre circonstance. Ne laisse personne s'approcher du SUV, à aucun prix.

— Compris !

Elle prit l'arme en main et vérifia que la culasse jouait normalement.

— C'est bien, rappelle-moi de ne pas trop réveiller tes mauvais instincts, plus tard, fit Tyler en souriant avant de l'embrasser. Il faut que j'inspecte un peu les alentours. Mes frères ne sont pas loin et ils savent se dissimuler. La difficulté, ce sera de pouvoir entrer en contact avec eux si nous avons des ennuis...

— Tout ira bien, répondit Jessica, il le faut !

Elle ne précisa pas que leurs vies en dépendaient, mais c'était bien la vérité.

Tyler commença à escalader le rocher, pour avoir une vue d'ensemble du secteur. Comme il en atteignait le sommet, il songea à la façon dont sa vie avait changé, depuis la dernière fois qu'il était venu là. En fait, tout avait basculé, jamais il n'avait été davantage en danger et jamais, de toute sa vie, il n'avait été aussi amoureux. Des deux, c'était certainement le danger, qui se révélait le plus facile à gérer.

Il vit l'éclat lumineux se refléter sur un canon, là, dans les buissons de sauge, en même temps qu'il entendit claquer le coup de feu. La balle le transperça. Il chancela, s'affaissa sur lui-même et roula à bas de Diablo's Rock.

Jessica entendit la détonation, elle aussi, et se retourna juste à temps pour voir Tyler s'écrouler en bas du rocher. La panique s'empara d'elle, et son cœur se mit à battre à tout rompre. Avant même de prendre le temps de réfléchir, elle se rua vers lui.

Faites qu'il soit vivant, je vous en prie, je vous en prie !

L'estomac noué, elle le voyait étendu, immobile, face contre terre. Elle ne pensait à rien d'autre qu'à courir vers lui, et c'est alors qu'elle aperçut la tache de sang qui s'agrandissait, sur sa chemise de laine.

Elle ne pouvait pas contacter ses frères, et sa propre sœur gisait, inconsciente, à l'arrière du SUV. Tous les espoirs de Jessica s'étaient incarnés dans ce beau cow-boy, et voilà qu'il allait mourir et la laisser seule. C'était une pensée très égoïste, et elle le savait. Elle s'efforça de la chasser de son esprit et virevolta en entendant un pas de course derrière elle. Il y avait là trois hommes, leurs armes braquées sur elle. Elle pointa la sienne en direction de celui qui menait le groupe : Ashton Brasseux.

— Stop ou je tire !

Il fit signe à ses deux complices d'obéir, et ils s'immobilisèrent.

Les téléphones ne passaient pas, mais les frères de Tyler avaient dû entendre le coup de feu, ils allaient venir à la rescousse. D'ici là, elle serait peut-être morte, mais Jessica se jurait bien d'envoyer ces trois-là *ad patres*, en même temps qu'elle.

— Reculez, si vous voulez le collier, leur lança-t-elle, comme ils reprenaient une approche prudente.

— Tu ne t'en tireras pas, poupée, lui lança Milton, qu'elle venait de reconnaître, et elle eut la chair de poule en entendant à nouveau sa voix.

En fait, c'était elle qui reculait. Elle sentit bientôt la paroi rocheuse, contre son dos.

— N'approchez pas ou je tire, je vous dis ! leur cria-t-elle.

Les trois hommes s'immobilisèrent à nouveau. Le troisième correspondait à la description qu'on lui avait faite du détective privé qui questionnait tout le monde en ville à propos de Tyler. Il était donc leur complice, lui aussi. Quant à Milton, il ne travaillait pas avec Beauchamp, en fait. Il était en cheville avec Ashton.

— Comment ils vous ont embringué là-dedans ? demanda-t-elle au détective.

Le visage d'Ashton s'éclaira d'un large sourire.

— Lui ? Un vieux copain d'université, lui dit-il d'un ton très jovial. Ça ne s'oublie pas !

Des amis ? Il était plus probable qu'il avait acheté la complicité du détective.

— Ma sœur croyait que vous l'aimiez, lança-t-elle à Ashton, qui faisait un nouveau pas vers elle, l'air menaçant.

La colère grondait dans la poitrine de Jessica. Elle haïssait cet homme. Mais pourrait-elle le tuer ?

C'était cela ou être tuée elle-même.

Ashton l'ignora et s'approcha de Tyler étendu sur le sol. Il lui décocha un coup de pied en lâchant, sarcastique :

— Qu'est-ce qu'il est venu faire dans cette histoire, cet idiot-là ?

Jessica ferma les yeux et appuya sur la détente. Lorsqu'elle les rouvrit, une seconde plus tard, le chaos régnait.

Ashton était au sol, en train de lutter avec Tyler, qui avait tiré aussi et atteint Milton. Elle entrevit le détective des assurances plonger sur Tyler et Ashton.

Milton ne devait pas être très gravement blessé, parce qu'il se jeta sur elle en grommelant une insulte.

Jessica parvint à l'éviter par un brusque mouvement sur la droite, et il heurta violemment le rocher, l'épaule la première. Mais il réussit au passage à lui faire sauter le pistolet de la main. Il l'agrippa par son T-shirt et la jeta au sol, où elle fit des efforts désespérés pour récupérer son Sig-Sauer. Monté sur elle, il la clouait à terre. En lançant un coup d'œil de côté, elle put voir que Tyler et Ashton Brasseux luttaient eux aussi pour un pistolet qu'ils se disputaient. L'ami de Brasseux tentait d'immobiliser Tyler. Le pistolet alla voler dans les broussailles, et Tyler se retrouva sur Brasseux.

Il saignait beaucoup...

Milton leva la main droite sur elle, et elle vit une grosse pierre avec laquelle il voulait la frapper.

Puis elle entendit des pas.

— Police ! Lâchez vos armes ! lança la voix familière de Tommy, le shérif.

Milton ignora l'ordre, le bras toujours levé, menaçant. Jessica tenta de se tortiller pour le faire tomber, mais il était trop lourd. Un coup de feu retentit à nouveau, et l'avocat véreux se figea une seconde avant de s'écrouler sur le côté, les yeux révulsés, ce qui permit à Jessica de se dégager de lui.

Austin débarrassa Tyler du détective en l'empoignant et en le tirant vigoureusement à lui, mais son frère et Brasseux se ceinturaient mutuellement si étroitement qu'il était impossible de tirer sans danger pour le rancher.

Jessica sentit des bras amis la soutenir et la remettre sur ses pieds. Elle ne savait pas lequel des jumeaux lui était ainsi venu en aide, mais elle lui en fut reconnaissante.

Soudain, Tyler put s'écarter suffisamment d'Ashton Brasseux pour lui porter un violent crochet à la mâchoire. Il s'affaissa, inconscient. Déjà, Tommy était auprès de lui et lui passait les menottes dans le dos.

Jessica se rua vers Tyler, dont les yeux se fermaient, affaibli qu'il était par tout le sang qu'il venait de perdre. Ses frères étaient eux aussi autour de lui. Il s'évanouit tout à fait. Jessica se mit à pleurer sans retenue. Tyler perdait tout son sang, et Jennifer gisait toujours seule à l'arrière du SUV.

— Austin est auprès de votre sœur, lui dit le shérif, la rassurant sur ce point.

On entendait le bourdonnement des pales d'un hélicoptère, dans le ciel.

18

Tyler battit des paupières et les referma bien vite, puis il leva l'avant-bras pour les protéger des rayons du soleil, qui venaient frapper ses rétines comme autant de petites dagues brûlantes.

— Ça va ? Tu veux que j'appelle l'infirmière ?

C'était la voix de son frère Austin.

— Je vais bien, répondit-il.

Ce n'était pas l'infirmière, qu'il voulait.

— Où est-elle ?

— À ce propos, je...

Tyler leva la main, pour empêcher son frère de lui délivrer de mauvaises nouvelles. La pensée qu'il avait peut-être perdu la femme qu'il aimait le glaçait et lui déchirait le cœur.

— Plus tard. Depuis combien de temps je suis là ?

— Deux jours, avec des hauts et des bas.

— Ah oui ?

Il fallait qu'il aille mieux et qu'il retrouve Jessica. Il avait tant de choses à lui dire !

Il tourna un peu la tête et aperçut une silhouette.

— Bonjour, Tyler, dit doucement la jolie rousse en s'approchant du lit.

Embarrassée, elle joignait et se tordait un peu les mains, ce qu'il ne trouva pas très bon signe.

— Je vais vous laisser discuter, tous les deux, fit Austin avec un clin d'œil.

Tous les mots que Tyler voulait dire moururent sur ses lèvres, quand il la revit.

— Comment va ta sœur ? s'enquit-il.

— De mieux en mieux, elle est un peu plus loin, au bout du couloir. Le Dr McConnell l'a pratiquement remise sur pied, elle s'assied déjà dans son lit pour parler, répondit Jessica, qui s'était arrêtée avant d'être tout à fait à portée de la main de Tyler. Elle m'a confirmé avoir eu une liaison avec Ashton Brasseux, et il lui a dit qu'il avait besoin d'elle pour assurer leur avenir, que son mariage était dans une impasse, qu'il n'aimait plus sa femme et qu'ils allaient se séparer. Il lui a confié le coffret du collier et, naïvement, elle n'a pas cherché à l'ouvrir pour voir ce qu'il contenait. Brasseux s'était déjà arrangé avec Milton pour qu'il le vole, de façon à doubler leur profit, assisté par le fameux détective des assurances, qui devait les aider à escroquer celles-ci, avant de revendre le collier à Beauchamp.

— Donc, ta sœur a été utilisée à son insu ?

Il brûlait de la saisir, de la tenir entre ses bras...

— Brasseux avait même le projet, une fois que Jennifer ne lui aurait plus été utile, de la faire tuer par Beauchamp. Quant à Milton, il jouait lui aussi un double jeu. Il avait secrètement contacté un autre acheteur. C'est lui qu'il a reçu dans sa chambre du motel. Lorsque cet acheteur a vu que Milton n'avait pas le collier, il a cru qu'il était dupé ; les choses se sont envenimées, et il l'a tué. Finalement, tous ces juteux projets se sont effondrés, Jennifer étant la seule à savoir où elle avait caché le collier. Même Elijah voulait le revendre à son seul profit, comme nous l'avions deviné.

— Ça ne doit pas être facile, pour Jenn, de savoir que l'homme qu'elle aimait lui mentait et voulait la faire tuer, remarqua Tyler.

— Ce sont des blessures difficiles à guérir. Mais je connais ma sœur. Elle est aussi prompte à tomber amoureuse... qu'à ne plus l'être.

— Et toi, lui demanda Tyler, tout à trac, tu es pareille ? Tu sors de l'amour aussi vite que tu y es tombée ?

Elle ne répondit pas, se contentant de fixer le sol.

C'est le moment ou jamais, songea-t-il, et il enchaîna :

— C'est terminé. Et maintenant ? Tu retournes à ta vie et moi, à la mienne ? Jessica, je t'aime, je t'aime comme je n'ai jamais aimé personne et je ne veux pas que cela se termine ainsi. Je ne veux pas que cela se termine du tout, en fait.

Un petit cri de surprise échappa à la jolie rousse avant qu'elle ait pu le retenir. Mais elle se reprit très vite.

— Je t'aime aussi, lui dit-elle, je t'aime depuis les premiers moments. Mais je serais folle d'envoyer voler ma vie au-dessus des moulins, et tu ne vas certainement pas renoncer à la tienne. Pas alors que, ni toi ni moi, nous ne pouvons être sûrs que cet amour n'est pas le produit des circonstances.

— Tu crois vraiment que ce n'est que cela ?

Il essayait, sans trop de succès, de dissimuler le chagrin et la déception dans sa voix.

— Non, bien sûr que non, lui répondit-elle, je veux croire que c'est pour de bon, mais j'ai besoin de quelques jours pour m'habituer à ce qui nous arrive et pour être certaine que cela peut bien se transformer en quelque chose de permanent.

— Viens ici, lui dit-il doucement.

Elle s'approcha, s'assit sur le bord du lit, et il passa le bras autour de sa taille.

— Voilà ce qu'on va faire, si tu veux bien, on va continuer à se voir, tous les jours, jusqu'à ce que tu sois sûre de toi. J'attendrai patiemment, mais je ne veux plus passer une seule journée sans toi.

Il essuya une larme qui coulait sur le visage de Jessica.

— Et ne pleure plus. Il n'y a que du bonheur entre nous. Et même... *Nous sommes* le bonheur.

Elle se pencha vers lui.

— Tu as raison. J'ai eu tellement peur, quand tu as été touché. J'ai cru que j'allais te perdre.

— C'est fini, lui murmura-t-il à l'oreille avant de l'embrasser dans le cou. Je suis là et je suis bien vivant.

Jessica attendait cette journée-là depuis six interminables mois. Elle marquait la fin du délai de réflexion qu'ils s'étaient fixé. La jolie rousse termina son petit déjeuner en hâte et saisit ses clés sur le comptoir avec une excitation joyeuse. À présent que Jennifer était retournée à Shreveport et avait appris à diriger l'entreprise familiale, Jessica se sentait prête à faire savoir aux employés de la « Davidson Services » qu'il y avait des changements à la direction et que Jennifer prenait les commandes. Elle se dirigea vers la porte d'entrée, puis se figea en l'ouvrant.

— Tyler ? Mais qu'est-ce que tu fais là ? On n'était pas censés se voir avant ce week-end.

Et elle était impatiente. Elle savait, sans plus le moindre doute, que leur amour était réel et durable.

— Je ne pouvais plus attendre, lui dit-il en souriant.

Elle descendit les marches du porche en trois enjambées, prête à lui délivrer la bonne nouvelle, mais il la prit de vitesse. Ployant le genou, il tira de sa poche un écrin de velours rouge.

— Tu es l'amour de ma vie, déclara-t-il, et quand tu n'es pas là je sens un vide effroyable dans la mienne. Je veux la passer avec toi, ma vie, et avec nos enfants.

Des larmes coulaient à nouveau sur le visage de Jessica mais, cette fois, c'étaient des larmes de joie.

— Tu veux des enfants ? demanda-t-elle.

— Oui, au moins quatre, mais je pensais bien qu'il fallait que je te sonde à ce sujet, d'abord, plaisanta-t-il.

Puis il s'interrompit et, d'un ton plus grave, demanda :

— Jessica, veux-tu m'épouser ?

Elle acquiesça et noua les bras autour du cou de son beau cow-boy.

— Je t'aime, Tyler O'Brien, et j'ai hâte de commencer notre vie commune.

Il l'embrassa, tendrement d'abord, mais la fièvre monta vite.

— Veux-tu venir chez moi et y rester, pour de bon, cette fois ? demanda Tyler. Ces six derniers mois m'ont tué, et je ne peux plus supporter de passer une seule minute sans toi.

— Oui, je veux t'épouser et, oui, je veux venir vivre chez toi. Je n'imagine pas de meilleur endroit au monde pour élever nos enfants. Et tu sais quoi ? J'allais justement dire à mes employés que ma sœur allait me remplacer.

— Tant mieux ! Parce que je ne te laisserai plus volontiers repartir.

— Tu pourras me garder pour toujours.

Oui, elle était heureuse de passer le restant de sa vie auprès de son beau cow-boy du Texas.

RESTEZ CONNECTÉ AVEC HARLEQUIN

Harlequin vous offre un large choix de littérature sentimentale !

Sélectionnez votre style parmi toutes les idées de lecture proposées !

www.harlequin.fr

- **Découvrez** toutes nos actualités, exclusivités, promotions, parutions à venir...
- **Partagez** vos avis sur vos dernières lectures...
- **Lisez** gratuitement en ligne
- **Retrouvez** vos abonnements, vos romans dédicacés, vos livres et vos ebooks en précommande...

L'application Harlequin

- Des **ebooks gratuits** inclus dans l'application
- **+ de 50 nouveautés tous les mois !**
- Des **petits prix** toute l'année
- Une **facilité de lecture** en un clic hors connexion
- Et plein d'autres avantages...

Téléchargez notre application gratuitement

Télécharger dans l'App Store

DISPONIBLE SUR Google Play

SUIVEZ-NOUS !

facebook.com/HarlequinFrance
twitter.com/harlequinfrance

Vous aimez la romance et souhaitez découvrir nos collections ?
Abonnez-vous dès maintenant, c'est sans engagement !

Recevez tous les mois (ou tous les 2 mois) vos romances préférées directement chez vous et offrez-vous un véritable moment de détente.
En plus, le premier colis est à prix réduit !

Votre 1er colis à **-60%** (incluant 3€ de frais d'envoi) contenant :
2 livres de la collection choisie + en cadeau
le 1er tome de la saga *La couronne de Santina*

8 tomes en tout sont à collectionner !

COCHEZ la collection choisie et renvoyez cette page au
Service Lectrices Harlequin – CS 20008 – 59718 Lille Cedex 9 – France

Collections	Prix 1er colis	Réf.	Prix abonnement (frais de port compris)
❑ **AZUR**	5,00€	AZ1406	6 livres par mois 31,50€
❑ **BLANCHE**	7,12€	BL1603	3 livres par mois 25,20€
❑ **PASSIONS**	7,52€	PS0903	3 livres par mois 26,79€
❑ **BLACK ROSE**	7,60€	BR0013	3 livres par mois 27,09€
❑ **HARMONY***	5,99€	HA0513	3 livres par mois 20,97€
❑ **LES HISTORIQUES**	7,12€	LH2202	2 livres tous les deux mois 17,80€
❑ **SAGAS***	7,68€	SG2303	3 livres tous les 2 mois, 29,46€
❑ **VICTORIA**	7,52€	VI2115	5 livres tous les 2 mois 42,59€
❑ **GENTLEMEN***	7,20€	GT2022	2 livres tous les 2 mois 18,00€
❑ **NORA ROBERTS***	7,52€	NR2402	2 livres tous les 2 mois prix variable**
❑ **HORS-SÉRIE***	7,44€	HS2812	2 livres tous les 2 mois 18,65€

*Livres réédités / **Entre 18,80€ et 19,00€ suivant le prix des livres

F24PDFM

N° d'abonnée Harlequin (si vous en avez un) ⎣ ⎣ ⎣ ⎣ ⎣ ⎣ ⎣ ⎦

Mme ❑ Mlle ❑ Nom : ____________________

Prénom : ____________________ Adresse : ____________________

____

Code Postal : ⎣ ⎣ ⎣ ⎣ ⎦ Ville : ____________________

Pays : ____________________ Tél. : ____________________

E-mail : ____________________

Date de naissance : ____________________

Date limite : 31 décembre 2023. Vous recevrez votre colis environ 20 jours après réception de ce bon. Offre soumise à acceptation et réservée aux personnes majeures, résidant en France métropolitaine, dans la limite des stocks disponibles. Prix susceptibles de modification en cours d'année. Vous pouvez demander à accéder à vos données personnelles, à les rectifier ou à les effacer. Il vous suffit de nous écrire en nous indiquant vos nom, prénom et adresse à : Service Lectrices Harlequin CS 20008 59718 LILLE Cedex 9. Service Lectrices disponible du lundi au vendredi de 9h à 17h : 01 45 82 47 47.

Harlequin® est une marque déposée du groupe HarperCollins France – 83/85, Bd Vincent Auriol – 75646 Paris cedex 13. SA au capital de 1 149 680€ – R.C. Paris. Siret 31867159100069/APE5811Z.